BERND PERPLIES

Magierdämmerung

Gegen die Zeit

BERND PERPLIES

MAGIER DÄMMERUNG

GEGEN DIE ZEIT

Roman

LYX EGMONT

Originalausgabe Februar 2011 bei LYX
verlegt durch EGMONT Verlagsgesellschaften mbH,
Gertrudenstraße 30–36, 50667 Köln

1. Auflage
Redaktion: Rainer Michael Rahn
Karten: Jan Reiser
Satz: Greiner & Reichel, Köln
Druck: CPI – Clausen & Bosse, Leck
ISBN 978-3-8025-8265-3

www. egmont-lyx. de

Für die tapfere Besatzung der »Phoenix«

Es ist mir eine Ehre, Teil dieser Mannschaft zu sein
und immer wieder mit euch das Abenteuer zu suchen.

ZWISCHENSPIEL:
VORBOTEN DES CHAOS

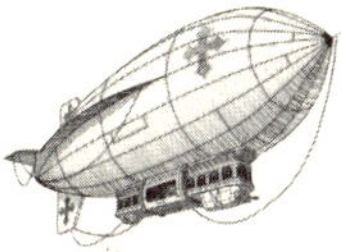

»Williamsburg. Während einer Verhandlung am Lee-Avenue-Polizeigericht überraschte Richter Goetting gestern Vormittag jedermann durch das Strafmaß, das er den Angeklagten aufbürdete, die bei einer Veranstaltung mit unzüchtigem Tanz verhaftet worden waren. 14 Zuschauer mussten $10 bezahlen, Saloonbesitzer Magnus Hartman $100. Tänzerin Annie Nelson wurde zu 29 Tagen Haft verurteilt. ›Es ist an der Zeit‹, sagte Richter Goetting, ›dass harte Maßnahmen ergriffen werden, um diesen Praktiken ein Ende zu bereiten.‹«

– New York Times, 21. April 1897

21. April 1897, 20:33 Uhr GMT
England, Brixworth, einige Meilen nördlich von Northampton

Still und verlassen lag der alte Steinbruch da. Fahles Mondlicht fiel durch Lücken in der zerfaserten Wolkendecke und beschien die von tiefen Schatten erfüllten Gruben, in denen Eisenerz abgebaut wurde. Schienenstränge für die Güterzüge, die das Erz abholten, glänzten in der Dunkelheit, und ein hoher Zaun umgab das ganze Gelände, der dafür sorgen sollte, dass sich keine Unbefugten darauf herumtrieben.

David war sich im Klaren darüber, dass diese Vorsichtsmaßnahme durchaus ihren Sinn hatte. Es gab vielerlei Möglichkeiten, sich auf dem unwegsamen Gelände zu verletzen, etwa wenn man durch unbedachtes Herumtollen auf dem Abraum ausrutschte oder beim Balancieren am Rand der Gruben fehltrat und eine der steilen Abbruchkanten hinunterstürzte. Noch gefährlicher waren die Dynamitschuppen, in denen das Material zur Sprengung des Gesteins gelagert wurde. David wusste nicht, wie und warum, aber man hörte immer wieder davon, dass irgendwelche Pfützen, die sich in den Schuppen und um sie herum bildeten, unvermittelt explodierten. Sein Vater hatte es ihm einmal erklärt, aber der zehnjährige Junge hatte es nicht ganz begriffen. Es hatte irgendetwas mit einer Flüssigkeit zu tun, die aus den Dynamitstangen austrat. Jedenfalls hatten solcherlei Explosionen den alten Fletcher vor einigen Jahren sein linkes Bein und den unglücklichen Broomfield im letzten Sommer sogar das Leben gekostet.

»Halte dich von den Steinbrüchen fern!«, lautete daher eine der zahlreichen Regeln, die man als Junge, der Ende des neunzehnten Jahrhunderts in Brixworth aufwuchs, eingebläut bekam; Tatsächlich hoben Eltern, Lehrer und Polizisten diese eine stets besonders hervor. David verstand das durchaus. Nichtsdestoweniger beabsichtigte er, sie am heutigen Abend zu brechen.

Eigentlich war es ja gar nicht wirklich seine Schuld, sondern die seines Freundes Percy, der, als sie vorhin kurz vor dem Essen noch einmal in ihrem Geheimversteck oben auf dem Heuboden zusammengekommen waren, behauptet hatte, auf dem Heimweg von seiner Arbeit auf dem Hof von Mister Cripps unten am Steinbruch an der Harborough Road so ein seltsames Keuchen und Schnaufen gehört zu haben – Geräusche wie von einem Drachen.

Nach einem solchen suchten die beiden Jungen schon, seit Pastor Bates ihnen im letzten Herbst während des Religionsunterrichts die Legende vom Heiligen Georg und seinem Kampf gegen den Drachen erzählt und der alte Hausmeister Fletcher später hinzugefügt hatte, er hätte in seiner Jugend selbst noch einen Drachen gesichtet – gleich hier in den Hügeln von Northamptonshire! Sie waren regelrecht besessen von der Vorstellung, ein derartiges Ungetüm aufzuspüren und es vielleicht gar, dem Beispiel des Ritters folgend, zu besiegen. Lanzen hatten sie sich bereits gebaut, wobei es sich eigentlich nur um angespitzte Holzstöcke handelte, aber in ihrer Fantasie genügte das. Allerdings war ihre Suche nach dem Drachen in den Feldern und Wäldern rund um Brixworth bislang ergebnislos verlaufen.

Bis zu diesem Abend.

»Bist du sicher, dass das eine gute Idee ist?«, fragte Percy leise, während sie Seite an Seite zwischen den Zaunbrettern hindurch auf den dunklen Steinbruch starrten.

»Sei kein Feigling, Percy«, wies David seinen Freund, der doch ein Jahr älter war als er, zurecht. »Immerhin hast du behauptet, der Drache sei hier. Da kannst du jetzt keinen Rückzieher machen.« Er packte seine Lanze fester und hob die Öllampe, die er mitgebracht hatte, damit sie sich in der Finsternis nicht die Knochen brachen.

Neben den Waffen trugen die beiden Jungen suppentopfartige Helme und Brustpanzer aus Leder, auf die sie annähernd schuppenförmig geschliffene Metallreste genäht hatten. Es steckte eindeutig mehr Eifer als Geschick in dieser Ritterrüstung, aber genau wie im Falle ihrer Waffen waren David und Percy nicht so kleinlich – solange es ihnen damit nur gelang, einen Drachen zu bezwingen.

»Aber vielleicht habe ich mich auch geirrt«, wandte Percy ein. »Jetzt ist alles still. Hör doch!«

»Kein Wunder«, sagte David. »Der Drache schläft, weil es Nacht ist.«

»Wenn du meinst …« Unbehaglich blickte Percy durch die Lücke im Zaun.

»Also, kommst du nun mit, oder muss ich allein gehen?«, fragte David.

Sein Freund zögerte.

Hinter ihnen im Dorf schlug die alte Kirchturmuhr zur Dreiviertelstunde. Irgendwo bellte ein Hund. Und in den vom nachmittäglichen Gewitterregen nassen Wiesen zirpten Grillen. Ansonsten herrschte Totenstille.

»Ich glaube, ich laufe lieber nach Hause«, bekannte Percy schließlich und machte Anstalten aufzubrechen.

»Das geht nicht, Percy«, protestierte David. »Ich brauche dich.«

»Mein Vater sagt immer, dass wir den Steinbruch nicht betreten dürfen!«, rief sein Freund.

»Meiner sagt das auch. Aber wenn wir den Drachen sehen wollen, *müssen* wir in den Steinbruch.« David war wütend, dass Percy ausgerechnet jetzt Angst bekam, so kurz vor dem Ziel. »Was für ein Ritter bist du eigentlich?«, warf er ihm vor.

Percy blickte ihn bedauernd an. »Kein echter, offenbar«, sagte er, nahm den Helm ab und ließ ihn klappernd zu Boden fallen. »Aber das macht nichts. Echte Drachen gibt es ja auch nicht.« Mit diesen Worten wandte er sich ab und begann über den Feldweg zurück zum Dorf zu gehen.

»Du Verräter!«, rief David ihm, so laut er sich traute, nach. »Feigling. Natürlich gibt es echte Drachen. Ich werde es beweisen. Und wenn ich mit dem Drachenkopf ins Dorf zurückkomme, wirst du mich anbetteln, wieder mein Freund sein zu dürfen, aber dann sage ich nur: Mit Feiglingen will ich nicht befreundet sein. Hörst du, Percy?«

Mit Sicherheit vernahm dieser seine Worte, aber er drehte sich nicht noch einmal um, sondern verfiel stattdessen in einen leichten Trab. Zunehmend schneller werdend verschwand er in der Dunkelheit.

»Blöder Mistkerl!«, brummte David und schlug mit seiner Lanze nach dem auf dem Boden liegenden Helm.

Unschlüssig ließ er seinen Blick von dem leeren Feldweg zu

dem Holzzaun und zurück wandern. Ohne Percy an seiner Seite fühlte sich das Abenteuer, im Steinbruch von Brixworth nach einem Drachen zu suchen, schon gar nicht mehr so erstrebenswert an wie zuvor. Allerdings konnte er nach seinen markigen Worten nun kaum mehr kneifen. Ganz gleich, ob es den Drachen wirklich gab oder nicht: Wenn sie sich das nächste Mal in ihrem Geheimversteck trafen, musste er zumindest glaubhaft nachweisen können, dass er versucht hatte, ihn zu finden.

David nahm die schmalen Schultern zurück, presste die Lippen zusammen und nickte mit neu gewonnener Entschlossenheit. Er würde es Percy schon zeigen – und allen anderen auch!

Er schob die Öllampe und seine Lanze zwischen den Zaunbrettern hindurch und kletterte danach behände über die Absperrung. Kies knirschte unter seinen Schuhsohlen, als er auf der anderen Seite hinuntersprang. Der Junge ging in die Knie und nahm die Lanze und die Lampe wieder auf, während er sich gleichzeitig angespannt umsah. Nichts regte sich in den Gruben – zumindest soweit er das überblicken konnte.

Geduckt schlich David vorwärts. Das Licht der Öllampe hatte er abgeschirmt, sodass er zwar noch den Boden vor den Füßen sehen konnte, aber nicht übermäßig Aufmerksamkeit auf sich lenken würde. Einige Schritte bewegte er sich an der Abbruchkante des Steinbruchs entlang, bis er eine Stelle fand, an der er gefahrlos auf dem Hosenboden hinabrutschen konnte. Natürlich wäre es viel einfacher gewesen, über einen der zwei Zufahrtswege einzudringen, die für den Schienenverkehr eingerichtet worden waren. Aber David wusste, dass dort manchmal ein Nachtwächter aus dem Dorf nach dem Rechten sah, und er wollte diesem mit Sicherheit nicht in die Arme laufen. Lieber machte er sich die Hose schmutzig.

Die Schatten am Boden der durch schmalere Durchgänge verbundenen Gruben waren so dunkel, dass sie beinahe stofflich wirkten. Gleich tiefschwarzem Wasser, in dem sich namenlose Abscheulichkeiten verbargen, lagen sie in den Senken und Spalten, zwischen den aus dem Fels gesprengten Steinblöcken und hinter den herumstehenden Loren, in denen das Eisenerz gesammelt wurde. Ein Wesen von der Größe eines Drachen konnte sich darin nur schwerlich verbergen, aber David fiel auf Anhieb ein halbes Dutzend anderer Ungeheuer ein, die dort in der Finsternis auf einen Jungen wie ihn lauern mochten.

Mit klopfendem Herzen hob er die Lampe etwas höher und packte seine Lanze fester. »Vielleicht hatte Percy recht«, murmelte er im Flüsterton vor sich hin. »Vielleicht war es wirklich eine dumme Idee hierherzukommen.« Er hatte gehofft, der Klang seiner Stimme würde ihm etwas Mut geben, aber der gepresste Tonfall bewirkte eher das Gegenteil. Dennoch ging David weiter, die Augen weit aufgerissen und mit bangem Herzen in die Nacht lauschend.

Vorsichtig durchquerte er die südliche Grube des Steinbruchs, wobei er um jede Pfütze, die seinen Weg kreuzte, einen sorgfältigen Bogen schlug. Ein Großteil davon mochte zwar einfaches Regenwasser sein, das bei dem Unwetter vor einigen Stunden in wahren Sturzbächen vom Himmel gefallen war. Aber schließlich genügte eine einzige Pfütze mit Dynamitrückständen, um diesem Ausflug ein äußerst hässliches Ende zu bereiten.

Immer wieder beugte David sich hinunter, um den Boden nach Spuren zu untersuchen. Schließlich konnte sich ein Drache nicht so mir nichts, dir nichts in einem Steinbruch einnisten, ohne dass es irgendwelche Spuren gegeben hätte. *Es sei denn, er kann fliegen*, überlegte der Junge und hoffte gleich darauf, dass dem nicht so war, denn gegen ein geflügeltes Ungeheuer kämpfte es sich noch viel schwerer als gegen eine Echse am Boden. Er fand allerdings nichts, was auch nur im Entferntesten nach drei- oder vierzehigen Klauenfüßen ausgesehen hätte. Bloß die Stiefelabdrücke der Arbeiter waren zu sehen, Schleifspuren, die von Kisten herrühren mochten, und die charakteristischen Doppelrillenspuren von Karren, mit denen Abraum entsorgt und Eisenerz zu den Loren gebracht wurde.

Ein Durchbruch führte David in eine der benachbarten Gruben. Diese unterschied sich eigentlich allein dadurch von der vorherigen, dass sich in einiger Entfernung die schwarzen Silhouetten von gedrungenen Geräteschuppen und Lagern in der Dunkelheit abzeichneten. Mondlicht fiel auf Wellblechdächer und verlieh ihnen einen schwach silbrigen Schimmer.

Mittlerweile argwöhnte David, dass er an diesem Ort seine Zeit verschwendete. Was immer Percy gehört haben mochte, es schien nicht mehr da zu sein – wenn es jemals da gewesen war. Für einen kurzen Augenblick fragte der Junge sich, ob sein Freund ihn absichtlich in die Irre geführt hatte, um sich einen Scherz zu erlauben. Doch er verwarf den Gedanken sogleich wieder. Es mochte gelegentlich rau unter den Kindern von Brixworth zugehen, aber keines von ihnen würde ein anderes absichtlich in die Steinbrüche locken. Das war – wie Väter, Lehrer und Polizisten zu Recht anmahnten – viel zu gefährlich.

In diesem Moment hörte er das Geräusch. Es klang wie ein Schnaufen und zugleich wie ein Stöhnen, ein zutiefst unheimlicher Laut, der mit Sicherheit von keinem Menschen oder irgendeinem gewöhnlichen Tier wie einem streunenden Hund oder einer einsamen Katze herrührte.

David spürte, wie ihm ein Schauer über den Rücken lief, und seine Rechte verkrampfte sich um den hölzernen Schaft der Lanze. *Heiliger Georg, steh mir bei!*, betete er lautlos.

Obwohl jede Faser seines Körpers bestrebt schien, kehrtzumachen und Reißaus zu nehmen, zwang der Junge seine Füße, einen behutsamen Schritt vor den anderen zu setzen und sich der Quelle des furchterregenden Heulens zu nähern. Als sich das an klagend um Hausecken streichenden Wind erinnernde Geräusch wiederholte, wurde deutlich, dass sich der Ursprung in einem der Schuppen befinden musste. »Natürlich«, flüsterte David zu sich selbst. »Er hat sich vor dem Unwetter heute Nachmittag hierher geflüchtet.« Und weil die Männer an diesem Tag wegen der schlechten Witterung schon früher nach Hause gegangen waren, hatte auch noch niemand den Drachen bemerkt.

Wenn es denn überhaupt ein Drache war … Irgendwie klang das Geschöpf, das sich in dem Schuppen versteckte, ganz anders. Eher wie eine der verdammten Seelen, von denen Pastor Bates jeden zweiten Sonntag predigte.

Ganz gleich, jetzt muss ich es wissen, sagte der Junge sich, nahm all seinen Mut, von dem nicht mehr viel verblieben war, zusammen und ging weiter auf die dunklen Gebäude zu. Als er näher kam, gewahrte er im schwachen Schein seiner Lampe, dass das Tor zu einem größeren Schuppen offen stand. Nein, das stimmte nicht! Es schien vielmehr gewaltsam aufgebrochen worden zu sein. Der Riegel war gesprengt und die Torflügel waren nach innen gedrückt worden, so als habe sich ein ziemlich schwerer Körper mit Macht dagegengeworfen. *Vielleicht doch ein Drache*, dachte David und senkte kampfbereit seine Lanze, wie er es auf den Bildern vom Heiligen Georg im Geschichtsbuch des Pastors gesehen hatte – nur dass der Heilige Georg ein richtiger Ritter hoch zu Ross und kein zehnjähriger Knabe gewesen war.

Zitternd vor Anspannung wagte David sich hinein in das schwarze Loch, das ebenso gut das Maul eines urzeitlichen Ungetüms hätte sein können. An der rechten Wand stapelten sich Holzkisten, und als der Junge seine Lampe in ihre Richtung schwenkte, schrak er zusammen. Die Gefahrensymbole, die in dicker schwarzer Farbe auf den Kistenseiten prangten, waren eindeutig: Es befand sich Dynamit darin.

Das schnaufende Heulen wiederholte sich, und diesmal schien der Laut etwas mit sich zu tragen, das an menschliche Worte erinnerte. David runzelte die Stirn und versuchte angestrengt, dem unartikulierten Klagen einen Sinn abzutrotzen. Aber es wollte ihm nicht gelingen. *Was bist du?*, fragte er sich.

Die grauenvolle Antwort auf seine Frage erhielt der Junge fünf Schritte später. Er hatte soeben den Kistenstapel passiert und hob vorsichtig seine Lampe, um den Raum, der sich dahinter öffnete, zu erhellen, als der Schein der kleinen Flamme das Ungetüm aus der Finsternis holte, in der es sich bislang verborgen hatte.

Im ersten Moment glaubte David noch, eine Dampflokomotive vor sich zu haben, und er fragte sich, wie bei allen Heiligen eine Dampflokomotive hier in den Schuppen gelangt sein könne. Dann bewegte sich die Maschine, und der Junge wurde kreidebleich. Durch welch grausige, aller gerechten Schöpfung Gottes spottende Laune dunkler Mächte dieses Wesen, diese Abnormität zustande gekommen sein mochte, ging über Davids Fassungsvermögen. Dennoch war da unbestreitbar der Körper eines Menschen, eines über die ganze Länge des Kessels gestreckten Mannes in Eisenbahnerkleidung, dessen Fleisch irgendwie mit dem Metall der Maschine verschmolzen war. Seine Beine zogen sich – dicken Adern im brünierten Kesselstahl gleich – bis zum Führerhaus, die Arme schienen mit dem Antriebsgestänge der Lok verwachsen, und sein Gesicht, unmöglich verzogen und vor Qualen verzerrt, ragte aus der Front des Kessels hervor. Bizarr geweitete Augen glotzten David flehend an, und ein Mund, der von Stahlnieten gesäumt war, öffnete und schloss sich hilflos wie das Maul eines Fisches auf dem Trockenen.

Ein schnaufendes Heulen drang aus seinem Mund, als der Mann zu sprechen ansetzte. »Töte mich«, bat er mit kaum verständlicher Stimme, während dunkles Öl wie Blut über seine Lippen kam und sein metallenes Kinn herabtroff. »Töte mich …«

Schreiend erwachte David aus seiner Erstarrung. Er ließ die Lanze und die Öllampe fallen, wirbelte herum und rannte davon, fort, nur fort, als seien alle geifernden Dämonen der Hölle hinter ihm her. Vergessen war der Drache, vergessen war die Gefahr der explodierenden Pfützen. Er wollte nach Hause, sich in die Arme seines Vaters flüchten und ihm aschfahl und zitternd vor Grauen versprechen, dass er sich nie wieder heimlich nachts nach draußen schleichen würde. Nie wieder.

Es dauerte ein paar Minuten, bis das brennende Öl der umgefallenen Lampe die Kisten mit Dynamit erreichte. Dann jedoch zerriss eine Explosion die Nacht, die noch im Umkreis von Meilen zu hören war, und eine Staubwolke erhob sich in den Himmel, als sei nördlich von Brixworth ein Vulkan ausgebrochen. Die herbeigeeilten Dorfbewohner sollten bloß noch einen riesigen Krater vorfinden, in dem Trümmer der Holzschuppen lagen und in dessen Mitte die qualmenden Überreste einer Cauliflower der *London and North Western Railway* mit der Nummer 115 standen. Wie die Lokomotive dorthin gekommen war, erfuhren sie nie.

KAPITEL 14:
DAS TIER IST ERWACHT

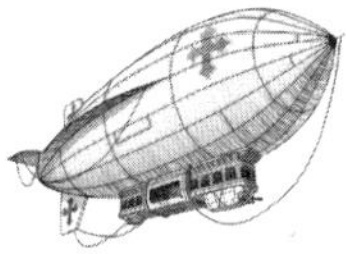

»et vidi de mare bestiam ascendentem habentem capita septem et cornua decem et super cornua eius decem diademata et super capita eius nomina blasphemiae. [...] et datum est ei os loquens magna et blasphemiae et data est illi potestas facere menses quadraginta duo / et aperuit os suum in blasphemias ad Deum blasphemare nomen eius et tabernaculum eius et eos qui in caelo habitant / et datum est illi bellum facere cum sanctis et vincere illos et data est ei potestas in omnem tribum et populum et linguam et gentem / et adorabunt eum omnes qui inhabitant terram ...«

– Offenbarung, Kap. 13, Verse 1,5–8
(nach der Biblia Sacra Vulgata)

21. April 1897, 22:15 Uhr GMT (23:15 Uhr Ortszeit)
Italien, Rom, Monte Pincio

Ein sternenklarer Himmel spannte sich über der Ewigen Stadt. Die heraufziehende Kühle der Nacht ließ die Erinnerung an einen warmen Frühlingstag zunehmend verblassen, und ein leichter Westwind wehte den schalen Geruch des Tibers durch die engen Gassen und über die weiten Plätze. Das lebhafte Treiben des Tages hatte spürbar nachgelassen. Nächtliche Stille breitete sich über den Kuppeln der vielen Kirchen und den allgegenwärtigen steinernen Zeugen der mehr als zweitausendjährigen Geschichte Roms aus.

Eine Ausnahme bildete die Piazza del Popolo. Der ganz im Norden der Stadt liegende Platz war der Ausgangspunkt aller Fahrten von Rom aus in Richtung Norden. Dementsprechend gab es – von der tiefen Nacht abgesehen – kaum eine Tageszeit, an der nicht irgendwelche Kutschen und Karren von Händlern und Überlandreisenden eintrafen und abfuhren.

Als Pietro Araldo mit seiner Kutsche den Platz erreichte, war gerade eine größere Gesellschaft damit beschäftigt, am Fuß des in der Mitte des Platzes aufragenden Obelisken in bereitstehende Gefährte einzusteigen. Die jungen Männer machten dabei so viel Lärm, dass sie die Aufmerksamkeit aller Anwesenden auf sich zogen. Niemand achtete auf die schlichte, zweispännige Kutsche mit den dunklen Vorhängen, und das war Pietro sehr lieb so.

Oft genug war er in offiziellem Auftrag der Römischen Kurie in Rom oder anderen Städten Italiens unterwegs, prachtvoll gekleidet und in prunkvollen Karossen fahrend. An Abenden wie diesem jedoch war Heimlichkeit das Gebot der Stunde, denn dann diente er einer Organisation, die es nach dem Wissen gewöhnlicher Bürger und auch der meisten Angestellten und Kirchenmänner des Heiligen Stuhls überhaupt nicht gab.

Der Kutscher lenkte den Zweispänner am Ostrand des Platzes entlang und verließ die Stadt dann durch die Porta del Popolo. Die mächtige Stadtmauer zu ihrer Rechten fuhren sie einer gewundenen Straße folgend den Pinciohügel hinauf, der direkt östlich der Piazza del Popolo aufragte. Ein Großteil der parkähnlichen Anlagen des Hügels gehörte zum Sommerpalast des Borghesischen Fürstengeschlechts. Doch es gab auch andere Villen wohlhabender Bürger Roms, deren Besitzer sich ein wenig Abgeschiedenheit und einen wundervollen Blick über die Ewige Stadt mit wahren Unsummen oder dem ein oder anderen persönlichen Gefallen erkauft hatten.

Die Villa, der Pietros Kutsche sich schließlich näherte, lag inmitten hoher Bäume an der nordwestlichen Ecke des Pinciohügels und bot einen wundervollen Ausblick auf die Tiberebene vor den Mauern Roms. Das Gebäude war aus hellem Stein errichtet, und Säulen zierten seine Fassade. Der erste Stock und das Dachgeschoss waren zartrosa getüncht, die Fenster wiesen breite weiße Rahmen auf. Das etwas erhöht liegende Portal an der Südfront konnte über zwei geschwungene Freitreppen erreicht werden, die einen halbrunden Eingangsbereich einfassten. Schlanke Säulen trugen ein ebenfalls halbrundes Flachdach, auf dem sich ein durch ein schwarz brüniertes Metallgeländer und hüfthohe, steinerne Zinnen begrenzter Balkon befand. Kelchartige Tonkrüge mit niedrigen Palmwedeln standen darauf.

Der Kutscher bog in den kreisförmigen Vorplatz ein und hielt dann direkt vor dem Eingang. Pietro wartete nicht, bis sein Fahrer vom Kutschbock abgesprungen war und ihm die Tür geöffnet hatte, sondern stieg gleich aus. Er nickte dem Mann dankend zu, bevor er die linke der beiden Treppen erklomm und im Schein der an den Hauswänden hängenden Öllaternen an die hohe, schwere Holztür klopfte.

Ein livrierter Diener in mittleren Jahren öffnete. »Sie wünschen?«, fragte er.

»Zu Signora Diodato, bitte.«

»Wen darf ich melden?«

Statt einer Antwort hielt ihm Pietro eine kleine Karte mit einem Wappen hin. Es zeigte zwei gekreuzte Schlüssel unter einer päpstlichen Tiara und davor einen weißen Schild mit einem eingekreisten goldenen Templerkreuz und den Insignien *O. C. M.*

»Verstehe. Bitte treten Sie ein«, sagte der Diener, ohne die Karte entgegenzunehmen, und zog die Tür weiter auf. Nachdem

Pietro der Einladung Folge geleistet hatte, schloss der Bedienstete sie wieder. »Wenn Sie höflicherweise in der Halle warten würden. Ich lasse die Signora wissen, dass sie Besuch hat.«

»Selbstverständlich.« Während der Diener eine geschwungene Marmortreppe hinaufstieg, verschränkte Pietro die Hände hinter dem Rücken und tat so, als würde er interessiert die Statuen römischer Gottheiten betrachten, die in dem Raum entlang der Wände aufgestellt waren: den mächtigen Jupiter mit einem zum Schleudern bereiten Blitz, Neptun, liegend und umspielt von Wellen, sowie eine erstaunlich detaillierte Minerva, die ihn, bewehrt mit Schild und Speer, aus kalten Augen anblickte. Natürlich kannte er die steinernen Figuren bereits ebenso gut wie den Rest der Einrichtung. Er besuchte dieses Haus nicht zum ersten Mal.

»Pietro Araldo, was für ein unerwartetes Vergnügen«, erklang eine Stimme hinter und über ihm. Es war eine wohlklingende Frauenstimme, dunkel und samtig wie eine Sommernacht in der Campagna vor den Toren Roms.

Er drehte sich um und deutete eine Verbeugung an. »Signora Diodato. Es ist mir wie immer eine Ehre und Freude, Sie zu sehen.«

Die hochgewachsene Dame, die am oberen Treppenabsatz stand, war etwas älter als Pietro, vielleicht Anfang vierzig. Das tat ihrer atemberaubenden Schönheit jedoch keinen Abbruch. Langes, dunkles Haar fiel ihr in schimmernden Wellen über den Rücken, den sie mit der Anmut und Disziplin einer Tänzerin gerade hielt. Ihre ganze Haltung, jede auch noch so kleine Geste, zeugte davon, dass Diodato sich ihres an weiblichen Reizen alles andere als armen Körpers vollständig bewusst war und ihn sehr gezielt einsetzte, um zu bekommen, was immer sie begehrte. Und Pietro wusste, dass sie damit meist Erfolg hatte.

Sie trug einen bodenlangen mitternachtsblauen Seidenmorgenmantel, den sie mit einer schmalen, um die Hüften geschlungenen Schärpe geschlossen hielt, allerdings bewusst so nachlässig, dass am Dekolleté die Spitze eines durchscheinenden Nachtgewands hervorlugte. Pietro konnte sich lebhaft vorstellen, dass konservativere Vertreter des Vatikans sie für solch ein lasterhaftes Kleidungsstück am liebsten umgehend mit Acht und Bann belegt hätten. Zum Glück wussten sie nichts davon, und abgesehen davon war Diodato so wertvoll für den Kirchenstaat, dass die Gottesmänner ihr die eine oder andere zusätzliche Sünde durchgehen ließen.

Der Morgenmantel raschelte leise, als sie barfuß die Marmortreppe zu ihm herunterkam. Ihre dunklen Augen waren unverwandt auf ihn gerichtet, als versuche sie an seiner stoischen Miene abzulesen, mit welchem Auftrag er sie diesmal aufgesucht hatte. Vielleicht versuchte sie es auch in seinen Gedanken zu lesen. Wer konnte das schon wissen? Die Vorstellung veranlasste Pietro, unbehaglich das Gewicht von einem Fuß auf den anderen zu verlagern. Er wünschte sich, er wäre imstande, sich vor Diodatos Gaben abzuschirmen. Aber er war nur ein gewöhnlicher Bote und manchmal Botschafter. Er gehörte nicht wie Diodato zu den Berührten, die vom Heiligen Geist erfüllt und für immer verändert worden waren.

»Folgen Sie mir in den Salon«, gebot seine Gastgeberin ihm, als sie elegant an ihm vorüberschritt. Ein Duft von Lavendel umwehte sie an diesem Abend.

Der Salon befand sich an der Westseite des Hauses und besaß eine großzügige Fensterfront, die einen weiten Blick über die Tiberebene bot. Weitere Steinstatuen, diesmal von Nymphen und römischen Helden, zierten den Raum neben bauchigen Tongefäßen, in denen Palmgewächse sprossen. Die Nordwand bedeckte ein Panoramagemälde der Hügellandschaft um Rom, eine Fortsetzung dessen, was man durch die Fenster im Westen sehen konnte. Mehrere Sofas und andere Sitzgelegenheiten standen in loser Anordnung beisammen, flankiert von zierlichen Tischen. Auf zweien von ihnen luden Obstschalen den Gast zum Zugreifen ein, ein weiterer hielt ein Karaffe mit Wein und eine zweite mit Wasser bereit.

»Darf ich Ihnen etwas zu trinken anbieten?«, erkundigte sich Diodato und deutete auf den Wein.

Pietro schüttelte den Kopf. »Nein, danke, Signora Diodato.«

»Sie sind zu enthaltsam, Signore Araldo.« Sie wandte sich an ihren Diener, der ihnen im Abstand von einigen Schritten gefolgt war. »Aber ich hätte gerne ein Glas Rotwein, Giuseppe.«

»Sehr wohl, Signora.« Der Bedienstete ging zu dem Tisch mit der Karaffe, schenkte etwas Wein in ein bereitstehendes Glas und reichte dieses Diodato.

»Vielen Dank, Giuseppe. Das wäre dann alles«, sagte sie.

»Sehr wohl, Signora.« Der Diener drehte sich um und verließ den Raum.

Nachdem er die Türen hinter sich geschlossen hatte, schlenderte die Hausherrin zu einem bequem wirkenden Kanapee und ließ sich in einer fließenden Bewegung darauf nieder. Mit einer winzigen Geste prostete sie Pietro zu. In ihren Augen glitzerte es wie in denen einer Katze, die mit einer Maus spielen will. »Dann erzählen Sie mal, Pietro, was Sie um diese späte Stunde zu mir geführt hat. Es wird wohl nicht die Sehnsucht gewesen sein, oder?« Wie beiläufig fuhren die Finger ihrer linken Hand über den Seidenstoff ihres Dekolletés. Um ihre Mundwinkel zuckte es.

Pietro zwang sich, seine unbeteiligte Miene aufrechtzuerhalten. Es war ein Spiel, das sie schon seit Jahren spielten. Diodato wollte einfach nicht verstehen, dass es Gottesmänner gab, für die Zölibat und Askese mehr als nur scheinheilige Worte waren. Bislang hatte er ihren Verführungsversuchen immer widerstanden – auch wenn sie es ihm gelegentlich alles andere als leicht gemacht hatte.

Am heutigen Abend wirkte ihr Tun eher wie eine Neckerei unter Freunden. Daher enthielt er sich einer tadelnden Antwort und schüttelte bloß den Kopf. »Ich bedaure, Signora. Ich bin gekommen, um Sie abzuholen. Der Monsignore möchte Sie sehen.«

Diodato hob eine geschwungene Augenbraue. »Es ist reichlich spät für einen Ausflug in die Stadt.«

»Es sind ungewöhnliche Umstände, die ihn dazu bewogen haben, nach Ihnen schicken zu lassen, obwohl der Abend schon fortgeschritten ist«, erklärte Pietro.

Ihrem Blick nach zu urteilen, erwartete sie eine etwas ausführlichere Erklärung.

»Er hat mich selbstverständlich nicht in Einzelheiten eingeweiht. Ich bin lediglich ein Werkzeug der Kongregation. Aber er ließ durchblicken, dass es zu einer besorgniserregenden Verschiebung der Machtverhältnisse in England gekommen sein soll.«

Gedankenvoll nippte Diodato an ihrem Wein. »Was Sie nicht sagen …«, murmelte sie. »Ist es möglich, dass Dunholm vom Thron gestürzt wurde?«

Sie hatte die Frage nicht an ihn gerichtet, daher enthielt sich Pietro einer Antwort.

Einen Augenblick lang herrschte Schweigen zwischen ihnen.

»Also gut«, sagte Diodato. Sie nahm noch einen Schluck Wein, stellte das Glas anschließend neben sich auf den Tisch und stand auf. »Ich ziehe mich rasch um und komme dann zur Kutsche. Finden wir heraus, was ich für die Magieabwehr seiner Heiligkeit tun kann.«

Trutzig erhob sich der steinerne Koloss der Engelsburg am Ende der Engelsbrücke, die Rom über den Tiber hinweg mit dem Vatikan verband. Vor fast zweitausend Jahren als Mausoleum des Kaisers Hadrian errichtet, war die Burg im Laufe der Jahrhunderte immer weiter zur Festung ausgebaut worden und hatte zwischenzeitlich sowohl als Zuflucht wie auch als Gefängnis der Päpste gedient. Vor knapp dreißig Jahren war sie dem italienischen Staat überantwortet worden, der sie ebenfalls als Militärstützpunkt und Gefängnis genutzt hatte. Im Augenblick mehrten sich unterdessen die Bestrebungen, die Feste der Öffentlichkeit zugänglich zu machen und Teile ihres Inneren in ein Museum zu verwandeln.

Kaum jemand wusste, dass die Engelsburg bereits seit mehr als vierhundert Jahren zugleich einem weiteren, weitaus geheimeren Zweck diente. 1484 war – zunächst als Teil der päpstlichen Inquisition – unter der Ägide Papst Innozenz VIII. eine besondere Einrichtung ins Leben gerufen worden, das *Officium contra Magiae*, allgemein auch als Magieabwehr bezeichnet. Der bedeutende Unterschied zur gewöhnlichen Inquisition lag darin, dass der ausgewählte Zirkel der Mitarbeiter dieses Officiums sehr wohl wusste, dass es tatsächlich Dinge zwischen Himmel und Erde gab, die gefährlicher waren als junge, allzu widerspenstige Frauen und alte Kräuterweiblein, denen man aus unterschiedlichsten Gründen – meist Missgunst oder Verfolgungswahn – einen Pakt mit dem Teufel andichtete.

Während sich in den ersten, radikalen Jahrzehnten die Aufgabe der Magieabwehr, ihrem Namen entsprechend, vor allem darin erschöpft hatte, echte Hexen und Zauberer aus dem Weg zu räumen, um diesen als widernatürlich empfundenen Makel vom Angesicht der Erde Gottes zu tilgen, war das Interesse der Streiter des Ewigen Lichts, wie die Mitarbeiter des Officiums sich mitunter selbst nannten, an diesem außergewöhnlichen Phänomen mit der Zeit immer größer geworden.

In den letzten zwei Jahrhunderten hatte sich das Officium schließlich nicht nur von der gewöhnlichen Inquisition gelöst, sondern auch die Verfolgung magischer Phänomene durch das Studium selbiger ergänzt. Denn man hatte erkannt, dass es einerseits unmöglich sein würde, die Magie als Ganzes zu besiegen, und dass sich andererseits bereits in verschiedenen Staaten weltweit geheime Orden und Gesellschaften von Magiekundigen gebildet hatten – zum Teil gar mit dem Wissen und Segen der jeweiligen Obrigkeit. Außerdem hatten einzelne Streiter des Officiums, die sich besonders intensiv dem Studium magischer Phänomene verschrieben hatten, begonnen, Gaben zu entwickeln, die beunruhigend nach Magie aussahen.

Um mit dieser neuen Situation angemessen umgehen zu können, hatte das Officium – eigenmächtig und ohne seine Vorgesetzten mit Einzelheiten zu belästigen – einen Paradigmenwechsel eingeläutet, mit dem weitreichende Reformen seines Aufgabenfelds einhergegangen waren. So hatte man entschieden, dass es bloß eine Möglichkeit gab, mit etwas umzugehen, das man nicht bezwingen konnte: Man musste versuchen, es zu beherrschen. Und so hatte das Officium, während es nach außen weiterhin seiner Arbeit als Bekämpfer der Magie nachgegangen war, im Verborgenen enorme Anstrengungen unternommen, nicht nur alle bekannten Magiervereinigungen zu unterwandern, sondern zugleich wenn schon nicht zum größten, so doch zum kundigsten und bestausgestatteten Orden des ganzen Erdballs aufzusteigen. Natürlich gab es in den Reihen der Streiter des Ewigen Lichts keine Magier. Stattdessen bezeichnete man jene, die sich veränderten – und gezielt verändert wurden – als Berührte, als beseelt vom Heiligen Geist.

Was für eine Heuchelei, dachte Lionida spöttisch, während ihre Kutsche die Engelsbrücke verließ, ungehindert zwei Wachposten passierte und vom Portal der Engelsburg, einem finsteren Loch in der meterdicken Außenmauer, verschluckt wurde. Doch auch wenn sie die Versuche einiger Mitarbeiter des Officiums, ihren Umgang mit der Magie religiös zu verbrämen, innerlich belächelte, hätte sie die Aufgabe und Daseinsberechtigung der Magieabwehr selbst niemals infrage gestellt. Macht war ein gefährliches Spielzeug und gehörte in die Hände jener, die genügend moralisch gefestigt waren, sie verantwortungsvoll und zum Besten der Menschheit einzusetzen. Außerdem wurde Lionida – eine alleinstehende, unabhängige Frau mit gewissen Ansprüchen ans Leben – vom Officium für ihre Mitarbeit fürstlich bezahlt. Das war weiß Gott keine Selbstverständlichkeit, und sie empfand gegenüber Monsignore Donatello Castafiori, dem gegenwärtigen Leiter des Officiums, tiefe Dankbarkeit, dass er ihr in einer schwierigen Phase ihres Lebens eine helfende Hand geboten und im Folgenden ihre besonderen Begabungen stets höher gewichtet hatte als ihren in den Augen mancher Gottesmänner fragwürdigen Lebenswandel. Diese Güte belohnte sie ihm mit einer Treue, die sie sonst keinem Mann in ihrem Leben hatte zuteilwerden lassen. Sie würde tun, was Castafiori von ihr verlangte – dazu zählte auch, ihn aufzusuchen, wann immer er nach ihr rufen ließ.

Die Kutsche fuhr eine breite, spiralförmig innerhalb der Mauern verlaufende Rampe hinauf in den Innenhof der Burg. Dort kam sie zum Stehen, und Pietro Araldo, der Lionida die ganze Fahrt über ein schweigender Begleiter gewesen war, erhob sich, um die Tür zu öffnen und ihr beim Aussteigen zu helfen. Es handelte sich um eine Geste der Höflichkeit, nicht der Notwendigkeit. Lionida mochte eine Frau sein, aber schwach oder hilfsbedürftig war sie deshalb keineswegs. In der Tat hätte es sie gewundert, wenn es innerhalb der Engelsburg auch nur einen Mann gegeben hätte, der ihr körperlich ebenbürtig gewesen wäre. *Die Agenten ausgenommen*, schränkte sie in nüchterner Selbsteinschätzung ein.

Unter der Führung Araldos überquerte sie den Hof, doch statt sich dem Hauptgebäude zuzuwenden, das die Kommandantur der kleinen, hier stationierten Garnison beherbergte und auf dessen Dach die wehrhaft mit gezogenem Schwert wachende Bronzefigur des Erzengels Michael stand, wandte sich der Bote einem Nebentrakt zu, in den man durch ein Portal gelangte, auf dem das Wappen der Inquisition prangte.

Offiziell gehörte dieser Trakt einer eher unbedeutenden und einzig aus historischen Gründen in der Engelsburg beheimateten Außenstelle der Kongregation der römischen und allgemeinen Inquisition. In Wahrheit dienten die bescheiden eingerichteten Kammern jedoch bloß als Fassade für die eigentlichen Räumlichkeiten des Officiums, die man über einen in die Tiefe der Engelsburg führenden Geheimgang erreichte. Außer den zehn Geistlichen der Kongregation, die alle auch für das Officium arbeiteten, kannten Lionidas Wissen nach nur der Garnisonskommandant, ein von Castafiori eingesetzter Verbindungsmann zum italienischen Nachrichtendienst sowie der gegenwärtige Papst, Leo XIII., diesen Gang – wobei es hieß, dass Letzterer bei seiner Amtseinführung klargemacht habe, dass er sich für derlei übersinnlichen Unsinn nicht interessiere, solange es weitaus drängendere politische und soziale Probleme zu bewältigen gäbe. Castafiori hatte ihm daraufhin den Gefallen getan und ihn nicht länger mit Informationen über die Arbeit des Officiums behelligt. Seine Heiligkeit hatte im Gegenzug davon abgesehen, sich Gedanken darüber zu machen, was mit den Mitteln geschah, die diesem diskreten Teil der Kurie zuflossen.

Die beiden Besucher gingen durch die leeren, dunklen Zimmer bis in eine kleine Kammer im hinteren Teil des Gebäudes, die ihrer Einrichtung nach – es gab einige Bänke und einen kleinen Altar – ein Andachtsraum hätte sein können. Tatsächlich aber stellte sie den Eingang zum Machtzentrum des Officiums dar.

Während Araldo an eine bestimmte Stelle in der übermannshohen Holzvertäfelung des Raumes trat, wechselte Lionida mehrmals in die Wahrsicht und wieder zurück. Es erstaunte sie immer wieder, wie perfekt die Geheimtür in der Wand verborgen lag. Für gewöhnliche Sinne war sie praktisch unauffindbar, sofern man nicht wusste, wo man suchen musste. Und selbst in der Wahrsicht verbarg sich das Fadenwerk, das die Tür mit der sie umgebenden Vertäfelung verband, so gut, dass es eines scharfen Auges bedurfte, um es zu bemerken.

Lionidas Begleiter öffnete die Geheimtür, und gemeinsam folgten sie dem in der Mauer der Engelsburg verlaufenden Gang bis in den von Papst Alexander VI., dem Nachfolger von Innozenz VIII., im Rahmen größerer Ausbauarbeiten an der Engelsburg eingerichteten Trakt, der auf keinem historischen Bauplan existierte und in dem das *Officium contra Magiae* untergebracht war. Araldo zog an einer neben der Eingangspforte hängenden Kordel, und eine verborgene Glocke läutete. Es dauerte einen Moment, aber dann vernahmen sie Geräusche hinter der Tür, als jemand im Inneren sowohl die eisernen als auch die magischen Riegel entfernte.

»Kaplan Bigotto«, grüßte Lionida mit einem Neigen des Kopfes den jungen Priester, der ihnen öffnete.

»Guten Abend, Signora Diodato!« Ihr Gegenüber lächelte etwas gezwungen.

Es war kein Geheimnis, dass Bigotto sie für eine Sünderin hielt, aber damit konnte Lionida gut leben, denn sie wusste, dass seine Abneigung ihr gegenüber lediglich seine Art war, das Unwohlsein zu überspielen, das er in ihrer Gegenwart verspürte. Nicht nur gingen Lionidas Gaben weit über die seinen hinaus, sie war zudem eine außergewöhnlich gut aussehende Frau, und wie die meisten jungen Geistlichen, die Castafiori in den letzten Jahren in die Reihen des Officiums berufen hatte, musste auch Bigotto erst einmal mit seinen Gefühlen für die Handvoll weiblicher Magieragenten ins Reine kommen, die im Dienst des Heiligen Stuhls standen. Er würde im Laufe der Zeit ruhiger werden – entweder weil sein Glaube ähnlich stark wurde wie der von Pietro Araldo, oder weil er sich in der Stadt eine heimliche Geliebte nahm.

Während Bigotto die Pforte hinter ihnen wieder verriegelte und sich anschließend seinen sonstigen Pflichten widmete, schritten Araldo und Lionida durch die Korridore des Officiums, vorbei an den Studierzimmern der Magietheoretiker, dem Geheimarchiv und dem Arsenal. Schließlich erreichten sie Castafioris Büro, und Araldo klopfte an.

»Kommen Sie herein«, drang eine Stimme durch die Tür.

Gemeinsam kamen sie der Aufforderung nach und betraten den ovalen, fensterlosen Raum dahinter. Am Tag fiel durch schmale Schächte in der dicken Mauer Licht ins Innere. Jetzt flackerten einige dicke Kerzen in einem fünfarmigen Kandelaber neben der Tür, und der schwere Schreibtisch, der im hinteren Teil des Raumes stand, wurde von einer verzierten Öllampe erhellt. Auf einem Lesepult in der Ecke lag eine aufgeschlagene Bibel.

Alles in allem schien der Raum recht spartanisch eingerichtet, aber Lionida wusste, dass sich hinter der Holzvertäfelung an den Wänden mehr als ein in die Mauer eingelassener Schrank verbarg.

Donatello Castafiori erhob sich von seinem Stuhl, als seine Besucher hereinkamen. Er war ein schlanker, asketisch wirkender Mann um die sechzig, mit langem, ernst wirkendem Gesicht. Die mehr als zwei Jahrzehnte, die er nun schon die Verantwortung für das Officium trug, hatten dauerhafte Falten in seine hohe Stirn gegraben, doch in seinen Augen lag eine unerschütterliche Entschlossenheit, die Lionida immer wieder inspirierte, nicht weniger als ihr Bestes zu geben, wenn sie für diesen Mann arbeitete.

»Lionida, treten Sie näher. Es ist schön, Sie mal wieder zu sehen.« Lächelnd umrundete Castafiori den Schreibtisch und hielt ihr die Rechte mit dem Siegelring seines Amtes hin.

»Die Freude ist ganz meinerseits, Exzellenz«, sagte Lionida, machte einen Knicks und küsste den Ring. Es war eine der wenigen Gesten der Unterwerfung, bei der sie keinen inneren Widerwillen verspürte.

»Benötigt Ihr meine Dienste noch?«, fragte Araldo von der Tür her.

»Nein, vielen Dank, Signore Araldo«, erwiderte Castafiori.

Lionidas Führer nickte und zog sich zurück, wobei er die Tür hinter sich wieder schloss.

Lionida faltete die Hände vor dem Körper. »Also, was führt mich zu Euch?«, wollte sie wissen.

Das Lächeln auf Castafioris Miene verschwand. »In den letzten Tagen wurde die magische Sphäre auf bisher nicht da gewesene Weise erschüttert«, sagte er ernst.

Lionida neigte in gelinder Verwunderung den Kopf. »Ich nehme nicht an, dass Ihr von dem Machtwechsel sprecht, zu dem es innerhalb des *Order of the Silver Circle* kam.«

»Araldo hat Ihnen schon davon erzählt?«, fragte Castafiori.

»Was er eben darüber wusste«, erwiderte Lionida mit einem Schulterzucken. »Es war nicht viel.«

»Viel wissen wir leider auch nicht. Aber das wenige ist erschreckend genug.« Der Leiter der Magierabwehr verschränkte die Hände hinter dem Rücken und begann langsam im Raum auf und ab zu gehen. »Vor nicht einmal zwei Stunden kam es, wie Sie selbst sagten, zu einem Machtwechsel. Lordmagier Victor Mordred Wellington hat die Macht an sich gerissen und die alte Führungsriege, sofern sie nicht ohnehin bereits zu seinen Mitverschwörern zählte, eingesperrt. Zuvor hat es bereits mehrere Tote gegeben. Unter anderen wurde der ehemalige Erste Lordmagier Albert Dunholm ermordet, und auch sein Stellvertreter Lord Cheltenham ist tot.«

Diese Eröffnung veranlasste Lionida, die Augenbrauen zu heben. Dabei erstaunte sie weniger die Schnelligkeit, mit der die Neuigkeiten die Entfernung von London bis nach Rom überbrückt hatten – das *O. C. M.* war bereits seit einem halben Jahr dabei, seine Spione durch ein magisch verstärktes, drahtloses Telegrafienetz zu verbinden, dessen Grundkonzept es vor zwei Jahren von einem italienischen Wissenschaftler namens Marconi *erworben* hatte. Doch das Gesagte selbst gab durchaus Anlass zur Verwunderung – und zur Sorge. »Das klingt alles ungewöhnlich radikal für unsere englischen Nachbarn. Ich hielt den Orden bislang eher für eine Teerunde alter Herren.«

Castafiori warf ihr einen bedeutungsvollen Blick zu. »Offensichtlich hat sich das in jüngster Zeit geändert. Über gewisse Spannungen waren wir schon eine ganze Weile im Bilde. Aber dass sich die Dinge dermaßen überschlagen könnten … Damit hat wohl niemand gerechnet. Und es kommt noch schlimmer.«

»Inwiefern?«

Schweigend ging Castafiori zu der aufgeschlagenen Bibel hinüber, senkte den Blick und legte eine Hand auf den Einband. »Und ich sah ein Tier aus dem Meer steigen, das hatte zehn Hörner und sieben Häupter und auf seinen Hörnern zehn Kronen und auf seinen Häuptern lästerliche Namen …«, las er vor. Er hob den Kopf und sah Lionida an. In seinen Augen flackerte ein dumpfes Grauen, das sie noch nie zuvor so bei ihm gesehen hatte, während er auswendig fortfuhr: »Und es wurde ihm ein Maul gegeben, zu reden große Dinge und Lästerungen, und ihm wurde Macht gegeben, es zu tun zweiundvierzig Monate lang. Und es tat sein Maul auf zur Lästerung gegen Gott, zu lästern seinen Namen und sein Haus und die im Himmel wohnen. Und ihm wurde Macht gegeben, zu kämpfen mit den Heiligen und sie zu überwinden; und ihm wurde Macht gegeben über alle Stämme und Völker und Sprachen und Nationen. Und alle, die auf Erden wohnen, beten es an …«

»Die Offenbarung des Johannes«, murmelte Lionida verwirrt. »Was wollt Ihr mir damit sagen?«

»Den Berichten unseres Spions zufolge hat Wellington das Tier aus dem Meer gerufen, und wenn wir nicht eingreifen, wird es die Welt verschlingen.«

»Ich verstehe nicht.« Sie glaubte nicht, dass Castafiori von einem Seeungeheuer sprach.

Ihr Gegenüber nahm die Hand von der Bibel und legte sie wieder hinter den Rücken. »Wir haben erfahren, dass Lordmagier Wellington mitten im Atlantik die Wahre Quelle der Magie gefunden und das Siegel gebrochen hat.«

»*Die* Wahre Quelle der Magie?«, fragte Lionida. »Ich dachte, sie wäre nur ein Mythos.«

»So, wie es aussieht, nicht«, erwiderte Castafiori trocken. »Die Quelle scheint an die Oberfläche zurückgekehrt zu sein und speit seitdem, einem Vulkan gleich, ununterbrochen rohe Magie in unsere Welt. Das erklärt ein Phänomen, das wir bereits seit einigen Tagen beobachten und für das wir bislang keine schlüssige Erklärung hatten …«

»Die Magie wird stärker«, kam ihm Lionida zuvor. Sie nickte langsam. »Ich habe es ebenfalls gespürt, mir aber nichts dabei gedacht.« Genau genommen hatte sie es als eine der zufälligen

Schwankungen, wie sie immer mal wieder vorkamen, abgetan und sich über die Kopfschmerzen und die Übelkeit geärgert, die ihr vor drei Nächten einen wunderbaren Abend mit einem jungen Adligen aus der Stadt verleidet hatten.

»Ich denke, wir alle haben es auf die eine oder andere Art gespürt. Und die meisten von uns haben sich wohl zunächst nicht den Kopf darüber zerbrochen. Unsere Magispectoren brauchten fast einen Tag, bis sie merkten, dass irgendetwas Gewaltiges im Gange war. Und anfangs konnten wir uns auch gar keinen Reim darauf machen. Erst jetzt, da uns diese beunruhigende Botschaft aus London erreicht hat, fügen sich alle Teile zu einem Bild zusammen. Und dieses Bild zeigt uns das Ende der Welt, wie sie bisher existierte.«

Es waren erschütternde Worte, die Castafiori wählte, aber für Lionida war und blieb die Bedrohung abstrakt. Das Ausmaß dieser magischen Katastrophe – wenn es sich wirklich um eine handelte, denn offensichtlich gab es Menschen wie Wellington, die sich von der legendären Quelle etwas Nutzbringendes versprachen – entzog sich ihrem Verständnis. »Was wünscht Ihr, dass ich unternehme?«, stellte sie daher die einzige Frage, die im Augenblick für sie zählte.

Der Leiter der Magieabwehr begab sich zu seinem Schreibtisch zurück, setzte sich und faltete die Hände auf der Tischplatte. »Ich möchte, dass Sie sich nach London begeben, Lionida. Finden Sie heraus, was genau dort vor sich geht, und tun Sie, was nötig ist, um das Gleichgewicht der Kräfte wiederherzustellen.«

»Soll ich Wellington ausschalten?«

»Ich fürchte, das wird Ihnen nicht möglich sein. Wenn Wellington die Wahre Quelle der Magie geöffnet hat, dürfte er sich so stark verändert haben, dass er kaum noch ein Mensch ist. Seine Kräfte werden den Ihren weit überlegen sein. Also nähern Sie sich ihm – wenn überhaupt – nur mit äußerster Vorsicht.«

»Ich verstehe«, sagte Lionida. »Welche Vorgehensweise schlagt Ihr stattdessen vor?«

»Verbünden Sie sich mit dem Widerstand!«, riet Castafiori ihr. »Finden Sie die Gegner Wellingtons, und helfen Sie ihnen, so gut es geht. Versuchen Sie im Gegenzug so viele Informationen wie möglich über die Quelle und – wichtiger noch – ihre genaue Lage im Atlantik zu gewinnen. Denn letztendlich ist es nicht damit getan, Wellington unschädlich zu machen. Auch um die Quelle müssen wir uns kümmern, ansonsten ist all das, was wir uns in den letzten Jahrhunderten aufgebaut haben, hinfällig.«

»Wie stellt Ihr Euch das vor?«, fragte Lionida belustigt. »Es wird wohl kaum einen Deckel geben, den man einfach über die Quelle stülpen kann, um sie wieder zu verschließen.«

»Natürlich nicht. Es ist alles ein wenig komplizierter«, erwiderte ihr Gegenüber. »Aber mit alldem möchte ich Sie im Moment noch gar nicht belasten. Sie erfahren, was zu tun ist, wenn der richtige Zeitpunkt gekommen ist.«

Lionida warf ihm einen spöttischen Blick zu. »Bloß kein Wagnis eingehen, nicht wahr? Ich könnte schließlich in die Hände des Feindes fallen.«

Castafiori neigte würdevoll den Kopf. Wenn ihr Tonfall ihn verletzt hatte, zeigte er es jedenfalls nicht. »Ich bin in dieser heiklen Situation lieber etwas zu vorsichtig.«

»Zweifellos zu Recht.« Lionida nickte. »Also gut. Ich reise nach London, suche die Anhänger Dunholms, und dann sehen wir weiter. Ich werde gleich eine Überfahrt buchen.«

Der Leiter der Magieabwehr schüttelte den Kopf. »Das wird nicht nötig sein. Wir werden Sie auf anderem Wege nach England bringen.«

»Auf anderem Wege?«, wiederholte Lionida mit milder Neugierde.

Donatello Castafiori schenkte ihr ein dünnes Lächeln. »Sagen wir es einmal so: Sie werden ein wenig Rückendeckung haben – nur für den Fall …«

21. April 1897, 22:24 Uhr GMT
England, London, geheime Hallen des Ordens des Silbernen Kreises

Mit einem dumpfen Hallen fiel die schwere eisenbeschlagene Holztür hinter ihnen ins Schloss. Dem Laut haftete etwas Endgültiges an, das in Jonathan unwillkürlich die unangenehme Frage aufkommen ließ, ob diese Finsternis, in die man ihn gemeinsam mit einem guten Dutzend anderer Magier gestoßen hatte, wohl das Letzte sei, was er in diesem Leben zu sehen bekäme.

Unbehaglich schaute er sich um. Es war stockfinster in dem Raum, der zu einem Kellerbereich in einem abgelegenen Teil der Unteren Guildhall gehörte. Nicht einmal ein Rest von Licht, an den sich seine Augen hätten gewöhnen können, existierte. Darüber hinaus war es bitterkalt. Die Luft roch feucht und leicht abgestanden, und es lag die Ahnung von noch etwas anderem darin, das Jonathan im Augenblick nicht richtig einordnen konnte. *Krankheit und Tod?*, schlug eine Stimme in seinem Inneren vor, aber er brachte sie rasch zum Schweigen.

Um ihn herum bewegten sich seine Mitgefangenen mit vorsichtigen Schritten durch die Dunkelheit. Unter ihnen waren Kendra, Holmes, Cutler, der schottische Leiter der Magieabwehr Drummond und einer seiner Untergebenen sowie die unterdrückt schluchzende Miss Spellman und der grauhaarige Gentleman, der sich ihrer angenommen hatte. Dazu kamen fünf oder sechs andere Magier, die ihnen zugeordnet worden waren, als die Anhänger des Usurpators Wellington die ungefähr sechzig Ordensmitglieder, die dem wahnsinnigen Lordmagier die Gefolgschaft verweigerten, in vier Gruppen geteilt hatten, um sie dann nacheinander aus der Großen Ratskammer zu führen und in den Tiefen der Unteren Guildhall einzusperren.

»Das ist das Ende! Wir werden alle sterben«, vernahm Jonathan die angstvoll klingende Stimme von Miss Spellman im Dunkeln.

»Nein, meine Liebe. Das werden wir sicher nicht«, versuchte der ältere Magier an ihrer Seite sie zu beruhigen. »Könnte freundlicherweise jemand versuchen, Licht zu machen?«, wandte er sich an die übrigen Anwesenden.

Zwei gelbliche Lichtpunkte, mehr zu erahnen, als wirklich zu erkennen, glommen direkt neben Jonathan auf. »Würden Sie bitte kurz schweigen?«, bat Holmes.

Es gab ein klatschendes Geräusch, anschließend noch eines und noch eines. Es wiederholte sich regelmäßig, während der Magier sich langsam von Jonathan und den anderen entfernte.

»Was macht er da, Mister Cutler?«, erkundigte sich Jonathan leise in die Richtung, in der er den ehemaligen Sekretär des Ersten Lordmagiers Albert Dunholm vermutete.

»Er schaut sich im Raum um«, flüsterte dieser. »Es ist Ihnen möglicherweise noch nicht bewusst, aber unsere Fähigkeit, in der Wahrsicht die Welt zu erkennen, hängt wesentlich davon ab, welche Sinneseindrücke uns zur Verfügung stehen. In einem Raum, der so dunkel wie dieser ist, lässt sich auch mithilfe der Wahrsicht nicht viel ausmachen. Es sei denn, man schafft sich gezielt Fäden, indem man etwa in die Hände klatscht. Natürlich ist es etwas kniffliger, aus einem so kurzen Aufblitzen eines Fadenwerks Rückschlüsse auf die eigene Umgebung zu ziehen.«

»Wäre dann ein konstantes leises Murmeln nicht hilfreicher?«, wollte Jonathan wissen.

»Nicht unbedingt. Es erzeugt ein anhaltenderes, aber unschärferes Bild der Umgebung. Außerdem kommt man sich, verzeihen Sie den Ausdruck, wie ein Idiot vor, wenn man so vor sich hin murmelt«, erwiderte Cutler.

»Mister Cutler, das ist nicht hilfreich«, beschwerte sich Holmes auf der anderen Seite des Raumes.

»Ja, ich weiß. Verzeihen Sie! Ich bin schon still«, entschuldigte sich Cutler.

»Ah, nicht mehr nötig. Ich habe gefunden, was ich gesucht habe.«

»Und das wäre?«, fragte Jonathan.

»Eine Laterne«, erklärte Holmes ihm. Es gab ein metallisches Klacken, gefolgt von einem leisen Quietschen. »Wir haben Glück. Es ist noch ein Kerzenstummel darin. Hoffen wir, dass er ausreicht. Wäre jemand so nett, die Lampe zu halten, während ich meine Zündhölzer suche?«

»Geben Sie her!«, brummte eine volltönende Stimme mit unverkennbar schottischem Akzent. Jonathan nahm an, dass sie Drummond gehörte.

Diese Annahme wurde bestätigt, als ein Zündholz angerissen wurde, und die fingernagelgroße Flamme die Gesichter der beiden sich gegenüberstehenden Männer erhellte. Vorsichtig schob Holmes das Zündholz in die Laterne und entflammte den Docht. Ein sanfter gelber Lichtschein breitete sich im Raum aus, und der Magier nickte zufrieden.

Der Anblick, der sich ihnen bot, gab allerdings nicht viel Anlass zur Freude. Ein unebener Steinboden lag unter ihren Füßen, und nackte gemauerte Wände, die über ihren Köpfen gewölbeartig zusammenfanden und an denen die Feuchtigkeit glänzte, umgaben sie. Entlang der Wände reihten sich Steinquader, die wohl als Sitzbänke oder Schlafplätze dienen sollten. Und in unregelmäßigen Abständen ragten Reste von Metallringen aus dem Mauerwerk, die ebenso gut als Fackelhalter wie als Kettenhalterungen für Gefangene gedient haben mochten.

»Das nenne ich mal eine gastliche Unterkunft«, bemerkte Holmes sarkastisch, während er die Laterne hin und her schwenkte, um den ganzen Raum zu erfassen.

»Wo sind wir hier?«, fragte Jonathan. »Ist das ein Kerker?«

»Bedauerlicherweise, ja«, antwortete Cutler ihm. »Er stammt – wie alle Räumlichkeiten der Unteren Guildhall – aus den Gründerzeiten des Ordens vor vielen Jahrhunderten. Und leider gab es auch vor dem heutigen Tag schon dunkle Zeiten in der Geschichte des Ordens.«

»Das heißt, wir sind nicht die ersten Unglücklichen, die hier unten enden?« Seine Gedanken an Krankheit und Tod kehrten zurück.

Cutler schüttelte den Kopf. »Mit Sicherheit nicht. Allerdings dürfte es gute hundertfünfzig Jahre her sein, seit der letzte Gefangene hier einsaß. Auch damals herrschte ein Machtkampf innerhalb des Ordens. Und wenn ich mich recht entsinne, sperrte die siegreiche Fraktion ihre Gegner in diesen Kellern ein, bis sie entschieden hatte, was sie mit ihnen anstellen sollte.«

Jonathan hob eine Augenbraue. »Ich möchte vermutlich gar nicht hören, was mit ihnen geschah …«

»Unwahrscheinlich«, gab Cutler zu. »Sie wurden alle getötet.«

»Ich habe es doch gesagt«, flüsterte Spellman wimmernd, »wir werden alle sterben.«

Holmes bedachte Cutler mit einem milde belustigten Blick, während er langsam zu Jonathan, Kendra und dem Sekretär hinüberschlenderte. »Das war ungewöhnlich offen für einen sonst so taktvollen Mann wie Sie, Mister Cutler.«

Cutler machte ein betroffenes Gesicht. »Ich … Es … es tut mir leid. Ich wollte damit keine Vergleiche zu unserer gegenwärtigen Lage ziehen. Mit Sicherheit nicht …«

Der Magier klopfte ihm väterlich auf die Schulter. »Keine Sorge. Ich für meinen Teil sehe keinerlei Gemeinsamkeiten. Denn im Gegensatz zu diesen glücklosen Seelen werden wir sicher nicht mehr Zeit als unbedingt nötig in diesem Loch verbringen.«

»Sie beabsichtigen einen Ausbruch?«, meldete sich Drummond zu Wort.

»Unbedingt«, erwiderte Holmes. »Hier unten gibt es keinen Whiskey, und die Sitzgelegenheiten sind eine Beleidigung für mein Hinterteil.«

Ungeachtet ihrer Lage merkte Jonathan, wie seine Mundwinkel zuckten. Holmes war unverbesserlich.

Drummond schien der eigenwillige Humor des Magiers weniger zu beeindrucken. Mit grimmiger Miene gesellte er sich zu ihnen. Aus unmittelbarer Nähe wirkte er auf Jonathan sogar noch imposanter als oben in der Ratskammer. Sein Adjutant, ein sehniger Mann mit kurz geschorenen Haaren und Schnurrbart – dem Aussehen nach hätte er auch gut in die Uniform eines Constable der Londoner Polizei gepasst –, folgte ihm auf dem Fuß. Der Schotte ließ die Knöchel seiner riesigen Hände knacken. »Das wird nicht so einfach werden, wie Sie sich das vorstellen, Mister Holmes.«

Fragend hob dieser die Augenbrauen. »Wie kommen Sie darauf?«

»Ich selbst habe erst vor drei Jahren die magischen Sicherungen dieser Räume verstärkt«, brummte Drummond.

»Hieß es nicht eben, der Kerker würde nicht mehr genutzt?«, warf Jonathan ein.

»Ausnahmen bestätigen die Regel.«

»Verzeihen Sie, Mister Drummond, aber wovon sprechen Sie?«, erkundigte sich Cutler stirnrunzelnd. »Diese Kerker *wurden* von niemandem mehr genutzt.«

»Doch, wurden sie«, widersprach der Leiter der Magieabwehr. »Von mir.«

»Weshalb weiß ich nichts davon?«

»Sie mussten es nicht wissen. Aber Dunholm wusste es.«

Der Sekretär blinzelte irritiert. »Und dürfte ich fragen, wen Sie hier eingesperrt haben?«

»Dürfen Sie: mich selbst. Ab und zu ist es notwendig, nicht wahr, Wilkins?« Drummond grinste seinen Adjutanten vielsagend an.

»Ja, Sir«, erwiderte dieser nur lakonisch.

Cutler starrte ihn ungläubig an. Dann nickte er langsam, und Erkennen blitzte in seinen Augen auf. »Ich verstehe.«

»Ich nicht«, gestand Jonathan.

»Das macht nichts, Mister …« Drummond stockte.

»Kentham«, sagte Jonathan.

»Kentham, richtig.« Der Schotte nickte. »Mein Aufenthalt hier war eine persönliche Angelegenheit.«

»Alkohol und Magie … eine gefährliche Mischung …«, murmelte Holmes vor sich hin.

Drummond warf ihm einen düsteren Blick zu, den der Magier mit Unschuldsmiene erwiderte. »Jedenfalls spaziert man aus diesem Kerker nicht so ohne Weiteres hinaus.«

»Wir werden sehen«, sagte Holmes.

»Verzeihung, aber vielleicht sollte diese Entscheidung nicht von Ihnen alleine getroffen werden. Immerhin dürften alle Anwesenden mit erheblichen Konsequenzen rechnen müssen, wenn Ihr Vorhaben scheitert«, mischte sich ein weiterer Magier ein. Es handelte sich um einen stämmigen grauhaarigen Herrn mit zerfurchtem Gesicht und freundlichen Augen, der nach Jonathans Dafürhalten einen guten Pfarrer oder Arzt abgegeben hätte.

»Wollen Sie damit sagen, dass Sie lieber hier unten verrotten möchten, Doktor Westinghouse?«, knurrte Drummond.

Also ein Arzt, dachte Jonathan und klopfte sich in Gedanken selbstzufrieden auf die Schulter.

»Nein, ganz im Gegenteil«, widersprach Westinghouse. »Ich möchte diesen ungastlichen Ort auch so schnell wie möglich verlassen. Aber ich bin kein Kämpfer wie Sie, und die meisten anderen sind es auch nicht. Können wir es wirklich wagen, uns mit Männern wie diesem Ungeheuer Hyde-White anzulegen? Oder sollten wir nicht lieber versuchen, uns in Geduld zu üben, bis der richtige Zeitpunkt gekommen ist, um mit Lordmagier Wellington eine Übereinkunft zu treffen?«

»Man kann mit Wellington nicht verhandeln!«, zischte ein junger Mann, der bis jetzt mit zorniger Miene den Raum in Augenschein genommen hatte. Er gesellte sich ihrer Gruppe hinzu und stemmte die Hände in die Hüften. »Er ist ein Verräter, und auch wenn ich mit Miss Spellman sonst nie einer Meinung bin, so doch diesmal. Wellington wird uns alle umbringen – wenn wir ihm die Möglichkeit dazu lassen.« Unvermittelt wandte sich der Mann Jonathan zu. »Stimmt etwas nicht?«

Jonathan zuckte leicht zusammen, als er merkte, dass er sein

Gegenüber ziemlich offen angestarrt hatte. Es kam allerdings auch nicht alle Tage vor, dass man jemandem begegnete, dessen Haut schuppig wie die einer Schlange war und dessen Augen geschlitzte Pupillen aufwiesen.

»Nein, alles in Ordnung«, antwortete er kopfschüttelnd. »Verzeihen Sie!«

Holmes legte Jonathan leutselig die Hand auf die Schulter. »Nehmen Sie es ihm nicht übel, Mister Ashbrook. Mister Kentham ist erst seit ein paar Tagen Teil unserer Welt. Seine Augen sind noch groß und staunend wie die eines neugeborenen Kindes.«

»Danke für den trefflichen Vergleich, Holmes«, raunte Jonathan.

»Gern geschehen, mein Bester«, gab Holmes zurück.

»Dann sollte er besser schnell erwachsen werden«, knurrte Ashbrook. »Wir leben in Zeiten, in denen die Kindersterblichkeit ziemlich hoch ist.« Eine dünne, gespaltene Zunge tauchte für einen Lidschlag zwischen seinen schmalen Lippen auf und züngelte angriffslustig in Jonathans Richtung.

»Ich bin schon vorsichtig«, sagte dieser.

Mittlerweile hatten sich auch die übrigen Anwesenden um Holmes, Drummond, Jonathan und die anderen geschart. Offensichtlich wollten alle mitbekommen, was hier gesprochen wurde.

Cutler räusperte sich. »Bevor wir über das Für und Wider einer Flucht diskutieren, darf ich vielleicht eine kurze Vorstellung übernehmen.« Er deutete auf Jonathan und Kendra. »Dies hier sind Mister Kentham und Miss McKellen. Mister Kentham ist Journalist und erst vor wenigen Tagen mit der Magie erstmals in Berührung gekommen. Miss McKellen stammt, wenn ich richtig informiert bin, aus Schottland und kam mit ihrem Großvater hierher, um Lordmagier Dunholm zu besuchen.«

Jonathan fiel auf, dass der Sekretär des verstorbenen Ersten Lordmagiers es geschickt verstand, so viel zu verraten, dass die erste Neugierde der Anwesenden gestillt wurde, ohne dabei etwas preiszugeben, das potenziell gefährliches Wissen barg – wie etwa die Tatsache, dass Jonathan Dunholms Ring trug, ein Umstand, von dem hier und jetzt nur Jonathan, Kendra, Cutler und Holmes wussten.

Cutler fuhr unterdessen fort: »Mister Kentham, Miss McKellen, dies ist Mister Drummond, der Leiter der Magieabwehr.«

»Wohl eher der ehemalige Leiter der Magieabwehr«, knurrte der hünenhafte Schotte.

»Der Herr neben ihm ist Mister Wilkins, einer seiner Gehilfen. Und Doktor Westinghouse ist der Arzt des Ordens, ein Mediziner, der sich auf ungewöhnliche Krankheiten und Verletzungen spezialisiert hat.«

»Es ist schön, Sie kennenzulernen«, sagte Westinghouse und gab Jonathan die Hand. »Auch wenn die Umstände alles andere als angenehm sind.«

»Des Weiteren hätten wir hier Miss Spellman, und der Gentleman an ihrer Seite ist Mister Winterbottom, seines Zeichens Magietheoretiker und Archivar.«

Die rundliche Magierin mit den rot verquollenen Augen zwang sich zu einem Lächeln, und ihr Begleiter verbeugte sich steif.

»Ebenfalls eine Archivarin ist die Dame ganz in Schwarz hier, Misses Blackwood«, sagte Cutler. »Und diese beiden Gentlemen sind Mister Peabody und Mister Richardson, Inhaber einer Anwaltskanzlei, die den Orden unterstützt.«

»Schadensbegrenzung ist unser Metier«, erklärte der Dickere der beiden, Mister Peabody, dessen Gesicht ein prächtiger Backenbart zierte.

»Man könnte auch sagen: Vertuschungen«, fügte sein Kompagnon Mister Richardson, ein hagerer Mittfünfziger mit ausgeprägter Hakennase, dünn lächelnd hinzu. Beide reichten Jonathan die Hand.

Cutler deutete derweil auf eine Frau, deren elfenhaft zarte Züge es unmöglich machten, ihr Alter zu schätzen.

»Miss Morland«, hauchte sie.

»Das hier ist …«, sagte Cutler, brach dann ab und räusperte sich. »Ja, Miss Morland. Sie besitzt die eigentümliche Gabe, einige Augenblicke in die Zukunft zu sehen. Niemand von uns hat jemals herausgefunden, wie ihr das gelingt. Allerdings bemerkt sie es manchmal nicht, dass Sie sich gerade in der Zukunft befindet, und nimmt daher gewisse Dinge … vorweg.«

Die elfenhafte Frau blickte Jonathan abwesend an. Ihre Augen waren hell wie arktische Gletscher. »Verzeihung«, sagte sie schließlich mit etwa fünf Sekunden Verspätung. Sie blinzelte, und ihr Blick schien etwas klarer zu werden. »Ich bin erschöpft. Manchmal beginnt mein Geist in diesem Zustand zu driften. Und um Ihre Frage zu beantworten, die Sie sicher stellen wollen, Mister Kentham: Ich spüre die Vorbeben im Fadenwerk.«

»Vorbeben?«, echote Jonathan mit fragender Miene.

»Es ist wie die Bugwelle eines Schiffes oder die Böen, die einem Sturm vorausgehen«, erklärte Morland mit leiser Stimme. »Alle Ereignisse werfen einen Schatten voraus, allen Änderungen im Fadenwerk geht ein Beben der Fäden voraus. Ich spüre es wie die Erschütterung der Fäden durch das Ereignis selbst.«

»Faszinierend«, warf Holmes ein. »Wir sollten gelegentlich gemeinsam zum Pferderennen gehen. Ich lade Sie ein.«

»Ich kann nur wenige Momente vorausblicken, Mister Holmes«, sagte Morland mit einem milden Lächeln. »Ich wäre Ihnen keine Hilfe.«

»Nun, dann zumindest eine charmante Begleitung.«

»Mister Ashbrook«, schloss Cutler die Vorstellungsrunde ab, »haben Sie ja schon kennengelernt.«

»Schön«, sagte Holmes. »Nachdem wir der Etikette jetzt Genüge getan und eine Menge Namen ausgetauscht haben, die sich Mister Kentham und Miss McKellen nur schwerlich werden merken können, wäre vielleicht der richtige Zeitpunkt gekommen, um zu klären, was wir zu tun gedenken. Und bitte keine langen Debatten; wir sind hier nicht im Rat, sondern im Gefängnis.«

»Für mich ist das keine Frage: Wir brechen dieses Schloss auf und verschwinden von hier. Je länger wir herumsitzen, desto mehr Ärger wird Wellington anrichten«, sagte Ashbrook.

»Ihre Einstellung gefällt mir. Ich schließe mich dem an«, erklärte Holmes. »Mister Drummond?«

Der schottische Hüne verschränkte die Arme vor der breiten Brust. »Ich bleibe zwar dabei, dass es nicht so leicht sein wird, aber natürlich helfe ich. Ich habe nicht vor, in meiner eigenen Zelle zu versauern.«

Jonathan, Kendra, Cutler und Wilkins nickten ebenfalls zustimmend.

»Aber Ihnen ist klar, dass wir ein unwägbares Risiko eingehen«, wandte Doktor Westinghouse erneut ein. »Wenn Lordmagier Wellington uns erwischt, wird unser Schicksal aller Voraussicht nach höchst unerfreulich ausfallen. Dass er wenig Skrupel hat, dürfte sein Angriff auf Lord Cheltenham gezeigt haben.«

Die Worte beschworen das Bild eines verkrümmt daliegenden, schwarz verkohlten Leichnams vor Jonathans innerem Auge herauf, der schwelenden Überreste des ehemaligen Stellvertretenden Ersten Lordmagiers, der einem völlig unprovozierten Flammenangriff Wellingtons zum Opfer gefallen war. Die abscheuliche Tat hatte als Warnung dienen sollen – und diesen Zweck hatte sie mehr als erfüllt.

»Sagte Lord Wellington nicht, dass er uns freilassen würde, wenn wir ihn nicht stören?«, warf Spellman mit unsicherer Stimme ein.

Ashbrook lachte abfällig. »Wer das glaubt, ist ein Narr!«

»Bitte, bleiben Sie höflich, Mister Ashbrook«, wies Holmes ihn zurecht, bevor er sich selbst an die Magierin wandte. »Möglicherweise sprach er die Wahrheit, möglicherweise nicht, meine liebe Miss Spellman. Doch so oder so können wir uns nicht erlauben, ihn einfach gewähren zu lassen. Sein Handeln ist das eines Wahnsinnigen. Und, glauben Sie mir, bis ich zu solch einem Schluss komme, muss schon einiges geschehen.«

»Mister Holmes, Sie übertreiben«, rief Winterbottom.

»Das sehe ich anders«, knurrte Drummond.

»Vielleicht sollten wir eine Nacht darüber schlafen«, schlug Peabody vor.

»Während Wellington sich auf Dunholms Platz breitmacht?«, empörte sich Ashbrook.

Die Debatte drohte außer Kontrolle zu geraten, als immer mehr Anwesende gleichzeitig ihre Meinung kundzutun versuchten. Peabody und Richardson pochten auf den Versuch, mit den Anhängern des Neuen Morgens zu verhandeln. Ashbrook und Drummond lehnten das rundheraus ab. Die übrigen vertraten Standpunkte irgendwo dazwischen.

In diesem Augenblick meldete sich Kendra unvermittelt zu Wort: »Die Welt wird im Chaos versinken.« Ihre Stimme war tonlos, ihr Blick schien in weite Ferne gerichtet zu sein. »Straßen werden aufbrechen, Häuser werden einstürzen, Ungeheuer werden aus dem Meer steigen und am Himmel kreisen. Ein furchtbarer Orkan der Magie wird über den Erdball toben, und Tausende werden sterben …«

Die Magier um sie herum verstummten. »Was sagen Sie da?«, fragte Holmes.

Die Enkelin von Giles McKellen schaute ihn mit großen Augen an. »Ich habe es gesehen. In der Nacht vor drei Tagen hatte ich eine Vision, und sie zeigte mir eine Welt, in der das Chaos herrscht. Auch mein Großvater spürte eine unglaubliche Bedrohung. Sie hat ihn bewogen, nach London aufzubrechen.«

»In der Nacht vor drei Tagen …?«, murmelte Cutler. »Das war die Nacht, in der Lordmagier Dunholm getötet wurde.«

»Und die, in der Wellington die Wahre Quelle der Magie öffnete«, knurrte Drummond.

Jonathan richtete sich auf. »Also, ich für meinen Teil habe genug gehört. Ich möchte nicht auf die Gnade eines Mannes mit Welteroberungsplänen bauen. Und noch viel weniger möchte ich zusehen, wie sich unsere Welt in einen Ort verwandelt, in dem

Steinlöwen durch nächtliche Londoner Straßen streifen und jedes Sommergewitter zu einem Inferno wird, wie Mister Holmes, Miss McKellen und ich es außerhalb von London erlebt haben. Das kann niemand von Ihnen wollen!«

»Sehr schön gesagt, mein Bester«, lobte Holmes. »Schreiten wir also zur unvermeidlichen Abstimmung. Wer ist für einen Fluchtversuch?«

Es dauerte eine Weile, aber letzten Endes gingen alle Hände in die Höhe.

»Prächtig. Legen wir los.«

»Wo ist er?!« Victor Mordred Wellington, der selbst ernannte Erste Lordmagier des Ordens des Silbernen Kreises, ließ die kalte Hand Albert Dunholms fallen und hob wütend den Kopf. Er befand sich in der kleinen, schlichten Kapelle des Ordens. Einfache Holzbänke reihten sich im hinteren Teil des Raumes, während der vordere durch einen mit einem verzierten Tuch bedeckten Steinaltar ausgefüllt wurde, über dem ein Wandbild hing, das den Heiligen Georg im Kampf mit dem Drachen zeigte.

Direkt vor dem Altar lag der Leichnam des früheren Ersten Lordmagiers aufgebahrt. Man hatte ihn gewaschen und in einen frischen dunklen Anzug gesteckt, sodass nichts mehr auf den Todeskampf hinwies, den er drei Nächte zuvor im Fleischmarkt am Smithfield ausgefochten hatte. Wellington nahm an, dass der Orden seinen Anführer spätestens in ein oder zwei Tagen hätte einäschern wollen. Das würde er nun übernehmen. Er würde den Alten Mann mit allen Ehren, die ihm zustanden, bestatten lassen. Zwar hatte er persönlich seinen Tod befohlen, aber nicht aus Mangel an Respekt vor Dunholm, sondern weil dieser ihm schlicht im Weg gestanden hatte. Noch immer verspürte Wellington Hochachtung vor den Fähigkeiten und der Weitsicht seines Vorgängers, und zugleich bedauerte ein Teil von ihm, dass es ihm nie gelungen war, Dunholm von der Notwendigkeit eines Neuen Morgens der Magie zu überzeugen.

Bevor es allerdings zu dem Feierakt kommen konnte, den sich sicher auch viele von Wellingtons Anhängern wünschten – und wenn allein, um ihr insgeheim schlechtes Gewissen ein wenig zu beruhigen –, galt es eine Angelegenheit zu klären.

»Verzeihen Sie, Albert, aber es muss sein«, murmelte er und begann in den Taschen des Toten zu wühlen. Gleichzeitig wechselte er in die Wahrsicht über und ließ seinen Blick über den leblosen Körper gleiten. Als er nicht fündig wurde, zwang er Dunholms Kiefer auseinander und drang mit den Spürfäden seiner rechten Hand die Kehle des Lordmagiers hinab, in die Tiefe seiner Eingeweide vor. Wellington war froh, dass ihm die Magie den ekelerregenden Anblick der Organe, in denen er tastend nach dem unseligen Kleinod suchte, ersparte.

Ein donnerndes Stampfen auf dem Gang kündete vom Nahen seines Schülers, der mittlerweile zu seinem Vollstrecker geworden war. Wellington hob den Kopf, als Duncan Hyde-White, der Mann, der durch den Ausbruch der Wahren Quelle der Magie zum Monstrum geworden war – halb Mensch, halb silbern glänzender Panzertauchanzug –, den klobigen Schädel zur Tür hereinsteckte. »Die Gefangenen sind wie von Euch gewünscht eingekerkert«, meldete er mit metallisch dröhnender Stimme.

»Gut. Sehr gut«, erwiderte Wellington. Er erwartete, dass sich Hyde-White wieder zurückziehen würde, doch stattdessen schob dieser die furchterregende Masse seines aus Stahl und Fleisch bestehenden Körpers schnaufend ins Innere der Kapelle.

»Was macht Ihr da, Meister?« Augen, die irritierend an einen zerbrochenen Spiegel erinnerten, richteten sich glitzernd auf Wellington, der in diesem Moment bemerkte, dass seine rechte Hand noch immer auf dem Gesicht Dunholms lag. Betont langsam zog er sie zurück.

»Ich suche etwas – den Ring, den Dunholm stets an seiner linken Hand trug.«

»Ich erinnere mich daran«, sagte Hyde-White. »Es war eine Art Siegelring mit dem Symbol des Silbernen Kreises darauf.«

Wellington nickte. »Ganz recht. Dunholm trug ihn als Zeichen der Würde seines Amtes als Erster Lordmagier.«

Sein Adlatus schnaubte. »Was wollt Ihr mit dem Ring? Ihr braucht ihn nicht, um Euren Anspruch zu untermauern. Alle, die sich Euch angeschlossen haben, folgen Euch, weil Ihr eine Vision habt, nicht weil ihr ein albernes Schmuckstück tragt.«

»Es geht nicht um das, was er bedeutet«, klärte Wellington ihn auf, »sondern um das, was in ihm steckt.«

»Magische Macht?« Mit metallischem Knirschen verlagerte Hyde-White sein Gewicht von einem tonnenförmigen Bein auf das andere. In seinen facettierten Augen glomm ein gelblicher Schimmer auf. »Ich sehe in Euch den stärksten Magier, der je auf Erden gewandelt ist. Wie viel Kraft mag dem Ring schon innewohnen, dass er zu Eurer nennenswert beitragen könnte?«

Warnend hob Wellington eine Hand. »Unterschätzen Sie nicht die Macht des Ringes, Duncan! Aber Sie haben mich ohnehin erneut missverstanden. Ich trachte nicht danach, den Ring zu besitzen. Ich will seiner lediglich habhaft werden, um ihn zu vernichten.«

»Ihn vernichten?«, echote Hyde-White. Er verengte die Augen zu funkelnden Schlitzen. »Langsam wüsste ich wirklich gerne, was es mit diesem Kleinod auf sich hat.«

Wellington machte ein ernstes Gesicht. »Schließen Sie die Tür, Duncan! Das, was ich Ihnen jetzt zu sagen beabsichtige, ist nicht für anderer Leute Ohren bestimmt.«

Sein Adlatus hob die linke Klauenhand, schloss sie um das schwere Holz der Eingangstür zur Kapelle und warf selbige mit einer beiläufigen Geste zu. Ein dumpfer Schlag hallte durch den Raum. Wellington seufzte innerlich. Duncan Hyde-White war noch nie ein Mann der subtilen Gesten gewesen, und seine Verwandlung in diesen Metallgolem hatte nicht dazu beigetragen, sein Feingefühl zu steigern.

»Ich höre, Meister.«

Wellington trat um den aufgebahrten Leichnam Dunholms

herum auf den Altar zu und nahm den verzierten, streitkolbenförmigen Weihwasserwedel auf, der darauf lag. Mit geheucheltem Interesse musterte er ihn und lächelte, als er hörte, wie Hyde-White hinter seinem Rücken ungeduldig schnaufte. *Wenn Sie eines noch lernen müssen, Duncan, so ist es Geduld*, dachte er. Laut sagte er hingegen: »Erinnern Sie sich noch daran, wie wir den Siegelbrecher zusammengefügt haben?«

Es war eine rhetorische Frage. Keiner von ihnen beiden würde je die Mühen vergessen, die mit dem Zusammensetzen des machtvollen Artefakts einhergegangen waren, das sie benötigt hatten, um das jahrtausendealte Siegel über der Wahren Quelle der Magie zu zerschmettern. »Ja«, antwortete Hyde-White daher erwartungsgemäß einsilbig.

»Es war eine furchtbare Sucherei, bis wir alle Stücke gefunden hatten, die wir benötigten, um aus ihnen ein Instrument zu schaffen, mächtiger als die Summe seiner Teile. Aber es gelang uns – dank der Aufzeichnungen der ursprünglichen Wächter der Wahren Quelle.«

»Worauf wollt Ihr hinaus?«, fragte Hyde-White.

Wellington legte den Weihwasserwedel zurück an seinen Platz auf dem Altar und drehte sich zu seinem Schüler um. »Was einmal Bestand hatte, könnte wieder existieren … wenn die richtigen Männer am richtigen Ort mit den richtigen Artefakten zusammenkommen.«

Ungläubig beugte Hyde-White den Oberkörper ein wenig nach vorne. »Wollt Ihr damit sagen, dass all unsere Bemühungen noch immer zunichtegemacht werden könnten?«

»In der Tat. Und ich bin mir ziemlich sicher, dass der Ring in diesem Zusammenhang eine Rolle spielen wird.«

Unruhig stapfte Hyde-White im Kreis. »Jemand muss den Ring nach Dunholms Tod an sich genommen haben. Einer der anderen Magier. Vielleicht der Doktor … oder Cutler.«

Wellington nickte. »Genau das argwöhne ich auch.« Er hob den Blick und fixierte seinen monströsen Untergebenen. »Kümmern Sie sich darum, Hyde-White! Befragen Sie die Gefangenen … auf Ihre eigene, unnachahmliche Art. Irgendjemand wird wissen, was mit dem Objekt unserer Begierde geschehen ist.«

»Mit Vergnügen«, grollte sein Schüler.

Er drehte sich schnaufend um, riss die Tür wieder auf und stieß dabei beinahe mit John Grayson Carlyle, dem Leiter für äußere Angelegenheiten zusammen, der mit zum Klopfen erhobener Hand direkt davorstand.

»Was machen Sie denn hier? Haben Sie etwa gelauscht?«, fuhr er ihn an, ohne dem im Grunde Höhergestellten den Respekt zu erweisen, den er eigentlich verdiente. Wellington ließ es ihm durchgehen. Es genügte, wenn Hyde-White, der – genau wie er selbst – dank der Magie der Wahren Quelle einen enormen Machtschub erlebt hatte, ihm nach wie vor hörig war. Die anderen Mitglieder des Inneren Zirkels waren zweitrangig.

Carlyle machte ein säuerliches Gesicht, schien es aber nicht auf einen Streit mit dem Golem ankommen lassen zu wollen. Daher senkte er nur betont langsam die Hand und schüttelte den Kopf. »Nein, Mister Hyde-White, das habe ich nicht.« Er betonte das Mister auf eine gereizte Weise, die klarmachen sollte, dass er sich trotzdem nicht von einem Schüler würde einschüchtern lassen. »Ich wollte zu Ihnen, Lordmagier Wellington.«

Hyde-White sah Wellington an, und dieser gebot ihm mit einer Geste, Carlyle gewähren zu lassen. »Es ist gut, Duncan. Kümmern Sie sich um die besprochene Sache. Ich werde mich derweil Mister Carlyles Anliegen widmen.«

Der gepanzerte Hüne grunzte und stapfte donnernd davon.

»Kommen Sie, Mister Carlyle. Ich war hier ohnehin fertig und wollte mich soeben zu meinem Büro begeben. Begleiten Sie mich, und berichten Sie mir, was Sie zu mir geführt hat.« Er schritt an dem Leiter für äußere Angelegenheiten vorbei und trat in den Korridor. Carlyle schloss sich ihm gezwungenermaßen an.

»Es gibt möglicherweise ein Problem … oder sagen wir: ein unerwartetes Ärgernis«, begann er.

»Ich höre«, sagte Wellington.

»Ich habe gerade mit Mister Whitby, einem meiner Mitarbeiter, gesprochen. Ich hatte ihn, gemeinsam mit Mister Kenneth, dem Franzosen zur Seite gestellt, nicht bloß, um jenem bei seinem Angriff auf Dunholm behilflich zu sein, sondern auch, um während seines Aufenthalts in London ein wachsames Auge auf ihn zu haben. Er ist immerhin ein berüchtigter Magierjäger. Man darf ihm nicht trauen.«

»Ich weiß, wer der Franzose ist«, wies Wellington ihn subtil zurecht. »Ich habe ihn persönlich angeheuert.«

»Natürlich«, beeilte Carlyle sich zu sagen. »Aber lassen Sie mich fortfahren. Ich komme gleich zum Kern des Ganzen: Während Ihrer Abwesenheit, kurz nach dem Ableben Dunholms, gelang es uns, ein Telegramm abzufangen, das an den Ersten Lordmagier gerichtet war. Es stammte von einem Magier namens McKellen, der darin berichtete, gemeinsam mit seiner Enkelin auf dem Weg hierher zu sein, um Dunholm zu treffen. Er wusste von der Wahren Quelle der Magie, und er forderte Dunholm auf, die *Wächter*, wie er sie nannte, zusammenzurufen.«

Wellington spürte, wie sich sein Magen kurz schmerzhaft zusammenzog. *Was einmal Bestand hatte, könnte wieder existieren … wenn die richtigen Männer am richtigen Ort mit den richtigen Artefakten zusammenkommen.* Er sah seinen Begleiter scharf an. »Was haben Sie unternommen?«

»Miss McGowan und ich haben zunächst sichergestellt, dass niemand außer uns den Inhalt des Telegramms kennt. Dazu war es leider notwendig, Thomas Crowley und seine Frau durch den Franzosen beseitigen zu lassen.«

»Bedauerlich, aber nicht zu ändern«, sagte Wellington. »Weiter.«

»Anschließend schickten wir den Franzosen los, um die beiden McKellens auf dem Weg nach London abzufangen. Whitby und Kenneth begleiteten ihn. Unseren letzten Informationen nach erwarteten sie McKellen und seine Enkelin irgendwo an der Bahnstrecke zwischen Birmingham und London.« Carlyle senkte die Stimme ein wenig. »Und jetzt wird es unerfreulich: Wie mir Mister Whitby berichtete, gelang es ihnen zwar, den Zug mit den McKellens aufzuspüren, dann jedoch wurden sie auf einmal von einer Gruppe Magier angegriffen, die anscheinend gekommen war, um den McKellens zu helfen. Durch ein magisches Unwetter wurde der Kampf schließlich zugunsten der anderen entschieden. Der Franzose verschwand, Mister Kenneth starb, und Whitby wurde gefangen genommen. Gemeinsam mit den McKellens wurde er zur Guildhall gebracht, wo er vor dem Rat aussagen und die Verschwörung verraten sollte. Nur Ihr rechtzeitiges Eintreffen hat das verhindert.«

Wellington hielt im Tritt inne und starrte Carlyle an. »Wollen Sie damit sagen, dass diese McKellens jetzt hier in unserem Gewahrsam sind?«

Der Leiter für äußere Angelegenheiten holte tief Luft. Er wirkte alles andere als glücklich. »Ja und nein. Während der Verbannte Holmes sowie Mister Cutler mit irgendeinem Neuling namens Kentham und McKellens Enkelin zur Ratskammer gingen – und dort von uns gefangen genommen wurden –, blieben laut Whitby Dunholms Protegé Randolph Brown und der Magispector Mister Sedgewick in der Bibliothek zurück, um den alten McKellen, der sich in irgendeiner magischen Trance befand, sowie Mary-Ann McGowan, die in ihre Hände geraten war, zu bewachen.«

»McGowan? Wie kam es denn dazu?«

Sein Begleiter zuckte mit den Schultern. »Das vermag ich auch nicht genau zu sagen. Ich erinnere mich noch daran, dass sie sich während der Ratssitzung entschuldigte, weil sie irgendein kleineres Übel aus der Welt schaffen wolle. Ich kann im Nachhinein nur annehmen, dass sie Cutler und Sedgewick auf der Spur war, denn die beiden Männer befanden sich laut Whitby zusammen mit Miss McGowan in der Bibliothek, als die Gruppe um Holmes dort eintraf.« Er brach den Gedankengang mit einer wegwerfenden Handbewegung ab. »Wichtig ist jedoch – um das Ganze abzuschließen – allein dies: Als ich meine Männer nach dem Bericht von Whitby zur Bibliothek schickte, waren Brown, Sedgewick, der alte McKellen und McGowan verschwunden. Ich habe natürlich sogleich eine Durchsuchung der ganzen Guildhall angeordnet, aber ich fürchte, sie sind uns entwischt.«

Mit nachdenklicher Miene setzte Wellington den Weg zu seinen Zimmern fort, während Carlyle schweigend neben ihm herging. Im Grunde interessierte ihn die Flucht einer Handvoll Magier nicht. Sedgewick war gänzlich unbedeutend, und auch Brown, obschon ein ebenso verbissener wie unverwüstlicher Störenfried, konnte sein großes Vorhaben kaum gefährden. Den Verlust von Mary-Ann empfand er als bedauerlich. Sie war ihm stets eine treue Mitstreiterin gewesen, und er hätte sie gewiss lieber an seiner Seite als in der Hand gemeiner Entführer gesehen. Doch im Zweifelsfall konnte auch sie geopfert werden.

Wirklich Sorgen bereitete ihm McKellen. Wellington hatte noch nie von einem Magier dieses Namens gehört. Und von irgendwelchen Wächtern auch nicht. Natürlich hatten die uralten Schriften, die er studiert hatte, um den Standort der Wahren Quelle der Magie zu ermitteln, von Wächtern gesprochen, aber er war davon ausgegangen, dass damit die Fischwesen gemeint gewesen waren, die er in den Ruinen rund um die Quelle angetroffen hatte. *Offensichtlich habe ich mich geirrt*, dachte Wellington. Es war eine ebenso interessante wie unerfreuliche Erkenntnis. Wenn dort draußen irgendwo ein Wächter herumlief, bestand womöglich eine unmittelbare Gefahr für seine Pläne.

Sie erreichten die Tür zu Wellingtons Büro, und der Erste Lordmagier wandte sich an Carlyle. »Ich danke Ihnen für diese Informationen, Mister Carlyle. Sie waren höchst aufschlussreich. Und ich teile Ihre Sorge. Wir können diese Sache nicht einfach auf sich beruhen lassen. Schicken Sie Ihre Männer los. Sie sollen noch einmal die gesamte Untere Guildhall überprüfen. Vielleicht verstecken sich die Vermissten irgendwo. Ansonsten lassen Sie die Stadt durchkämmen. Es würde mich wundern, wenn Brown und die anderen London verlassen hätten. Sie werden vielmehr irgendeinen verrückten Plan zu einem Gegenschlag aushecken. Wir müssen ihnen zuvorkommen. Das ist von höchster Wichtigkeit. Also finden Sie sie, und sorgen Sie dafür, dass sie uns nicht in die Quere kommen. Ich gebe Ihnen diesbezüglich alle Handlungsvollmachten. Tun Sie, was getan werden muss!«

Der Leiter für äußere Angelegenheiten neigte den Kopf. »Ich mache mich sofort an die Arbeit.« Nach einem kurzen Zögern fügte er hinzu: »Was machen wir mit Holmes und den anderen?«

»Die sollen nicht Ihre Sorge sein. Um unsere widerspenstigen Ordensbrüder und -schwestern kümmere ich mich selbst.« Wellington kniff die Augen zusammen. »Aber bringen Sie mir diese McKellen-Frau. Es würde mich sehr interessieren, wie viel sie über besagte Wächter weiß.«

»Sofort, Lordmagier.« Carlyle verbeugte sich knapp und eilte davon.

Unterdessen betrat der neue Erste Lordmagier sein Büro und schloss die Tür hinter sich. Mitten im Raum blieb er stehen, drehte den Kopf in Richtung der Kapelle, und sein Blick durchdrang Wände und Korridore, als er zum Leichnam Albert Dunholms zurückkehrte. Gedankenvoll strich er sich über das Kinn. »Was haben Sie getan, Albert? Welche Figuren haben Sie gegen mich in Stellung gebracht, bevor ich Sie aus dem Spiel genommen habe?«

KAPITEL 15:
DUNKLE STUNDEN

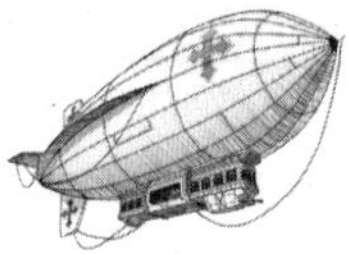

»Kaiser Wilhelm in Wien. Heute Morgen um 11 Uhr traf Kaiser Wilhelm von Deutschland hier ein und wurde am Bahnhof von Kaiser Franz Joseph sowie allen österreichischen Herzögen empfangen. Auf dem Bahnsteig der Eisenbahnstation erwartete ihn eine Ehrengarde. Die Kaiser umarmten sich wiederholt, und auch die Fürsten begrüßte Kaiser Wilhelm herzlich. Anschließend fuhren die Kaiser unter dem Jubel der an den Straßen versammelten Menschenmengen zum Palast.«

– Wiener Zeitung, 21. April 1897

21. April 1897, 22:55 Uhr GMT
England, London, geheime Hallen des Ordens des Silbernen Kreises

Die Hände in die Hosentaschen vergraben und die Schultern fröstelnd hochgezogen, stand Jonathan einige Schritt hinter Holmes, Cutler, Drummond, Wilkins und Ashbrook in der feuchten Dunkelheit ihres Gefängnisses und fühlte sich nutzlos. Während die Männer vor ihm sich damit abmühten, die Sicherungen ihres Gefängnisses zu überwinden, blieb Jonathan, der zu wenig Erfahrung im Fadenweben besaß, um ihnen dabei behilflich sein zu können, nichts übrig, als stumm zuzuschauen und sich zu wünschen, dass sein magisches Talent wenigstens annähernd mit der Kraft zunehmen möge, die in seinem Inneren von Stunde zu Stunde wuchs. Doch im Augenblick gelang es ihm nicht einmal, in die Wahrsicht zu wechseln. Die Anstrengungen des Tages machten sich langsam bemerkbar; erschöpft, hungrig und verfroren, wie er war, wollte es ihm einfach nicht gelingen, eine Verbindung zur Magie herzustellen.

Mit einem Seufzen wandte er sich ab und ging zu Kendra hinüber, die ähnlich unzufrieden wie er wirkte, während sie stumm und mit hochgezogenen Knien auf einer der Steinbänke hockte. »Was haben Sie?«, fragte Jonathan, als er sich neben ihr niederließ. »Machen Sie sich Sorgen um Ihren Großvater?«

Die junge Frau nickte. »Und wegen meiner Sachen«, fügte sie kurz darauf hinzu. »In der Tasche, die ich in der Bibliothek zurückgelassen habe, bevor wir zur Ratskammer liefen, befand sich mein ganzer Besitz ... ein Buch meiner Mutter ... und andere Dinge ...« Sie ballte ihre rechte Hand zur Faust und umklammerte sie mit der anderen. Auf ihrer Miene zeichnete sich hilfloser Zorn ab. »Können Sie sich vorstellen, wie es sich anfühlt, vielleicht alles zu verlieren, was bislang das eigene Leben gewesen ist?«

Unwillkürlich musste Jonathan an Elisabeth denken, die nach dem Eklat im Savoy-Hotel, bei dem Holmes einen unbescholtenen Bürger in der Annahme, es handele sich um den berüchtigten Franzosen, verprügelt hatte, furchtbar enttäuscht und empört gewesen war. Er hatte sich tags darauf zwar in einem Brief bei ihr entschuldigt, aber er wusste nicht, ob sie die Entschuldigung angenommen hatte. Gleichzeitig kam ihm sein Streit mit Mister Greenhough in den Büros des *Strand Magazine* in den Sinn, und ebenso sein letztes Zusammentreffen mit seinem besten Freund Robert, den Holmes, Randolph und er niedergeschlagen hatten, um die Luxusmotorkutsche, die ein reicher Gönner Robert geliehen hatte, entwenden zu können – und anschließend war sie von ihnen zu Schrott gefahren worden. Nichts davon hatte Jonathan so gewollt. Die Umstände hatten ihm diese Situationen aufgezwungen. Umso mehr schmerzte ihn das Geschehene. »Oh ja«, bekannte er leise. »Ob Sie es glauben oder nicht, ich weiß sehr gut, wie es sich anfühlt, wenn einem alles, was im Leben wichtig war, von einem Tag auf den nächsten zu entgleiten droht.«

An der Tür ließ Holmes ein frustriertes Schnauben hören. »Drummond, Sie verrückter schottischer Schafhirte, wieso mussten Sie dermaßen dichte Sperrfäden um die Tür einrichten?«

»Damit niemand herauskommt, der hier drinsteckt, was dachten Sie denn, Holmes?«, erwiderte der Leiter der Magieabwehr gereizt. »Und außerdem war ich zu keiner Zeit meines Lebens Schafhirte. Ich kann Schafe nicht ausstehen – nur dass Sie es wissen. Sie stinken, wenn ihr Fell nass ist, und wie sie einen anschauen …« Er gab ein angewidertes Geräusch von sich.

»Oh, bitte entschuldigen Sie! Mir war nicht bewusst, dass Schafe einen so heiklen Gesprächsstoff für Sie darstellen«, gab Holmes sarkastisch zurück.

»Still, meine Herren«, unterbrach Cutler sie. »Ich glaube, da kommt jemand.«

Sofort wurde es ruhig, und alle lauschten gebannt. Jonathan erhob sich von der Steinbank und machte einen Schritt auf die Tür zu. Kendra folgte ihm.

»Es ist Hyde-White«, hauchte Miss Morland, die mit schräg gelegtem Kopf neben Misses Blackwood auf einer der Bänke saß, wodurch die beiden Damen Jonathan ungewollt an die weiße und die schwarze Königin eines Schachspiels erinnerten.

Tatsächlich wurde auf der anderen Seite der Tür im Gang das regelmäßige Stampfen schwerer Schritte lauter.

»Sie hat recht …«, murmelte Holmes.

»Was kann der hier wollen?«, fragte Cutler.

»Nichts Gutes«, knurrte Drummond.

Holmes wandte sich zu Jonathan und Kendra um. »Rasch«,

sagte er zu den beiden. »Setzen Sie sich wieder hin. Kendra, nehmen Sie Jonathans Hand, und verbergen Sie sie gut. Wirken Sie verängstigt … und möglichst unscheinbar.«

»Was … wieso?« Verdattert ließ Jonathan zu, wie Holmes ihn zurück auf die Steinbank drückte, seine Hand ergriff und in die von Kendra legte.

»Dunholms Ring«, raunte er eindringlich. »Wenn Hyde-White hereinkommt, und nur einen Blick in die Wahrsicht wirft, bemerkt er ihn womöglich, wenn wir ihn nicht verbergen. Also tun Sie, was ich gesagt habe, während Cutler und ich ihn ablenken.« Er nickte dem grauhaarigen Sekretär zu, der sich an ihre Seite gesellt hatte.

Im nächsten Augenblick machte sich jemand geräuschvoll an der Tür zu schaffen, und sie wurde nach außen aufgezogen. Wie erwartet schob sich die groteske Gestalt von Wellingtons Begleiter in den Raum. Der Verwandelte schien überhaupt keine Bedenken zu haben, dass die versammelten Magier ihn angreifen könnten. Derartige Sorgen wären auch unbegründet gewesen, denn nicht nur Miss Spellman wich vor dem grausigen Anblick des mit dem metallenen Panzertauchanzug verwachsenen Fleisches zurück. »Wo ist er?«, donnerte Hyde-White ohne Einleitung. Er drehte sich zu Cutler um, machte zwei Schritte auf ihn zu und packte den grauhaarigen Mann ohne Vorwarnung mit der rechten Metallklaue am Kragen.

»He, benehmen Sie sich ein bisschen!«, grollte Drummond und wollte Hyde-White von der anderen Seite in den Arm fallen. Doch dieser drehte einfach ein wenig den tonnenförmigen Oberkörper und schwang dabei den linken Arm herum. Er traf den Schotten direkt an der Brust und warf ihn nach hinten an die Wand. Während dieser sich unter Wilkins Mithilfe keuchend wieder aufrappelte, hob Hyde-White Cutler ohne sichtliche Mühe von den Füßen. Dunholms Sekretär ächzte erschrocken und versuchte sich mit beiden Händen an dem stählernen Handgelenk seines Peinigers festzuhalten. Dieser zog ihn nah zu sich heran. »Wo ist Dunholms Ring?«, schnaubte Wellingtons Vollstrecker drohend.

Jonathan spürte, wie sich Kendras Hand, die zuvor nur zaghaft, beinahe ein wenig scheu, auf der seinen gelegen hatte, fester schloss. Sie sahen sich an, und Jonathan war sich ziemlich sicher, dass sie die Angst auf ihrer Miene nicht spielen musste. Er legte seine zweite Hand auf die ihre und bemühte sich, beruhigend zu wirken, während er gleichzeitig das hartnäckig vor seinem inneren Auge aufsteigende Bild einer stählernen Klaue zu verdrängen versuchte, die seinen Ringfinger abriss, weil sie den magisch festsitzenden Ring nicht zu lösen vermochte.

»Ich weiß nicht, wovon Sie sprechen, Sir«, ächzte Cutler derweil tapfer. Sein Gesicht begann rot anzulaufen.

Hyde-White hob ihn ein wenig höher. Sein aus dem Kugelhelm herauswachsendes Antlitz war finster wie eine Gewitterfront. »Ich spreche von dem Siegelring, den Dunholm immer an seiner linken Hand trug. Er ist fort. Irgendjemand muss ihn genommen haben.«

»Das tut mir leid. Ich versichere Ihnen … Ich war es nicht«, keuchte sein Gegenüber. »Ich würde niemals das Andenken an den Ersten Lordmagier beschmutzen … indem ich seine Leiche fleddere.«

Hyde-White starrte den Sekretär noch einen Moment lang an. Dann knurrte er unwillig und ließ ihn einfach zu Boden fallen. Hustend sank Cutler auf die Knie. Blackwood eilte an seine Seite und stützte ihn.

»Wer hat ihn dann?«, fragte Hyde-White. In seine Augen, die wie gesplittertes Glas waren, trat ein Schimmer, und er ließ seinen Blick langsam über die Anwesenden schweifen. Jonathan verkrampfte sich unmerklich, und Kendra drückte seine Hand so fest, als wolle sie sie zerquetschen.

»Vielleicht suchen Sie an der falschen Stelle«, erhob Holmes die Stimme und lenkte damit Hyde-Whites Aufmerksamkeit auf sich. Dabei hatte sich der Magier so geschickt hingestellt, dass der Koloss Jonathan und Kendra aus dem Blick verlieren musste, wenn er sich ihm zuwenden wollte.

»Wie meinen Sie das?«

»Nun, was Mister Cutler gesagt hat, dürfte für uns alle hier gelten«, erklärte Holmes, während er in einer alle Anwesenden einschließenden Geste die Arme ausbreitete. »Wir waren und sind Anhänger und Verehrer des Alten Mannes. Niemand von uns hätte ihm seinen Siegelring gestohlen, um sich schnöde zu bereichern. Aber war es nicht ein Söldner, ein gedungener Attentäter, der zusammen mit einigen Schergen von fragwürdigem Charakter Dunholm aufgelauert und ihn getötet hat? Wäre es nicht viel wahrscheinlicher, dass dieser Schurke, ein Ausländer, wie mir gar zu Ohren kam, über Dunholms erkaltenden Leib hergefallen ist? Sein Auftrag hieß doch zweifellos, Dunholm umzubringen. Davon, dass man den alten Herrn danach nicht einiger Schmuckstücke und vielleicht seiner Geldbörse berauben dürfe, war mit Sicherheit niemals die Rede.«

»Das sagen Sie doch nur, um Ihre Haut zu retten«, grollte Hyde-White.

»Prüfen Sie es nach!«, ermunterte Holmes ihn. »Gehen Sie in die Kapelle, und schauen Sie nach, ob der Erste Lordmagier seine Geldbörse noch in der Tasche hat. Oder ob er die vergoldete Taschenuhr noch bei sich trägt, die Crowley, Drummond und ich ihm zum sechzigsten Geburtstag geschenkt haben.«

»Ich erinnere mich gar nicht daran, dass der Lordmagier eine vergoldete Taschenuhr besaß.« Noch immer wirkte Wellingtons Schüler nicht ganz überzeugt, aber Holmes' Worte schienen ihn zumindest nachdenklich zu machen.

»Natürlich hatte er eine. Prüfen Sie meine Aura. Lesen Sie meine Gedanken, wenn Sie wollen. Ich lüge nicht.« Holmes machte eine einladende Geste.

Drohend trat Hyde-White einen Schritt auf ihn zu. Wenn Blicke hätten töten können, wäre Holmes in diesem Augenblick wie vom Blitz erschlagen umgefallen. Stattdessen erwiderte er den Blick des Monstrums ruhig und ohne mit der Wimper zu zucken. Nach einigen scheinbar endlosen Sekunden schnaufte Hyde-White. »Ich werde dem nachgehen«, brummte er, nur um sich gleich darauf aufzurichten und die Stimme zu einem Dröhnen anzuheben. »Aber wehe Ihnen allen, wenn ich feststelle, dass Sie ein falsches Spiel mit mir zu treiben versuchen! Ich werde Sie zerquetschen, einen nach dem anderen. Irgendwann wird mir schon jemand sagen, was ich hören will. Todsicher!«

Mit einem Ruck wandte er sich um und stapfte zur Tür zurück. Er riss sie auf, trat nach draußen und warf sie donnernd hinter sich ins Schloss. Ein Schaben und Klacken zeugte davon, dass er sowohl die mechanischen als auch die magischen Riegel wieder vorschob.

Als er sich entfernt hatte, hob Drummond beide Augenbrauen. »Ich habe Dunholm eine vergoldete Taschenuhr geschenkt?«

»Natürlich haben Sie das«, erwiderte Holmes mit einem Nicken. »Wer sonst, außer einem Toten, einem Mann mit unlesbar chaotischer Fadenaura und einem begnadeten Schauspieler hätte dazu imstande sein können, Hyde-White die Überprüfung meiner Behauptung unmöglich zu machen?«

»Sie haben ihn belogen?«, fragte Jonathan, während Kendra und er ihre Hände lösten.

Holmes gestattete sich ein triumphierendes Lächeln. »Wie heißt es so schön: Die Feder ist mächtiger als das Schwert. Oder in unserem Fall: Der Verstand schlägt reine Körperkraft. Hyde-White war schon immer stark, seine Begabung als Magier aber eher mäßig. Das hat sich auch jetzt nicht geändert. Ihn zu täuschen, war ein Kinderspiel.« Er machte eine wegwerfende Geste, doch dann verblasste sein Lächeln. »Nichtsdestoweniger ist die Gefahr nicht gebannt, sondern nur aufgeschoben. Er wird sicher wiederkommen. Und dann sollten wir besser nicht mehr da sein.« Sein Blick wanderte zur Tür ihres Gefängnisses. »Also auf ein Neues …«

21. April 1897, 23:05 Uhr GMT
England, London, Nightingale Lane

An den St. Katharine Docks, der westlichsten der entlang der Themse bestehenden Hafenanlagen, die gemeinhin einfach als Dockland bezeichnet wurden, herrschte vormitternächtliche Ruhe. Die Mannschaften der Frachtschiffe, die mit Gewürzen, Kaffee, Portwein und Wolle an Bord um den halben Erdball gefahren waren, lagen unter Deck in ihren Kojen. Und die Hafenarbeiter, die tagein, tagaus damit beschäftigt waren, die Ladungen zu löschen und die Güter in den die Docks umgebenden Warenlagern unterzubringen, schliefen in ihren engen Wohnungen nördlich der St. George Street. Dichter Nebel hing über dem Wasser, füllte die leeren Straßen und Hinterhöfe, und außer dem leisen Knarren der Schiffwanten war nichts zu hören. Die Gegend wirkte wie ausgestorben.

Niemand sah die schwarze Kutsche, die, von zwei Pferden gezogen, in die Nightingale Street zwischen den St. Katharine Docks und den London Docks einbog und langsam an den dunklen Lagerhallen vorbeifuhr. Schwarze Vorhänge verwehrten den Blick ins Innere, und ein wahrer Riese von einem Kutscher saß, gekleidet in einen unpassend wirkenden zweireihigen Gehrock, auf dem Kutschbock. Auf seinem kahlen Schädel thronte ein dunkler Zylinder, und wäre jemand in der Straße unterwegs gewesen, der dem Gefährt einen neugierigen Blick hätte zuwerfen können, hätte ihn die finstere Miene des Hünen rasch davon überzeugt, sich lieber um seine eigenen Angelegenheiten zu kümmern.

Unter leisem Rattern und Klappern rollte die Kutsche in eine schmale Gasse zwischen zwei Lagerhallen aus rotbraunen Ziegelsteinen. Vor einem hölzernen Tor hielt sie an, und die Kabinentür wurde geöffnet. »Da wären wir«, sagte Randolph, während er ausstieg. Der ehemalige Kutscher Albert Dunholms zog seine Schiebermütze zurecht, unter der sich die kurzen Hörner seiner vor den Blicken Normalsterblicher sorgsam verborgenen Satyrgestalt verbargen.

Hinter ihm kletterte Sedgewick mit unterdrücktem Ächzen aus der Kutsche. Fröstelnd zog er die Schultern hoch und sah sich unbehaglich um. »Wohin haben Sie uns bloß geführt, Mister Brown?«

»In die Docklands«, erwiderte dieser. »Wir befinden uns knapp eine halbe Meile östlich des Towers.«

»Ich war noch nie hier«, bekannte der schmächtige Magispector. »Wie kommen Sie ausgerechnet auf diesen Ort als Versteck?«

»Genau deshalb: Für gewöhnlich verirren sich Magier nicht an diesen Ort«, sagte Randolph, während er sich an dem Schloss des Tors zu schaffen machte. »Außerdem habe ich früher hier gearbeitet. Vor meiner Zeit beim Orden. Mit einigen der Hafenarbeiter trinke ich noch immer gelegentlich das eine oder andere Ale. Daher weiß ich, dass zwischen diesen Hallen mitten in der Nacht nicht nur keine Magier, sondern auch sonst keine Menschenseele unterwegs ist. Und …« Ächzend öffnete er das Tor und forderte Grigori auf dem Kutschbock mit einem Wink auf, er solle in die Halle fahren. »… ich weiß, dass dieses Lager schon seit einigen Monaten nicht mehr genutzt wird, weil das Dach undicht ist und erst einmal repariert werden muss. Leider fehlte dazu bislang das Geld. Glück für uns. Wenn wir nicht gerade mit leeren Holzkisten um uns werfen, sollte niemand mitbekommen, dass wir uns dort verstecken.« Er folgte der Kutsche ins Innere, und Sedgewick schloss sich ihm an.

Von mehreren herumliegenden Fässern und einigen im Raum verteilten Kistenstapeln mit kaum noch lesbaren Schriftzügen abgesehen war die Lagerhalle leer. Die nackten Ziegelsteinwände hatten schmale Fenster, die blind vor Schmutz waren, und in dem sich hoch über ihren Köpfen erstreckenden Schindeldach klafften mehrere Löcher, durch die Wasser herabtropfte. Der Anblick war trostlos, die Luft unangenehm kalt, aber als Versteck für eine

Kutsche samt Insassen ließ sich wohl kaum ein besser geeigneter Ort in London finden.

Nachdem sie das Tor wieder geschlossen und magisch verriegelt hatten, damit nicht irgendein Bettler oder Trinker auf der Suche nach einem Unterschlupf für die Nacht zufällig über sie stolperte, parkte Grigori das Gespann im hinteren Teil der Halle und sprang mit schwerfälligen Bewegungen vom Kutschbock. Er nahm den Zylinder ab und rieb sich mit einer breiten Pranke über das Gesicht und den kahlen Kopf. »Nicht gut«, sagte der Russe in gebrochenem Englisch.

»Was ist nicht gut?«, fragte Sedgewick.

»Alles«, erwiderte Grigori.

Da musste ihm Sedgewick leider recht geben. Ihre Lage war wirklich alles andere als erfreulich. Nachdem sie mitbekommen hatten, dass der Wahnsinnige Wellington mit einer unbekannten Anzahl Schergen in die Untere Guildhall eingedrungen und die dortige Ratsversammlung gesprengt hatte, waren Randolph und er in aller Heimlichkeit aus der Bibliothek geflohen. Einige Umwege durch selten benutzte Gänge in Kauf nehmend, hatten sie kurz darauf den Hinterausgang des Ordenshauptquartiers erreicht, und in den Stallungen, die sich – als kleines Fuhrunternehmen getarnt – einige Häuser entfernt befanden, waren sie auf Grigori gestoßen, der, wie so oft mehr um seine vierbeinigen Schützlinge als um die Geschicke des Silbernen Kreises besorgt, von dem Umsturz noch gar nichts mitbekommen hatte. Gemeinsam hatten sie eine Kutsche angespannt und waren damit hinaus in den Londoner Nebel geflohen.

Den in magischem Schlaf liegenden Giles McKellen und die gefesselte, geknebelte und vor Wut schäumende Mary-Ann McGowan hatten sie mitgenommen; McKellen, weil er ein Verbündeter war – wenn auch gegenwärtig ein wenig hilfreicher –, und McGowan, weil der Moment kommen mochte, an dem sie ein Unterpfand benötigen würden, um sich vor Wellingtons Zorn zu schützen. Sedgewick hoffte, dass es nicht dazu kommen würde. Die grauenvollen Schreie, die aus der Großen Ratskammer gedrungen waren und durch die Gänge der Unteren Guildhall gehallt hatten, verfolgten ihn noch immer im Geiste.

Er wandte sich an Randolph, um die bange Frage zu stellen, die ihn bereits während ihrer ganzen Irrfahrt durch nächtliche Straßen beschäftigt hatte. »Glauben Sie, Wellington hat alle umgebracht, die sich ihm und seinen Plänen nicht untergeordnet haben?«

Randolph zuckte mit den Schultern. »Ich weiß es nicht«, bekannte er düster. »Ich hoffe, nicht. Ich kann und will mir nicht vorstellen müssen, dass sie alle tot sind: Holmes ... Jonathan ... die junge Kendra McKellen ...«

»Und vergessen Sie Cutler nicht«, fügte Sedgewick hinzu.

»Käme mir nie in den Sinn«, sagte Randolph. Er hämmerte mit der Faust gegen die Kutschkabine. »He, Werteste! Aussteigen!«

»Sie haben ihr die Beine gefesselt, Mister Brown. Sie kann nicht aussteigen«, erinnerte ihn Sedgewick.

»Ach, richtig«, brummte Randolph, kletterte ins Innere und zerrte McGowan ins Freie. Gedämpfte Protestlaute drangen durch den Knebel, der in ihrem Mund steckte, aber sie wehrte sich nicht, was zweifellos klug war, denn mit verbundenen Augen und eingeschnürt, wie sie war, wäre sie keine fünf Schritte weit gekommen, ohne hinzufallen, wenn der Kutscher sie nicht festgehalten hätte.

Randolph warf sich die Magierin kurzerhand über die Schulter und trug sie an einem niedrigen Kistenstapel vorbei zu einem Aufenthaltsbereich der Lagerarbeiter, der neben einem kleinen Kanonenofen, einem leeren Regal an der Wand und einem Tisch sechs Stühle zum Sitzen bot. Auf einem von ihnen lud er sie ab. Anschließend band er sie daran fest.

Unterdessen schleppten Grigori und Sedgewick den bewusstlosen McKellen heran und legten ihn auf einige alte Säcke. Auf den Sitzpolstern der Kutsche wäre es für den schottischen Magier sicher bequemer gewesen. Aber sie wollten ihn im Blick behalten für den Fall, dass sich sein seltsamer Zustand irgendwie änderte.

»Was machen wir jetzt?«, fragte Sedgewick, nachdem sich die drei Männer um den Tisch versammelt hatten.

»Wir müssen herausfinden, was in der Guildhall vor sich geht«, knurrte der ehemalige Kutscher und Vertraute Dunholms. »Was hat Wellington mit unseren Freunden gemacht? Sind sie gefangen? Droht ihnen Gefahr? Können wir sie irgendwie befreien?« Er machte eine kurze Pause und schien nachzudenken. »Und danach gilt es zu überlegen, wie wir diesem Mistkerl gehörig die Suppe versalzen können. Er hat Dunholm und Crowley auf dem Gewissen … und wer weiß, wen noch mittlerweile. Ich will verdammt sein, wenn ich zusehe, wie er damit ungeschoren davonkommt.« Randolph kratzte sich am unrasierten Kinn und sah sich in der dunklen Halle um. »Aber zuerst brauchen wir mal etwas zu essen und ein paar Stunden Schlaf.«

»Wie können Sie in einer Situation wie dieser nur an Essen und Schlaf denken?«, entfuhr es Sedgewick.

»Ganz einfach. Ich habe Hunger und bin müde. Vielleicht erinnern Sie sich noch daran, dass ich heute bereits einen mehrstündigen Ausflug in einer furchtbar unbequemen Motorkutsche irgendwo aufs Land nördlich von London hinter mir habe. Ganz zu schweigen von einem Kampf auf Leben und Tod auf dem Dach eines dahinrasenden Zuges inmitten eines magischen Gewitters. Und vergaß ich bisher zu erwähnen, dass das verdammte Gefährt von einer magischen Entladung getroffen wurde und praktisch in die Luft geflogen ist, während wir an Bord waren?« Randolph verzog das Gesicht. »Das war kein Spaß. Und die ganze Zeit nichts Ordentliches zu beißen.«

»Essen. Schlafen«, meldete sich nun auch Grigori zu Wort und nickte. »Dann kämpfen.«

»Aber wo wollen Sie mitten in der Nacht in den Docklands etwas zu essen herbekommen?«, wollte der Magispector wissen. »Wir können doch jetzt nicht einfach losziehen und das nächste

Pub aufsuchen. Wer hält unterdessen Mister McKellen und Miss McGowan im Auge?«

»Ich werde mich mal in den Nachbarhallen umsehen«, erklärte Randolph. »Es treffen genug Schiffe mit Lebensmitteln in den Docks ein; es muss doch irgendwo etwas geben, das sich als kleine Mitternachtsmahlzeit eignet. Sie und Grigori passen derweil auf unsere Gäste auf.«

Sedgewick schaute unsicher zu McGowan hinüber. »Das halte ich für keine gute Idee«, bekannte er mit gesenkter Stimme. »Sie ist stärker als Grigori und ich zusammen.«

»Sie ist vollkommen hilflos, von allen Fäden abgeschnitten«, entgegnete Randolph ebenso leise. »Und wenn sie Anstalten macht, Ärger zu bereiten, verpassen Sie ihr einfach eine.« Er ballte zur Verdeutlichung die Faust.

Sedgewick tat es ihm nach, und ihm wurde schmerzlich bewusst, dass seine eigene Faust weitaus weniger eindrucksvoll wirkte als die des Kutschers. Dennoch nickte er, denn er wollte nicht wie ein Feigling vor Brown dastehen. Wenn dieser glaubte, McGowan stelle gegenwärtig keine Gefahr dar, dann musste das wohl so sein. »In Ordnung.«

»Sehr gut.« Randolph klopfte dem Magispector aufmunternd auf den Oberarm. »Keine Sorge, Sedgewick. Grigori ist ja auch noch da. Und ich komme so schnell wie möglich wieder.« Mit diesen Worten drehte er sich um, ging zum Hallentor, entfernte die Sicherungen und verschwand nach draußen. Grigori folgte ihm schweigend.

»He, wo wollen Sie denn hin?«, wollte Sedgewick wissen.

»Tor«, erklärte der Russe und zeigte auf den nun offenen Eingang. »Und …« Mit vager Geste deutete er in seinen Lendenbereich. »… Drang.«

»Na wunderbar«, murmelte der Magispector. »Der eine hat Hunger, der andere muss sich erleichtern. Bin ich eigentlich der Einzige, der ernstere Sorgen hegt?« Resigniert nickte er Grigori zu. »Ja, gehen Sie ruhig. Ich halte hier Wache.«

Der Russe verschwand in Richtung Hallentor, und Sedgewick ließ sich seufzend auf einem der Stühle nieder. Mit einem raschen Blick versicherte er sich, dass McKellen noch immer reglos auf seinen Säcken lag, für gewöhnliche Augen nicht mehr als ein wenig golden schimmernd, in der Wahrsicht dagegen in einen hell glitzernden und für Fäden gleich welcher Art undurchdringbaren Kokon eingesponnen. Sedgewick hatte keine Ahnung, was mit dem schottischen Magier passiert war. Er hatte etwas Derartiges noch nie gesehen.

Er wechselte zurück in die Normalsicht und richtete seinen argwöhnischen Blick auf McGowan, die in verkrampfter Haltung auf ihrem Platz saß. Randolph hatte sich nicht viel Mühe gegeben, es ihr bequem zu machen, und auch wenn ein Teil von Sedgewick ihr jede Qual, die sie erleiden musste, gönnte – schließlich hatte sie vor kaum mehr als zwei Stunden versucht, ihn umzubringen –, widerstrebte es dem Ehrenmann in ihm doch ein wenig, einer Frau mutwillig Leid zuzufügen, vor allem einer so schönen Frau wie Mary-Ann. *Warum müssen Sie nur so ein niederträchtiges Weibsstück sein?*, dachte Sedgewick mit einem Anflug von Bedauern. *Warum müssen Sie nur auf der falschen Seite stehen in diesem …* Es widerstrebte ihm, das Wort *Krieg* zu denken, aber ihm war klar, dass der Konflikt zwischen den Anhängern Wellingtons und den Getreuen des verstorbenen Albert Dunholm schon längst keine dezente Meinungsverschiedenheit oder Rauchersalondebatte mehr war.

Sie sind es, der auf der falschen Seite steht …

Die Stimme tauchte so plötzlich in seinem Kopf auf, dass Sedgewick erschrocken zusammenzuckte. Es dauerte mehrere Sekunden, bis er erkannte, dass es sich um eine Frauenstimme handelte. Er schaute zu McGowan hinüber. Sie saß noch immer da, durch Fesseln und Knebel zur Tatenlosigkeit verdammt. Doch sie hatte den Kopf gehoben, und es schien, als würde sie ihn durch das Tuch, mit dem Randolph ihr die Augen verbunden hatte, direkt ansehen. »Was?«, fragte der Magispector nervös.

Haben Sie mir an dem Abend, als wir gemeinsam über die Veränderungen in der Magie gesprochen haben, nicht zugehört?, fragte sie ihn, und Sedgewick wurde klar, dass es McGowan irgendwie gelungen war, trotz all ihrer Beschränkungen eine telepathische Verbindung zu ihm herzustellen.

»Seien Sie still!«, zischte er sie an, aber er unternahm keinerlei Maßnahmen, um sich vor den Spürfäden ihres Geistes zu schützen. Obwohl er nach wie vor wütend auf sie war, nicht bloß wegen des Mordversuchs, sondern insbesondere, weil McGowan ihn unter Vortäuschung falschen Interesses von seinem Posten weggelockt hatte, derweil der mörderische Franzose den Archivar des Ordens Thomas Crowley und seine bezaubernde junge Frau umgebracht hatte, stieg seine widerwillige Bewunderung für die Begabung der nur dem äußeren Anschein nach jungen Magierin. Gedankenübertragung war alles andere als eine leichte Übung, und eingeschränkt, wie McGowan war, musste es noch viel kniffliger sein. Er hätte gerne gewusst, wie sie das bewerkstelligte.

Er wollte gerade in die Wahrsicht wechseln, als Grigori zurückkehrte. »Alles gut?«, fragte er und blickte Sedgewick besorgt an.

Dieser blinzelte und fuhr sich fahrig mit einer Hand durchs Haar. »Ja, äh, es ist alles in Ordnung. Ich bin lediglich ein wenig ruhelos. Die ganze Aufregung der letzten Tage war einfach zu viel.« Sedgewick wusste nicht, warum er log. Es kam ihm einfach so über die Lippen.

Grigori grunzte mitfühlend.

Wir sprechen später weiter, versprach ihm McGowans geisterhafte Stimme.

Nein, das tun wir nicht!, schoss der Magispector mit lautloser Entschiedenheit zurück. Aber ein kleiner Teil von ihm wünschte sich durchaus das Gegenteil. Es hatte etwas seltsam Erhebendes, Mary-Ann einmal als die Hilflose, die Bittstellerin zu erleben, die ihn – und daran zweifelte er nicht – dazu zu bringen versuchte, sie freizulassen oder sich gar auf ihre Seite zu schlagen. Was schadete es schon, wenn er sich anhörte, was sie vorzubringen hatte? Solange er vorsichtig blieb und sich zu nichts überreden ließ, war sie nicht mehr als eine Stimme in seinem Kopf. Was konnte sie ihm in dieser Form schon anhaben?

21. April 1897, 23:11 Uhr GMT
England, London, geheime Hallen des Ordens des Silbernen Kreises

»Guten Abend, Mister Carlyle. Was führt Sie denn zu uns?«, murmelte Miss Morland von der hinteren Sitzbank verschlafen, bevor sie artig hinter vorgehaltener Hand gähnte und sich enger an Misses Blackwood kuschelte.

»Herrgott noch mal!«, fluchte Holmes, während die Männer, von Morlands unabsichtlicher Warnung aufgeschreckt, rasch von der Tür zurückwichen. »Hier herrscht ja mehr Verkehr als an einem Sonntagnachmittag im Hyde Park. Wie soll man da eine ordentliche Flucht bewerkstelligen?«

Jonathan, der damit beschäftigt gewesen war, die anderen Anwesenden im Raum zu beobachten, um sich ein besseres Bild von ihnen machen zu können, schrak zusammen und sah zu Kendra hinüber. Ohne ein Wort ergriff die junge Frau seine Hand und rückte näher an ihn heran, um ihre Hände unter ihrem Kapuzencape zu verbergen.

Im gleichen Augenblick wurde die Tür entriegelt und aufgezogen. Im Türrahmen erschien die strenge Gestalt des Leiters für äußere Angelegenheiten. Zwei Magier begleiteten ihn, und dass sie Gewehre trugen, die sie auf die Anwesenden richteten, zeugte nicht nur davon, dass die Anhänger des Neuen Morgens alle gemeinhin anerkannten Regeln des Umgangs unter Magiern mit Füßen traten, sondern vielleicht noch mehr davon, dass sie einen gehörigen Respekt vor der versammelten magischen Macht hatten, die sie hier eingesperrt hielten.

»Was wollen Sie, Carlyle?«, grollte Drummond und trat ungeachtet der auf ihn gerichteten Waffen einen drohenden Schritt auf die Neuankömmlinge zu.

»Nichts von Ihnen«, ließ ihn dieser wissen. John Grayson Carlyle ließ seinen Blick langsam über die Anwesenden schweifen, bis er schließlich auf Jonathan und Kendra liegen blieb.

Oh nein, nicht gut, durchfuhr es Jonathan, und er spürte, wie sich sein Herzschlag beschleunigte.

»Miss McKellen«, sagte Carlyle. »Wären Sie so freundlich, mich zu Lordmagier Wellington zu begleiten?«

»Ich?«, entfuhr es Kendra ungläubig. Ihre Hand verkrampfte sich um Jonathans.

»Was hat das zu bedeuten, Mister Carlyle?«, mischte sich nun auch Cutler ein. »Miss McKellen ist Gast in diesen Hallen … oder war es vielmehr. Sie hat mit diesem Disput nichts zu tun.«

»Das zu entscheiden obliegt allein dem Lordmagier«, erwiderte der Leiter für äußere Angelegenheiten. Als er sah, dass Drummond mit finsterer Miene die Fäuste ballte und Ashbrook mit Wilkins bedeutungsvolle Blicke wechselte, hob er warnend eine Hand. »Machen Sie keine Dummheiten, meine Herren! Es muss nicht noch mehr Tote in dieser Nacht geben. Lordmagier Wellington möchte sich mit Miss McKellen lediglich unterhalten. Ihr wird kein Leid geschehen.«

»Dafür verbürgen Sie sich als Ehrenmann?«, verlangte Cutler zu wissen.

Carlyle wollte gerade antworten, aber Drummond kam ihm zuvor. »Sie nennen ihn noch immer einen Ehrenmann, Mister Cutler? Ich würde auf sein Wort nichts mehr geben, und wenn es mir auf einem Silbertablett serviert würde.« Der ehemalige Leiter der Magieabwehr schnaubte abfällig.

»Sie wollen es also lieber auskämpfen?«, erkundigte sich Carlyle mit harter Miene.

»Ich würde nichts lieber tun, als es mit Ihnen auszukämpfen, Sie Verräter.« Der Schotte hob die Fäuste, und Carlyles Begleiter richteten die Läufe ihrer Gewehre auf ihn.

»Halt!«, sagte Kendra in diesem Augenblick. Sie warf Jonathan einen warnenden Blick zu, der heimlich seine Hand aus der ihren löste und hinter seinem Rücken verbarg. »Wegen mir soll kein Blut vergossen werden. Ich werde mit Mister Wellington sprechen.« Sie stand auf und trat dabei wie zufällig direkt vor Jonathan, sodass sie seine direkte Sicht auf Carlyle – oder viel wichtiger: dessen Sicht auf Jonathan – versperrte.

»Sind Sie sich sicher?«, fragte Holmes.

»Ja«, erwiderte Kendra. »Es ist schon in Ordnung. Wenigstens sitze ich dann nicht länger hier herum.«

Sie hofft zu erfahren, was mit ihrem Großvater und den anderen geschehen ist, erkannte Jonathan. Vielleicht war der Gedanke gar nicht dumm. Er hoffte nur, dass Wellington ihr nichts antat. Ein kaum zu unterdrückendes Bedürfnis, ihr zu sagen, sie möge auf sich aufpassen, wallte in seinem Inneren auf. Aber er zwang sich, die Worte hinunterzuschlucken. Er durfte keine Aufmerksamkeit auf sich lenken. Der Ring von Dunholm musste geschützt werden.

Schweigend sahen sie zu, wie die junge Frau zu Carlyle und seinen Begleitern hinüberging und dann von ihnen hinausgeführt wurde. Als die Tür dumpf hallend wieder ins Schloss fiel, hatte der Laut etwas so Endgültiges, dass es Jonathan einen Schauer über den Rücken jagte.

Während sie durch die Korridore der Unteren Guildhall geführt wurde, betete Kendra zu allen Heiligen, dass sie nicht den größten – und zugleich letzten – Fehler ihres jungen Lebens gemacht hatte. *Aber welche Wahl hatte ich denn schon?*, dachte sie. *Sie hätten mich so oder so geholt.* Wenigstens würde sie auf diese Weise ein paar Informationen über die Vorgänge in der Guildhall sammeln können, die ihnen später vielleicht nützlich waren. Das hoffte sie zumindest.

Eines fiel ihr recht schnell auf: Die Gänge waren ziemlich leer. Bis auf eine Handvoll dieser seltsamen Fischmenschen, die im

Kellerbereich des Ordenshauptquartiers Wache gehalten hatten, und ein oder zwei Magiern, die ihnen unterwegs entgegenkamen, herrschte eine eigentümliche Ruhe. Kendra konnte es sich zwar kaum vorstellen, aber es schien, als wären die Anhänger Wellingtons nach dem erfolgreichen Putsch einfach nach Hause zu ihren Lieben gegangen, um vor dem Kamin noch ein Gläschen Portwein zu trinken. *Und, mein Gatte, wie war dein Tag?*, fragte eine weibliche Stimme sarkastisch in ihrem Inneren. *Gut, danke, ich habe ein paar Freunde verraten und einem Verrückten an die Macht geholfen, und deiner?*, erwiderte eine männliche.

»Da wären wir«, sagte Carlyle und riss Kendra aus ihren Gedanken. Er öffnete eine Tür und ließ sie vorgehen.

Ihr Gastgeber wandte sich zur ihr um, die Hand noch an einem Buch, das er soeben in das Regal hinter sich gestellt hatte. Wellington war ein hagerer Mann mit aristokratischen Gesichtszügen, zurückweichendem silbergrauem Haar und rauchgrauen Augen, die Kendra prüfend entgegenblickten. Überraschenderweise verzogen sich seine schmalen Lippen nach einem Moment zu einem schmalen Lächeln.

»Guten Abend, Miss McKellen«, sagte er, kam auf sie zu und ergriff ihre Hand. In Erwartung irgendeiner Teufelei zog sich Kendras Magen zusammen, aber Wellington deutete nur einen Handkuss an, der in diesem Augenblick befremdlicher nicht hätte wirken können, bevor er sie wieder losließ. »Ich freue mich, Sie kennenzulernen. Möchten Sie etwas trinken? Einen Brandy vielleicht?« Er schlenderte zu einem kostbar wirkenden Globus in der gegenüberliegenden Ecke des Raumes, öffnete ihn und deutete auf einige Flaschen mit klarer bis goldbrauner Flüssigkeit, die sich zusammen mit ein paar Gläsern darin verbargen.

»Nein, danke«, sagte Kendra unsicher. Alkohol war wirklich das Letzte, was sie in ihrem gegenwärtigen Zustand zu sich nehmen wollte. Abgesehen davon hatte sie auch nicht vor, sich der Illusion hinzugeben, sie wäre ein geschätzter Gast Wellingtons. Sie war eine Gefangene – und welches Spiel er trieb, würde sich schon bald genug zeigen. »Was wollen Sie von mir?«, fragte sie.

»Ah, eine Frau, die gerne zur Sache kommt«, bemerkte Wellington. Er hob entschuldigend die Hand. »Einen Augenblick noch. Ich muss kurz mit Mister Carlyle sprechen, dann gehört meine ganze Aufmerksamkeit Ihnen.« Er wandte sich Kendras Begleiter zu, machte eine beiläufige Geste mit der Linken, und mit einem Mal war seine Stimme nicht mehr zu hören, obwohl er offensichtlich weiterhin sprach.

Ein Schutzzauber, dachte Kendra. *Nicht schlecht.* Ihr Großvater beherrschte ähnliche Tricks, die dadurch funktionierten, dass man die eigenen Fäden auf ein bestimmtes Ziel lenkte, statt ihnen eine freie Ausbreitung im Raum zu erlauben.

Während Wellington Carlyle irgendwelche Anweisungen gab, die dieser mit einem Nicken bestätigte, nahm Kendra den Raum in Augenschein. Er wirkte wie das Arbeitszimmer eines Aristokraten. Holzvertäfelte Wände, ein Regal mit dicken Büchern und ein großer Schreibtisch verliehen ihm einen Hauch von Alter und Schwere. Der wenige Zierrat – neben dem Globus eine an der Wand hängende Maske, die schamanischen Ursprungs zu sein schien, und die Steinbüste eines unbekannten Mannes, dessen von schütterem Haar bedecktes Haupt ein Lorbeerkranz schmückte – trug auch nicht unbedingt dazu bei, diesen Eindruck zu mindern. Alles wirkte penibel sauber und aufgeräumt. Selbst auf dem Schreibtisch fanden sich nicht mehr als einige sorgsam aufgereihte Schreibutensilien, wie Kendra enttäuscht feststellte. Sie hatte gehofft, einen Blick auf Wellingtons Pläne erhaschen zu können, aber so leicht schien sich der neue Erste Lordmagier nicht in die Karten blicken zu lassen.

Neugierig trat Kendra auf das Bücherregal zu und ließ ihren Blick darübergleiten. Ihr fiel auf, dass nicht bloß Geschichtsbücher und Bände zur Magietheorie darin standen, sondern auch etliche Werke zur Anatomie und insbesondere der Gehirnforschung. Diese Vorliebe überraschte Kendra. Sie hätte Wellington im normalen Leben – und dass die meisten Magier ein normales Leben führten, war ihr durchaus bewusst – nicht für einen Arzt gehalten. Andererseits ließ sich das Wissen um den Menschen, wie letztendlich jedes Wissen, zum Guten wie zum Schlechten nutzen. Und als wahnsinnigen Wissenschaftler, der mit dem Leben selbst experimentierte, vermochte sich Kendra ihren hageren Kerkermeister nun wiederum höchst lebhaft vorzustellen.

»Sehr schmeichelhaft«, sagte Wellington unvermittelt direkt neben ihrem Ohr.

Kendra zuckte erschrocken zusammen. Sie hatte gar nicht bemerkt, dass er sein Gespräch mit Carlyle beendet hatte und zu ihr herübergekommen war. »Wie bitte?«, entfuhr es ihr, als sie sich zu ihm umwandte.

»Ich finde es sehr schmeichelhaft, dass meine Büchersammlung Sie so interessiert«, sagte er lächelnd. »Ich bin sehr stolz darauf. Einige der Bände sind äußerst selten. Etwa dieser hier ...« Er zog ein in dunkelrotes Leder gebundenes Buch hervor. »Die erste Auflage von *Über die Auswirkungen der Magie auf den menschlichen Geist* von Francis Sinclair. Es ist über fünfzig Jahre alt und gilt als ein Standardwerk der Magietheorie. Eine faszinierende Lektüre.« Der Lordmagier schob das Buch ins Regal zurück und holte ein anderes, schmaleres Werk hervor. »Dies hier ist ein besonderer Schatz.« Er hielt es Kendra hin.

»*Atlantis – Mythos und Wahrheit* von Professor Petas Marazor«, las sie den in schlichten schwarzen Lettern gedruckten Titel vor. Dieser Titel rief eine Erinnerung in ihr wach. Wenn sie sich nicht täuschte, hatte das Buch in der Ordensbibliothek auf dem Tisch gelegen, als Jonathan, Holmes, Brown und sie mit Whitby und ihrem Großvater im Schlepptau dort aufgetaucht waren und die beiden Ordensmagier Cutler und Sedgewick vor der Furie Miss McGowan gerettet hatten.

Wellington nickte. »Ganz recht. Es ist ein beliebtes Werk unter Magiehistorikern. Allerdings – und bitte verraten Sie es nicht – besitze ich eine Kopie des ungekürzten Originalmanuskripts. Sie müssen wissen, dass Professor Marazor noch einige interessante Details über die Beschaffenheit der Wahren Quelle der Magie herausgefunden hatte, die er eigentlich in seinem Buch veröffentlichen wollte. Aus unerfindlichen Gründen fehlen diese Erkenntnisse jedoch im fertigen Druckwerk. Glücklicherweise konnte ich über einige Umwege in den Besitz dieser frühen Fassung gelangen.« Kendras Gegenüber machte ein nachdenkliches Gesicht. »Ich habe mich lange gefragt, was den Professor dazu bewogen haben könnte, sein Wissen zurückzuhalten. Zunächst hatte ich die Inquisition im Verdacht, aber die hätte die Veröffentlichung von Marazors Studien vermutlich vollständig verhindert und ihn gleich zusammen mit seinem Manuskript verschwinden lassen. Mittlerweile glaube ich jedoch, dass eine Gruppe von Männern für die Kürzungen verantwortlich war, die subtiler zu Werke geht, eine Gruppe, deren Existenz so geheim ist, dass selbst die großen Magierorden in Europa und Amerika nichts von ihr wissen.«

»Wovon sprechen Sie?«, fragte Kendra, die sich zunehmend Gedanken machte, was Wellington eigentlich von ihr wollte. Er hatte sie doch sicher nicht zu sich bringen lassen, um Konversation zu betreiben.

»Von den Wächtern«, erwiderte Wellington und blickte sie scharf an.

In seine Augen war ein Glitzern getreten, das beunruhigend wirkte. Irgendetwas bewegte sich in seinen Pupillen, wirbelnd wie funkelnde Schneeflocken im Schein einer abendlichen Straßenlaterne. Kendra ertappte sich dabei, dass sie wie hypnotisiert in das Treiben hineinstarrte, und blinzelte irritiert. »Den Wächtern?«, fragte sie. »Davon habe ich noch nie gehört.«

Wellington hielt ihren Blick noch einen Moment lang fest, dann entspannte sich seine Miene ein wenig, und er zuckte mit den Schultern. »Nun, das wundert mich nicht«, sagte er, als er das Buch zurückstellte. »Schließlich kommen Sie, wie mir gesagt wurde, aus Schottland, und wahrscheinlich leben Sie dort auf dem Lande, nicht wahr? Lassen Sie mich raten: westliche Highlands?«

Kendra nickte stumm. Sie verriet kein Geheimnis, wenn sie das bestätigte.

»Eine schöne Gegend. Ich habe mal eine Weile in Glasgow gelebt und dabei Studienreisen nach Loch Ness und zum Ben Nevis unternommen. Es war eine inspirierende Erfahrung. In den Highlands herrscht dieses ganz besondere Licht, wenn nach einem Regenschauer die Sonne wieder hervorkommt …« Ein versonnener Ausdruck legte sich auf Wellingtons Züge.

»Sagen Sie mir endlich, was Sie von mir wollen!«, rief Kendra erregt. Sie ertrug es nicht länger, dass er so belanglos vor sich hin plauderte. Sie war müde und hungrig, und hinter ihrer Stirn pochte ein dumpfer Kopfschmerz, der noch zugenommen hatte, seit sie sich in Wellingtons Gesellschaft befand. Ein Kopfschmerz, der noch zugenommen hatte …

Und plötzlich erkannte sie es. »Raus aus meinem Geist!«, schrie sie wütend. Ohne auch nur in die Wahrsicht zu wechseln, stieß sie ihre Arme vor, um dem Lordmagier zwei Fadenbündel entgegenzuschleudern, von denen sie hoffte, dass sie ihn zumindest ein wenig aus der Fassung bringen würden.

Die Luft zwischen ihnen beiden flirrte, und Wellington keuchte überrascht auf. Er machte einen unfreiwilligen Schritt nach hinten und verzog das Gesicht zu einer Grimasse des Schmerzes. Im nächsten Augenblick gewann Zorn die Überhand, und der Lordmagier trat wieder auf Kendra zu. Mit einer erschreckend beiläufigen Fingerbewegung warf er sie gegen das Regal. Benommen versuchte Kendra sich wieder zu fangen, da deutete Wellington schon auf ihre Arme, die von unsichtbarer Hand gepackt nach oben flogen und links und rechts neben ihrem Kopf an die stabilen Regalbretter gekettet wurden.

Kendra stieß einen Schrei aus und bäumte ihren Körper auf, aber stahlharte Fäden fesselten sie unerbittlich an das Möbelstück in ihrem Rücken.

Wellington ergriff ihr Kinn und zwang Kendra, ihm in die Augen zu blicken. Das funkelnde Treiben in seinen Pupillen hatte sich zu einem wahren Schneesturm verstärkt, einem Wirbeln im schwarzen Nichts, das sie zu verschlingen drohte. »Wer wird denn gleich ausfallend werden?«, zischte der Lordmagier leise. »Ich möchte doch lediglich ein paar Dinge wissen: Wer ist Ihr Großvater? Was hat es mit diesen Wächtern auf sich, denen er angehört? Woher wusste er von der Wahren Quelle der Magie? Und was wollte er hier in London bei Lordmagier Dunholm?« Der Kopfschmerz hinter Kendras Stirn steigerte sich zu einem gleißenden Inferno, als Wellingtons Spürfäden ihren Geist gewaltsam nach Antworten zu durchwühlen begannen.

»Ich weiß es nicht«, presste Kendra zwischen den Zähnen hervor. Tränen des Zorns und der Qual traten in ihre Augenwinkel. »Und wenn ich es wüsste, würde ich es Ihnen nicht sagen. Niemals.«

Der Lordmagier verzog verächtlich das Gesicht. »Ihre Dreistigkeit ist ebenso unangebracht wie zwecklos. Ich könnte Sie auf der Stelle vernichten, und es würde mich nicht einmal anstrengen. Sie können mir nicht widerstehen.«

Kendras Augenlider flatterten, und ihr Herzschlag raste, während Schmerzwelle um Schmerzwelle durch ihren Geist rollte. Sie konnte sich nicht rühren. Sie konnte nicht fliehen. Es gab keine Rettung. *Nein!*, schrie es voller Wildheit in ihrem Inneren. *Nein!*

Auf einmal zog sich die Wirklichkeit um sie herum zurück, und das glitzernde Leuchten der Wahrsicht überkam sie. Alle Muskeln in ihrem Körper schienen sich gleichzeitig anzuspannen, als eine Woge der Magie in ihr emporbrandete. Mit einem heftigen Ruck befreite Kendra ihre Arme aus den Fäden, die sie an das Regal fesselten, schwang sie herum und schlug sie Wellington links und rechts gegen den Schädel.

Die Vision kam in stakkatoartig aufblitzenden Bildern: *eine Insel im Meer, von der eine Lichtsäule in den Himmel tost, ein Kreis von Fischwesen mit Speeren in der Hand, Hyde-White, der Golem, grausig verwandelt, ein fleischig gepanzerter Leviathan, der aus dem Meer auftaucht, klagende Münder in grauen Gängen, flehende Arme, ein brennendes Schiff ...*

Von einem Augenblick auf den anderen war der Schmerz in ihrem Kopf verschwunden. Die Fadenbündel lösten sich, und Kendra stürzte zitternd vor Erschöpfung und Entsetzen zu Boden.

Gleichzeitig taumelte Wellington getroffen drei Schritte in den Raum hinein, bevor er sich zu fangen vermochte und blinzelnd zum Stehen kam.

Steh auf!, schrie es in Kendra. *Komm auf die Beine!* Mühsam zog sie sich an dem Regal in die Höhe und ging in Verteidigungsstellung, die Arme abwehrbereit erhoben. Doch schon im nächsten Moment stieg die Erinnerung an einen gewaltigen Feuerball in ihr auf, der Lord Cheltenham binnen Augenblicken tosend verschlungen hatte. Ihre Arme sackten wieder herab. Wellington hatte recht: Es war zwecklos. Sie mochte ihm einen Moment lang die Stirn geboten haben, aber letzten Endes war sie seiner Macht nicht im Geringsten gewachsen. *Ich bin tot*, erkannte sie.

Aber Wellington griff nicht an, beschwor kein flammendes Inferno herauf, um ihrem kleinen Leben ein Ende zu setzen. Stattdessen musterte er sie einen Moment lang aus zusammengekniffenen Augen.

»Bemerkenswert«, sagte er. »Ihre Kräfte sind in der Tat bemerkenswert.« Er straffte sich und legte die Finger vor dem Bauch zusammen. »Ihnen ist natürlich klar, dass ich Sie für diese Frechheit auf der Stelle umbringen sollte.«

Kendra presste die Lippen zusammen und versuchte krampfhaft, den Schwindel zu unterdrücken, der von ihr Besitz zu ergreifen drohte.

»Aber das werde ich nicht tun«, fuhr Wellington fort. »Lebend sind Sie weitaus wertvoller für mich – auch wenn Sie tatsächlich nichts über die Wächter und ihre Ziele wissen, wie ich mich mittlerweile überzeugen konnte.« Ein dünnes Lächeln umspielte seine Mundwinkel. »Gehen Sie zurück zu Ihren Freunden, und ruhen Sie sich aus. Sie werden Ihre Kraft noch brauchen.«

Er vollführte eine Geste, und wie von Geisterhand öffnete sich die Tür, die hinaus auf den Gang führte. Die beiden Wachen, die Kendra hierher geführt hatten, warteten auf sie.

Gesenkten Hauptes, aber die Hände zu Fäusten geballt, trat Kendra den Rückweg zum Kerker an.

21. April 1897, 23:47 Uhr GMT
England, London, Nightingale Lane

Randolph war mit dem Ergebnis seines Beutezugs durch die Lagerhallen der St. Katharine Docks leidlich zufrieden. Er hatte einige Kisten mit Schiffszwieback gefunden, außerdem in Öl eingelegte Fische, Orangen, und ganz zum Schluss war er über eine Schiffsladung deutschen Biers gestolpert, die er um ein Fässchen erleichtert hatte. Es mochte kein Menü für Könige sein, aber es würde ihre Mägen einstweilen füllen.

Und er hatte noch etwas anderes gesucht und gefunden. In der Wachstube des um diese Uhrzeit bis auf einen einzelnen Nachtwächter menschenleeren Zollhauses an der Dockstreet, Ecke Upper East Smithfield war er auf ein kleines Waffenarsenal aus drei Gewehren und zwei Revolvern gestoßen. Die Gewehre hatte er vor Ort belassen, aber die zwei Webley Mark 1, Kaliber .455 waren in die tiefen Taschen seines Kutschermantels gewandert, zusammen mit einer Schachtel Patronen. Randolph war sich darüber im Klaren, dass er sich damit eines Tabubruchs unter Magieanwendern schuldig machte. Man bediente sich keiner konventionellen Waffen, um einen magischen Konflikt zu lösen. Aber seinem Verständnis nach herrschte Krieg, und Wellington und seine Schergen hatten mit dem Anheuern des Franzosen, eines ausgewiesenen Magierjägers, bereits ein weitaus größeres Tabu gebrochen.

Er befand sich auf dem Weg zurück zu ihrem Versteck, als er plötzlich ein Flattern vernahm, und im nächsten Augenblick landete Nevermore auf einer Metallstange, die wenige Schritte vor Randolph aus der Hauswand herausragte. »Nevermore«, begrüßte er den Raben. »Wie hast du mich denn gefunden?«

Der Vogel legte den Kopf schief und schien ihn aus funkelnden schwarzen Augen belustigt anzublicken.

»Dumme Frage«, erkannte Randolph. Nevermore hatte ihn bislang noch immer mit nachgerade magischer Sicherheit aufgespürt, ganz gleich, wo er sich befunden hatte. »Vergiss sie!«

Nevermore krächzte nur und drehte sich auf der Stange, als der Kutscher darunter hindurchging. Als Randolph in die Gasse einbog, in der sich ihr Versteck befand, breitete der Rabe die Flügel aus und flog ihm hinterher. Er wartete auf einem Sims auf der gegenüberliegenden Seite der schmalen Zufahrtsstraße, bis sein Herr – wobei *Herr* eigentlich das falsche Wort war, denn im Grunde verband sie eher eine eigentümlich innige Freundschaft – sich durch ein Klopfen zu erkennen gegeben hatte und das Tor zur Lagerhalle aufgeschoben worden war. Dann segelte er an ihm vorbei in die Dunkelheit.

»Da bin ich wieder«, begrüßte Randolph Grigori, der ihm geöffnet hatte. Ein rascher Blick überzeugte ihn davon, dass sich während seiner Abwesenheit nichts verändert hatte. Sedgewick hockte noch immer unbehaglich auf seinem Platz und bewachte McGowan, die verschnürt wie ein Paket dem Magispector gegenübersaß.

»Ah«, sagte der Russe, und seine Miene hellte sich auf. »Mahlzeit.«

»Sehr richtig«, bestätigte Randolph, während er darauf wartete, dass Grigori das Tor wieder schloss. Anschließend ging er mit ihm zum Tisch hinüber und breitete seine Schätze dort aus.

Im Gegensatz zu der des Russen schien sich Sedgewicks Begeisterung über ihr Abendessen in Grenzen zu halten, auch wenn er es nicht wagte, sich zu beschweren. Dafür erregten die Revolver umso mehr seine Aufmerksamkeit.

»Wofür sind die denn?«, fragte er beunruhigt, aber auch sichtlich neugierig.

»Eine reine Sicherheitsmaßnahme«, erklärte der Kutscher und schob dem Magispector eine geladene Waffe hinüber. »Falls Ihnen McGowan Schwierigkeiten bereiten sollte.« Die andere Waffe wollte er Grigori geben, doch der lehnte dankend ab.

»Schusswaffen nicht gut«, erklärte er.

»Wie du meinst …« Achselzuckend verstaute Randolph den Webley wieder in seiner eigenen Tasche.

Während des Essens beratschlagten sie ihr weiteres Vorgehen.

»Zuallererst müssen wir uns einen Überblick über die Lage in der Unteren Guildhall und das Treiben der Aufrührer verschaffen«, stellte Randolph fest.

»Wie sollen wir das anstellen?«, wollte Sedgewick wissen. »Es wird nicht leicht für einen von uns sein, vor Ort einen guten Beobachtungsposten zu beziehen, ohne bemerkt zu werden. Und wie gefährlich es wäre, sich direkt in die Guildhall einzuschleichen, muss ich Ihnen wohl nicht sagen.«

»Ich bin mir der Schwierigkeiten bewusst«, erwiderte Randolph. »Aber wir haben Verbündete, mit denen niemand dort rechnen wird.«

»Ist das so?« Der schmächtige Magispector machte ein fragendes Gesicht.

Randolph deutete auf seinen Raben, der sich auf einem Kistenstapel neben dem Aufenthaltsbereich niedergelassen hatte. »Ich beabsichtige, Nevermore als unser geheimes Auge einzusetzen. Er wird beobachten, wer kommt und geht.« Er wandte sich an den Vogel. »Wenn das für dich in Ordnung ist, mein Freund.«

Der Rabe gab mit einem Krächzen sein Einverständnis.

»Was genau hoffen Sie dadurch herauszufinden?«, wollte Sedgewick wissen.

»Nun, zum Beispiel, ob Wellington Magier wegschafft und,

wenn ja, wohin er sie bringen lässt«, erwiderte der Kutscher. »Es wäre auch schlichtweg interessant herauszufinden, wer zu seinen Verbündeten zählt – neben Carlyle, Whitby und McGowan …«

»Und Crandon«, warf der Magispector ein. »Timothy Crandon gehört auch zu den Verschwörern.«

Randolph nickte grimmig. »Und dann wäre da noch eine unbekannte Anzahl von diesen Fischwesen, die wir bei unserer Flucht in den Gängen der Guildhall gesehen haben. Wo die herkommen, wüsste ich auch gerne.«

»Vielleicht hat er sie aus Atlantis mitgebracht«, mutmaßte Sedgewick.

»Hm.« Randolph grunzte. Der Magispector hatte ihm die Legende von der Wahren Quelle der Magie erzählt, die sich auf einer Insel irgendwo im Atlantik befinden sollte. Zu anderen Zeiten hätte Randolph die Geschichte als blanken Unsinn abgetan. Doch in den letzten Tagen waren zu viele ungewöhnliche Ereignisse eingetreten, als dass man auch verrückt klingende Theorien einfach so von der Hand hätte weisen können. »Mag sein oder mag nicht sein«, sagte er. »Ich meinte jedoch nicht, wo sie ursprünglich herstammen, sondern wo sie gestern hergekommen sind.«

»Wellington hat Schiff«, schlug Grigori vor.

»Etwas in der Art vermute ich auch«, stimmte ihm Randolph zu. »Wenn dem so ist, ergibt sich für uns vielleicht ein weiterer Ansatzpunkt, um Wellingtons Pläne in Erfahrung zu bringen, ohne dass wir uns direkt in die Guildhall einschleichen müssen.«

Sedgewick schien darüber nachzudenken, doch ganz glücklich wirkte er nicht. »Sie sprachen von mehreren Verbündeten. Wer könnte uns noch zur Seite stehen? So wie ich das sehe, befanden sich fast alle Magiekundigen, die in London und Umgebung leben, gestern Abend in der Ratsversammlung.«

»Nicht alle«, widersprach Randolph. »Watson war nicht da.«

»Watson?« Offensichtlich konnte der Magispector mit dem Namen nichts anfangen.

»Sie ist die Vertraute von Holmes«, erklärte der Kutscher.

»Eine Frau?«

»Eine Katze. Genau genommen eine tote Katze.«

Sedgewick und Grigori starrten ihn ungläubig an. »Tote Katze?«, wiederholte der Russe in einem Tonfall, als frage er sich, ob er sich verhört habe.

Randolph lächelte matt. »Ja, so ging es mir damals auch, als ich sie kennenlernte. Aber unterschätzen Sie sie nicht, Gentlemen. Watson ist ein cleveres kleines Biest. Und sie vermag Dinge, die uns unmöglich sind.« Er lehnte sich auf seinem Stuhl zurück. »Ich fahre morgen früh zu Holmes' Haus, um mit ihr zu sprechen. Ich bin mir sicher, dass sie mehr als bereit ist, uns zu helfen, wenn sie erfährt, dass ihr Herr und Diener in Gefangenschaft ist.«

Sedgewick schürzte gedankenvoll die Lippen und nickte dann. »Es klingt nach einem Anfang, auch wenn ich mich nach wie vor frage, wie wir unsere Mitstreiter befreien wollen, sollte sich denn herausstellen, dass sie in der Guildhall gefangen gehalten werden.«

»Eins nach dem anderen«, brummte Randolph. »Irgendetwas wird uns schon einfallen. Tatenlos herumsitzen und zusehen, wie sich Wellington auf Dunholms Stuhl gemütlich den Hintern breit sitzt, werden wir jedenfalls nicht.«

»Natürlich nicht«, beeilte sich Sedgewick beizupflichten.

Grigori deutete mit dem Daumen auf die gefesselte McGowan. »Was mit ihr?« Dieser Frage waren sie bislang aus dem Weg gegangen.

Randolph machte eine finstere Miene. »Was soll mit ihr sein?«, murrte er. »Wir können sie nicht freilassen. Dafür ist sie zu gefährlich. Wir können sie auch nicht umbringen, obwohl das Weibsstück den Tod sicher verdient hat – aber dann wären wir kein bisschen besser als sie und Wellington und die anderen Anhänger des Neuen Morgens.« Er sah die beiden anderen Männer an und erntete von Sedgewick ein unübersehbar erleichtertes Nicken. Grigori fügte sich etwas widerstrebender. »Also, was bleibt uns? Wir behalten sie noch eine Weile bei uns. Als Unterpfand.

Als Rückversicherung. Und vielleicht ...« Randolph kniff die Augen zusammen und blickte die auf der anderen Seite des Tisches sitzende Frau an. »... vielleicht weiß sie auch irgendetwas über Wellingtons Pläne.« Er ließ die Knöchel an seinen Fingern knacken und erhob sich. »Fragen wir sie doch mal.«

Mit schweren Schritten ging er zu der Magierin hinüber und baute sich vor ihr auf. »Also schön, McGowan. Ich nehme Ihnen jetzt den Knebel ab, um Ihnen ein paar Fragen zu stellen. Schreien Sie, und ich schicke Sie ins Reich der Träume. Versuchen Sie irgendwelche magischen Tricks, und ich werfe Sie samt Stuhl ins Hafenbecken. Haben Sie mich verstanden?«

Einen Moment lang reagierte McGowan überhaupt nicht. Gehört hatte sie ihn mit Sicherheit. Wahrscheinlich wollte sie deutlich machen, dass sie selbst jetzt noch keine Angst vor dem Kutscher hatte, der für sie in der Hierarchie des Ordens irgendwo ganz unten zwischen der Köchin und dem Dienstboten angesiedelt war. Randolph hingegen ließ sich von ihr nicht reizen, sondern blieb ganz ruhig, bis sie schließlich bestätigend den Kopf neigte.

»Gut«, sagte er und nahm das Stück Stoff ab, das er in der Bibliothek am unteren Saum ihres Kleides abgerissen und ihr danach zum Teil in den Mund gestopft, zum Teil zusammengerollt umgebunden hatte.

McGowan spuckte einige Fussel aus und verzog das Gesicht. »Das werden Sie noch bereuen, Brown. Irgendwann werden Sie es bereuen.«

»Mit Sicherheit, aber nicht heute«, erwiderte er, bevor er den Stuhl an der Lehne packte und McGowan mit einer kräftigen Bewegung zu sich herumzog. Er funkelte das Tuch an, hinter dem sich ihre Augen verbargen. »Und jetzt erzählen Sie mal: Was geht in der Guildhall vor sich? Wie sehen Wellingtons Pläne aus? Und was ist mit unseren Freunden geschehen?«

Die Magierin schnaubte durch die Nase. »Ich erzähle Ihnen gar nichts. Darauf können Sie lange warten.«

»Ich bin kein sonderlich geduldiger Mensch«, drohte Randolph.

McGowans Lippen verzogen sich zu einem süffisanten Lächeln. »Was wollen Sie machen? Glauben Sie wirklich, Sie könnten mich zu irgendetwas zwingen?«

Unwillkürlich ballte der Kutscher die Fäuste. Er wechselte in die Wahrsicht und betrachtete ihre Fadenaura. Sie wirkte erstaunlich kontrolliert, gab nichts von der Unruhe oder Angst preis, die eine Frau in McGowans Lage eigentlich hätte empfinden sollen. Einmal mehr wurde ihm klar, dass er sie nicht unterschätzen durfte. Mary-Ann McGowan mochte das Aussehen einer jugendlichen Unschuld vom Lande haben, aber sie war alt und gefährlich – älter und gefährlicher als er selbst. Auf ein mentales Duell mit ihr durfte er sich auf keinen Fall einlassen. Mit einem Blinzeln ließ er die Wahrsicht fallen.

McGowan schien seinen Konflikt zu spüren, denn ihr Lächeln wurde breiter. »Nun wissen Sie nicht mehr weiter, hm? Da lache ich doch n…«

In diesem Augenblick schlug Randolph zu. Der Schlag kam so plötzlich, war einem so instinktiven Aufwallen von Zorn auf dieses arrogante Weib geschuldet, dass niemand darauf vorbereitet war, nicht einmal er selbst. Seine Faust traf McGowans rechte Wange und riss ihren Kopf herum. Ihre Unterlippe platzte auf, und vereinzelte Blutstropfen flogen durch die Luft.

»Randolph!«, rief Sedgewick in seinem Rücken erschrocken und machte Anstalten, näher zu kommen, doch der Kutscher gebot ihm mit erhobener Hand fernzubleiben.

Langsam senkte er die Hand wieder und begutachtete das Blut auf seinen Knöcheln. Scham brandete in ihm empor, dass er sich dazu hatte hinreißen lassen, eine Frau zu schlagen. Aber er verspürte auch eine gewisse Befriedigung. Sie hatte den Schlag zweifellos verdient. Sie verdiente viel mehr als nur das.

McGowan schüttelte leicht den Kopf, als wolle sie einen Anflug von Benommenheit überwinden, und betastete mit ihrer

Zungenspitze die Unterlippe. Helles Blut lief ihr das Kinn hinab, aber sie konnte nichts dagegen tun, da ihre Hände gebunden waren. »Sie Barbar«, fauchte sie, als sie ihre Stimme wiedergefunden hatte. »Sie elender Hafenschläger! Dunholm hätte Sie niemals aus der Gosse auflesen dürfen! Wären Sie bloß in der Magiespalte versunken, aus der er Sie gefischt hat.«

Beinahe ohne sein Zutun ballte sich Randolphs Faust erneut.

»Nein«, rief Sedgewick und trat nun, die Weisung des Kutschers missachtend, doch näher, um eine Hand auf Randolphs Arm zu legen.

Dieser warf dem Magispector einen finsteren Blick zu.

»Nein«, wiederholte Sedgewick. Seine Wangen glühten vor Aufregung über dieses für seine Verhältnisse ungewohnt mutige Eingreifen, aber seine Stimme klang entschlossen. »Sie sagten es selbst: Wir sind nicht wie die. Also handeln Sie auch danach. Abgesehen davon ...« Er schaute zu der Magierin hinüber. »... glaube ich nicht, dass Sie auf diese Weise Antworten erhalten.«

»Nein, werden Sie nicht«, bestätigte McGowan. »Sie können mich so oft schlagen, wie Sie wollen.« Sie presste die Lippen zusammen, und ihr Körper spannte sich in Erwartung des nächsten Hiebes an.

Randolph ließ die Faust sinken. Er nickte Sedgewick zu. »Sie haben recht. Es tut mir leid.« Als er den Kopf erneut McGowan zuwandte, kam ihm plötzlich ein Gedanke, der ein grimmiges Lächeln auf seine Miene zauberte. »Aber ich glaube, mir ist gerade eine andere Lösung eingefallen.«

»Welche?«, fragte Sedgewick.

»Das werden Sie morgen schon sehen ...«

KAPITEL 16:

EINE SCHLAFLOSE NACHT

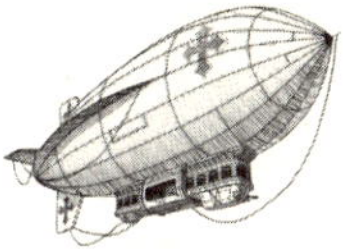

»Nordengland in Aufruhr: In Bradford, West Yorkshire, tauchten am gestrigen Nachmittag mehrere bis zu zweieinhalb Fuß große Ratten auf. Einige Damen erlitten Nervenzusammenbrüche. James Goddard, ein beherzter Bürger, konnte eines der Tiere erschießen. Die übrigen entkamen. Doktor Lawrence Drake von der Royal Society erklärte auf Anfrage, es könne sich um Biberratten (Myocastor coypus) gehandelt haben, eine Nagetierart, die in Südamerika beheimatet ist, durch Handelsschiffe aber auch nach Nordamerika und Eurasien gebracht wurde.«

– The Daily Telegraph, 22. April 1897

22. April 1897, 02:17 Uhr GMT
England, London, geheime Hallen des Ordens des Silbernen Kreises

Jonathan saß, ein Bein angewinkelt und den Kopf an die kühle Wand in seinem Rücken gelehnt, auf der Steinbank und starrte ins Leere. Er hatte Holmes und den anderen, die darauf hofften, jetzt ein paar Nachtstunden lang Ruhe zu haben und ihren Ausbruch vorantreiben zu können, helfen wollen, aber es hatte keinen Sinn gehabt. Er hatte zu schlafen versucht, aber es hatte nicht geklappt. So blieb ihm nichts anderes übrig, als vor sich hin zu brüten und die Gedanken treiben zu lassen.

Sein Blick wanderte zu Kendra, die mit angezogenen Beinen und um die Knie geschlungenen Armen neben ihm hockte und den Kopf in die Armbeuge gelegt hatte. Er wusste nicht, ob sie schlief. Jedenfalls hatte sie sich seit einer ganzen Weile nicht mehr gerührt, und der graue Regenumhang mit der Kapuze ließ sie im schwachen Kerzenlicht, das in dem Raum herrschte, beinahe mit der Wand verschmelzen.

Jonathan beneidete sie um das wetterfeste Kleidungsstück. Seine eigene Kleidung, eigentlich für den Alltag in der Redaktion des *Strand Magazine* gedacht, war nach ihrer spektakulären Rettungsaktion an der Bahnlinie zwischen Birmingham und London noch immer unangenehm feucht, und die kühle Luft in dem unterirdischen Gewölbe verhinderte, dass sich an diesem Zustand in absehbarer Zeit etwas änderte. Er unterdrückte ein Frösteln.

Nach Kendras Rückkehr vor gut zwei Stunden hatten die Magier sie natürlich mit Fragen bestürmt, aber sie war in ihren Antworten einsilbig geblieben und hatte bloß gesagt, dass Wellington nichts Nützliches von ihr erfahren hatte – weil sie schlichtweg nichts wusste –, sie aber auch im Gegenzug leider nichts Hilfreiches über ihn.

»Nun, eines wissen wir jetzt doch mit ziemlicher Sicherheit«, hatte dafür Holmes verkündet. »Randolph und die anderen sind entkommen. Denn wäre dein Großvater, Kendra, in Wellingtons Gewalt, hätte er wohl kaum versucht, dich zu befragen, sondern er hätte sich gleich an ihn gewandt.«

Diese Erkenntnis schien Kendra zumindest ein bisschen aufzuheitern. Dennoch hatte sie sich recht bald auf die Steinbank zurückgezogen und in ihrem Kapuzencape vergraben. Jonathan hatte sich nach einer Weile zu ihr gesellt, nur für den Fall, dass sie jemanden zum Reden brauchte. Irgendwie fühlte er sich ihr näher als den anderen Magiern hier im Raum – Holmes einmal ausgenommen –, was vermutlich daran lag, dass sie beide das gleiche Schicksal teilten, in diesen Kampf um die Wahre Quelle als Außenstehende hineingezogen worden zu sein. Doch Kendra hatte geschwiegen. Und so saßen sie seitdem stumm nebeneinander, ähnlich wie Miss Spellman und Mister Winterbottom oder Misses Blackwood und Miss Morland, die ihrerseits auf der anderen Seite ihres Kerkers hockten und darauf warteten, dass die Nacht auf die eine oder andere Weise vorüberging.

Mit einem Seufzen verlagerte Jonathan sein Gewicht auf die andere Seite, doch viel bequemer wurde die Steinbank dadurch auch nicht.

»Wir müssen etwas unternehmen, Jonathan.« Kendras Stimme drang gedämpft durch den Stoff ihrer Kapuze, aber sie wirkte nicht verschlafen, sondern vielmehr zu allem entschlossen, als habe sie die letzten zwei Stunden intensiv über irgendetwas nachgedacht.

»Wie meinen Sie das?«, fragte er. »Holmes, Cutler und die anderen sind doch bereits dabei, unsere Flucht zu ermöglichen.«

»Ich spreche nicht von uns allen.« McKellens Enkelin hob den Kopf. Die dunklen Ringe unter ihren Augen verliehen ihrem hellhäutigen, von den roten Locken umgebenen Gesicht etwas leichenhaft Blasses, aber ihre Miene war die einer Frau, die für sich eine Entscheidung getroffen hatte und nun beabsichtigte, diese unbeirrt umzusetzen. »Ich spreche von uns beiden.«

Jonathan hob neugierig die Augenbrauen. »Ich kann meine Frage von eben nur wiederholen.«

»In der Ratshalle sagten Sie, dass Sie erst vor Kurzem mit der Magie in Berührung gekommen seien.«

»Das stimmt. Genau genommen vor drei Tagen in der Gasse, in der ich Lordmagier Dunholm fand«, bestätigte Jonathan.

»Sie sind also kein richtiger Magier.«

»Ich bin weit davon entfernt, um ehrlich zu sein. Laut Mister Holmes wird die Magie in mir zwar immer stärker, aber ich beherrsche kaum die grundlegendsten Techniken. Selbst die Wahrsicht verschließt sich mir in den meisten Fällen noch.«

»Genauso geht es mir auch«, sagte Kendra und sah ihn eindringlich an.

»Tatsächlich?«, fragte Jonathan erstaunt. Er war irgendwie davon ausgegangen, dass Kendra mindestens über die gleichen Kräfte verfügte wie beispielsweise Cutler. Schließlich kannte ihr Großvater den ehemaligen Ersten Lordmagier Albert Dunholm – was, wie ihm jetzt aufging, genau genommen gar nichts bewies. »Sie haben auch erst kürzlich zur Magie gefunden?«, hakte er nach.

»Nein. Ich habe meine Kräfte schon vor ungefähr eineinhalb Jahren entdeckt. Aber ich habe nie wirklich mehr getan, als mich in der Wahrsicht am Fadenwerk zu berauschen. Erst seit einigen Tagen erforsche und entwickle ich meine Gaben wirklich. Mein Großvater wollte mir dabei helfen, aber …« Sie stockte. »Nun, wer weiß, wann ich ihn wiedersehe.«

Jonathan schenkte ihr einen mitfühlenden Blick. »Ich bin sicher, Holmes und die anderen geben ihr Bestes, um uns hier herauszubringen.«

»Eben das ärgert mich«, sagte Kendra eindringlich. »Sie geben ihr Bestes. Wir können bloß herumsitzen und zuschauen, weil uns das Talent fehlt, mehr zu tun. Das muss sich ändern. Ich will nicht länger so hilflos sein!«

Es muss etwas mit Wellington zu tun haben, durchzuckte es Jonathan. Der Magier hatte sie gedemütigt und dadurch ihren Zorn geweckt. Dieser Zorn mochte ihr ein kraftvoller Ansporn sein – aber er war auch gefährlich, denn er mochte sie dazu verleiten, ihr Leben durch irgendeine Dummheit in Gefahr zu bringen.

»Ich stimme Ihnen zu«, sagte er dennoch. »Wir sollten an unseren Kräften arbeiten, und zwar so schnell es geht. Wer weiß, wie sich dieser Konflikt entwickelt. Vielleicht werden wir nicht immer Männer wie Holmes oder Drummond an unserer Seite haben, die uns schützen können. Was schlagen Sie vor? Sollen wir Blackwood oder diese Anwälte um Unterweisung bitten?«

»Nein«, widersprach Kendra. »Je weniger Menschen wissen, was wir vermögen und was nicht, desto besser. Wir helfen uns gegenseitig.«

Jonathan kam Dunholms Warnung in den Sinn. *Vertraue niemandem … niemandem … nur Randolph … Cutler … Holmes …* Vielleicht hatte Kendra wirklich recht. Jeder Magier, den er um Hilfe bat, würde zwangsläufig erfahren, dass Jonathan Dunholms Ring trug, ein Umstand den Holmes, Cutler und er bislang wohlweislich geheim gehalten hatten. Selbst wenn sich kein Verräter unter ihnen befand, war nie auszuschließen, dass Hyde-White mit seinen brutalen Befragungsmethoden mögliche Mitwisser zu brechen vermochte. »Also gut. Ich weiß zwar nicht, ob in diesem Fall zwei Einäugige einen Sehenden ersetzen, aber wir können es zumindest versuchen. Schließlich haben wir im Augenblick wahrhaft nichts Besseres zu tun.«

Zum ersten Mal seit Stunden sah er Kendra wieder lächeln, und ein unüberhörbarer Tatendrang war in ihrer Stimme vernehmbar. »Womit sollen wir anfangen?«

Jonathan erwiderte das Lächeln und richtete sich auf. »Helfen Sie mir mit diesem Wechseln in die Wahrsicht. Danach schauen wir weiter.«

»In Ordnung. Es ist im Grunde gar nicht so schwer. Passen Sie auf …«

22. April 1897, 05:32 Uhr GMT
England, London, Nightingale Lane

Nur mit äußerster Mühe gelang es Sedgewick, die Augen offen zu halten. Er hatte in dieser Nacht kaum vier Stunden Schlaf bekommen und war hundemüde. Aber er war fest entschlossen, seinen Teil zur Nachtwache beizutragen und auf McGowan und McKellen aufzupassen, während seine beiden Gefährten neue

Kraft schöpften. Nun saß er seit einer gefühlten Ewigkeit, in Wahrheit aber höchstens einer halben Stunde, auf einem der Stühle und lauschte dem gleichmäßigem Schnarchen von Randolph, zu dem sich jetzt noch die schweren Atemgeräusche Grigoris gesellten, den er vorhin abgelöst hatte.

Geistesabwesend spielte Sedgewick mit dem Revolver in seinen Händen. Er war weiß Gott kein Freund von Waffen, aber es fühlte sich gut an, in diesem Moment das kühle Metall unter den Fingern zu spüren. Gleichzeitig schweifte sein Blick durch die Lagerhalle, in der es allerdings, nicht zuletzt aufgrund der Dunkelheit, die weite Teile des Raumes verschluckte, kaum etwas zu sehen gab. Immer wieder kehrten seine Augen daher zu ihrem komatösen Verbündeten und ihrer ebenfalls reglosen Gefangenen zurück, die nun beide auf alten Säcken nebeneinander ruhten.

Bevor sie schlafen gegangen waren, hatte Sedgewick Randolph dazu überredet, McGowan von ihrem Platz loszubinden und ihr eine etwas bequemere Position für die Nacht zu erlauben. Warum er für sie Partei ergriffen hatte, wusste er selbst nicht so genau. Vielleicht glaubte er, dass sie der Magierin etwas schuldeten, nachdem der Kutscher sie so rüde behandelt hatte. Grundlegende Formen des Anstands sollten schließlich auch im Umgang mit Gefangenen gelten – vor allem mit weiblichen Gefangenen.

Ich danke Ihnen, Sedgewick. Auf einmal war die Stimme wieder in seinem Kopf, die geisterhafte Frauenstimme, die niemand anders als McGowan gehörte und die niemand sonst außer ihm wahrzunehmen vermochte.

Was wollen Sie schon wieder?, fragte er unwirsch. Ihm war mittlerweile klar, dass er nicht laut sprechen musste, um von der Magierin verstanden zu werden. Und es lag schließlich nicht in seiner Absicht, Randolph und Grigori zu wecken.

Ich wollte genau das: Ihnen für Ihre Freundlichkeit, die Sie mir weiß Gott nicht schuldig gewesen wären, danken, erklärte McGowan. *Und ich möchte Sie um Verzeihung bitten.*

Wofür?, fragte Sedgewick. Ein Teil von ihm wollte McGowan aus seinem Kopf verscheuchen, doch ein weitaus größerer war neugierig darauf, wohin das Gespräch führen mochte. Die Magierin nahm sicher keinen telepathischen Kontakt zu ihm auf, nur weil sie nicht schlafen konnte.

Dafür, dass ich Sie falsch eingeschätzt habe. Ich gestehe, dass ich Sie immer für ein furchtsames kleines Wiesel gehalten habe … Unwillkürlich versteifte sich Sedgewick bei diesen Worten. *Aber ich habe mich geirrt. Sie sind ein Mann mit Prinzipien, und dass Sie sogar den Zorn von Mister Brown herausgefordert haben, um selbigen treu zu bleiben, hat mich beeindruckt. Ich bitte um Entschuldigung für mein Verhalten.*

Glauben Sie, ich kann so leicht darüber hinwegsehen, dass Sie versucht haben, Cutler und mich umzubringen?, hielt Sedgewick ihr entgegen. Von Angesicht zu Angesicht wäre es ihm unmöglich gewesen, sie derart zu konfrontieren. Aber in seinen Gedanken – und ohne in McGowans stechende Augen blicken zu müssen – fiel es ihm viel leichter auszusprechen, was ihn innerlich beschäftigte.

Das erwarte ich gar nicht von Ihnen, sagte McGowan. Sie hatte sich auf den Säcken am Boden ein wenig herumgerollt und schien ihn erneut durch die Augenbinde hindurch anzublicken. *Und hierfür werde ich mich auch nicht entschuldigen. Ich habe lediglich versucht,* meiner *Sache treu zu bleiben, einer Sache, die Mister Cutler und Sie im Begriff waren zu gefährden.*

Die Miene des Magispectors verdüsterte sich. *Könnten wir die Zeit zurückdrehen, würden Sie es wieder tun, nicht wahr?*

Ja, bestätigte ihm die Magierin. *Die Vision von Victor Wellington ist zu wichtig, um von Männern zerschlagen zu werden, die nicht einmal verstehen, was er zu unser aller Besten anstrebt.*

»Er hat die Wahre Quelle der Magie geöffnet, bei Gott! Er wird die Welt ins Chaos stürzen. Was gibt es daran nicht zu verstehen?«, entfuhr es Sedgewick. Erschrocken hielt er inne, als ihm bewusst wurde, dass er die letzten Worte laut ausgesprochen hatte.

Sein Blick huschte zu seinen Kameraden hinüber. Grigori

grunzte nur unwillig und rollte sich auf die andere Seite. Randolph dagegen schlug die Augen auf und sah sich alarmiert um. »Was ist los, Sedgewick?«, fragte er leise.

»Ich … äh … nichts. Ich habe nur laut über unsere Lage nachgedacht und bin darüber etwas in Aufregung geraten«, entgegnete Sedgewick.

»Hm«, knurrte der Kutscher misstrauisch, aber da er keine unmittelbare Gefahr erblickte, ließ er den Vorfall auf sich beruhen, und sagte stattdessen nur: »Halten Sie lieber die Augen offen, statt sich in Gedanken zu verlieren. Sonst erleben wir nachher noch eine unangenehme Überraschung.«

Der Magispector nickte. »Sie haben natürlich recht. Verzeihen Sie. Schlafen Sie jetzt weiter. Ich werde Sie nicht wieder stören.«

Randolph brummte noch etwas Unverständliches und legte sich dann wieder hin, den bodenlangen Kutschermantel um sich geschlungen und die zerknautschte Mütze tief ins Gesicht gezogen.

Sie müssen ein bisschen besser aufpassen, Arthur. Sie wollen doch nicht Ihre Gefährten um ihre wohlverdiente Nachtruhe bringen, vernahm Sedgewick McGowans Stimme erneut in seinem Kopf. Eine leichte Belustigung schwang darin mit, aber sie klang nicht böswillig.

Ein Schauer lief Sedgewick über den Rücken. Mary-Ann hatte ihn zum ersten Mal überhaupt bei seinem Vornamen genannt. All die Jahre hatte er sich vergeblich – wenngleich, zugegeben, auch nur höchst zaghaft – darum bemüht, von ihr als Gleichberechtigter anerkannt zu werden. Doch es mussten offenbar erst die Welt und alle bestehenden Machtverhältnisse erschüttert werden, bis sie den Mann erkannte, der in ihm steckte. Möglicherweise mochte aus der ganzen Tragödie der letzten Tage doch noch etwas Gutes erwachsen.

Erschrocken schüttelte Sedgewick den Kopf. *Was denke ich denn da?*, durchfuhr es ihn. *McGowan ist eine Mörderin und Feindin.*

Die Stimme in seinem Kopf seufzte. *Ich wünschte mir, Sie wür-*

den aufhören, die Dinge so schwarz und weiß zu sehen. Das passt nicht zu Ihnen. Sie sind ein Magispector und, wie es heißt, einer der Besten des Silbernen Kreises. Wenn es jemanden in den Reihen des Ordens geben sollte, der weiß, dass alles, was mit der Magie zu tun hat, aus einem unglaublich komplizierten Geflecht von Fäden besteht, dann wären das wohl Sie, oder nicht?

Sedgewick spürte, wie ihm das Blut ins Gesicht stieg, aber er weigerte sich, McGowan so einfach recht zu geben. *Dann erklären Sie es mir*, forderte er sie auf. *Erklären Sie mir, warum es nicht an Wahnsinn grenzt, die Wahre Quelle der Magie zu entfesseln. Erklären Sie mir, wieso Dunholm und Crowley und seine Frau sterben mussten.*

Einen Augenblick lang herrschte Schweigen, und Sedgewick fragte sich bereits, ob es ihm tatsächlich gelungen sein könnte, die eloquente Miss McGowan um Worte verlegen zu machen, aber schon erklang ihre Stimme erneut in seinem Bewusstsein.

Arthur, es gibt Dinge, die kann ich Ihnen nicht sagen, nein, darf ich Ihnen nicht sagen, denn sie sind so geheim, dass nur eine Handvoll Menschen davon Kenntnis hat. Würde ich sie Ihnen verraten, müsste ich Sie töten.

Sie machen es sich ziemlich leicht, warf Sedgewick ein.

Warten Sie! Ich war noch nicht fertig. Denn ich will dennoch versuchen, es Ihnen zu erklären, ohne meine Pflicht zur Verschwiegenheit zu verletzen. McGowan hielt kurz inne, bevor sie fortfuhr. *Was wissen Sie über die Wahre Quelle der Magie?*

Sedgewick zuckte mit den Schultern. *Nur das, was ich in der Kürze der Zeit in dem Werk von Professor Marazor nachlesen konnte. Es handelt sich um eine unglaublich starke Magiequelle auf einer Insel mitten im Atlantik, die von manchen mit dem Atlantismythos in Verbindung gebracht wird. Vor Tausenden von Jahren wurde sie verschlossen, um die Magie von der Erde zu verdrängen und ein Zeitalter der Ordnung einzuläuten. Die Insel versank im Ozean, die Magie schwand, und das Wissen um die Lage der Wahren Quelle ging verloren.*

Es ging nicht verloren, widersprach McGowan ihm. *Man löschte es bewusst aus der Geschichte, denn keine Nation sollte jemals imstande sein, die Quelle wiederzufinden und unter ihre Kontrolle zu bringen. Ja, Sie haben richtig gehört: unter ihre Kontrolle zu bringen. Auch dieses Wissen wurde aus den Schriften getilgt. Es ist möglich, die Quelle einzudämmen, zu beherrschen und sich nutzbar zu machen.*

Sicher hat es einen guten Grund, dass keine Nation Macht über die Quelle haben sollte. Es würde das Gleichgewicht der Kräfte in Gefahr bringen, meinte Sedgewick.

Auf ihrem Bettlager aus Säcken lachte McGowan leise. Sie hatten ihr den Knebel zum Schlafen nicht wieder angelegt, ihr aber eingeschärft, dass sich dieser Umstand sofort ändern würde, wenn sie anfing zu schreien. Bislang hatte sie sich vollkommen ruhig verhalten. *Ihren Idealismus in allen Ehren, Arthur, aber die Welt ist kein Ort des Gleichgewichts der Kräfte. Es gibt immer Stärkere und Schwächere – und der Stärkere überlebt. Schauen Sie sich um. Das Britische Empire und Frankreich ringen um die Kolonien in Afrika. Das Deutsche Reich rüstet unter Kaiser Wilhelm zur Seemacht auf. Russland und Japan streiten um die Vorherrschaft in Asien. Auf der ganzen Welt streben die großen Reiche nach einer Ausweitung ihrer Machtsphäre. Lange Jahre verlieh uns unsere Flotte die Hoheit über die Meere und einen Vorteil gegenüber unseren Feinden. Doch das wird nicht genügen, um den Sturm zu überstehen, der auf uns zukommen wird. Wir brauchen etwas Neues. Wir brauchen die Magie.*

Aber es war immer die erklärte Politik aller Magiekundiger, sich nicht in die Geschicke der Welt einzumischen, warf Sedgewick ein. *Daran haben sich alle Zirkel und Orden gehalten.*

McGowan schüttelte den Kopf. *Und genau darin irren Sie, Arthur. Was wäre, wenn ich Ihnen sagte, dass wir von Bemühungen mindestens zwei weiterer Staaten wissen, die Wahre Quelle zu finden. Victor Wellington hat nicht aus Spaß Jahre seines Lebens mit der Suche nach ihr verbracht. Er wusste, dass es zwingend notwendig war. Dass ein anderes Land die Insel finden, beanspruchen und ihre*

Macht gegen uns wenden würde, wenn wir nicht allen zuvorkämen – so wie es uns nun gelungen ist.

»Das kann ich nicht glauben«, murmelte Sedgewick. Er wünschte sich, in McGowans verbundenem Gesicht lesen zu können, ob sie ihn belog, aber das vermochte er ebenso wenig, wie ihrer Aura in der Wahrsicht etwas Verräterisches zu entnehmen. *Niemand will einen Krieg unter Einsatz von Magie. Das wäre Wahnsinn.*

Genau das sagte Dunholm auch immer. Er glaubte nicht an die Gefahr, die uns und England droht, und er wollte nicht einsehen, dass nur die Herrschaft über die Magie uns die Macht verleiht, dem Kommenden zu trotzen.

Irgendetwas an ihren Worten irritierte den Magispector. *Augenblick! Dunholm* wusste *von Wellingtons Bestrebungen, die Wahre Quelle zu finden?*

Natürlich nicht, erwiderte McGowan. *Er hätte Wellington die Suche danach niemals gestattet. Wenn sie darüber debattierten, welche Rolle wir Magier in der Welt einnehmen sollten, dann immer auf einer abstrakten Ebene. Aber seine Ansichten zur Politik und zur Magie waren eindeutig und zugleich unverrückbar.*

Deshalb musste er sterben?

Deshalb musste er seinen Platz für jemanden räumen, dessen Blick weiter reicht als bis in den Zuschauerraum eines Zaubertheaters.

Und Crowley?, fragte Sedgewick – nur der Vollständigkeit halber.

Crowleys Tod wollten wir nicht und noch weniger den seiner Frau. Aber er wurde uns gefährlich, derweil wir uns kaum noch eine Armeslänge von unserem Ziel entfernt sahen. Vielleicht hätten wir anders handeln und ihn nur einsperren sollen. Aber die Zeit drängte … und jeder macht mal einen Fehler … McGowans Stimme verlor sich, und ihr Mund verzog sich ein wenig.

Sedgewick legte den Revolver auf den Tisch und fuhr sich mit den Händen durchs Haar. Irgendwie war das alles zu viel für ihn. Gespräche wie diese eigneten sich nicht für die frühen Morgenstunden, vor allem nicht, wenn man in der Nacht zuvor kaum geschlafen hatte. *Und was erwarten Sie jetzt von mir?*

Ich habe nicht das Anrecht, irgendetwas zu erwarten, gab die Magierin zu. *Ich hoffe allerdings, dass Sie über das Gesagte nachdenken, Arthur. Dann erkennen Sie vielleicht, dass weder Wellington noch ich noch sonst jemand aus den Reihen des Neuen Morgens Feinde des Silbernen Kreises sind. Wir tun nur, was getan werden muss – damit unsere Heimat nicht von der Geschichte überrollt wird.*

Der Magispector nickte erschöpft und barg den Kopf in den Händen. Er wünschte sich, Randolph wecken, um Wachablösung bitten und vor all dem Gehörten ins Reich der Träume entfliehen zu können. Aber natürlich stand das genauso außer Frage, wie den Kutscher in sein Dilemma einzuweihen. Dieser hätte es nicht verstanden. In vielerlei Hinsicht glich der aus einfachen Verhältnissen stammende Mann in seiner gradlinigen Art doch sehr seinem früheren Mentor und Herrn Albert Dunholm. *Schön, ich werde darüber nachdenken*, versprach Sedgewick.

Danke, sagte McGowan.

Etwas, dessen Anwesenheit ihm zuvor gar nicht bewusst gewesen war, löste sich aus seinem Kopf. Es fühlte sich an, als strichen entstofflichte Finger über seine Stirn, schmeichelnd, beinahe zärtlich, und als er den Kopf hob und zu McGowan hinüberblickte, sah er die Andeutung eines Lächelns ihre Lippen umspielen.

22. April 1897, 06:12 Uhr GMT
England, London, geheime Hallen des Ordens des Silbernen Kreises

Irgendetwas verfolgte ihn. Er vermochte nicht zu sagen, wer oder was es war. Schattenhafte Gestalten in langen Mänteln oder Kutten, die sich am Rande seines Blickfelds im Dunkel verbargen, in lichtlosen Hauseingängen und Gassen, die kaum mehr als finstere Spalten zwischen den dicht an dicht gedrängten Gebäuden darstellten.

Seine Nackenhärchen stellten sich auf, und sein Magen verkrampfte sich, als das dumpfe Gefühl einer Bedrohung immer stärker wurde. Er beschleunigte seine Schritte, fing an zu laufen, schließlich rannte er die kopfsteingepflasterten Straßen hinunter, die irgendwo in London liegen mussten, ohne dass er genau zu sagen vermocht hätte, wo er sich befand. Immer wieder warf er einen Blick über die Schulter, doch obschon seine Verfolger nicht näher kamen, gelang es ihm auch nicht, sie abzuschütteln.

Auf einmal bemerkte er direkt vor sich einen Riss in der Straße, lang und gezackt und mit ausgefransten Rändern, die in seltsamer Bewegung waren, glimmend wie glühende Kohlen, züngelnd gleich winzigen Flämmchen. Nein, erkannte er zutiefst verwirrt. Der Riss befand sich nicht in der Straße. Er befand sich in der Wirklichkeit. Furchtsam wich er ihm aus und rannte weiter, hoffend, dass er etwas derart Verstörendem nicht wieder begegnen würde.

Doch sein Hoffen sollte vergebens sein. Hinter der nächsten Straßenecke klaffte ein weiterer Riss auf, aus dem sich glitzernde Fäden herauswanden wie die peitschendünnen Tentakel eines albtraumhaften Ungeheuers. Einige Schritte weiter öffnete sich der nächste. Wie ein Mann, der durch einen Minenschacht jagt, während hinter ihm polternd die Decke einbricht, stürmte er vorwärts, sprang und wich nach links und rechts aus, derweil die Welt um ihn herum aufriss gleich trockener Farbe auf einer Leinwand. Tastende Fäden glitten ihm in den Weg, verbanden sich von Straßenseite zu Straßenseite, woben ein immer dichter werdendes Spinnennetz aus glitzerndem Licht.

Immer schwerer fiel es ihm, dem Fadenwerk auszuweichen. Schließlich blieb ihm nichts anderes übrig, als mitten hindurchzurennen. Lautlos peitschend rissen die dünnen Fäden, als sein Körper sich seine Bahn brach. Doch je dichter das Fadenwerk wurde, desto anstrengender wurde es für ihn, sich vorwärtszukämpfen. Die Fäden behinderten ihn, zogen an ihm, banden ihn. Schließlich blieb er endgültig in ihnen hängen, wie ein Mann in einer undurchdringlichen Dornenhecke oder eine Fliege in einem gigantischen Spinnennetz. Panisch wandte er den Kopf, um nach seinen Verfolgern zu schauen.

Er sah nur noch, wie ein dunkler Schemen mit ausgebreiteten Armen durch das allgegenwärtige Glitzern auf ihn zuraste …

… dann zuckte Jonathan zusammen und riss die Augen auf. Er erkannte, wo er sich befand, stöhnte unwillig und ließ seinen Kopf zurück an die Steinwand in seinem Rücken sinken. »Was für ein Albtraum«, murmelte er.

An seiner Seite fing Kendra an sich zu regen. Sie nahm den Kopf von seiner Schulter, und als er sich ihr zuwandte, blickte sie ihn mit verschlafenem Gesicht an. Rotes Haar quoll zerzaust zu beiden Seiten aus der hochgeschlagenen Kapuze ihres Capes, und die dunklen Ringe unter ihren Augen schienen nur noch tiefer geworden zu sein. »Was ist los?«, fragte sie undeutlich.

»Nichts. Ich habe nur schlecht geträumt«, erwiderte Jonathan. Er blinzelte, rieb sich die Augen und streckte seinen schmerzenden Rücken. »Au, verflixt! Ich habe gar nicht mitbekommen, dass wir eingeschlafen sind«, sagte er. Das Letzte, woran er sich erinnerte, war, dass Kendra und er eine Weile lang den Wechsel in die Wahrsicht geübt hatten. Irgendwann hatten sie sich erschöpft zurückgelehnt und – nur für einen Moment – die Augen geschlossen, um neue Kräfte zu sammeln. Trotz der Kälte und der Härte der Steinbank mussten sie dabei weggedämmert sein.

»Ah, Jonathan und Miss McKellen, gut, dass Sie wach sind. Schließen Sie sich doch unserer konspirativen Runde an.« Von der anderen Seite ihres Gefängnisses winkte Holmes ihnen zu. Er saß dort mit Cutler, Drummond, Wilkins, Ashbrook, Blackwood, Morland und Doktor Westinghouse und war mit ihnen in ein leises Gespräch vertieft. Winterbottom hockte etwas abseits, den Kopf der schlafenden Miss Spellman in seinen Schoß gebettet, und am anderen Ende des Raumes lehnten die beiden Anwälte Peabody und Richardson mit geschlossenen Augen und offenen Mündern aneinander und schnarchten leise vor sich hin.

»Möchten Sie?«, fragte Jonathan.

»Ja, warum nicht. Ich bezweifle ohnehin, dass ich jetzt noch mal einschlafen kann«, antwortete Kendra.

Sie standen auf und gingen zu den anderen hinüber. »Guten Morgen«, sagte er, runzelte aber gleich darauf die Stirn. »Auch wenn ich nicht weiß, ob jetzt wirklich Morgen ist, und wenn, dann ist er mit Sicherheit nicht gut.«

»Es ist kurz nach sechs«, informierte ihn Westinghouse nach einem Blick auf seine Taschenuhr. »Es ist also durchaus Morgen. Ansonsten stimme ich Ihnen aber zu.«

Jonathan nickte dankend. »Worüber unterhalten Sie sich?«, fragte er.

»In diesen Stunden kann es nur ein Gesprächsthema geben«, brummte Drummond. »Wie kommen wir hier heraus?«

Instinktiv warf Jonathan einen Blick zur Tür. »Darf ich daraus schließen, dass Ihre nächtlichen Bemühungen fruchtlos waren?«

Die finstere Miene des Schotten war im Grunde Antwort genug.

»Es hat sich leider, trotz erheblicher Mühen von unserer Seite, als unmöglich herausgestellt, die Sperrfäden unseres Gefängnisses zu lösen«, erklärte Holmes. »Es darf neidlos anerkannt werden: Mister Drummond versteht sein Handwerk. Bedauerlicherweise gereicht uns dieser Umstand gegenwärtig zum Nachteil.«

»Und auch die Wände sind zu massiv, um sie unter Einsatz magischer Kräfte abzutragen«, fügte Cutler hinzu. »Entweder wären wir Monate damit beschäftigt oder wir müssten derart roh vorgehen, dass vermutlich umgehend die Wachen auf den Plan gerufen würden.«

»Im Augenblick gingen wir gerade die Möglichkeit durch, dass sich einer von uns unsichtbar machen und zur Tür hinausschlüpfen könnte, wenn die Wachen uns das nächste Mal etwas zu essen bringen«, berichtete Holmes. »Danach wäre besagte Person vielleicht imstande, die Sperrfäden von außen zu entfernen. Allerdings setzt das voraus, dass wir Übrigen die Wachen dermaßen ablenken, dass sie nicht in die Wahrsicht wechseln und den Getarnten bemerken.«

»Und ich sagte es schon: Es ist mehr als wahrscheinlich, dass eine der Wachen in der Wahrsicht aufpasst, um genau solch ein Vorgehen zu verhindern«, sagte Drummond.

Mutloses Schweigen senkte sich über die Gruppe.

»Haben Sie schon mal über gänzlich unmagische Methoden nachgedacht?«, fragte Jonathan.

»Was stellen Sie sich darunter vor?«, wollte Wilkins wissen. »Sollen wir das Türschloss knacken? Das können Sie vergessen. Eine magisch versiegelte Tür bekommt man mit einer Haarnadel nicht auf.«

Jonathan schüttelte den Kopf. »Ich dachte eigentlich eher an etwas wie den Kranker-Mann-Trick? Wir locken die Wachen unter einem vorgetäuschten Krankheitsfall in den Raum hinein und überwältigen sie dann. Mit Ihnen, Doktor Westinghouse, an unserer Seite sollte es uns leichtfallen, einen glaubwürdigen Zwischenfall zu inszenieren.«

Ashbrook lachte heiser. »Dieser Trick ist doch furchtbar alt … Glauben Sie ernsthaft, die Wachen würden darauf hereinfallen?«

»Nun, wenn ich es recht gesehen habe, wurden bei unserer Inhaftierung vor allem diese Fischmenschen im Gang postiert«, wandte Jonathan ein.

»Das stimmt«, pflichtete Kendra ihm bei. »Ich habe, als ich zu Wellington gebracht wurde, auch nur Fischwesen in den Kellern gesehen.«

»Die wiederum dürften, wenn ich mir ihre Kleidung so anschaue, in der Tat *so* alt sein, dass sie den Trick vielleicht noch nicht kennen«, meinte Holmes mit milde sarkastischem Lächeln.

Jonathan nickte. »So sehe ich das auch.«

»Und anschließend?«, wollte Ashbrook wissen. »Angenommen, uns gelingt dieses Kunststück wirklich. Was machen wir dann?«

Jonathan blickte Holmes und Drummond fragend an. »Was hatten Sie vor, wenn es Ihnen gelungen wäre, die Tür zu öffnen?«

»Es gibt unterirdische Gänge, Teile der Kanalisation und eines unter der Stadt verlaufenden Flusses, die durch eine Geheimtür in der alten Ritualkammer nicht weit von hier erreicht werden können. Durch diese könnten wir der Unteren Guildhall entfliehen«, eröffnete der Leiter der Magieabwehr ihm.

»Die Tür kenne ich auch«, merkte Cutler an. »Aber ich habe mich noch nie in das Labyrinth der Kanalisation dahinter gewagt.«

»Dann übernehmen Mister Holmes und ich die Führung«, sagte Drummond.

»Natürlich dürfen wir nicht vergessen, unsere Mitgefangenen aus den anderen Zellen zu befreien«, warf Misses Blackwood ein.

Der Schotte nickte brummend. »Versteht sich von selbst.«

»Also, ich muss sagen, mir gefällt Mister Kenthams Idee. Sie ist von einer wundervollen Schnörkellosigkeit und zugleich Verschlagenheit, beides Eigenschaften, die Wellington unter den Anhängern Albert Dunholms sicher nicht erwartet.« Holmes klopfte Jonathan auf den Rücken.

Der kniff die Augen zusammen, und ein Grinsen schlich sich auf seine Züge. »Vielleicht können wir das Ganze sogar noch ein wenig verschlagener machen. Hören Sie zu …«

»Sie kommen«, warnte Morland. Sie stand mitten im Raum und neigte wie lauschend den Kopf. »Drei Fischmenschen, alle mit Speeren bewaffnet. Zwei treten ein, einer wartet an der Tür.«

»Weitermachen«, raunte Holmes, der angriffsbereit neben der Tür lauerte, Doktor Westinghouse zu.

»Hilfe!«, rief der Arzt des Ordens, so laut er konnte. »Hören Sie! Hier ist Doktor Westinghouse. Wir haben einen Notfall. Einer Dame geht es nicht gut. Hallo! Hilfe!«

Im nächsten Moment wurde die Tür zu ihrem Gefängnis entriegelt, und zwei Fischwesen tauchten im Rahmen auf. Die kreisrunden fahlen Augen ihres halslosen Kopfs waren weit aufgerissen, und ihre silbrig schwarze Schuppenhaut glänzte im Schein der Öllampen auf dem Gang. Mit gezückten Speeren drängten sie Westinghouse nach hinten, während sie aufmerksamen Blickes eintraten. Ein dritter erschien in der Tür und blockierte diese.

»Jetzt!«, rief Holmes. Er sprang nach vorne, packte den dritten Fischmann am Kragen seiner Tunika und riss ihn ins Innere, um ihm mit einigen raschen Bewegungen Fadenfesseln anzulegen.

Gleichzeitig wirbelte Ashbrook, der neben der am Boden zusammengesunkenen Misses Blackwood gehockt hatte, herum und holte eine der Wachen, die sich ihm genähert hatte, mit einem gezielten Tritt von den Beinen. Wilkins warf sich auf den Gestürzten, um ihm die Waffe zu entringen.

Jonathan, Kendra und Cutler kümmerten sich derweil um das letzte Geschöpf. Jonathan umschlang den Fischmenschen von hinten mit beiden Armen, um ihn seiner Bewegungsfreiheit zu berauben. Kendra und Cutler griffen unterdessen nach seinem Speer.

Alarm, erscholl es, einer Warnglocke gleich, in ihrer aller Geist. *Die Gefangenen versuchen auszubrechen.* Jonathan hatte keine Ahnung, ob der telepathische Hilferuf von ihrem Gegner ausging oder von dessen Kameraden. Er entschied, dass es eigentlich keine Rolle spielte, zog das nach Fisch und Algen riechende Wesen zu sich herum und verpasste ihm einen Fausthieb gegen das unnatürlich breite Maul, das über einem fliehenden Kinn lag. »Sei bloß still, du hässliches Ungeheuer!«

Die Wucht des Hiebes riss den Kopf seines Gegners zur Seite. Doch Jonathan hatte die Zähigkeit des Atlanters – oder woher auch immer die Fischmenschen stammten – unterschätzt. Das Geschöpf blinzelte nicht einmal, was, wie Jonathan verspätet feststellte, darauf zurückzuführen war, dass es keine Augenlider besaß. Vielmehr drehte es ihm gleich wieder den Kopf zu, entriss seinen linken Arm der Umklammerung Kendras und schlug seinerseits zurück.

Jonathan bog den Oberkörper nach hinten und entging den Krallen der breiten, mit Schwimmhäuten versehenen Hand um Haaresbreite. Vorsichtshalber machte er einen Schritt rückwärts. Cutler nutzte den Augenblick, den das Wesen abgelenkt war, um ihm den Speer aus der Hand zu winden.

»Geben Sie her!«, forderte Ashbrook, der plötzlich neben ihnen stand. Er nahm die Waffe, wirbelte sie in der Hand herum und ließ den Holzstiel auf den Kopf des Fischwesens sausen. Es gab ein nasses Klatschen, und der Atlanter gurgelte schwach, bevor er in die Knie sank.

Jonathan stieß einen triumphierenden Schrei aus.

Im nächsten Augenblick wurde er von einer unsichtbaren Dampframme getroffen und meterweit durch die Luft geschleudert. Sein Triumphschrei verwandelte sich in einen Ausruf des Schreckens. Er knallte gegen die kalte Steinwand, prallte davon ab und fiel zu Boden. Keuchend schnappte er nach Luft. Als er den Kopf hob, tanzten bunte Flecken vor seinen Augen.

Weitere Schreie und herumwirbelnde Körper zeugten davon, dass er nicht der Einzige war, den es getroffen hatte. Als Jonathan sein Augenmerk auf die Tür richtete, sah er, dass drei weitere Fischwesen, begleitet von einem Magier, aufgetaucht waren. Zischend stießen sie ihre Speere nach vorne; dem Flirren zufolge, das die Luft durchschnitt, schossen sie druckvolle Fadenstränge auf die Gefangenen ab, die es gewagt hatten, aufsässig zu werden.

Wilkins und Ashbrook erwiderten die Angriffe mit gleicher Münze, während Holmes seinen kampfunfähigen Gegner von sich und in die Gruppe der Neuankömmlinge stieß.

Diese hatte jedoch mitnichten vor, die Gefangenen, von denen schließlich jeder einzelne magiekundig war, in einem Fadenduell zu besiegen. Stattdessen halfen sie nur den in die Falle gelaufenen Wächtern, sich zurückzuziehen, und dann, nach einer letzten Angriffswelle, traten sie auf den Gang hinaus und schlugen die Tür hinter sich zu.

Mit einem Aufschrei ließ Wilkins ein letztes Fadenbündel

gegen die schwere Holztür krachen. Aber von draußen vernahm man bereits das Schaben der vorgelegten Riegel, und auch die Sperrfäden mussten binnen Augenblicken wieder an Ort und Stelle sein. Es war vorbei. Ihr Ausbruchsversuch war gescheitert.

Schwitzend und mit aufgerissenem Hemdkragen wandte Holmes sich zu Jonathan um. »Das war ein Spaß«, verkündete er mit einem tolldreisten Grinsen.

Laut ächzend kam Jonathan auf die Beine. Sein Rücken schmerzte, und seine Knie brannten von dem Sturz auf den Steinboden. »Ich hoffe, unsere kleine Finte hat funktioniert.«

Holmes' Augen nahmen einen gelblichen Schimmer an, als er in die Wahrsicht wechselte. »Hat sie«, verkündete er. »Drummond ist fort.«

Angus Drummond drückte sich in die Nische der Kerkerwand unweit der Tür, hinter der seine Gefährten sich heldenhaft, aber wie befürchtet erfolglos gegen ihre Wächter zu Wehr setzten. Es juckte ihn in den Fingern, ihnen zu Hilfe zu eilen und diesen stinkenden Fischköpfen eine gehörige Abreibung zu verpassen, aber er ballte nur die Fäuste und zwang sich abzuwarten, um ihren Plan nicht aufs Spiel zu setzen.

Dieser war im Grunde bestechend einfach, aber doch so trickreich, dass Drummond diesem Neuling, Kentham, den Holmes angeschleppt und den der Schotte zunächst für einen weiteren Bücherwurm und Schreibtischtäter gehalten hatte, seinen Respekt zollen musste. Durch den vorgetäuschten Notfall und den nicht weniger vorgetäuschten Ausbruchsversuch hatten Holmes, Kentham und die anderen es Drummond ermöglicht, sich im Schutze eines Unsichtbarkeitszaubers aus dem Raum zu schleichen. Das allgemeine Chaos hatte seine Aura in der Fadensicht verborgen. Abgesehen davon hatte wohl auch keiner der Fischmenschen damit gerechnet, dass auf eine Täuschung gleich die nächste folgen könnte. Ungesehen hatte er sich zu der

Wandnische begeben, um dort auszuharren, bis seine Gefährten sich ihm entweder aus eigener Kraft anzuschließen vermochten oder bis der Ausbruchsversuch niedergeschlagen wurde und die Wächter sich zurückzogen, um ihre Wunden zu lecken.

Es dauerte keine Minute mehr, bis die drei Fischwesen, die gemeinsam mit dem Verräter Timothy Crandon den in die Falle Gegangenen zu Hilfe geeilt waren, ihre Kameraden aus dem in der Zelle herrschenden Getümmel herausgeholt hatten. Die sieben Jünger Wellingtons schlugen die schwere Holztür hinter sich zu, verriegelten sie auf magische und konventionelle Weise und traten danach den Rückzug an.

»Du bleibst hier!«, befahl Crandon einem der Wächter. »Behalte die Tür im Auge. Sollten die Gefangenen weiterhin Ärger bereiten, melden wir sie Hyde-White. Er wird sich ihrer schon annehmen.«

Das Fischwesen deutete ein Nicken an, sagte aber nichts. Die geschuppten Geschöpfe, die irritierenderweise zerschlissene Kleidung trugen, die ihrem Schnitt nach altrömisch oder altgriechisch hätte sein können, hatten während des ganzen Überfalls auf die Untere Guildhall noch kein Wort von sich gegeben. Drummond fragte sich, ob sie überhaupt dazu in der Lage waren, normale Laute wie ein Mensch von sich zu geben, oder ob sie auf irgendeine andere Weise kommunizierten.

Was macht es schon, ob sie über ihren Gestank oder ihre Gedanken miteinander sprechen? Kümmere dich um das Problem, das vor dir liegt! ermahnte er sich grimmig.

Lautlos schob er sich ein wenig nach vorne, wechselte in die Wahrsicht und nahm seine Umgebung in Augenschein. Der feuchte Kellergang mit der gewölbten Decke war schnurgerade und endete am hinteren Ende an einer Steinmauer. Am vorderen mündete er in einen Quergang. Acht Türen gingen in unterschiedlichem Abstand von dem Korridor ab, drei links und fünf rechts. Neben der Tür zu ihrem Gefängnis waren drei weitere mit einem Vorhängeschloss und Sperrfäden verriegelt, und man durfte annehmen, dass dahinter die übrigen Magier, die Victor Wellington die Gefolgschaft verweigert hatten, eingesperrt waren. Um das Schloss und die Fäden machte Drummond sich keine großen Sorgen. Von außen würde er beides sicher mit Leichtigkeit öffnen können.

Zunächst allerdings musste er den Fischmenschen loswerden, den Crandon als Wache zurückgelassen hatte. Außerdem saß am Eingang des Korridors ein weiteres der geschuppten Geschöpfe. Wellington schien sie zu seiner persönlichen Schutztruppe erkoren zu haben, entweder weil sie, ohne zu murren, Drecksarbeit wie das Wacheschieben in einem feuchten Keller übernahmen oder weil er seinen neuen Anhängern aus den Reihen des Ordens doch noch nicht vorbehaltlos traute. Dieser Gedanke wiederum warf die interessante Frage auf, was diese Wesen, die der größenwahnsinnige Lordmagier zweifellos in der Nachbarschaft der Wahren Quelle gefunden hatte, an ihn band. *Spielt jetzt auch keine Rolle. Du hast eine Aufgabe zu erledigen. Also erledige sie, bevor etwas dazwischenkommt.*

Den Bewegungen in ihrer Fadenaura nach waren beide Wächter von einer deutlichen Unruhe befallen, was nach dem Ausbruchsversuch von Drummonds Gefährten kaum verwunderte. Allerdings richtete sich ihre angstvolle Aufmerksamkeit voll und ganz auf die Tür, hinter der Holmes, Cutler und die anderen saßen. Wenn er es geschickt anstellte, würde er sie vielleicht überrumpeln können.

Vorsichtig griff Drummond nach dem Fadenbündel, das eine der hinteren Türen mit seinen Augen verband, und zog ein wenig daran.

Die Sperrfäden verhinderten eine stärkere Bewegung, aber schon das leichte Rütteln weckte die Aufmerksamkeit der Fischwesen. Sie wechselten einen Blick und hoben ihre Speere. Nachdem sich die Wache am Quergang mit leise platschenden Schritten zu ihrem Kameraden gesellt hatte, schlurften sie zusammen in Richtung Gangende, um dem seltsamen Geräusch auf den Grund zu gehen. Sie passierten Drummonds Versteck, ohne ihn zu bemerken.

Mit einem weiten Schritt trat er hinter den beiden in den Gang hinaus, packte ihre haarlosen, aber teilweise von Korallen bedeckten Köpfe mit breiten Pranken und schlug sie kräftig gegeneinander. Es gab ein dumpf klatschendes Geräusch, und sie fielen zu Boden wie zwei nasse Säcke. Die Speere entglitten ihren kraftlosen Händen, aber durch zwei rasch ausgebildete Sicherungsfäden verhinderte Drummond, dass sie geräuschvoll auf den Stein klapperten. Er zog die Waffen in seine Hände und stellte sie in der Mauernische ab. Anschließend schleifte er auch die beiden Bewusstlosen in die Schatten.

Der Schotte erlaubte sich ein zufriedenes Grinsen. *Das war fast zu leicht.* Jetzt galt es nur noch, die Gefangenen zu befreien, bevor jemand kam, um nach den Wachen zu schauen.

Ohne seine Tarnung aufzugeben, begab er sich rasch zur Tür der Zelle zurück. Er musterte die glitzernden Fadenstränge, die sich spinnwebenartig entlang des Türrahmens zogen, und verzog das Gesicht. Im Kern handelte es sich zwar noch um seine eigenen Sicherheitsvorkehrungen, aber irgendjemand hatte sie durch zusätzliche Fadenverknüpfungen verfeinert. Das würde die Befreiungsaktion in die Länge ziehen, denn obschon es kaum jemanden innerhalb des Ordens gab, der es an roher magischer Gewalt mit Drummond aufnehmen konnte, hatte der Schotte eine Handvoll Magier zu Wellington überlaufen sehen, die ihm hinsichtlich ihrer Finesse im Fadenknüpfen überlegen waren.

Mit zusammengekniffenen Augen musterte er das Sperrfadengewirk, um die Ansatzknoten der neu angebrachten Fadenverbindungen zu ermitteln. Nach und nach wurde er fündig und begann mit geübten Bewegungen das Gewirk zu lösen, indem er an den Knoten zog und dadurch eine Kettenreaktion sich lockernder Fäden hervorrief. Sperrfaden um Sperrfaden gab den Türrahmen frei und schnellte zu den Fadenknäueln zurück, die Drummond seinerzeit an den vier Eckpunkten der Tür angebracht hatte.

Der Schotte hatte bereits mehr als die Hälfte der magischen Riegel entfernt, als er plötzlich ein Geräusch hinter seinem Rücken vernahm. Es war das charakteristisch gleichmäßige Stampfen schwerer, eisenbeschuhter Füße, das er vor wenigen Stunden das erste Mal in seinem Leben gehört hatte und das er dennoch nie wieder vergessen würde. *Hyde-White!*

Drummond fluchte unterdrückt. Wenn der bizarr mutierte Schüler und Vollstrecker Wellingtons hierher auf dem Weg war, hatte er ein Problem. Selbst wenn es Drummond gelingen mochte, sich in einer der Wandnischen des Kellergangs zu verbergen, musste Hyde-White die Abwesenheit der beiden Wachen auffallen. Und es bedurfte nur eines etwas genaueren Hinschauens, um die beiden erschlafften Leiber in den Schatten unweit der Zellentür zu bemerken. Drummond hatte schließlich nicht die Zeit gehabt, sie unsichtbar zu machen, geschweige denn, ihre Fadenaura in irgendeiner Weise zu tarnen.

Ihm blieb also nur eines: die Flucht nach vorne. Eigentlich hatte er vorgehabt, die Sperrfäden der Zellentür so behutsam zu lösen, dass er sie nach der Befreiung seiner Kameraden wieder hätte anbringen und so ihre Flucht vielleicht eine kleine Weile hätte verbergen können. Diesen Luxus konnte er sich nun nicht mehr leisten. Er musste die anderen befreien, so schnell es ging. Gemeinsam hatten sie vielleicht eine Chance gegen das metallene Ungetüm, durch dessen silbernen Körper die Kraft der Wahren Quelle pulsierte.

Drummond packte die Fadenknäuel mit doppelten Fadensträngen und ließ seine magischen Muskeln spielen. Ein Ächzen entrang sich seinen Lippen, und sein bärtiges Gesicht verzog sich vor Anstrengung. Unglücklicherweise kämpfte er dabei nicht nur gegen den unbekannten Fadenweber, der die Sperrfäden verfeinert hatte, sondern auch gegen sich selbst. Die Sperrfäden saßen so fest, als wären sie eingemauert. Der Leiter der Magieabwehr verfluchte seine eigene Gründlichkeit.

Näher und näher kam das Stampfen in dem Quergang hinter

ihm. Drummonds Hoffnung, dass Hyde-White sich in irgendeinen anderen Teil der Gewölbe der Unteren Guildhall begeben könnte, schwand zusehends. *Ich muss diese Tür öffnen. Sonst ist alles vorbei.* Wieder zerrte er mit aller Gewalt an den Fadenknäuel, legte das ganze Gewicht seines Körpers und seine nicht unbeträchtliche Kraft in die Bewegung.

Das linke, obere Fadenknäuel gab unter der Belastung lautlos nach, riss von der Wand und zerfiel in glitzernde Fadenstücke, die sich in der Magie auflösten, nun, da ihnen jeder Halt fehlte.

Aus dem Gleichgewicht gebracht, taumelte Drummond ein paar Schritte zurück, bevor er sich fangen konnte. Ein triumphierendes Grunzen entrang sich seiner Kehle. Zusammen mit den bereits gelösten Fäden fehlten nun nur noch ein Knäuel und das gewöhnliche Vorhängeschloss, bevor die Tür offen war.

»Drummond!«, dröhnte eine nur noch halb menschliche Stimme hinter ihm.

Der Schotte fuhr herum und sah, dass Hyde-White im Eingang des Kellergangs aufragte. Der Golem hatte die Klauenhände halb erhoben, und ein Ausdruck der Überraschung, der sich noch im selben Moment in Zorn verwandelte, lag auf seinem grotesk verwachsenen Gesicht.

Ohne nachzudenken, schleuderte Drummond ihm mit der rechten Hand ein Fadenbündel entgegen. Ihm war klar, dass er Hyde-White dadurch nicht ernsthaft verletzen konnte, aber möglicherweise vermochte er ihn so lange aufzuhalten, bis er Verstärkung aus der Zelle erhielt.

Der Angriff war mit der Kraft der Verzweiflung ausgeführt worden, aber wie schon während ihres Kampfes in der Ratskammer des Ordens prallten die Fäden ohne nennenswerte Wirkung an Hyde-Whites gepanzerter Gestalt ab.

»Das soll wohl ein schlechter Scherz sein«, donnerte Hyde-White, während er mit großen Schritten näher kam. »Ich hörte, es habe einen Ausbruchsversuch gegeben, aber Crandon sagte, er habe ihn niedergeschlagen. Was machen Sie dann hier draußen?«

»Offenbar hat Crandon nicht so genau aufgepasst«, erwiderte Drummond.

»Ein Fehler, den ich beheben werde«, versprach Wellingtons Schüler. »Ich werde schon dafür sorgen, dass weder Sie noch irgendjemand sonst dem Anbruch des Neuen Morgens im Weg steht.«

»Nicht … wenn ich es verhindern kann«, ächzte Drummond, während er sich mit beiden Händen am letzten Sperrfadenknäuel abmühte. Er setzte alles auf eine Karte und warf sich, ein zorniges Brüllen ausstoßend, mit aller Gewalt nach hinten.

Das Fadenknäuel platzte auf, und der Schotte landete unsanft auf dem Steinboden des Kellergangs.

Einen Herzschlag später war Hyde-White bei ihm. In seinen unmenschlich facettierten Augen loderte pure Mordlust. Eine Metallklaue umfasste den Jackenkragen des Schotten, zog ihn scheinbar mühelos auf die Beine und zu sich heran. »Das können Sie nicht, Drummond.« In Hyde-Whites Stimme lag boshafter Triumph. »Niemand kann es verhindern.«

»Wir Schotten glauben nicht an Niederlagen«, ächzte Drummond. »Das müsstet ihr verdammten Engländer doch langsam wissen.« Sein Kopf zuckte vor, und der Leiter der Magieabwehr rammte dem Golem seine Stirn direkt ins vernietete Gesicht. Gleichzeitig schoss er einen Fadenstrang auf das Vorhängeschloss ab, um es von der Holztür zu reißen.

Jonathan, Kendra, Holmes und die anderen sprangen auf, als sie hörten, wie die Tür zu ihrem Gefängnis aufging. Voll angespannter Erwartung starrten sie auf die breiter werdende Öffnung, die das Versprechen von Freiheit barg.

»Oh nein!«, entfuhr es Miss Morland, und die elfengleiche Frau schlug die Hände vors Gesicht.

Bevor auch nur einer der Anwesenden fragen konnte, was sie gesehen hatte, flog ein schwerer Körper durch die Türöffnung und einmal quer durch den Raum, um am anderen Ende krachend gegen die Wand zu prallen und dann zu Boden zu stürzen.

Das Monstrum Hyde-White füllte mit seiner ganzen Masse den Türrahmen. »Wir Engländer haben euch Schotten noch immer besiegt!«, brüllte er, und seine Facettenaugen wirkten, als wollten sie Funken sprühen. Seine Nase blutete und sah aus, als sei sie gebrochen, aber das schien ihn nur noch wütender zu machen.

Mit mühsamer Bewegung hob Drummond den Kopf. Von einer Platzwunde auf seiner Stirn floss helles Blut über sein Gesicht und tränkte seinen Bart. »Besiegt vielleicht, aber niemals gebrochen«, keuchte er grimmig. »Sie können machen, was Sie wollen, Hyde-White. Drohen Sie uns. Schlagen Sie uns. Wir werden niemals aufhören …« Schmerzerfüllt verzog er das Gesicht und griff sich an die Brust, bevor er fortfuhr. »… niemals aufhören … Widerstand zu leisten.« Er blickte zu Wilkins hinüber, der daraufhin einen Schritt auf Hyde-White zu machte und trotzig die Arme verschränkte. Ashbrook schloss sich ihm an.

»Machen Sie ihn nicht wütend«, bat Miss Spellman von der Steinbank aus.

»Wir machen ihn nicht wütend«, sagte Holmes erstaunlich ruhig. »Wir machen einen Standpunkt klar.« Er verschränkte ebenfalls die Arme und blickte Hyde-White furchtlos an.

Westinghouse kratzte sich am grauhaarigen Kopf. »Ach, verdammt«, murmelte er, räusperte sich anschließend demonstrativ, hob das Kinn und trat ebenfalls vor. Cutler folgte seinem Beispiel.

Jonathan spürte, wie sein Herz schneller schlug. Eine seltsame Atmosphäre breitete sich in der Zelle aus, knisternd aufgeladen, wie vor einem gewaltigen Gewittersturm. Aus der Haltung der Männer, die sich Wellingtons Vollstrecker entgegenstellten, sprach die Tapferkeit von Verzweifelten, die glaubten, nichts mehr verlieren zu können; und so vergebens diese Geste auch sein mochte, Jonathan bewunderte sie dafür. Er schluckte, straffte sich, trat neben Holmes und verschränkte die Arme. Kendra folgte ihm kaum einen Herzschlag später, das Gesicht ein Ausdruck trotziger Entschlossenheit.

Holmes schenkte ihnen beiden einen kurzen Blick und lächelte dünn.

»Er wird weichen«, flüsterte Miss Morland.

Hyde-White ließ seinen Blick über die stumm Versammelten schweifen. Auf seiner Miene lag blanker Hass. »Ich könnte Sie alle hier und jetzt umbringen«, grollte er, und es klang, als täte er nichts lieber, als diese Drohung sofort in die Tat umzusetzen. »Aber Lordmagier Wellington würde das nicht wollen. Es wäre zu leicht … Ihr verdient ein anderes Schicksal.« Drohend hob er die rechte Klauenhand und schüttelte sie vor ihnen in der Luft. »Denkt an meine Worte!« Anschließend drehte er sich ruckartig um, verließ den Raum und schlug die Tür mit einer Wucht zu, die sie in den Angeln erzittern ließ. Nachdem er einen Moment außen zugange gewesen war, entfernten sich seine stampfenden Schritte.

Während die Männer sich wieder zerstreuten und Westinghouse zu dem schwer verletzten Drummond eilte, atmete Holmes geräuschvoll aus und fächelte sich mit der Hand Luft zu. Er warf Jonathan und Kendra einen erleichterten Blick zu. »Da haben wir noch einmal Glück gehabt, meine Freunde. Einen Moment lang dachte ich schon, der Verrückte würde seinem Drang nachgeben und seine Drohung ernst machen, uns alle auf der Stelle zu töten.«

»Was hat Sie vom Gegenteil überzeugt?«, fragte Jonathan, der spürte, wie seine Knie weich wurden, und der sich zusammenreißen musste, um nicht zu wanken.

»Wellington«, sagte Holmes. »Wollte er uns töten, wären wir bereits rauchende Leichen, genau wie Cheltenham. Dass er keine Skrupel kennt, wissen wir. Er hat also noch irgendetwas mit uns vor.«

»Das schien mir auch so, als er mich zu sich holte«, mischte Kendra sich ein. »Die Frage ist, was?«

»In der Tat«, stimmte Holmes ihr zu. »Nichtsdestoweniger möchte ich nicht darauf bauen, dass wir es uns leisten können, Hyde-White ein drittes Mal zu reizen. Irgendwann wird seine Wut den Gehorsam seinem Meister gegenüber niederringen, und in diesem Moment wäre ich lieber nicht in seiner Nähe. Umso zwingender müssen wir hier raus.«

Jonathan blickte mit düsterer Miene auf die einmal mehr verschlossene Tür. »Nun, so wie ich das sehe, sind wir von der Freiheit weiter entfernt denn je …«

Voller Zorn marschierte Duncan Hyde-White durch die Gänge der Unteren Guildhall. Er ärgerte sich darüber, dass er sich das widerspenstige Gehabe von Drummond, Cutler und vor allem dem Störenfried Holmes bieten lassen musste, ohne angemessen darauf antworten zu dürfen. Aber so gerne er den Männern für ihre Frechheiten seine Stahlklauen um den Hals gelegt und zugedrückt hätte, ihm waren die Hände gebunden. Wellington hatte vor dem Angriff auf die Ratskammer deutlich gemacht, dass er noch Pläne mit den Magiern hatte.

Der Adlatus des neuen Ersten Lordmagiers öffnete die massive Holztür, die von den kellerartigen Gewölben der Unteren Guildhall in den wohnlicheren Teil mit seinen Salons und Studierzimmern, der Ratskammer und der Bibliothek führte. Zwei Magier, junge Anhänger Wellingtons, die gerade den Korridor herunterkamen, zuckten kurz zusammen, als Duncan seine hünenhafte Gestalt durch den Türrahmen schob. Sie versuchten die reflexartige Zurschaustellung von Furcht zu überspielen, indem sie ihn mit übertriebener Geste grüßten und danach so schnell wie möglich das Weite suchten.

Duncan verzog das Gesicht. Verachtung und Missmut spiegelten sich darauf wider. Er kannte die beiden Männer: Lawrence und Atkinson. Vor wenigen Wochen noch hatte er zu ihnen gehört. Er war jung, gedankenlos und machthungrig gewesen und hatte nie verstanden, weshalb die Alten um den Ersten Lordmagier Albert Dunholm solche Angst vor der Magie hatten, obschon sie gleichzeitig ihr Lebensinhalt war.

Seit dem Zwischenfall an der Wahren Quelle war alles anders. Duncan vermochte nicht zu sagen, ob sein Meister sich der Gefahren bewusst gewesen war, die seinem Schüler an der Quelle gedroht hatten, aber er argwöhnte, dass Wellington zumindest eine Ahnung davon gehabt hatte, was geschehen könnte. Er musste eine Vorstellung von den Nebenwirkungen des Ausbruchs gehabt haben, schließlich hatte er die Geheimnisse der Quelle lange genug studiert.

Als Duncan nach dem Auftauchen der Insel wieder erwacht war, nicht mehr in einem Panzertauchanzug steckend, sondern plötzlich ein Teil von ihm, ein grauenhaftes Monstrum aus Fleisch und Metall, in dessen Adern reine Magie floss, hatte nicht viel gefehlt und er wäre vor Entsetzen dem Wahnsinn verfallen. Es hatte ihn fast übermenschliche Kraft gekostet, die Kontrolle über sich und seinen neuen Körper zurückzuerlangen.

Aber letztlich war es ihm gelungen, und er hatte angefangen, die Macht, die ihm die Quelle im Überfluss geschenkt hatte, zu genießen. Gewissermaßen war ihm sein lebenslanger Traum erfüllt worden. Er war zu einem der stärksten Magier der Welt geworden. Doch die Magie war perfide und der Preis für dieses Geschenk hoch. Wahrscheinlich würde er nie wieder der Mann sein, der er einmal gewesen war. Nicht einmal Wellington, dessen Macht nach dem Sprung in die Quelleruption kaum noch Grenzen kannte, konnte ihm helfen, ohne ihn dabei umzubringen. Duncan hatte sich in ein Ungeheuer verwandelt, das alle nur noch fürchteten.

Manchmal genoss er diesen Umstand. Manchmal schmerzte es ihn – und um diesen Schmerz nicht spüren zu müssen, verwandelte er ihn in Zorn: rechtschaffenen Zorn auf Männer wie Lawrence und Atkinson, die hinter seinem Rücken flüsterten und mit dem Finger auf ihn zeigten; und ohnmächtigen Zorn auf diese verdammten Gefangenen, die es wagten, sich trotzig vor ihm aufzubauen und ihn herauszufordern, sehr wohl wissend, dass nicht er es war, der über Leben und Tod entschied. *Ihr werdet euch alle noch wundern*, dachte er grimmig.

Duncan passierte die Bibliothek und bog in den Korridor ab, der zu Wellingtons Gemächern führte. Er nahm an, dass Wellington in Kürze die Zimmer des ehemaligen Ersten Lordmagiers Albert Dunholm beziehen würde, aber noch begnügte er sich mit den ihm kraft seines Amtes als Mitglied des Inneren Zirkels zustehenden Räumlichkeiten.

In den Gängen des Hauptquartiers des Silbernen Ordens war um diese Uhrzeit bereits erstaunlich viel los. Obwohl viele der Magier Familie hatten und tagsüber einem normalen Brotberuf nachgingen – Magie, die nur im Verborgenen ausgeübt werden durfte, brachte für gewöhnlich kein Geld für den Lebensunterhalt ein –, hatte sich an diesem Vormittag bereits eine große Zahl der Anhänger des Neuen Morgens in der Unteren Guildhall eingefunden. Sie diskutierten nicht nur über die Folgen des gestrigen Putsches, sondern sorgten vor allem für das reibungslose Weiterlaufen der Geschäfte, die zuvor von gegenwärtig eingekerkerten Ordensmitgliedern geführt worden waren. Schließlich durfte der Orden nach außen hin keinen Eindruck von Chaos oder Instabilität erwecken. Das wäre eine Einladung für ausländische Gruppierungen gewesen, auf dem Gebiet des Silbernen Kreises zu wildern.

Bei der Vorstellung, dass irgendein Unwissender in Frankreich oder dem Deutschen Reich den Orden für eine leichte Beute halten könnte, breitete sich unwillkürlich ein finsteres Lächeln auf Duncans Zügen aus. Er würde gerne erleben, wie feindliche Magierspione versuchten, aus der gegenwärtigen Lage ihren Vorteil zu ziehen, und dabei Wellington und ihm in die Arme liefen. *Kommt nur, ihr Dreckskerle! Ich würde euch nur zu gerne zeigen,* wie *schwach der Orden derzeit ist*, dachte Duncan.

Er erreichte die Tür zu Wellingtons Gemächern und hämmerte mit seiner rechten Klaue gegen das Holz.

»Herein«, erklang die Stimme des neuen Ersten Lordmagiers.

Behutsam drückte Duncan die Klinke herunter und schob die Tür auf. Es war nicht leicht für ihn, sich in seiner neuen Gestalt in der Unteren Guildhall zu bewegen. Gewöhnliche Türen waren fast zu klein für seinen aufgedunsenen und gepanzerten Leib.

Er fand Victor Wellington an seinem Schreibtisch vor, beinahe wie er es erwartet hatte. Papiere und Bücher – manche von ihnen sehr alt wirkend, manche mit dem Wappen des Silbernen Kreises versehen und offenkundig neueren Datums – stapelten sich vor ihm.

Als Duncan eintrat, hob sein Meister den Blick. »Ah, Duncan, was kann ich für Sie tun?«, fragte Wellington. »Haben Sie schon Dunholms Ring gefunden?«

»Nein«, knurrte Duncan. »Keiner der Gefangenen scheint ihn bei sich zu tragen. Ich habe mir alle vier Gruppen angeschaut. Holmes meinte, der Franzose könnte ihn sich genommen haben, weil er ihn für ein einfaches Schmuckstück gehalten habe und sich habe bereichern wollen.«

Wellington machte ein misstrauisches Gesicht. »Sagt Holmes das? Nun, ich kenne den Franzosen nicht so gut, wie ich es gerne täte, dafür kenne ich Holmes besser, als es mir lieb ist. Jupiter Holmes ist ein Schurke im Kleid eines Gentlemans. Er würde jeden Trick anwenden, den er kennt, um Sie in die Irre zu führen. Wenn er also sagt, der Franzose habe den Ring möglicherweise genommen, ist zumindest eines klar: Der Franzose hat ihn nicht! Nein …« Der Lordmagier schüttelte den Kopf und schaute gedankenvoll ins Leere. »Ich tippe in diesem Fall eher darauf, dass Randolph Brown ihn an sich genommen hat. Von uns allen stand er Dunholm immer am nächsten. Ich bezweifle, dass ihm die Bedeutung des Rings klar war. Wahrscheinlich hat er ihn als Andenken an den Alten Mann behalten wollen. Eine rührselige, aber nachvollziehbare Geste.« Seine Miene verhärtete sich, als er den Blick erneut Duncan zuwandte. »Das heißt also, wir sollten all unsere Bemühungen darauf konzentrieren, Brown zu finden. Haben Sie Carlyle heute schon gesehen?«

»Noch nicht«, verneinte Duncan erneut. »Dafür hat mir Crandon gemeldet, dass die Gefangenen um Drummond gewaltsam versucht haben, aus ihrem Gefängnis auszubrechen. Allem Anschein nach haben sie die Wachen getäuscht und wollten diese danach überwältigen. Mit knapper Not konnte Crandon mit einer zweiten Gruppe den Ausbruchsversuch vereiteln.«

Wellington wölbte milde überrascht eine Augenbraue. »Ist das so?«

»Ja. Und es kommt noch schlimmer. Als ich ging, um nach dem Rechten zu sehen, erwischte ich Drummond, dem es irgendwie gelungen war, sich während des Tumults aus der Zelle zu schleichen, dabei, wie er versuchte, das Schloss aufzubrechen und die übrigen Gefangenen herauszulassen.«

»Sie haben ihm natürlich zu verstehen gegeben, dass wir ein solches Verhalten nicht gutheißen«, vermutete Wellington.

»Das habe ich«, bestätigte Duncan grimmig. »Aber alleine die Tatsache, dass es einem der Gefangenen gelingen konnte freizukommen, und das bereits nach so kurzer Zeit, sollte uns zu denken geben. Zumal ihr Kampfgeist alles andere als erloschen ist. Als ich ihnen gegenüber mein Missfallen zum Ausdruck brachte, wurden sie regelrecht aufsässig.«

Nachdenklich tippte Wellington mit dem rechten Zeigefinger gegen seine Lippen, während er das Gehörte zu beurteilen schien. »Holmes war in der gleichen Gruppe wie Drummond, als wir die Anhänger des alten Ordens aufteilten und abführen ließen, oder?«

»Er sitzt in der gleichen Kammer, das ist wahr.«

»Dachte ich es mir doch. Zwei Verrückte in einen Raum zu sperren, war vielleicht keine so gute Idee. Wir sollten Drummond in eine andere Zelle bringen lassen.«

»Ich denke, das wird nicht mehr nötig sein«, sagte Duncan. »Ich habe ihm meine Unzufriedenheit ziemlich deutlich gemacht, als ich ihn auf dem Gang erwischte.«

»Ist er tot?«, fragte Wellington.

»Nein, nicht ganz. Aber er wird so rasch keinen Ausbruchsversuch mehr unternehmen. Ich kann ihn natürlich töten, wenn Ihr es befehlt, Meister. Es wäre der sicherste Weg. Und Holmes sollten wir auch umbringen. Und Wilkins und Ashbrook und vielleicht noch ein paar andere. Sie machen uns nur Ärger.« Duncans Stimme war etwas lauter geworden, und ohne sein Zutun hatten sich seine Klauen zu stählernen Fäusten geschlossen.

»Das werden wir nicht tun, Duncan«, machte Wellington die dunklen Hoffnungen seines Schülers zunichte. »Ich sagte doch, dass sie mir – und das bedeutet uns – noch von Nutzen sein können, und daran hat sich nichts geändert. Verdoppeln Sie die Wachen. Und weisen Sie sie an, die Türen zu den Zellen unter keinen Umständen mehr zu öffnen. Wir werden nicht mehr lange hier in London verweilen. Ich muss nur noch einige Unterlagen aus Dunholms Privatbeständen sichten, danach machen wir uns wieder auf die Reise zur Quelle. In der Zwischenzeit kommen die Gefangenen auch ohne Nahrung und Wasser aus. Sie mögen es als disziplinarische Maßnahme betrachten.« Er lächelte kühl.

»Verstanden«, grollte Duncan. Er wandte sich zum Gehen, doch die Stimme Wellingtons hielt ihn auf.

»Und, Duncan?«

Mit metallischem Knirschen drehte er den Oberkörper, um sich noch einmal seinem Meister zuzuwenden. »Ja?«

Victor Wellington sah ihn streng an. »Kümmern Sie sich um Brown und den Ring.«

»Wie Ihr wünscht, Meister«, sagte Duncan.

KAPITEL 17:

ENTHÜLLUNGEN UND MORGENGRAUEN

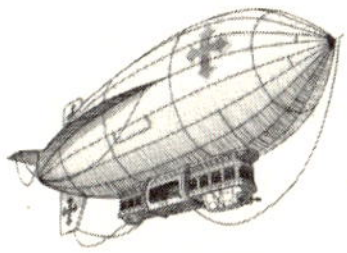

»Berlin. Wie ein gestern aus Konstantinopel eingetroffenes Telegramm mitteilte, ist die Landung der Griechen bei Elenetheroupoli an der dem Golf von Saloniki zugewandten Küste von Makedonien sowie ihr Ansinnen, die Eisenbahnstrecke zwischen Saloniki und Elassona zu zerstören und so die Verbindung zu Edhem Paschas Versorgungsbasis zu unterbrechen, gescheitert. Angaben zufolge verloren die Griechen fünfzig Mann, und viele weitere wurden bei dem Versuch, der durch türkische Truppen vereitelt wurde, verletzt.«

– Berliner Morgen-Zeitung, 22. April 1897

22. April 1897, 08:28 Uhr GMT
England, London, Nightingale Lane

Randolph, Grigori und Sedgewick saßen gerade bei einem kargen Frühstück zusammen, das der Kutscher bei einem Straßenhändler am Rande der Docks erworben hatte, als Nevermore von seinem Beobachtungsflug zur Guildhall zurückkehrte. Keiner der

Männer hatte den Raben so rasch zurückerwartet. Schließlich hatten sie ihn erst wenige Stunden zuvor losgeschickt. Dass er bereits jetzt schon wieder auftauchte, konnte folglich nur bedeuten, dass sich irgendetwas Bedeutsames beim Ordenshauptquartier des Silbernen Kreises tat.

Während Grigori und Sedgewick mit gespannter Miene warteten, tauschte Randolph sich stumm mit seinem Vertrauten aus. Seine ohnehin schon mürrische Miene verfinsterte sich noch weiter. »Wie es scheint, werden wir weniger Zeit haben, als wir dachten, um Pläne zu schmieden«, erklärte Randolph, nachdem er Nevermore wieder losgeschickt hatte.

»Warum? Was hat der Rabe berichtet?«, wollte Sedgewick wissen.

»Nachdem sich heute Morgen etliche von Wellingtons Anhängern in der Guildhall eingefunden haben, hat ein Großteil von ihnen das Ordenshauptquartier vorhin wieder verlassen und sich in alle Himmelsrichtungen verteilt«, knurrte der Kutscher. »Es scheint, als würden sie etwas suchen. Und es dürfte nicht allzu schwerfallen, sich auszumalen, wen.«

»Uns?«, fragte Grigori in ungläubigem Tonfall.

»Wen sonst?«, hielt Randolph dagegen.

Sedgewick runzelte verwirrt die Stirn. »Aber weshalb? Wir drei können für Wellington unmöglich so wichtig sein, dass er den halben Orden ausschickt …« Seine Stimme wurde leiser, als sein Blick zu Mary-Ann McGowan hinüberwanderte, die am anderen Ende des Tisches wieder an ihren Stuhl gefesselt war. Randolph hatte sie dort festgebunden, bevor er losgezogen war, um einzukaufen, und seitdem leistete sie den Männern wortlos Gesellschaft. Randolph hatte ihr auf Sedgewicks Betreiben hin etwas zu essen angeboten, aber obwohl sie auf den Magispector irgendwie ausgezehrt und hungrig wirkte, hatte sie stolz den Kopf geschüttelt und jede Nahrung abgelehnt.

Jetzt verzogen sich ihre Lippen zu einem süffisanten Lächeln. »Ich sagte doch, dass Sie meine Entführung bereuen würden.«

»Niemand hat Sie darum gebeten, sich an diesem Gespräch zu beteiligen«, fuhr Randolph sie barsch an.

Es hatte den Anschein, als wolle die Magierin zu einer Erwiderung ansetzen, doch dann überlegte sie es sich anders und schwieg.

»Dessen ungeachtet hat sie recht, fürchte ich«, fuhr der Kutscher leiser an Grigori und Sedgewick gerichtet fort. »Auch wenn London groß ist, werden sie uns wahrscheinlich früher oder später finden, sei es auf gewöhnlichem Wege oder mittels eines Aufspürrituals. Darauf sollten wir nicht warten. Vielmehr sollten wir den Umstand nutzen, dass die Guildhall nun weitgehend ungeschützt ist, um unseren Zug zu machen. Wellington wird sicher nicht erwarten, dass wir so dreist sind, uns direkt in die Höhle des Löwen zu begeben.«

»Oder so dumm«, gab der Magispector zu bedenken. »Wir haben nicht mal einen Plan, oder?«

Der Kutscher warf ihm einen grimmigen Blick zu. »Doch den haben wir. Ich habe in der Nacht, während ich Wache gehalten habe, mir lange den Kopf darüber zerbrochen, wie wir am besten vorgehen – und ich denke, eine Lösung gefunden zu haben. Sie ist weder besonders schön noch elegant, aber ich bin eben eine gradlinige Seele.«

»Wären Sie so freundlich, uns in diesen Plan einzuweihen?«, fragte Sedgewick.

»Im Augenblick nicht«, erwiderte Randolph mit Blick auf McGowan. »Vertrauen Sie mir einfach! Ohnehin hängt das Ganze davon ab, ob es mir gelingt, einige Dinge zu erwerben, die wir für die Umsetzung brauchen. Habe ich hierbei kein Glück, müssen wir uns etwas Neues ausdenken.«

»Wir helfen«, erklärte Grigori entschlossen.

»Darauf baue ich«, sagte Randolph mit einem Nicken. »Wären Sie, Sedgewick, so freundlich und würden zu Mister Holmes' Haus am Regent's Park fahren, um Watson abzuholen? Sagen Sie dem Butler Joseph einfach, ich hätte sie geschickt. Dann wird er

Sie schon einlassen. Und Watson ist sicher bereit, uns zu helfen, wenn sie erfährt, dass Holmes in Gefahr ist. Du, Grigori, solltest derweil hierbleiben und unsere zwei Gäste bewachen.« Er deutete auf McKellen und McGowan.

Sedgewick räusperte sich. »Vielleicht sollten wir es lieber andersherum handhaben. Grigori holt Watson, und ich bleibe.«

Randolph schaute ihn überrascht an. »Noch gestern wollten sie keine fünf Minuten alleine in McGowans Gegenwart verbringen. Woher der plötzliche Gesinnungswandel?«

»Nun ja, mittlerweile habe ich ja den hier.« Der Magispector zog den Revolver aus der Tasche, den Randolph ihm gestern in die Hand gedrückt hatte, und wedelte damit in der Luft herum. »Außerdem bin ich von uns beiden dann doch der fähigere Magier – nichts für ungut, Grigori. Und ich kenne McGowan schon deutlich länger als er. Sie wird mich nicht überraschen können … nun, nicht mehr«, schränkte er kleinlaut ein, als er an Randolphs skeptischer Miene ablas, dass dieser an den Zwischenfall in der Bibliothek dachte, bei dem die Magierin Cutler und Sedgewick mit einer Regalladung schwerer Folianten beinahe erschlagen hätte.

»Ist gut«, pflichtete Grigori ihm bei. »Ich kenne Weg zu Holmes. Sedgewick nicht.«

»Wie Sie meinen«, sagte Randolph nur. Er nahm den letzten Bissen seines Frühstücks, wischte sich mit dem Ärmel seines Kutschermantels den Mund ab und stand auf. »Ich hoffe, spätestens gegen Mittag wieder zurück zu sein. Tun Sie in der Zwischenzeit nichts Unbedachtes.«

Sedgewick zuckte innerlich zusammen. Er fragte sich, ob Dunholms ehemaliger Diener sein Gespräch mit Mary-Ann mitbekommen hatte. *Unsinn*, schalt er sich. In diesem Fall hätte Randolph deutlichere Worte gefunden. Vage Andeutungen waren nicht sein Stil. Er zwang sich zu einem tapferen Lächeln und nickte. »Lassen Sie sich nicht erwischen«, erwiderte er. »Sie beide nicht.«

Nachdem Grigori und Randolph ihr Versteck verlassen hatten, steckte Sedgewick sich den Webley-Revolver in die Westentasche, legte die Hände zusammen und wartete einige Minuten lang. Er wollte sichergehen, dass keiner der beiden Männer plötzlich zurückkehrte und ihn dabei erwischte, wie er sich mit McGowan unterhielt. Denn natürlich war seine Bereitschaft, alleine zurückzubleiben, weder einem Anfall plötzlichen Selbstbewusstseins im Angesicht des Feindes noch dem ungewohnten, aber irgendwie beruhigenden Gewicht des Revolvers in seiner Tasche geschuldet, sondern entsprang vielmehr dem heimlichen Wunsch, erneut mit Mary-Ann sprechen zu können, ohne dass Grigori oder Randolph etwas davon erfuhren.

Im Grunde war daran gar nichts verwerflich. Sedgewick hatte nicht vor, seine Kameraden zu hintergehen. Aber ein Hauch von Anrüchigkeit lag unbestreitbar in seinem Interesse an der Magierin, einem Interesse, das diese mit ihren Worten vor ein paar Stunden und ungeachtet ihrer früheren Taten erneut zu wecken vermocht hatte. Mary-Ann McGowan war eine außergewöhnliche Frau, ganz gleich, auf wessen Seite sie in diesem Konflikt stand. Das konnte niemand bestreiten. Bedauerlicherweise – oder vielleicht auch zum Glück – wusste weder Randolph noch Grigori ihren starken Geist und ihre sonstigen Vorzüge so zu schätzen wie Sedgewick. Sie sahen in der Magierin nur ein streitsüchtiges Weibsstück. *Aber was soll man von zwei so einfachen Gemütern auch anderes erwarten*, dachte Sedgewick.

Sein Blick wanderte verstohlen zu Mary-Ann. Still und vielleicht ein wenig erwartungsvoll saß sie auf ihrem Stuhl. Ihre Gesichtszüge – soweit unter dem Tuch, das um ihre Augen gebunden war, erkennbar – wirkten blass und verhärmt, als ginge es ihr nicht gut. Angesichts der letzten Nacht auf den unbequemen Säcken und der Tatsache, dass sie schon seit einer ganzen Weile weder etwas gegessen noch getrunken hatte, war das allerdings auch gar nicht so ungewöhnlich. Umso erstaunlicher fand Sedgewick es, dass ihre Schönheit dadurch kaum an

Glanz verlor. Der Magispector hätte gerne gewusst, wie ihr das gelang.

Um sich einen Moment lang auf andere Gedanken zu bringen, erhob er sich und schaute nach dem Befinden seines zweiten Schützlings, Giles McKellen. Der schottische Magier lag nach wie vor in tiefer magischer Bewusstlosigkeit. Es schien ihm weder besser noch schlechter zu gehen als am gestrigen Abend – zumindest soweit sich das anhand seines friedlichen Gesichts erkennen ließ. Seine Fadenaura war unverändert vollständig von einem dichten Kokon umgeben, der sich standhaft allen Versuchen des Magispectors widersetzte, ihn zu durchdringen und nachzusehen, was darunter wohl vorgehen mochte. Sedgewick fragte sich halb im Scherz, ob McKellen wohl wie die Prinzessin aus dem Märchen zu hundertjährigem Schlaf verurteilt war, wenn kein Prinz kam, um ihn wach zu küssen. *Nun, ich werde dieser Prinz sicher nicht sein*, entschied er. Wenn er in diesem Raum überhaupt jemanden küssen würde, dann sicher nur …

Mich?, vernahm er eine belustigt klingende Frauenstimme direkt neben sich, und ein sachtes, helles Lachen erklang.

Erschrocken fuhr Sedgewick hoch, riss den Revolver aus der Westentasche und drehte sich um. Als ihm klar wurde, dass die Magierin noch immer dort war, wo sie sein sollte, und er ihre Stimme nur in seinem Kopf vernommen hatte, senkte er die Waffe. Gleichzeitig spürte er, wie ihm angesichts der peinlichen Offenbarung das Blut ins Gesicht schoss. »Gütiger Himmel, Miss McGowan, was stöbern Sie schon wieder in meinem Kopf herum?«, beschwerte er sich.

»Gestern nannten Sie mich noch Mary-Ann«, sagte die Magierin. »Sind wir uns auf einmal wieder so fremd? Darf ich Sie nicht mehr Arthur nennen?« Ihre Lippen hauchten seinen Namen wie ein Kosewort, und ihre Stimme war auf einmal leise und samtig wie eine Katze, die einem um die Beine streift, in der Hoffnung, gestreichelt zu werden.

Der Magispector schluckte. »Doch, äh, natürlich. Verzeihen

Sie, Mary-Ann! Sie haben mich nur erschreckt. Ich … also …« Er zupfte verlegen an seinem Hemdkragen, nur um sich gleich darauf innerlich einen Weichling zu schimpfen. Rasch nahm er die Hand herunter, drückte den Rücken durch und legte einen tadelnden Klang in seinen Tonfall, als er fortfuhr: »Es gehört sich nicht, ungebeten in anderer Menschen Gedanken einzudringen – insbesondere nicht, wenn es gar nicht nötig wäre, so wie jetzt.«

McGowans Mund kräuselte sich zu einem scheuen Lächeln. »Ich bitte um Entschuldigung, Arthur. Es schien allerdings angebracht, Ihre Aufmerksamkeit zu erregen, denn wenn Sie Ihre Absicht, ungestört mit mir ins Gespräch zu kommen, noch länger herauszögern, macht Ihnen die Rückkehr von Mister Brown und Grigori nachher noch einen Strich durch die Rechnung. Deswegen haben Sie die beiden anderen Männer doch ziehen lassen, oder? Damit wir beide ungestört sind …«

Der Magispector räusperte sich. Es war ihm etwas unangenehm, dass McGowan seine Absichten so leicht erraten hatte. »Es stimmt«, gab er nichtsdestoweniger zu. »Ich wollte noch einmal mit Ihnen reden, Ihnen sagen, dass ich über Ihre Worte von heute Nacht nachgedacht habe.«

»Und zu welchem Schluss sind Sie gekommen?« McGowan neigte fragend den Kopf. Braunes Haar glitt zur Seite und entblößte die anmutige Linie ihres Halses.

Langsam ging Sedgewick auf sie zu. In seinem Inneren rangen Sehnsucht und Pflichtbewusstsein miteinander. »Es … tut mir leid«, sagte er. »Ich kann mich Ihnen nicht anschließen. Es mag sein, dass Lordmagier Wellington die Wahre Quelle in bester Absicht geöffnet hat. Aber seine Mittel sind falsch. Die Morde an Lordmagier Dunholm, an Mister Crowley und seiner Frau und vielleicht noch weiteren Magiern zeugen davon, dass er die Macht, die er entfesselt hat, nicht weise, sondern skrupellos nutzen wird. Wenn es zudem wirklich stimmt, dass die Quelle auch bei anderen Nationen Begehrlichkeiten geweckt hat, hätte ihr Standort niemals verraten werden dürfen. Dadurch, dass das

Geheimnis, das alle schützte, gelüftet wurde, droht jetzt viel unmittelbarer ein Krieg zwischen den Magierorden der großen Reiche als zuvor, als sich alle zwar belauerten, aber niemand Grund genug hatte, einen offenen Kampf zu suchen. Diesen Grund hat Lordmagier Wellington durch sein Handeln geliefert. Man sollte also das Ganze nicht noch schlimmer machen, indem man versucht, die Quelle zu beherrschen, sondern vielmehr danach trachten, sie zu zerstören oder wenigstens wieder zu verschließen. Da ich hingegen nicht annehme, dass ich Sie von der Notwendigkeit einer solchen Vorgehensweise überzeugen kann, werde ich Ihnen nicht helfen. Das Wohl der ganzen Erde wiegt schwerer als das Wohl einer Nation, einer Gruppe von Menschen oder gar eines Einzelnen.«

Sedgewick erwartete halb, dass McGowan aufbrausen und ihn als Feigling, Ignoranten und Schwachkopf beschimpfen würde. Doch zu seinem Erstaunen presste sie nur kurz die Lippen zusammen und nickte danach. »Ich verstehe«, sagte sie, und es schien aufrichtige Trauer in ihrer Stimme mitzuschwingen. »Ich hatte gehofft, Sie würden anders entscheiden.« Sie seufzte. »Was wird nun aus mir?«

Sedgewick setzte sich zu ihr auf einen der Stühle, legte den Revolver in den Schoß und kratzte sich am Kopf. »Ich weiß es nicht. Es liegt in Mister Browns Ermessen. Aber wenn meine Stimme in dieser Sache auch nur ein wenig Gewicht hat, lassen wir Sie frei, sobald wir die anderen Magier gerettet haben.«

»Sie sind ein wahrer Gentleman, und Sie beschämen mich, denn ich war Ihnen gegenüber nicht so anständig«, sagte McGowan. Nach einer kurzen Pause fügte sie hinzu: »Umso mehr danke ich Ihnen für Ihre Großmut. Sie können sich kaum vorstellen, wie entwürdigend es für eine Dame ist, dergestalt gefesselt zu sein, gezwungen, im Dreck zu schlafen, und hungernd …« Sie brach ab, offenbar unfähig weiterzusprechen.

Der Magispector spürte, wie eine plötzliche Welle des Mitgefühls in ihm aufbrandete. Mary-Ann hatte ja so recht. Wie konnte ein Mann, der noch einen Funken Ehre im Leib hatte, mit einer Frau so umgehen? »Oh, Mary-Ann, es tut mir leid, dass wir Ihnen all das zumuten. Die Fesseln kann ich Ihnen nicht nehmen, das müssen Sie verstehen. Aber hungern sollen Sie nicht! Wieso haben Sie nichts von dem Frühstück angenommen, dass wir Ihnen angeboten haben?«

Ein Hauch von Zorn schlich sich in den Tonfall der Magierin. »Gefüttert wie ein Tier, von der Hand dieses ungehobelten Kutschers? Lieber möchte ich sterben.«

Sedgewick schluckte. Er hatte ganz vergessen, wie stolz McGowan war. Sie war die Grande Dame des Silbernen Kreises, lebte auf Augenhöhe mit Männern wie John Grayson Carlyle, Lord Cheltenham und, bis vor Kurzem, Thomas Crowley. Natürlich musste es unter ihrer Würde sein, ein Almosen von einem Arbeiter wie Mister Brown anzunehmen. »Würden Sie …« Er stockte und setzte dann erneut an. »Würden Sie von mir etwas annehmen? Es ist niemand da, der es mitbekommen würde, und ich versichere Ihnen meine vollste Diskretion.«

Freudige Überraschung, gefolgt von Dankbarkeit, trat auf McGowans Züge. »Oh, Arthur …« Sein Name war wie schmelzendes Eis auf ihren wundervollen Lippen. »Sie sind ein so fürsorglicher Mann. Ich würde Ihnen diese Geste niemals vergessen.«

Erneut errötete Sedgewick, und er merkte, wie ihm warm wurde. »Warten Sie, wir haben hier etwas Brot und Schinken. Bier gibt es auch noch.« Er legte den Webley auf die Tischplatte und griff nach den Lebensmitteln. Seinen Stuhl noch etwas näher an McGowan heranrückend, begann er, ihr das Essen in kaugerechte Stücke zu zerteilen und behutsam in den Mund zu schieben.

Es war ein eigentümlich vertraulicher Akt, und die ungewohnte unmittelbare Nähe zu Mary-Ann, die er als Frau verehrte und zugleich als Feindin fürchtete, brachte Sedgewicks Blut auf eine Weise in Wallung, wie er es lange nicht mehr verspürt hatte. Der letzte Tag und die letzte Nacht waren so voller Schrecken und – in Augenblicken wie diesem – kleiner Wunder gewesen, dass ihm regelrecht der Kopf schwirrte, während er zusah, wie sich Mary-Anns Lippen um seine Finger schlossen und ein Stück Brot oder Schinken aufnahmen.

Viel zu schnell war alles vorüber. Schon nach wenigen Bissen, die einen erwachsenen Menschen unmöglich sättigen konnten, nahm die Magierin den Kopf zurück und nickte Sedgewick mit der Andeutung eines Lächelns um die Mundwinkel zu. »Ich danke Ihnen, Arthur.«

»Äh … gern geschehen«, stammelte Sedgewick und legte den verbliebenen Brotkanten in seiner Hand zurück auf den Tisch. Er räusperte sich unsicher und wischte sich die schweißfeuchten Handflächen an den Hosenbeinen ab.

»Ich weiß, dass es mir nicht zusteht«, sagte McGowan nach einem kurzen Augenblick des Schweigens. »Aber darf ich Sie um einen weiteren Gefallen bitten?«

»Welchen?«, fragte Sedgewick sofort.

McGowan zögerte ein wenig, als wäre es ihr unangenehm, die Bitte auszusprechen. »Würden Sie mich aufstehen lassen? Nur ein paar Minuten lang. Ich spüre dank Mister Browns Fesseln meine Beine kaum mehr. Seine Hände sind offensichtlich den Umgang mit Pferden gewöhnt, nicht den mit Frauen.«

Eine leise Stimme in Sedgewicks Hinterkopf warnte ihn, dass Randolph so ein Vorgehen sicher nicht gutgeheißen hätte. Aber Randolph war nicht da. Und außerdem war Mary-Ann weiterhin blind, und die Hände blieben ihr auf den Rücken gebunden. Weglaufen würde sie ihm so sicher nicht, und Kampfmagie wirken vermochte sie erst recht keine. »Gut«, stimmte er zu. »Ein paar Minuten. Halten Sie bitte still.«

Er beugte sich vor, hob den Saum ihres langen Rocks ein wenig und machte sich mit klopfendem Herzen an dem Seil zu schaffen, das McGowans schlanke Knöchel umschlang. Es war wirklich außerordentlich straff gespannt; die Knoten waren so fest zugezogen, dass Sedgewick in die Wahrsicht wechseln musste, um sie durch Fadenmanipulation zu lösen. Dabei stellte er fest, dass Randolph McGowans Fesseln sogar auf magische Weise gesichert hatte, wenngleich nicht sonderlich kunstvoll. Der Kutscher schien eine an Verfolgungswahn grenzende Furcht zu hegen, dass die Magierin ihnen entwischen könnte.

Nach einigem Ziehen und Zerren gelang es dem Magispector die Seile zu lösen und abzunehmen. Er stand auf und stützte McGowan, die schwankend auf die Beine kam. Als sie ihre Füße belastete, keuchte sie schmerzerfüllt auf und knickte in den Knien ein. Rasch schlang Sedgewick die Arme um ihre Taille und bewahrte sie vor einem Sturz.

»Danke«, hauchte Mary-Ann, ihr Gesicht nun ganz nah an dem seinen. Er spürte ihren warmen Atem, der ihm in den Kragen seines Hemds blies, und ihr weiches, volles Haar kitzelte ihn an der Wange. Ihr schlanker junger Körper lag an seiner Brust; Sedgewick wurde heiß und kalt zugleich.

»Arthur …«, flüsterte sie auf eine Weise, wie er noch nie eine Frau seinen Namen hatte flüstern hören. Ihre Lippen legten sich auf seinen Hals und wanderten daran empor.

»Mary-Ann …«, entfuhr es ihm zitternd. »Ich weiß nicht, ob es schicklich ist …« Seine Hände fuhren unsicher über den Stoff ihres Kleides. Ein Begehren, das jedes andere Gefühl verdrängte, wallte in seinem Inneren auf.

»Was schicklich ist, spielt keine Rolle«, hauchte McGowan zwischen zwei Liebkosungen. »Niemand wird je hiervon erfahren …« Ihre Hände lösten sich von ihrem Rücken und glitten über Sedgewicks Arme, bevor sie sich auf seinen Rücken legten und seinen Körper an den ihren pressten.

Im ersten Moment begriff der Magispector gar nicht, dass hier etwas nicht so war, wie es sein sollte. Dann setzte sein Herz regelrecht aus, und seine Augen weiteten sich. Irgendwie war es McGowan gelungen, ihre Fesseln zu lösen! Er wollte etwas sagen, doch die Worte verwandelten sich in einen erschrockenen Aufschrei, denn unvermittelt grub die Magierin ihre Zähne in seinen Hals, Zähne, die länger und spitzer waren, als sie eigentlich hätten sein dürfen. Ein heißer Schmerz flammte auf.

Sedgewick zuckte heftig zusammen. »Was …?«, gurgelte er entsetzt und versuchte, sich von McGowan loszureißen. Es gelang ihm nicht, denn die Magierin schien auf einmal unglaubliche Kraft entwickelt zu haben. Mit eisernem Griff hielt sie ihn an sich gepresst, während sie gleichzeitig in gierigen Schlucken das Blut trank, das aus seiner aufgerissenen Halsschlagader sprudelte.

Sie ist ein Vampir, durchfuhr es Sedgewick. *Bei allen Heiligen, McGowan ist ein Vampir! Und sie hat mich betrogen. Sie hat mich in allem betrogen, nur um zu fliehen.* »Hören Sie auf!«, rief er, wand sich und zerrte, um seine Arme freizubekommen und auf das Ungeheuer in Frauengestalt einzuschlagen, auf diesen Dämon, der ihn verführt hatte, um anschließend über ihn herzufallen. Aber er spürte, dass ihm die Kraft fehlte. Er vermochte nicht gegen sie anzukämpfen. Der Schock und der unvermittelte Blutverlust forderten ihren Preis. Sedgewick wurde schwindlig, und die schwarzen Ränder einer Ohnmacht krochen in sein Blickfeld. »Nein …«, flehte er. »Warum … tun Sie das?«

McGowan löste sich von seinem Hals und nahm ihren Kopf zurück, wobei das Tuch, das Randolph ihr um die Augen gebunden hatte, wie von selbst abfiel. Ihre Lippen waren rot von Sedgewicks Blut, und vereinzelte Rinnsale zogen sich ihr Kinn hinab. Mit Augen, in denen weder Dankbarkeit noch Reue lag, sondern nur die Gier eines Raubtiers, blickte sie ihn an. »Es muss sein«, eröffnete sie ihm und entblößte dabei ihre unnatürlich langen Eckzähne. »Ich brauche Ihr Blut, um leben zu können. Und ich will leben, um Wellington zu dienen.«

»Aber … ich dachte …« Sedgewick blinzelte. Ihm wurde immer schwindliger. Seine Muskeln fühlten sich seltsam kraftlos an, und seine Gedanken entglitten ihm wie Gestalten, die im dichten Nebel davongingen.

»Dass ich etwas für Sie empfinden würde? Dass ich Sie gar lieben könnte?« Sie beugte sich wieder zu ihm herab und flüsterte: »Es tut mir leid, Arthur. Ich habe gelogen.« Dann zuckte ihr Kopf wieder nach unten, und ihre Zähne bohrten sich erneut in die bereits offenen Wunden.

Schwärze legte sich vor Sedgewicks Augen, und sein Widerstand erschlaffte. Eine überwältigende Trauer überkam ihn. Er hatte vollständig versagt. Seine verhängnisvolle Liebe zu der falschen Frau hatte Crowley und seine Angetraute getötet. Nun würde er selbst sterben. Und nur Gott wusste, wen McGowan noch alles umbringen würde, nachdem sie entkommen war. *Es tut mir leid, Randolph. Ich habe Sie enttäuscht …*

Mit diesem Gedanken schwand ihm das Bewusstsein.

Ein zufriedenes Lächeln auf den blutverschmierten Lippen, ließ Mary-Ann McGowan den schlaffen Leib Arthur Sedgewicks zu Boden gleiten. Endlich! Endlich hatte sie wieder die Oberhand. Nach dem dringend nötigen Blutmahl fühlte sie sich so stark, lebendig und erfrischt wie schon seit Tagen nicht mehr. *Ich sollte das in Zukunft häufiger machen*, dachte sie.

Bislang hatte sie den als schauerliche Nebenwirkung ihrer magischen Verjüngung in regelmäßigen Abständen auftretenden Blutdurst so selten wie nur irgend möglich gestillt. Es war nicht leicht, willige Spender zu finden, die bereit waren, ein so grausiges Bedürfnis zu befriedigen, und die Jagd nach Opfern in den Straßen Londons war ein Geschäft, das McGowan als einer Dame nicht würdig ansah. Eine Weile lang hatte sie sich junge, skrupellose Ärzte als Liebhaber gehalten, denen sie ihr Bedürfnis nach Blut als bizarre Obsession verkauft hatte. Deren Schweigen sowie zahlreiche zur Ader gelassene Patienten hatte sie mit körperlichen Gefälligkeiten vergelten müssen – so lange, bis sie begonnen hatte, sich vor sich selbst zu ekeln, und ihre Gönner einer nach dem anderen bedauerlichen Unfällen zum Opfer gefallen waren. Zuletzt war sie auf Einbrüche in Krankenhäuser und gelegentliche Morde an Glücklosen angewiesen gewesen, die höchstwahrscheinlich niemand vermissen würde, der hinreichend Leumund besaß, um eine Polizeiermittlung anzustoßen. Es war ein unerfreuliches Unterfangen, aber unvermeidlich, wollte sie nicht ihre magisch konservierte Jugend und Schönheit wieder verlieren.

Doch jetzt wird alles anders, schwor sie sich, während sie auf den am Boden liegenden Magispector blickte, aus dessen Halswunden süßes, warmes Blut auf den Hallenboden floss. *Wenn wir dank Victor erst unseren rechtmäßigen Platz in der Geschichte eingenommen haben, werde ich mir Männer nehmen, wie es mir gefällt. Nicht mehr ich werde diejenige sein, die ihnen Gefälligkeiten schuldet, um Blut zu erhalten, sie werden es sein, die mir Blutzoll zahlen, um meinen Schutz zu erkaufen.* McGowan leckte sich über die Lippen, und ein lustvolles Glitzern trat in ihre Augen.

»Genug geschwelgt«, flüsterte sie. »Es gilt von hier zu verschwinden.«

Sie wandte sich um und sah sich unvermittelt einem riesigen Mann und einer kleinen, grau schimmernden Katze gegenüber, die ein gutes Dutzend Schritt entfernt in der Halle standen. Es waren Grigori und Watson, die »tote Katze«, wie Brown sie genannt hatte. Offensichtlich handelte es sich um einen Tiergeist, was McGowan unter normalen Umständen faszinierend gefunden hätte. Jetzt hingegen war sie viel zu überrascht und erschrocken, um dieses kleine magische Wunder angemessen würdigen zu können.

Ihre Lähmung währte allerdings kaum einen Herzschlag. Wie auch immer es den beiden gelungen war, sich hinter ihrem Rücken in die Halle zu schleichen, sie würde es ihnen nicht erlauben, ihr den Weg in die Freiheit zu versperren. Fauchend hob sie die Hände zum Angriff.

Grigori stieß einen Fluch in seiner Muttersprache aus. Er hatte gehofft, sich an die Hexe heranschleichen zu können, der es während Randolphs und seiner Abwesenheit irgendwie gelungen war, sich von ihren Fesseln zu befreien und über Sedgewick herzufallen. Aber diese Aussicht hatte sich zerschlagen. Nichtsdestoweniger schätzte er sich glücklich: Immerhin war McGowan noch da. Hätte er Watson nicht bereits vor Holmes' Haus angetroffen und wäre dann unverzüglich zurückgekehrt, wäre die Magierin sicher schon über alle Berge gewesen.

Als Grigori sah, dass McGowan die Arme hob, wechselte er sofort in die Wahrsicht über. Es gelang ihm gerade noch, seine eigenen Hände abwehrend hochzureißen und sich halb wegzudrehen, bevor ihn bereits zwei machtvolle Fadenbündel trafen. Eines von ihnen vermochte er mit der rechten Hand beiseitezuschlagen und in einen Kistenstapel abzulenken, der daraufhin krachend in sich zusammenfiel. Das andere traf ihn an der Hüfte, riss ihn halb um die eigene Achse und entlockte ihm ein gequältes Grunzen.

Im nächsten Augenblick griff Watson in den Kampf ein, und der Russe stellte erstaunt fest, dass die Katze schnell war, verflucht schnell. Wie einer seiner großen Verwandten in der afrikanischen Savanne, der ausgehungert im Begriff ist, seine Beute zu schlagen, jagte das silbergrau-schwarz getigerte Geistertier in weiten Sprüngen auf McGowan zu, stieß sich kraftvoll vom Boden ab und sprang der Magierin direkt ins Gesicht.

Widerstandslos verschwand Watson in McGowans Stirn, und keine Sekunde später fing die Magierin wie von Sinnen an zu schreien. »Verschwinde, du Bestie! Geh aus meinem Kopf!« Sie ballte die Hände zu Fäusten und schlug sich damit gegen die Schläfen, als versuchte sie auf diese Weise, ihrem entstofflichten Angreifer irgendeinen Schaden zuzufügen.

Grigori hatte keine Ahnung, was genau Holmes' Katze mit dem Bewusstsein der Magierin anstellte, aber Bilder blitzender Krallen, die sich durch weiche Gehirnmasse rissen, zuckten ihm durch den Kopf. Der Russe entschied, die Ablenkung zu nutzen, und rannte auf die tobende McGowan zu. Im Vorbeigehen schnappte er sich den auf der Tischplatte liegenden Revolver, packte ihn am Lauf und hob die Hand zum Schlag.

Mit einem kurzen, raschen Hieb ließ er den Griff der Waffe gegen McGowans Schläfe knallen. Die Magierin keuchte auf und machte einen unsicheren Schritt nach hinten. Dabei stolperte sie über den reglos am Boden liegenden Körper von Sedgewick, verlor das Gleichgewicht und stürzte. Mit einem dumpfen Geräusch prallte ihr Hinterkopf auf die harte Erde. McGowan verdrehte die Augen, und ihr schwand das Bewusstsein.

Die Geisterkatze tauchte aus dem Gesicht der Magierin auf. Sie wirkte ein wenig unsicher auf den Beinen und bewegte sich nur ein paar torkelnde Schritte von der Gefallenen weg, bevor sie sich hinsetzte und in einer Geste des Unwillens, als wolle sie ein Gefühl der Betäubung loswerden, den kleinen Kopf schüttelte. Anschließend hob sie den Blick und starrte Grigori vorwurfsvoll aus unergründlichen gelbgrünen Augen an.

»Tut mir leid«, sagte der Russe und zuckte mit den Schultern. »Ist besser so.«

Er beugte sich vor und untersuchte den blutenden Magispector. Seine Züge nahmen einen bekümmerten Ausdruck an, als er feststellte, dass er keinen Puls mehr spürte. Angesichts der hässlichen Blutlache, die sich um Sedgewicks Haupt gebildet hatte, hätte ihn das auch verwundert. Ihr Gefährte war tot.

Umgebracht von diesem Weib, dachte Grigori düster und wandte seine Aufmerksamkeit wieder McGowan zu. Er kniete sich neben ihr nieder und musterte ihr blutverschmiertes Gesicht. Mit zwei Fingern schob er ihre halb geöffneten Lippen auseinander und brachte die spitzen Eckzähne zum Vorschein. Ein Grollen drang aus seiner Kehle, und er bekreuzigte sich. »Tochter des Teufels«, stellte er fest.

McGowans Lider flatterten, und es machte den Eindruck, als erlange sie bereits das Bewusstsein zurück.

Mit finsterer Entschlossenheit packte der Russe den Kopf der Magierin mit beiden Händen. Ihre Arme zuckten, als wolle sie sie zu einer Abwehrgeste heben. Doch sie war zu schwach und zu langsam. Mit einem Ruck riss Grigori ihren Kopf herum und brach ihr das Genick.

Schwer seufzend ließ er sich neben den beiden toten Leibern auf den Boden sinken. Mit trüben Augen sah er die Geisterkatze an, die noch immer drei Schritt entfernt saß. »Nicht guter Tag«, sagte er, von dumpfer Trauer erfüllt. »Nicht guter Tag.«

22. April 1897, 13:20 Uhr GMT (14:20 Uhr Ortszeit)
Italien, einige Kilometer südlich von La Spezia, auf dem Weg von Florenz nach Mailand

Vor dem Fenster des Zugabteils zog die blühende Landschaft der Toskana vorbei. Zu ihrer Linken lag die Küste des Ligurischen Meeres, dessen Glitzern und Funkeln von der Bahnstrecke aus allerdings nur gelegentlich durch die Pinien und Zypressen, die am Wegesrand wuchsen, zu sehen war. Rechter Hand erhoben sich in einigen Kilometern Entfernung die Vorberge der Apuanischen Alpen. Gelegentlich durchquerte ihr Zug kleine Seebäder. Die meiste Zeit über aber fuhren sie an den Weinbergen und Olivenhainen der toskanischen Bauern vorbei.

Lionida Diodato, die durch eine filigrane Brille mit kreisrunden, gelblich getönten Gläsern nach draußen starrte, hatte keinen Blick für die Schönheiten des Landes. Das war keineswegs immer so. Sie liebte Florenz und hatte auch schon mehr als einen Sommer am Tyrrhenischen Meer verbracht. Aber gegenwärtig war sie so müde, dass ihr idyllische Weinberge und Pinienwäldchen herzlich gleichgültig waren. Außerdem plagte sie ein bohrender Kopfschmerz, der von einer viel zu kurzen Nacht herrührte. Kaum vier Stunden Schlaf waren ihr vergönnt gewesen, bevor sie bereits gegen halb sechs in der Frühe zum Aufbruch gezwungen gewesen war.

Sie hatte sich für zweckmäßige Reisekleidung und nur leichtes Gepäck, bestehend aus zwei Koffern, entschieden, da sie nicht darauf hoffen durfte, die Widerstandskämpfer des *Silver Circle* auf Londoner Bällen und Empfängen anzutreffen. Außerdem hatte Castafiori ihr bereits am Abend zuvor eröffnet, dass sie zunächst eine Zugreise nach Mailand unternehmen würde, bevor sie in ihr eigentliches Transportmittel nach England umstieg, und ohne hilfreiche Bedienstete ließen sich Schrankkoffer in Zügen furchtbar schlecht mitführen.

Als die Kutsche des Officiums eingetroffen war, um Lionida zum Bahnhof Roma Termini zu bringen, hatte sie überrascht festgestellt, dass sie nicht alleine reisen würde. Ein schweigsamer Mann mit den blassen Gesichtszügen eines Bürokraten hatte bereits in der Kutsche gesessen. Der schwarzen Soutane nach, die er trug, war er ein Priester, aber mehr als seinen Namen, Emilio Scarcatore, hatte sie ihm bislang nicht entlocken können. Allerdings hatte sie sich auch kaum Mühe gegeben, denn an dem Mann war nichts, das sie interessiert hätte, sah man vielleicht von einem kleinen Koffer ab, der trotz seiner geringen Größe erstaunlich massiv wirkte und den Scarcatore mit einer Kette an seinem Handgelenk befestigt hatte. Auf ihre Nachfrage hin hatte ihr Begleiter nur gesagt, dass es sich um sein Gepäck handele.

Von Rom aus waren sie mit dem Zug nach Florenz gefahren, wo sie gegen Mittag eingetroffen waren, nur um eine knappe Stunde später einen zweiten Zug zu besteigen, der sie zunächst westwärts zur Küste und dann über Pisa, Massa und La Spezia sowie, von dort ins Inland zurückkehrend, Parma und Piacenza bis nach Mailand bringen sollte. Im Augenblick befanden sie sich irgendwo zwischen Massa und La Spezia, und es lagen noch gute fünf Stunden Fahrt vor ihnen, eine Aussicht, die Lionida alles andere als begeisterte.

»Sie wirken müde. Warum schlafen Sie nicht ein wenig«, schlug Scarcatore vor, der Lionida gegenüber auf der anderen Sitzbank des Abteils saß, seinen Koffer auf dem Schoß, als müsse er unablässig das Gewicht des Gepäckstücks spüren, um sicher zu sein, dass es noch da war. Sein Gesichtsausdruck war freundlich, aber ohne echte Anteilnahme.

Lionida warf ihrem Begleiter einen Blick über den Rand ihrer Brille zu. »Danke, es geht mir gut«, erklärte sie und bemühte sich um eine etwas aufrechtere Haltung. Es ärgerte sie, dass sie sich in Anwesenheit eines Mannes, noch dazu eines Fremden, so hatte gehen lassen. Aber die letzte Nacht war wirklich nicht sonderlich erholsam gewesen.

Um von sich abzulenken, wandte Lionida sich nun ihrerseits an ihn. »Was ist mit Ihnen? Ich nehme an, auch Sie wurden erst gestern Nacht über diese Reise benachrichtigt.«

Scarcatore schien über die Aussicht, ein Gespräch mit ihr führen zu müssen, nicht sonderlich begeistert. Dennoch nickte er. »Ja, aber ich brauche nicht viel Schlaf.«

In einer kalkulierten Geste milder Verwirrung legte Lionida die Stirn in Falten. »Wie kommt es eigentlich, dass wir uns noch nie im Officium begegnet sind? So groß ist das Personal schließlich weiß Gott nicht.«

»Ich pflege kaum Umgang mit den Agenten«, erklärte Scarcatore steif. »Ich gehe lieber meiner Arbeit nach.«

»Worin besteht diese Arbeit, wenn ich fragen darf?«, erkundigte sie sich. Dabei nahm sie ihre Brille ab und ließ ein Lächeln auf ihre Züge treten, um ihr Gegenüber zu ermuntern, ein bisschen mehr über sich zu verraten. Denn so langsam fragte sie sich doch, wen Castafiori ihr da als Begleiter zur Seite gestellt hatte.

Scarcatore machte ein verdrossenes Gesicht, schien aber zu merken, dass sie diesmal nicht so leicht lockerlassen würde. »Ich bin Gelehrter, ein Wissenschaftler, der sich im Dienste des Officiums mit Artefakten beschäftigt.«

»Sie katalogisieren also all das, was wir während unserer Aufträge finden.«

»Nicht nur. Darüber hinaus analysiere ich, mache Tests und bewerte den Schaden oder Nutzen, den einzelne Stücke für die Arbeit des Officiums bedeuten könnten.«

Lionida hob die Augenbrauen. »Das klingt nach einer nicht ungefährlichen Arbeit.« Sie erinnerte sich an ein Buch, das sie aus der Universität eines Städtchens in Massachusetts an der Ostküste der Vereinigten Staaten *entliehen* hatte, um es dem Zugriff verkalkter Dozenten und allzu neugieriger Studenten zu entziehen. Sie hatte nicht aufgepasst, es war ihr heruntergefallen und hatte eine Magiespalte geöffnet, die sie um ein Haar verschlungen hätte. Das hinterhältige Druckwerk war anschließend buchstäblich in Ketten gelegt von ihr nach Rom überführt worden.

»Für einige meiner Kollegen ist es gefährlich«, bestätigte Scarcatore und zuckte mit den Schultern. »Für mich nicht sonderlich …«

»Wie meinen Sie das?«, fragte Lionida.

Der Gelehrte zögerte einen Augenblick zu lange, als dass Lionida ihm die folgenden Worte als reine Wahrheit abgenommen hätte. »Ich … bin vorsichtig und habe lange Erfahrung im Umgang mit Artefakten.« Es gelang ihm nur kurz, ihrem prüfenden Blick standzuhalten, bevor er den Kopf abwenden musste.

»Ich verstehe«, sagte Lionida. Sie setzte ihre Brille wieder auf und wechselte im Schutz der getönten Gläser in die Wahrsicht über. Irgendetwas stimmte mit dem Mann nicht, und es wäre mehr als leichtsinnig von ihr gewesen, nicht herauszufinden, was. Schließlich sollte er sie offensichtlich nach London begleiten – und sie schätzte es nicht, mit jemandem zusammenarbeiten zu müssen, den sie überhaupt nicht kannte.

Auf den ersten Blick wirkte seine Fadenaura vollkommen gewöhnlich, ja geradezu nichtssagend. Er schien nicht übernatürlich begabt zu sein, denn seiner Aura fehlte das charakteristische Leuchten, das auf magische Energien hinwies. Außerdem bewegten sich seine Fäden so ungerichtet, als habe er keinerlei bewusste Kontrolle über sie.

Lionida konzentrierte sich, und ein bläulich glitzernder Dunst legte sich über das Fadenwerk. Vorsichtig befahl sie ihrem Bewusstsein, auszugreifen und sich dem Geist Scarcatores zu nähern. Das heimliche, unerlaubte Eindringen in die Gedanken eines anderen Lebewesens galt unter Magieanwendern eigentlich als schlimme Verletzung der Privatsphäre. Aber Lionida wäre keine Agentin der vatikanischen Magieabwehr geworden, wenn sie nicht schon vor langer Zeit den Grundsatz verinnerlicht hätte, dass im Zweifelsfall der Zweck alle Mittel heiligt.

Ihr Versuch, sich in Scarcatores Kopf einzuschleichen und so vielleicht herauszufinden, was er zu verbergen suchte, wurde allerdings jäh gestört, als irgendeine unsichtbare Kraft auf einmal ihre mentalen Spürfäden packte und ihr Bewusstsein wuchtig zu Boden schleuderte. Sofort brach die Verbindung zur Wahrsicht ab, und Lionida zuckte überrascht zusammen. Blinzelnd berührte sie ihre Schläfen, hinter denen sich ihr Kopfschmerz nun noch verschlimmert hatte.

»Ist alles in Ordnung?«, fragte ihr Begleiter.

»Wer oder was sind Sie?«, stellte Lionida eine Gegenfrage, statt zu antworten.

Scarcatore musterte sie kurz und seufzte danach leise. »Sie haben versucht, mich zu überprüfen, nicht wahr?«

»Wie kommen Sie darauf?«

Er schüttelte den Kopf. »Sie brauchen es nicht zu leugnen. Ich kenne diesen Gesichtsausdruck von Ihresgleichen bereits zur Genüge. Und es ist schon in Ordnung. Vermutlich hätte ich es ebenfalls getan, wenn ich dazu imstande wäre.«

»Also schön«, gab Lionida zu. »Ja, es stimmt. Ich wollte wissen, was Sie verbergen.«

»Und Sie wurden gewaltsam davon abgehalten«, vermutete der Gelehrte.

»So kann man es sagen.« Lionida nahm ihre Brille wieder ab und blickte ihm forschend in die Augen. »Wie haben Sie das gemacht? Sie sind kein Berührter, das hätte ich gesehen.«

»Sie haben recht«, bestätigte Scarcatore leise. »Ich bin das genaue Gegenteil.« Er blickte zur auf den Gang hinausführenden Kabinentür, als befürchte er dort irgendwelche heimlichen Lauscher.

»Warten Sie einen Augenblick«, sagte Lionida, wechselte trotz ihres brummenden Schädels erneut in die Wahrsicht und wob mit raschen Handbewegungen ein Fadennetz, das den Türbereich sicherte und jedes unerwünschte Zuhören unmöglich machen sollte. »Jetzt können Sie sprechen.«

Der Gelehrte rieb sich nervös mit zwei Fingern über die rechte Augenbraue und räusperte sich. »Haben Sie schon einmal davon gehört, dass jemand ein Deflector ist?«

Lionida machte eine verneinende Geste.

»Nun, es gibt Menschen – nur sehr wenige, wie es scheint, aber es gibt sie –, die mit der eigentümlichen Gabe geboren werden, vollkommen immun gegen Magie zu sein. Ihr Körper kann weder von Magie gesättigt, noch durch sie in irgendeiner Art und Weise berührt werden. Dabei ist es vollkommen gleichgültig, wie stark die Einflüsse sind. Es ist, als befände er sich in einer Art Faraday'schem Käfig, nur dass in diesem Fall keine Blitze abgeleitet werden, sondern Magieströme und magisch gelenkte Fadenstränge.«

»Wie ist das möglich?«, fragte Lionida erstaunt.

Scarcatore hob die Schultern und senkte sie wieder. »Es existieren verschiedene Erklärungsversuche vonseiten der Magietheoretiker, doch keiner von ihnen ist vollkommen zufriedenstellend. Tatsache bleibt, dass ich diese Gabe besitze. Ich vermag jede Art von Magie abzuleiten, ohne dass sie mir etwas anhaben kann. Und nicht nur das. Wenn ich direkten Kontakt zu einem magisch gesättigten Körper habe, vermag ich sogar – genug Zeit vorausgesetzt –, die Magie aus diesem Körper abzuführen, ihn sozusagen zu entladen.«

Lionida spürte, wie sich ihre Nackenhärchen aufstellten. »Gelingt Ihnen das auch bei Menschen?«

Der verdrossene Blick ihres Begleiters bestätigte ihre Vermutung. »Sie können sich vorstellen, dass mir das nicht viele Freunde unter Magieanwendern einbringt, obwohl ich – so seltsam das klingen mag – im normalen Umgang vollkommen ungefährlich bin. Aus diesem Grund spreche ich auch nur sehr ungern über meine Gabe. Selbst innerhalb des Officiums weiß nur eine Handvoll Menschen davon.« Auf seine Miene trat ein Ausdruck der Unsicherheit. »Ich hoffe, es belastet unsere Zusammenarbeit nicht, dass ich mich Ihnen anvertraut habe.«

Die Magieragentin schenkte ihm ein Lächeln, das hoffentlich nicht so gezwungen wirkte, wie es sich anfühlte. »Machen Sie sich keine Sorgen. Ich habe schon ganz andere Dinge erlebt.« Innerlich hingegen überschlugen sich ihre Gedanken. Scarcatores Gabe war fantastisch und grauenvoll zugleich. Sie verstand nun, warum Castafiori ihn ihr zur Seite gestellt hatte. Es gab kaum eine bessere Waffe als einen Deflector, wenn man sich in die Höhle des magischen Löwen wagte, der da Wellington hieß. Von so schlichten Dingen wie dem Ableiten magischer Angriffe oder dem Entladen magischer Fallen abgesehen, war dieser unscheinbar wirkende Gelehrte vermutlich der einzige Mensch, den sie kannte, der darauf hoffen durfte, sich der Wahren Quelle der Magie zu nähern, ohne von dieser auf unvorhersehbare Art und Weise beeinflusst zu werden.

Je länger Lionida darüber nachdachte, desto sympathischer wurde ihr der Gedanke, die Gaben Scarcatores zu ihrem Vorteil zu nutzen. Die Anspannung wich aus ihrer Miene, und ein Hauch von Zufriedenheit schlich sich in ihr Lächeln. »Ganz im Gegenteil«, fuhr sie an ihren Begleiter gewandt fort. »Solange Sie Ihre Finger von mir lassen, könnte das hier der Beginn einer wundervollen Freundschaft werden.«

22. April 1897, 15:23 Uhr GMT
England, London, Bishopsgate Güterbahnhof

Der Krach um Randolph war ohrenbetäubend. Arbeiter schrien und Kranwinden jaulten. Rangierloks schoben stampfend und schnaufend Güterwaggons an ihnen vorbei. Außerdem waren gewaltige Drehscheiben und Hebevorrichtungen unter Rumpeln und Zischen ohne Unterlass damit beschäftigt, die mal vollen, mal leeren Wagen über drei Ebenen hinweg bis zu dem Gleis zu transportieren, an dem sie ent- oder beladen werden konnten.

Der Bishopsgate Güterbahnhof, in Shoreditch direkt östlich des Finsbury Square und der Broad Street Station gelegen, gehörte zu den großen Warenumschlagplätzen Londons. Vor allem die Frachtgüter der östlichen Hafenanlagen wurden hier durchgeschleust und für den Weitertransport auf der Schiene oder mit Lastkutschen abgefertigt. Zugleich trafen Züge aus allen Winkeln Englands mit Maschinenteilen, Gebrauchsgütern und allen nur erdenklichen sonstigen Waren ein, die dann an den Docks weiterverschifft wurden.

Randolph nahm das lärmende Treiben nur mit halbem Ohr wahr. Die Hände in den tiefen Taschen seines langen Kutschermantels vergraben und die Schiebermütze ins Gesicht gezogen, stand er im Schatten eines der gemauerten Bogengänge, durch die Kutschen mit Waren den Güterbahnhof erreichten und wieder verließen. Er war in dieser Welt zu Hause, hatte zwischen Eisenbahnwaggons und Frachtschiffen, auf schmutzigen, lauten Verladehöfen und unter kaum weniger schmutzigen, lauten Männern seine ganze Jugend verbracht. Er hatte sich seinerzeit einen guten Ruf unter den Arbeitern erworben. Und auch wenn es ihn seit einigen Jahren nur noch gelegentlich hierher verschlagen hatte, erinnerten sich nach wie vor einige der alten Haudegen daran, wie sie gemeinsam im Schweiße ihres Angesichts die unmöglichsten Güter verladen und in den Abendstunden so manches Ale gehoben hatten.

Dieser Umstand gereichte ihm nun zum Vorteil, denn er verhalf ihm zu einigen Dingen, die man nicht im Gemischtwarenladen um die Ecke kaufen konnte, Dingen wie denen, die sich in der Kiste mit verwischter Aufschrift befanden, die der gedrungene Mann mit dem Wieselgesicht und dem unter einer speckigen Mütze hervorsprießenden rostfarbenen Haarkranz gerade mit einer Schubkarre zu ihm herüberbrachte. Randolph kannte den

Mann nur als den irren Iren, und schon zu seiner Jugendzeit hatte es, wenn man Bedarf an spezielleren Gütern verspürte, geheißen: »Geh mal zum irren Iren. Der kann dir weiterhelfen.« So war es auch in diesem Fall gewesen.

Dummerweise hatte der irre Ire sein Betätigungsfeld von den Hafenanlagen zum Güterbahnhof verlegt, sodass Randolph den halben Vormittag erfolglos zwischen den West India Docks und den London Docks herumgefahren war. Letztendlich zählte aber nur das Ergebnis, und mit diesem war er höchst zufrieden.

»So, das hätten wir«, sagte der irre Ire grinsend, als er sich zu Randolph in den Schatten gesellte. »Hat ein bisschen gedauert, tut mir leid. Aber manche Wünsche lassen sich eben nicht in zehn Minuten erfüllen. Du weißt ja, wie das ist.«

»Schon in Ordnung«, brummte der Kutscher. Er deutete auf die Kisten. »Zeig mir das Zeug.«

»Aber gerne.« Sein Gegenüber zog einen Hammer mit spitzem Kopf aus seinem Gürtel und brach mit ein paar geübten Schlägen die oberste Kiste auf. »Ist gute Ware. Und noch besser ist: Kein Mensch wird sie vermissen. Die Kiste liegt schon seit einem Jahr hinten im Lager. Habe noch vier weitere. Sind wohl mal bei einer Verschiffung nach Indien vergessen worden. Diese Stückzahlen auf den Frachtpapieren sind manchmal aber auch verflucht schlecht zu lesen.« Er schüttelte den Kopf, und in seinen wasserblauen Augen blitzte es spitzbübisch auf.

»Pech für Indien, gut für mich«, sagte Randolph. Er nahm eines der Päckchen, die im Inneren der Kiste lagen, heraus und inspizierte den Inhalt. Mit einem grimmigen Lächeln nickte er. »Ist gut. Ich nehme die Kisten.«

»Du meinst diese Kiste?«, fragte der irre Ire.

»Nein, ich meine die Kisten. Alle fünf«, stellte Randolph klar.

Der irre Ire pfiff leise durch die Zähne. »Suchst du etwas, oder willst du etwas loswerden?«

»Wenn ich es dir nicht sage, wird es dein Gewissen auch nicht belasten«, erwiderte der Kutscher.

Sein Gegenüber zuckte mit den Schultern. »Auch wieder wahr. Wie gedenkst du das alles zu bezahlen?«

»Hiermit«, sagte Randolph und zog einen Ring hervor. Die Goldfassung war wunderschön gearbeitet, und der Diamant darauf musste sicher ein halbes Karat haben.

Der irre Ire machte große Augen. »Ich hoffe, den hast du nicht gestohlen.«

»Gehörte meiner Großmutter«, erklärte Dunholms ehemaliger Diener, aber sein Tonfall legte nahe, dass das eher unwahrscheinlich war. Tatsächlich hatte er ihn auf dem Weg hierher mit magischer Hilfe in einem Juweliergeschäft mitgehen lassen. Das war sicher nicht richtig, aber er befand sich in einer Notlage, und der Juwelier war bestimmt versichert. Um den Iren vor Dummheiten zu bewahren, fügte er daher hinzu: »Du solltest ihn vielleicht trotzdem nicht hier in London versetzen. Aber sieh mal hier …« Randolph ließ den Ring wieder in seiner Tasche verschwinden. »Lässt sich viel leichter verbergen und transportieren als deine fünf Kisten, oder nicht?« Er grinste den Mann vielsagend an.

Auf den Zügen seines wieselgesichtigen Gegenübers arbeitete es angestrengt. Der irre Ire schien zu überlegen, wie hoch die Gefahr war, dass in den nächsten Tagen Scotland Yard an seine Tür klopfte und nach einem vermissten Schmuckstück fragte. Allem Anschein nach wollte er es darauf ankommen lassen, denn er spuckte herzhaft in die Hand und hielt sie Randolph hin. »Wir sind im Geschäft.«

»Gut«, sagte Randolph, während er die Hand schüttelte. »Bring die Kisten hinter den Bahnhof zum Ausgang an der Ecke Brushfield Street. Da steht meine Kutsche.« Das Fuhrwerk hatte er sich von einem alten Freund, der als Lagermeister an den London Docks arbeitete, geliehen. Er würde es wahrscheinlich nicht zurückgeben können. Aber das war im Augenblick noch seine geringste Sorge.

22. April 1897, 15:38 Uhr GMT
England, London, Ecke Bishopsgate Street/Brushfield Street

Timothy Crandon konnte sein Glück kaum fassen. Seit den Morgenstunden fuhr er nun mit einem Hansom-Cab durch die Straßen von London und suchte in der Wahrsicht nach Spuren, die auf den Verbleib Randolph Browns, des Russen Grigori, Mary-Ann McGowans und dieses schottischen Magiers McKellen hinwiesen, die nach der Machtübernahme Wellingtons aus der Unteren Guildhall entkommen waren und sich nun irgendwo hier draußen herumtrieben.

Der Magispector hatte dieser Suche innerlich kaum Erfolgsaussichten eingeräumt, nachdem sich herausgestellt hatte, dass weder Brown noch Grigori oder McGowan so unvorsichtig gewesen waren, irgendwelche Gegenstände in der Guildhall zurückzulassen, die sich für ein Aufspürritual eigneten. London war einfach zu groß, um von vielleicht zwanzig Männern und Frauen auf herkömmlichem Wege nach vier Flüchtlingen abgesucht werden zu können. Und das gegenwärtig immer noch zunehmende Magieniveau machte es nicht leichter, denn es sorgte überall für kleine Nischen leuchtender Magie im nervös flirrenden Fadenwerk, die entweder auf einen sich verbergenden Magier hinweisen mochten oder auch nur auf einen Busch am Rande eines Parks, der plötzlich seltsam schillernde Blüten trug. Aber Duncan Hyde-White hatte ihnen allen sehr deutlich gemacht, dass er einen Fehlschlag nicht akzeptieren würde, und so wäre Crandon auch noch bis in die Nacht durch den ihm zugeteilten östlichen Teil der City of London gefahren, wenn es nötig gewesen wäre.

Aber irgendjemand dort oben jenseits der dunklen Wolken, die an diesem Tag tief und irgendwie bedrohlich über den Dächern von London hingen, meinte es gut mit ihm. Crandon ließ sich gerade von seinem Fahrer die Bishopsgate Street in Richtung Süden hinabkutschieren, als ihm plötzlich auf Höhe des Güterbahnhofs inmitten des Fadengewimmels, das einen belebten Ort wie diesen auszeichnete, eine hell strahlende Fadenaura ins Auge fiel. Er wechselte aus der Wahrsicht in die Normalsicht zurück, und seine in den letzten Stunden zunehmend trübsinniger gewordene Stimmung hellte sich unvermittelt auf. Keine hundert Schritt entfernt gewahrte er Randolph Brown in einer Einfahrt des Güterbahnhofs, der gerade dabei war, mit einem zweiten Mann einige Kisten auf ein einspänniges Fuhrwerk zu verladen. Was es mit den Kisten auf sich hatte, konnte Crandon nicht erkennen, aber genau genommen interessierte ihn das auch nur nachrangig.

»Halten Sie hier an«, befahl er seinem Kutscher. Neugierig beobachtete er, wie Dunholms ehemaliger Diener seine Arbeit beendete und dann sein Fuhrwerk in Richtung Themse in Bewegung setzte. »Folgen Sie dieser Kutsche dort vorne«, sagte Crandon. »Aber halten Sie ein wenig Abstand. Man muss uns nicht gleich bemerken.«

»Wie Sie wünschen«, antwortete der Kutscher.

Zu Crandons Enttäuschung blieb Brown mit seinem Gefährt nicht auf der Hauptstraße, sondern bog rasch nach links in die Widegate Street, eine Seitenstraße, ein. Als er sein Fuhrwerk kurz darauf nach rechts in die Sandys Row und dann wieder nach links in die Wentworth Street lenkte, wurde dem Magispector klar, dass er so die Verfolgung nicht fortsetzen konnte, ohne früher oder später aufzufallen. Offensichtlich war sich Dunholms ehemaliger Diener der Gefahr der Entdeckung durchaus bewusst, und er wollte es möglichen Beobachtern nicht zu leicht machen. *Aber ich beherrsche auch ein paar Tricks*, dachte Crandon.

»Stoppen Sie bitte! Ich steige hier aus«, gebot er dem Kutscher, zahlte rasch und sprang aus der Kutsche.

Zu Fuß eilte er zur Ecke Wentworth Street, hinter der Browns Fuhrwerk soeben verschwunden war. Vorsichtig warf er einen Blick in die Straße und sah das Gefährt in östlicher Richtung davonfahren. Crandon öffnete sich der Wahrsicht und jagte mit einer subtilen Fingerbewegung der Kutsche ein filigranes Spürfadenbündel hinterher. Doch statt dieses mit der Fadenaura Browns zu verbinden und dabei zu riskieren, dass dieser seinen heimlichen Verfolger bemerkte, legte der Magispector die Spürfäden an den Rücken des Pferdes, das die Kutsche zog. Das Gefährt bog in die belebte Commercial Street ein, während er selbst, seinem Faden nachgehend, in gebührendem Abstand hinterherlief.

Auf diese Weise gelang es ihm tatsächlich, Dunholms Diener unbemerkt zu folgen. Zweimal löste Crandon den Spürfaden und setzte ihn an einer anderen Stelle wieder an, damit Brown nicht zufällig bei einem Blick in die Wahrsicht darüber stolpern konnte. Aber die Vorsichtsmaßnahme war überflüssig. Der Mann in dem langen Kutschermantel schien zwar immer wieder seine Umgebung zu überprüfen, doch die haardünnen Fühler des Magispectors fielen ihm dabei nicht auf – was in Crandons Innerem ein Gefühl tiefer Befriedigung hervorrief.

Im Zickzack ging es weiter in südlicher Richtung, auf die Themse oder vielmehr die London Docks zu. Als das Fuhrwerk schließlich zwischen den St. Katherine Docks und den London Docks in die Nightingale Lane einbog, nur um gleich darauf zwischen den Lagerhallen zu verschwinden, war Crandon so euphorisch, dass er in beinahe unvorsichtiger Hast der Kutsche folgte. Am Rand der schmalen Gasse, in der Browns Gefährt verschwunden war, hielt er an und schob verstohlen den Kopf an der Ziegelmauer entlang bis zur Ecke. Er sah, wie das Fuhrwerk ins Innere einer großen, marode aussehenden Lagerhalle rumpelte und sich anschließend die hölzernen Torflügel wie von Geisterhand schlossen.

Ein triumphierendes Lächeln breitete sich in Crandons Gesicht aus, als er sich eilig auf den Rückweg machte, um Hyde-White Bericht zu erstatten. *Jetzt haben wir euch!*

KAPITEL 18:
DIE LAGE SPITZT SICH ZU

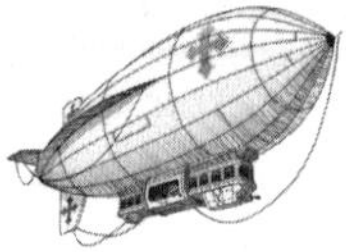

»Am gestrigen Nachmittag kam es westlich von Northampton zu einem schweren Zugunglück. Während eines Gewitters entgleiste ein Güterzug der LNWR aus noch ungeklärten Ursachen und wurde vollständig zerstört. Drei Tote, darunter einer der Lokführer, wurden gefunden. Der Zug war von Carlisle nach London unterwegs gewesen und führte Holz, Kohle und sonstige Fracht mit sich. Die Strecke musste stundenlang gesperrt werden. Von der Lok, Typ ›5ft 0in Express Goods‹, und dem zweiten Lokführer fehlt jede Spur.«

– The Daily Telegraph, 22. April 1897

22. April 1897, 16:11 Uhr GMT
England, London, Nightingale Lane

Als Randolph mit seinen Besorgungen zu ihrem Versteck zurückkehrte, glaubte er seinen Augen nicht trauen zu dürfen. »Wo sind Sedgewick und McGowan?«, fragte er Grigori, der alleine und mit bekümmerter Miene am Tisch saß und die Reste ihrer Vorräte verzehrte. »Sag mir nicht, dass unser kleiner Magispector uns hintergangen hat und mit seiner Herzensdame geflohen ist.«

Der Russe schüttelte den Kopf. »Schlimmer«, brummte er und deutete auf die Ordenskutsche, die sie noch immer bei ihnen in der Lagerhalle versteckt hielten. Die Pferde waren abgespannt und an einen der Stützträger der Halle gebunden worden. Nun waren sie damit beschäftigt, aus einem Sack dicke Karotten herauszuklauben, den Grigori von irgendwoher beschafft haben musste. Auf dem Kutschbock zusammengerollt lag Watson und schlief – oder tat vielmehr so als ob, denn als Randolph von seinem Fuhrwerk herunterkletterte und näher trat, zuckten ihre Ohren, ohne dass sich die Geisterkatze jedoch dazu herabgelassen hätte, die Augen zu öffnen und ihn zu begrüßen.

»Was soll ich mir hier anschauen?«, wollte Dunholms ehemaliger Kutscher wissen.

»Innen«, erklärte Grigori.

Randolph öffnete die Tür zur Passagierkabine, deren dunkle Vorhänge nach wie vor zugezogen waren. Er steckte den Kopf ins Innere, entdeckte die beiden leblosen Körper der Vermissten quer auf den Sitzflächen liegend und zog den Kopf wieder zurück. Ein ziemlich unflätiger, aber der Lage durchaus angemessener Fluch kam über seine Lippen.

Grunzend pflichtete Grigori ihm bei.

Der Kutscher schob seine Schiebermütze in den Nacken, kratzte sich die gehörnte Stirn und zog die Kopfbedeckung anschließend wieder an Ort und Stelle zurück, bevor er sich der Geisterkatze zuwandte. »Was ist hier geschehen, Watson?«

Die Katze öffnete träge die Augen zu Schlitzen und blickte Randolph missbilligend an. Sie streckte die Pfoten nach vorne, versenkte die Krallen im abgewetzten Leder des Kutschbocks und gähnte herzhaft. Danach setzte sie sich auf, und der Kutscher vernahm ein Seufzen in seinem Geist. *Die Frau hat den Mann umgebracht. Wir haben die Frau umgebracht*, erklärte die Geisterkatze lautlos.

»Geht das auch etwas ausführlicher?«, knurrte Randolph. »Komm schon, Watson! Lass dir nicht alles aus der hübschen, pelzigen Nase ziehen.«

Ich weiß nicht, was genau passiert ist. Als Grigori und ich hier eintrafen, ergötzte sich die Frau gerade an der Leiche des Mannes. Seine Kehle war aufgerissen, und von ihrem Kinn troff Blut.

»Augenblick mal«, unterbrach Randolph die Katze. »Du willst damit sagen, dass McGowan Sedgewicks Blut getrunken hat?«

»Ja«, mischte Grigori sich vom Tisch her ein. Als Randolph sich zu ihm umdrehte, deutete er auf seinen Mund. »Und hatte Zähne. Spitze Zähne. Wie Dämon.«

Nicht jeder, der spitze Zähne hat, ist gleich ein Dämon, versetzte Watson beleidigt.

»Kein Dämon … ein Vampir«, knurrte Randolph. Verwirrt schüttelte er den Kopf. »Aber das kann nicht sein. McGowan war keine wandelnde Tote. Das hätte sie niemals innerhalb des Ordens geheim halten können.« Ihm kam ein Gedanke. »Es muss etwas mit dem Magieunfall vor Jahren zu tun gehabt haben, der ihr ewige Jugend und Schönheit schenkte. Offenbar hatten diese Geschenke doch ihren Preis …« Er wandte sich erneut Watson zu. »Aber erzähl weiter.«

Viel gibt es nicht mehr zu sagen. Sie sah uns und griff sofort an. Ich sprang in ihren Kopf und habe ihren Geist ein wenig in Unordnung gebracht. Derweil hat Grigori sie niedergeschlagen und danach getötet. Watson hob die rechte Vorderpfote und begann sich zu putzen, ein deutliches Zeichen, dass für sie das Gespräch beendet war.

»Ging nicht anders«, verkündete der Russe. »War zu gefährlich.«

Randolph holte tief Atem. »Na schön. Was geschehen ist, ist geschehen. Daran lässt sich nun auch nichts mehr ändern. Es tut mir für Sedgewick leid. So ein Ende hat der arme Bursche weiß Gott nicht verdient.« Dass er im Fall von McGowan anderer Meinung war, fügte er nicht hinzu, aber Grigori und Watson schienen ihn auch so zu verstehen – und seine Ansicht zu teilen. »Aber wenn uns dieser Zwischenfall eins gezeigt hat, dann, dass die Anhänger des Neuen Morgens nicht spaßen. Jetzt gehen schon vier Morde auf ihr Konto – und wer weiß wie viele, von denen wir nicht wissen. In meinen Augen gibt es dafür nur ein Wort: Krieg. Es herrscht Krieg. Und entsprechend werden wir antworten, wenn wir unsere Freunde befreien.«

Er marschierte zu seinem Fuhrwerk, hievte eine der Kisten herunter und trug sie zum Tisch. Dort brach er den Deckel auf und zeigte Grigori den Inhalt. Dann erklärte der Kutscher seinem hünenhaften Gefährten, was er damit vorhatte.

Der Russe blickte lange schweigend auf die sorgsam verpackten Bündel. Schließlich hob er den Kopf und sagte ruhig: »Damit wir bringen Ende von Guildhall.«

»Dunholm ist tot. Crowley ist tot. Sedgewick ist tot. Und der halbe Orden folgt einem Fanatiker.« Randolph erwiderte Grigoris Blick mit düsterer Entschlossenheit. »Die Guildhall, wie wir sie kannten, ist doch schon Geschichte. Wir ziehen nur den Schlussstrich.«

»Aber dürfen wir das?«, wandte der Russe ein.

Die Frage, die dahintersteckte, war klar. Stand es ihnen beiden zu, über das Schicksal und die Zukunft des Silbernen Kreises zu entscheiden? Hunderte von Jahren hatte der Magierorden in der Unteren Guildhall residiert und war von dort seinen geheimen Geschäften nachgegangen. Nach dem heutigen Tag würde alles anders sein – wenn sie weiter dem Pfad folgten, an dessen Anfang sie gerade standen.

»Was ist wichtiger?«, fragte Randolph. »Das Leben unserer Freunde, Dutzender guter Männer und Frauen, oder ein paar Korridore und Raume voll alter Möbel und Bücher?«

Grigori nickte langsam. »Freunde«, bestätigte er.

»Also dann«, sagte Randolph und erhob sich. »Machen wir uns an die Arbeit.«

22. April 1897, 17:14 Uhr GMT
England, London, geheime Hallen des Ordens des Silbernen Kreises

Es war kalt, ohne die längst niedergebrannte Kerze war es dunkel, und es roch nicht mehr besonders gut in ihrem Gefängnis, seit sie sich notgedrungen darauf geeinigt hatten, eine Ecke im hinteren Teil des Raumes als Abort zu nutzen. Dazu kamen bohrender Hunger und furchtbarer Durst, denn schon den ganzen Tag über hatte sich trotz protestierenden Rufens keine Wache herbemüht, um ihnen irgendetwas zu bringen. Dies alles zusammengenommen – in Verbindung mit dem mehrfachen Scheitern ihrer Ausbruchsversuche – hatte die Anwesenden in den letzten paar Stunden in düsterer Lethargie versinken lassen. Nicht einmal Holmes, dem ansonsten nicht viel die Laune verderben konnte, war noch zum Scherzen aufgelegt. Die Magier saßen und lagen allein oder zu zweit auf den steinernen Bänken, litten stumm und warteten – warteten darauf, dass Wellington sich endlich dazu herabließ, ihnen mitzuteilen, was mit ihnen geschehen würde.

Wenn er sich denn dazu herablässt, dachte Jonathan matt. *Vielleicht hat er uns auch einfach nur hier eingesperrt, um uns zu vergessen. Das wäre ein wahrhaftig schäbiges Ende für meine neue Laufbahn als Magier: trotz übernatürlicher Kräfte und des Rings des Ersten Lordmagiers am Finger in einem elenden Loch unter der Guildhall von London zu verdursten.*

»Wissen Sie, was mich am meisten ärgert?«, meldete sich Holmes an seiner Seite im Dunkeln.

»Nein. Was?«, fragte Jonathan.

»Joseph hat gestern Morgen kleine Küchlein gebacken, gefüllt mir Erdbeermarmelade. Oder war es Himbeermarmelade? Ach, ich weiß es schon nicht mehr. Sie hätten hervorragend zum heutigen Fünf-Uhr-Tee gepasst.« Er gab ein genießerisches Seufzen von sich. »Stellen Sie sich nur das lockere Gebäck vor, das ihnen zwischen den Zähnen zerfällt und sein süßes Inneres preisgibt. Dazu das bittersüße Aroma eines Orange Pekoe im Gaumen …«

»Oh, Holmes, seien Sie still!«, stöhnte Jonathan, dem vernehmlich der Magen knurrte.

»Verzeihung«, murmelte der Magier. »Die Vorstellung hat mich schlichtweg mitgerissen. Jedenfalls nehme ich an, dass mein undankbarer Diener sich seine Kreation nun selbst spendieren wird, und dieser Gedanke bringt mein Blut dermaßen in Wallung, dass ich zu unserer Kerkertür stürmen und das Holz mit den Zähnen durchnagen möchte.«

»Bitte, lassen Sie sich von mir nicht abhalten!«

Vor ihnen in der Finsternis wurden tastende Schritte laut, dann vernahmen sie die leise Stimme von Doktor Westinghouse. »Mister Holmes, Mister Kentham, würden Sie bitte mit mir kommen? Mister Drummond würde Sie gerne sprechen.«

»Was ist denn los?«, fragte Jonathan alarmiert.

»Ich fürchte, es geht zu Ende mit ihm«, erklärte Westinghouse in vertraulichem Tonfall. »Er hat von dem Kampf mit dem Monstrum Hyde-White innere Verletzungen davongetragen, die ich hier im Dunkeln und ohne meine Instrumente nicht behandeln kann. Und selbst wenn ich die beste Ausrüstung und die fähigsten Ärzte zu meiner Verfügung hätte, bin ich mir nicht sicher, ob ich ihm helfen könnte. Es mag Wunderheiler dort draußen geben, die ihn mittels Fadenmagie retten könnten. Aber ich gehöre leider nicht dazu.«

»Dann wollen wir keine Zeit verlieren«, sagte Holmes. »Die Erfahrung lehrt, dass die letzten Worte mit zu den wichtigsten gehören, die ein Mann in seinem Leben zu sagen hat.«

Zu dritt begaben Sie sich zu dem Leiter der Magieabwehr, der – wie Jonathan wusste – auf einer der Steinbänke an der Rückseite des Raumes lag, den Kopf auf Westinghouse' Mantel gebettet und von seinem Adjutanten Wilkins ständig bewacht. Ein kaum sichtbares Schimmern zu seiner Linken zeugte davon, dass Holmes in die Wahrsicht gewechselt hatte. Er selbst blieb in der Dunkelheit. Vermutlich wäre es ihm gelungen, mit ein wenig Bemühung seine Sinne für die Magie zu öffnen. Aber er wollte nicht durch das Flirren und Glitzern des Fadenwerks und der zahlreichen magischen Auren in diesem Raum abgelenkt werden.

»Angus«, sagte Westinghouse leise. »Ich habe die beiden geholt, wie von Ihnen gewünscht.«

»Danke, Doktor«, sagte der Schotte zwischen rasselnden Atemzügen. »Wilkins, lassen Sie uns einen Moment alleine. Holmes, Kentham, kommen Sie näher.«

Während Drummonds Gehilfe sich gehorsam erhob und einige Schritte entfernte, sank Jonathan, Drummonds Stimme folgend, in die Hocke. Dem Rascheln von Kleidung neben ihm zu urteilen, folgte Holmes der Aufforderung ebenso. »Wir sind da, Mister Drummond«, sagte jener. »Was haben Sie uns zu sagen?«

Der ehemalige Leiter der Magieabwehr holte keuchend Luft und hustete. »Machen wir uns nichts vor«, begann er anschließend. »Hyde-White hat mich erwischt. Ich habe gespielt und verloren. Ist verflucht ärgerlich. Aber nicht mehr zu ändern …« Er stockte, und für einen Moment war nur sein Ringen um Atem zu vernehmen.

Jonathan spürte, wie ihm flau in der Magengegend wurde. War nicht gerade erst Dunholm praktisch in seinen Armen gestorben? Würde dieser grausame Todesreigen überhaupt kein Ende mehr nehmen? Es erschien ihm wie bittere Ironie, dass schon die braven Angestellten der oberen Guildhall drei Stockwerke über ihnen nichts von alldem ahnten – ganz zu schweigen von den Millionen Bürgern Londons, die ungeachtet des Auftauchens der Wahren Quelle arglos weiter ihrem gewöhnlichen Leben nachgingen.

Drummond gab ein Ächzen von sich, als er sich raschelnd auf seiner unbequemen Bettstatt bewegte. »Holmes«, fuhr er fort. »Sie sind nach mir der fähigste Magier hier.«

Holmes räusperte sich leicht, und Jonathan konnte regelrecht hören, wie er innerlich *Nach Ihnen?* fragte. Aber er war anständig genug, diesen Zweifel für sich zu behalten.

»Ich weiß, wir haben Sie in den letzten Jahren … nicht gut

behandelt. Ich bestimmt nicht. Ihre Eigenwilligkeiten machten mich wütend … Vielleicht, weil ich wie Sie sein wollte, mir diese Freiheit aber verweigerte …«

»Bitte, Mister Drummond, sparen Sie sich die schönen Worte, und sagen Sie uns, was wir für Sie tun können«, unterbrach ihn Holmes mit milder Bestimmtheit.

Der Schotte lachte kurzatmig. »Gut. Sie haben recht. Holmes … Ich will, dass Sie sich um die Leute hier kümmern … Passen Sie auf sie auf. Sie brauchen jemand, der sie zusammenhält.«

»Ha, da bin ich wohl kaum der Richtige«, wandte Holmes ein.

»Doch. Das sind Sie. Sie sind mutig … dreist … und schlau. Nutzen Sie diese Eigenschaften, um … die anderen zu schützen. Es sollen nicht noch mehr sterben … Versprechen Sie, dass Sie das verhindern. Tun Sie es, wenn nicht für mich, dann für Dunholm.«

Holmes seufzte »Mister Drummond, Ihr Nahtodpathos in allen Ehren, aber das kann ich nicht. Ich sitze genauso fest wie alle anderen. Ich kenne genauso wenig einen Ausweg. Ich weiß auch nicht, was wir machen sollen.«

»Holmes …«, sagte Jonathan in tadelndem Tonfall.

»Ja, ich weiß. Das will er im Augenblick nicht hören. Ich möchte doch nur die Lage verdeutlichen«, verteidigte sich der Magier. »Aber ich sage ja gar nicht, dass ich es nicht versuchen will. Hören Sie, Drummond? Ich werde mein Bestes geben. So viel zumindest kann ich Ihnen versprechen.«

»Gut«, sagte der Schotte. »Danke.« Er wurde erneut von einem Hustenanfall geschüttelt, der diesmal heftiger ausfiel als der vorherige.

»Doktor?«, rief Jonathan in die Dunkelheit.

»Schon gut, ich bin da«, meldete sich Westinghouse neben ihm zu Wort. »Ganz ruhig, Angus. Sie dürfen sich nicht anstrengen.«

»Lassen Sie mich, Doktor«, begehrte der Schotte kraftlos auf. »Ich muss das hier noch klären. Und sagen Sie mir nicht, es würde mich umbringen … Tot bin ich so oder so.«

Westinghouse seufzte. »Ich bin da, falls Sie mich brauchen.«

»Danke, Doktor.« Der ehemalige Leiter der Magieabwehr wartete einen Augenblick, danach nahm er das zuvor unterbrochene Gespräch mit gesenkter Stimme wieder auf. »Mister Kentham, kommen Sie noch ein wenig näher.« Seine Stimme wurde so leise, dass sich Jonathan vorbeugen musste, um ihn weiterhin verstehen zu können. »Ich weiß, dass Sie den Ring tragen«, flüsterte der Schotte.

»Was? Wovon sprechen Sie?«, versuchte Jonathan, sich unwissend zu geben.

»Lassen Sie das!«, knurrte Drummond verärgert. »Ich war der Leiter der Magieabwehr. Es war mein Auftrag, auf alles, was passierte, ein Auge zu haben.« Er hielt kurz inne und rang um Atem. »Ist auch egal. Es ist ... kein Vorwurf. Ich will Ihnen helfen.«

»Mir helfen?«, echote Jonathan verwirrt. »Wie?«

»Sie haben magische Kraft erlangt. Viel magische Kraft. Sie könnten noch viel mehr haben ... wenn Sie sich meine Asche einverleiben ...«

»Was?«, entfuhr es Jonathan entsetzt. »Sie belieben zu scherzen.«

Ein leises Lachen, das in ein keuchendes Krächzen überging, war die Antwort. »Dachte mir schon ... dass Sie das nicht wollen. Obwohl es stimmt. Sie könnten auf diese Weise einen Teil meiner Macht in sich aufnehmen. Auch, wenn Sie mein Blut trinken.«

»Mister Drummond, hören Sie auf!«

»Still, still«, brummte der Schotte. »Ist ja schon gut. Wie wäre es also statt meiner magischen Stärke mit meiner Erfahrung?«

»Was muss ich dafür machen?«, fragte Jonathan unbehaglich. »Ihr Gehirn verspeisen?«

Sein im Dunkeln verborgenes Gegenüber lachte erneut. »Nein. Es ist leichter ... und grausamer zugleich. Holmes?«

»Nein«, sagte Holmes. »Das mache ich nicht. Darum können Sie mich nicht bitten.«

»Ich bitte Sie auch nicht. Ich verlange es«, stellte Drummond klar. »Es muss sein. Kentham … braucht mein Wissen. Er ist doch völlig schutzlos. Und er hat … keine Zeit, um zu lernen. Nicht, solange wir gegen Wellington kämpfen.«

»Wovon spricht er überhaupt?«, verlangte Jonathan zu wissen.

»Ich will es Ihnen erklären«, sagte Holmes. »Warten Sie kurz, Mister Drummond.« Einen Augenblick lang herrschte Schweigen zwischen den drei Männern. Dann vernahm Jonathan plötzlich die Stimme des Magiers in seinem Kopf. *Er möchte, dass ich ihm das Bewusstsein raube und Ihnen gebe.*

Was soll das denn bedeuten?, fragte Jonathan lautlos zurück, zu überrascht, um sich darüber aufzuregen, dass Holmes erneut ohne seine Einwilligung in seinen Geist eingedrungen war.

Es handelt sich um ein ziemlich barbarisches Ritual, erwiderte Holmes. *Der Magier wartet den Augenblick ab, an dem sein Opfer dem Tod nahe ist und seine inneren Fäden ihren Zusammenhalt verlieren. Zu einem anderen Zeitpunkt wäre das Ritual unmöglich. Wehrt sich das Opfer, ist es auch so noch schwer und schmerzhaft genug. Lässt es willig sein Bewusstsein fahren, fällt es etwas leichter.*

Was fällt leichter? Jonathan schwante Schlimmes, aber er wollte es von Holmes direkt hören.

Sie liegen mit Ihren Gedanken schon richtig, Mister Kentham. Der Magier entreißt dem Opfer einen Teil seines Bewusstseins, seines Geists, von mir aus auch seiner Seele, wenn Sie es gerne religiös mögen – auch wenn das nicht bedeutet, dass ihm deswegen die Himmelspforten verschlossen blieben. Sorgen Sie sich also nicht, dass Drummond für Sie den Schlüssel zum wilden Gelage an der ewigen Tafel des ganz speziellen Stückchen Himmels wegwirft, das für Schotten wie ihn reserviert ist. Für gewöhnlich verleibt sich der Magier diese Bewusstseinsteile selbst ein, um daraus einen Vorteil zu ziehen, denn er vermag auf diese Weise Erinnerungen und Erfahrungen in sich aufzunehmen, die dem anderen Mann gehörten.

Das heißt, ich werde zukünftig Drummond in meinem Schädel haben?

Holmes gluckste. *Nicht genug von ihm, dass Sie auf einmal eine*

Vorliebe für Vollbärte, schottisches Ale und Bäder in Magiequellen entwickeln, nein. Aber es ist möglich, dass Sie sich auf einmal an Dinge erinnern, die Sie nicht selbst erlebt haben. Dass Sie Fähigkeiten entwickeln, die Sie vorher nicht hatten. Dass Ihnen ein magisches Geschick vererbt wird, das Sie sich ansonsten mühsam aneignen müssten.

Jonathan ließ sich das Gesagte durch den Kopf gehen. Es klang bizarr, aber nicht annähernd so abstoßend wie das Verspeisen von Drummonds Asche. *Wo ist der Haken?*, fragte er. *Das Ritual kann mich doch hoffentlich nicht in den Wahnsinn treiben oder so etwas.*

Wie Sie mit den Erinnerungen umgehen, die Sie gewinnen, liegt allein bei Ihnen. Wenn Sie Angst vor der Vorstellung haben, den Teil eines fremden Menschen in Ihrem Geist zu tragen, mag es sein, dass Sie darüber den Verstand verlieren. Nehmen Sie das Ganze als Geschenk an, plagen Sie vielleicht einen Tag lang Kopfschmerzen wie nach einem besonders intensiven Lernmarathon an der Universität. Da Sie studiert haben, dürfte Ihnen Derartiges nicht unbekannt sein. Anschließend sollten Sie – von einem gelegentlichen geistigen Schluckauf abgesehen – keine Schwierigkeiten mehr haben.

Das klingt nicht so schlimm, dachte Jonathan.

Oh, das Ergebnis ist nicht so schlimm. Aber das Ritual selbst ist die Hölle. Sie werden Schmerzen erleiden, die Sie nicht so schnell vergessen, glauben Sie mir. Ich werde diese Schmerzen auch spüren, weil ich es wohl sein werde, der Drummond sein Bewusstsein entreißen muss – und glauben Sie mir, ich bin keineswegs erpicht darauf …

Und Drummond? Jonathan zögerte. *Wird er …?*

Ja, bestätigte Holmes. *Er wird sterben. Das ist der Preis. Böswillige Magiekundige nehmen den Tod Ihres Opfers in Kauf, um sich dessen Erfahrungen einzuverleiben. Mir ist diese Vorstellung zuwider. Aber es ist Drummonds Leben. Wenn er es Ihnen schenken will, steht ihm das frei. Angesichts der Tatsache, dass er ohnehin stirbt, kann ich ihn sogar verstehen. So wird er auf seine Weise an Wellingtons Sturz teilhaben und Rache an Hyde-White nehmen – vorausgesetzt, es gelingt uns, Wellington und Hyde-White aufzuhalten.*

Woher wissen Sie so viel über all das?

Es dauerte einen Moment, bis Holmes darauf antwortete. *Das erzähle ich Ihnen ein anderes Mal… Es genügt zu wissen, dass ich das Ritual kenne und durchführen könnte. Es behagt mir nicht, aber um Ihretwillen würde ich es tun.* »Entscheiden Sie sich!« Den letzten Satz sprach er laut, um Drummond wissen zu lassen, dass ihre lautlose Unterredung beendet war.

Jonathan schloss die Augen. Ihm war klar, dass Drummond das Angebot nicht unbegrenzt lange aufrechterhalten konnte. Den Geräuschen nach zu urteilen, die von der Steinbank zu ihm durch die Finsternis drangen, lag der Schotte wirklich in den letzten Zügen. Schon in einer halben Stunde mochte er tot sein. Aber konnte man eine Entscheidung wie die von Holmes geforderte in so kurzer Zeit überhaupt treffen? Konnte er wirklich den Geist eines vollkommen Fremden in sein Bewusstsein aufnehmen – und wenn auch nur den stummen, passiven Teil desselben?

Holmes sagte, es wäre alles nur eine Frage der Einstellung, und Jonathan argwöhnte, dass er hier aus Erfahrung sprach. Aber Holmes war zum Zeitpunkt dieser Erfahrung zweifellos schon seit Jahren ein Magier gewesen und sein Verstand entsprechend geschult. Jonathan hätte vor weniger als einer Woche bei dem Wort Magier noch an einen Mann im Frack gedacht, der Blumen aus einem Hut und Münzen hinter den Ohren überraschter Zuschauer hervorzauberte. *Bin ich bereit dafür?*, fragte er sich, woraufhin sich gleich eine weitere Frage anschloss, die er laut stellte: »Warum wollen Sie das tun, Mister Drummond? Warum wollen Sie dieses Opfer bringen?«

»Weil der … Alte Mann an Sie glaubte, Mister Kentham«, erwiderte Drummond mühsam. »Sonst hätte er nicht … Sie wissen schon. Außerdem ist das Opfer nicht so groß … wie Sie denken. Mein Tod ist unausweichlich. Wenn aber mein Wissen … helfen kann, Sie am Leben zu erhalten, dann … dann … trenne ich mich davon gerne. Also zaudern Sie nicht, verdammt. Ich weiß nicht … wie lange ich noch …« Er brach ab und atmete mühevoll ein und aus.

»In Ordnung«, sagte Jonathan, innerlich nicht überzeugt, jedoch entschlossen, den Sprung ins kalte Wasser zu wagen. »Tun Sie es, Holmes!«

»Ich habe befürchtet, dass Sie das sagen würden«, erwiderte dieser. »Na schön. Gewähren Sie mir einen Moment, um mich zu sammeln. … Was gäbe ich jetzt für einen kleinen Whiskey«, fügte er murmelnd an sich selbst gerichtet hinzu.

Während der Magier leise vor sich hin murmelte, schloss Jonathan erneut die Augen und versuchte sich auf die Wahrsicht zu konzentrieren. Er wollte das, was nun folgte, nicht blind miterleben, sondern zumindest halbwegs erkennen können, was vor sich ging. Obwohl er es eigentlich albern fand, wiederholte er das Mantra, das Kendra ihm während ihrer gemeinsamen Übungen einige Stunden zuvor beigebracht hatte. *Ich bin umgeben von Magie. Ich bin erfüllt von Magie. Ich bin eins mit der Magie.*

»Doktor«, rief Drummond unterdessen keuchend nach Westinghouse.

»Ja, Angus?«, meldete sich dieser zu Wort. »Kann ich noch irgendetwas für Sie tun?«

Ich bin umgeben von Magie.

»Das können Sie«, bestätigte der Schotte. »Was immer … gleich auch passiert, halten Sie sich raus. Holmes wird ein Ritual durchführen, das mich … wahrscheinlich umbringt. Aber es ist gut so … Ich will es so. Also greifen … Sie nicht ein. Und sagen Sie keinem etwas davon. Ich will … keinen großen Abschied. Nur Wilkins könnten Sie mir noch einmal heranschaffen.«

Der Arzt schien über diese Aussicht nicht sonderlich erbaut zu sein, aber er sagte leise: »Ich verstehe und werde Ihren Wunsch respektieren. Alles Gute, Angus.«

»Danke, Doktor. Ihnen auch.«

Ich bin erfüllt von Magie.

Westinghouse zog sich wieder zurück, und im nächsten Moment war Drummonds Adjutant an ihrer Seite. »Wie sieht es aus,

Sir?«, fragte er, und in seinem Tonfall schwang die unbeholfen raue Herzlichkeit eines Mannes mit, der nicht wusste, wie er angesichts des bevorstehenden Todes eines guten Freundes mit seinen Gefühlen umgehen sollte.

»Ich stehe vor der letzten Schlacht, Wilkins. Und ich …« Drummond brach ab und ächzte schmerzerfüllt. »… ich brauche noch mal Ihre Hilfe.«

»Sie können auf mich zählen, Sir«, beeilte sich Wilkins zu sagen.

»Sorgen Sie … für eine Ablenkung. Weiß nicht, wie. Schreien Sie rum! Hämmern Sie gegen die Tür! Irgendetwas … Ich will nicht … dass alle zusehen, wenn ich … wenn ich sterbe.«

Der Magier schluckte hörbar, dann flüsterte er. »Ist gut, Sir. Ich gebe mein Bestes.«

Der Leiter der Magieabwehr lachte geschwächt. »Wie immer, Wilkins … Danke.«

Ich bin eins mit der Magie.

»Sir«, begann Wilkins, stockte und setzte erneut an. »Sir, es war mir eine Ehre.«

Drummond grunzte unwillig, aber Jonathan konnte sich gut vorstellen, dass die Worte ihn rührten. »Verdammt, bringen Sie mich nicht zum Heulen, Wilkins!« Er hustete. »Trinken Sie einen auf uns … wenn Sie hier raus sind.«

»Das mache ich, Sir.«

»Gut … und jetzt los.«

Jonathans Körper wurde von dem eigentümlichen Prickeln ergriffen, das immer dann eintrat, wenn seine Sinne sich der Magie öffneten. Er machte die Augen auf und sah, dass glitzernde Risse in der ihn umgebenden Schwärze entstanden. Mit beiden Händen ins Leere greifend, berührte er sie und ließ zu, dass sich die schimmernden Lichtfäden aus seinen Fingerspitzen mit dem Glitzern verbanden. Mit fester Entschlossenheit zog er die Risse auseinander, ließ sie die Schwärze der Gefängniszelle zerteilen, und im nächsten Augenblick verwandelte sich die Welt um ihn in ein schimmerndes, flirrendes Durcheinander von Fäden, die sich kreuz und quer durch den Raum spannten.

Zufrieden schaute Jonathan sich um. Die unterschiedlich hell strahlenden Fadenauren der anwesenden Magier umgaben ihn zu allen Seiten, und ein verzweigtes Netz aus Fäden erstreckte sich zwischen ihnen, wobei es größere Lücken in der leeren Raummitte aufwies und dichter wirkte, wenn zwei oder drei der Männer und Frauen beisammensaßen und sich leise unterhielten.

Er sah Wilkins schimmernde Silhouette auf die Tür zumarschieren, die sich durch das komplexe Fadengespinst ihrer magisch angebrachten Riegel deutlich von der übrigen Wand abhob.

»Ich kann nicht mehr!«, fing Drummonds Adjutant an loszubrüllen, wodurch er das Fadenwerk in heftigen Aufruhr versetzte. »Ich halte das nicht länger aus! Lassen Sie mich raus, verdammt! Ich will hier raus!« In seiner Stimme schwang all die Seelenqual mit, die er angesichts des Todes seines Freundes und Vorgesetzten nicht hatte zum Ausdruck bringen können. Wie von ohnmächtiger Wut erfüllt fing er an, gegen die Holztür zu hämmern, wodurch er die Aufmerksamkeit aller auf sich zog, die noch kräftig genug waren, ein Interesse dafür aufzubringen, was um sie herum vorging.

»Jetzt, Holmes!«, ächzte Drummond.

Holmes wandte sich Jonathan zu. »Sind Sie bereit?«

»So bereit, wie man nur sein kann«, antwortete dieser.

»Nun denn …« Der Magier drehte sich erneut zu dem Schotten um. »Grüßen Sie den Alten Mann von uns, Mister Drummond. Und entschuldigen Sie diese Unannehmlichkeit.«

Der ehemalige Leiter der Magieabwehr grunzte bestätigend, nur um im nächsten Augenblick einen unterdrückten Schmerzenslaut von sich zu geben, als Holmes mit beiden Händen seinen Kopf umfasste und die Finger in seine wilde Haarpracht krallte.

Es war ein seltsames Bild von erschreckend roher Gewalt, das sich Jonathan gefiltert durch die Wahrsicht darbot. Während Holmes mit aller Kraft an Drummonds Kopf zu ziehen schien, als wolle er ihm den Schädel vom Leib reißen, bäumte sich der Schotte keuchend und stöhnend auf der Steinbank auf, ballte krampfhaft die riesigen Fäuste und versuchte doch gleichzeitig offensichtlich, die unvorstellbaren Schmerzen, die er erleiden musste, zu ertragen, ohne dass der ganze Raum auf das Tun der beiden Männer aufmerksam wurde. Derweil tobte Wilkins in ihrem Rücken wie ein von der Tollwut Befallener und ließ sich weder von Cutlers beschwörenden Worten noch von Ashbrooks Versuchen, ihn festzuhalten, bändigen.

Mit zusammengepressten Lippen und zugeschnürter Kehle beobachtete Jonathan, wie Drummonds Fadenaura schwächer wurde und an Kontrolle verlor. Dünner werdende Fäden wanderten wie suchend über die Steinbank und die angrenzende Mauer, und ein unruhiges Flackern irrlichterte durch den magisch schimmernden Leib des Schotten, als tobe ein Inferno durch sein Inneres, das alle Sinne überlastete.

Holmes' Aura pulsierte nicht weniger. Hier allerdings schien das Leuchten mit seinem hämmernden Herzschlag einherzugehen, während der Magier, für normale Augen kaum sichtbar, geschweige denn verständlich, mit äußerster Kraftanstrengung versuchte, Drummond sein Bewusstsein zu entreißen. »Nicht … bewegen … Mister Kentham …«, ächzte Holmes, während er seine Hände langsam von Drummonds Kopf löst. Dabei zog er ein Netz von Fäden hervor, gleich einem Haufen chinesischer Glasnudeln, aber Jonathan wusste, dass sein eigener Blick nur in die erste und grundlegende Sphäre der Wahrsicht reichte. Er nahm an, dass Holmes etwas ganz anderes sah, da er sich zweifellos in der zweiten Sphäre bewegte, in der Bewusstsein an Bewusstsein grenzte und zwischen Gedanken Fäden entstanden, wie sonst nur zwischen sinnlich Wahrnehmbarem.

»Jetzt!«, keuchte Holmes, riss seine Arme mit dem Fadenknäuel herum und rammte es Jonathan direkt ins Gesicht.

Es fühlte sich an, als habe ihm jemand mit einer Axt die Schädeldecke gespalten! Jonathan stieß einen Schrei aus, der selbst

Wilkins' Toben übertönte. Von einer Sekunde zur nächsten erlosch die Wahrsicht um ihn herum, und der Raum versank wieder in Dunkelheit. Blind und von rasenden Kopfschmerzen gepeinigt, stolperte Jonathan rückwärts, die Hände an den Schläfen und den Mund noch immer zum mittlerweile lautlosen Schrei geöffnet, während sein überlasteter Verstand irgendwie versuchte, all die Bilder zu begreifen und zu verarbeiten, die wie donnernde Wassermassen aus einem gebrochenen Staudamm auf ihn einstürzten.

Irgendjemand packte ihn an den Schultern, zog ihn zurück und bewahrte ihn so davor, weiter durch die Schwärze zu torkeln und womöglich zu stürzen. »Durchhalten!«, vernahm er eine Stimme, die er nicht zuordnen konnte. »Es dauert nicht lange.«

Die Stimme sollte recht behalten – wenn auch auf andere Weise als erwartet. Der Schmerz rollte einem Flächenbrand gleich einmal durch Jonathans ganzes Bewusstsein, schien jede Hirnwindung zu füllen und mit glühenden Flammenzungen zu kauterisieren. Dabei steigerte er sich immer weiter, bis Jonathan schon glaubte, mehr könne er nicht ertragen.

»Zweite Runde«, sagte die Stimme, und ein weiterer Axthieb traf Jonathan.

Diesen Augenblick wählte sein Geist, um sich in die wohltuende Umarmung der Bewusstlosigkeit zu verabschieden.

22. April 1897, 17:20 Uhr GMT
England, London, Nightingale Lane

Der Himmel über der Stadt hatte sich noch weiter verdunkelt und eine drückende bleierne Färbung angenommen. Die Luft roch nach Regen und trug einen schwer in Worte zu fassenden Geschmack nach kaltem Metall und süßlich prickelnder Elektrizität mit sich. Alles deutete auf den unmittelbaren Ausbruch eines Unwetters hin. Das hier war nur die unheilvolle Ruhe vor dem Sturm.

Mit unbeholfenen Bewegungen kroch der kleine grauschwarze Vogel am Rand der Straße über das Kopfsteinpflaster. Matt glänzende Flügel, die viel zu winzig für seinen gusseisernen Körper schienen, zuckten träge auf seinem Rücken, und sein Schnabel öffnete und schloss sich immer wieder in einer Geste der völligen Erschöpfung.

Noch vor ein paar Stunden war er zierender Teil eines aufwendig gefertigten Türklopfers an einem Haus unweit der Cannon Street Station gewesen. Dann hatte er plötzlich festgestellt, dass er sich zu bewegen vermochte. Noch kaum von nennenswertem Bewusstsein erfüllt, hatte er die metallenen Flügel ausgebreitet und sich verwirrt aus der eisernen Umklammerung, die bis dahin sein Dasein bestimmt hatte, gelöst, um sich schwankend und taumelnd wie ein orientierungsloser Schmetterling durch die Geräusche und Gerüche und das seltsam graue Hell und Dunkel zu bewegen, das seine soeben erst erwachenden Sinne überwältigte und verwirrte.

Er war gegen Dinge gestoßen, die er nicht richtig hatte sehen, geschweige denn benennen können, und war durch die Luft gewirbelt worden, wobei er wieder mit anderen Dingen zusammengeprallt war. Dabei hatten seine schwachen, ungeübten Flügel die ganze Zeit instinktiv versucht, ihn höher in den düsteren Himmel aufsteigen zu lassen, ein Unterfangen, das ihnen erst nach einigen Mühen geglückt war. Doch ohne ein Wissen um die Welt, die ihn plötzlich umgab, hatte der Vogel nicht gewusst, wohin er sich wenden sollte, und außerdem hatte er schon bald gespürt, dass irgendetwas mit ihm nicht stimmen konnte, denn das Fliegen war ihm schwerer und schwerer gefallen.

Er hatte ein weitläufiges Gelände mit einem mächtigen grauen Gebirge passiert, das direkt an der Grenze zu dem breiten und fast vollkommen glatten Band aufragte, dem er bislang ohne rechte Absicht gefolgt war. Direkt danach war er an einer eindrucksvollen Sperre vorbeigekommen, die unmittelbar auf dem glatten Band zu stehen schien, nur um sich einige weitere, ermüdende Flügelschläge später in einem Wald aus aufragenden Säulen und kreuz und quer durch die Luft verlaufenden Hindernissen wiederzufinden. Am Ende seiner Kräfte und ziellos war er dazwischen umhergeirrt, bis er schließlich einen Ausweg entdeckt hatte, der ihn in die Schatten massiger, dicht an dicht stehender Steinmonumente geführt hatte. Dort war er völlig ermattet zu Boden gesunken, nur um sich kriechend aus dem grauen Zwielicht tiefer in den Schatten zu ziehen, denn irgendetwas sagte ihm, dass es dort sicherer war.

Und dann sprach dieses Etwas erneut zu ihm. *Wo bin ich?*, fasste es seine Verwirrung unvermittelt in Worte. *Was bin ich?*

Der winzige Vogel war so erstaunt über diese Stimme, dass er innehielt, und dieses Innehalten kostete ihn beinahe das neu gewonnene Leben, denn auf einmal tauchte ratternd und klappernd ein gewaltiges Gefährt auf, das direkt hinter ihm zum Halten kam. Dann erbebte die Welt plötzlich, als eine stählerne Ramme neben ihm donnernd auf dem Boden aufschlug.

Ein riesenhafter Schatten fiel auf ihn, und als der Vogel den Kopf hob, erblickte er einen Koloss von Ehrfurcht gebietenden Ausmaßen, ein tonnenförmiges Monstrum auf zwei säulenartigen Beinen, über dessen matt glänzende Haut gelbliche Lichtfinger tanzten. Die Augen des Metalltiers konnten sich nicht weiten. Dafür steckte nicht genug magisches Leben in seinem Körper. Aber es vermochte Angst zu verspüren, und von instinktiver Panik erfüllt floh es. In seinem Rücken drehte sich der Berg von einem Ungeheuer um, sein Fuß hob sich – und als er achtlos aus dem Himmel wieder herabfuhr, zermalmte er den kleinen grauschwarzen Vogel unter sich.

»Wir verteilen uns«, grollte Hyde-White, ohne auch nur das magische Leben zu bemerken, dass er soeben beendet hatte. »Crandon, Sie gehen mit zwei Männern hinten herum und sorgen dafür, dass niemand entkommt. Der Rest kommt mit mir.«

Die sechs Männer nickten und teilten sich in zwei Gruppen

auf. Während Crandon mit seinen Leuten um die Halle, in der er Randolph Brown hatte verschwinden sehen, herumging, stapfte Hyde-White mit kraftvollen Schritten direkt auf das Tor des offensichtlich ungenutzten Warenlagers zu. Die drei verbliebenen Magier folgten ihm mit entschlossener Miene. Sie gaben sich keine Mühe, verstohlen vorzurücken. Angesichts von Hyde-Whites Auftreten wäre das auch gar nicht möglich gewesen.

»Halten Sie sich bereit, während ich das Tor öffne«, befahl Wellingtons Vollstrecker. »Sedgewick wird uns keinen Ärger bereiten. Aber erwarten Sie Widerstand von Brown. Es ist mir gleich, ob diese Männer überleben oder im Kampf umkommen. Hauptsache, niemand entwischt uns.«

»Verstanden«, bestätigte einer seiner Gefolgsleute stellvertretend für alle drei.

»Gehen Sie beiseite!« Hyde-White hob die gepanzerten Arme und streckte die Klauenhände nach vorne. Er prüfte erst gar nicht, ob das Tor zur Halle vielleicht offen sein könnte, sondern packte die beiden Torflügel und riss sie mit einem Brüllen auf den Lippen und magisch verstärkter Kraft gewaltsam auseinander.

Krachend brach ein innen vorgelegter Riegel, und das Tor flog schwungvoll auf. Hyde-White wartete nicht darauf, dass seine Leute ihm nachkamen, sondern drang sofort in das Zwielicht der Lagerhalle ein.

Das Erste, was ihm auffiel, war, dass das Fuhrwerk, von dem Crandon berichtet hatte, nicht da war, das Zweite, dass sich in der Halle keine Menschenseele aufzuhalten schien. Seine Klauen schlossen und öffneten sich unwillkürlich, während er mit raschen Schritten das aufgegebene Warenlager durchmaß und in der Wahrsicht die Schatten zwischen den wenigen Kistenstapeln am Rand der Halle durchsuchte.

Durch eine Hintertür stürmten Crandon und seine Mitstreiter herein, doch sie hielten überrascht inne, als sie die Lage erkannten.

»Dort liegt jemand!«, rief einer von Hyde-Whites Männern

aufgeregt und deutete auf eine Stelle unweit eines Aufenthaltsbereichs mit einem Tisch, Stühlen und einem Ofen.

Die Magier kamen zusammen, und auf den Mienen von Hyde-Whites Gefolgsleuten zeichnete sich Erschütterung ab, als sie die blutbesudelte Leiche von Mary-Ann McGowan auf dem Boden vorfanden.

»Dieser Mistkerl Brown hat sie umgebracht«, knurrte Crandon. »Eine wehrlose Geisel!«

Hyde-White war sich nicht so sicher, wie unschuldig McGowan an ihrem Ableben gewesen war. Hätte er die Zeit und das Interesse aufbringen können, die Blutspuren im Staub und im Gesicht der Magierin genauer zu untersuchen, wären möglicherweise bemerkenswerte Erkenntnisse zutage getreten. Doch im Grunde spielten die Umstände ihres Todes keine Rolle. Viel schwerer wog, dass sich außer der toten Magierin niemand sonst an diesem Ort aufhielt.

»Wir kommen zu spät«, stellte Hyde-White düster fest. »Wir haben sie verpasst.« Wütend schlug er mit einem Arm gegen einen Stützbalken, der daraufhin brach und einen Teil des löchrigen Daches über ihren Köpfen zum Einsturz brachte. Während Staub und Ziegelstücke prasselnd auf seinen stählernen Helmschädel herabfielen, schloss Hyde-White die Augen und wünschte sich, irgendjemanden umbringen zu können.

Draußen vor der Lagerhalle fing es an zu regnen, und ferner Donner grollte in den Wolken.

22. April 1897, 17:34 Uhr GMT
England, London, Basinghall Street

Wie eine schwere graue Decke hatten sich die Wolken über London herabgesenkt, und dann hatte der Himmel seine Schleusen geöffnet. Ein Schauer ergoss sich über die Dächer und Straßen der Stadt, und aus dem Westen näherten sich Blitz und Donner in einer für diese Jahreszeit ungewohnten Heftigkeit. Wer konnte, floh in eines der Häuser, und wer unbedingt draußen unterwegs sein musste, eilte mit hochgeklapptem Mantelkragen und tief ins Gesicht gezogenem Hut die Bürgersteige entlang, nur an sein Ziel denkend und ohne Blick für das, was links und rechts um ihn geschah. Niemand achtete auf das offene Fuhrwerk mit seinen zwei Kutschern und den fünf, von einem löchrigen Segeltuch bedeckten Kisten auf der Ladefläche, das sich einem in jeder Hinsicht unauffälligen Gebäude gegenüber der Guildhall näherte.

Mit einem Zügelzug brachte Randolph das Gefährt vor dem mehrstöckigen Haus zum Stehen, holte tief Luft und blickte zu Grigori hinüber, der neben ihm auf dem Kutschbock saß. *Da wären wir also. Jetzt gibt es kein Zurück mehr ...*

Dass sie beide überhaupt noch frei und am Leben waren, hatten sie alleine Nevermore zu verdanken. Aufgeregt krächzend war der Rabe mitten in ihre Vorbereitungen geplatzt und hatte sie davor gewarnt, dass eine Kutsche voller Magier von der Guildhall in Richtung Hafenanlagen aufgebrochen war. Randolph hatte im Stillen alle Magispectoren des Ordens verflucht, denn er nahm an, dass sie von einem der Magiebeobachter des Silbernen Kreises erspäht worden waren. Dann hatten sie in aller Eile die Pferde angespannt und ihr Versteck an den St. Katherine Docks aufgegeben. Allein McGowan hatten sie zurückgelassen – in der Hoffnung, dass der Fund der toten Magierin ihre Verfolger eine Weile beschäftigen würde.

Um ihren Häschern nicht zu begegnen, hatten sie die Themse überquert und waren anschließend am südlichen Flussufer entlang bis zur Blackfriars Bridge gefahren. Von dort hatten sie den Weg zur St. Pauls Cathedral genommen. Während Grigori und die sich zwischen den Kisten verbergende Watson die beiden Kutschen bewacht hatten, war Randolph zum *Old Man's* geeilt, jenem Pub, das nur ausgewählten Gästen offen stand und in das er Jonathan bei ihrem Kennenlernen vor wenigen Tagen mitgenommen hatte. In knappen Sätzen hatte er den Betreiber

Old Man davon überzeugt, dass die Lage schlimm sei und er eine Leiche und einen in magischem Schlaf Liegenden verstecken müsse. Danach hatte Grigori die Pferde des Ordens dazu ermuntert, mit ihrer Kutsche einen Ausflug quer durch London zu unternehmen, um ihre magischen Spuren zu verwischen, und schließlich waren die beiden Männer und die Geisterkatze mit dem Fuhrwerk hierhergekommen.

»Kann es losgehen?«, fragte Randolph seinen hünenhaften Mitstreiter und ihre im Augenblick unsichtbare Verbündete.

Der Russe nickte mit grimmiger Miene. *Jederzeit*, vernahmen sie Watsons Stimme in ihrem Geist. *Ich warte nur auf meinen Einsatz.*

Geduld, Watson, ermahnte Randolph sie.

Die Männer stiegen von der Kutsche.

»Pass kurz auf unsere Fracht auf. Ich kümmere mich um den Portier«, sagte Randolph.

Brummend gab Grigori sein Einverständnis.

Die rechte Hand in der Manteltasche vergraben, erklomm Dunholms ehemaliger Diener die drei Steinstufen zu der Eingangstür des Gebäudes. Ein Emailleschild an der Mauer informierte Besucher darüber, dass die *London Historical and Cultural Society* hier einige Räumlichkeiten unterhielt. Natürlich handelte es sich dabei nur um einen Deckmantel. In Wirklichkeit befand sich im Keller des Hauses, das vollständig im Besitz des Silbernen Kreises war, der Osteingang zur Unteren Guildhall, einem der zwei außerhalb des eigentlichen Geländes der Guildhall liegenden Hauptzugangswege zum Hauptquartier des Ordens.

Randolph betrat das Haus und gelangte in ein geräumiges Treppenhaus. An der rechten Wand führte eine breite Treppe in den ersten Stock, links daneben verlief ein schmaler, hoher Gang, an dessen Ende sich eine weiße Tür befand, die einem weiteren Schild zufolge zu den Geschäftsräumen der *Society* führte.

Der Kutscher hielt sich nicht damit auf anzuklopfen. Stattdessen zog er seinen Webley-Revolver aus der Tasche, riss die Tür auf und stürmte in den dahinterliegenden Raum, einen Empfangsbereich, von dem links und rechts zwei Flure abgingen, durch die man zu den Büros gelangte. Normalerweise gab es hier zwar keine Wachen, sondern nur ein als Sekretär der *Society* abgestelltes Ordensmitglied, das neugierige Besucher abwimmelte und zugleich als Portier des geheimen Eingangs in die Guildhall diente, aber nach Wellingtons Putsch hätte das auch anders aussehen können. Zu Randolphs Erleichterung schien der neue Erste Lordmagier bislang keine Notwendigkeit gesehen zu haben, von der bestehenden Vorgehensweise abzuweichen. Außer einem jungen bebrillten Mann Anfang zwanzig hielt sich niemand in dem nüchtern eingerichteten Raum auf, der überzeugend den Eindruck erweckte, einer unbedeutenden Akademikervereinigung zu gehören.

»Mister Brown, was machen Sie denn hier?«, rief der junge Magier und sprang von seinem Platz hinter dem Empfangstresen auf. Ob es schlichte Überraschung oder tatsächliche Furcht war, die sich auf seinem Gesicht abzeichnete, vermochte Randolph nicht zu sagen. Es war ihm aber auch egal. Gleich jedenfalls würde dem Knaben das Herz in die Hose rutschen!

Mit einer schnellen Bewegung schleuderte der Kutscher ein Fadenbündel über den Tresen und zog den Jungen daran halb über das Möbelstück hinweg. Gleichzeitig hob er die Hand mit dem Revolver und hielt seinem erschrocken aufkeuchenden Gegenüber den kalten Lauf direkt unter die Nase. »Keinen Mucks, mein Freund, oder ich muss dich leider erschießen«, knurrte er drohend.

Die Entschlossenheit in Randolphs Stimme ließ das Blut aus dem Gesicht des jungen Magiers entweichen wie Wasser aus einem Eimer ohne Boden. Er wurde bleich wie die Wand in seinem Rücken, während er langsam die Hände hob. »Was hat das zu bedeuten, Sir?«, wagte er immerhin zu fragen.

»Das soll nicht deine Sorge sein«, erklärte Randolph. »Du wirst einfach dort drüben in den Schrank spazieren und dich nicht rühren, bis ich dich wieder herauslasse. Sehe ich dein käsiges Gesicht auch nur einen Augenblick früher, wirst du genauso lange Zeit haben, es zu bereuen, wie ich benötige, diesen Abzug durchzuziehen.« Er drehte die Waffe zur Seite, um dem Burschen zu zeigen, wie beunruhigend kurz die Strecke zwischen Abzug und Griff war.

»Ich … ich habe verstanden«, stammelte dieser. »Es gibt keinen Grund, zu drastischen Maßnahmen zu greifen.« Randolph ließ zu, dass sich der junge Magier von ihm löste und langsam auf den großen Holzschrank im hinteren Bereich des Raumes zuging, in dem einige der Ordensmitglieder ihre Mäntel aufbewahrten, wenn sie sich in der Unteren Guildhall aufhielten. »Ich spaziere in den Schrank …«, wiederholte Randolphs Gegenüber mit dünner Stimme. »Und dann bleibe ich dort, bis Sie mich wieder herauslassen. Das ist vollkommen in Ordnung für mich. Ich leiste keinen Widerstand. Sehen Sie, Sir?« Der junge Magier öffnete die Schranktür, schob die wenigen gegenwärtig dort aufgehängten Mäntel beiseite und stieg ins Innere. »Alles ist gut.« Er schloss die Tür.

Randolph grinste selbstzufrieden. Manchmal hatte es seine Vorteile, dass der Silberne Kreis beinahe ausschließlich aus blassen Akademikern und verhuschten Bürokraten bestand. Über die Schulter hinweg wandte er sich an Grigori. »Du kannst kommen!«

Eine Kiste links und eine rechts unterm Arm eilte der Russe herbei. Randolph durchquerte unterdessen den Raum und begab sich den linken Flur hinab zu der Stelle, wo sich rechts die Tür in den Keller befand. Vorsichtig öffnete er sie und lauschte in die Tiefe. Es war nichts zu hören. Niemand kam die geheime Treppe herauf, die dort unten ihren Anfang nahm und in einem gemauerten Tunnel unter der Basinghall Street hindurch zu den Räumlichkeiten des Ordenshauptquartiers führte.

»Schnell, Grigori. Bring die Kisten hier herüber! Ich trage sie dann in den Keller, während du die nächsten zwei holst«, befahl

Randolph dem Russen. Damit standen ihm vier von fünf Kisten zur Verfügung. Die letzte würde Grigori mitnehmen.

»Ist gut«, antwortete dieser und stellte seine Fracht vor Randolph ab, bevor er sich umdrehte und wieder nach draußen verschwand.

Randolph hob eine der beiden Kisten hoch, nahm sie unter den Arm und hastete die Stufen in den Keller hinunter. An einigen Regalen mit alten Geschichtsbüchern und verstaubten Korrespondenzmappen vorbei lief er zur Rückwand des allem Anschein nach als Geschäftsarchiv dienenden Raumes und ließ dort seinen Ballast zu Boden sinken. Anschließend eilte er wieder hinauf, um die nächste Kiste zu holen.

Als Randolph das zweite Mal die Kellertreppe nach oben nahm, war Grigori schon wieder da und erwartete ihn. »Ich gehe«, ließ der Russe den Kutscher wissen.

»In Ordnung«, erwiderte Randolph mit einem Nicken. »Ich wünsche dir und Watson viel Glück. Wir sehen uns später am vereinbarten Treffpunkt.« Er schlug dem Russen kameradschaftlich auf den Rücken, und dieser schenkte ihm ein zuversichtliches Grinsen. Beide Männer wussten, dass das, was sie vorhatten, vollkommen verrückt war und die Wahrscheinlichkeit, dass sie beide dabei umkamen, mindestens ebenso hoch wie die Aussicht auf Erfolg. Aber Randolph hatte sich noch nie für Wahrscheinlichkeiten interessiert. Und er würde ganz sicher jetzt nicht damit anfangen, seinen eigenen tolldreisten Plan zu hinterfragen.

Während Grigori verschwand, um sich durch einen Geheimgang seinen Weg in die Untere Guildhall zu erschleichen, kehrte Randolph in den Keller zurück, wo er seine Kisten abgestellt hatte. Er wechselte in die Wahrsicht und machte die zwei Fadenschlaufen ausfindig, die aus dem Regal an der Rückwand des Raums herausragten. Mit sanftem Zug ließ er das Möbelstück zur Seite schwingen und enthüllte eine zweite, noch weiter abwärts führende Steintreppe. Er schob die Kisten zwischen zwei Regale, damit sie von einem zufällig Vorbeikommenden nicht sofort entdeckt wurden, dann öffnete er sie und nahm mit einem grimmigen Lächeln die Dynamitstangen heraus.

Damit, Wellington, dürften selbst Sie nicht rechnen …

22. April 1897, 17:43 Uhr GMT
England, London, geheime Hallen des Ordens des Silbernen Kreises

Als Jonathan erwachte, hatte er seltsame Bilder im Kopf. Er erinnerte sich an üppige grüne Wiesen in den Schottischen Highlands, an ein kleines Dorf unweit von Inverness, Dochgarroch, an Bruchstücke einer seltsamen Nacht draußen auf dem Loch Ness, über dessen dunklen Fluten ein helles, gelbliches Licht getanzt war, und an einen Mann, der die Züge des Ersten Lordmagiers Albert Dunholm trug, aber deutlich jünger war. *Es sind Drummonds Erinnerungen*, erkannte Jonathan voll stummer und leicht entrückter Faszination.

Doch diese Faszination hielt nur wenige Herzschläge vor, denn mit der Rückkehr seines Bewusstseins in den Wachzustand stellten sich auch die Kopfschmerzen wieder ein, ein bohrendes Stechen hinter den Schläfen, das nach einem hemmungslosen Trinkgelage nicht hätte schlimmer ausfallen können. Stöhnend presste Jonathan die Augen zusammen und rieb sich die Stirn.

»Er ist wach«, vernahm er eine Stimme irgendwo neben sich. Er war sich ziemlich sicher, dass sie Holmes gehörte. Im Hintergrund war gedämpftes Stimmengemurmel zu hören, doch den Inhalt des Gesprächs konnte Jonathan nicht verstehen. »Wie fühlen Sie sich, Jonathan?«, wandte sich die Stimme an ihn. Es handelte sich wirklich um Holmes.

Jonathan schlug die Augen auf und versuchte sich zu orientieren, doch es war noch immer stockfinster um ihn, es war kalt und es stank. Er stützte sich auf seine Unterarme und erhob sich halb aus seiner liegenden Position – ob auf dem Boden oder einer der Steinbänke vermochte er nicht zu sagen. »Ich fühle mich …« Plötzlich verkrampfte sich sein Magen, er rollte zur Seite herum und erbrach Magenflüssigkeit. *Gottverflucht*, durchfuhr es ihn. Er verzog das Gesicht, spuckte aus und räusperte sich. »... furchtbar«, beendete er den Satz.

»Nun, das kommt nicht gänzlich unerwartet«, erklärte Holmes. »Keine Sorge, es wird Ihnen bald wieder besser gehen. Sie sind zäher, als Sie denken.«

»Wie lange war ich bewusstlos?«, wollte Jonathan wissen.

»Nicht lange«, versicherte der Magier ihm leise. »Wilkins hat sich erst vor ein paar Minuten wieder beruhigt. Und die anderen haben Drummonds Tod eben erst richtig bemerkt. Natürlich musste ich mir ein paar kritische Fragen gefallen lassen. Aber Doktor Westinghouse hat allen versichert, dass Drummond den Verletzungen, die Hyde-White ihm zugefügt hat, erlegen ist und nicht irgendeiner magischen Herumpfuscherei meinerseits.«

Im großen Ganzen stimmte das sogar. Hätte das Ungeheuer Hyde-White Drummond nicht so übel zugerichtet, hätte dieser Holmes niemals gebeten, sein Leben durch den Bewusstseinsraub zu beenden. Trotzdem würde es noch eine ganze Weile dauern, bis Jonathan sich an diesen neuen Zustand als Mann, dessen Verstand die Erfahrungen von *zwei* Männern beherbergte, gewöhnt hatte. Er räusperte sich erneut und versuchte, den ekelhaft säuerlichen Geschmack aus seinem Mund zu verbannen. Dabei war der Geruch, der vom Boden zu seiner Rechten aufstieg, nicht unbedingt hilfreich. »Können wir vielleicht an anderer Stelle diese Unterhaltung fortsetzen?«, fragte er.

»Vortrefflicher Gedanke«, stimmte ihm Holmes zu. »Miss McKellen, würden Sie mir kurz helfen.«

»Natürlich«, meldete sich Kendra zu Wort, und als sie sich bewegte, merkte Jonathan erst, dass sie keinen Meter neben ihm im Dunkeln ausgeharrt hatte.

Die beiden hatten Jonathan gerade aufgeholfen und stützten ihn, während er wackeligen Schrittes durch die Finsternis ging, als urplötzlich eine graublau schimmernde Gestalt durch die

Wand hindurch den Raum betrat und die anwesenden Magier in fahles Licht tauchte.

»Watson?«, entfuhr es Holmes verblüfft, und er ließ Jonathan einfach los, der daraufhin schwer in Kendras Arm sackte. Die junge Frau gab ein Stöhnen von sich. »Entschuldigen Sie«, murmelte er und versuchte, sein Gewicht auf die eigenen Füße zu verlagern.

»Watson, was machst du denn hier?«, fragte Holmes derweil und lief auf die Geisterkatze zu, die mit hoch aufgerichtetem Schwanz und aufmerksam aufgestellten Ohren in den Raum spaziert kam und sich interessiert umschaute.

Ich bin hier, um euch zu befreien, erklärte Watson, als sei das die natürlichste Sache der Welt und keiner großen Rede wert.

»Du … bist …« Einen Moment lang starrte Holmes die Geisterkatze ungläubig an, doch schon im nächsten breitete sich ein Lächeln auf seinem Gesicht aus. »Oh, Watson, meine Teuerste, ich wusste, dass ich mich auf dich verlassen kann! Ich könnte dich drücken und küssen!« Er beugte sich zu der Katze hinunter, streckte die Arme aus und schien seine Worte wahr machen zu wollen, doch das Tier wich ihm tänzelnd aus und warf ihm einen vorwurfsvollen Blick zu, als verbitte es sich, in aller Öffentlichkeit geherzt zu werden.

»Ja, natürlich, der Übermut, Verzeihung«, sagte Holmes.

Mittlerweile hatten auch die Übrigen, die, wie Jonathan nun sah, um den Leichnam von Drummond versammelt gewesen waren, von ihrer ungewöhnlichen Besucherin Notiz genommen und traten neugierig näher.

»Wer ist das denn?«, erkundigte Spellman sich verzückt. »So ein süßes Ding!«

Watson maunzte indigniert, aber das schien die rundliche Magierin nur noch mehr zu erfreuen.

»Das ist Watson, meine Katze«, stellte Holmes das Geistertier vor. »Sie ist gekommen, um uns zu befreien.«

»Wie will sie das denn anstellen?«, fragte Ashbrook, und seine geschlitzten Reptilienaugen musterten Holmes' Vertraute skeptisch. »Keinem von uns ist es gelungen, die magischen Riegel an der Tür zu überwinden.«

»Nun, wir saßen auch auf dieser Seite der Tür fest«, erwiderte Holmes. »Aber Türen sind für Watson kein Hindernis, nicht wahr, meine Hübsche?«

»Sie mag ja durch Wände gehen können, schön und gut, aber kann sie auch Sperrfäden lösen?«, hakte Wilkins nach.

Sperrfäden …, vernahm Jonathan Watsons verächtliche Stimme in seinem Geist – aber da es angesichts der bemerkenswerten Zurschaustellung telepathischen Talents zu keinem kollektiven Aufschrei kam, nahm er an, dass Holmes und er die Einzigen waren, denen sich das Tier mitteilte. *Ich bin eine Katze … Dieser Knabe soll mir nichts über den Umgang mit ein bisschen magischem Garn erzählen.*

»Ja, sie kann es«, sagte Holmes und klatschte tatendurstig in die Hände. »Ladies and Gentlemen, unser Aufenthalt in diesem menschenunwürdigen Loch nähert sich einem raschen Ende. Packen Sie Ihre Sachen und kommen Sie. Wir verschwinden hier.« Er wandte sich der Geisterkatze zu. »Wärst du so nett, Watson?«

Statt einer Antwort, drehte sich das Tier einfach um und verschwand mit einem Satz in der verriegelten Tür. Kurz blitzte mal eine Pfote am Türrahmen auf, dann erschien ein Schwanz aus dem Holz, und keine fünf Minuten später schwang die Tür plötzlich zur Seite auf. Watson saß schimmernd in dem dunklen Gang und putzte sich arglos die rechte Pfote.

»Das glaubt man nicht …«, murmelte Wilkins und erntete dafür von Holmes ein zufriedenes Grinsen.

Ashbrook drängte sich als Erster durch die Tür, die Hände kampfbereit gehoben. Peabody und Richardson folgten ihm auf dem Fuß. Die letzten Stunden hatten den beiden Anwälten jeden Gedanken an Verhandlungen mit den Anhängern des Neuen Morgens ausgetrieben.

»Können Sie alleine laufen?«, fragte Kendra Jonathan.

Dieser nickte. »Ja, ich glaube schon. Danke für Ihre Hilfe.«

»Kommen Sie!«, drängte Holmes. »Wir dürfen keine Zeit verlieren. Wir müssen auch noch die anderen Gefangenen befreien.«

»Ich kümmere mich darum«, sagte Cutler und verschwand nach draußen, gefolgt von Blackwood, die Miss Morland am Arm führte.

»Was machen wir mit Drummonds Leichnam?«, wollte Westinghouse wissen. »Wir können ihn doch nicht hierlassen. Wer weiß, was sie mit ihm anstellen werden.«

»Es tut mir gewiss in der Seele weh, aber wir können ihn nicht mitschleppen. Unglücklicherweise ist er ein mehr als zweihundert Pfund schwerer Schotte«, entgegnete Holmes.

»Er hätte es verstanden«, sagte Wilkins. »Nur eines ...« Drummonds Adjutant griff in den Hemdkragen des toten Leiters der Magieabwehr und löste ein Amulett von dessen Hals. »Das hatte er von seiner Familie«, sagte er, als er es einsteckte. »Dies zumindest sollen Wellington und seine Schergen nicht bekommen.«

Zusammen verließen sie die Zelle. Während Holmes zu Cutler hinübereilte, um ihm beim Öffnen der anderen Türen zu helfen, huschte Jonathans Blick zum Gangende. Dort standen der Reptilienmagier und die zwei Anwälte vor vier bewusstlos oder tot am Boden liegenden Fischwesen, und sie waren nicht allein. Eine massige, Jonathan nicht unbekannte Gestalt leistete ihnen Gesellschaft. »Grigori!«, rief er aus und lief zu dem russischen Kutscher hinüber. »Ist Randolph auch hier?«

Der Hüne schüttelte den Kopf. »Er lenkt ab.«

Jonathan machte ein fragendes Gesicht. »Was für eine Ablenkung?«

In diesem Augenblick erschütterte ein dumpfer Donnerschlag die Untere Guildhall.

KAPITEL 19:

KAMPF UM DIE GUILDHALL

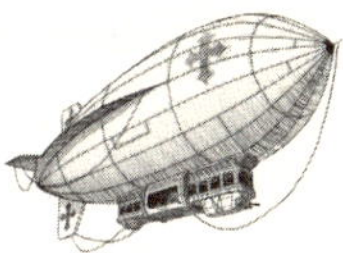

»VORMARSCH DER TÜRKEN GESTOPPT. Türkische Übermacht trifft auf griechische Tapferkeit. – Vorige Nacht kam es nahe Larissa zur ersten richtigen Schlacht des Krieges. Die türkischen Truppen unter Edhem Pascha wurden dabei von der griechischen Armee unter Kronprinz Konstantin daran gehindert, Larissa zu erobern. Edhem Pascha hat Konstantinopel um 40000 Mann Verstärkung ersucht. Die Griechen rekrutieren jeden verfügbaren Mann und sammeln sich um Larissa, um die in die Ebene von Thessalien führenden Straßen zu halten.«

– London Times, 22. April 1897

22. April 1897, 17:50 Uhr GMT
England, London, geheime Hallen des Ordens des Silbernen Kreises

Am unteren Ende der Treppe, die vom Keller der *London Historical and Cultural Society* zu den Räumen der Unteren Guildhall führte, presste sich Randolph dicht an die Wand. Als die Detonation Staub und Steinbrocken an ihm vorbeifegte, zuckte er unwillkürlich zusammen. Er zog an seiner Schiebermütze und räusperte sich verlegen. Vielleicht hätte er doch nur zwei statt vier Dynamitstangen zusammenbinden sollen, bevor er sie in den Eingangsbereich des Ordenshauptquartiers geworfen hatte. Aber schließlich hatte er keine große Erfahrung mit Sprengstoff. Und auch wenn er nicht beabsichtigte, die Decke einstürzen zu lassen, wollte er sich doch die ungeteilte Aufmerksamkeit aller anwesenden Magier sichern.

Er bückte sich, nahm das nächste Bündel hoch, zündete sie mit einem Schwefelholz an und schleuderte sie dann die andere Richtung den Korridor hinab. Erneut gab es einen ohrenbetäubenden Schlag, und die Erschütterung ließ Steinstaub von der Decke rieseln. Mittlerweile dürfte auch der letzte von Wellingtons Anhängern mitbekommen haben, dass irgendetwas ganz und gar nicht stimmte.

Dann wollen wir die Verwirrung noch mal ein wenig steigern, dachte Randolph grimmig, steckte vier weitere Dynamitbündel ein und huschte die Treppe hinunter. Aufgeregte Schreie hallten durch die Gänge der Guildhall, und Schritte näherten sich Randolph aus mindestens zwei Richtungen. Dunholms ehemaliger Vertrauter wechselte in die Wahrsicht über, nahm Maß und schleuderte dann jeweils zwei Dynamitbündel sowohl nach links in Richtung der Bibliothek als auch geradeaus den Gang hinab. Von einem Fadenbündel vorangetrieben und an einem Zielfaden befestigt, der mit der fernen Korridorwand verbunden war, wirbelten die Sprengladungen davon. Als sie das Gangende erreichten, explodierten sie und riefen entsetztes Aufbrüllen hervor.

Aus der nahen Tür zum Archiv tauchte ein Magier auf. Es war der junge Earl of Greyford, ein in Randolphs Augen eingebildeter Schnösel, der allerdings in Ordenskreisen nicht nur für seine Fechtkünste, sondern auch seine eindrucksvolle Schnelligkeit bekannt war. Die stellte er in diesem Augenblick unter Beweis, als er umgehend die Situation erfasste, die Hand hob und Randolph mit einem perfekt gezielten, peitschenartig vorschnellenden Faden das nächste Schwefelholz, das dieser schon angerissen hatte, aus den Fingern schlug.

Randolph verschwendete keine Sekunde, sondern warf dem Neuankömmling das nicht entzündete Dynamitbündel ins Gesicht. Dieser wurde davon so abgelenkt, dass es dem Kutscher gelang, mit zwei hämmernden Fadenbündeln nachzusetzen. Greyford parierte das eine mit zwei Fingern, das andere traf ihn mitten in den Bauch und ließ ihn japsend einknicken. Bevor er sich davon erholen konnte, sprang Randolph ihm entgegen, holte mit der Rechten aus und verpasste ihm einen kraftvollen Faustschlag gegen das lange, glatt rasierte Kinn. Sein Gegner fiel lautlos um. *Schnell, ja, aber nicht hart im Nehmen*, dachte Randolph grimmig.

Er richtete sein Augenmerk wieder auf den Korridor und stellte fest, dass er ein Problem hatte. Greyford hatte ihn gerade lange genug aufgehalten, um es seinen Gegnern zu erlauben, um die Ecke zu biegen. Drei Magier – Lawrence, Atkinson und ein Randolph Unbekannter – stürmten ihm entgegen. Sie wurden von vier bizarren Wesen, halb Mensch, halb Fisch, begleitet, die Wellington irgendwo auf der Insel der Wahren Quelle der Magie gefunden haben musste. Die Magier hoben die Hände, um anzugreifen, und der Kutscher erkannte, dass die Zeit zum Rückzug gekommen war. Randolph zog seinen Revolver aus der Manteltasche und feuerte drei ungezielte Schüsse in Richtung der Angreifer ab. Es ging ihm gar nicht darum, sie zu treffen. Er wollte sie nur dazu zwingen, in Deckung zu springen und ihren leichtsinnigen Ansturm noch einmal zu überdenken. *Und dann habe ich noch ein Abschiedsgeschenk für euch.*

Mit weiten Sätzen hetzte er den Aufgang zurück, wobei er bemerkte, dass aus dem anderen Gang sich vier weitere Gegner näherten. Deutlich zu viele also, um sich ihnen zu stellen. Stattdessen rannte Randolph die Eingangstreppe empor, zurück zu der Stelle, an der er sich vorher verborgen hatte. An einer der Stufen lehnten vier Stangen Dynamit, die mit feinen, glitzernden Fäden an der Treppe verankert waren. Von jeder ging ein einzelnes, fest verdrilltes Fadenbündel aus, das sichtbar überspannt in Richtung der Korridore verschwand, nur um dort an vier getarnten Kästchen, in denen jeweils vier weitere Dynamitstangen versteckt lagen, zu enden. Er hatte diese Sprengfallen zuvor genau für einen Moment wie diesen aufgebaut – um für einen letzten Donnerschlag zu sorgen, während er sich selbst über die Treppe absetzte.

Randolph zündete die vier Stangen an und kappte die Ankerfäden. Sofort wurden die Dynamitstangen von den überdehnten Fadenbündeln wie an einem elastischen Seil nach vorne gerissen und verschwanden die Treppe hinab.

Im gleichen Augenblick vernahm der Kutscher unvermittelt ein Poltern und Rumoren in seinem Rücken. »Es ist mir egal, ob tot oder lebendig – aber ich will sie haben!«, dröhnte eine metallische Stimme. Stampfende Schritte näherten sich.

Oh, schlecht … ganz schlecht, durchfuhr es Randolph. Er hatte diese Art von Schritten schon einmal gehört, am Abend zuvor, als Wellington und seine Schergen die Guildhall gestürmt hatten. Allerdings war es ihm nicht gelungen, einen Blick auf das Geschöpf zu werfen, das diese Geräusche verursachte. Und wenn er ehrlich war, wollte er es eigentlich auch nicht kennenlernen. Die Stimme erinnerte ihn vage an Hyde-White, Wellingtons Schüler. Aber es lag so wenig Menschlichkeit in ihr, dass von dem düsteren jungen Mann nicht mehr viel übrig sein konnte. Randolph fragte sich, ob die Wahre Quelle der Magie Schuld daran trug.

Hastig blickte er die Treppe hinunter, an deren Fuß sich seine Verfolger versammelten. Selbst wenn es ihm gelänge, sie zu überraschen und ihre Linien zu durchbrechen, konnte er diesen Weg nicht nehmen. Jede Sekunde würde dort unten alles in die Luft fliegen. Aber seine Fluchtmöglichkeiten in die andere Richtung sahen nicht besser aus. Es sei denn … Er blickte zur Decke über sich, dann auf seine verbliebenen Dynamitvorräte, und ein waghalsiger Plan begann in seinem Inneren Gestalt anzunehmen.

»Lordmagier Wellington, wir werden angegriffen!«

Victor Wellington wandte sich ungehalten von seinem Bücherregal ab und dem Leiter für äußere Angelegenheiten zu, der, ohne anzuklopfen, in sein Arbeitszimmer gestürmt war. Den Korridor hinab waren laute Explosionen, Fußgetrappel und Schreie zu hören. »Das habe ich gemerkt«, sagte er scharf. »Sind es Mister Brown und seine Gefährten?«

»So scheint es. Sie dringen über den Osteingang vor.«

Wellingtons Lippen wurden schmal. »Und Hyde-White jagt irgendwo in den Londoner Docklands einem Phantom nach. Wahrhaft prachtvoll …«

Eine weitere Explosion erschütterte die Untere Guildhall. Carlyle zuckte instinktiv zusammen. »Es ist empörend. Mit diesem Angriff tritt er den Kodex des Silbernen Kreises und überhaupt aller Magieanwender mit Füßen.«

»Ja, sicherlich«, pflichtete Wellington ihm etwas abwesend bei. In Gedanken stellte er bereits eine Liste der Dinge zusammen, die sie unbedingt mitnehmen mussten, bevor sie die Guildhall verließen. »Aber ich fürchte, das kümmert ihn kein bisschen. Schicken Sie all ihre Leute zum Osteingang, und machen Sie diese elenden Störenfriede unschädlich.«

»Sehr wohl, Lordmagier«, sagte Carlyle und wollte sich abwenden.

Wellington aber hob eine Hand. »Nein, warten sie.« Er kniff die Augen zusammen und runzelte die Stirn. Irgendetwas stimmte hier nicht. Brown mochte ein Dummkopf sein, aber er war sicher nicht so dumm zu glauben, mit einem derart offenen Angriff bis zu den Kellern vordringen zu können, die schließlich auf der gegenüberliegenden Seite des Ordenshauptquartiers lagen. Er mochte sich Sprengstoff beschafft haben und zu allem entschlossen sein, doch er und Sedgewick und vielleicht dieser McKellen waren nur drei Männer, viel zu wenig für einen Sturm auf die Untere Guildhall.

Der Erste Lordmagier versenkte sich in die Wahrsicht und

richtete sein Augenmerk auf den Kellerbereich, in dem die gefangenen Ordensmitglieder einsaßen. Spürfäden, so fein, dass sie Möbel und Wände zu durchdringen vermochten, erweiterten seine Sinne und ließen ihn *sehen*, was dort unten geschah. Seine Miene verfinsterte sich. »Neuer Befehl, Mister Carlyle. Begeben Sie sich mit Ihren Leuten und unseren Verbündeten zum Gefängnistrakt. Der Angriff ist nur eine Ablenkung. Unsere Ordensbrüder und -schwestern versuchen erneut zu fliehen.«

Die Augen des Leiters für äußere Angelegenheiten weiteten sich kurz, dann setzte er eine entschlossene Miene auf. »Das soll ihnen nicht gelingen. Ich bin schon unterwegs.«

»Rasch. Hierher!« Vom Gangende aus winkten Jonathan und Kendra den Anhängern Albert Dunholms zu, die ein wenig verwirrt, aber vor allem erleichtert aus den angrenzenden Kellerräumen strömten, deren Türen Holmes, Cutler und Wilkins gerade in gemeinschaftlicher Arbeit aufbrachen. Zwei der drei weiteren Gefängnisse standen bereits offen. An der letzten Tür waren die drei Männer unter Watsons Mithilfe gerade zugange.

Immer wieder warf Jonathan einen Blick über die Schulter, zu Grigori und Ashbrook, die zehn Schritt entfernt, dort, wo der Quergang in den Hauptkorridor des Kellertrakts mündete, damit beschäftigt waren, irgendetwas einzurichten, das es möglichen Verfolgern erschweren sollte, ihre Flucht zu vereiteln, die sie in die andere Richtung, zur alten Ritualkammer, führen würde. Noch war bis auf die fernen, unregelmäßig auftretenden Explosionen alles ruhig. Jonathan wertete das als gutes Zeichen. Offenbar war Randolph nicht nur nach wie vor frei und am Leben, er hielt Wellingtons Männer auch kräftig in Atem.

Doch anscheinend nicht alle Männer, denn kaum hatte er den Gedanken zu Ende gedacht, da meldete sich plötzlich die neben ihnen stehende Miss Morland zu Wort: »Sie kommen, um uns aufzuhalten.« Die Magierin starrte mit aufgerissenen Augen den

Gang hinab, und ihre Hand verkrampfte sich um den Arm der sie begleitenden Misses Blackwood.

»Wo? Wie viele sind es?«, fragte Jonathan alarmiert und folgte Morlands Blicken. Noch war nichts zu sehen, aber er wusste, dass sich das binnen Sekunden ändern würde, wenn die Magierin mit ihrer seltsamen Gabe, in die unmittelbare Zukunft zu blicken, so unruhig wurde.

Statt ihm zu antworten, fing Morland an zu schreien, und ihr Gesicht verzerrte sich. »Nein! Nicht!«

»Halten Sie ihr den Mund zu!«, fuhr Kendra Blackwood an. »Sie wird uns noch alle verraten.«

»Wenn Marjorie unsere Häscher schon sieht, haben sie uns bereits gefunden«, gab die schwarzhaarige Magierin barsch zurück. Sie wandte sich ab. »Mister Holmes. Wir müssen hier weg. Sofort!«

»Oh, oh!«, rief Grigori keinen Moment später. »Ärger.«

Vom Korridor her wurden Stimmen laut, und das Getrappel von Schuhsohlen vermischte sich mit dem platschenden Geräusch schwimmhautbewehrter Füße.

»Verdammt, es ist Carlyle! Und er wird von einem halben Fischschwarm begleitet«, zischte Ashbrook. »Mister Kentham, sagen Sie Holmes und den anderen, sie sollen hier verschwinden. Wir beenden das hier.« Er zog irgendeinen Gegenstand aus einer kleinen Kiste, die neben Grigori stand, und schleuderte ihn in den Hauptkorridor. Im nächsten Augenblick gab es eine donnernde Explosion, die von den Steinwänden der Kellergänge widerhallte und Staub von der Decke rieseln ließ. Gurgelnde Schreie drangen zu ihnen herüber.

»Holmes!«, rief Jonathan.

»Ich habe es gehört. Wir sind gleich so weit.«

»Wir haben keine Zeit mehr!«

Der Magier wandte sich an Dunholms ehemaligen Sekretär. »Cutler. Sie sagten, Sie kennen den Zugang zur Kanalisation auch?«

»Ja«, bestätigte dieser.

»Dann kümmern Sie sich um die Leute. Watson, Wilkins und ich kommen gleich nach.«

Cutler nickte und lief los. Die freigelassenen Magier schlossen sich ihm an. Er eilte an Jonathan und den Frauen vorbei. »Folgen Sie mir.«

»Ich warte auf Holmes«, sagte Jonathan.

»Dann warte ich auch«, fügte Kendra hinzu.

Der Sekretär verzog das Gesicht, schien aber zu dem Schluss zu gelangen, dass ihnen keine Zeit blieb, diese Frage auszudiskutieren. »Warten Sie nicht zu lange«, sagte er nur und verschwand in die dem Hauptkorridor entgegengesetzte Richtung.

»Wohin führen Sie uns?«, wollte ein indischstämmiger Magier wissen. »Dort gibt es keinen weiteren Ausgang.«

»Doch, es gibt einen Geheimgang – auch wenn er nach dem heutigen Tag wohl kaum mehr geheim sein wird. Der Erste Lordmagier zeigte ihn mir mal«, erwiderte Cutler über die Schulter, während er weitereilte. Etwa drei Dutzend Ordensmitglieder des Silbernen Kreises drängten ihm hinterher. Die Angst trieb sie voran, aber die Gänge waren viel zu schmal für eine rasche Flucht.

Herr im Himmel, was für eine Falle Grigori auch immer bauen mag, bitte, lass sie funktionieren, ansonsten kommen wir hier nie raus, betete Jonathan innerlich.

In seinem Rücken ertönte ein gequälter Aufschrei. Er wirbelte herum und sah Ashbrook, der gegen die Wand getaumelt war. Ein langer Speer ragte aus seiner Brust, zweifellos geschleudert von einem der heranstürmenden Fischwesen. Der Reptilienmagier stieß einen gezischten Fluch aus, dann sackte er zu Boden und blieb reglos liegen.

Grigori knurrte etwas auf Russisch und zündete einen kleinen Gegenstand in seiner Hand an. Er ließ ihn fallen, packte den schlaffen Leib von Ashbrook, klemmte ihn sich unter den Arm und hetzte los. »Weg!«, rief er hektisch. »Weg!«

»Holmes!«, schrie Jonathan. »Hier fliegt gleich alles in die Luft!« Er sah, dass der Magier und Wilkins sich eine Sekunde lang anschauten. Dann ließen sie von der letzten Tür ab, die sie noch immer nicht ganz entriegelt hatten, und rannten los.

Jonathan wartete nicht, bis die anderen sie erreicht hatten, sondern nahm Kendra an der Hand und stürmte Cutler und den anderen Magiern nach. Sie erreichten das Ende des Ganges und schlüpften an einer schweren Holztür vorbei in einen Raum, der die alte Ritualkammer sein musste und der aus unerfindlichen Gründen von mehreren Öllampen erhellt wurde. Die Kammer war quadratisch und besaß eine breite, an der Wand entlanglaufende Galerie. Über einige Stufen erreichte man den Boden, in dessen Mitte mehrere sich überschneidende und einschließende Kreise und komplizierte magische Symbole in den Stein eingegraben worden waren. Am hinteren Ende des Raums hatte jemand, vermutlich Cutler, eine kreisrunde, in den Boden eingelassene Steinplatte entfernt. Ein etwa zwei Schritt breites Loch befand sich darunter, in dem Magier für Magier verschwand. Gegenwärtig standen allerdings noch fast zwei Dutzend Männer und Frauen in dem Raum, darunter Doktor Westinghouse und die Anwälte Peabody und Richardson.

Das alles nahm Jonathan binnen eines Herzschlags wahr. Doch bevor er zu irgendeiner weiteren Handlung fähig war, gab es hinter Kendra und ihm eine furchtbare Explosion. Grigori, der mit Ashbrook einige Schritte hinter ihnen war, brüllte auf. Jonathan fühlte sich von der Druckwelle gepackt und gewaltsam nach vorne und über den Rand der von keinem Geländer gesicherten Galerie geschleudert. Er schrie und fürchtete schon, hart auf den unter ihm liegenden Steinboden aufzuschlagen, doch im nächsten Moment wurde er von mehreren unsichtbaren Händen ergriffen, die seinen Sturz verlangsamten und ihn sanft hinabsinken ließen. Kendra neben ihm erging es genauso.

Sofort rollte Jonathan sich herum und starrte auf den Ausgang des Raums. Die schwere Holztür war von der Druckwelle hinter Jonathan und Kendra zugeschlagen worden. »Was war das denn?«, entfuhr es ihm.

»Offenbar hat Grigori sich gründlich verschätzt«, knurrte Doktor Westinghouse, der sich unweit von Jonathan geduckt hatte, um den Auswirkungen der Explosion zu entgehen, und der gerade die Arme senkte, um die Fadenbündel zu lösen, mit denen er und einige andere der Anwesenden Jonathan und Kendra aufgefangen hatten.

Ein Junge von vielleicht sechzehn Jahren stürzte unterdessen in Richtung Tür und drückte die Klinke herunter. Ächzend versuchte er sie aufzuschieben, doch ohne Erfolg.

»Was ist los, Mister Porter?«

»Sie klemmt«, erwiderte der Junge. »Irgendetwas liegt im Gang dahinter …«

Jonathan spürte, wie ihn ein ganz mieses Gefühl überkam. »Der Gang ist eingestürzt«, murmelte er. »Grigori hat es übertrieben und den ganzen Gang gesprengt.« Er rappelte sich auf und eilte seinerseits zur Galerie hinüber. »Mister Peabody, Mister Richardson oder sonst irgendwer … Helfen Sie mir!«

»Was haben Sie vor?«, fragte Westinghouse.

»Wir müssen diese Tür öffnen. Wir müssen nach Holmes und Grigori schauen.« Jonathan stellte sich neben Porter und drückte mit seiner Schulter gegen die Tür. Sie rührte sich keinen Fingerbreit.

»Nein, warten Sie«, bat Richardson ihn. »Das ist viel zu gefährlich. Carlyle und diese Fischwesen sind doch auch noch dort draußen. Wenn außerdem wirklich der ganze Gang eingestürzt ist, wie Sie vermuten, ist den anderen ohnehin nicht mehr zu helfen.«

»Aber wir wissen gar nicht genau, wie es dort aussieht!«, rief Jonathan aufgebracht. »Vielleicht leben Holmes und Grigori noch und sind nur verletzt. Wir müssen nachschauen. Wir können Sie doch nicht zurücklassen.«

Westinghouse trat an die Galerie und blickte ihn von unten

traurig an. »Das müssen wir aber, mein Sohn. Jeden Moment kann Wellington hier unten auftauchen, um nachzuschauen, was vor sich geht. Und dann waren alle Mühen umsonst. Er wird uns einfach wieder einsperren, und weder Sie noch ich noch sonst irgendjemand in diesem Raum ist imstande, ihm die Stirn zu bieten. Wir müssen uns zurückziehen. Nur auf diese Weise bekommen wir die Gelegenheit, den Kampf fortzuführen.«

»Den wir ohne Holmes gar nicht hätten beginnen können!«

Beruhigen Sie sich, Jonathan, vernahm er auf einmal die samtweiche Stimme Watsons in seinem Kopf. Überrascht blickte er sich um und sah, wie die Geisterkatze neben der Tür aufgetaucht war. Sie hob den Kopf, und ihre gelbgrünen Augen schauten ihn unverwandt an. *Der Gang ist eingestürzt, und die Trümmer haben die Tür verschüttet. Dort kommen Sie nicht hinaus. Der Reptilienmann ist tot, aber die anderen leben alle noch. Sie sind auf der Flucht. Daher fliehen auch Sie jetzt, bevor es zu spät ist. Ich soll Ihnen von Grigori ausrichten, dass Sie die Magier zum* Old Man's *führen sollen. Sedgewick und McKellen sind auch dort. Ich soll sie vorwarnen: Sedgewick ist tot. Und McKellen schläft noch.* Watson neigte fragend den Kopf. *Finden Sie den Weg?*

Jonathan schluckte und nickte. »Ja … äh … ja, ich denke schon.« Er merkte gar nicht, dass er laut sprach und dadurch Watsons Gabe zur Telepathie verriet.

Doch auch die Katze schien andere Sorgen zu haben, denn sie beschwerte sich nicht, sondern sagte: *Gut. Holmes hat auch eine Nachricht für Sie: Seien Sie vorsichtig. Nehmen Sie Umwege. Teilen Sie die Gruppe. Wenn Sie Hilfe brauchen, wenden Sie sich an Cutler oder Doktor Westinghouse. Sie sind zuverlässige und treue Freunde Dunholms gewesen. Und nun entschuldigen Sie mich. Holmes braucht mich.* Die Geisterkatze ließ ihren Blick ein letztes Mal über die Anwesenden schweifen, wandte sich dann um und verschwand genauso rasch und lautlos durch die Wand, wie sie gekommen war.

»Also schön, gehen wir«, sagte Jonathan und sprang von der Galerie hinunter.

Porter folgte ihm. »Sagen Sie, kann diese Katze *sprechen*?«, fragte er irritiert und deutete mit dem Daumen auf die Stelle, an der Watson widerstandslos im Stein versunken war.

»Ja«, bestätigte Jonathan. »Fragen Sie nicht: Ich weiß auch nicht, weshalb. Vielleicht verrät Holmes es Ihnen, wenn wir ihn treffen.«

»Holmes lebt?«, hakte Westinghouse nach, und auch einige der anderen Anwesenden schauten nun interessiert zu ihm herüber.

»So scheint es. Er ist mit Grigori und Wilkins auf der Flucht vor Wellingtons Schergen. Sie ließen mir ausrichten, wo wir uns treffen. Erlauben Sie mir vorzugehen.« Gefolgt von Kendra, schob er sich an den wartenden Magiern vorbei und ließ sich in das Loch hinab, das dem Geruch nach zu urteilen in die Kanalisation führte. Er rümpfte kurz die Nase, stieg aber dennoch an den rostigen Metallsprossen abwärts, bis er einen düsteren, gemauerten Tunnel erreichte, in dessen Mitte brackiges Abwasser in Richtung Themse floss, während sich links und rechts davon schmale Vorsprünge entlang den Wänden erstreckten, auf denen man sich im Gänsemarsch bewegen konnte.

Ein gutes Dutzend Ordensmitglieder hastete den Tunnel in nördlicher Richtung davon, und die Schatten ihrer Körper tanzten im schwachen Licht der zwei mitgenommenen Öllampen an den gewölbten Tunnelwänden. Schabende Schritte und leises Gemurmel hallten durch den Kanal.

»Warten Sie hier, Kendra«, gebot Jonathan seiner Begleiterin. »Ich muss Cutler abfangen. Er läuft in die falsche Richtung.«

»Gut, ich sorge dafür, dass die übrigen Herunterkommenden nicht den gleichen Fehler machen«, sagte die junge Frau, bevor sie mit einem Satz über den Abwasserkanal sprang, um den Nachfolgenden auf dem Vorsprung Platz zu machen.

Jonathan tat es ihr gleich. »Mister Cutler!«, rief er leise, während er loslief, um den ehemaligen Sekretär Dunholms einzuholen. »Warten Sie, Mister Cutler!«

Vor ihm kam die Gruppe flüchtender Magier ins Stocken, als

sein Ruf gehört wurde. »Was gibt es, Mister Kentham?«, fragte Cutler.

»Wohin führen Sie die Leute eigentlich?«, wollte Jonathan wissen.

Der grauhaarige Magier zuckte mit den Schultern. »Nun, genau genommen weiß ich das selbst noch nicht. Ich wollte sie zunächst zu einer Kammer etwa fünfzig Schritt vor uns bringen, an der sich zwei Kanäle treffen, und dann auf Holmes warten und ihm die Führung überlassen.«

»Holmes wird nicht kommen«, unterrichtete Jonathan ihn. »Er wurde durch die Explosion, die Grigori ausgelöst hat, um unsere Flucht zu decken, von uns abgeschnitten. Sie nehmen einen anderen Weg nach draußen, sagte Watson. Holmes lässt ausrichten, dass wir uns beim *Old Man's* treffen.«

»Oh …« Cutler hob die Augenbrauen. »Nun, dann nehme ich an, laufen wir in die falsche Richtung.«

»Sehr richtig«, pflichtete ihm Jonathan bei. Seltsamerweise kamen ihm die düsteren Abwasserkanäle erstaunlich vertraut vor. Er wusste sogar, welchen Weg sie einschlagen mussten, um durch die Kanalisation den Fleet zu erreichen, einen Fluss, der im Hampstead Heath, einem großen Park im Norden von London, entsprang und dann – seit Jahrzehnten vollständig überbaut und daher praktisch vergessen – unter der Metropole hindurch bis zur Themse strömte, wo er unterhalb der Blackfriars Bridge zum Vorschein kam. Zweifellos handelte es sich um eine weitere Erinnerung von Drummond.

Jonathan berührte den älteren Magier an der Schulter. »Kommen Sie. Ich kenne einen guten Weg.«

Todesmutig rannte Randolph die Treppe hinauf, den stampfenden Schritten des Hyde-White-Ungeheuers entgegen. In seiner Linken hielt er ein dickes Dynamitbündel, das ihm entweder die Freiheit bringen oder ihn – wenn er Pech hatte – in den Untergang reißen würde. Um seinen wahnwitzigen Plan in die Realität umzusetzen und sich einen neuen Fluchtweg zu sprengen, musste er näher ans obere Ende der Treppe, dorthin, wo zwischen der Gangdecke und der quer darüber verlaufenden Basinghall Street kaum noch ein Schritt Stein und Erdreich lagen.

Vor ihm tauchten eine Öllampe und mehrere Gestalten auf. Eine von ihnen war so riesenhaft, dass sie beinahe den ganzen Gang ausfüllte, ein groteskes, silbern schimmerndes Ungeheuer, das auf Randolph so fremdartig wirkte, als sei es irgendeinem Kolportageroman über Automatenmenschen entsprungen. *Verflucht noch eins, ist das Hyde-White?*, durchfuhr es ihn.

»Da läuft Brown! Ergreift ihn!«, dröhnte der stählerne Hüne, und obwohl seine Stimme leicht verzerrt klang, gehörte sie unüberhörbar Wellingtons Adlatus.

Der Befehl galt seinen Begleitern, derer es mindestens vier oder gar mehr gab. Zu Randolphs Glück befanden sich nur zwei von ihnen vor Hyde-White, und die ihm Nachfolgenden wurden von dessen gewaltiger Masse daran gehindert einzugreifen.

Der Kutscher hob den Webley in seiner Rechten und feuerte drei Schüsse in Richtung seiner Gegner ab. Die Kugeln peitschten durch den Aufgang, und mindestens eine von ihnen traf, denn der erste der beiden Männer zuckte mitten im Lauf zusammen, prallte gegen seinen Kameraden und riss ihn mit sich zu Boden.

In Randolphs Rücken ertönten die Donnerschläge einer mehrfachen Explosion. Panische Schreie waren zu hören, die fast im selben Augenblick schon wieder verstummten. Die Druckwelle fauchte durch den Treppenaufgang und zerrte an Randolphs langem Mantel, doch sie war schon zu schwach, um ihn von den Beinen zu reißen.

Dunholms ehemaliger Vertrauter nutzte den Moment der zweifachen Konfusion, um seinen leer geschossenen Revolver von sich zu werfen und das mit zwei Sicherungsfäden bereits an seinen linken Handrücken gebundene Schwefelholz zu ergreifen. Blitzschnell riss er es an der gemauerten Tunnelwand an und entzündete die Lunte des Sprengstoffs.

Im gleichen Augenblick traf ihn der magische Angriff Hyde-Whites mitten in die Brust. Randolph fühlte sich wie von einer Motorkutsche angefahren. Die brennenden Dynamitstangen fallen lassend, wurde er nach hinten geschleudert, die Treppe hinunter. Mit einem dumpfen Schlag landete er auf den harten Stufen, überschlug sich und rollte ächzend und fluchend noch einige Schritte weiter abwärts. Die Schiebermütze wurde ihm vom Kopf gerissen, und die Schöße seines langen Kutschermantels wirbelten durch die Luft.

Doch obschon es zweifellos nicht in Hyde-Whites Absicht gelegen hatte, rettete dieser Randolph durch seinen ungestümen Angriff vermutlich das Leben. Denn einen Herzschlag später explodierte die Bündelladung des Kutschers, und diesmal kamen die in dem Aufgang Anwesenden nicht so glimpflich davon. Mit einem schier ohrenbetäubenden Knall zerfetzte das Dynamit den oberen Bereich der Treppe und schleuderte Staub, Mörtel, Erde und Steinbrocken durch die Luft. Dem Poltern und Donnern nach zu urteilen, stürzte gleich darauf in einem Teil des Ganges die Decke ein, genau wie Randolph es geplant hatte. Kalte, regengeschwängerte Luft aus der Londoner Oberwelt wehte herein, und am Himmel donnerte es, wie ein Echo der Explosion am Boden.

Allerdings war der Kutscher nicht mehr imstande, den auf diese Weise hinauf zur Basinghall Street geöffneten Fluchtweg zu nutzen. Er fühlte sich wie innerlich zerschmettert und war bei seinem Sturz so heftig mit der Stirn auf die Steinstufen geknallt, dass es ihn, wenn er nicht so einen verhornten Dickschädel gehabt hätte, womöglich das Leben gekostet, zumindest aber das Bewusstsein geraubt hätte.

Ächzend und kaum bei Besinnung kroch er stattdessen die letzten Treppenstufen hinab zurück in die Halle. Vor seinen Augen tanzten flimmernde Lichtpunkte, und aufgewirbelter Steinstaub reizte seine Lungen. Er war zu keinem klaren Gedanken fähig, nur der überwältigende Drang davonzukriechen hielt ihn in Bewegung. Seine Finger tasteten über speckigen Stoff – seine Mütze – und krallten sich instinktiv hinein, nahmen ihn mit sich.

Hinter ihm im Treppenaufgang war das Schaben und Rumpeln von Steinen zu hören, die beiseitegeschoben wurden. Irgendjemand hatte die mörderische Explosion überlebt, und Randolph konnte sich gut vorstellen, um wen es sich dabei handelte. *Hyde-White.* Der Name driftete wie ein herrenloses Schiff durch das trübe Gewässer seines Verstandes. *Er darf mich nicht erwischen …*

Mühsam zog sich Randolph an der Wand hoch. Ihm war übel, und seine Beine fühlten sich an wie aus Butter. Wie durch ein Wunder schien er sich nichts gebrochen zu haben. Mit einem dumpfen Stöhnen stieß er sich von der Wand ab und bewegte sich strauchelnd aus dem Treppenaufgang hinaus. *Muss weg hier … zum Westeingang … irgendwie …*

Der Eingangsbereich der Unteren Guildhall glich einem Schlachtfeld. Überall waren Trümmer verstreut, Mauerwerk, Tonscherben, Erde und abgerissene Farnwedel. Dazwischen lagen menschliche und nicht ganz menschliche Körper herum, teils von sich ausbreitenden Blutlachen umgeben, teils von Schutt halb bedeckt. Einige von ihnen bewegten sich noch schwach, die meisten nicht mehr. Beißender Qualm hing in der Luft, und der kupferne Geschmack von Blut lag auf Randolphs Zunge.

Der Kutscher setzte seine Mütze auf und führte danach prüfend die Hand zum Mund. Als er sie hob, waren rote Schmieren darauf. Er musste sich auf die Zunge gebissen oder die Lippe aufgeschlagen haben, genau vermochte er es nicht zu sagen. Sein ganzes Gesicht brannte wie Feuer.

Langsam wurde er wieder sicherer auf den Beinen. Um besser rennen zu können, entledigte er sich seines Schuhwerks. Die klobigen Lederschuhe eigneten sich vortrefflich, um seine Hufe zu verbergen, aber während einer Verfolgungsjagd, bei der er selbst der Gejagte war, waren sie mehr als hinderlich.

Ein wütendes Brüllen in seinem Rücken ermahnte ihn, keine weitere Zeit zu verlieren. Randolph verfiel in einen leicht humpelnden Trab und hastete den Korridor herunter in Richtung Bibliothek. So ganz ohne Sprengstoff und den Revolver fühlte er sich doch ein wenig nackt und wehrlos. Er hoffte, dass ihm nicht zu viele Ordensmitglieder begegneten.

Sollte mich vielleicht tarnen, fuhr es ihm durch den Kopf, aber er verwarf den Gedanken sogleich wieder. Manchen Magier mochte es leichtfallen, die eigene Fadenaura so zu verändern, dass Lichtstrahlen an ihr vorbeiglitten und sie für normale Augen unsichtbar wurden. Für ihn galt das nicht, und in seinem gegenwärtigen Zustand schon gar nicht. Außerdem schützte ein derartiger Unsichtbarkeitszauber auch nicht vor Verfolgern, die in der Wahrsicht nach ihm Ausschau hielten.

Daher hielt er nur kurz inne und umspannte seine Hufe mit einem Fadenkokon, der seine Schritte dämpfen würde. Anschließend setzte er seinen Weg fort, verstohlen von Versteck zu Versteck eilend, und hoffte, dass nicht jeder in der Guildhall nach ihm Ausschau hielt – andererseits musste keineswegs jedem bekannt sein, dass Randolph ein Feind des Neuen Morgens war.

Als er die Bibliothek passierte, bemerkte er, dass dort einige Ordensmitglieder damit beschäftigt waren, Bücher aus den Regalen zu ziehen und eilig zu Bündeln zu verschnüren. Ein Anflug von schlechtem Gewissen überkam ihn. Sein explosiver Angriff auf die Untere Guildhall hatte das geheime Hauptquartier des Ordens des Silbernen Kreises auffliegen lassen. Es würde nicht lange dauern, bis erste Polizeistreifen vor Ort eintrafen, früher oder später gefolgt von den Inspektoren Scotland Yards. *Der Alte Mann hätte das nicht gewollt*, dachte Randolph in einem Anflug verspäteter Reue, als ihm klar wurde, wie viele Schätze der Orden in dieser Nacht an die Sicherheitsbehörden der Krone verlieren würde. Aber der Alte Mann, da war sich Randolph ganz sicher, hätte auch nicht gewollt, dass sich die Mitglieder des Silbernen Kreises gegenseitig umbrachten. *Ich will es ja auch nicht, aber ich habe doch keine Wahl …*

»Dort ist Brown! Ergreift ihn!«

Randolph fuhr herum und erblickte Miss Hollingworth, eine Magierin, kaum dem Mädchenalter entwachsen, deren aschblondes Haar sorgsam aus der Stirn gestrichen war, um ihr drittes Auge nicht zu verdecken, das ihr eine Laune der Magie beschert hatte. Dieses magische Auge versetzte Hollingworth in die beneidenswerte Lage, praktisch ununterbrochen in der Wahrsicht zu verbleiben. Und wurde ihr das glitzernde, chaotische Fadenwerk zu anstrengend, schloss sie das Auge einfach und verließ sich auf ihre zwei gewöhnlichen Augen, die von bezaubernd blauvioletter Farbe waren. Im Augenblick allerdings stand es weit offen und starrte ihn direkt und unverhohlen anklagend an.

Zwei Männer begleiteten das Mädchen, Waliser, deren Namen solche Zungenbrecher waren, dass Randolph sie sich nie gemerkt hatte. Während der eine von ihnen die Arme vorstieß und Fadenbündel daraus hervorschnellen ließ, hob der andere ein Gewehr und legte auf den Kutscher an. *Verdammt, diese Mistkerle lernen rasch*, fluchte Randolph innerlich, als er auf dem Absatz kehrtmachte und mit weit ausgreifenden Sätzen in die Richtung zurückrannte, aus der er gekommen war, nur um in den nächsten Quergang zu hechten.

Ein Schuss peitschte an ihm vorbei, und die Kugel schlug keine Armlänge neben ihm pfeifend ein Stück Stein aus dem Mauerwerk. Randolph spannte seine magischen Muskeln an. Er packte eines der ausladenden Farngewächse, die in bauchigen Steinguttöpfen die Korridore der Unteren Guildhall zierten, und hievte es in die Höhe. Als seine Verfolger um die Ecke stürmten, warf er ihnen die schwere Pflanze entgegen.

Der Waliser mit dem Gewehr wurde direkt an der Brust getroffen und mitten im Lauf gewaltsam gestoppt, wodurch sein nachfolgender Landsmann gegen ihn prallte und beide Männer zu Boden gingen.

Randolph wartete nicht, bis sie sich erholt hatten, sondern rannte bereits weiter den Korridor hinunter, auf den Westeingang der Guildhall zu. Irgendwo vor ihm lagen die Gemächer der Mitglieder des Inneren Zirkels, und das war gar nicht gut, denn auch Wellingtons Arbeitszimmer befand sich dort. *Falscher Weg*, dachte der Kutscher. Der Letzte, dem er auf seiner Flucht begegnen wollte, war der neue Erste Lordmagier.

Er bog um eine Ecke, und vor ihm kam das Portal der Großen Ratskammer in Sicht, das Hyde-White am Abend zuvor aus den Angeln gerissen hatte. Dahinter konnte man das Rednerpult und die in einem Dreiviertelrund an den Wänden verlaufenden Sitzreihen der Magier sehen. Die verkohlte Leiche Lord Cheltenhams hatte irgendjemand fortgeschafft. Wenigstens so viel Anstand hatten die Jünger des Neuen Morgens noch.

Wenn ich die Halle durchquere und den Seitenausgang nehme, kann ich die Quartiere des Inneren Zirkels umgehen, erinnerte sich Randolph, und auch wenn er Gefahr lief, in der Ratskammer auf weitere Widersacher zu stoßen, beschloss er, das Risiko einzugehen.

Keuchend und mit hämmerndem Herzen rannte er auf das aufgebrochene Portal zu, doch bevor er es erreichen konnte, tauchten plötzlich drei Männer im Türrahmen auf. Ein Adrenalinstoß schoss durch den Körper des Kutschers, bevor er die Männer erkannte. Es handelte sich um Holmes, Grigori und Wilkins. Sie sahen kein bisschen besser aus als er selbst, aber zumindest waren sie am Leben. Im Hinterkopf fragte sich Randolph, was sie hier eigentlich machten. Sollten sie nicht mit den anderen Befreiten durch die Kanalisation auf der Flucht sein? Doch insgesamt war er natürlich sehr froh, dass sich durch das Auftauchen seiner Mitstreiter das Kräfteverhältnis endlich zu seinen Gunsten wandte.

»Holmes! Sie schickt der Himmel!«, rief er.

»Ganz im Gegenteil, fürchte ich«, gab der Magier zurück. »Uns jagt der Teufel.« Er deutete hinter sich, und Randolphs Kehle schnürte sich zu. Acht Ordensmitglieder und Fischmenschen verfolgten das Trio, an ihrer Spitze ein von Blut besudelter und Steinstaub bedeckter John Grayson Carlyle, der so wütend wirkte, wie der Kutscher ihn selten erlebt hatte.

In Randolphs Rücken bogen nun auch Hollingworth und die beiden Waliser in den Gang ein, und irgendwo in nicht allzu weiter Ferne waren die donnernden Schritte des Hyde-White-Ungetüms zu vernehmen, die sich unerbittlich näherten.

»Wir sind erledigt«, stellte Randolph nüchtern fest.

»So sieht es aus«, pflichtete Holmes ihm lakonisch bei. Sie versuchten gar nicht mehr zu kämpfen oder zu fliehen. Es hätte doch keinen Sinn gehabt. »Ist Nevermore irgendwo in der Nähe?«

»Draußen an der Basinghall Street.«

Der Magier schien kurz wortlos ins Leere zu blicken. »Viel Glück, meine Liebe …«, murmelte er.

Doch Holmes führte keine Selbstgespräche. *Ich komme euch holen, wenn wir die anderen gewarnt haben*, erklang die samtene Stimme Watsons in Erwiderung eines unhörbaren Befehls, den der Magier ihr gegeben hatte, in Randolphs Geist. Dem Kutscher war, als zucke für einen Lidschlag eine schimmernde Schwanzspitze aus der Korridorwand, dann war die Geisterkatze, die sich offensichtlich dort vor Wellingtons Männern verborgen gehalten hatte, verschwunden.

Um sie herum kamen ihre Verfolger zum Stehen. Speere, Gewehrläufe und kampfbereite Arme reckten sich ihnen entgegen. Schwer atmend und mit vor Wut und Anstrengung verzerrten Zügen trat Carlyle vor. »Holmes, Wilkins, Brown, Grigori, ergeben Sie sich!«, befahl der Leiter für äußere Angelegenheiten barsch. »Wenn Sie weiter Widerstand leisten, lasse ich Sie hier und jetzt umbringen. Das schwöre ich Ihnen.«

»Und wenn nicht? Gehen wir dann gemeinsam Blumen pflücken?«, knurrte Randolph herausfordernd. In seinen Augen war ihr Tod ohnehin unvermeidlich, und er gedachte nicht, kampflos unterzugehen. Doch ein warnender Blick von Holmes sorgte dafür, dass er sich zügelte.

»In dem Fall wird Wellington über Ihr Schicksal entscheiden«, erklärte Carlyle finster. »Und ich bete, dass er mir erlaubt, Sie trotzdem zu töten!«

»Nein, überlassen Sie sie mir. Ich werde sie töten«, grollte Hyde-White, der in diesem Augenblick um die Ecke gestapft kam. Sein silberner Panzerleib war stumpf vom Steinstaub und von Scharten übersät, wo ihn herumfliegendes Mauerwerk getroffen hatte. Über sein mit dem massigen Kugelhelm vernietetes Gesicht lief Blut, und er zog eines der dicken Säulenbeine nach, so als habe die furchtbare Explosion, die sich unmittelbar neben ihm im Treppenaufgang ereignet hatte, die Scheibengelenke beschädigt. Dass er überhaupt noch lebte und ansonsten weitgehend unverletzt schien, war erstaunlich genug und ein Zeugnis der Qualitätsarbeit, die diese bizarre Rüstung darstellte.

Mit vor Hass glitzernden Augen und erwartungsvoll klackenden Greifklauen näherte sich das Monstrum ihnen. Grigori, der es zum ersten Mal sah, murmelte einen russischen Fluch – oder ein Gebet, ganz sicher war sich Randolph da nicht –, während er das, was aus Wellingtons Adlatus geworden war, erschüttert anstarrte. Der Kutscher konnte es ihm nicht verdenken. Der aufgedunsene, riesige Leib, in dem Mensch und Maschine auf grausige Art und Weise zu widernatürlicher Einheit gefunden hatten, war weiß Gott kein schöner Anblick.

»Niemand tötet hier irgendjemanden«, erklang in diesem Moment eine befehlende Stimme vom Ende des Ganges her.

Randolph neigte den Oberkörper etwas zur Seite und erspähte Lordmagier Wellington, den Anführer des Neuen Morgens und Mörder seines Mentors. Im Gegensatz zu all seinen Untergebenen sah er aus wie immer: die schwarzen Hosen und der graue Gehrock makellos gepflegt und auf den asketisch strengen Zügen ein Ausdruck kalter Entschlossenheit.

Gemessenen Schrittes kam er näher, und nichts an seiner Haltung oder seiner Mimik verriet die Gefühle, die angesichts der Flucht der Magier und der ihn umgebenden Zerstörung in ihm brodeln mussten. Einzig seine Augen, in denen es wie Elmsfeuer irrlichterte, gaben einen Hinweis darauf, dass die zur Schau gestellte Kontrolle eine Fassade war, die Wellington wahrscheinlich vor allem deshalb aufrechterhielt, weil sich ein britischer Gentleman niemals gehen ließ.

So oder so hätte es Holmes erneuten warnenden Blickes nicht bedurft, um Randolph davon abzuhalten, Wellington zu reizen. Es gab Kämpfe, denen stellte sich der Kutscher gerne. Aber auch ihm war klar, dass jeder Widerstand nur eine frustrierend rasche Niederlage zur Folge gehabt hätte, wenn das Kräfteverhältnis so lachhaft unausgeglichen war. Er hielt es also wie seine Mitstreiter, schwieg und wartete ab.

Auch Carlyle und Hyde-White schwiegen, allerdings war an ihren Mienen die Verdrossenheit über den Befehl Wellingtons abzulesen. »Haben Sie mich verstanden, meine Herren?«, fragte der Lordmagier in die Runde. »Ich habe durch Mister Browns tolldreisten Angriff bereits genug Verluste erlitten. Diese vier hier …« Mit einer Geste schloss er Holmes, Randolph, Wilkins und Grigori ein. »… brauche ich noch.«

Er trat noch einen Schritt näher und fixierte Randolph mit einem Blick aus seinen irritierend funkelnden Augen. Ein freudloses Lächeln umspielte seine schmalen Lippen. »Keine Sorge, meine Herren«, sprach er an Carlyle und Hyde-White gerichtet weiter, ohne jedoch den Blick von Randolph zu nehmen. »Die Aufrührer werden für ihre Missetaten bezahlen, und zwar so teuer, dass auch Ihre übersteigerten Rachegelüste befriedigt werden dürften. Vorerst hingegen wollen wir nur dafür sorgen, dass sie uns keinen weiteren Ärger bereiten.«

Der Angriff kam so plötzlich und ohne jedwedes verräterische Zucken, das ihn hätte vorwarnen können, dass Randolph davon vollkommen unvorbereitet getroffen wurde. Ein Magieschlag von ungeheurer Stärke hämmerte ihm direkt durch die Stirn. Für einen Moment war ihm, als jagten die chaotischen Energien knisternd durch all seine Gehirnwindungen. Ein gleißend heller, heißer Schmerz explodierte in seinem Schädel, und er schrie überrascht und schmerzerfüllt auf.

Im nächsten Moment verlor er das Bewusstsein.

22. April 1897, 18:59 Uhr GMT
England, London, geheime Hallen des Ordens des Silbernen Kreises

Von tiefer Trauer erfüllt schritt Victor Mordred Wellington durch die Korridore der Unteren Guildhall. Überall stürzten seine Anhänger schwer beladen mit Büchern und persönlichen Habseligkeiten zum Westausgang und den geheimen Fluchttunneln des Ordenshauptquartiers. Eine Gruppe der fischartigen Quellwächter unter der Führung von Hyde-White eskortierte das gute Dutzend Magier, das ihnen nach der Flucht eines Großteils der Gefangenen geblieben war, aus dem Kellertrakt hinaus und zu den Kutschen, die bereitstanden, sie alle von hier fortzubringen, bevor die Gänge und Hallen von neugierigen Ordnungshütern und Reportern wimmelten.

Was für ein Verlust … was für ein grauenvoller Verlust!, dachte der Erste Lordmagier bekümmert. Ja, er hatte die bestehende Ordnung des Silbernen Kreises aufheben und durch seine Vision vom Neuen Morgen der Magie ersetzen wollen. Ja, er war auch bereit gewesen, den halben Orden zu opfern, um seine Ziele – zum Wohle Englands natürlich – zu erreichen. Aber dieser Preis hier … dieser Preis war zu hoch. Hunderte von Jahren hatte der Orden des Silbernen Kreises an diesem Ort heimlich gelebt und gewirkt. Die Untere Guildhall war das Zentrum gewesen, um das sich alles gedreht hatte, ein Ort der Kraft für jene, die sich schwach fühlten, und eine Heimat für sie alle, die in der normalen menschlichen Gesellschaft im Grunde heimatlos waren.

Wellington erinnerte sich an die nächtelangen Studien, die er mit Männern wie Carlyle und Crowley in der Bibliothek verbracht hatte. Ihm kamen die erfrischenden Diskussionen über Magie und Politik in den Sinn, die er mit Mary-Ann McGowan und, ja, auch dem Exzentriker und unverbesserlichen Störenfried Jupiter Holmes geführt hatte. Im Archiv, hinter Regalen, in denen alte Protokollbücher des Ordens, Kisten mit dem Schriftverkehr aus Hunderten von Jahren und allerlei magischer Krimskrams verstaubten, hatte ihm die bezaubernde Melissa Esperson, die er bedauerlicherweise beim Ausbruch der Wahren Quelle der Magie verloren hatte, zum ersten Mal auf empörend sündige Art und Weise gezeigt, dass sie bereit war, alles zu tun, um von seinem Wissen und seinem Einfluss profitieren zu können. Und als junger Mann hatte er zusammen mit einem nur wenig älteren Albert Dunholm im Roten Salon gesessen; sie hatten geraucht und große Pläne für die Zukunft geschmiedet.

Zum ersten Mal seit Jahren fragte sich Wellington, ob das, was er hier tat, das Richtige war.

Aber hat nicht auch Cortés, bevor er mit seinen Männern die Neue Welt eroberte, seine Schiffe am Strand verbrennen müssen, um alle Brücken zur Vergangenheit abzubrechen und den Blick mutig und ungetrübt nach vorne richten zu können? Genau das war es, erkannte er. Auch er musste die Schiffe, die ihn in der Vergangenheit festhielten, in Brand stecken, seine Gedanken von dem Gestern lösen und sich einzig und allein auf das große Werk, das er zu vollbringen gedachte, konzentrieren.

Aus einem Seitengang trat Carlyle auf ihn zu. Sein Körper und seine Kleidung waren schmutzig und zerschunden, aber in seinen Augen brannte eine Entschlossenheit, die Wellington Kraft gab. »Lord Wellington, wir sind so weit. Wir haben gerettet, was wir in der Kürze der Zeit retten konnten. Miss Potts hat Ihre persönlichen Habseligkeiten in die erste Kutsche verladen lassen. Jetzt müssen wir hier verschwinden. Die Gesetzeshüter nahen.«

»Gut«, sagte der Erste Lordmagier mit einem Nicken. »Die letzten Ordensmitglieder sollen die Guildhall verlassen. Bringen Sie sie nach Creek's Mouth im Osten von London. Um Mitternacht werde ich sie mit der *Nautilus* an der Mündung des Barking Creek abholen.«

»Sie kommen nicht mit uns?«, fragte Carlyle mit leichter Überraschung.

»Nein«, erwiderte Wellington. »Ich habe noch etwas zu erledigen.«

Der Magier bedachte ihn mit einem kurzen, prüfenden Blick. Er schien sich zu fragen, ob Wellington vorhatte, ihre Sache zu verraten und aufzugeben.

Der Erste Lordmagier richtete sich leicht auf. *Zweifeln Sie an mir, Mister Carlyle?*, fragte er stumm und mit deutlicher Schärfe in der Stimme.

Sein Gegenüber senkte den Kopf. »Nein, natürlich nicht. Ich bitte um Verzeihung.«

»Gut«, sagte Wellington. »Und Mister Carlyle ... Schicken Sie ein paar Ihrer Männer los. Sie sollen herausfinden, wo sich die Geflohenen verstecken. Weit können sie noch nicht gekommen sein.«

»Sehr wohl, Lordmagier. Wir werden sie wiederfinden. Das verspreche ich.« Offensichtlich machte sich der Leiter für äußere Angelegenheiten persönlich für die Flucht der Ordensmitglieder verantwortlich, eine Einstellung, die seinem Arbeitseifer nur förderlich sein konnte.

»Hervorragend«, sagte Wellington. »Wir sehen uns um Mitternacht.«

Carlyle nickte noch einmal und entfernte sich dann rasch.

Wellington blieb allein zurück. Er presste die Lippen zusammen und drehte sich langsam um die eigene Achse. *Leb wohl, du Hort meiner Erinnerungen. Einmal noch wollte ich deiner gedenken, und nun sollst du vergessen sein.*

Andächtig breitete Victor Mordred Wellington die Arme aus und öffnete sich der Macht der Wahren Quelle der Magie, die in seinen Adern floss. Sein Geist durchdrang das gelblich glitzernde Durcheinander der ersten Sphäre der Magie, versank in den dunstigen blauen Schleiern der zweiten Sphäre, und auf einmal war er umgeben von einem rot gleißenden Inferno aus Fadenwerk, einem Flirren und Wimmeln aus Myriaden von Fäden, die den Bausteinen der Wirklichkeit selbst Form und Halt verliehen. Mit einer Kraft, die kein Magier des Silbernen Ordens zu ermessen, geschweige denn zu begreifen vermochte, fuhr Wellington mitten in das Chaos hinein, zerstörte mit roher Gewalt alle bestehenden Fadenverbindungen … und um ihn herum zerfiel all das, was bis dahin die Untere Guildhall gewesen war, zu Staub.

22. April 1897, 19:18 Uhr GMT (20:18 Uhr Ortszeit)
Italien, Mailand, Bahnhof Milano Centrale

Der Zug erreichte Mailand mit einer knappen halben Stunde Verspätung, aber Scarcatore versicherte Lionida, dass das kein Problem darstellen würde, da sie von hier aus mit der Kutsche weiterfahren würden.

»Eigenartig«, sagte die Magieragentin, während sie am Gleis entlang die riesige, von einer gewölbten Decke aus Stahl und Glas überspannte Bahnhofshalle durchquerten und auf den imposanten Eingangsbereich zuschritten, der im Stil der französischen Neorenaissance gehalten war. »Monsignore Castafiori sagte mir, ich würde – oder nun vielmehr: wir würden – in Mailand in unser Transportmittel nach England umsteigen. Er hat sicher keine Kutsche damit gemeint.«

»Nein, das hat er nicht«, stimmte der Deflector ihr zu.

Lionida hob eine Augenbraue. »Entnehme ich Ihrem Tonfall zu Recht, dass Sie sowohl unser Ziel als auch unser Gefährt bereits kennen?«

Ihr Begleiter druckste ein wenig herum. »Nein, eigentlich nicht. Der Monsignore bat mich während der Konstruktionsphase, einige Artefakte aus unserem Arsenal herauszusuchen, die nützlich sein könnten. Aber ich wurde in den Einbau nicht mit einbezogen.«

»Signore Scarcatore, irgendwie habe ich den Eindruck, dass Sie mehr wissen, als Sie mir sagen möchten«, stellte Lionida mit milde tadelnder Miene fest.

Ihr Begleiter schenkte ihr einen hintergründigen Blick und schmunzelte. »Es stimmt, aber ich möchte im Moment lieber nicht mehr verraten. Sie sollen es mit eigenen Augen sehen.«

»Ich mag eigentlich keine Überraschungen.«

»Diese hier werden Sie lieben.«

Sie verließen das Bahnhofsgebäude und erreichten einen weitläufigen, von Grünflächen geschmückten Vorhof, in dem zahlreiche Kutschen auf die eintreffenden Reisenden warteten. Das Gespann des Officiums erwies sich als robuste Reisekutsche, die von vier Pferden gezogen wurde. Ihr Kutscher, seinem Dialekt nach ein Einheimischer, begrüßte sie höflich, verstaute ihr Gepäck und bat sie anschließend einzusteigen.

»Wie lange wird unsere Reise noch dauern?«, versuchte Lionida ihm ihr Ziel zu entlocken.

»Wir dürften in den frühen Morgenstunden ankommen, Signora«, antwortete der Kutscher. »Ich habe Ihnen Wegzehrung und Decken bereitgelegt, damit es Ihnen während der Fahrt an nichts mangelt.«

»Danke, sehr freundlich«, sagte die Magieragentin, während sie angesichts der Aussicht, acht bis zehn weitere Stunden unterwegs zu sein, innerlich einen tiefen Seufzer ausstieß. Langsam begann sie sich zu fragen, ob sie mit dem Schiff nicht doch schneller in London eingetroffen wäre.

Die Kutsche verließ den Bahnhof über die Bastioni di Porta Venezia in nordwestlicher Richtung und fuhr eine Weile durch die belebten abendlichen Straßen. Es war Jahre her, seit Lionida das letzte Mal Mailand besucht hatte, aber sie erkannte den Cimitero Monumentale, den prachtvollen Friedhof von Mailand wieder, als sie daran vorbeifuhren, und dieser Umstand verriet ihr, dass sie sich weiterhin nach Nordwesten bewegten.

Es dunkelte bereits, als die Kutsche die Ausläufer Mailands hinter sich ließ und einer Überlandstraße folgend die lombardische Landschaft durchquerte. Angesichts der Fahrtzeit und ihrer Fahrtrichtung rechnete Lionida sich aus, dass ihr Ziel noch jenseits des Lago Maggiore irgendwo am Südrand der Alpen liegen musste. Sie machte sich aber nicht die Mühe, diese Annahme durch Scarcatore bestätigen zu lassen. Der Gelehrte hatte ihr deutlich zu verstehen gegeben, dass er darüber nicht reden wollte.

Stattdessen richtete Lionida ihr Augenmerk auf den zugedeckten Korb, den sie in der Kutsche vorgefunden hatten, und entdeckte darin eine erfreulich geschmackvolle Auswahl lokaler Speisen. Die nächste halbe Stunde verbrachte sie damit, ausgiebig zu Abend zu essen, und auch ihr Begleiter entwickelte einen Appetit, der eher zu einem sizilianischen Landarbeiter als zu einem Gelehrten gepasst hätte.

Als sie fertig waren, nahm sich Lionida eine der beiden Decken, legte sie sich um die Schultern und lehnte sich gegen den Fensterrahmen der sanft rüttelnden Kutsche. »Wecken Sie mich, wenn wir ankommen«, wies sie Scarcatore an, auch wenn sie davon ausging, dass sie lange vorher wieder wach sein würde. Sie hatte noch nie gut während Reisen schlafen können, und die Nacht in dieser Kutsche würde keine Ausnahme darstellen.

»Das werde ich, Signora Diodato«, versprach der Deflector, rückte sein Köfferchen auf dem Schoß zurecht und legte ebenfalls den Kopf zurück an das Polster. Mit diesem Bild vor Augen schlief Lionida ein.

KAPITEL 20:
NEUE PLÄNE

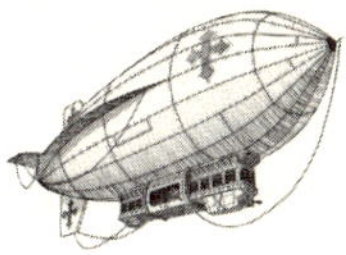

»Canton, Ohio. Gestern in den Mittagsstunden flohen drei Häftlinge aus dem Stark-County-Zuchthaus, als die Wachen bei der Essensausgabe kurz abgelenkt waren. Die Wachen schickten ihnen sofort Bluthunde nach. Die Entflohenen trennten sich nach einigen Meilen. Einer von ihnen konnte in einem Farmschuppen aufgespürt und festgenommen werden. Den übrigen beiden gelang es irgendwie, die Hunde zu hypnotisieren und mit ihnen zusammen unterzutauchen. Die Suche nach den Häftlingen dauert an.«

– New York Times, 22. April 1897

22. April 1897, 20:30 Uhr GMT
England, London, unweit der St. Paul's Cathedral

Das *Old Man's* war so etwas wie eine Institution unter den Magieanwendern Londons. Nach außen hin erweckte es den Anschein eines ganz gewöhnlichen Pubs, wie sie in dem Gassengewirr nördlich von St. Pauls häufiger zu finden waren. Doch sein Betreiber, den alle ebenfalls nur unter dem Namen Old Man kannten – ungeachtet des Umstandes, dass er gar nicht ausgesprochen alt aussah –, achtete sehr darauf, dass zu gewissen Abendstunden nur besondere Gäste, also Magier, eingelassen wurden. So konnten sie ungestört untereinander verkehren und mussten ihre Gaben nicht verbergen. Dieses ungewöhnliche Angebot, zusammen mit einer zwar eigenwilligen, aber irgendwie heimeligen Atmosphäre und dem besten Ale zwischen Bishopsgate und Fleet Street, hatte das *Old Man's* im Laufe der letzten zwei Jahrzehnte zu einem beliebten Anlaufpunkt für die Ordensmitglieder des Silbernen Kreises werden lassen.

Wie es Old Man überhaupt gelungen war, Kontakt zu den Magiern des Silbernen Kreises herzustellen und ihr Vertrauen zu gewinnen – und das obwohl eine der grundlegenden Regeln für neue Ordensmitglieder lautete, die Magie vor normalen Menschen geheim zu halten –, wusste niemand so genau. Manche behaupteten, er sei ein Freund von Albert Dunholm gewesen. Andere erzählten sich, dass eine Gruppe betrunkener Magier seinerzeit leichtsinnig ihre Fähigkeiten offenbart und den Wirt auf diese Weise in ihre Welt gezogen hätten. Auf Nachfrage hingegen lächelte der selbst vollkommen unmagische Old Man stets nur und erklärte, er habe schon immer eine Schwäche für außergewöhnliche Menschen gehabt – eine Aussage, die durch die zahlreichen kuriosen Andenken, die den schummrigen Innenraum seines Pubs schmückten, unterstrichen wurde.

Timothy Crandon mochte das *Old Man's* nicht. Das Pub war ihm zu dunkel, zu schäbig und zu vollgestellt mit nutzlosem Tand, staubigen Eigenwilligkeiten und vergilbten Erinnerungen an große Abenteuer, die der kleine, rundliche Mann mit dem schütteren dunkelblonden Haar und dem struppigen Bart, der in Schürze und mit hochgekrempelten Hemdsärmeln hinter dem Tresen Biergläser füllte, nicht selbst erlebt hatte.

Aber der Magispector wusste, dass viele andere Ordensmitglieder seine persönliche Abneigung nicht teilten, sondern mit großem Genuss und in schöner Regelmäßigkeit an diesem Ort die Abendstunden verbrachten. Das *Old Man's* eignete sich ebenso als Ort zum Ausspannen wie um dort fern der Guildhall vertrauliche Gespräche zu führen – und vielleicht war es auch der Platz, an dem Männer und Frauen, die sich gegenwärtig auf der Flucht vor Lordmagier Wellington befanden, kurz haltmachten, um sich mit Proviant einzudecken oder eilig Pläne zu schmieden. Und um genau das herauszufinden, hatte er sich hierher begeben.

Das *Old Man's* schien an diesem Abend besonders gut besucht zu sein. An den zahlreichen Tischen im Schankraum und in den kleinen, durch Fachwerkstreben abgetrennten Nischen saßen Männer zusammen, tranken, scherzten und spielten Würfel oder Karten. Allerdings befand sich kein einziger Magieanwender unter ihnen, wie sich Crandon mit einem Blick in die Wahrsicht überzeugte. Nun ja, das hatte er im Grunde auch nicht erwartet. Ganz so dumm, sich hier unter den Augen aller aufzuhalten, waren selbst Cutler und Sedgewick nicht.

»Äh ... verzeihen Sie«, wandte Crandon sich mit einem Räuspern an den Wirt.

»Was kann ich für Sie tun, Sir?«, erkundigte sich Old Man mit einem verbindlichen Grinsen.

»Wissen Sie, wer ich bin?«

Der Wirt hob leicht die Augenbrauen. »Ich kenne Ihr Gesicht irgendwoher, aber helfen Sie mir auf die Sprünge.«

Crandon beugte sich ein wenig über den Tresen und senkte die Stimme. »Ich gehöre dem Orden an, wenn Sie verstehen, was ich meine.«

Old Man nahm das Bierglas, das er gerade gefüllt hatte, unter dem Zapfhahn weg und hielt ein neues darunter. »Sehr gut, Sir. Nehmen Sie doch den Tisch hinten links in der Ecke. Ich bringe Ihnen gleich etwas zu trinken.« Er setzte eine bedauernde Miene auf. »Leider sind Sie heute Abend der einzige besondere Gast. Sonst ist bis jetzt niemand gekommen, daher habe ich den Laden fürs normale Publikum geöffnet. Man sagt, es habe einigen Tumult im Umfeld der Guildhall gegeben. Keine Ahnung, ob das etwas damit zu tun hat …« Er ließ den Satz auf eine Weise zwischen ihnen in der Luft hängen, als erhoffe er sich von Crandon Antworten auf seine unausgesprochene Frage. Der Magispector ging nicht darauf ein.

»Sie haben also wirklich niemanden gesehen? Mister Cutler vielleicht? Oder Mister Sedgewick?«, hakte Crandon nach und musterte den Wirt scharf. Er hoffte, irgendeinen Hinweis darauf zu entdecken, dass dieser ihn hinters Licht zu führen versuchte. Old Mans Fadenaura bewegte sich unruhig, aber das allein war noch kein hinreichendes Indiz. Viele Menschen waren nervös, wenn sie sich bewusst waren, dass sie mit einem Magiekundigen sprachen. Und ansonsten wirkte der Wirt vollkommen arglos.

»Ich habe Doktor Westinghouse vor zwei Tagen gesehen«, erwiderte Old Man freundlich. »Und Mister Atkinson war hier und Mister Brown und noch ein paar andere ebenfalls. Aber heute Abend sind Sie das erste Ordensmitglied.«

»Sind Sie sicher? Ich muss unbedingt mit Mister Cutler oder Mister Sedgewick sprechen.«

»Vielleicht sollten Sie in der Guildhall nach ihnen suchen«, schlug Old Man vor.

»Nein, da sind sie nicht.«

»Nun, hier sind sie auch nicht, wie Sie sehen können.« Der Wirt deutete auf den Schankraum.

Timothy Crandon kniff leicht die Augen zusammen. Er vermochte nicht zu sagen, woran es lag, aber irgendwie glaubte er Old Man nicht ganz. Der kleine, schmierige Bursche wusste mehr, als er preisgab. Der Magispector sah sich um. Gegenwärtig konnte er nichts weiter unternehmen. Es gab viel zu viele Zeugen. Doch er nahm sich vor, Old Man in absehbarer Zukunft erneut zu beehren – und dann würde er die Wahrheit schon aus ihm herauspressen.

»Gibt es hier irgendein Problem?«, fragte eine raue Männerstimme mit hörbarem Cockney-Akzent.

Crandon wandte sich zu dem Sprecher um. Es handelte sich

um einen kräftigen Arbeiter mit kantigem Kinn und buschigen hellbraunen Koteletten, die ihm fast bis zum Hals reichten. In seinen Augen funkelte es wachsam. Vermutlich war er ein von Old Man bezahlter Schläger, der aufpasste, dass sich die Gäste auch dann benahmen, wenn sie bereits einen über den Durst getrunken hatten.

Der Magispector zwang sich zu einem Lächeln. Er hätte den Mann mit einem kraftvollen Fadenschlag gegen die nächste Wand schleudern können, aber im Augenblick waren ihm die Hände gebunden, und es mochte sinnvoller sein, einen Streit zu vermeiden. »Nein, keine Probleme. Ich wollte gerade gehen.«

»Das will ich meinen«, knurrte der Mann.

»Jack, es ist schon in Ordnung«, mischte sich Old Man ein. »Wir haben uns nur unterhalten. Nicht wahr, Sir?« Er blickte Crandon unschuldig an.

Dieser biss innerlich die Zähne zusammen. »Sicherlich«, gab er zurück. »Danke für Ihre Hilfe.«

»Jederzeit gerne.«

»Und sollten Sie Mister Cutler oder Mister Sedgewick sehen, lassen Sie es mich wissen.«

»Wie soll ich das anstellen, Sir? Ich kann doch nicht einfach jemanden zur Guildhall schicken.«

Da war etwas Wahres dran – umso mehr, da die Guildhall nicht mehr existierte, seit Randolph Brown ihren geheimen Standort vor kaum zwei Stunden durch seinen wahnwitzigen Angriff preisgegeben hatte. Crandon hatte ja gehofft, dass Wellington den Kutscher dafür zur Verantwortung ziehen würde. Doch so wie es aussah, hatte er ihn nur gemeinsam mit den übrigen verbliebenen Gefangenen abtransportiert.

»Sie haben recht«, pflichtete er Old Man nach kurzem Schweigen bei. »Vergessen Sie es. Vergessen Sie am besten überhaupt, dass ich hier war.« Er zog etwas Geld aus seiner Hosentasche und schob es dem Wirt unauffällig über den Tresen zu. »Wäre das möglich?«

»Kann mich nicht daran erinnern, Sie je gesehen zu haben«, erklärte Old Man und grinste verschwörerisch, während er das Geld einstrich.

Timothy Crandon schenkte ihm zum Abschied ein säuerliches Lächeln, nickte dankend und verließ das Pub wieder.

Kaum war der Magier nach draußen auf die Straße getreten und hatte die Tür hinter sich geschlossen, da verschwand Old Mans Grinsen wie weggewischt. Der Wirt lehnte sich schwer auf seinen Tresen und atmete tief ein und aus.

»Ist wirklich alles in Ordnung, Boss?«, fragte Jack, dessen Auge und Verstand schärfer waren, als man es ihm im ersten Moment abgenommen hätte.

»Ja. Danke, Jack.« Old Man fuhr sich mit einer Hand übers Gesicht, und sein Blick wanderte unwillkürlich zum hinteren Teil seines Pubs. »Übernimm hier mal kurz für mich, Jack. Ich muss austreten.«

»Geht in Ordnung, Boss.«

Während der bullige Mann, der regelmäßig im *Old Man's* als Aufpasser und auch gelegentlich als Aushilfe hinterm Tresen arbeitete, den Wirt am Zapfhahn ablöste, durchquerte dieser mit einem Lächeln für seine Gäste auf den Lippen das Pub und verschwand durch eine Tür in der hinteren Ecke des Raumes, die früher immer von einem vertrockneten Minialligator bewacht worden war, der auf einem hohen Querbalken gelegen hatte. Am Abend zuvor hingegen war das Tier, das Old Man vor Jahren in einem Trödelladen erworben hatte, auf einmal verschwunden. Seitdem zerbrach er sich den Kopf, wer von seinen Gästen verrückt genug war, ein ausgestopftes und weiß Gott nicht sonderlich hübsches Reptil zu klauen.

Nachdem er die Tür hinter sich geschlossen hatte, ging der Wirt den dahinterliegenden Flur hinunter, wandte sich allerdings nicht den kleinen und ziemlich einfachen Örtlichkeiten zu, sondern schloss eine Tür mit der Aufschrift »Privat« auf. Dahinter führte eine steile Treppe in einen Kellerraum, den der Vorbesitzer des *Old Man's* für diskrete Glücksspielrunden verwendet hatte. Old Man allerdings hatte keine Verwendung für den Raum gehabt, bis er eines Abends Albert Dunholm davon erzählt hatte, der keine Woche später mit der Absicht an ihn herangetreten war, den Raum für einen geringen Obolus zu mieten, sofern er ihn ein wenig umgestalten dürfe.

Der Wirt hatte nichts dagegen gehabt, und in den Folgejahren war Dunholm immer mal wieder in Begleitung einiger seiner Leute, etwa des Schotten Angus Drummond oder seines grauhaarigen und stets etwas zerknittert wirkenden Sekretärs Cutler, dort unten verschwunden. Old Man argwöhnte, dass sie den Raum für Besprechungen genutzt hatten, die sie nicht innerhalb der Wände der Guildhall hatten führen wollen. Umgestaltet hatten sie den Raum allerdings nie – zumindest nicht, soweit der Wirt es zu sagen vermochte. Die langen Spieltische und die dunklen Holzstühle standen noch immer genau so, wie er sie vorgefunden hatte, als er das Pub erworben hatte.

Nun versteckte sich ein knappes Dutzend Magier dort unten. Erst war Randolph Brown mit dem toten Arthur Sedgewick und einem im Tiefschlaf liegenden fremden Magier aufgetaucht und hatte den Wirt um Hilfe gebeten. Einige Stunden später hatte Cutler plötzlich mit einer Gruppe hungrig, nass und vollkommen erschöpft wirkender Ordensmitglieder vor der Hintertür gestanden. Er hatte Old Man die prekäre Lage in der Guildhall in kurzen Sätzen umrissen und ihm eine stattliche Summe versprochen, wenn der Wirt sie eine Weile in »dem Raum« unterkommen ließ. Leicht beleidigt hatte Old Man geantwortet, dass er ihnen auch ohne Geld helfen würde – schließlich mochte er die meisten der Magier, die sein Leben hier in London um solch eine erstaunliche Note bereichert hatten.

Im Augenblick waren die Anwesenden gerade dabei, die Mahlzeit zu beenden, die der Wirt ihnen zunächst einmal zubereitet hatte. Es handelte sich um nichts Besonderes, nur einen kräftigen Eintopf, aber es schien Old Man, als sei das genau das Richtige gewesen, um die Lebensgeister der traurigen Gestalten wieder zu wecken. Denn waren die Gesichter der sieben Männer und drei Frauen bei ihrem Eintreffen im *Old Man's* noch blass und von Schlafmangel gezeichnet gewesen, hatten sie jetzt schon deutlich an Farbe gewonnen – auch wenn die Stimmung nach wie vor düster und gedrückt war.

»Mister Cutler, ich komme, um Sie zu warnen«, wandte sich der Wirt an die Runde, ohne sich mit einer Begrüßung aufzuhalten.

»Was ist geschehen?«, fragte der ehemalige Sekretär Dunholms.

»Ein Mann ist oben im Pub aufgetaucht und hat nach Ihnen und Mister Sedgewick gefragt. Ich habe mich natürlich dumm gestellt und so getan, als hätte ich Sie tagelang nicht gesehen.« Old Man grinste verschmitzt.

»Ein Mann?«, wiederholte Cutler alarmiert, und auch die anderen warfen sich unruhige Blicke zu. »Wissen Sie, wer es war?«

»Er hat sich nicht vorgestellt, aber ich kann ihn beschreiben«, erwiderte der Wirt, bevor er genau das tat.

»Timothy Crandon, kein Zweifel«, sagte einer der anderen Männer. Old Man wusste, dass es sich um einen der ständigen Trinkkumpane von Angus Drummond handelte, aber er kannte seinen Namen nicht.

»Hat er Ihnen geglaubt?«, wollte Cutler wissen.

»Kann ich schwer sagen«, meinte der Wirt. »Jack ging dazwischen, bevor er lästig werden konnte. Aber er hat zweimal nachgefragt. Er schien sehr interessiert daran zu sein, Sie zu finden.«

»Das wundert mich nicht«, murmelte Cutler. Er nickte Old Man zu. »Danke für die Warnung. Sobald wir uns über unseren nächsten Schritt im Klaren sind, verschwinden wir von hier und fallen Ihnen nicht länger zur Last.«

Old Man hob abwehrend beide Hände. »Also, ich bin der Letzte, der Sie einem Windhund wie diesem Crandon ans Messer liefern wird. Aber natürlich wäre es mir lieb, wenn es im *Old*

Man's nicht zu einem Krieg kommen würde. Es gefällt mir gerade sehr gut hier.«

»Es wird nicht zu einem Krieg kommen. Das verspreche ich Ihnen«, sagte Cutler.

Old Man nahm die Worte mit einem zufriedenen Nicken zur Kenntnis, bevor er ging, um sich wieder seinen gewöhnlicheren Gästen zu widmen.

Jonathan konnte es nicht fassen. Sie saßen noch keine Stunde in diesem Versteck, und schon hockten ihnen ihre Feinde wieder im Nacken. Er fragte sich, ob sie irgendeine Spur hinterlassen hatten, aber soweit er das beurteilen konnte, waren die Flüchtenden ausgesprochen vorsichtig und darauf bedacht gewesen, es ihren Verfolgern so schwer wie möglich zu machen.

Nachdem er, den Erinnerungen Drummonds folgend, die Magier durch die Kanalisation und am unterirdischen Fluss Fleet entlang bis zur Blackfriar Bridge geführt hatte, war ein Mann namens Boyd, ein wettergegerbter Kerl aus Cornwall, hervorgetreten und hatte die Gruppe dazu gedrängt, einige Maßnahmen gegen die Aufspürmethoden ihrer Häscher in die Wege zu leiten. So hatten sich viele der Männer ihrer Jacken entledigt, und einige der Magier hatten magisch aktive Schmuckstücke abgenommen. All diese Gegenstände wurden in ein am Kai unweit der Brücke vertäutes Ruderboot gelegt, nur um dieses danach mithilfe von Fadenbündeln in den träge vorbeifließenden Strom zu schieben. Dieses magische Leuchtfeuer sollte die verbliebenen Magispectoren des Ordens täuschen.

Gleichzeitig hatte Boyd die Auren der Anwesenden nach Fadenresten abgesucht, die auf existierende Bande zu einem persönlichen und in der Guildhall zurückgelassenen Gegenstand hinwiesen, und diese kunstvoll abgelöst. Jonathan hatte keine Ahnung gehabt, dass so etwas überhaupt möglich war, aber Boyd hatte ihm erklärt, dass er im Laufe der Jahre die eine oder andere besondere Technik entwickelt habe, um Fährten zu verwischen. Und das Trennen der Fadenreste würde es den Anhängern Wellingtons deutlich erschweren, den Flüchtenden mithilfe eines Aufspürrituals nachzujagen. Wozu Boyd diese Fähigkeiten brauchte, hatte Jonathan lieber nicht gefragt.

Schließlich hatten sich die Magier auch noch in drei Gruppen aufgeteilt, um weniger Aufsehen zu erregen. Eine Gruppe unter der Führung von Doktor Westinghouse war über die Themse in Richtung Southwark verschwunden. Die angsterfüllte Miss Spellman und ihr greiser Beschützer Theodore Winterbottom hatten sich ihr angeschlossen. Die zweite Gruppe hatte sich um einen Inder mit unaussprechlichem Namen geschart, der in Soho jemanden zu kennen behauptete, der für eine angemessene Summe keine Fragen stellte und keine Angst vor Ärger hatte. Cutler, Jonathan, Kendra und die übrigen – darunter auch Misses Blackwood, Miss Morland sowie die Anwälte Peabody und Richardson – hatten sich in Richtung des *Old Man's* begeben, wo sie zu ihrer aller Kummer den ermordeten Arthur Sedgewick und zu Kendras Freude den nach wie vor lebenden Giles McKellen sowie ihr verloren geglaubtes Gepäck vorgefunden hatten.

Nun saßen sie hier und warteten darauf, dass sich Randolph, Grigori, Wilkins und Holmes zu ihnen gesellten. Doch stattdessen hatte ein Häscher Wellingtons an die Tür zum Schankraum geklopft. Wie es schien, waren all ihre Täuschungsbemühungen letztlich nur von bescheidenem Erfolg gewesen.

»Ich kann es nicht glauben. Wie kann uns Wellington so schnell auf die Spur gekommen sein?«, sprach Cutler aus, was die meisten von ihnen zweifellos dachten.

Reynolds, ein sommersprossiger Mann mit kurzen roten Kraushaaren und ebensolchem Backenbart, der Jonathan als ein weiterer von Drummonds Männern vorgestellt worden war, verschränkte die Arme vor der Brust. »Nun machen Sie mal nicht die Pferde scheu, Mister Cutler«, sagte er. »Noch hat er uns nicht gefunden. Crandon dreht bestimmt nur an den üblichen Orten seine Runde, um sich dort umzuschauen. Wüsste irgendjemand in der Guildhall, dass wir uns hier verstecken, wäre der Knabe sicher nicht so unverrichteter Dinge wieder abgezogen.«

»Er wäre auch bestimmt nicht alleine gekommen«, gab Blackwood zu bedenken.

»Aber er hat einen Verdacht, und das heißt, wir sind hier nicht mehr sicher«, meldete sich Jonathan zu Wort.

»Das kommt darauf an«, widersprach Cutler ihm.

»Worauf?«

»Wie viel Wellington gegenwärtig zu wagen bereit ist«, sagte Dunholms Sekretär. »Dieser Raum ist magisch abgeschirmt. Man kann ihn von außen nicht entdecken. Wellington müsste also ins *Old Man's* einbrechen, um uns hier zu finden.«

»Und er müsste Gewalt anwenden, um uns herauszuholen«, ergänzte der rundliche Anwalt Peabody mit verstehendem Nicken. »Das wiederum würde die Polizei auf den Plan rufen und Wellington Ärger mit dem Gesetz einbringen. Ganz zu schweigen von viel unerwünschter Aufmerksamkeit.«

»Ärger dürfte er schon zur Genüge haben«, meinte Jonathan. »Randolphs Angriff auf die Guildhall war alles andere als unauffällig.«

»Unauffällig?«, wiederholte ein Mann mit dünner Nickelbrille und wild abstehenden weißen Haaren, der in Jonathan Assoziationen an einen verrückten Wissenschaftler weckte, auch wenn er ihm dies gewiss nicht ins Gesicht gesagt hätte. »Mein lieber Herr, dieser Angriff war die plumpste und kurzsichtigste Tat, die mir jemals untergekommen ist. Es dürfte doch wohl jedem in diesem Raum klar sein, dass unser Ordenshauptquartier damit kompromittiert ist! Wir werden niemals dorthin zurückkehren können. Schon jetzt wird es dort von Polizisten und Reportern wimmeln. Unsere Bücher, unsere Schätze, unsere Forschungen werden von irgendwelchen Dilettanten begrapscht und fortgebracht, um in einer Asservatenkammer zu verstauben oder auf dem Trödelmarkt verkauft zu werden.«

»Herr Professor, beruhigen Sie sich«, versuchte Cutler den Mann zu beschwichtigen.

»Nein, Mister Cutler, ich will mich nicht beruhigen. Ich war nun schon seit Stunden ruhig, und jetzt muss alles heraus. Weiß eigentlich einer von Ihnen, wie nah dran ich war, meine Experimente einen bahnbrechenden Schritt voranzutreiben? Und nun? Alles in Asche! Alles vorbei. Ich kann ganz von vorne beginnen – wenn ich die Unterlagen, die ich für meine Forschung benötige, jemals wieder zusammenbekomme.«

Jonathan wollte bereits nachfragen, wovon hier eigentlich die Rede war, doch dann erinnerte er sich – oder entnahm Drummonds Erinnerungen –, dass Professor Filby, neben dem wortkargen Cornwaller Boyd der letzte in ihrem gegenwärtigen Bunde, seit vier Jahren damit beschäftigt war, Theorien zu magisch gestützten Zeitreisen zu entwickeln. Drummond selbst hatte diese ganzen Bemühungen als ausgesprochenen Unsinn abgetan, aber da Filby niemandem Schaden zufügte, hatte er ihn in seinem Labor gewähren lassen.

»Wenn ich mir das nur vorstelle!«, regte sich der Professor unterdessen weiter auf. »Grobschlächtige Constables, die sich durch die Unterlagen in meinem Labor wühlen, auf der Suche nach irgendeinem Hinweis auf die Natur dieser unterirdischen Räumlichkeiten, die sie dank Mister Browns blindem Wüten entdeckt haben! Sie werden alles durcheinanderbringen. Sie werden meine filigranen Versuchsanordnungen zerstören. Fast ein halbes Jahrzehnt der Arbeit umsonst.«

»Filby, seien Sie schon still!«, unterbrach Boyd ihn schließlich. »Was vergangen ist, zählt nicht. Was nun kommt, ist das einzig Interessante.« Er stand auf, um sich wieder Sedgewicks Leiche zu widmen, die unter einem Laken in einer Ecke des Raums lag. Vor ihrem gemeinsamen Essen hatte er damit begonnen, sie in einen Fadenkokon einzuspinnen, damit sie nicht zu stinken anfing, bevor es ihnen gelang, den glücklosen Magispector irgendwo zu bestatten. Diese Arbeit setzte er nun fort.

»Ich stimme Mister Boyd zu«, sagte Jonathan. »Möglicherweise hat Randolph unbedacht gehandelt. Aber man muss einräumen, dass er uns auf diese Weise freibekommen hat. Ohne seine Hilfe – und die von Grigori und Watson – säßen wir noch immer eingesperrt im Keller der Guildhall und wären Wellingtons Launen ausgeliefert. Jetzt können wir wenigstens handeln! Und handeln sollten wir, verflucht noch mal!« Schwungvoll schlug er mit der Faust auf den Tisch. Im nächsten Moment hielt er verlegen inne, als er bemerkte, dass ihn alle anstarrten. »Entschuldigen Sie«, murmelte er deutlich leiser. »Das ist mir so herausgerutscht.«

Auf Reynolds Miene breitete sich ein Grinsen aus. »Nein, Mister Kentham. Entschuldigen Sie sich nicht. Sie haben ganz recht. Drummond würde genau das Gleiche sagen. Jammern ist etwas für Waschweiber – wozu ich keine der anwesenden Damen zähle«, fügte er mit einem raschen Blick auf Kendra, Blackwood und Morland hinzu.

Drummond würde genau das Gleiche sagen … Unwillkürlich lief Jonathan ein Schauer über den Rücken. Der Ausbruch eben gerade mochte ein Zufall gewesen sein – oder aber das Bewusstsein des Schotten war doch nicht ganz so frei von Nebenwirkungen mit dem seinen verschmolzen, wie er es zunächst gehofft hatte. Ein leichtes Stechen setzte hinter seiner Stirn ein.

»Also, was sollen wir machen?«, stellte Cutler die naheliegende Frage.

»Ich schlage vor, dass wir zuerst auf Holmes, Randolph und Grigori warten«, sagte Jonathan, während er sich die Schläfen rieb. »Sie sollten doch bald hier eintreffen. Holmes wird wissen, was zu tun ist.«

Holmes wird nicht kommen, meldete sich eine sanfte Frauenstimme in seinem Geist.

»Watson?!«, rief er aus, als die grau schimmernde Geisterkatze durch die zur Straße weisende Steinwand gesprungen kam. Sie landete auf dem Tisch, schritt zwischen den Eintopftellern hindurch und setzte sich direkt vor Jonathan hin. *Was soll das heißen: Holmes wird nicht kommen?*

»He, was ist das denn für ein Tier?«, fragte Filby und blickte verdutzt von der Hauswand zu Watson und zurück.

Randolph, Grigori und er wurden von Wellington geschnappt.

»Was?!«, entfuhr es Jonathan entsetzt und so laut, dass Filby neben ihm zusammenzuckte und Jonathan erschrocken anstarrte.

»Ich bitte um Verzeihung, ich wollte nur wissen, was für ein Tier …«

Sind sie verletzt? Sind sie tot?

»Das ist Watson, die Vertraute von Mister Holmes«, half Cutler aus. »Dass sie hier ist und er nicht, kann kein gutes Zeichen sein. Warten wir, was sie zu berichten hat.«

Sie waren es nicht, als Holmes mich schickte, euch zu unterrichten.

Dann hält er sie in der Guildhall gefangen?

Nein, das auch nicht. Die Guildhall wurde aufgegeben.

»Auf die Gefahr hin, mich lächerlich zu machen: Wollen Sie damit sagen, dass diese Katze sprechen kann?«, hakte Filby nach.

»Nun, sie vermag sich Mister Holmes und offenkundig auch Mister Kentham zumindest irgendwie mitzuteilen.«

Mit einem Laut des Unwillens schloss Jonathan kurz die Augen und massierte sich mit zwei Fingern die Nasenwurzel.

»Was ist los?«, wollte Kendra wissen.

»Warten Sie bitte noch einen Moment«, erwiderte er. »Ich bin noch nicht ganz fertig.« Er wandte sich wieder an Watson. *Weißt du, wohin sie gebracht worden sein könnten?*

Nicht genau. Aber ich habe ein Bild im Kopf der Vampirmagierin gesehen, das einen Hinweis geben könnte.

Vampirmagierin?

McGowan. Die Sedgewick tötete.

Unwillkürlich wanderte Jonathans Blick zu der Leiche, die von Boyd mit magischem Geschick eingeschnürt wurde. Das erklärte die grausige Halswunde des schmächtigen Magispectors. Er fragte sich, ob Boyd den Toten auch deshalb in einen Kokon einspann, weil er befürchtete, er könne irgendwann zu unheiligem Leben erwachen, wie die schaurige Gräfin in Le Fanus »Carmilla«.

Jonathan, du fantasierst, statt mir zuzuhören, vernahm er Watsons vorwurfsvolle Stimme in seinem Geist. *Schau her!* Die Katze erhob sich, und bevor Jonathan Protest einlegen konnte, sprang sie ihm ins Gesicht und verschwand in seinem Kopf.

Um den Tisch herum wurde dies mit überraschten Ausrufen zur Kenntnis genommen, aber bevor die anderen ihn mit Fragen bestürmen konnten, hob Jonathan die Hand. »Es ist alles in Ordnung. Machen Sie sich keine Sorgen.«

Insgeheim fragte er sich dennoch, wie viele verschiedene Bewusstseinsinhalte ein menschliches Gehirn eigentlich schadlos aufzunehmen vermochte. Im nächsten Moment wurde seine Unsicherheit von einem Bild verdrängt, das die Geisterkatze vor seinem inneren Auge entstehen ließ. Es zeigte ein seltsames Ungetüm aus Stahl, ein im dunklen Wasser irgendeines geschlossenen Docks schwimmendes Fortbewegungsmittel, das seiner Form nach einem Fisch glich, aber wohl ein Schiff oder etwas Ähnliches sein musste.

Dann fiel es Jonathan wie Schuppen von den Augen. *Das ist unmöglich!*, dachte er. Er kannte dieses Gefährt. Er hatte es schon einmal auf dem schmuckvoll verzierten Einband eines Buchs gesehen. *Das ist die* Nautilus, *das sagenhafte Tauchboot von Kapitän Nemo aus* 20 000 Meilen unter dem Meer *von Jules Verne. McGowan kann dieses Schiff nicht in Wirklichkeit gesehen haben. Es ist nur die Erfindung eines Schriftstellers.*

Glaub mir, Jonathan, ich kann einen wirklichen Eindruck sehr gut von einem Fantasiebild unterscheiden, gab Watson unbeirrt zurück. *Wer immer dieser Kapitän Nemo sein mag, McGowan hat das hier gesehen! Du glaubst, es ist ein Schiff?*

Fassungslos starrte Jonathan auf das Bild in seinem Kopf. Sein Leben wurde von Tag zu Tag verrückter. Erst war er in eine Welt der Magie gestolpert, und nun tauchte dieses technische

Wunderwerk vor ihm auf. Er sammelte sich, um Watsons in der Luft hängende Frage zu beantworten: *Ja. Also wenn das wirklich ein Nachbau der* Nautilus *ist, dann wäre es ein Schiff beziehungsweise ein Tauchboot. Und es wäre ein vortrefflicher Rückzugsort für jemanden, der nicht gefunden werden will … Weißt du auch, wo sich dieses Ding verbirgt?*, fragte er.

Nein, sagte Watson. *Aber wenn Holmes und Randolph dorthin gebracht wurden, dann werde ich es mit Nevermores Hilfe finden!*

23. April 1897, 0:23 Uhr GMT
England, London, Mündung des Barking Creek

Creek's Mouth, am östlichen Rand von London gelegen, war um diese Uhrzeit ein wie ausgestorben daliegendes Fleckchen Erde. Vor knapp fünfzig Jahren von dem Industriellen John Bennett Lawes für die Arbeiter seiner Chemie- und Düngemittelfabrik errichtet und seitdem vor allem durch Zuzug weiterer Industriezweige und Arbeiter gewachsen, ging ihm nicht nur jedweder äußerliche Charme ab, das Leben innerhalb seiner Grenzen folgte auch dem strikten Schichtdienst der ansässigen Werke.

Um Mitternacht ruhten die Maschinen und Verarbeitungsanlagen, und die Arbeiter schliefen in ihren dicht an dicht gedrängten Reihenhäusern. Keine Menschenseele verirrte sich dorthin, wo zwischen Lagerhallen und hohen roten Klinkermauern, die Fabrikgelände einschlossen, der durch Creek's Mouth verlaufende Fluss Barking Creek in die Themse mündete. Und wäre jemand zufällig in die Nähe gekommen, wäre er von Herren in schwarzen Mänteln freundlich, aber bestimmt in eine andere Richtung gewiesen worden. Niemand störte die Verladearbeiten, die im Gange waren, seit Wellington mit der *Nautilus* an einem der Piers angelegt hatte, die jahrhundertelang als Heimathafen für Londons im nahen Barking angesiedelte Fischereiflotte gedient hatten, bis die Eröffnung von direkten Eisenbahnverbindungen zu den Nordseehäfen an der englischen Küste das Betreiben eines Fischereihafens so weit die Themse hinauf unrentabel gemacht hatte.

Victor Mordred Wellington stand am Ufer und beobachtete stumm, wie seine Anhänger gerettete Wertsachen aus der Unteren Guildhall, Proviant und die verbliebenen Gefangenen an Bord des Tauchboots schafften, das leise schnaubend im dunklen Wasser des Flusses lag und die Menschen, die in seinem Bauch ein und aus gingen, geduldig gewähren ließ.

Seit es in den gewaltigen Ausbruch der Wahren Quelle der Magie geraten war, hatte die *Nautilus* ein bizarres Eigenleben entwickelt. Die Körper und die Lebensenergie seiner Besatzung mit seinen eigenen, stählernen Eingeweiden verschmelzend, hatte es sich von einer fischartig konstruierten Maschine in einen unheimlichen Hybriden verwandelt, der einerseits ein grauhäutiges, an einen gepanzerten Wal erinnerndes Ungetüm, andererseits nach wie vor ein Transportmittel war. Genau wie im Falle von Wellingtons Adlatus Hyde-White hatte die Magie mit chaotischer Brillanz neues Leben geschaffen, auch wenn die Verwandlung in diesem Fall die Leben der Besatzung gekostet hatte, deren schwache Seelen nach der Transformation schreiend vergangen waren, bevor sie in einem größeren, dumpferen, animalischeren Bewusstsein wiedergeboren worden waren.

Wellington trauerte den Opfern nicht nach. Es hatte nicht in seiner Absicht gelegen, den Industriellen und Multimillionär Charles Gordon Bennett und seine Männer umzubringen. Genauso wenig hatte er Melissa Esperson, seine junge, bezaubernde Mitarbeiterin und gelegentliche Gespielin verlieren wollen. Aber genau genommen hatten ihre letzten Endes unbedeutenden Leben durch die Verwandlung nur an Wert gewonnen, denn die erwachte *Nautilus* hatte eine Kraft und Schnelligkeit bewiesen, die Wellingtons kühnste Vorstellungen übertroffen hatten. Allerdings hatte auch eine latente Wildheit in ihrem triebgesteuerten Wesen gelegen, die in geordnete Bahnen zu lenken der Lordmagier auf der Rückreise nach England erst hatte lernen müssen.

Mittlerweile beherrschte er das Tauchboot hingegen so gut, dass es auf seine Befehle hörte wie ein gut abgerichteter Hund – ein sehr großer und für andere *Hunde*, sprich Schiffe, extrem gefährlicher Hund.

Die Anwesenheit seines Besuchers kündigte sich mit nicht viel mehr als einem feinen Zupfen im Fadenwerk an. Als Wellington sich umdrehte, sah er die dunkle Gestalt des Franzosen einige Schritte hinter sich stehen. Er trug einen bodenlangen Mantel mit weiten Ärmeln, und der hohe, auch vorne geschlossene Kragen sowie sein breitkrempiger Hut verbargen sein Gesicht fast vollständig. Wenn der Attentäter überrascht war, dass Wellington seine Anwesenheit bemerkt hatte, so zeigte er es genauso wenig wie der Lordmagier seine Verblüffung über dessen Fähigkeit, sich an sein Ziel anzuschleichen. Wäre er ein geringerer Magier gewesen, hätte er den Jäger vermutlich erst wahrgenommen, wenn dieser ihm schon die Hand auf die Schulter gelegt hätte.

»Ein nettes magisches Spielzeug haben Sie da.« Die Stimme des Franzosen war ein Flüstern in der Dunkelheit, als der Magierjäger an Wellingtons Seite trat und aus dem Schatten seines Hutes auf das Tauchboot blickte.

»Nicht eben ein Spielzeug«, erwiderte der Lordmagier. »Aber mir gefällt es auch. Ich bin erstaunt, Sie wiederzusehen. Man trug mir zu, Sie wären bei einem Zugunglück ums Leben gekommen.«

Der Franzose schnaufte abfällig. »Diese Gerüchte sind stark übertrieben. Aber sie nützen mir mehr als dass sie mir schaden. Daher können wir es einstweilen gerne dabei belassen.«

»Wie Sie wünschen.« Wellington warf einen kurzen Blick über die Schulter und hob dann die Augenbrauen. »Wie haben Sie uns gefunden, wenn ich fragen darf?«

»Es ist mein Beruf, Magier zu finden«, erwiderte der Franzose schlicht. »Abgesehen davon ist nicht jeder Ihrer Anhänger so kundig darin, seine Fadenaura zu tarnen, wie Sie es sind.«

»Und meine Wachen?«

»Leben alle noch, keine Sorge. Ich habe sie umgangen, statt sie auszuschalten. Ich dachte mir, dass das in Ihrem Sinne wäre. Ihre Gefolgschaft ist klein genug.«

»Sehr zuvorkommend.« Im Grunde waren das reichlich impertinente Worte einem Lordmagier gegenüber, aber Wellington nahm sie mit einer gewissen Belustigung hin. Der Franzose war ein unabhängiger Geist, misstrauisch allen Ordensstrukturen und Hierarchien gegenüber. Er vertraute am liebsten nur auf seine eigenen Fähigkeiten, und wenn er andere an seiner Seite zuließ, dann nur als Erfüllungsgehilfen, die eine Beute mürbe machten, bevor er sie zur Strecke brachte. Aber die persönlichen Vorlieben und Abneigungen des Söldners kümmerten Wellington eigentlich nicht. Es zählte nur, dass der Franzose ihm übertragene Aufgaben immer erfüllte, auch wenn dieser Nimbus mit der Schlappe beim Abfangen der McKellens ein wenig gelitten hatte. »Ich nehme an, Sie sind hier, um sich Ihren Lohn abzuholen«, fuhr der Lordmagier fort.

»Nur den, der mir zusteht«, sagte der Franzose.

»Der Ihnen zusteht?«, wiederholte Wellington interessiert.

»Dunholm und Crowley«, erklärte sein Gegenüber.

»Ich verstehe.« Der Lordmagier lächelte in sich hinein. Offenkundig war auch der Attentäter mit seinen jüngsten Leistungen nicht ganz zufrieden. Möglicherweise ließ sich das ausnützen. Er sandte einen mentalen Befehl an Carlyle, sich zu ihnen zu gesellen. »Ich werde Ihre Bezahlung veranlassen. Mister Carlyle wird sich darum kümmern. Dort kommt er schon.«

»Sie haben gerufen, Lordmagier?«, fragte der Leiter für äußere Angelegenheiten, während er sich über den Pier näherte und die schmale Steintreppe zum Kai hinaufstieg.

»Ja, bitte sorgen Sie dafür, dass unser gemeinsamer Mitarbeiter seinen Sold für den Anschlag auf den Ersten Lordmagier und Mister Crowley erhält«, sagte Wellington.

»Mit Verlaub, Lordmagier, für den Mord an Mister Crowley wurde noch keine Summe vereinbart«, wandte Carlyle ein. »Der

Auftrag wurde von Miss McGowan eher … spontan … vergeben.«

Wellington wandte sich an den Franzosen. »Was schulden wir Ihnen?«

Der Franzose nannte eine Summe, die hoch, aber noch nicht unverschämt war.

»Händigen Sie sie ihm aus«, befahl Wellington Carlyle. »Und einen Bonus von fünfundzwanzig Prozent – als Vorschuss, denn ich habe eine neue Aufgabe für Sie«, fuhr er an den Attentäter gewandt fort.

»Lassen Sie hören«, sagte dieser nur.

»Eine Frage vorab: Haben Sie oder einer Ihrer Begleiter, als Sie Dunholm töteten, irgendetwas von ihm an sich genommen? Einen Ring vielleicht?«

Der Franzose schüttelte den Kopf. »Ich bin kein Dieb, es sei denn, ich werde dafür bezahlt, etwas zu stehlen. Außerdem wäre dazu auch gar keine Zeit geblieben. Nach dem Angriff auf Dunholm wurden wir von einem Schwarm geflügelter Untiere verjagt. Und als wir etwas später noch einmal zum Fleischmarkt zurückkehrten, hatte der Orden Wellington bereits abgeholt.«

»Ich habe es mir beinahe gedacht«, bekannte Wellington.

»Von welchem Ring sprechen Sie?«, wollte Carlyle wissen.

Der neue Erste Lordmagier blickte seinen Untergebenen eine Sekunde lang verwirrt an, bevor er sich daran erinnerte, dass bislang ausschließlich Hyde-White mit der Suche nach dem fatalen Schmuckstück betraut gewesen war. »Dunholm trug einen Siegelring am linken Ringfinger«, erklärte er. »Dieser Ring ist bei seinem Ableben verschwunden. Aber er muss wiedergefunden werden. In den falschen Händen kann er unserer Sache großen Schaden zufügen.«

Der Leiter für äußere Angelegenheiten runzelte die Stirn. »Das erinnert mich an etwas … Kurz bevor Sie vorgestern mit Mister Hyde-White und den Quellwächtern in der Großen Ratskammer erschienen, waren Mister Holmes, Mister Cutler, die junge

Miss McKellen und ein Bursche namens Kentham, wenn ich mich nicht irre, aufgetaucht, in der Absicht, den Rat von unserem Tun in Kenntnis zu setzen. Dabei sagte dieser Kentham, er habe Dunholm in einer Gasse vorgefunden und sei wahrscheinlich der Letzte gewesen, der ihn noch lebend angetroffen habe.«

»Lebend?«, fragte Wellington scharf, und sein Blick glitt zu dem Franzosen.

»Er muss kurz vor dem Tod gewesen sein«, verteidigte dieser sich. »Er hatte mehrere schwere Wunden erlitten.«

»Allerdings könnte er diesem Kentham noch seinen Ring gegeben haben.«

Der Attentäter schwieg kurz. »Das ist nicht auszuschließen«, gab er dann zu.

»Aber warum sollte er das getan haben?«, fragte Carlyle verwundert. »Er kannte Kentham doch gar nicht. Und Kentham ist ein Niemand. Er gab selbst zu, erst vor Kurzem zur Magie gefunden zu haben.«

»Womit er wahrscheinlich sogar noch übertrieben hat«, murmelte Wellington. »Ich möchte wetten, dass es diese Nacht war, in der er Dunholms Ring bekam, die sein Leben veränderte.« Er räusperte sich. »Nun, meine Herren, wir werden wohl nie mehr erfahren, was den guten Dunholm bewogen hat, das Kleinod an diesen Mann weiterzugeben. Vielleicht sah er etwas in dem Burschen, das Ihnen entgangen ist, Mister Carlyle. Vielleicht war er auch einfach nur verzweifelt. Doch das spielt nun alles keine Rolle mehr. Für mich zählt allein, dass Dunholms Ring in unsere Hände wandert, und wenn dieser Kentham ihn hat – und in Ermangelung einer besseren Fährte, gehen wir jetzt einmal davon aus –, dann müssen wir eben Kentham aufspüren. Er wird sich höchstwahrscheinlich in der Gesellschaft der anderen geflohenen Ordensmitglieder befinden, was uns in die erfreuliche Lage versetzt, zwei Fliegen mit einer Klappe schlagen zu können. Finden wir Kentham, finden wir auch die geflohenen Widerständler.«

»Wie genau lautet also mein Auftrag?«, mischte sich der Franzose wieder ein.

»Beschaffen Sie Dunholms Ring. Das ist das Wichtigste. Wenn Ihnen bei dieser Aufgabe irgendwelche Magier in die Quere kommen, töten Sie sie!«

»Was soll ich mit ihnen machen, wenn sie mir nicht in die Quere kommen, sondern den Ring kampflos herausrücken oder ihn gar nicht haben?«

»Töten Sie sie trotzdem. Ich kann keine Widerstandsnester hier in London brauchen. Lieber wäre es mir natürlich, sie gefangen nehmen zu lassen, um mich ihrer später noch bedienen zu können. Aber die Erfahrung der letzten zwei Tage hat gezeigt, dass es beinahe unmöglich ist, größere Gruppen von Magiern über längere Zeit festzuhalten. Irgendwie finden sie immer einen Weg, sich zu befreien. Also schalten Sie sie lieber aus.« Ihm kam ein Gedanke, und er hob einen Zeigefinger. »Mit einer Ausnahme: die junge Miss McKellen. Wenn Sie ihrer habhaft werden können, bringen Sie sie mir lebend. Es wird nicht Ihr Schaden sein.«

»Verstanden«, sagte der Söldner mit einem Nicken.

»Sehr schön. Mister Carlyle und ein paar seiner Männer werden Sie dabei unterstützten.«

Wellington hörte, wie der Leiter für äußere Angelegenheiten scharf einatmete. »Lordmagier, ist das wirklich nötig? Ich hatte gehofft, dass ich Sie diesmal zur Wahren Quelle begleiten darf.«

»Alles zu seiner Zeit, Mister Carlyle. Alles zu seiner Zeit. Gegenwärtig werden Sie in London dringender benötigt. Drei Dutzend Mitglieder des Silbernen Kreises verstecken sich irgendwo in der Stadt. Noch vor ein paar Stunden haben Sie mir versprochen, sie wiederzufinden. Und da es ohnehin Ihre Leute sind, die just in diesem Augenblick durch die Straßen von London streifen, sollten Sie als Mann, bei dem alle Fäden zusammenlaufen, bei ihnen bleiben.«

»Mit Verlaub, Lord Wellington, ich arbeite lieber allein«, meldete sich nun auch der Franzose zu Wort.

»Zweifellos«, erwiderte dieser, der den Protest erwartet hatte. »Aber nicht in meiner Stadt. Sie werden feststellen, dass Mister Carlyle und seine Leute Ihnen die Dinge erleichtern werden. Zehn Augenpaare sehen mehr als eins.«

Dass es in Wahrheit auch immer darum ging, den Attentäter und sein Treiben im Auge zu behalten, musste er nicht laut aussprechen. Sie wussten beide, dass es so war.

»Drei Bedingungen«, sagte der Franzose einlenkend. »Erstens: Fünf statt zehn. Zu viele Jäger verscheuchen die Beute.«

Wellington neigte zustimmend den Kopf. »Mister Carlyle, wählen Sie vier vertrauensvolle Männer aus, die Ihnen beiden zur Hand gehen sollen.« Damit waren sie genaugenommen zu sechst, aber der Franzose sagte nichts mehr dazu.

»Zweitens: Ich entscheide, wann wir zuschlagen. Ungeduld und Übereifer sind keine gute Eigenschaften für einen Mann, der auf die Jagd geht.«

»Wollen Sie damit irgendetwas andeuten, mein Herr?«, fragte Carlyle steif.

»Nicht das Geringste. Ich will nur verhindern, dass einer Ihrer Leute schreiend losstürmt, bevor wir uns unserer Ziele sicher sind«, gab der Franzose zurück.

»Mister Carlyle wird die strategische Leitung Ihres Unterfangens innehaben, Sie führen die Magier im Falle eines direkten Angriffs«, entschied Wellington.

»Einverstanden«, sagte der Franzose. »Das Dritte wäre eher ein Wunsch als eine Bedingung. Wenn ich schon mit anderen Leuten zusammenarbeiten muss, dann bevorzuge ich Männer, die ich bereits kenne. Ist Whitby abkömmlich?«

Der Erste Lordmagier blickte Carlyle fragend an.

»Er dürfte in seinem gegenwärtigen Zustand kaum von Nutzen sein«, erklärte der Leiter für äußere Angelegenheiten. »Er hat beim Kampf gegen Holmes und die McKellens eine Beinverletzung davongetragen, die frühestens in ein oder zwei Wochen verheilt ist.«

Mit einem Räuspern ging Wellington dazwischen. »Ich denke, an dieser Stelle kann ich Abhilfe schaffen. Mister Whitby wird Ihnen zur Verfügung stehen, sobald die *Nautilus* ablegt.«

Der Franzose neigte kaum merklich den Kopf. »Dann gibt es nichts weiter zu besprechen. Wenn Sie mich kontaktieren wollen, finden Sie mich in der Pension, die Sie für mich gemietet hatten. Ich habe ein wenig Schlaf nachzuholen. Die letzten zwei Nächte waren alles andere als angenehm. – Allez, Richelieu!«, rief er mit etwas lauterer Stimme und hob den linken Arm. Wie aus dem Nichts schoss ein weißbrauner Wanderfalke heran und landete auf seiner Faust. Der Raubvogel drehte den Kopf zur Seite und starrte Wellington und Carlyle aus einem einzelnen gelben Auge an.

Grüßend tippte der Franzose mit einem Finger seiner behandschuhten Rechten an die Krempe seines Hutes. Dann wandte er sich um und ging zusammen mit dem Falken davon. Nach wenigen Schritten begannen sich ihre Körper aufzulösen, verschmolzen dem Anschein nach mit den Schatten, und auch ihre Auren lösten sich im Fadenwerk auf, wie Wellington bei rascher Überprüfung feststellte. Einen Augenblick später waren der Franzose und sein Vertrauter – zumindest für jeden gewöhnlichen Menschen und Magiekundigen – buchstäblich verschwunden. »Ein bemerkenswerter Mann«, bemerkte Wellington, während er in der zweiten Sphäre der Magie verfolgte, wie sich das nicht abgeschirmte Bewusstsein des Attentäters, einem geisterhaft im Dunkel schwebenden Gedanken gleich, langsam entfernte.

»Er ist Söldnerabschaum«, knurrte Carlyle mit unverhohlenem Missfallen.

»Wohl wahr«, stimmte ihm Wellington bei. »Aber er ist nützlich. Daher zügeln Sie Ihre Abneigung, und denken Sie daran: Je schneller Sie Dunholms Ring und der geflohenen Magier habhaft werden, desto eher können Sie sich seiner entledigen.«

Ein Funken Hoffnung glomm in Carlyles Augen auf. »Meinen Sie mit entledigen das, was ich denke?«

Victor Mordred Wellington bedachte seinen Untergebenen mit einem langen Blick. »Es läge mir fern, einen geschätzten Geschäftspartner zu hintergehen. Aber sollte ich von der Wahren Quelle der Magie zurückkehren, nur um zu erfahren, dass bedauerliche Umstände dazu geführt haben, dass wir auf die Dienste des Franzosen zukünftig nicht länger bauen können – und, viel wichtiger, auch sonst niemand –, so würde ich deswegen keine schlaflosen Nächte erleiden.«

23. April 1897, 1:38 Uhr GMT
England, London, Mündung des Barking Creek

Nicht nur äußerlich hatte die *Nautilus* sich verwandelt, auch im Inneren glich sie kaum noch dem Tauchboot, das sie gewesen war, als die Ingenieure sie in der geheimen Werft von Charles Gordon Bennett vom Stapel gelassen hatten. Die einst stählernen Wände der Gänge und Räume hatten eine eigentümlich halb organische Form angenommen, in welcher die genieteten Metallplatten mit feuchtkaltem Fleisch von schwärzlich grauer Färbung verschmolzen waren. Wenn man durch die Eingeweide des Schiffes wanderte – und diese normalerweise sinnbildlich gemeinten Worte gewannen im Falle der *Nautilus* ihre ganz eigene Bedeutung –, so drängte sich einem das verstörende Gefühl auf, irgendwelche wahnsinnigen Konstrukteure hätten einen Buckelwal ausgeweidet, die Haut in breite Streifen geschnitten und diese dann auf ein metallenes Gerüst gespannt, nur um sie abschließend mit Stahlplatten zu panzern.

Wenigstens stinkt es nicht nach Fisch, dachte Timothy Crandon, während er mit angewidert verzogener Miene und sorgsam darauf bedacht, bloß nicht die kalt schwitzenden Wände zu berühren, den Hauptkorridor entlangging. Um den Magispector herum verstauten Männer und Frauen, die sich in ihrem guten Zwirn des Londoner Bürgertums genauso fehl am Platze zu fühlen schienen wie Crandon, gemeinsam mit fischgesichtigen Quellwächtern Artefakte und Proviant. Nach dem Verlust der Unteren Guildhall hatte Lordmagier Wellington alles gerettete Hab und Gut hierher bringen lassen, was darauf schließen ließ, dass er das Hauptquartier des Ordens einstweilen an einen Ort außerhalb von London verlegen würde.

Crandon hielt das persönlich für eine dumme Idee. Zum einen gehörte das Hauptquartier des Ordens des Silbernen Kreises nach London, in die Hauptstadt des Britischen Empires. Natürlich hatte der Kampf um die Guildhall einiges an Aufsehen erregt, und zweifellos schlich in genau diesem Augenblick mehr als nur ein Schnüffler durch London, um herauszufinden, was es mit den leer stehenden Hallen und Korridoren auf sich hatte, die durch eine Serie von Explosionen unbekannten Ursprungs zutage gefördert worden waren. Aber die Metropole an der Themse war groß genug, dass sich ein anderer geeigneter Ort hätte finden lassen. Außerdem warf der Umstand, dass an die vierzig Männer und Frauen, die neben ihrem geheimen Leben als Ordensangehörige ein gewöhnliches Dasein mit Familie und einem Brotberuf führten, von einem Tag zum nächsten verschwanden, sicher eine Unmenge unangenehmer Fragen auf – Fragen, die den Orden einem viel größeren Risiko aussetzten, als wenn sie sich unmittelbar unter der Nase möglicher Verfolger von der Polizei und Presse versteckten.

Aber vielleicht geht die Reise auch gar nicht zu einem neuen Versteck, sondern zur Wahren Quelle, dachte der Magispector. In der Großen Ratskammer hatte Wellington letzte Nacht gesagt, er würde in Kürze dorthin zurückkehren. Vielleicht war dieser Moment nun gekommen. Der hier betriebene Aufwand sprach für eine längere Reise als nur bis zum nächstbesten Höhlenversteck an der Küste. Diese Aussicht versetzte Crandon in Aufregung und weckte zugleich gelinde Furcht in ihm. Denn sosehr er sich danach sehnte, Magie aus der Wahren Quelle zu schöpfen und als Teil einer neuen Generation von Magiern die Macht zu erlangen, die es ihm ermöglichen würde, sich aus seiner grauen Alltagsexistenz als Schalterangestellter in einem Postamt unweit des Picadilly zu befreien, sosehr ängstigte ihn dieser Schritt auch. Und diese Angst war in seinen Augen alles andere als unbegründet, wenn man sah, was die Magie der Wahren Quelle aus Hyde-White oder der unglücklichen Besatzung der *Nautilus* gemacht hatte.

Der Magispector erreichte das Ende des Ganges und trat durch eine kreisförmige Ansammlung von Fleischlappen in der Wand, die sich, als er näher kam, irisförmig öffneten und den Blick auf den ehemaligen Salon der *Nautilus* freigaben. Die Möbel, die in dem Salon gestanden hatten, waren alle noch da. Doch wie überall sonst an Bord des magisch erwachten Tauchboots hatten auch hier totes und lebendes Material zusammengefunden und eine Symbiose gebildet, die in einem gläubigen Menschen die bange Frage wecken mochte, ob solcherlei Schöpfung – und damit das Wirken der Magie an sich – wirklich gottgewollt sein konnte. Crandon war nicht ausgesprochen fromm, daher regte sich in seinem Herzen vor allem ästhetische Abscheu, als er die mit dem Boden und den Wänden verwachsenen Stühle und Bücherregale, die tentakelartig hervorragenden Kerzenhalter und die riesige, an ein bizarr geformtes Herz erinnernde, blutrote Couchgarnitur betrachtete. *In was für einem Bett werde ich heute Nacht wohl schlafen?*, fragte er sich unwillkürlich.

»Mister Crandon, gut, dass Sie da sind. Damit wären wir vollzählig«, begrüßte John Grayson Carlyle ihn.

Crandon sah sich um und erblickte Gruffydd ap Llywelyn und Llew Llawgoch, zwei kernige Waliser, die – so munkelte man grinsend unter den Magispectoren des Ordens – beide ein Auge auf die junge und pikanterweise dreiäugige Mary Hollingworth geworfen hatten. Überraschender hingegen war für ihn die Anwesenheit des vierten Mannes. »Whitby! Was treiben Sie denn hier? Ich dachte, Sie lägen mit verletzten Beinen im Bett?«, rief er.

»War auch so«, gab der kräftige Mann zu. »Hässliche Sache, das sage ich Ihnen. Aber auf einmal tauchte Lordmagier Wellington auf und meinte, der Franzose bedürfe meiner Dienste, und daher würde er mir nun helfen. Und dann hat er einfach seine Hände auf meine Beine gelegt und die Augen geschlossen. Ich weiß nicht, was er gemacht hat, aber es hat geschmerzt, als wolle er mir die Beine bei wachem Geist amputieren. Teufel noch mal!« Er verzog das Gesicht und rieb sich in Erinnerung an den Moment über den linken Oberschenkel. »Ich dachte schon, dass mir schwarz vor Augen wird. Aber auf einmal war es wieder vorbei – und meine Beine fühlten sich an wie an dem Tag, als ich geboren wurde.« Er schüttelte den Kopf. »Ich bin ja selbst nicht ganz unerfahren im Umgang mit Magie, aber so etwas habe ich noch nicht erlebt. Es grenzt an ein Wunder. Und eines sage ich Ihnen allen …« Er blickte in die Runde, und auf seinem Gesicht zeichnete sich unverhohlene Ehrfurcht ab. »Wenn uns an der Wahren Quelle auch nur ein Bruchteil der Macht erwartet, über die der Lordmagier gebietet, dann ist das ein großer Tag für jeden von uns … ein verdammt großer.«

»Sehr schön, Mister Whitby, aber wir sind nicht zusammengekommen, weil wir uns in Zukunftsträumen verlieren wollen, sondern weil Arbeit auf uns wartet«, mischte sich Carlyle ein. »Und bevor diese nicht getan ist, wird keiner von uns der Wahren Quelle auch nur nahe kommen. Also sollten wir uns besser anstrengen.«

Dann umriss er den Auftrag, den der Lordmagier für die vier Männer hatte, von der Suche nach den entflohenen Magiern im Allgemeinen bis zum Auffinden von Jonathan Kentham im Besonderen. In Whitbys Augen trat sichtliche Enttäuschung, als ihm klar zu werden schien, dass sie zurückbleiben würden, während die *Nautilus*, wie von Crandon geargwöhnt, in Richtung Atlantis ablegte. Der Magispector selbst verspürte dagegen einen Anflug heimlicher Erleichterung. Ob die Wahre Quelle ihren Körpern nun Macht spenden oder sie grausig entstellen würde –

die Entscheidung, aus ihr zu trinken, war noch eine Weile von ihm genommen.

Als Carlyle die Sprache auf den Franzosen brachte, horchte Crandon auf. Ap Llywelyn schnaufte abfällig. »Mit Verlaub, Sir, aber wir brauchen diesen Söldner nicht, um Kentham und den Ring aufzuspüren.«

»Unterschätzen Sie ihn nicht«, wandte Whitby ein. »Er ist ein harter Brocken und ein verflixt guter Spürhund. Hat mir einen kalten Schauer den Rücken hinuntergejagt, als ich miterlebt habe, wie er Dunholm und Crowley ausgeschaltet hat.«

»Mag ja sein. Es ist dennoch nicht richtig, einen Ausländer dafür zu bezahlen, britische Bürger umzubringen«, murrte sein Gegenüber. »Der Meinung war ich schon immer. Wir sollten unsere Kämpfe selbst austragen.«

»Es ist nicht unsere Entscheidung, deshalb brauchen wir auch nicht darüber zu debattieren«, sagte der Leiter für äußere Angelegenheiten streng, aber die frostige Miene, die er dabei zur Schau stellte, legte den Verdacht nahe, dass er im Grunde dem Waliser zustimmte.

»Gibt es schon irgendwelche Spuren, denen wir nachgehen können?«, wollte Crandon wissen, um das Gespräch in eine andere Richtung zu lenken.

»Die gibt es«, bestätigte Carlyle. »Der Lordmagier hat unsere speziellen Freunde Mister Holmes und Mister Brown bezüglich Kentham befragt.«

»Befragt?«, wiederholte ap Llywelyn. »Hat er die beiden nicht absichtlich ins Reich der Träume geschickt, damit sie uns keinen Ärger mehr machen?«

Carlyle nickte. »Das hat ihn hingegen nicht davon abgehalten, sich ein wenig in ihren Köpfen umzusehen. Und dabei wurden einige interessante Ansatzpunkte zutage gefördert. Mister Kentham lebt offenbar am Finsbury Square bei einer älteren Dame. Er arbeitet beim *Strand Magazine* – oder vielmehr arbeitete dort, denn anscheinend wurde er von seinem Vorgesetzten in den letzten Tagen hinausgeworfen. Sein bester Freund heißt Robert Pennington, und offenkundig haben sich die beiden zuletzt im Streit getrennt, weil Mister Kentham ein sehr kostbares Automobil auszuleihen beabsichtigte, das Robert ihm nicht geben wollte, worauf Jonathan es sich einfach genommen hat.«

»Ich erinnere mich an den Wagen. Ein Panhard-Levassor der neusten Bauart. Ein echtes Geschoss«, mischte Whitby sich ein. »Wenn er den mir gestohlen hätte, wäre ich auch nicht sonderlich gut auf ihn zu sprechen, so viel ist klar.«

Der Leiter für äußere Angelegenheiten ging über den Einwurf hinweg. »Des Weiteren wäre da noch eine junge Dame namens Elisabeth Holbrook, für die Mister Kentham romantische Gefühle hegt. Doch wie es scheint, hat er sich auch mit ihr überworfen, nachdem Holmes, Randolph und er einen Eklat während eines Empfangs des französischen Botschafters im Savoy-Hotel provoziert haben.«

»Das klingt nach einem echten Pechvogel«, bemerkte der bis dahin schweigsame Llawgoch.

»Und es wirft die Frage auf, wie uns diese Informationen helfen sollen«, fügte Crandon hinzu. »Kentham wird sich sicher nicht bei seinem ehemaligen Chef, einem Freund, der ihm die Pest an den Hals wünscht, oder einer Frau, die sich von ihm abgewandt hat, verstecken.«

Carlyle schenkte ihm ein dünnes Lächeln. »Das sicher nicht. Aber beim *Strand* oder in seiner Wohnung finden wir, was wir brauchen, um ein Aufspürritual durchzuführen. Und seine Freunde werden vortreffliche Druckmittel abgeben, um Mister Kentham zur Herausgabe des Rings zu bewegen, sollte er sich hinter seinen Magierfreunden verstecken.«

Dumpf stampfende Schritte vom Gang her kündeten das Nahen Hyde-Whites an. Die fleischigen Lappen der Tür zogen sich in die Wand zurück, und Wellingtons Adlatus füllte mit seiner Masse den Eingang aus. »Der Lordmagier lässt ausrichten, dass die *Nautilus* bereit zum Ablegen ist. Sie sollten jetzt von Bord gehen.«

»Nun gut. Alles Weitere können wir auch an anderer Stelle besprechen«, erwiderte Carlyle. »Kommen Sie, Gentlemen.«

Gemeinsam verließen die fünf Männer den Salon und schritten durch die Gänge des Tauchboots bis zur vorderen Ausstiegsluke, von der aus noch immer eine breite Rampe, einer riesigen Zunge gleich, auf einen der Fischereipiers hinausführte.

Wellington erwartete sie dort. »Viel Erfolg, meine Herren«, sagte er zu ihnen. »Wenn ich in zehn Tagen zurückkehre – und diesmal nicht in aller Heimlichkeit, sondern triumphal –, erwarte ich, Sie an der Westminster Bridge stehen zu sehen, begierig, mir ein ringförmiges Kleinod zu übergeben. Ich verspreche Ihnen schon jetzt eine fürstliche Entlohnung.«

»Wir werden Sie nicht enttäuschen«, versprach Carlyle.

Während in ihrem Rücken die Zunge im Leib des Tauchboots verschwand und die Luke sich schloss, erklommen die fünf Männer die Kaimauer hinauf zur Uferpromenade. Dort drehten sie sich um und blickten zur *Nautilus* zurück. Das Tauchboot schnaufte und gurgelte, als seine Maschinen anliefen – oder was immer stattdessen in seinem halb organischen Leib pochte und stampfte. Die riesigen Rundfenster am Bug begannen gelblich zu leuchten wie die unheimlich fahlen Augen eines Seeungeheuers. Dann nahm der fischförmige Schiffskörper gemächlich Fahrt auf, löste sich von den Holzpiers und nahm Kurs stromabwärts, dem Meer entgegen. Fauchend wurden Ballasttanks entlüftet, und die *Nautilus* versank langsam im kalten Wasser.

»Gehen wir«, sagte Carlyle und wandte sich vom Fluss ab.

Crandon und die anderen folgten seinem Beispiel.

Keinem der Männer fiel der Rabe auf, der kaum zwei Dutzend Schritt entfernt auf der Dachkante eines dunklen Lagergebäudes hockte und die Szenerie aufmerksam beobachtete. Und keiner von ihnen sah den katzengroßen, bläulich grau schimmernden

Körper, der mit weit ausgreifenden Sätzen über die schwarzen Fluten der Themse jagte und mit einem gewagten Sprung auf den sinkenden Leib des Tauchboots übersetzte – nur um in ihm zu verschwinden …

KAPITEL 21:
HILFREICHE VERBÜNDETE

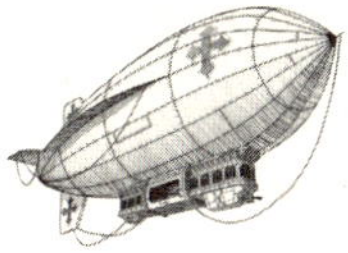

»Montevideo. In der letzten Nacht versuchte eine junge Studentin namens Rebecca mit einem Revolver auf den Präsidenten von Uruguay zu schießen. Die Waffe, ein altes Stück, versagte den Dienst, und die Täterin wurde umgehend verhaftet. Der Anschlag scheint keine politischen Hintergründe zu haben. Bei ihrer Festnahme behauptete die Studentin, der Präsident sei ein Hexer und mit dem Teufel im Bunde.«

– London Times, 23. April 1897

23. April 1897, 5:11 Uhr GMT (6:11 Uhr Ortszeit)
Italien, etwa zwanzig Kilometer westlich des Lago Maggiore

Lionida erwachte zu ihrem Erstaunen erst, als der Morgen bereits graute. Offensichtlich hatten der Schlafmangel der letzten Nacht und die Strapazen der langen Zugfahrt sie unempfindlich für den mangelnden Komfort, den ihr die Kutschpolster boten, werden lassen. Irgendwann im Laufe der Nacht war ihr Körper zur Seite gesackt, und so fand sie sich nun liegend und mit dem Kopf an den Essenskorb gelehnt vor, als sie die Augen aufschlug.

Leise stöhnend richtete Lionida sich auf und blinzelte den Schlaf aus den Augen. Die Schmerzen hinter ihrer Stirn hatten sich etwas gebessert, dafür spürte sie jetzt jeden einzelnen Wirbel ihres Rückgrats. *Diese Reise fängt wirklich nicht gut an*, dachte sie. *Hoffen wir, dass es besser wird, sobald wir angekommen sind.*

Wie sie bemerkte, schlief ihr Begleiter noch, den Mund leicht geöffnet, die Augen fest geschlossen und sein Gepäckstück so eifersüchtig umklammernd, als fürchtete er, ein nächtlicher Albdruck könnte sich einstellen und ihm sein Hab und Gut stehlen. Sie widerstand der Versuchung, das Kofferschloss mittels Fadenmagie zu knacken und einen Blick auf dessen geheimnisvollen Inhalt zu werfen. Stattdessen zog sie den Vorhang am Fenster leicht zur Seite und klappte selbiges auf, um nach draußen zu schauen und sich zu orientieren, wo sie sich gerade befanden.

Die Landschaft hatte sich deutlich verändert. Wie sie schon angenommen hatte, waren sie über Nacht sicher hundert Kilometer weit nach Nordwesten gefahren und befanden sich nun irgendwo im Alpenvorland, vermutlich im Piemont. Zur Linken und zur Rechten erhoben sich bewaldete Hügelketten und versperrten den Blick auf das eigentliche Alpenmassiv mit seinen schneebedeckten Mehrtausendern, das sich dahinter erhob. Ein gewundener Flusslauf schlängelte sich unweit der Straße das Tal entlang, und in einiger Entfernung waren die roten Ziegeldächer eines Dorfes zu sehen. Der Himmel war frisch und klar, und lichte weiße Nebelschwaden hingen zwischen den Bäumen an den Flanken der Hügel.

»Wo sind wir?«, meldete sich Scarcatore auf einmal von der anderen Sitzbank zu Wort.

Lionida zog den Kopf zurück in die Kutsche und zuckte mit den Schultern. »Irgendwo am Rand der Alpen. Mehr vermag ich Ihnen auch nicht zu sagen.« Sie zog das Fenster vorne zum Kutschbock auf. »He, sind wir bald da?«, fragte sie ihren Fahrer.

»Ja, bald«, erwiderte dieser mit einem Nicken. »Vielleicht noch zwei Stunden.«

Seufzend schob sie das Fenster wieder zu und öffnete ihren Vorratskorb, um ein kleines Frühstück zu sich zu nehmen. Was hätte sie auch sonst machen sollen?

Bald darauf beschrieb das Tal eine Rechtskurve, und ihr Weg verlief etwa zehn Kilometer weit direkt nach Norden. Doch als Lionida sich schon zu fragen begann, ob ihre Reise sie schnurstracks in die Schweiz führen würde, bog der Kutscher in einem kleinen Bergdorf wieder nach links ab und brachte sie auf eine unwegsame Karrenstraße, der sie, an einem plätschernden Gebirgsbach entlang, in ein abenteuerlich schmales Tal hinein folgten. Keine Menschenseele begegnete ihnen, nur einmal kam ihnen ein Schäfer mit einer bescheidenen Herde schmutzig weißer Schafe entgegen.

Wohin bringt uns dieser Mann?, fragte Lionida sich. *Kann es einen Ort geben, der noch abgelegener und einsamer ist als dieser hier?*

Sie erhielt die Antwort darauf, als sie auch die letzte, an einem kleinen See gelegene Kemenate passierten und sich direkt vor ihren Augen das Westalpenmassiv erhob. Majestätisch ragten die Dreitausender in den morgendlichen Himmel, und ihre schneebedeckten Kuppen glitzerten in der Morgensonne, die gerade im Osten aufging. Es war unzweifelhaft ein Anblick von atemberaubender Schönheit, doch stärker denn je nagte an Lionida die Frage, was sie so weit oben im Gebirge eigentlich zu suchen hatten.

Ihre Kutsche bewegte sich mittlerweile auf einem Weg, der kaum mehr diesen Namen verdiente und sich in Serpentinen zwischen zwei imposanten Gipfeln hinaufzog. Jetzt verstand Lionida auch, weshalb der Kutscher vier Pferde vor ein Gefährt, das man leicht mit zweien hätte ziehen können, gespannt hatte. Ohne die zusätzliche Zugkraft wären sie kaum noch von der Stelle gekommen. Je höher sie kamen, desto weniger Bäume und Büsche säumten ihren Weg. Irgendwann hörten sie ganz auf, und es gab nur noch Gras, Moose und blauen Enzian.

Schließlich erreichten sie den oberen Rand der Bergflanke,

die in einen weiten Talkessel überging, der zu drei Seiten von den Steinmassiven der noch höheren Gipfel schützend eingefasst war. Der Kessel wäre eigentlich vollkommen unscheinbar und uninteressant gewesen, ein karges, von Schutt und Geröll bedecktes Rund inmitten ebenso lebensfeindlicher Berghänge, dennoch hielt Lionida unwillkürlich den Atem an, als sie aus dem Fenster blickte.

Denn das Tal war keineswegs leer. Mehrere Hütten und hölzerne Lagerhallen befanden sich dort, sauber gezimmert und streng angeordnet wie bei einer Kaserne. An ein Militärlager erinnerte auch der hohe Zaun, der in regelmäßigen Abständen von einfachen Wachtürmen gesäumt war. Im vorderen Bereich gab es einen Einlass mit einer Schranke und einem Wärterhäuschen. Männer in blauen Uniformen und brauner Arbeiterkleidung gingen zwischen den Häusern umher.

All das mochte unerwartet und nachgerade erstaunlich sein, und doch verblasste es neben dem unglaublichen Anblick, der sich Lionida im hinteren Bereich des Talkessels bot. In der Rückwand des Tals befand sich der riesenhafte Eingang zu einer Höhle von anscheinend gewaltigen Ausmaßen. Um den Höhleneingang hatte man aus Holz eine sicher zwei Dutzend Meter hohe Torkonstruktion errichtet, die von seitlichen Metallgerüsten flankiert wurde. Die Gerüste dienten offensichtlich dazu, die beiden riesigen Torflügel zu führen, wenn diese aufgeschoben oder geschlossen wurden. Im Augenblick waren sie weit geöffnet, denn das Gefährt, das normalerweise wohl in der Halle versteckt wurde, befand sich gegenwärtig direkt davor in der Mitte des Tals.

Es handelte sich offensichtlich um eine Art Luftschiff, zumindest schwebte der bronzefarben glänzende Leib des Ungetüms mehr als ein halbes Dutzend Meter über dem steinigen Talboden. Doch damit endeten auch schon die Gemeinsamkeiten mit den gewöhnlichen Heißluftballons, wie Lionida sie kannte. Das unglaubliche Gefährt hatte die Dimensionen eines mittleren

Straßenzugs. Lionidas Schätzung nach war der zigarrenförmige Schiffskörper mindestens zweihundert Meter lang und vielleicht dreißig Meter breit. Am Heck befanden sich vier mächtige Stabilisierungsflossen, außerdem waren jeweils zwei große Propellermotoren vorne, in der Mitte und hinten befestigt. Unter dem Ganzen hing eine lang gestreckte Gondel, aus der eine Batterie von Kanonentürmen und anderen seltsamen Apparaturen herausragte, und auf der gewaltigen Hülle prangte ein großes Kreuz, das Zeichen des Vatikans.

Ihre Kutsche hielt direkt neben dem Giganten an, und der Kutscher öffnete ihnen die Tür. Lionida stieg aus und hob den Blick. »Heilige Mutter Gottes!«, murmelte sie. »Was ist das denn?«

»Das, Signora, ist die *Gladius Dei*, das Schwert Gottes, die modernste und machtvollste Waffe der Welt«, ließ sich eine sonore Stimme in ihrem Rücken vernehmen.

Lionida drehte sich um und erblickte einen Mann von stattlicher Erscheinung, der sich ihnen von einer der Baracken näherte und der seinen prachtvollen grauen Schnauzbart mit ebensolchem Stolz zu tragen schien wie seine blaue, mit rotem Kragen und Schulterstücken verzierte Uniform. Er hatte eine schwarzblaue Schirmmütze auf, und an seiner Seite hingen ein Säbelgehänge und ein Revolver. Bei ihnen angekommen, schlug er zackig die schwarzen Stiefel zusammen und verbeugte sich. »Gestatten Sie, dass ich mich vorstelle: Hauptmann Friedrich Wilhelm von Stein. Ich bin der Kapitän dieses Luftschiffes.« Wenn sein eigentümlicher Akzent Lionida nicht schon hätte aufhorchen lassen, so wäre ihr spätestens jetzt klar geworden, dass sie einen Offizier des Deutschen Kaiserreichs vor sich hatte.

Die Sache wurde immer verworrener. Was hatte ein deutscher Offizier in einem geheimen Lager inmitten der italienischen Alpen zu suchen, in dem sich – so waren zumindest seine Worte – die modernste Waffe der Welt verbarg, die obendrein allem Anschein nach im Dienste des Vatikans stand. *Oder vielleicht nicht des Vatikans*, kam es ihr in den Sinn. *Vielleicht ist dies hier auch ein kleines Privatunternehmen von Castafiori ...* Wobei der Begriff *klein* angesichts der Ausmaße des Gefährts einer spektakulären Untertreibung gleichkam.

Sie beschloss, die Suche nach Antworten auf all ihre Fragen einstweilen aufzuschieben und stattdessen einfach erst einmal mitzuspielen. »Sehr erfreut«, sagte sie daher mit einem Lächeln. »Mein Name ist Lionida Diodato. Dies ist mein Begleiter, Signore Scarcatore.«

»Es ist mir eine Ehre«, verkündete von Stein.

Der Gelehrte grüßte mit einem Kopfnicken, bevor er sich an Lionida wandte. »Ich hoffe, Sie verstehen nun, weswegen ich nicht mehr als nötig verraten wollte. Diesen Anblick wollte ich nicht vorwegnehmen.«

»Ich bin mir nicht einmal sicher, ob ich Ihnen Glauben geschenkt hätte, wenn Sie mir davon erzählt hätten«, erwiderte Lionida. »Wahrscheinlich hätte ich angenommen, Sie wollten sich einen Scherz mit mir erlauben.«

»Ich scherze nie.«

»Sie belieben zu scherzen.«

»Nicht einmal jetzt.«

Von Stein räusperte sich. »Vielleicht möchten die Herrschaften Ihre Unterhaltung im Salon weiterführen.« Er deutete auf die *Gladius Dei*. »Das Luftschiff ist betankt und bestückt. Sobald wir an Bord sind, können wir starten.«

Lionida stemmte die Hände in die Hüften und musterte das riesenhafte Gefährt. »Nun, das ist zweifellos das ungewöhnlichste Transportmittel, das ich jemals besteigen durfte, und ich frage mich, wie Monsignore Castafiori auf die Idee kommen konnte, mich in solch einem auffälligen Ungetüm auf eine Geheimmission nach England zu schicken ...« Sie nahm dem neben ihnen wartenden Kutscher ihre zwei Koffer ab und nickte von Stein zu. »Aber ich bin nicht hier, um zu staunen oder Fragen zu stellen, sondern um einen Auftrag zu erledigen. Also lassen Sie uns in der Tat keine Zeit verlieren. Bitte, Hauptmann von Stein, wir folgen Ihnen.«

»Jawohl«, sagte der Militär. »Hier entlang.«

Strammen Schrittes marschierte er auf das gewaltige Luftschiff zu. Währenddessen rief er einigen Männern in Mechanikerkleidung auf Deutsch Befehle zu. Lionidas Kenntnisse dieser Sprache waren nicht so gut wie ihr Englisch oder Französisch, aber sie nahm an, dass der Offizier der Bodenmannschaft die Order gab, alles zum Ablegen vorzubereiten.

Die Magieragentin ging in die Wahrsicht über, um herauszufinden, ob das metallisch glänzende Monstrum irgendwie auf magischem Wege in der Luft gehalten wurde. Sie entdeckte Spuren von Magie an den Apparaturen, die aus der Gondel hervorschauten, und ein eigentümliches und erstaunlich dichtes Netz aus Fadenbündeln und Fadenknäuel hüllte den ganzen Schiffskörper ein. Lionida zerbrach sich den Kopf darüber, was es damit auf sich haben könnte, aber sein Zweck blieb ihr verborgen.

Über eine schmale und schwindelerregend hohe Metalltreppe, die auf einen Wagen montiert war, der ein wenig an eine umgebaute Feuerlöschkutsche erinnerte, erreichten sie die Gondel. Auch sie bestand vollständig aus Metall, was Lionida ein beruhigendes Gefühl gab.

Am oberen Ende der Treppe erwartete sie ein Soldat. Er trug ebenfalls die blaue Uniform des Deutschen Reichs. Seine schwarzen Haare und die leicht gebräunte Haut seines jugendlichen Gesichts wiesen allerdings auf eine südländische Abstammung hin.

»Dies ist Fähnrich Buitoni«, stellte von Stein den jungen Mann vor. »Er wird Ihnen Ihre Quartiere zeigen und Sie dann später in den Salon geleiten. Ich selbst werde unterdessen für den Start auf der Brücke gebraucht. Wenn Sie mich einstweilen entschuldigen würden.«

»Selbstverständlich«, sagte Lionida mit einem Lächeln. »Ich hoffe, dass Sie später Zeit finden, sich zu uns zu gesellen, oder aber uns erlauben, Ihnen einen Besuch auf der Brücke abzustatten. Ich brenne darauf, mehr über dieses Fluggefährt zu erfahren.«

»Ich werde Ihnen persönlich alles erklären«, erwiderte von Stein. »Ich lasse nach Ihnen schicken, sobald wir unsere Reisehöhe erreicht haben.«

»Sehr zuvorkommend. Vielen Dank.«

Während von Stein den Gang hinunter verschwand, brachte der Fähnrich Lionida und Scarcatore zu ihren Kabinen, die einander direkt gegenüberlagen und jeweils gleichartige, wenige Quadratmeter messende Zellen waren, in denen es neben einem Etagenbett, einigen in die Wand eingelassenen Staufächern und einer kleinen Waschgelegenheit nicht viel zu sehen gab. Die Räume besaßen keine Fenster, und von einem kleinen Bronzekreuz an der Wand neben dem Bett und einem postkartengroßen Ölbild mit einer italienischen Landschaftsidylle abgesehen gab es auch keinen Zierrat.

»Zweckmäßig«, kommentierte Lionidas Begleiter, als er sein Quartier in Augenschein nahm.

Diese Umschreibung hätte Lionida womöglich auch gewählt, wenngleich mit einem deutlich sarkastischeren Unterton in der Stimme.

»Wir müssen an Platz und Gewicht sparen, wo es nur geht. Viel Luxus können wir uns an Bord daher nicht leisten«, erklärte Buitoni entschuldigend.

»Machen Sie sich keine Gedanken. Wir kommen zurecht«, ließ Lionida ihn wissen. »Die Reise dauert ja nicht lange.«

Buitoni nickte. »Nein, das ist wahr. Wenn alles gut läuft, werden wir in zwölf Stunden London erreichen.«

»Fantastisch«, verkündete Scarcatore, wobei es unklar blieb, ob ihn die Geschwindigkeit des Luftschiffes oder die Nachricht an sich begeisterte.

Rasch verstauten sie ihr Gepäck, während von der Brücke auf Deutsch energische Befehle zu hören waren, die auf gleiche Weise wiederholt wurden. Offenbar leitete von Stein den Start des Luftschiffes ein. »Kommen Sie, Signore Scarcatore. Gehen wir in den Salon. Ich möchte unseren Abflug um nichts in der Welt verpassen«, rief Lionida ihrem Begleiter zu.

»Ich ebenso wenig«, sagte dieser.

Sie schlossen die Türen zu ihren Kabinen und folgten dem Fähnrich durch den engen Gang bis zur Einstiegsluke. Während sich der Gang dahinter bis zur leicht erhöht liegenden Brücke fortsetzte, öffnete sich zur Linken ein Durchgang, der in den Salon führte. Da die *Gladius Dei* weniger repräsentativen als geheimen Zwecken diente, war der Raum weder ausgesprochen groß noch sonderlich edel eingerichtet. Es gab einige Tische und schlichte Sitzgelegenheiten, die am Boden verankert waren, und in einem schmalen Regal lagen eine Bibel sowie anderer mehr oder weniger geistlicher Lesestoff. Die Rückwand des Raumes war durch eine holzfarbene faltbare Stoffwand abgetrennt, auf der ein Abbild des Heiligen Christophorus zu sehen war, der mit dem Stab in der Hand und dem Kind auf den Schultern eine tiefe Furt durchquert.

»Dahinter liegt unsere Bordkapelle. Nur falls Sie das Bedürfnis zu beten verspüren sollten«, erklärte Buitoni Lionida. »Zum Gottesdienst ziehen wir die Faltwand zur Seite und stellen die Stühle und Tische um, sodass ein Andachtsraum entsteht. Wie gesagt: Wir müssen Platz und Gewicht sparen, wo es nur geht.«

Unter ihren Füßen war ein sanftes Erzittern zu spüren, und das Deck begann sich leicht zu neigen. Scarcatore gab einen Laut der Überraschung von sich und hielt sich an einem der Stühle fest.

»Es geht los«, verkündete ihr uniformierter Begleiter überflüssigerweise und deutete auf die von Rundbögen gezierten Fenster, die sich über die ganze Außenseite des Salons erstreckten.

Lionida schob sich zwischen den Stühlen hindurch und schaute durch die dicken Scheiben nach draußen. Der Augenblick hatte im buchstäblichen Sinne etwas Erhebendes.

Mit majestätischer Langsamkeit und Eleganz stieg das Luftschiff in die Höhe. Zu ihren Füßen standen Mechaniker und

Soldaten, winkten begeistert und warfen ihre Mützen in die Luft. Für sie schien der Start des imposanten Kolosses kein bisschen weniger aufregend zu sein als für die Passagiere an Bord. Kleiner und kleiner wurde das Camp in dem Talkessel, während um sie herum die mächtigen Flanken der Berge vorbeizogen. Schneefelder funkelten in der Morgensonne, und unwillkürlich kam Lionida der Gedanke, dass sich so die Seele eines Menschen fühlen musste, wenn sie nach dem Tode zum Himmel auffuhr.

»Grenzenlose Freiheit …«, murmelte Scarcatore neben ihr leise. Auf seinem Gesicht lag die gleiche Ergriffenheit, die Lionida gegen ihren Willen auch in ihrem Inneren spürte.

In ihrem Rücken knackte es kurz, und dann war die Stimme von Steins aus einem trompetenförmigen Auswuchs, der neben der Tür aus der Wand ragte, zu hören. »Signora Diodato, Signore Scarcatore, darf ich Sie auf die Brücke bitten.«

Die Magieragentin nickte Buitoni kurz zu, und der Fähnrich aktivierte die Sprechanlage im Salon. »Wir sind unterwegs, Herr Hauptmann«, sagte er, bevor er Scarcatore und Lionida mit einer Geste gebot, ihm zu folgen.

Sie liefen den Gang zum Bug der Gondel hinunter und stiegen dann einige Treppenstufen hinauf zur Kommandobrücke der *Gladius Dei*. Diese war ein halbkreisförmiger, in Holz und Bronze gehaltener Raum, der eine breite Fensterfront im vorderen Bereich aufwies und von vier Mann besetzt war. Zwei Steuermänner standen direkt hinter den Fenstern an zwei Steuerrädern, die sie mit ruhigen Bewegungen führten, während sie gleichzeitig mehrere Instrumente, die in Kopfhöhe angebracht waren, im Auge behielten. Ein dritter Luftschiffer hockte vor einer Instrumententafel, die ihm der Beschriftung nach Informationen über den Zustand und die Leistung der sechs Propellerantriebe lieferte. Neben ihm befand sich ein hüfthoher, auf Hochglanz polierter Maschinentelegraph, der *langsame Fahrt voraus* anzeigte.

Der hintere Bereich der Brücke wurde von einem Kartentisch eingenommen, auf dem eine Karte des westlichen Europas lag.

Von Stein hatte sich direkt neben ihm postiert und beobachtete, die Hände hinter dem Rücken zusammengelegt, die Arbeit seiner Mannschaft. Als er Lionida und ihren Begleiter erblickte, machte er eine einladende Geste. »Bitte, treten Sie näher. Wir haben beinahe Reisehöhe erreicht und werden nun nach Nordwest einschwenken.« Er gab auf Deutsch einen entsprechenden Befehl, und der linke der beiden Steuermänner schlug sein Ruder ein. Vor den Fenstern verschob sich das prachtvolle Alpenpanorama, als sich die *Gladius Dei* träge drehte und auf einen Pass zwischen zwei hoch aufragenden Gipfeln zusteuerte.

Von Stein rieb sich die Hände und trat mit zufriedenem Gesicht auf seine Gäste zu. »Nun, was halten Sie von unserem Schmuckstück?«, erkundigte er sich.

»Es ist beeindruckend«, gab Lionida zu.

»Zweihundert Meter Länge, etwa sechsundzwanzig Meter Durchmesser und an die siebzigtausend Kubikmeter Traggasinhalt in sechzehn Gaszellen, die in einer Aluminiumringstruktur aufgehängt sind und von einer mit Metallfarbe lackierten Baumwollaußenhülle geschützt werden«, erklärte von Stein. Der Stolz in seiner Stimme war kaum zu überhören. »Wir können mehr als vierzehntausend Kilometer am Stück zurücklegen, bis auf beinahe sechstausend Meter steigen und erreichen dank der sechs Daimler-Motoren, die wir magisch ein wenig verbessert haben, eine Höchstgeschwindigkeit von annähernd achtzig Stundenkilometern.« Er hielt kurz inne. »Ich hoffe, ich langweile Sie nicht mit diesen Zahlen.«

»Keineswegs«, beruhigte Lionida ihn. »Wie viele Pferdestärken haben die Motoren eigentlich? Ich kann mir keinen Motor dieser Größe vorstellen, der stark genug wäre, solch ein riesiges Gefährt zu bewegen.«

Der Hauptmann hob kurz die buschigen Augenbrauen, denn offenbar hatte er derartigen Sachverstand bei einer Dame nicht erwartet. Doch dann räusperte er sich und erwiderte: »Nun, es gibt ihn auch nicht. Die Leistung der Motoren liegt normalerweise bei etwa fünfzig Pferdestärken, und glauben Sie mir, die Modelle, die dort draußen an der Hülle hängen, sind noch nicht auf dem freien Markt zu erwerben. Durch eine magische Behandlung, deren Einzelheiten ich leider selbst nicht ganz begreife, wurde diese Leistung allerdings noch mehr als verdreifacht. Es grenzt an ein Wunder.«

»Wie passend, dass Wunder unser Geschäft sind, nicht wahr?«, sagte Lionida mit hintergründigem Lächeln.

Von Stein verstand die Anspielung und lachte. »Sie sagen es, Signora.« Er deutete auf die Instrumententafeln. »Darf ich Ihnen nun die Kommandobrücke zeigen?«

»Sehr gerne«, antwortete die Magieragentin.

Der deutsche Offizier wies mit einer Hand auf den vorderen Teil des Raumes. »Wie Sie sehen können, besitzt die *Gladius Dei* zwei Steuerruder. Eines dient der Seitensteuerung, eines der Höhensteuerung. Das Seitensteuer bewegt die senkrechten Seitenruder, die Sie bei Ihrer Ankunft am Heck sicherlich bemerkt haben, und sorgt für Richtungsänderungen. Das Höhensteuer bewegt entsprechend die waagerechten Höhenruder und bewirkt so zusammen mit dem Antriebsschub der Luftschrauben ein Aufsteigen oder Absinken aus der Bewegung heraus. Zusätzlich können wir natürlich auch durch Abgabe von Traggas oder Ballast unsere Höhe ändern, wenn Bedarf besteht.«

»Faszinierend«, sagte Lionida, der immer deutlicher wurde, wie viel fortschrittlicher dieses Luftschiff im Vergleich zur bisherigen Ballontechnik war. Wenn sich das hier Gezeigte irgendwann in größerem Maßstab durchsetzte, würde es das Transportwesen vollständig revolutionieren. Die Menschen würden nicht mehr mühevoll übers Meer, sondern wie Zugvögel durch die Lüfte von Kontinent zu Kontinent reisen.

Sie trat neben die beiden Steuermänner und warf einen Blick durch das Fenster.

Tief unter ihr zog die morgendliche Landschaft der westlichen Alpen dahin. Sie sah blühende Bergwiesen und graue Geröllhalden, von Wäldern bedeckte Hänge und von tiefen Schatten erfüllte Felsspalten. Direkt vor ihnen glitzerte das Wasser eines klaren Bergsees in der Morgensonne, und einige stecknadelkopfgroße Hütten von Hirten oder Almbauern säumten das Ufer. »Wie hoch befinden wir uns eigentlich gegenwärtig?«, fragte sie.

Der linke Steuermann hob den Blick zu einem der Messinstrumente, die an einer Leiste über ihnen angebracht waren. »Fünfhundert Meter über dem Boden, Signora, und knapp dreitausend Meter über dem Meeresspiegel.«

»Wir haben an Bord, wie Sie sehen können, ein umfangreiches Instrumentarium an Messgeräten«, sprang von Stein eifrig in die Bresche. »Höhe, Temperatur, Außendruck, Luftfeuchtigkeit …« Sein Finger wanderte über die unterschiedlichen kreisrunden Anzeigen. »Wir besitzen das erste Exemplar eines Kompasses, der auf dem Prinzip des Foucault'schen Meridiankreisels aufbaut und dadurch unabhängig vom Magnetfeld der Erde arbeitet. Und obendrein führen wir einen der wenigen weltweit existierenden Magietaster an Bord mit uns.«

Lionida drehte stirnrunzelnd den Kopf. »Das klingt nach einem Apparat, den ich kennen sollte, aber, um ehrlich zu sein, ich habe noch nie davon gehört. Was hat es damit auf sich?«

»Oh, dabei handelt es sich um einen der Beiträge, die ich zu diesem Wunderwerk geleistet habe«, meldete sich Scarcatore zu Wort. »Ein Magietaster ähnelt im Prinzip einem gewöhnlichen Kompass, nur dass er nicht auf Magnetkräfte anspricht, sondern auf Ballungen von Magie, wie sie sich etwa in einer Magiequelle oder einer Magiespalte finden lassen. Bedauerlicherweise beschränkt sich seine Reichweite auf etwa fünfzig Kilometer, aber dennoch halte ich es für ein recht nützliches Artefakt, um unerwünschte Magievorkommen aufzuspüren.«

»Oder die Nester irgendwelcher okkulter Gruppierungen«, brummte von Stein und runzelte dabei die buschigen Augenbrauen.

»Nun haben Sie – jenseits aller Zahlenspiele – meine Neugierde geweckt.« Lionida wandte sich vollends von dem Alpenpanorama ab und erneut den beiden Männern zu. »Welche Geheimnisse birgt die *Gladius Dei* noch?«

Der deutsche Offizier reckte die Brust nach vorne, und seine Hände ergriffen die beiden Aufschläge seiner Uniformjacke. Mit triumphierendem Lächeln wippte er auf die Spitzen seiner blank polierten Stiefel und zurück. »Nun, da gibt es so einiges, das Sie in Erstaunen versetzen würde. Neben dem Magietaster verfügt dieses Luftschiff über Beobachtungsteleskope mit Fadenlinsen, die selbst aus größter Höhe noch kleinste Einzelheiten am Boden heranholen. Gegen magische Angriffe sind wir mit einem Fadennetz gesichert, das an zwanzig antennenartigen Auslegern befestigt ist, die mittels eines Seilzugsystems aufgestellt werden können, wodurch sich das Fadennetz um die Hülle der *Gladius Dei* spannt und jedwede auf uns abgeschossenen Fadenbündel abfängt.« Er vollführte mit seinen Händen eine beschreibende Geste in der Luft. »Sie müssen sich das wie ein Tennisnetz vorstellen, das ebenfalls darauf ausgelegt ist, heftige gezielte Angriffe abzuhalten.«

»Sie mögen überrascht sein, aber ich weiß, was ein Fadennetz ist«, erwiderte Lionida, die allerdings innerlich zugeben musste, dass sie nicht geglaubt hätte, etwas derart Großes wie ein Luftschiff damit schützen zu können.

»Natürlich. Manchmal vergesse ich in meinem Eifer, wen ich vor mir habe«, entschuldigte sich von Stein. Er räusperte sich. »Was haben wir noch …? Gegen normale Angriffe, etwa durch Gewehre, ist die Unterseite der *Gladius Dei* mit einer Aluminiumpanzerung geschützt. Zu unserer Bewaffnung zählen vier unter dem Rumpf angebrachte und mit amerikanischen Gatling-Repetiergeschützen bestückte Kanonentürme sowie jeweils links und recht in die Gondel eingebaute Prototypen eines rückstoßgedämpften, schnellfeuernden 75-mm-Feldgeschützes französischer Bauart. Dazu kommen ein Bombenschacht und ein voll schwenkbarer Fadenbeschleuniger.«

»Wenn man Sie so erzählen hört, könnte man den Eindruck gewinnen, sich an Bord eines Kriegsschiffes zu befinden. Sind wir nicht im Auftrag Gottes unterwegs?«, fragte Lionida mit leichtem Sarkasmus in der Stimme. Es erschreckte sie ein wenig, mit welcher Begeisterung der Militär das Vernichtungsarsenal des Luftschiffes aufzählte. Noch mehr erschreckte sie allerdings, dass Castafiori solch ein Ungetüm in Auftrag gegeben hatte. Das Officium arbeitete seit Jahren vor allem im Geheimen. Eine Waffe wie diese passte irgendwie gar nicht zu ihm – oder Lionida kannte ihren Arbeitgeber doch nicht so gut, wie sie bislang angenommen hatte.

»Nun, dies alles dient natürlich vor allem unserem Schutz ... und dem Kampf gegen magisch entstandene Abnormitäten. Es ist nicht dazu gedacht, Menschen anzugreifen«, brummte von Stein, dem die Magieragentin mit ihrem Einwurf etwas den Wind aus den Segeln genommen hatte. »Abgesehen davon sind die Streiter Gottes bei ihren Kreuzzügen ins Heilige Land auch nicht allein mit dem Kreuz bewaffnet aufgebrochen.«

»Nicht unbedingt das ruhmreichste Kapitel in der Geschichte der katholischen Kirche«, rief Lionida ihm in Erinnerung.

Von Stein setzte eine mürrische Miene auf und murmelte etwas Unverständliches in seinen Bart.

»Nehmen Sie es mir nicht übel«, versuchte die Magieragentin ihren Gastgeber etwas zu beschwichtigen. »Ich bin nur eine Zivilistin. Was weiß ich schon von den Notwendigkeiten, die aus dem alltäglichen Kampf gegen die Mächte des Chaos entstehen. Eines würde mich indes noch interessieren ...« Sie drehte sich im Kreis und schloss mit einer Geste die ganze Kommandobrücke ein. »Wie gedenken Sie mit einem waffenstarrenden Koloss wie diesem in den britischen Luftraum zu gelangen, ohne einen ausgewachsenen diplomatischen Skandal heraufzubeschwören?«

»Ah, das wüssten Sie wohl gerne«, gab der Hauptmann zurück, und ein Teil der Selbstzufriedenheit kehrte in seinen Tonfall zurück. »Dann schauen Sie sich dies hier an.« Er ging um den

Kartentisch herum und legte seine Hand auf ein in die Wand eingelassenes Pult, das bis auf ein kompliziertes Muster aus Messingnägeln und Rollen leer zu sein schien. Eine kleine Anordnung orgelpfeifenartiger Rohre ging vom hinteren Ende des Pultes aus und verschwand in der Brückendecke.

»Ich nehme nicht an, dass es sich hierbei um irgendein kurioses süddeutsches Musikinstrument handelt«, sagte Lionida scherzhaft.

»Deutsch ist richtig«, erwiderte von Stein, »aber der Erfinder kam nicht aus Bayern, sondern ist ein jüdischer Magieanwender aus Berlin. Ich selbst kann das Gerät leider nicht bedienen, dazu ist nur unser Bordkaplan Tremore in der Lage. Aber wenn Sie vom Officium kommen, gehören Sie zweifellos zu den Berührten, daher darf ich Sie bitten, in die Wahrsicht zu wechseln.«

Lionida kam der Aufforderung nach. Verblüffung zeichnete sich auf ihrem Gesicht ab, als sie des unglaublich komplizierten Fadennetzwerks gewahr wurde, das auf dem Pult zwischen den Nägeln und Rollen verspannt war, nur um in Bündeln in den Messingrohren zu verschwinden. »Was ist das?«, wollte sie wissen.

»Das«, erklärte von Stein, »ist die Bedienungsapparatur unseres Tarnkokons.«

Die Magieragentin hob den Kopf und blickte den deutschen Offizier ungläubig an. »Sie wollen damit doch nicht sagen, dass die *Gladius Dei* imstande ist, sich unsichtbar zu machen.«

Von Stein schmunzelte und zwirbelte seinen prächtigen Schnurrbart. »Oh doch, Signora. Genau das will ich sagen. Ein Befehl von mir, ein Zug am rechten Faden durch Kaplan Tremore, und dieses ganze Luftschiff verschwindet vom Himmel wie davongehaucht. Die Briten werden überhaupt nicht mitbekommen, was ihnen blüht, wenn wir über sie kommen …«

… *wie der Zorn Gottes*, vollendete Lionida im Stillen den Satz, und ein Schauer der Erregung durchlief sie.

23. April 1897, 6:51 Uhr GMT
England, London, unweit der St. Paul's Cathedral

In ihrem Versteck, im Keller des *Old Man's*, ballte Jonathan die Hände zu Fäusten, und da er sie nicht auf den Tisch schlagen konnte, ohne seine schlafenden Kameraden zu wecken, presste er sie stattdessen so fest auf die Tischplatte, dass das Holz knackte.

Kendra, die es sich ihm gegenüber auf der Sitzbank bequem gemacht hatte, sah ihn mitfühlend an. »Lassen Sie mich raten«, flüsterte sie. »Sie machen sich Sorgen wegen Mister Holmes und Mister Brown. Sie fragen sich, warum Watson noch nicht zurückgekehrt ist. Sie fürchten, Crandon könnte wiederkommen und uns entdecken. Und überhaupt haben Sie die Warterei satt und würden am liebsten losstürmen, um irgendetwas zu unternehmen.«

Jonathan bedachte sie mit einem schwachen Grinsen. »Das trifft es ungefähr, ja.« Er verzog das Gesicht. »Aber geht es Ihnen nicht genauso? Erst saßen wir im Keller der Unteren Guildhall fest und haben gewartet. Nun sitzen wir im Keller dieses Pubs fest und warten. Derweil treiben Wellington und seine Anhänger ihr unredliches Spiel und hecken wer weiß was für eine Teufelei aus. Dagegen muss doch etwas unternommen werden. Und wenn weder Holmes noch Randolph da sind, um uns zu führen, dann müssen wir unseren Weg eben selbst finden.«

Die junge rothaarige Frau bedachte ihn mit einem langen Blick. »In Ordnung«, sagte sie. »Was schlagen Sie vor?«

Jonathan setzte zu sprechen an, brach jedoch sofort wieder ab und schürzte nachdenklich die Lippen. Ja, was schwebte ihm eigentlich vor? Zwar verspürte er eine kaum zu bändigende Ruhelosigkeit, aber wohin er seine Schritte lenken sollte, wenn er jetzt losrannte, wusste er im Grunde auch nicht. »Ich habe leider keine Ahnung«, murmelte er. Er hob die linke Hand, an der Dunholms Ring steckte. »Irgendwie habe ich die ganze Zeit darauf gehofft, dass mir der Ring sagen würde, was zu tun ist. Er sei der Schlüs…« Er hielt inne und sah sich um. *Vertraue niemandem!*, hatte der sterbende Erste Lordmagier gesagt. Aber außer ihnen beiden war nur Miss Morland wach, und die Magierin schien vollkommen in Gedanken versunken zu sein, während sie der neben ihr schlafenden Misses Blackwood geistesabwesend über das dunkle Haar strich.

Leise erhob sich Jonathan und gesellte sich zu Kendra auf die Bank. »Er sei der Schlüssel, sagte Dunholm, als er ihn mir übergab«, fuhr er mit gedämpfter Stimme fort. »Aber wozu? Das hat er mir leider nicht verraten. Eine Weile dachte ich, der Alte Mann könne die Worte im übertragenen Sinne gemeint haben. Dass der Ring für mich der Schlüssel zur Welt der Magie sei. Aber der Gedanke kommt mir nicht richtig vor. Mittlerweile neige ich eher zu der Annahme, dass es sich tatsächlich um einen Schlüssel im buchstäblichen Sinne handelt. Dass er vielleicht eine Truhe mit Geheimnissen des Ersten Lordmagiers öffnet oder eine Tür zu einem verborgenen Trakt der Guildhall. Leider wird es uns schwerfallen, das im Augenblick nachzuprüfen. Eines jedenfalls ist klar: Dunholm wollte nicht, dass der Ring in die Hände der Männer fällt, die ihn umgebracht haben. Er wollte nicht, dass der Franzose oder, wahrscheinlicher, Wellington diesen Schlüssel für sich nutzen können.« Es war das erste Mal, dass er mit jemandem darüber sprach, seit dem Abend in Holmes' Arbeitszimmer. Und obwohl er Kendra kaum besser kannte als den Rest seiner Gefährten, fühlte es sich irgendwie richtig an, dieses Geheimnis mit ihr zu teilen – zumal sie ohnehin schon von dem Kleinod wusste, seit sie es im Keller der Unteren Guildhall vor den suchenden Blicken Hyde-Whites verborgen hatte.

»Darf ich ihn mir mal anschauen?«, bat die junge Frau. »Ich hatte noch überhaupt keine Gelegenheit zu sehen, was ich da eigentlich vor diesem Metallungeheuer geschützt habe.« Offensichtlich erinnerte sie sich an den Moment ebenso wie er.

Im Schutze der Tischplatte spreizte Jonathan die Finger und präsentierte Kendra den Ring. »Ich vermag ihn leider nicht abzunehmen. Er sitzt magisch fest, und da ich nicht einmal imstande bin, eine Teetasse schweben zu lassen, versuche ich erst gar nicht, dieses Fadengespinst zu lösen.« Er hatte die Worte kaum ausgesprochen, als ihm klar wurde, dass sie nicht stimmten. Er *wusste*, wie man eine Teetasse in die Luft hob und sie dort hielt. »Warten Sie einen Moment«, murmelte er mit gelinder Verwirrung.

Er wechselte in die Wahrsicht, und es fiel ihm so leicht, dass er zunächst gar nicht bemerkte, dass es ihm gelungen war. Die glitzernde Welt der Magie öffnete sich ihm mit einer Beiläufigkeit, als habe er einen Vorhang vor einem Fenster beiseitegezogen. Überrascht sog er die Luft ein.

»Ist alles in Ordnung?«, wollte Kendra wissen.

Jonathan hob die rechte Hand, verband seine Fäden mit denen der Wasserkaraffe, die vor ihm auf dem Tisch stand, und zog sie dann zusammen. Mit leisem Schaben wurde die Karaffe über das Holz und in seine ausgestreckten Finger gezogen. »Ob alles in Ordnung ist?«, echote er mit zunehmender Fassungslosigkeit. Er blickte auf und schoss aus seinen Augen ein dünnes Fadenbündel auf den kleinen Kronleuchter an der Decke ab. Der Lichtspender fing an zu schaukeln, als habe er ihn mit seinen Händen angestoßen.

Ein begeistertes Jauchzen wollte sich aus seiner Kehle Bahn brechen, und Jonathan musste sich zurückhalten, um nicht all seine Gefährten aus dem Schlaf zu reißen. »Ich … es … Kendra, es ist fantastisch«, flüsterte er aufgeregt. »Ich weiß auf einmal, wie es geht. Ich kann auf einmal die Fäden manipulieren. Es ist alles da. Schauen Sie nur!« Er hob ein weißes, spitzenbesetztes Taschentuch, das Morland nach dem Essen auf dem Tisch vergessen hatte, in die Luft und ließ es lautlos hin und her tanzen, sich drehen und wenden, als würde eine unsichtbare Brise mit dem dünnen Stoffstück spielen.

Er spürte, wie die junge Frau seinen Arm ergriff und ihre Finger in seiner Jacke vergrub. »Wie machen Sie das?«, raunte sie erregt und nicht gänzlich frei von Neid. »Gestern noch waren Sie kaum imstande, sicher in die Wahrsicht überzutreten.«

»Ich weiß es auch nicht. Es ist wie ein Wunder«, gab Jonathan zurück. Im nächsten Moment fiel ihm ein, dass es natürlich kein Wunder war, sondern Drummond. *Mein Tod ist unausweichlich*, hallte die Stimme des schottischen Magiers durch sein Bewusstsein. *Wenn aber mein Wissen helfen kann, Sie am Leben zu erhalten, dann trenne ich mich davon gerne.* Es hatte geklappt. Er hatte nicht bloß Teile von Drummonds Erinnerungen, etwa an seine Heimat in den Highlands oder die geheimen Fluchtwege durch die Kanalisation Londons, in sich aufgenommen, sondern auch seine Gabe, Fadenmagie zu wirken. *Wo auch immer Sie gerade stecken, Mister Drummond. Ich danke Ihnen für dieses Geschenk!*

Jonathan ließ seinen Blick über die anderen Magier schweifen, und musterte ihre Fadenauren, deren eigentümliche Bewegungen auf einmal einen Sinn für ihn ergaben, wie ein Mosaik, das sich aus einer chaotischen Menge einzelner Steinchen plötzlich wie von selbst zu einem Bild zusammensetzte. Er nahm das unruhige Zittern der Fäden in Cutlers Aura wahr, das von der Sorge um Holmes und Randolph herrührte. Er bemerkte, dass Morlands Fäden von einem seltsam geisterhaften Doppeleffekt begleitet wurden, was ihrer eigentümlichen Fähigkeit, einige Augenblicke in die Zukunft zu blicken, geschuldet sein musste. Und er sah, dass aus Ritzen in dem Fadenkokon um Giles McKellen helle Lichtstrahlen hervorbrachen, als gehe dort soeben ein Stern auf, der die schützende Hülle, die ihn eingesponnen hatte, mehr und mehr verbrannte.

»Kendra«, hauchte Jonathan und ergriff nun seinerseits den Arm der jungen Frau. »Ihr Großvater. Ich glaube, er erwacht.«

»Was sagen Sie?« Kendra richtete sich an seiner Seite auf.

»Der Kokon … Es brechen Lichtstrahlen daraus hervor, und er scheint von ihm abzufallen.«

»Ich sehe es auch«, bestätigte sie atemlos. Sie sprang auf und durchquerte den Raum, wobei sie keinen Gedanken daran verschwendete, leise zu sein.

Boyds Augen waren praktisch in der gleichen Sekunde offen,

und alarmiert richtete er sich auf. Das wiederum weckte Reynolds, der sich herumrollte und gegen Cutler stieß. Grunzend zuckte dieser zusammen und fragte erschrocken: »Was ist los? Werden wir angegriffen?«

Während um sie herum Bewegung in alle Magier kam, ließ Jonathan die Wahrsicht fallen und erhob sich ebenfalls, um an Kendras Seite zu treten, die sich neben ihren Großvater gekniet und seine Hand ergriffen hatte. »Großvater? Kannst du mich hören?«, fragte sie, und in ihrer Stimme schwang sowohl Hoffnung als auch Flehen mit.

»Verstehe ich das richtig? Mister McKellen erwacht?«, wollte Cutler wissen und rieb sich die Augen.

»Wir wissen es noch nicht genau. Aber es könnte sein«, antwortete Jonathan.

»Nun, das wäre wahrlich ein Silberstreif am Horizont. Dann erfahren wir vielleicht endlich, weswegen er Albert sprechen wollte«, bemerkte Dunholms Sekretär, als er sich schwerfällig von seinem Stuhl erhob, ächzend seinen steifen Rücken streckte und anschließend zu Jonathan herüberkam.

»Kendra …« Das Wort kam so leise über die Lippen des alten Mannes, dass Jonathan sich nicht sicher war, es wirklich gehört zu haben.

Diese Unsicherheit wurde allerdings sofort ausgeräumt, als die Angesprochene freudig aufjauchzte. »Großvater! Oh, du bist wach. Du bist wirklich wach! Ich fürchtete schon, du würdest nie wieder zu uns zurückkehren. Ich fürchtete, du könntest sterben.« Sie beugte sich hinunter und umarmte den alten Mann.

Im ersten Moment regte er sich noch gar nicht. Dann aber hob er langsam, beinahe zögernd, seine Hände und schloss seine Enkelin in die Arme. Ein schwaches Lächeln trat auf sein bärtiges Gesicht. »Kendra, meine Liebe … Nein, nein, so schnell stirbt diese alte Haut nicht.« Er lachte leise. »Es tut mir leid, dass ich dich geängstigt habe. Es ging nicht anders. Ich musste neue Kraft schöpfen. Musste zu mir selbst zurückfinden.« McKellen klopfte der jungen Frau sanft auf den Rücken. »Und nun lass mich aufstehen. Ich habe das Gefühl, dass so einige Anwesende auf eine Erklärung von mir warten.«

Widerstrebend ließ Kendra von ihm ab, erhob sich und trat einen Schritt zurück.

Endlich schlug der alte Mann auch die Augen auf – und Jonathans Rücken verkrampfte sich unwillkürlich. Er hatte solche Augen schon einmal gesehen, in denen keine gewöhnliche blaue oder braune Iris und keine normalen schwarzen Pupillen mehr lagen, sondern stattdessen ein gelbliches Treiben funkelte und blitzte, der Wasseroberfläche eines Ozeans im Licht der Mittagssonne gleich. Der neue Erste Lordmagier Wellington hatte die gleichen Augen gehabt, als er mit Feuer und Schwert in die Versammlung der Ordensmagier in der Großen Ratskammer eingebrochen war.

»Erschreckt nicht«, bat McKellen die ihn Umstehenden, als er sich bedächtig von der Bank erhob, auf die Randolph ihn gebettet hatte. Die Reaktion auf seine Augen musste allzu deutlich in ihren Gesichtern gestanden haben. »Es ist alles gut. Ich bin nur …« Er brach ab und schien zu überlegen, wie er das, was ihm widerfahren war, am besten in Worte kleidete. »Ich war gezwungen, eine unglaubliche Menge an Magie in meinem Körper aufzunehmen. Das hat seine Spuren hinterlassen, fürchte ich. Aber ich bin noch immer der, der ich war.«

»Wer, wenn die Frage gestattet ist, waren – und sind – Sie denn eigentlich?«, fragte Cutler. »Woher kennen Sie Albert Dunholm? Und was führte Sie nach London?«

Abwehrend, aber mit einem Lächeln auf den Lippen hob McKellen die Hand. »Keine Sorge, Gentlemen – und die Damen nicht zu vergessen. Das will ich Ihnen alles gerne erklären. Aber zunächst einmal bin ich hungrig wie ein Bär. Ich habe seit Tagen nichts gegessen und könnte gut ein kräftiges Frühstück vertragen.«

»Wie wir alle, glaube ich«, meldete sich Misses Blackwood zu

Wort. »Ich werde mal nach oben gehen und diesen Mister Old Man suchen, um ihn zu bitten, uns etwas zu Essen zu bringen.«

Eine allgemeine Bewegung kam in die Magier, als sie nach der behelfsmäßig verbrachten Nacht ihre Kleider richteten oder ein Glas Wasser tranken. Jonathan folgte derweil Misses Blackwood nach oben, um sich in den Örtlichkeiten, die direkt gegenüber dem Kellereingang lagen, ein wenig kühlendes Nass ins Gesicht zu spritzen und seine Blase zu erleichtern.

Beides war eine wahre Wohltat.

Er war soeben damit beschäftigt, im Anschluss daran seine Hände zu waschen, als er plötzlich ein leises Scharren aus einer der mit schlichten braunen Holztüren abgetrennten Toilettenkabinen vernahm. Stirnrunzelnd schüttelte er das Wasser von seinen Händen und rieb sie danach in Ermangelung eines Handtuchs an seiner Hose trocken.

Da war das Geräusch wieder. Es klang wie ein Tappen von kleinen Füßen und drang ganz eindeutig aus der hintersten Kabine, deren Tür, wie alle anderen auch, leicht angelehnt war. Vorsichtig näherte Jonathan sich der Stelle und ging behutsam in die Knie, wobei er unbewusst die linke Hand abwehrbereit erhoben hatte. Er beugte den Oberkörper nach unten, bis er unter der in Wadenhöhe abgesägten Holztür durchschauen konnte. Irgendetwas bewegte sich dort im Dunkeln. War das ein Tier?

»He, wer bist du denn?«, fragte Jonathan sanft, in der Hoffnung, er könnte den verängstigten Besucher hervorlocken.

Im nächsten Augenblick flitzte ihm unvermittelt ein kleiner, braun geschuppter Körper entgegen. Auf krummen Stummelbeinen schoss er aus der Finsternis der Kabine und genau auf Jonathan zu. Ein Maul, etwa so groß wie Jonathans Hand, klaffte auf und enthüllte zwei unregelmäßige Reihen kurzer, spitzer Zähne. Es war ein Krokodil, wenn auch kaum so groß wie ein Dackel.

Mit einem Aufschrei fuhr Jonathan zurück und schleuderte der Echse ein Fadenbündel entgegen. Er verfehlte sie, und keine Sekunde später schnappte das kleine Ungeheuer nach seinem

Schuh. Jonathan riss seinen Fuß zur Seite und entging dem zuklappenden Maul um Haaresbreite. Doch der Minialligator ließ nicht locker, sondern warf sich stattdessen herum und bekam mit seinen Zähnen Jonathans rechtes Hosenbein zu fassen.

»Kleines Biest!«, fluchte Jonathan, beschwor die Wahrsicht herauf und packte das Tier mit einem Fadenbündel am Schwanz. Mit Schwung riss er es von sich los, wobei sein Hosenbein einigen Stoff einbüßte, und schleuderte es gegen die ferne Wand des Raumes, womit er es ungünstigerweise zwischen sich und die Tür zum Flur warf. Mit trockenem Klatschen prallte die Echse gegen den Stein und rutschte daran herab, nur um sich sofort wieder umzudrehen und erneut auf Jonathan zuzueilen.

Dieser machte einen Schritt rückwärts, blieb dabei an einem Vorsprung im Bodenbelag hängen und setzte sich unsanft auf den Hosenboden. »Hilfe!«, schrie er. »Hier ist ein Krokodil in den Toiletten!« Er hob beide Hände, um es erneut mit einem Fadenschlag zu versuchen, wobei er hoffte, diesmal in der Wahrsicht besser zielen zu können.

Das Untier machte einen Satz auf ihn zu, und Jonathan feuerte ihm aus allen zehn Fingern Fäden entgegen. Mit einem Zischen, das auf Schmerz hindeuten mochte, krümmte es sich und wurde nach hinten gewirbelt.

Im gleichen Augenblick ging die Tür auf, und Old Man kam mit einem Besen bewaffnet hereingestürmt. »Heilige Mutter Gottes!«, rief er. »Hier bist du also. Und verflixt agil auf einmal. Da dachte ich noch, du wärst gestohlen worden, und nun das!«

Jonathans Augen wurden groß, als er, in die Normalsicht zurückfallend, die verschrumpelte braune Echse auf einmal wiedererkannte. Es handelte sich um den eigentlich tot und ausgestopft geglaubten Minialligator, der zuvor im Schankraum des *Old Man's* auf einem Querbalken gelegen hatte. Da Jonathan sich nicht vorstellen konnte, dass Old Man einen echten Alligator in seinem Pub hielt, musste dessen wundersame Belebung wohl der

Magie geschuldet sein. *Es wäre nicht das erste Tier, das eigentlich nicht durch Londons Straßen wandeln dürfte*, dachte er in Erinnerung an die Steinlöwen, denen er vor vier Nächten gemeinsam mit Randolph bei Nacht und Nebel begegnet war.

Der Minialligator fauchte Old Man unterdessen an und klappte angriffslustig das kleine Maul auf.

»Oha, und frech bist du auf einmal auch«, schimpfte der Wirt und versetzte dem Untier mit dem Besen einen Schlag auf den Kopf. »Habe ich dich nicht immer gut behandelt? Abgestaubt und sauber gemacht? Und so dankst du es mir?« Er verpasste der Echse noch einen Besenschlag, der sie mit zuckendem Schwanz einen Schritt rückwärts trieb. Der Wirt schien den Umstand, die zweifellos in irgendeinem Trödelladen erworbene Tiertrophäe auf einmal quicklebendig vorzufinden, erstaunlich gut aufzunehmen. Offenbar war er als Betreiber eines Pubs für magische Kundschaft bereits das eine oder andere gewohnt.

»Verzeihen Sie, Sir, dürfte ich kurz eingreifen?«, erkundigte sich McKellen, der soeben hinter Old Man im Türrahmen erschienen war.

»Bitte, wenn Sie mit der Bestie besser fertig zu werden glauben«, gab der Wirt zurück und machte Platz. »So etwas habe ich wirklich noch nicht erlebt.« Er schüttelte den Kopf.

»Komm her«, sagte Kendras Großvater gütig und hielt dem nervös zischenden Reptil eine Hand hingegen, als wolle er es füttern.

Der Minialligator machte einen Satz nach vorne, und Jonathan befürchtete schon, er könne der Einladung Folge leisten, indem er dem alten Mann zwei oder drei Finger abbiss. Doch stattdessen flog er regelrecht in McKellens Hand, und dieser hielt das Tier mit sicherem Griff um den Bauch fest. Mit allen vier Beinen in der Luft zappelnd und furchtsam zischend wand sich das schuppige Kerlchen, aber Kendras Großvater ließ sich davon nicht beirren.

Furchtlos hob McKellen den Minialligator in die Höhe und

blickte ihm tief in die Augen. Zunächst versuchte das Reptil noch nach ihm zu schnappen, auf einmal jedoch wurde es erstaunlich ruhig. Es ließ die Beine hängen, und seine Augenlider senkten sich leicht. »Ein netter kleiner Bursche«, stellte McKellen fest, als er ihn wie einen Schoßhasen auf den Arm nahm und ihm sanft den geschuppten Kopf tätschelte. Der Minialligator ließ diese Behandlung widerspruchslos über sich ergehen, zischte nur einmal kurz und legte danach seinen flachen Schädel in die Armbeuge des Mannes.

»Was haben Sie mit ihm angestellt?«, fragte Jonathan verblüfft, als er sich wieder erhob und seine ramponierte Hose zurechtzog. Das Loch war zum Glück nicht so groß. Vielleicht konnte man es flicken.

»Ich habe ihm erklärt, dass er keine Angst zu haben braucht. Er ist unter Freunden«, antwortete McKellen.

»Na, das hat er bei Ihnen zumindest besser verstanden als bei mir«, bekannte Old Man freimütig.

»Kaum verwunderlich. Schließlich stehen mir Möglichkeiten der Verständigung offen, die Sie nicht beherrschen«, gab Kendras Großvater zurück. »Sie müssen verstehen, Gentlemen, dass alles magisch erwachte Leben sich zunächst einmal in einem Zustand höchster Verwirrung befindet. Es wurde nicht geboren, nicht an Dinge wie ein eigenes Bewusstsein oder das Bewältigen von Sinneseindrücken im Laufe eines Lebens gewöhnt, sondern schlicht erweckt. Alles ist fremd. Nichts ergibt einen Sinn. Darauf reagiert jedes Geschöpf, wie es seiner Natur entspricht. Dieser Bursche hier hat sein Heil offenbar in verzweifelter Bissigkeit gesucht. Aber das ist nun vorbei. Ich denke, er hat verstanden, dass ihm von uns keine Gefahr droht.«

Old Man räusperte sich. »Da Sie solch ein verständnisvoller Mann sind, möchten Sie ihn vielleicht behalten, Sir? Ich kann ihn schwerlich wieder in den Schankraum setzen. Und in der Küche halten würde ich ihn ungern.«

»Ich danke für das nette Angebot, aber ich denke, ich habe

eine bessere Idee. Kommen Sie her, junger Mann.« Er winkte Jonathan zu.

»Kentham, Jonathan Kentham ist mein Name«, stellte dieser sich vor, als er näher trat.

»Sehr erfreut, Mister Kentham. Aber ich kenne Ihren Namen bereits. Ich war nicht so blind und taub während meines Schlafes, wie alle vielleicht denken. Doch dazu später mehr. Wären Sie einstweilen so freundlich, Ihren Arm auszustrecken. So? Danke.« Er zog Jonathans Arm nach oben, und schickte sich anschließend an, den Minialligator daraufzusetzen.

»Oha, halt, warten Sie! Ich will dieses Tier nicht haben«, entfuhr es Jonathan erschrocken, und er machte einen Schritt nach hinten.

»Aber es wäre nur recht und billig. Sie haben ihn gefunden. Er hat ein Loch in Ihr Hosenbein gerissen, Sie haben ihn gegen die Wand geworfen.«

»He, woher wissen Sie das?«, wollte Jonathan wissen.

»Ich habe es in seinem Geist gesehen«, antwortete McKellen. »Aber was ich eigentlich sagen wollte: So etwas verbindet. Und unterschätzen Sie niemals die Verbindung zwischen einem Magier und seinem tierischen Vertrauten.«

»Meinem was?« Jonathan schüttelte fassungslos den Kopf. »Hören Sie, Mister McKellen, es mag ja sein, dass diese ganze Magiesache neu für mich ist, aber ich bin mir ziemlich sicher, noch nie davon gehört zu haben, dass ein Magier ein Krokodil zum Vertrauten hat. Eine Eule, ja. Eine Katze. Einen Raben vielleicht, so wie Randolph. Aber ein Krokodil?«

»Genau genommen ist es ein junger Mississippi-Alligator«, warf Old Man ein.

»Nun ich hoffe, er erwartet nicht, dass ich mir für ihn einen Südstaatenakzent zulege«, brummte Jonathan.

McKellen schmunzelte. »Keine Sorge, er beherrscht noch keine Sprache. Er ist erst vor wenigen Tagen erwacht, sein Geist ist noch ungeformt. Aber er kann Bilder verstehen.«

»Ich kann ihm aber keine Bilder senden. Ich beherrsche keine Telepathie«, wandte Jonathan ein.

»Überlassen Sie das nur ihm. Er wird mit Ihnen Kontakt aufnehmen, wenn er sich an Sie gewöhnt hat. Das ist bei Vertrauten immer so. Die Bindung entwickelt sich mit der Zeit ganz von alleine.«

Jonathan stieß einen tiefen Seufzer aus. Eigentlich hatte er nur seine Blase erleichtern wollen. Dass dieses so alltägliche Bedürfnis solch unerwartete Folgen haben könnte, damit hatte er nicht gerechnet. »Also, mal angenommen, ich bin einverstanden. Wie halte ich denn so einen Alligator überhaupt? Ich habe von Tieren gar keine Ahnung.«

Der Wirt gluckste. »Oh, ich nehme an, dass er ausgesprochen pflegeleicht sein wird. Er ist schließlich tot, nicht wahr? In seinem Bauch steckt nicht viel mehr als Stroh oder zumindest etwas Ähnliches.«

»Ist das wahr?«, fragte Jonathan McKellen.

Kendras Großvater nickte. »Ja, so eigentümlich es klingt. Die Magie ist imstande, Dinge zu beleben. Aber sie verwandelt sie deswegen nicht zwingend in das zurück, was sie einmal waren. Ich habe eine Katze gesehen, während ich schlief. Ich glaube, sie wurde Watson genannt. Sie war ein Geist, sofern ich das richtig erkennen konnte. Und dennoch lebte sie auf ihre eigene Art und Weise. Mit diesem hier ist es das Gleiche.« Er hob den Minialligator hoch und hielt ihn Jonathan hin. Das Tier blickte ihn aus zu Schlitzen verengten Augen an und wirkte dabei unerwartet zufrieden.

»Ach, was soll's. Geben Sie ihn her, wenn Sie denn der Meinung sind, es sei meine Bestimmung, eine untote Echse zu besitzen.« Jonathan nahm den Alligator entgegen und legte ihn auf seinen linken Arm. Dafür dass keinerlei Blut mehr durch irgendwelche Adern floss, fühlte er sich erstaunlich warm an. »Hat der Bursche auch einen Namen?«, erkundigte Jonathan sich bei Old Man.

»Also … äh … ich habe ihn immer Rupert genannt, nach meinem Großonkel«, gestand der Wirt mit leichter Verlegenheit. »Aber das ist natürlich kein Name für einen Alligator.«

»Ach, er ist schon in Ordnung«, erwiderte Jonathan. Er neigte den Kopf und blickte das Reptil an. »Nun, Rupert? Dann wollen wir mal zurück zu den anderen gehen. Die werden staunen, wenn sie dich sehen, so viel kann ich dir versprechen.«

Rupert gab ein leises Husten von sich, was wohl eine Bestätigung sein mochte.

»Ich bereite das Frühstück vor«, sagte Old Man, schulterte seinen Besen und verließ den Raum.

»Und ich werde mich um unseren weiteren Gast kümmern«, sagte McKellen.

»Wen meinen Sie?«, wollte Jonathan wissen und folgte mit dem Blick Kendras Großvater, der an ihm vorbei an das kleine, schmutzige Fenster trat, das auf einen Hinterhof führte. Just in diesem Augenblick landete ein dunkler Schemen auf dem Fenstersims, und das leise, allzu vertraute Pochen eines Schnabels an die Scheibe war zu hören. »Nevermore!«, rief Jonathan erfreut, als der schottische Magier das Fenster öffnete und Randolphs Rabe hereinflatterte.

Der Vogel ließ sich auf einer der Türen zu den Toilettenkabinen nieder und krächzte grüßend.

Rupert hob ein wenig den Kopf und musterte den Neuankömmling misstrauisch. Er schien sich zu fragen, ob man ihn wohl essen könne.

»Haben Watson und du Randolph und Holmes gefunden?«, wollte Jonathan wissen.

Nevermore nickte mit dem Kopf und krächzte bestätigend.

»Und wo sind sie?«

Der Rabe legte den Kopf schief und blickte ihn aus klugen Augen an.

»Es tut mir leid, aber ich verstehe dich nicht«, stellte Jonathan enttäuscht fest.

»Aber ich verstehe ihn«, sagte McKellen. Er hob die Hand, und der Vogel hüpfte darauf. Dann wandte er sich Jonathan zu. In seinen Augen lag ein trauriger Ernst. »Und die Antwort lautet: Sie sind fort. Wellington und seine Anhänger haben mit ihren Gefangenen die Stadt verlassen.«

»Was?! Wir müssen sofort etwas unternehmen. Wir müssen ihnen folgen«, rief Jonathan. Am liebsten wäre er umgehend zur Tür hinausgestürmt, aber ihm war bewusst, dass dadurch nichts gewonnen worden wäre.

McKellen nickte. »Sie haben recht, Mister Kentham. Wir müssen etwas unternehmen. Aber lassen Sie uns zuerst zu den anderen zurückkehren. Während des Essens können wir über alles sprechen. Und zu besprechen gibt es eine ganze Menge.«

KAPITEL 22:

UNTER DER STADT UND UNTER DEM MEER

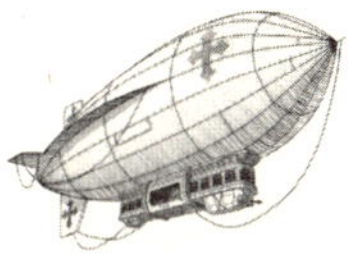

»Wellington, N. Z. Das britische Schiff Zuleika, Capt. Bremner, ist vorgestern vor Neuseeland gesunken. Die Betreibergesellschaft meldete, das Schiff sei mit einer gemischten Ladung mit Ziel Wellington von New York ausgelaufen. Auf dem Weg geriet es vor Cape Palliser in ein Unwetter und sank. Neun Besatzungsmitglieder überlebten. Zwei der Matrosen behaupten, ein riesiger Krake habe das 211,5 Fuß lange Eisenschiff in die Tiefe gezogen. Sie befinden sich in medizinischer Behandlung.«

– Morning Post, 23. April 1897

23. April 1897, 8:01 Uhr GMT
England, London, unweit der St. Paul's Cathedral

Etwa eine halbe Stunde später saßen sie alle gemeinsam um die aus zusammengerückten Tischen gebildete Tafel herum und ließen sich das von ihrem Gastgeber aufgetragene Frühstück schmecken. Von dem Eintopf am gestrigen Abend abgesehen, handelte es sich um die erste ordentliche Mahlzeit seit Tagen, und nicht nur Jonathan griff herzhaft zu.

Während des Essens tauschten sie sich über die Ereignisse der letzten Tage aus. Jonathan und Cutler umrissen für McKellen alles, was sich seit Wellingtons Putsch in der Guildhall zugetragen hatte, Kendras Großvater setzte sie unterdessen über die Geschehnisse im Versteck von Randolph, Grigori und Sedgewick in Kenntnis – sofern er sie aus seiner ungünstigen Lage und mit seinen eingeschränkten Sinnen mitbekommen hatte. Die tragischen Umstände, unter denen der schmächtige Magispector zu Tode gekommen war, sorgten dabei sowohl für bekümmerte als auch aufgebrachte Mienen am Tisch.

Danach berichtete McKellen, was er von Randolphs Raben Nevermore erfahren hatte, der auf der Schulter von Kendras Großvater mit ihnen heruntergekommen war und sich dann auf dem Hutständer neben dem Eingang niedergelassen hatte. Wie es schien, hatte Wellington die Untere Guildhall nach dem Angriff von Randolph und Grigori räumen lassen und alle Ordensmitglieder, alles geborgene Hab und Gut und auch die Gefangenen – zu denen zu diesem Zeitpunkt auch ihre beiden Retter sowie Holmes und Wilkins gezählt hatten – nach Creek's Mouth im Osten von London gebracht, um sie dort in den Leib eines Seeungeheuers zu verfrachten, mit welchem sie irgendwann in der letzten Nacht flussabwärts verschwunden waren.

»Sie reisen im Bauch eines Seeungeheuers? So wie Jonas im Bauch des Wals?«, fragte Cutler ungläubig, während er in einer Tasse Tee rührte.

»Nun ja, ich nehme an, es handelt sich in Wirklichkeit um eine Art Schiff«, gab McKellen zurück. »Der Vogel jedenfalls hielt es für ein lebendes Geschöpf.«

Kendra, die neben ihrem Großvater saß, erweckte kurz den Eindruck, als wolle sie etwas sagen, schwieg dann aber doch.

»Es ist ein Tauchboot«, stellte Jonathan klar, während er Rupert sanft davon abzuhalten versuchte, das halb aufgegessene Käsebrot auf seinem Teller zu verschlingen. Offenkundig war sich der Minialligator nicht ganz der Tatsache bewusst, dass es in seinem vertrockneten Körper keinen Magen mehr gab, der das Brot hätte verdauen können. »Fragen Sie mich nicht, woher er es hat, aber Wellington gebietet über ein Tauchboot, das der *Nautilus* aus Jules Vernes Roman *20 000 Meilen unter dem Meer* nachempfunden wurde.«

»Nevermore war sich ziemlich sicher, dass dieses Gefährt lebendig ist«, beharrte McKellen, und der Rabe krächzte zustimmend von seinem Platz auf dem Hutständer aus.

»Könnte sich das ganze Boot durch den Kontakt mit der Wahren Quelle verwandelt haben? So wie dieser Hyde-White?«, fragte Jonathan.

»Das ist möglich«, erwiderte McKellen mit einem Nicken. »Aber im Grunde ist es einerlei, welcher Natur dieses Fortbewegungsmittel ist. Wichtig ist nur, dass der neue Erste Lordmagier damit aufgebrochen ist. Das Ziel kann nur die Wahre Quelle der Magie sein – die im Übrigen auch der Grund für meine Reise nach London war.«

»Ah, hervorragend, vielleicht möchten Sie uns ein wenig mehr darüber erzählen«, sagte Cutler. Mit erwartungsvollem Blick hob er seine Teetasse und trank einen kleinen Schluck.

McKellen lehnte sich auf seinem Stuhl zurück. »Sofern es in diesem Augenblick zweckdienlich ist, will ich das gerne tun. Meinen Namen kennen Sie bereits, und woher ich komme, habe ich auch schon gesagt. Vor beinahe einer Woche verspürte ich eine starke Erschütterung der magischen Sphäre, von der wir heute wissen, dass sie durch das Auftauchen der Wahren Quelle der Magie hervorgerufen wurde. Ich …« Er zögerte kurz und schien nach den richtigen Worten zu suchen. »… bin recht bewandert in der Geschichte der Magie, insbesondere in alten Sagen und Legenden. Daher war mir der Mythos der Quelle, obschon im Bewusstsein gewöhnlicher Magier schon seit Jahrhunderten ohne Bedeutung, bekannt, und ich fürchtete, jemand könnte sie gefunden und ihr Siegel gebrochen haben. Um darüber Gewissheit zu verschaffen, brach ich nach London auf, in der Hoffnung, dort auf meinen alten Freund Albert Dunholm zu treffen. Auch wenn wir uns jahrelang nicht gesehen hatten, wusste ich, dass er zum Ersten Lordmagier eines großen Magierordens aufgestiegen war, und ich nahm an, dass er Zugriff auf ein wahres Archiv des Wissens haben würde. Mit seiner Hilfe hoffte ich, meine Ahnungen entweder bestätigen oder, besser noch, entkräften zu können. Leider kam ich, wie ich hörte, zu spät, um Albert noch lebend anzutreffen. Aber meine Fragen über die Quelle wurden dennoch beantwortet ... bedauerlicherweise habe ich mich nicht geirrt.«

»Ich habe Wellington die Gefolgschaft verweigert, weil er ein kranker Irrer ist. Außerdem hielt ihn Mister Drummond für den Feind – und Drummond hat sich nie getäuscht«, meldete sich Reynolds zu Wort. »Aber was es mit dieser ganzen Quellgeschichte auf sich hat, ist mir nach wie vor nicht ganz klar. Habe ich das richtig verstanden: Die Wahre Quelle der Magie ist so etwas wie eine Magiequelle, nur verflucht groß?«

»Das trifft es ungefähr«, bestätigte McKellen. »Die Wahre Quelle der Magie ist alt, genau genommen uralt. Niemand weiß, wie und warum sie zum ersten Mal aufgebrochen ist. Manche glauben, dass ein Großteil der noch heute wirkenden Magie einst durch die Quelle in unsere Welt Eingang fand. Vor einigen Tausend Jahren, so heißt es, trat ein Bund von Gelehrten zusammen, um die Quelle zu versiegeln, denn sie hofften, dass dadurch all die sogenannten Götter und Dämonen, die Engel und Titanen und Naturgeister, die bis dahin die Erde bevölkert hatten, verschwinden würden. Sie hofften, der Mensch würde sich endlich von ihnen lossagen können und selbst zur Krone der Schöpfung werden. Sie reisten zu der Quelle, besiegten ihre Diener ...«

»Das müssen diese Fischmenschen gewesen sein«, brummte Boyd.

»... und mit einem machtvollen Ritual versiegelten sie diese und geboten dadurch dem steten Fluss an Magie in unsere Wirklichkeit Einhalt.« McKellen hielt kurz inne und nickte gedankenverloren. »Ihr Plan ging auf. Die Magie zog sich mehr und mehr aus unserer Welt zurück, bis sie das geringe Maß erreicht hatte, das wir heute kennen. Doch durch das Handeln Wellingtons hat sich alles geändert. Wenn nichts unternommen wird, kehrt die Magie mit nie gekannter Macht zurück. Schon jetzt spüren wir erste Auswirkungen. Tote die zum Leben erwachen …« Er deutete auf den Minialligator in Jonathans Arm. »Pflanzenkobolde in den Highlands. Magische Stürme über Mittelengland. Dabei ist das alles nur ein winziger Teil des gesamten Unheils. Ich vermag mir nicht auszumalen, welche Folgen die Macht der Magie bereits in anderen Ländern der Erde hatte. Und es wird immer schlimmer werden, mit jeder Woche und jedem Monat, den die Quelle ungehindert ihre chaotischen Energien in unsere Welt schleudert. Europa, Afrika und Amerika dürfte es am stärksten treffen, denn diese Kontinente liegen der Quelle am nächsten. Asien wird etwas später die Auswirkungen spüren. Gebieten wir dem Unheil keinen Einhalt, wird früher oder später die ganze Erde von Magie überrollt, und wir werden in ein finsteres Zeitalter zurückfallen, das uns Menschen dazu verdammt, die Erde mit furchtbaren Ungeheuern und selbst ernannten Göttern zu teilen.« McKellen hatte sich zunehmend in seine Ausführungen hineingesteigert; gegen Ende hatte er die Fäuste geballt, und seine Augen sprühten regelrecht Funken.

In einer Geste, die wohl beruhigend wirken sollte, hob Cutler eine Hand. »Sir, regen Sie sich nicht auf. Wir alle in diesem Raum sind auf Ihrer Seite. Wir alle wollen, dass dieser Wahnsinn endet, dass Lordmagier Wellington aufgehalten wird und dass alles wieder so wird, wie es noch vor wenigen Tagen war … zumindest was die Magie betrifft.« Dass es nach dem Tod Dunholms, der Spaltung des Ordens und dem Verlust der Unteren Guildhall für den Silbernen Kreis nie wieder so sein würde wie früher, war ihnen allen schmerzlich bewusst.

Kendras Großvater versteifte sich kurz, anschließend ließ er die Schultern sinken. »Ja, natürlich. Verzeihen Sie meinen Ausbruch. Ich kann nur gar nicht genug betonen, in welcher Gefahr wir alle schweben.«

»Welche Möglichkeit haben wir denn, diese Entwicklung aufzuhalten?«, wollte Misses Blackwood wissen. »Diese Katastrophe wirkt gewaltig, und wir sind doch nicht mehr als einfache Menschen mit vielleicht etwas ungewöhnlichen Gaben.«

Kendras Großvater holte tief Luft. »Ich … ich gebe zu, dass ich mir über das Wie noch nicht ganz im Klaren bin. Ich muss darüber nachdenken.«

»Können wir Ihnen irgendwie dabei behilflich sein?«, fragte Cutler.

»Ja, das können Sie in der Tat. Ich beabsichtige, mir das Ausmaß des Unheils, das die Quelle bereits angerichtet hat, von einem Ort aus anzuschauen, der mir etwas mehr Überblick erlaubt. Ist irgendjemand von Ihnen mit dem Ritual vertraut, das es einem erlaubt, das eigene Bewusstsein im Fadenwerk aufgehen zu lassen?«

»Was für ein Ritual soll das denn sein?«, meldete sich Filby zu Wort. »Etwas Derartiges ist doch unmöglich.«

»Nichts ist in der Magie unmöglich, mein lieber Herr Professor. Man muss nur den rechten Weg kennen, um sein Ziel zu erreichen«, erwiderte McKellen liebenswürdig.

»Und Sie kennen diesen Weg?«, fragte Filby, angesichts der sanften Zurechtweisung leicht pikiert.

»Offensichtlich, ansonsten würde ich nicht darüber sprechen«, sagte McKellen. »Aber gut, wenn niemand von Ihnen das Ritual selbst kennt, so können Sie mir dennoch beistehen, indem Sie mich mit Ihrer Magie unterstützen. Je mehr magische Energie mir zu Gebote steht, desto leichter wird mir das Ritual fallen und desto schneller werden wir Antworten bekommen.«

»Wie lange wird das Ritual dauern?«, erkundigte Jonathan sich.

McKellen zuckte mit den Schultern. »Drei oder vielleicht vier Stunden. Ich gebe zu, es seit vielen Jahren nicht mehr eingesetzt zu haben.«

»Wir sollen vier Stunden hier sitzen und warten, während Sie Ihr Bewusstsein auf eine Schaureise um die Welt schicken?« Jonathan blickte sich fragend in der Runde um. »Bin ich der Einzige, der denkt, dass wir stattdessen lieber Wellington verfolgen sollten, um unsere Freunde zu retten? Und bin ich der Einzige, der sich Sorgen darüber macht, dass uns irgendjemand hier unten aufspüren könnte? Die Nacht über mögen wir Glück gehabt haben. Aber es wird nicht ewig währen.«

»Sagte Mister McKellen nicht, dass Wellington mit seinen Anhängern die Stadt verlassen hat?«, merkte Reynolds an.

Nevermore krächzte einmal.

McKellen warf ihm einen kurzen Blick zu und räusperte sich. »Das sagte ich, ja. Aber wie mir Mister Browns Rabe soeben mitteilte, blieb offenbar eine Handvoll Männer zurück, die sich in Richtung der Londoner Innenstadt aufmachte, nachdem das Schiff abgelegt hatte.«

»Also suchen sie noch immer nach uns«, murmelte Cutler.

»Nun, aber mit einer Handvoll Männer werden wir fertig«, knurrte Reynolds. »Wenn Wellington und Hyde-White nicht mehr in der Stadt sind, verschiebt sich das Kräfteverhältnis doch deutlich zu unseren Gunsten. Vielleicht können wir die Burschen sogar gefangen nehmen und nach Informationen aushorchen?«

»Schön und gut, aber ich bin immer noch der Ansicht, dass wir es Holmes und den anderen schuldig sind, alles in unserer Macht Stehende zu tun, ihnen zu helfen«, beharrte Jonathan.

»Glauben Sie mir, Mister Kentham, Sie können Ihren Freunden am besten dadurch helfen, dass Sie mich dabei unterstützen herauszufinden, wie man die Wahre Quelle wieder schließt. Nichts sonst ist wichtiger«, beschwor McKellen ihn.

»Großvater hat recht«, mischte sich nun auch Kendra ein. »Sagte Wellington nicht, er müsse zur Quelle zurück? Was immer er mit Mister Holmes und Mister Brown und den anderen beabsichtigt, es hat sicher mit der Quelle zu tun.«

»Das wissen wir nicht!«, widersprach Jonathan. »Möglicherweise bringt er seine Gefangenen auch nur aufs Meer hinaus, um sie über Bord zu werfen. Vielleicht schwimmen sie jetzt schon irgendwo dort draußen vor der Küste, und mit jeder Stunde, die wir die Verfolgung später aufnehmen, schwinden ihre Überlebenschancen mehr.«

»Da könnte Mister Kentham recht haben«, brummte Reynolds. »Diesem Hund ist alles zuzutrauen.«

Cutler schüttelte den Kopf. »Um ehrlich zu sein, glaube ich das nicht. Hätte Lordmagier Wellington auch nur einen von uns umbringen wollen, wäre ihm dies ein Leichtes gewesen. Über welche Kräfte er gebietet, hat er uns in der Großen Ratskammer bewiesen.«

»Ganz abgesehen davon könnten wir, wenn das wahr wäre, ohnehin nichts mehr für sie tun. Wir würden sie dort draußen auf dem Meer niemals finden«, sagte McKellen. »Mister Kentham, ich respektiere Ihre Loyalität diesen Männern gegenüber. Aber zum Wohl der ganzen Menschheit müssen Sie mir vertrauen. Wir müssen diesen Kampf auf meine Weise führen.«

»Was lässt Sie glauben zu wissen, dass Ihr Weg der richtige ist?«

»Ich weiß es nicht«, gestand Kendras Großvater mit ernster Miene. »Aber ich hoffe es. Und Sie alle sollten mit mir hoffen, denn wenn ich mich irre, mag es nichts und niemanden geben, der dem Wüten der Wahren Quelle ein Ende setzen kann.«

»Nun gut«, lenkte Jonathan zögernd ein. »Dann kann ich Ihnen vielleicht auf unerwartete Weise helfen …«

23. April 1897, 8:40 Uhr GMT
Ärmelkanal, vor der Küste von Southampton

Eine sanfte Berührung von etwas Weichem, das hartnäckig gegen seine Wange drückte, weckte Randolph. Mit unwilligem Knurren versuchte er, das störende Etwas fortzuwischen, aber er musste feststellen, dass er seine Hand nicht bewegen konnte. In seinem

Schädel pochte es schmerzhaft, und die Zunge in seinem ausgetrockneten Mund fühlte sich dick und geschwollen an. Tausend Fragen schossen durch seinen Kopf, tausend Flüche warteten darauf, ihm über die Lippen zu kommen, aber im Augenblick wünschte er sich vor allem eines: »Wasser …«

Links neben ihm vernahm er ein heiseres Lachen. »Ja, ungefähr so bin ich auch erwacht. Watson, geh ihm aus dem Gesicht. Er ist wach.«

Der Druck auf seine Wange ließ nach, und ein leichter Windhauch schien an ihm vorbeizustreichen.

»Holmes …?« Der Kutscher zwang sich dazu, die Augen zu öffnen, und stellte fest, dass dies einer der Momente war, in denen man das besser einfach unterließ. Er befand sich in einem kleinen Raum, auf dessen Boden Metallgitter lagen, dessen graue, fleischige Wände und Decke hingegen einen unangenehm organischen Eindruck auf ihn machten. Einrichtung gab es keine in dem Raum; nur eine einzelne Lampe, die einem Arm gleich aus der feucht glänzenden Wand zu wachsen schien, erfüllte den unheimlichen Ort mit schwachem gelbem Schein. Eine zweite, gräulich schimmernde Lichtquelle saß drei Schritt vor ihm auf dem Boden und blickte ihn aus großen Augen erwartungsvoll an. »Und Watson …«

»Sehr gut, Randolph. Ihr Namensgedächtnis hat also nicht gelitten. Das ist erfreulich.«

Randolph versuchte den Kopf zu drehen, um den Magier anzusehen. Es gelang ihm nur mit einiger Anstrengung. Als er seine Augen verdrehte und den Blick über seinen Körper schweifen ließ, erkannte er auch, warum das so war. Er steckte von Kopf bis Fuß in der Wand!

Es war, als hätte sich die graue Wand einem fleischigen Vorhang gleich geöffnet und dahinter einen Alkoven enthüllt, in den seine Entführer – und Randolph zweifelte nicht daran, dass dies hier das Werk von Wellington und seinen Jüngern war – ihn gesteckt hatten, während er noch bewusstlos gewesen war. Anschließend hatte sich der Vorhang wieder geschlossen und ihn vollständig in dickhäutiges, muskulöses Fleisch eingehüllt. Irritierenderweise zeichnete sich ein Muster wie von Schweißnähten auf dem Grau ab, und verknorpelt wirkende Beulen erinnerten an Nietenreihen auf einem Schiffsrumpf.

Als er seinen Kopf, der offensichtlich ebenfalls von dicken Hautlappen festgehalten wurde, so weit gedreht hatte, das Holmes in sein Blickfeld rückte, erkannte er, dass es dem Magier kein bisschen besser ergangen war als ihm. Auch er war vollständig gefangen, ein eingewachsener Fremdkörper in einem gewaltigen grauen Leib.

»Holmes …«, wiederholte Randolph benommen.

»Hier stehe ich, und wie es scheint, kann ich nicht anders«, erwiderte der Magier. Sein Haar war in Unordnung, und sein Gesicht unter der Patina aus Staub, Blut und Schweiß wirkte fahl. Aber er schien sich standhaft zu weigern, ihre Gegner seine Schwäche sehen zu lassen, ganz gleich, ob sie hinschauten oder nicht. Im Stillen bewunderte Randolph ihn für diese Dickköpfigkeit.

Er grinste freudlos und wollte bestätigend den Kopf neigen, doch ein stechender Schmerz schoss durch seine Schläfen, und Randolph verzog das Gesicht. »Dieser elende Mistkerl!«, fluchte er und dachte dabei an Wellington, der ihn mit seinem mentalen Angriff so rasch außer Gefecht gesetzt hatte, wie man eine Kerze ausbläst. Er warf Holmes einen fragenden Blick zu. »Hat unser neuer Erster Lordmagier bei Ihnen auch diesen Hirnzauber angewandt?«

Auf Holmes' Miene zeigte sich ein verkniffenes Lächeln. »Bedauerlicherweise, ja.«

»Verdammt noch mal, ich dachte mein Schädel zerspringt!« Randolph wünschte sich, er könnte sich mit den Händen die Schläfen massieren, doch leider war das unmöglich.

»Nun, offensichtlich ist er noch in einem Stück«, versuchte Holmes ihn aufzumuntern.

Der Kutscher quittierte die Worte mit einem Brummen. Versuchsweise spannte er seine Muskeln an. Sein Arm hob sich vielleicht einen Fingerbreit. Dann zuckten die fleischigen Wandstücke, die ihn umfangen hielten, und banden ihn mit eisernem Griff.

»Bemühen Sie sich nicht, Randolph. Ich habe es auch schon versucht. Diese Hautfalten – oder worin auch immer wir stecken – sind viel stärker als wir«, teilte Holmes ihm mit, dem die Bemühungen des Kutschers offensichtlich nicht entgangen waren.

»Großartig«, knurrte Randolph. »Das heißt, unsere Lage ist mal wieder alles andere als rosig.«

»Da muss ich Ihnen beipflichten«, gab Holmes mit einem Seufzen zu.

»Haben Sie eine Ahnung, wo wir sind?«, erkundigte sich der Kutscher.

Der Magier durchmaß mit seinen Blicken den Raum. »Eine Ahnung, ja. Aber ganz sicher bin ich mir nicht.«

»Lassen Sie hören.«

»Ich denke, dass wir uns auf einem Schiff befinden – wenn auch einem etwas bizarren Schiff.«

Der Kutscher lachte rau auf. »*Etwas* ist etwas untertrieben, würde ich sagen.«

Holmes hat recht, mischte sich Watson in ihr Gespräch ein. *Es ist ein Schiff. Es sieht aus wie ein riesiger Fisch, Jonathan nannte es* Nautilus, *und es lebt.*

»*Nautilus*?«, echote Holmes.

»Jonathan?«, fragte Randolph.

Ich sprach mit ihm, nachdem ich euch verlassen hatte. Es geht ihm gut. Den anderen Magiern ebenfalls. Als ich ihm von dem Schiff erzählte, das ich im Geist der Frau namens McGowan gesehen hatte, sagte er, es sei die Nautilus *– und dass es das Schiff gar nicht geben dürfte.*

»Nun, dem würde ich zustimmen«, sagte Holmes. »Dieses Tauchboot entstammt einem Roman!«

Das sagte Jonathan auch.

»Und, wenn ich das hinzufügen darf, einem schreiend langweiligen. Monsieur Verne mag ein Mann sein, der sich fantasievoll moderne Technik ausdenken kann, und er mag recht passable Landschaftsbeschreibungen zustande bringen, aber davon, wie man Spannung erzeugt, hat er keine Ahnung.« Der Magier verzog das Gesicht.

»Holmes, das ist weiß Gott der falsche Zeitpunkt für Literaturkritik«, knurrte Randolph. »Und wenn Watson sagt, dass wir in einem lebenden Tauchboot gefangen sind, dann sind wir das wohl. Ich für meinen Teil finde die Beweise regelrecht erdrückend.« Er blickte vielsagend auf ihre fleischigen Fesseln.

Danke schön, ließ die Katze vernehmen.

»Nun gut«, sagte Holmes. »Wenn das stimmt, so nehme ich an, dass dieses Tauchboot ein ähnliches Schicksal erlitten hat wie Hyde-White. Es wurde von der Wahren Quelle der Magie zum Leben erweckt.«

»Schöne neue Welt«, brummte Randolph finster.

Holmes schürzte gedankenvoll die Lippen und schien zu horchen. »Sag mal, oh meine vierbeinige Allwissende. Irre ich mich oder bewegen wir uns? Mir scheint, als würde ich ein Brummen aus den Tiefen dieses Ungetüms vernehmen.«

Das Schiff war gerade dabei, London zu verlassen, als ich an Bord ging, erwiderte Watson gleichmütig. *Mehr weiß ich auch nicht.*

»Nun ja, ich fürchte, ich weiß, wohin uns diese Reise führt«, murmelte Holmes, bevor er Randolph missmutig anschaute. »Unser Ziel wird Ihnen nicht gefallen.«

»Die Wahre Quelle«, vermutete Randolph.

Holmes nickte.

Einen Moment lang senkte sich Schweigen über den Raum.

Schließlich räusperte sich Randolph. »Na schön, wie sieht Ihr Plan aus, Holmes?«

Der Angesprochene hüstelte. »Um ehrlich zu sein: Ich habe keinen.«

»He, was soll das heißen?«

»Dass wir diesmal ziemlich in der Tinte stecken, fürchte ich. Wie schon gesagt, unsere Fesseln sind nicht zu sprengen. Ich habe es versucht. Die einzige Möglichkeit, sich von ihnen zu befreien, läge darin, den eigenen Geist aus dem Körper zu lösen. Das habe ich natürlich nicht versucht.«

»Na hervorragend«, brummte der Kutscher, als er sich wieder abwandte. »Da erlebe ich einmal, dass der große Jupiter Holmes um einen Trick verlegen ist, seinen Kopf aus einer Schlinge zu ziehen, und nun steckt mein Kopf mit in der Schlinge.«

»Es tut mir leid. Solche Tage gibt es«, bekannte Holmes reumütig.

»Ich wünschte, ich wäre gar nicht erst wach geworden. Dann wäre mir dieses Elend erspart geblieben.« Randolphs Blick fiel auf die Geisterkatze. »Wie sieht es mit dir aus, Watson?«

Die Katze schaute arglos zu ihm auf, als frage sie sich, warum er gerade sie ansprach. Doch dann vernahm er ein leises Seufzen in seinem Geist. *Ich gehe mich mal ein wenig umschauen. Vielleicht entdecke ich etwas Hilfreiches, um die Herren aus ihrer misslichen Lage zu befreien*, verkündete sie, erhob sich und spazierte durch die nächste Wand aus dem Raum.

»Sie liebt mich«, bemerkte Holmes mit einem seligen Lächeln. »Sie gibt sich immer so abweisend, aber ich bin ganz sicher, dass sie mich liebt.«

Randolph schüttelte innerlich den Kopf. »Unter gewöhnlichen Umständen würde ich sagen: Holmes, Sie brauchen dringend einen Nervenarzt. Aber in diesem Fall bete ich inständig, dass Sie recht haben, denn diese Katze ist – wie mir scheint – unsere letzte Hoffnung.«

Wortlos hingen die beiden Männer einen Moment lang nebeneinander. Mit gelinder Erleichterung nahm Randolph zur Kenntnis, dass der Druck hinter seiner Stirn im Abklingen begriffen war. Wenn er jetzt bloß noch etwas gehabt hätte, um seine trockene Kehle zu befeuchten …

»Wissen Sie, was ich am meisten vermisse?«, fragte Holmes unvermittelt.

»Nein, aber ich nehme an, es wird etwas der Situation völlig Unangemessenes sein«, antwortete Randolph.

»Whiskey. Einen schönen kräftigen Schluck Whiskey. Ich habe das Gefühl, dass ich seit Tagen nichts Richtiges mehr zu trinken hatte. Erst all die Aufregung um die Jagd nach den McKellens, dann die Zeit im Keller der Unteren Guildhall, nun dieses Gefängnis … Ach, was gäbe ich jetzt für einen ordentlichen Drink.«

»Wasser wäre mir im Moment lieber, aber ich würde auch zu einem Whiskey nicht Nein sagen«, brummte der Kutscher. In diesem Augenblick fiel ihm etwas ein, und er lachte freudlos auf. »Zu dumm. Ich habe meinen Flachmann in der Manteltasche. Aber ich komme beim besten Willen nicht dran, tut mir leid, Holmes.«

Ein leidvolles Stöhnen war die Antwort. »Sie Teufel! Mussten Sie mir das erzählen? Jetzt glaube ich doch tatsächlich, den Geruch von Hochprozentigem in meine Nase steigen zu spüren.«

»Wenn Sie mich fragen, sind das unsere seit Tagen ungewaschenen Körper«, sagte Randolph.

»Sie sind ein unglaublicher Miesepeter, Randolph, wissen Sie das?«, beschwerte Holmes sich. »Sind Sie eigentlich immer so, wenn Sie aufwachen? In dem Fall wäre ich froh, dass wir keine gemeinsame Wohnung teilen.«

»Nur wenn ich in einer Lage aufwache, die so trostlos wie diese hier ist«, erklärte der Kutscher finster.

Das brachte Holmes für eine kurze Weile zum Schweigen. »Sie müssen aber zugeben, es hat zumindest ein Gutes, dass wir uns über dieses Jammertal, in dem wir stecken, beklagen können«, sagte er dann.

»Da bin ich aber gespannt.«

»Es bedeutet, dass wir zumindest noch am Leben sind. So ganz sicher, dass wir uns an leidvollen Umständen wie diesen noch einmal vor unserem Ableben würden erfreuen dürfen, war ich mir nach unserer Gefangennahme durch Carlyle nicht.«

»Zugegeben – er schien nicht sonderlich gut auf Sie zu sprechen zu sein«, meinte Randolph.

Holmes schnaufte belustigt. »Sie haben ihn sich auch nicht unbedingt zum Freund gemacht, indem Sie die halbe Guildhall in die Luft gejagt haben. Ein prachtvoller Schachzug, ganz nebenbei bemerkt. Würde ich mich mit Sprengstoffen auskennen, hätte ich daran sicher auch meine Freude gehabt.«

Randolph schenkte ihm einen säuerlichen Blick. »Schön zu hören, dass es zumindest einen Magier in ganz London gibt, der mir für diese Tat nicht den Hals umdrehen will.«

Holmes erwiderte den Blick mit unvermitteltem Ernst. »Sie haben getan, was Sie tun mussten … was Sie für richtig hielten, um uns Eingekerkerte zu befreien.«

»Ich habe getan, was mir in den Sinn kam«, brummte Randolph mit einem Anflug von Bitterkeit. »Elegant war der Plan sicher nicht. Aber ich bin eben eine einfache Natur.«

»Es hat geklappt, oder nicht?«, hielt Holmes ihm entgegen.

Der Kutscher sah den Magier nur wortlos an.

»Nun ja«, schränkte dieser ein. »Es hat überwiegend geklappt.«

Erneut senkte sich Stille über den Raum, während beide Männer ihren Gedanken nachhingen. Randolph hätte zu gerne gewusst, weshalb Wellington sie beide nicht hatte umbringen lassen. Der Lordmagier hatte gesagt, dass er sie noch brauche. Es war sicher kein angenehmes Schicksal, das er für sie vorgesehen hatte. *Hoffentlich findet Watson einen Weg, wie wir uns aus dieser misslichen Lage befreien können. Ich glaube, ich wäre lieber nicht mehr an Bord, wenn dieses Tauchboot die Insel der Wahren Quelle erreicht*, dachte er.

»He, Randolph«, unterbrach Holmes seine Überlegungen.

»Hm?«

»Wenn ich es mir recht überlege, würde ich doch die Wohnung

mit Ihnen teilen – also, wenn die Umstände anders wären, meine ich.«

»Nun werden Sie bloß nicht sentimental«, brummte der Kutscher.

»Das werde ich nicht«, erwiderte Holmes. »Sie sind einfach ein feiner Kerl, das ist alles.«

Obwohl ihm wahrhaftig nicht danach war, spürte Randolph, wie sich ein mattes Lächeln auf seinem Gesicht ausbreitete. »Danke, Holmes. Das sind Sie auch.«

23. April 1897, 9:32 Uhr GMT
England, London, in der Kanalisation unweit des University College

Zu sechst bewegten sie sich durch die feuchte, kalte und dunkle Kanalisation unterhalb der Gower Street. Jonathan ging voraus, hinter ihm folgten Kendra, ihr Großvater, Cutler, Reynolds und Boyd. Die Damen Blackwood und Morland, die beiden Anwälte und Professor Filby hatten sie zurückgelassen, da keiner von ihnen sonderlich erpicht darauf gewesen war, erneut in die Kanäle unterhalb der Stadt zu steigen, um – wie Jonathan aus den Erinnerungen Drummonds wusste – einen Ort aufzusuchen, der Kendras Großvater bei seinem Ritual höchst dienlich sein mochte. Randolphs Rabe Nevermore hatte sich bei ihrem Aufbruch wieder verabschiedet und war flügelschlagend im nebligen Londoner Morgen verschwunden.

Im Gänsemarsch liefen sie durch den breiten Tunnel in Richtung Norden. Neben ihnen floss Brackwasser gurgelnd die ovale Rinne zur Themse hinab. Die gewölbten Klinkermauern glänzten schmutzig nass im unsteten Licht ihrer hochgehaltenen Öllampen. Der warme Atem der Magier bildete in der kühlen Luft weiße Wölkchen.

»Ich bin wirklich gespannt, was Sie uns hier unten zeigen wollen, junger Mann«, sagte McKellen

»Diesmal müssen Sie mir vertrauen«, erwiderte Jonathan. Während er mit der Rechten die Öllampe vor sich hielt, tätschelte er mit der Linken den Kopf von Rupert, der in einer alten Umhängetasche aus dem Schrank von Old Man saß und mit verkniffenem Reptilienblick die gluckernden Abwässer beäugte. Der Minialligator hatte sich mit erstaunlicher Schnelligkeit an Jonathan als seinen neuen Besitzer gewöhnt, und schon jetzt fraß er ihm metaphorisch gesprochen aus der Hand – wenngleich er bisweilen versuchte, Jonathans Hand mit zu fressen.

Vor ihnen teilte sich der Tunnel. Jonathan wählte die rechte Abzweigung und führte die kleine Gruppe bis zu einer Stelle, an der sich der Kanal zu einem kleinen unterirdischen Raum ausweitete. In der Mitte floss das Abwasser, das aus einem kreisrunden Fallrohr in der rückwärtigen Wand kam. Neben dem Fallrohr befand sich eine eiserne Tür im Mauerwerk, die durch drei Stufen zu erreichen war. Zur Rechten öffnete sich ein schmaler Gang, in dem eine Treppe steil nach oben führte.

»Wo sind wir?«, wollte Cutler wissen.

»Unter den Kellerräumen des University College«, entgegnete Jonathan, während er sich der Tür näherte. Er öffnete sich der Wahrsicht und musterte selbige. Ihre Fäden waren magisch mit denen der Wand verwoben und verwehrten damit jedem Normalsterblichen den Zutritt in den dahinterliegenden Raum. Nicht, dass häufig jemand hier heruntergekommen wäre. Jonathan wusste, dass dieser Ort schon vor Jahren vergessen worden war, nachdem Drummond die Regale in dem Lagerraum über ihren Köpfen dezent umgestellt hatte, um den Kellerzugang zu verbergen.

»Und was befindet sich hinter dieser Tür?«, fragte Dunholms Sekretär weiter.

»Das werden Sie gleich sehen. Einen Moment …« Jonathan entdeckte das Fadenbündel, das er gesucht hatte, zog daran und löste auf diese Weise in einer Kettenreaktion die Verriegelung. Mit zufriedener Miene packte er den Knauf und schob unter leisem Ächzen die eingerostete Tür auf. Gefolgt von den anderen betrat er die dahinterliegende Kammer.

Kendra entfuhr ein Laut des Staunens, und Reynolds stieß einen anerkennenden Pfiff aus.

Die Kammer maß knapp zehn mal zehn Schritt, und hatte, wie die Kanalisation auch, eine gewölbte Klinkerdecke. In der Mitte befand sich ein großes Becken, das früher wohl als eine Art Sammelstelle gedient hatte, denn mehrere aus den Wänden kommende kleinere Kanalrohre mündeten hier. Irgendjemand allerdings hatte sich die Mühe gemacht, die Wasserströme der Kanalrohre abzufangen und durch ein behelfsmäßiges Leitungswerk, das quer durch den Raum führte, bis zu dem größeren Fallrohr neben der Tür umzuleiten. Das Becken selbst war derweil trockengelegt worden, doch es war mitnichten leer.

Ziemlich genau in der Mitte des Beckens, etwa hüfthoch über dem Boden schwebend und vielleicht zwei Schritt durchmessend, befand sich eine Quelle aus gelb schimmerndem Licht. Sie schien mitten aus dem Nichts zu entspringen, und ihr Wasser, das eigentlich überhaupt kein Wasser war, sondern vielmehr an dünnflüssige Lava erinnerte, sprudelte springbrunnenartig einige Handbreit in die Höhe, bevor es zurückfiel und wieder im Nichts versickerte. Ein Glitzern und Funkeln erfüllte die Quelle, und ihr Widerschein zauberte Hunderte winziger, bewegter Lichtflecken auf das umgebende Mauerwerk, wie ein Sternenhimmel auf dem Motivzylinder einer magischen Laterne für Kinder.

McKellen hob die buschigen Augenbrauen. »Eine magische Quelle …«, stellte er erstaunt fest.

Jonathan nickte. »An diesem Ort …« Er stockte, als ihm eines klar wurde: Wenn er den anderen diesen Raum als geheimes Refugium von Drummond enthüllte, würden sie ihn unweigerlich fragen, woher er dieses Wissen hatte. Und noch widerstrebte es ihm, von der Geistverschmelzung zu berichten, die er mit Drummond durchlebt hatte. »Randolph … äh … Mister Brown erzählte mir davon«, sagte er daher. »Er hat die Quelle vor einigen

Jahren entdeckt, als er die Spuren einer verwandelten Kanalratte verfolgte.« Das stimmte sogar – nur war es damals Drummond gewesen, und nicht Randolph, der dem von der Quelle grotesk verunstalteten Tier nachspürte.

»Und er hat sie nie gemeldet.« Cutler schüttelte fassungslos den Kopf. »Das hätte ich von Randolph nicht erwartet. Er ist sonst immer so zuverlässig. Eine unverzeichnete und ungeschützte Magiequelle … was für ein Gefahrenherd.«

»Er meinte es sicher nicht böse«, beeilte Jonathan sich zu sagen, in der Hoffnung, den Kutscher dadurch nicht noch mehr in Schwierigkeiten zu bringen. »Nun, jedenfalls dachte ich, die Magie der Quelle könnte Ihnen helfen, Mister McKellen.«

Dieser nickte, während er sich aufmerksamen Blickes dem Quellphänomen näherte. »Das wird sie mit Sicherheit. In diesem Fall benötige ich Ihre Hilfe nicht, Gentlemen. Sie können mich entweder hier zurücklassen oder warten, bis ich fertig bin, ganz wie es Ihnen beliebt.«

»Ich bleibe bei dir, Großvater«, sagte Kendra mit Entschiedenheit in der Stimme.

»Meiner Meinung nach sollten wir ebenfalls hier warten«, fügte Cutler hinzu. »Eine Magiequelle ist gefährlich. Sie mögen bewandert in der Magie sein, Mister McKellen, aber Unwägbarkeiten treten immer wieder auf. Und wenn dann niemand von uns zur Stelle ist, Ihnen zu helfen, könnte dieses Ritual ein sehr unangenehmes Ende finden.«

»Ich weiß Ihre Sorge zu schätzen, Mister Cutler«, gab Kendras Großvater lächelnd zurück. »Also gut, aber halten Sie etwas Abstand. Wie Sie es selbst sagten: Eine Magiequelle ist gefährlich. Ich möchte nicht dafür verantwortlich sein, dass ein plötzlicher Ausbruch einem von Ihnen womöglich einen körperlichen Schaden zufügt, der Ihre Gesellschaftsfähigkeit beeinträchtigt.«

Jonathan sah, wie über Boyds Gesicht ein müdes Lächeln huschte. Der verstorbene Echsenmagier Ashbrook kam ihm in den Sinn, und er wich sicherheitshalber bis zur Eingangstür zurück. Die Übrigen schlossen sich ihm an.

Kendras Großvater breitete unterdessen die Arme aus, und wie ein Mann, der einen Geist oder einen Dämon zu beschwören sucht, schritt er langsam auf die Magiequelle zu. Dabei murmelte er Worte in einer Sprache, die Jonathan nicht verstand, die in seinen Ohren aber nach Gälisch klang. Ob es sich dabei um eine Zauberformel oder einfach das Selbstgespräch eines alten Mannes handelte, vermochte er nicht zu sagen.

Unwillkürlich kam ihm erneut das Mantra in den Sinn, das Kendra ihn gelehrt hatte und das er nicht mehr brauchte, seit er die Erfahrung Drummonds in sich aufgenommen hatte. *Ich bin umgeben von Magie.*

McKellen umrundete die Magiequelle mit bedächtigen Schritten, als suche er nach einer bestimmten Stelle des sprudelnden Lichtphänomens. Seine Augen glitzerten und funkelten mit den chaotischen Energien der Quelle um die Wette. Winzige magische Entladungen zuckten seinen ausgestreckten Fingern entgegen, wanderten zwischen ihnen entlang und leckten über den Jackenstoff seiner Unterarme.

Auf einmal schien er fündig geworden zu sein, denn er blieb beinahe direkt auf der dem Eingang gegenüberliegenden Seite der Quelle stehen, und seine Hände strichen wie prüfend durch die knisternde Luft. Auf seinem Gesicht lag der gelbe Widerschein der Quelle und verlieh McKellens Zügen ein regelrecht dämonisches Aussehen. So stellte man sich die Hexenmeister aus den Schauergeschichten vor, die an den Londoner Straßenkiosken zu kaufen waren.

Ich bin erfüllt von Magie.

Einen kurzen Augenblick noch zögerte der alte Mann. Dann stieß er seine Arme bis zu den Ellbogen in die Magiequelle hinein. Seine Miene verzerrte sich, als summende Energieblitze aus der Quelle schlugen und über seinen Körper wanderten. Erstaunlicherweise berührten sie ihn dabei jedoch nicht, sondern blieben, wie von einem unsichtbaren Schild abgeblockt, wenige Fingerbreit vor ihm in der Luft hängen.

Ein Aufleuchten ging durch die ganze Quelle, und es war, als würde sich ihr Sprudeln verstärken. Höher und höher türmte sich eine Wassersäule auf, wie bei einem Springbrunnen, dessen Zuleitungen von der Hand eines unsichtbaren Parkpflegers weiter geöffnet wurden. Neugierig wechselte Jonathan in die Wahrsicht, und dort sah er, dass ein aus mehreren, unglaublich kompliziert verdrehten Strängen gebildetes Fadenbündel aus der Spitze der Wassersäule hervorbrach, pulsierend schnurgerade zur Decke aufstieg und dort im Gemäuer verschwand.

Ich bin eins mit der Magie.

23. April 1897, 13:14 Uhr GMT
Atlantik, etwa 25 Seemeilen südwestlich von England

Watson tauchte so lautlos auf, wie sie Stunden zuvor verschwunden war. Auf leisen Sohlen spazierte die Geisterkatze durch die graue Wand der Zelle und wirkte dabei außerordentlich zufrieden mit sich.

»Da bist du ja wieder!«, rief Holmes erleichtert, bevor er einen sanften Tadel in seine Stimme einfließen ließ. »Du hast uns ziemlich lange warten lassen, meine Liebe. Diese Lage hier ist nicht eben bequem. Es wäre mir lieb, wenn wir bald daraus befreit würden.«

Jammere nicht. Ich habe mich so sehr beeilt, wie es mir möglich war. Aber es ist nicht gerade leicht, sich unbemerkt auf einem Schiff zu bewegen, auf dem so viele Magier herumlaufen, versetzte seine vierbeinige Gefährtin. Sie ließ sich direkt vor Randolphs und seiner Nase auf dem Metallboden nieder und hob den kleinen, pelzigen Kopf, um sie aus gelbgrünen Augen anzublicken. *Doch ihr dürft euch freuen. Ich habe etwas außerordentlich Interessantes entdeckt.*

»Du siehst uns regelrecht starr vor Neugierde«, sagte Holmes.

Er konnte einfach nicht anders. Diese Wortspiele kamen wie von selbst über seine Lippen.

Die ursprüngliche Mannschaft der Nautilus *befindet sich noch an Bord*, eröffnete Watson ihnen.

»Wie meinst du das?«, mischte sich Randolph ein. »Wird sie auch gefangen gehalten?«

Gewissermaßen. Ihre mit dem Metall des Tauchboots verschmolzenen Körper bilden das Fleisch, aus dem diese Wände bestehen, und ihre Bewusstseinssphären ergeben zusammen die Lebenskraft der Nautilus.

Holmes schluckte und starrte auf den grauen Kokon, in dem er steckte. »Igitt, das ist widerlich!«, sagte er.

»Dem kann ich nur zustimmen«, brummte Randolph an seiner Seite.

»Wie hast du das herausgefunden?«, wollte Holmes wissen.

Ich habe Stimmen gehört, während ich durch die Wände des Tauchboots gewandert bin. Erst hielt ich sie für die Stimmen der Magier an Bord. Doch dann erkannte ich, dass es sich um Bewusstseinsechos der früheren Mannschaft handelt. Die Verwandlung löschte sie als Einzelwesen beinahe vollständig aus. Sie wurden zu dem größeren Geschöpf namens Nautilus. *Einzelne Reste sind aber noch vorhanden und klagen, halb dem Wahnsinn verfallen, ihren Peiniger Wellington an.*

Holmes hätte gerne in einer Geste leichten Unwillens die Hand gehoben, aber leider war er zur Regungslosigkeit verdammt. Daher hob er nur skeptisch eine Augenbraue, als er fragte: »Was genau soll daran nun gut für uns sein?«

Ein Bewusstsein gehörte einer Magierin, erklärte Watson. *Und obwohl auch sie bei dem Ausbruch der Wahren Quelle ihren Körper verlor, konnte sie ihren Geist allem Anschein nach halbwegs zusammenhalten.*

»Was?!«, entfuhr es Holmes. Er mochte kaum glauben, was er da hörte. »Wer ist sie?«

Sie nennt sich Esperson, antwortete Watson.

Holmes durchlief ein Schauer, als er den Namen hörte. Er hatte gewusst, dass die Magierin in Wellingtons Dunstkreis geraten war, aber dass sie ihn auf der Expedition zur Wahren Quelle begleitet hatte, war ihm unbekannt gewesen.

»Melissa Esperson? Wellingtons Mätresse?«, fragte Randolph.

»Randolph, Sie sollten ein wenig höflicher über die Dame sprechen«, wies Holmes ihn zurecht. »Ich argwöhne, Watson will darauf hinaus, dass wir uns mit ihr verbünden, um hier herauszukommen.«

Das hast du vollkommen richtig erkannt, mein lieber Holmes.

»Entschuldigung«, murmelte der Kutscher. »Ich versuche, mich zu beherrschen.«

Holmes wandte sich erneut an die Geisterkatze. »Wo ist Miss Esperson jetzt? Ist sie hier?«

Ja, aber sie kann uns nicht wahrnehmen. Ihre telepathische Gabe ist schwach. Hätte ich mich nicht mit ihr verbunden, wäre kein Gespräch möglich gewesen.

»Das bedeutet, ich muss mich mit der *Nautilus* geistig verbinden?«, fragte Holmes.

Deine Kombinationsgabe ist erstaunlich. Man könnte dich für einen Meisterdetektiv halten, erwiderte Watson mit freundlichem Spott.

»Nicht frech werden, junge Dame«, wies der Magier sie zurecht. Er holte tief Luft. »Na schön, ich werde es versuchen.«

Ungeachtet seiner unangenehmen Lage zwang er sich zur Ruhe, tauchte in die Wahrsicht ein und drang danach noch eine Ebene tiefer in die Sphäre der verbundenen Gedanken vor. Bläulich geisterhafte Nebelschwaden legten sich über das gelb glitzernde Fadenwerk. Ohne es zu wollen, vernahm er Randolphs laut dröhnende Ungeduld, die der Kutscher in Ermangelung seiner Hände, mit denen er einen Schutzkokon hätte weben können, auch nicht abzuschirmen vermochte. Watson dagegen war absolut unlesbar, wenn sie nicht wollte, dass man ihre Gedanken wahrnahm – wie es sich für eine Katze eben gehört.

Holmes konzentrierte sich und versuchte, das Bewusstsein des Tauchboots, das ihn von allen Seiten umgab, zu berühren. Der buchstäblich enge Kontakt zum Körper der *Nautilus* hätte ihm das eigentlich erleichtern sollten, aber irgendwie fühlte er sich von so viel Nähe eher gestört und beeinträchtigt.

Doch auf einmal hörte er es: ein dumpfes, machtvolles Pulsieren, wie von einem gewaltigen schlagenden Herzen. Ein tiefes Summen, das an eine Maschine erinnerte, begleitete das Geräusch, und ein Fauchen und Flüstern wie von vorüberhuschenden Gedanken drang mal von hier, mal von da in Holmes' lauschenden Verstand. Der Magier streckte seine mentalen Fühler aus und versuchte das Flüstern zu greifen. Er kam sich dabei wie ein Mann vor, der in einem trüben Gewässer silbrig umherschießende Fische mit bloßer Hand zu fangen versucht.

... hat uns verraten, klagte eine geisterhafte Männerstimme.

Nicht in das Licht!, schrie eine andere panisch, bevor sie wie ein Ruf im Nebel verwehte.

Wo bin ich?

Helft uns ...

Ich hasse dich, Victor!

Diese letzte Stimme hatte nach einer Frau geklungen, und Holmes packte blitzschnell und mit aller Macht zu. *Miss Esperson*, rief er, in der Hoffnung, sie dadurch auf sich aufmerksam zu machen. *Melissa! Sind Sie das?*

Einige Herzschläge lang herrschte vollkommenes Schweigen, und der Magier befürchtete, er habe sie nicht erwischt. Auf einmal jedoch erklang eine Stimme in seinem Kopf, deutlicher nun und eindeutig einer Frau gehörend, die er von früher kannte. *Jupiter Holmes ... Sie sind also wirklich hier. Ich dachte schon, dieser Katzengeist wollte mich zum Narren halten.* Ihre Stimme klang spöttisch, und sie versuchte offensichtlich, gelassen zu wirken, aber Holmes durchschaute die Fassade und sah die wütende, verängstigte und zutiefst enttäuschte Frau dahinter.

Ich grüße Sie, Melissa, sagte Holmes. *Es ist lange her, und die*

Umstände unseres Wiedersehens könnten zweifellos erfreulicher sein.

Oh, ich muss gestehen, dass dieser Tag der erste in meinem neuen Leben ist, an dem ich fast so etwas wie Heiterkeit verspüre. Sie müssen zugeben, dass dies alles hier einer wundervollen Ironie des Schicksals gleichkommt. Sie haben mich fallen lassen, ich habe mich Victor zugewandt – und nun sind wir beide Opfer unserer Entscheidungen.

Holmes spürte, wie ihm warm um den Kragen wurde, und das hatte nichts mit einer Temperaturveränderung ihrer Umgebung zu tun. *Nun, äh, ganz so einfach ist das alles nicht*, hielt er der jungen Magierin entgegen, an deren faszinierend violette Augen er sich noch gut erinnerte.

Wie viel komplizierter ist es denn Ihrer Meinung nach, Jupiter?, erkundigte sich Melissa in süffisantem Tonfall.

Ein wenig schon, gab Holmes zurück. *Aber dass Sie dazu neigen, die Dinge in Schwarz und Weiß einzuteilen, haben wir ja schon damals bemerkt.*

Sie sind ein Mistkerl, Jupiter!, zischte die Magierin zornig. *Das war schon immer so und wird sich wohl niemals ändern.*

Der Magier biss sich innerlich auf die Zunge. Eben noch hatte er Randolph Vorhaltungen gemacht, höflich zu sein – und nun das. Aber ganz so spurlos, wie er gerne behauptete, war dieses *Damals*, diese wie im Rausch verflogenen Wochen, die sie vor Jahren gemeinsam verbracht hatten, doch nicht an ihm vorübergegangen. Auf Tage und Nächte erlesener Zügellosigkeit waren ein jäher Absturz und ein Schlussstrich gefolgt, an denen er weiß Gott nicht alleine die Schuld trug und die einen spürbareren Einschnitt in seinem Leben bedeutet hatten, als Esperson ahnen konnte. Seitdem hatte er keinen Rock mehr in sein Schlafzimmer gelassen. Das würde er der Magierin natürlich niemals auf die Nase binden.

»Alles in Ordnung, Holmes? Sie sehen ein wenig angestrengt aus«, meldete Randolph sich am Rande seines Bewusstseins zu Wort.

»Es geht mir gut, danke«, antwortete Holmes knapp, bevor er sich wieder an seine geisterhafte Gesprächspartnerin wandte. *Nachdem wir nun das unerfreuliche Vorgeplänkel hinter uns haben, wären Sie bereit, mich anzuhören? Ich bitte Sie, Melissa. Um der Zeiten willen, da noch kein Streit zwischen uns lag.*

Er spürte den Unwillen der jungen Frau, aber auch einen schwachen Hoffnungsschimmer. Sie wusste, dass er ein Magier von außergewöhnlichen Fähigkeiten war, und ein kleiner Teil von ihr betete darum, dass seine Anwesenheit ihr Schicksal zum Besseren wenden mochte. *Also schön, was wollen Sie?*

Holmes gab sich Mühe, ernst und aufrichtig zu wirken, wie ein Mann, der aus Vergangenem gelernt hat und auf eine bessere Zukunft aus ist. *Melissa, es lässt sich kaum beschönigen, daher will ich geradeheraus sprechen: Mister Brown und ich benötigen Ihre Hilfe. Wir stecken in der Klemme, und Sie sind unsere letzte Hoffnung, den Tod oder ein ähnlich grausames Geschick abzuwenden, das uns gewiss erwartet, wenn die* Nautilus *die Wahre Quelle erreicht. Daher frage ich Sie: Können Sie uns dabei unterstützen, dieses Tauchboot zu verlassen?*

Einen Moment lang schwieg das Bewusstsein der Magierin. Sie schien nachzudenken. Schließlich sagte sie: *Womöglich könnte ich das. Aber ich weiß nicht, warum ich Ihnen helfen sollte? Ich finde, Ihnen wurde genau das Schicksal zuteil, das Sie verdient haben.*

Holmes spürte, wie sich seine Kehle zusammenschnürte. *Oh, bitte tun Sie das nicht! Lassen Sie sich nicht vom Zorn vergangener Jahre in Ihrem Handeln lenken.* Er schluckte, und seine Gedanken rasten. *Hören Sie mich an, Melissa. All das, was zwischen uns vorgefallen ist, tut mir leid, schrecklich leid sogar. Wäre ich schon damals der Mann gewesen, der ich heute bin, wäre vielleicht vieles anders gekommen. Aber was geschehen ist, ist geschehen. Natürlich müssen Sie mir nicht verzeihen. Genau genommen müssen Sie uns nicht einmal helfen, um mir einen Gefallen zu erweisen!*

Sie sprechen in Rätseln, Jupiter, bemerkte Melissa.

Stehen Sie uns bei, um Victor Wellington zu schaden! Helfen Sie uns, um sich an dem Mann zu rächen, der Sie schändlicher noch als ich belogen und missbraucht hat. Er hat Ihnen Ihren Körper genommen. Er hat Sie an dieses Ungetüm von einem Tauchboot gefesselt. Und sollte er irgendwann die Früchte seines Handelns ernten, wird er sie ohne Frage alleine genießen, während Sie auf dem Grund des Meeres in einer verrottenden Hülle auf ein qualvoll langsames Ende warten.

Sehr pathetisch.

Aber entspricht es nicht der Wahrheit? Wissen Sie nicht, dass es die Wahrheit ist? Hassen Sie Wellington denn nicht und wünschen sich, all seine hochtrabenden Pläne mögen scheitern? Ich kann das möglich machen. Ich kann und werde ihn zu Fall bringen, wenn Sie uns hier herausholen, und koste es mein Leben! Der letzte Halbsatz war ihm im Eifer des Gefechts herausgerutscht, aber er hoffte einfach, dass es nicht so weit kommen würde.

Glücklicherweise schienen seine Worte sie zu beeindrucken, denn Melissa wirkte beinahe überzeugt. *Versprechen Sie es?*, fragte sie.

Bei meiner Ehre!, rief Holmes. Er hielt kurz inne und wurde rot, als ihm klar wurde, dass das kein sonderlich glorreicher Schwur war. *Sie wissen schon, wie es gemeint ist*, fügte er etwas kleinlauter hinzu.

Melissas leises Lachen hallte durch seinen Geist. Doch sie wurde umgehend wieder ernst. *Eine Bedingung habe ich.*

Welche?, fragte Holmes.

Nehmen Sie mich mit.

Der Wunsch traf ihn nicht völlig überraschend, aber er brachte ihn dennoch in Verlegenheit. *Das würde ich gerne, glauben Sie mir. Aber wie soll ich das anstellen?*

Tun Sie nicht so unwissend!, fuhr die junge Frau ihn an. *Ich weiß, dass Sie ein Bewusstsein übertragen können.*

Holmes seufzte innerlich. Sie hatte diese leidvolle Nacht in Venedig also genauso wenig vergessen wie er selbst. *Melissa, das ist nicht so einfach*, sagte er, obwohl es ihn Überwindung kostete, so aufrichtig mit ihr zu sein. *Ich vermag, mit viel Mühe, die Erfah-*

rungen eines Menschen auf einen anderen zu übertragen. Doch wie Sie wissen, stirbt dabei der Mensch selbst. Ich kann keine intakte Seele, oder wie immer Sie es nennen mögen, nehmen und in einen anderen Körper stecken – schon gar nicht, wenn sie Teil eines so machtvollen Gruppenbewusstseins wie des der Nautilus *ist.*

Sie haben es ja noch gar nicht versucht!, hielt sie ihm entgegen.

Und ich will es auch nicht, sagte er. *Es würde höchstwahrscheinlich Ihr Leben kosten. Wollen Sie das? Wollen Sie bei einem wahnwitzigen Experiment den letzten Rest Leben, der Ihnen geblieben ist, verlieren?*

Die Magierin schwieg, und das war Antwort genug. Sie war noch nicht bereit, aufzugeben und den Tod dieser Form des Halbdaseins vorzuziehen.

Es tut mir wirklich leid, Melissa. Aber ich kann Ihnen nur Rache bieten, keine Erlösung. Vielleicht ergibt sich eine Möglichkeit, sobald wir die Wahre Quelle erreicht haben. Aber um diese Möglichkeit ergreifen zu können, müssen wir Wellington zuerst unschädlich machen. Und dazu müssen Mister Brown und ich von diesem Boot herunter.

Melissa sprach noch eine ganze Weile lang kein weiteres Wort. Holmes spürte, dass in ihrem Bewusstsein ein Sturm widerstreitender Gefühle toste, aber er wusste, dass jeder weitere Versuch, sie zu beeinflussen, verschwendet gewesen wäre. Es war nur eine Frage der Zeit, bis sie die richtige Entscheidung treffen würde. Und er sollte recht behalten. *Ich werde Ihnen helfen, aber nicht jetzt*, verkündete die Magierin. *Es ist heller Tag draußen, und überall in der* Nautilus *laufen Magier herum. Warten Sie noch bis zum Einbruch der Nacht. Dann komme ich und lasse Sie frei. Alles Weitere ist dann eine Frage Ihres Geschicks.*

Ich danke Ihnen, sagte Holmes erleichtert.

In ihrer Stimme lag Bitterkeit, als sie antwortete: *Danken Sie nicht mir, danken Sie Victor. In seiner grenzenlosen Gier nach Macht hat er vergessen, wie gefährlich der Zorn einer enttäuschten Frau sein kann. Nun soll er ihn zu spüren bekommen.*

23. April 1897, 14:03 Uhr GMT
England, London, Soho Street

Bislang war alles beinahe zu einfach gewesen. Sie hatten sich in aller Frühe zum Finsbury Square begeben und sich dort bis zu dem Mietshaus, in dem Jonathan Kentham lebte, durchgefragt. Anschließend hatte Carlyle die ältliche Hauswirtin, die sich als Misses Fincher vorgestellt hatte, unter dem Vorwand einer polizeilichen Ermittlung dazu überredet, ihm das Zimmer von Kentham zu zeigen, während er, Whitby, den beiden, in einen Unsichtbarkeitszauber gehüllt, nachgegangen war. Kaum dass Carlyle und die Hauswirtin wieder nach unten verschwunden waren, hatte Whitby sich einige abgetragen wirkende Kleidungsstücke und einen Füllfederhalter von Kentham geschnappt, hatte sie eingepackt und war durch das rückwärtige Fenster verschwunden, wo Crandon und die beiden Waliser mit der Kutsche gewartet hatten.

Danach waren sie zu Whitbys Wohnung in der Soho Street gefahren, wobei sie auf dem Weg den Franzosen aufgelesen und ihn davon in Kenntnis gesetzt hatten, dass sie ein Aufspürritual beabsichtigten, um Kenthams Spur aufzunehmen. Der Magierjäger hatte nur genickt, aber Whitby hatte sich des Gefühls nicht erwehren können, dass er verärgert darüber gewesen war, nicht von Anfang an in die Planung mit einbezogen worden zu sein.

In Whitbys Heim angekommen, hatten die Männer die mit Samt bezogenen Diwane um den Tisch mit der Wasserpfeife zusammengerückt und sich darauf niedergelassen, um an Kenthams Morgenmantel, den der Franzose aufgrund seines Alters und seiner Größe für den erfolgversprechendsten Gegenstand hielt, das Ritual durchzuführen. Die erste Hürde, dem Mantel magisches Leben einzuhauchen, hatten sie dank des versammelten Machtpotenzials binnen einer Stunde genommen, also gegen elf Uhr.

An diesem Punkt hingegen war ihre Jagd ins Stocken geraten.

Denn das Bestreben des Morgenmantels, das Fadenmuster, zu

dem er eine besondere Verbindung hatte, wiederzufinden, hatte sie nur erneut zum Finsbury Square geführt. Zurück in Soho hatten sie sich als Nächstes Kenthams Nachthemd vorgenommen – und abermals war ihr Versuch, dessen Besitzer auf die Spur zu kommen, gescheitert.

»Irgendetwas stimmt hier nicht«, knurrte der Franzose, als sie zum zweiten Mal erfolglos in Whitbys Wohnung zurückkehrten. »Kentham scheint sich vor einem Aufspüren zu schützen.«

»Unmöglich«, behauptete Carlyle. »Kentham ist nur ein kleiner Reporter, und seine Kenntnisse der Fadenmagie sind gering.«

Der Franzose blickte den Leiter für äußere Angelegenheiten aus dunklen Brillengläsern an. »Aber er befindet sich in Begleitung zahlreicher Ordensmitglieder des Silbernen Kreises. Gibt es Männer darunter, die ein Aufspürritual stören könnten?«

Carlyle schürzte die Lippen und legte nachdenklich die Hand ans Kinn. »Ich bin mir nicht sicher. Das wäre eine höchst ungewöhnliche Gabe.«

»Boyd kann es«, meldete sich der Waliser ap Llywelyn zu Wort.

»Dieser Bauer aus Cornwall?«, wiederholte Carlyle ungläubig.

»Nicht Bauer. Wildhüter«, verbesserte der Waliser ihn. »Ich habe mich mal mit ihm über die Jagd nach magischen Tieren unterhalten. Er sagte, es gäbe in Irland, in der Gegend der Wicklow Mountains, eine Wyvernart, die imstande ist, ein Opfer immer wiederzufinden, wenn sie einmal von seinem Blut gekostet hat. Er sagte, man könne diese Fähigkeit aber aushebeln, indem man seine Fadenaura auf bestimmte Art und Weise verändert. Ich weiß nicht mehr genau, wie er dies bewerkstelligte.«

»Das könnte die Erklärung sein«, ließ der Franzose verlauten. »Unsere Gegenstände haben ihre Verbindung zu Kentham verloren, daher suchen sie sich ihren Weg zu seinem Kleiderschrank.« Gedankenvoll starrte er auf die Kleider auf dem Tisch. »Ich denke, ich vermag diesen Schutz zu durchbrechen. Aber ich brauche dazu etwas mehr Zeit.«

»Können wir Ihnen dabei behilflich sein?«, fragte Whitby.

»Nein. Ich schlage vor, dass Sie sich unterdessen um den zweiten Teil des Plans kümmern. Entführen Sie Kenthams Freunde, und bringen Sie sie hierher.«

KAPITEL 23:
FREUNDE IN GEFAHR

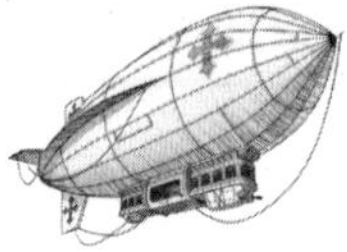

»London. Gestern Nachmittag kam es zu einer Serie von Explosionen unter der Guildhall. Bedienstete der Stadtverwaltung befürchteten einen Anschlag und riefen die Polizei. Eine Untersuchung der Kellergewölbe ergab jedoch keine Spur. Erst als ein Anwohner ein Loch in der Basinghall Street meldete, wurde man fündig. Und was für ein Fund es war! Wie es scheint, liegt unter der gesamten Guildhall ein bislang unbekanntes zweites Kellergeschoss. Welchem Zweck es diente, ist noch ungeklärt. Die Ermittlungen dauern an.«

– The Daily Telegraph, 23. April 1897

23. April 1897, 14:22 Uhr GMT
England, London, in der Kanalisation unweit des University College

Mittag war schon eine Weile vorüber, und McKellen war noch immer mit seinem ominösen Ritual beschäftigt. Jonathan fragte sich, wie lange es wohl noch dauern würde, bis Kendras Großvater den Einblick ins Fadenwerk, mit dem er beschäftigt war, zu seiner Zufriedenheit abgeschlossen hatte. Davon, dass es dem alten Mann nach wie vor gut ging, konnten sie sich alle leicht überzeugen, wenn sie in die Wahrsicht wechselten. Trotz seines direkten Kontakts zu der unterirdischen Magiequelle wirkte die Aufregung in seiner Fadenaura kontrolliert. Und da ihm bislang weder Speichel aus dem Mund troff, noch sein Körper in heftige Zuckungen verfallen war, nahm Jonathan an, dass alles so verlief, wie McKellen es sich vorstellte – was laut Cutler ungewöhnlich genug war, denn der Kontakt zu gleich welcher Form von roher Magie barg stets unwägbare Risiken.

Während Jonathan gemeinsam mit den anderen Magiern wartete, begannen seine Gedanken abzuschweifen, und ihm wurde bewusst, dass er in all der Aufregung der letzten zwei Tage seine Verpflichtungen gegenüber seinem gewöhnlichen Umfeld sträflich vernachlässigt hatte. Er hatte sich nicht bei seiner Wirtin Misses Fincher gemeldet. Er hatte nicht zu Hause nachgeschaut, ob von Elisabeth irgendeine Antwort auf seinen Brief eingetroffen war, den er am Morgen vor zwei Tagen verfasst hatte, um sich für den von Holmes hervorgerufenen Eklat beim Empfang des französischen Botschafters zu entschuldigen.

Das Allerschlimmste war jedoch vielleicht, dass er Robert den Motorwagen nicht zurückgebracht hatte, den sie ihm geraubt hatten, um die McKellens vor London abzufangen. Der ramponierte Panhard-Levassor, den sein Freund von einem wohlhabenden Automobilclubvorsitzenden leihweise erhalten hatte, stand noch immer unter einer Plane verborgen im Hinterhof des Osteingangs zur Unteren Guildhall. Jonathan schloss die Augen und schüttelte leicht den Kopf. *Oh Gott, wie soll ich Robert das bloß erklären?*

Ihm war klar, dass er etwas unternehmen musste. Gegenwärtig mochte hinter den Kulissen der Welt ein magischer Krieg toben, dessen Ausmaße Jonathan noch immer nicht ganz deutlich waren. Aber irgendwann – so hoffte er zumindest inständig – würde alles wieder normal werden, und er würde, mit gewissen Einschränkungen wohlgemerkt, in sein früheres Leben zurückkehren können. Zu diesem früheren Leben nun gehörten Elisabeth, Robert und Misses Fincher, und wenn er sie alle nicht verlieren wollte, musste er tätig werden, und zwar bevor die nächste Krise über sie hereinbrach!

Jonathan fasste einen Entschluss und stand auf.

»Wohin wollen Sie?«, fragte Kendra, als er an ihr vorbei und auf den Eingang der Kammer zuging.

»Ich muss noch etwas erledigen«, antwortete Jonathan.

Cutler merkte auf. »Verzeihung, aber Sie wollen nach draußen? Auf die Straße?«

»Ja«, sagte Jonathan mit einem Nicken. »Es ist wichtig – vielleicht nicht für die Rettung der Welt, aber für mich.«

»Ihnen ist klar, dass Sie dadurch Gefahr laufen, von Wellingtons Häschern entdeckt zu werden. Wir wissen, dass sie dort draußen sind, und sie werden sicher alle ihnen zur Verfügung stehenden Mittel einsetzen, um uns zu finden«, gab Dunholms ehemaliger Sekretär zu bedenken.

»Mister Cutler, es sind nur fünf Männer, wenn Nevermore sich nicht verzählt hat. London ist riesig. Sie mögen die Straßen durchstreifen, aber die Wahrscheinlichkeit, dass wir uns über den Weg laufen, ist verschwindend gering. Und vor einem Aufspürritual sollten wir geschützt sein, seit Mister Boyd sich um unsere Fadenauren gekümmert hat, nicht wahr, Mister Boyd?«

»Wenn Magie im Spiel ist, sollte man vorsichtig mit seinen Annahmen sein«, erwiderte der wettergegerbte Magier. »Aber unsere Feinde sind auch nur Menschen, und wir haben unsere Spuren gut verwischt. Wir *sollten*, wie Sie so schön sagen, geschützt sein.«

»Und wenn ihnen doch ein Aufspürritual gelingt«, fuhr Jonathan erregt fort, »dann ist es wirklich gleichgültig, wo wir uns befinden. In diesem Fall ist die Kanalisation kein trefflicheres Versteck als eine belebte Straße im Zentrum von London. Vermutlich ergeht es mir sogar besser, wenn ich nicht in Ihrer Nähe bin, denn unsere Jäger werden zweifellos einem von Ihnen in der Guildhall zurückgelassenen Hut oder Mantel folgen. Von mir besitzen Sie keine persönlichen Gegenstände.« Er blickte Cutler herausfordernd an.

Dieser seufzte und senkte leicht den Kopf. »Ich kann mich Ihren Argumenten nicht verschließen. Aber es will mir trotzdem nicht gefallen. Es wäre mir lieber, wenn wir zusammenblieben.«

»Das verstehe ich«, sagte Jonathan in versöhnlicherem Tonfall. »Ich werde auch nicht lange fort sein. Und ich verspreche, vorsichtig zu sein.«

Cutler zuckte mit den Schultern. »Nun ja, ich kann Sie nicht aufhalten …«

»Ich könnte es, wenn Sie wollen«, erbot Reynolds sich, woraufhin Jonathan ihn finster anblickte.

»Nein, lassen Sie ihn«, sagte Dunholms ehemaliger Sekretär mit einem Kopfschütteln. »Der Orden des Silbernen Kreises vertrat immer die Philosophie, dass jeder Mensch mündig genug ist, seine eigenen Entscheidungen zu treffen. Das soll sich jetzt nicht ändern, zumal ich ohnehin nicht der Mann wäre, der irgendwelche Verbote aussprechen darf, kann oder will.«

»Danke«, sagte Jonathan. »Ich bin in spätestens drei Stunden zurück. Ich nehme an, Sie alle kehren nach Beendigung des Rituals zu unserem Versteck im *Old Man's* zurück?«

Cutler warf einen Blick in die Runde und nickte dann.

Als er den Raum verließ, kam Kendra ihm hinterher. »Jonathan, warten Sie«, bat sie ihn am Fuße der Treppe leise. Er drehte sich zu ihr um, und sie trat ganz nah an ihn heran, damit die anderen nicht hörten, was sie sprachen. »Ich habe kein gutes Gefühl dabei«, flüsterte die junge Frau. »Sie wissen doch, dass Wellington nach Dunholms Ring sucht. Er mag keine Ahnung haben, dass Sie ihn tragen, aber er hätte sicher nicht nur fünf Männer zurückgelassen, wenn er nicht geglaubt hätte, diese fünf würden ausreichen, um den Ring zu finden. Sie müssen irgendeinen Plan haben; es muss irgendetwas geben, das wir übersehen haben. Und bis wir nicht wissen, was das ist, halte ich es für gefährlich, wenn wir uns trennen.«

»Ich sagte doch schon: Ich werde vorsichtig sein«, wiederholte Jonathan sanft, aber bestimmt. »Hören Sie, Kendra, ich habe nicht vor, irgendwelche Dummheiten zu machen. Ich möchte nur kurz einen alten und sehr guten Freund von mir besuchen, um eine Angelegenheit zu klären, die noch zwischen uns steht. Wer weiß, wie sich dieser Kampf, den wir gerade führen, weiterentwickelt. Möglicherweise ist das meine letzte Gelegenheit, mich mit Robert auszusprechen. Ich will sie nicht verstreichen lassen.«

Kendra presste missmutig die Lippen zusammen.

»Ich bin in drei Stunden wieder da. Das verspreche ich. Hier …« Er zog die Umhängetasche, in der Rupert saß, von der Schulter und hielt sie der jungen Frau hin. »Passen Sie so lange für mich auf Rupert auf. Bitte.«

McKellens Enkelin seufzte und nahm den Minialligator entgegen. Rupert musterte sie argwöhnisch und gab ein leises Zischen von sich.

»Benimm dich, Rupert«, ermahnte Jonathan die Echse, wobei er innerlich schmunzelnd den Kopf schüttelte. Er sprach mit einem ausgestopften und magisch wiederbelebten Krokodil. Sein Leben hatte in den letzten Tagen wirklich einige seltsame Wendungen genommen.

»Bis später, Kendra«, verabschiedete er sich.

»Passen Sie auf sich auf, Jonathan. Und kommen Sie schnell zurück«, erwiderte die rothaarige Magierin.

Unterhalb der Gower Street eilte Jonathan nach Süden, am British Museum vorbei und unter der Oxford Street hindurch. Im Gassengewirr südlich der Broad Street kam er an die Oberfläche, wobei er feststellte, dass sein Aufzug durch all die Kämpfe und Strapazen der jüngsten Vergangenheit ganz schön gelitten hatte. Misses Fincher hätte die Hände über dem Kopf zusammengeschlagen, hätte sie ihn so sehen können. Und er glaubte regelrecht, Roberts freundschaftlich spottende Stimme in seinem Kopf zu hören, die fragte, ob er seinen Wohnsitz nach dem Rauswurf beim *Strand Magazine* nach Spitalfields verlegt habe.

Er brachte sein Äußeres behelfsmäßig in Ordnung, bevor er den belebten Covent Garden betrat, um beim dortigen Postamt eine Depesche aufzusetzen, in welcher er seiner Wirtin mitteilte, dass er London aus geschäftlichen Gründen kurzfristig verlassen müsse, dass sie sich aber ungeachtet der Dinge, die sie möglicherweise in der Zeitung gelesen habe, keine Sorgen zu machen brauche. *Ich werde bald zurück sein. Bitte gießen Sie derweil meine Petunie. Ergebenst, Ihr Jonathan Kentham*, schrieb er, anschließend verschloss er den Umschlag und reichte ihn dem Schalterangestellten, der sich Mühe gab, über den Zustand von Jonathans Mantel und Hose hinwegzusehen.

Das geht so nicht weiter, dachte Jonathan. *So, wie ich herumlaufe, errege ich viel zu viel Aufsehen. Nachher falle ich noch einem Constable auf.*

Er überprüfte seine Barschaft, die ihm die Anhänger Wellingtons nicht genommen hatten, und stellte fest, dass es viel zu wenig war, um davon neue Kleidung zu erwerben, selbst wenn sie von der Stange gekommen wäre. Aber wenn er bis zur Fleet Street hinüberlief, konnte er sich bei seiner Bank, *Goslings* and Sharp, Geld holen. Es war ein Umweg zu seinem eigentlichen Ziel, aber kein großer.

Tatsächlich gelang es Jonathan unter fortwährenden Entschuldigungen ob seines Aufzugs auf den Lippen, seine Geldbörse um die dringend benötigten Pfundnoten aufzustocken. Anschließend suchte er ein Geschäft für Herrenbekleidung auf und ersetzte seine von Steinstaub, Kloake und den Zähnen Ruperts ramponierte Hose, während der Ladenbesitzer so freundlich war, seinen Mantel auszubürsten. Eine Rasur bei einem benachbarten Barbier sowie einen Besuch bei einem Straßenschuhputzer später fühlte Jonathan sich beinahe wie ein neuer Mensch und bereit, Robert gegenüberzutreten.

Da er seinen Freund bei der Arbeit vermutete, lief er die Fleet Street und danach den Strand hinunter bis zur Southampton Street. Dabei hielt er sich möglichst in der Nähe anderer Passanten und wechselte immer wieder in die Wahrsicht, um nach Fadenauren, die auf Magieanwender schließen ließen, Ausschau zu halten. Zu seiner Erleichterung entdeckte er jedoch keine.

Allerdings fiel ihm durchaus auf, dass sich in den Winkeln und Nischen Londons Magie anzulagern schien, wie Sand in den Hausecken einer arabischen Metropole. Noch wirkte es – im Vorbeigehen betrachtet – nicht so, als hätte das irgendwelche Folgen, aber Jonathan ahnte, dass das nur eine Frage der Zeit war. Er wollte gar nicht wissen, was für ein Chaos in London losbrach, wenn urplötzlich Werbetafeln und Gullideckel, Zierornamente an den Hausfassaden und Müllhaufen in den schmalen Gassen zwischen den Gebäuden ein magisches Eigenleben entwickelten.

Als er sich dem Gebäude des *Strand Magazine* näherte, wurden seine Schritte langsamer, während sich sein Herzschlag zugleich beschleunigte. Was sollte er jetzt machen? Er konnte unmöglich hinauf in die Redaktionsräume gehen – nicht, nachdem er vor zwei Tagen seinen Chef, Mister Greenhough vor aller Augen brüskiert hatte und von ihm hinausgeworfen worden war. Wie sollte er nur Roberts Aufmerksamkeit erzielen? Er wünschte sich, Nevermore wäre bei ihm.

»He, gut, dass ich Sie treffe!«, rief eine Kinderstimme in seinem Rücken.

Jonathan zuckte wie ertappt zusammen und drehte sich um. Vor ihm stand ein Junge in schmutziger Kleidung, die braune Schiebermütze keck in den Nacken geschoben. »He, dich Burschen kenne ich doch«, entfuhr es ihm. »Oliver, nicht wahr?«

»Jawohl, Sir. Stets zu Diensten, Sir.« Der Junge lüftete seine Schiebermütze.

»Was treibt dich denn hierher?«, wollte Jonathan wissen.

»Sie«, erwiderte Oliver. »Sie haben vor ein paar Tagen gesagt, dass ich hierherkommen soll, wenn ich etwas Spannendes entdecke. Und das habe ich.« Der Junge strahlte ihn mit breitem Grinsen an. Offensichtlich war er mächtig stolz auf sich.

Jonathan räusperte sich. Eigentlich kam ihm sein kleiner Informant im Augenblick eher ungelegen, aber um ihn nicht zu enttäuschen, zog er ihn in den nächsten Hauseingang. Hier, geschützt vor den zufälligen Blicken seiner Kollegen, nickte er ihm aufmunternd zu. »Dann lass hören.«

»Wussten Sie, dass vor ein paar Tagen in den Fleischmarkt am Smithfield eingebrochen worden ist?«

»Ich habe davon in der Zeitung gelesen«, erwiderte Jonathan und musste sich ein Schmunzeln verkneifen. Die Geschehnisse am Fleischmarkt kamen ihm schon so fern vor, als wären sie eine halbe Ewigkeit und nicht erst vier Tage her.

»Meine Mutter hat mir erzählt, dass dabei einige Steinvögel verschwunden sind, die vorher die Markthalle verziert haben«, fuhr Oliver eifrig fort.

»Greifen. Es waren Greifen«, verbesserte Jonathan ihn. »Auch davon habe ich gelesen.«

Der Junge hob einen Zeigefinger. »Ha, aber jetzt kommt's! Alle dachten, die wären gestohlen worden. Aber das stimmt nicht. Gestern Abend war ich bei uns im Haus auf dem Dachboden. Manchmal verstecke ich mich da, wenn ich Streit mit meinen Schwestern gehabt habe. Und da habe ich ein Geräusch gehört. So ein Rascheln. Und als ich nachgeschaut habe, raten Sie, was ich da gefunden habe?«

»Die Greifen?«, mutmaßte Jonathan.

»Richtig, Sir! Stellen Sie sich das mal vor: Bei uns auf dem Dachboden wohnen Steinvögel!« Oliver blickte ihn an, als sei das die Entdeckung des Jahrhunderts, was aus der Perspektive eines normalen Menschen zweifellos auch so sein mochte. Jonathan dagegen ließ diese Neuigkeit angesichts all des sonst Erlebten ziemlich kalt. *Es ist schon seltsam, wie sich die Sichtweisen binnen weniger Tage vollkommen verändern können. Es bedarf nicht mehr als der Eröffnung, dass es so etwas wie Magie wirklich gibt*, dachte er sarkastisch.

»Als ich heute ganz früh am Morgen noch mal raufgegangen bin, waren sie weg«, plapperte der Junge unterdessen munter weiter. »Aber ich habe gesehen, dass sie sich eine Art Nest gebaut haben. Und es lagen so runde Dinger drin, die aussahen wie Steine. Ich habe Ihnen eins mitgebracht. Dachte, das würde Ihnen vielleicht gefallen.« Er kramte in seiner Jackentasche und holte einen Kiesel von der Größe einer Männerfaust hervor. »Ist das ein Ei?«, fragte er neugierig, als er Jonathan das Fundstück hinhielt.

Dieser nahm es entgegen und musterte es von allen Seiten. Dann zuckte er mit den Schultern. »Um ehrlich zu sein, weiß ich das nicht, Oliver. Es könnte sein. Wie dem auch sei … Das hast du gut gemacht, mein Junge.« Er klopfte ihm auf die Schulter und wollte ihm das Ei reichen, doch dieser wehrte ab.

»Oh, danke, Sir. Behalten Sie das Ding ruhig. Ich würde mir lieber was anderes in die Tasche stecken …« Mit bedeutungsvollem Blick rieb er Daumen und Zeigefinger gegeneinander.

Jonathan grinste. »Ich habe schon verstanden.« Er ließ den Stein in seine Manteltasche fallen und zog einen Schilling hervor. »Hier. Den hast du dir redlich verdient.«

»Danke, Sir«, rief der Junge. Er steckte das Geld ein und wollte schon wieder loslaufen, aber da fiel Jonathans Blick auf die Fassade des gegenüberliegenden Redaktionsgebäudes, und er hielt ihn zurück.

»Warte mal, Oliver. Magst du dir noch einen Schilling verdienen?«

»Auf jeden Fall, Sir«, sagte der Junge unter heftigem Nicken.

Jonathan deutete auf das Haus. »Dann lauf rasch hinüber in das Gebäude dort und sag dem Herrn am Empfang, du müsstest dringend Mister Pennington vom *Strand Magazine* sprechen. Und dem sagst du anschließend, dass hier draußen ein alter Freund auf ihn wartet. Verrate niemandem dort drinnen meinen

Namen und gib auch an keinen außer Mister Pennington meine Botschaft weiter. Hast du das verstanden?«

»Klar! Wird sofort erledigt. Sie werden sehen.«

»Gut, ich warte hier«, sagte Jonathan.

Zufrieden beobachtete er, wie Oliver über die Straße flitzte und im Redaktionsgebäude verschwand. Etwa fünf Minuten verstrichen, bevor er wieder auftauchte. Zu Jonathans Enttäuschung war er allein. »Der Mann am Empfang hat mich nach oben geschickt, und dort hat mir eine Miss Newman gesagt, dass Mister Pennington nicht da ist«, berichtete er leicht außer Atem.

Verwirrt hob Jonathan die Augenbrauen. »Hat sie dir auch verraten, weshalb?«

»Er ist krank und kommt morgen wieder«, antwortete der Junge.

»Hm ...« Jonathan rieb sich über das Kinn. »Hat sie sonst noch etwas gesagt?«

»Sie hat sich gewundert, dass heute so viele Leute zu Mister Pennington wollen. Wer denn noch, habe ich gefragt und ein bisschen herumgebohrt. Ich dachte mir, es könnte wichtig sein. Und sie sagte, ein Bediensteter von einem Mister Simms sei heute Morgen da gewesen ...« Jonathan war sich nicht ganz sicher, aber er glaubte, dass es sich dabei um den Besitzer des Panhard-Levassor handelte. »... und vor einer halben Stunde ein Mann namens Crandon.«

Unvermittelt spürte Jonathan, wie sich sein Magen verkrampfte. Ein Mann namens Crandon ... *Hieß nicht einer von Wellingtons Jüngern so?*, fragte Jonathan sich. Ihm schwante Schlimmes.

Auf einmal hatte er es sehr eilig. »Danke, mein Junge, du warst mir eine große Hilfe. Hier, dein Lohn.« Er gab Oliver einen weiteren Schilling. »Und nun muss ich los. Mach weiter so! Ich werde jetzt ein paar Tage unterwegs sein, aber halte ruhig Augen und Ohren offen. Nach meiner Rückkehr bin ich gespannt auf deine Geschichten.«

»Geht klar, Sir. Vielen Dank und bis bald.« Der Junge winkte zum Abschied, sprang die Stufen zur Straße hinunter und rannte in Richtung Covent Garden davon.

Jonathan nahm die andere Richtung zum Strand hinab. Er brauchte sofort eine Kutsche. Seine Lage hatte sich gerade auf unangenehme Weise verschärft. Allem Anschein nach hatte Kendra mit ihrer Einschätzung falschgelegen: Aus Gründen, über die er lieber nicht zu genau nachdenken wollte, wussten Wellingtons Schergen sehr wohl, dass Jonathan Dunholms Ring trug. Und offenkundig versuchten sie, über seinen besten Freund an ihn heranzukommen. *Ich muss Robert warnen. Er darf ihnen nicht in die Hände fallen …*

23. April 1897, 15:35 Uhr GMT
England, London, Calthorpe Street (unweit des Postdepots)

Im Eiltempo ließ sich Jonathan durch London bringen, bis zur Calthorpe Street, wo das Mietshaus lag, in dem sein Freund wohnte. Er warf dem Kutscher das Fahrgeld zu und stürzte durch die Eingangstür ins Treppenhaus. Immer zwei Stufen auf einmal nehmend, hetzte er bis ins Dachgeschoss, in dem Robert seine kleine Bleibe hatte.

Als er den letzten Absatz erreichte, wurde vor ihm unvermittelt die Tür aufgerissen, und sein Freund schaute ihm entgegen. Er wirkte übernächtigt und vielleicht ein wenig angetrunken, aber ansonsten schien es ihm gut zu gehen. Krank sah er jedenfalls nicht aus, und es saß ihm auch keiner von Wellingtons Schergen im Nacken.

»Jonathan?«, fragte er verwundert. »Bei allen Heiligen, dich hätte ich zuletzt erwartet. Was machst du hier?«

»Rasch, Robert, zieh dich an. Wir müssen dich fortbringen!«, rief Jonathan außer Atem, drängte sich an seinem Freund vorbei und zog ihn mit sich zurück in die kleine Wohnung. Wie immer herrschte studentische Unordnung in Roberts Bleibe, und der

Geruch von Mittagessen hing in der Luft. Durch das schräge Dachfenster fiel graues Tageslicht ins Innere. »Beeil dich«, befahl Jonathan seinem Freund, als er sich wieder umwandte. »Pack ein, was du für die nächsten Tage brauchst, und dann verschwinden wir. Noch besser: Lass alles hier, und wir verschwinden sofort.«

»Ho, Jonathan, mal langsam«, wehrte Robert ihn ab, während er hinter sich die Tür schloss. »Hast du vollkommen den Verstand verloren? Du stürmst so mir nichts, dir nichts hier herein und führst dich auf, als wärst du toll. Was ist los? Nein, warte! Viel wichtiger ...« Mit langen Schritten durchquerte er den kleinen Raum, nahm eine Automobilillustrierte vom Tisch, schlug sie auf und hielt sie Jonathan mit energischer Geste entgegen. »Erkennst du diesen Wagen?«, fragte er hitzig und deutete auf die Abbildung eines Panhard-Levassor.

»Äh, Robert, ich kann es erklären«, stammelte Jonathan.

»Ich will keine Erklärungen, Jon! Ich will den Wagen zurück, den Mister Simms mir geliehen und den du und deine feinen Spießgesellen mir gestohlen haben. Und schau dir die Beule an meinem Hinterkopf an, die mir dieser Irre mit dem Inverness-Mantel verpasst hat. Das ist doch die Höhe!« Er drehte sich um und deutete auf einen rot-violett verfärbten Hügel, der unter seinem kastanienbraunen Haar sichtbar war. Dann schleuderte er die Illustrierte zu Boden. Seine blauen Augen blitzten zornig.

»Du wirkst nicht besonders krank«, stellte Jonathan fest.

»Krank? Ich? Wie kommst du jetzt darauf?«, fragte Robert verwirrt. »Sag bloß, du warst beim *Strand* und hast mit Misses Atkinson gesprochen.« Er blickte Jonathan schräg an und fuhr dann in etwas ruhigerem, wenn auch immer noch mürrischem Tonfall fort: »Aber, nein, ich bin nicht krank. Ich habe es nur vorgetäuscht, weil Mister Simms' Chauffeur heute Morgen vorbeischauen und den Wagen wieder abholen wollte, wie du möglicherweise ebenfalls mitbekommen hast.«

Jonathan machte ein verlegenes Gesicht. »Ich hörte davon.«

»Schön. Dann kannst du dir vorstellen, dass ich lieber einen

Tag unbezahlt zu Hause verbringe und mir den Unmut von Greenhough einhandele, als im Redaktionsbüro zu sitzen, wenn dieser Herr auftaucht, und ihm beichten zu müssen, dass mein bester Freund mir das Automobil gestohlen hat!« Er rannte ruhelos im Raum hin und her und raufte sich die Haare. »Jonathan, was hast du dir dabei gedacht?«

»Sagtest du nicht eben, Erklärungen würden dich nicht interessieren?«, gab dieser zurück.

»Jetzt interessieren sie mich aber doch«, versetzte sein Freund. »Immerhin steht mein gesellschaftlicher Ruf auf dem Spiel. Ich wüsste schon gerne, wofür ich mich Vorwürfen und Anklagen stellen muss, die imstande sind, mich zu ruinieren.«

Jonathans Blick huschte zur Tür, und in beschwörender Geste legte er die Hände zusammen. »Ich sagte dir doch bereits vorgestern, dass es um eine Angelegenheit von Leben und Tod ging. Wir mussten eine junge Frau und ihren Großvater finden, und zwar schnell, denn gemeine Verbrecher waren ihnen auf den Fersen. Ich erzähle dir gerne die ganze Geschichte, wenn wir hier fort sind, aber jetzt müssen wir wirklich gehen.«

»Aber warum?« Robert kam auf ihn zu und packte ihn an den Oberarmen. »Was hat das alles zu bedeuten, Jonathan? Rede mit mir!«

»Wir haben keine Zeit, mein Freund. Eben jene Verbrecher sind nun hinter mir her, und weil sie erfahren haben, dass du mein Freund bist, auch hinter dir. Ich habe keine Ahnung, was sie vorhaben. Vielleicht wollen sie dich entführen und mich zwingen, ihnen etwas zu geben, das ich habe und das sie wollen. Den Ring, den ich von dem alten Mann in der Gasse bekam, erinnerst du dich noch?« Er hielt die Hand mit Dunholms Ring hoch.

Robert schüttelte fassungslos den Kopf. »Das klingt alles wie aus einem billigen Schundroman. Du bist sicher, dass du nicht unter Wahnvorstellungen leidest?«

»Ja, Herrgott noch mal! Schau her.« Hastig öffnete er sich der Wahrsicht, feuerte zwei Fadenbündel auf den Tisch mit den

Illustrierten ab und schob diesen krachend an die Rückwand des Zimmers. Danach fuhr er herum und rief – wie bei ihrem letzten Besuch Holmes – die Bratpfanne von der Kochstelle in seine eine Hand und Roberts auf dem Bett liegenden Zylinder in die andere. »Das ist alles echt!«, rief er, während er in die Normalsicht zurückwechselte. »Und es hat mit dem Ring zu tun. Also, bitte, Robert, vertrau mir und komm mit.«

Sein Freund sagte einen Augenblick lang gar nichts, sondern starrte Jonathan nur auf eine Art und Weise an, als sähe er ihn am heutigen Tag zum ersten Mal. Er blinzelte und strich mit der Rechten unsicher über den braunen Schnurrbart. »Ja, gut, äh … in Ordnung. Ich werde dann mal …« Er sah sich um, als wisse er nicht genau, was er eigentlich nun anstellen sollte. Sichtlich verwirrt begab er sich zum Kleiderschrank, um einen kleinen Koffer von dort herunterzuholen. Doch statt ihn aufzuklappen, ließ er ihn zu Boden sinken und drehte sich erneut zu Jonathan um. »Wie hast du das eben angestellt?«

»Das, mein Freund, ist Teil der langen Geschichte, die ich dir …«

In diesem Augenblick wurde unvermittelt die Tür aufgestoßen, und der Magier Crandon stand im Türrahmen. Einen Lidschlag lang starrten Jonathan und er sich entgeistert an, beide gleichermaßen über die Anwesenheit des anderen überrascht.

Jonathan erholte sich den Bruchteil einer Sekunde schneller. »Weg, Robert!«, schrie er und warf Crandon, ohne groß nachzudenken, den Zylinder seines Freundes ins Gesicht. Natürlich war das keine sonderlich gefährliche Wurfwaffe, aber der Magier war dadurch lange genug abgelenkt, dass Jonathan mit zwei schnellen Schritten die Distanz zwischen ihnen überbrücken konnte. Während Crandon den Zylinder beiseiteschlug, holte Jonathan mit der Bratpfanne in der anderen Hand aus und hieb sie dem Eindringling mit Wucht ins Gesicht.

Der Magier brüllte schmerzerfüllt auf und taumelte einige Schritte auf dem Treppenabsatz zurück. Er wäre die Treppe hinabgestürzt, wenn er sich nicht im letzten Moment am Geländer festgehalten hätte. Blut rann aus seiner gebrochenen Nase über Mund und Kinn.

Jonathan ließ die Pfanne fallen und wartete nicht ab, was als Nächstes geschehen würde, sondern warf die Wohnungstür zu und stemmte sich dagegen. »Schnell, Robert, das Dachfenster. Öffne es! Wir müssen auf einem anderem Weg fliehen.«

»Aber du hast dem Kerl doch ganz schön eine verpasst. Der wird sich zweimal überlegen, noch mal anzugreifen«, rief Robert.

Die Tür erzitterte in Jonathans Rücken unter dem Einschlag zweier Fadenbündel. »Ich habe ihn überrascht. Das ist alles«, ächzte Jonathan. »Nun mach schon.«

»In Ordnung, aber zuerst …« Rasch packte Robert einen der zwei Stühle, trat neben Jonathan und verkeilte die Klinke mit dem Möbelstück. »Das hält ihn vielleicht einen Moment auf«, sagte er. Anschließend eilte er zu dem kleinen Dachfenster und klappte es auf.

»Klettere hinaus. Ich komme sofort nach«, presste Jonathan hervor, während er mit aller Macht zu verhindern versuchte, dass Crandon die Tür einschlug. *Sperrfäden*, raunte eine Männerstimme mit schottischem Dialekt in seinem Kopf.

Er ließ erneut die Wahrsicht sein Sehen überlagern und zog mit raschen Bewegungen einige krude Fadenbündel kreuz und quer über die Tür, als versuchte er sie mit Brettern zu vernageln.

»Kommst du, Jonathan?«, vernahm er Roberts Stimme von draußen auf dem Dach.

»Ja, sofort«, erwiderte er, beendete sein behelfsmäßiges Werk und eilte, die Wahrsicht aufgebend, zum Fenster hinüber. Er ergriff Roberts dargebotenen Arm, und dieser half ihm, sich nach draußen zu zwängen.

»Lass mich raten«, fragte sein Freund. »Das ist einer der gemeinen Verbrecher?«

Jonathan nickte nur, während er sich auf dem schräg abfallenden Dach orientierte. Die viergeschossigen Mietshäuser in der Calthorpe Street standen dicht an dicht und erlaubten eine Flucht bis immerhin zur nächsten Querstraße. Direkt neben ihnen ging es die Ziegelsteinfassade hinab auf den von Bäumen bestandenen Innenhof des Wohnblocks. Leider gab es zu wenige Möglichkeiten, sich festzuhalten, um daran hinunterzuklettern.

»Hier entlang«, drängte Robert ihn, der wieder die Führung übernahm. »Am Ende der Dächer sind Stiegen für den Schornsteinfeger.«

So schnell wie möglich rutschten und kletterten sie am Rand des Daches entlang und setzten dann auf das nächste über. Hinter ihnen war ein leises Poltern zu vernehmen. Es klang, als habe die Tür unter Crandons Ansturm nachgegeben. Eines musste man dem Schergen Wellingtons lassen: Er war hartnäckig. »Schneller«, drängte Jonathan seinen Freund.

»Kentham!«, schrie eine Stimme hinter ihnen.

Jonathan fuhr herum und hob abwehrbereit die Arme. Doch er war zu langsam. Im nächsten Moment wurde er wie vom Hieb eines Preisboxers an der Brust getroffen und nach hinten geworfen. Er prallte auf das schräge Dach und schlug mit dem Kopf schmerzhaft gegen die schwarzen Schindeln, bevor sein Körper zur Seite kippte und der Dachkante entgegenrollte. Jonathan riss den Arm zur Seite, um einen Vorsprung zu ergreifen, aber seine Finger griffen zu kurz. Instinktiv ließ er Fäden aus ihnen hervorschießen und hielt sich daran fest. Er konnte allerdings nicht verhindern, dass er bis zur Hüfte über den Rand rutschte und seine Beine plötzlich in der Luft baumelten. »Robert!«, schrie er.

Sein Freund wandte sich um und fluchte. »Ich komme.« Er kletterte in Richtung Jonathan zurück.

»Nicht so schnell!«, mischte Crandon sich ein, und als Jonathan den Kopf wandte, sah er, dass der Magier erneut die Hände vorstieß.

»Nein!«, schrie er und drehte sich halb auf den Rücken, nur um mitzuerleben, wie Robert in den Bauch getroffen wurde, sich ächzend zusammenkrümmte und torkelnd einen Schritt zurück machte. Er trat ins Leere und kippte nach hinten.

Die Zeit schien sich ins Unendliche zu dehnen. Mit erschreckender Langsamkeit und Klarheit sah Jonathan, wie sein Freund jeden Halt verlor und mit rudernden Armen und vor Schreck weit aufgerissenen Augen über die Dachkante stürzte.

Beinahe instinktiv kam die Wahrsicht über ihn. Er löste seine rechte Hand von dem Fadenbündel, an dem er sich festhielt, streckte sie in Roberts Richtung und schleuderte dem Freund eine Salve aus gestreuten Einzelfäden entgegen, die ihn an Armen und Oberkörper traf.

Robert schrie auf, als er herumgerissen wurde. Sein Sturz ging in eine weite Pendelbewegung über, die ihn mit Schwung gegen die braune Hauswand unterhalb von Jonathan prallen ließ. Ein schmerzhafter Ruck ging durch Jonathans Arm, und er keuchte auf. Ein kurzer Augenblick des Kontrollverlusts ließ den Faden, an dem er sich festhielt, reißen, und er rutschte, von Roberts Gewicht gezogen, vollends über die Dachkante. Im letzten Moment vermochte er sich an einem Vorsprung festzukrallen, doch ihm war klar, dass er diesen Kraftakt nicht lange durchhalten würde.

Von glitzernden Fäden umzüngelt tauchte die magisch leuchtende Gestalt Crandons über ihm auf. Er sah aus wie ein von einer zornigen Flammenaura umgebener Dämon, was regelrecht absurd wirkte, wenn man sich seine vollkommen durchschnittliche Statur, das gänzlich unscheinbare Angestelltengesicht und den braunen Anzug, den er trug, vor Augen führte. Jonathan ließ erneut die Wahrsicht fallen, denn er wollte seinem Gegner ins Gesicht sehen können.

Blut färbte dessen untere Gesichtshälfte rot und hatte auch sein weißes Hemd und die braune Weste darüber besudelt. Aus der Nähe ließ sich mit erschreckender Deutlichkeit erkennen, dass die Bratpfanne sein Gesicht böse zugerichtet hatte. Aber der Schmerz schien Crandon nur noch wütender zu machen. Als er sich vorbeugte, funkelte Hass in seinen braunen Augen.

»Das werden Sie bereuen, Kentham. Eigentlich sollte das hier ein friedlicher Tausch werden. Ihre Freunde Robert und Elisabeth gegen Dunholms Ring. Aber jetzt ist es eine persönliche Angelegenheit. Für das hier …« Er deutete auf sein Gesicht. »… werden Sie bezahlen. Und Ihre Freunde ebenfalls.«

Jonathan brachte nur ein Ächzen zustande, während er spürte, wie seine Finger an Kraft verloren und abzugleiten drohten. Er warf einen raschen Blick über die Schulter. Unter ihm versuchte Robert gerade, sich an einem Fensterrahmen im zweiten Stock festzuklammern.

Crandon ging über ihm in die Hocke. Aus Augen, in denen ein schwacher gelblicher Schein lag, betrachtete er Jonathans linke Hand, an welcher der breite, silberne Siegelring Dunholms steckte. »Da hätten wir also das gute Stück«, stellte er zufrieden fest. »Aber wie ich sehe, ist es magisch geschützt. Diese Fäden werde ich wohl nicht lösen können. Aber das macht nichts. Zum Glück bin ich auf alles vorbereitet.« Er griff in seine Jackentasche und zog ein schlankes Messer hervor.

Jonathans Augen wurden groß. »Warten Sie. Tun Sie das nicht!«

»Ach, klagen Sie nicht, mein Bester«, sagte Crandon mit einem boshaften Lächeln auf den blutverschmierten Lippen. »Es ist doch nur ein Finger. Sie werden ihn kaum vermissen.« Er senkte die scharf glänzende Schneide und setzte sie am oberen Ende von Jonathans Ringfinger an.

Wehr dich!, donnerte eine Stimme in Jonathans Innerem. *Du kannst es!*

Ein heißer Schub magischer Energien brandete in seinem Körper empor, und auf einmal verspürte er übermenschliche Kraft in all seinen Muskeln. Während er darum betete, dass sein Freund unter ihm mittlerweile Halt gefunden hatte, ließ Jonathan Robert los. Mit der Linken zog er sich in die Höhe. Seine Rechte fuhr nach oben und packte den verblüfften Crandon am Kragen. Dann brüllte Jonathan auf, riss den Arm zurück und warf den Magier über sich hinweg. Mit einem Kreischen flog Crandon durch die Luft, prallte gegen einen der Bäume und fiel kopfüber auf den gepflasterten Innenhof. Es gab ein dumpf klatschendes Geräusch, danach herrschte Stille.

Jonathan schoss ein Fadenbündel auf den Schornstein des Hauses ab und hievte sich daran zurück aufs Dach. Als er sich schwer atmend und mit wild schlagendem Herzen umdrehte, sah er die Gestalt Crandons reglos auf dem Pflaster liegen. Sein Körper war schlaff wie der einer fallen gelassenen Gliederpuppe, und unter seinem Kopf bildete sich eine Blutlache. Das Messer war ihm aus der Hand geschlagen worden und lag zwei Schritt entfernt auf dem Boden.

»Heilige Mutter Gottes, ich glaube, du hast ihn umgebracht«, entfuhr es Robert, der in verkrampfter Haltung auf dem Fenstersims hockte.

Jonathan spürte einen Anfall von Übelkeit in sich hochsteigen, aber es gelang ihm, ihn zu unterdrücken. Er konnte und wollte jetzt nicht darüber nachdenken, dass er womöglich soeben zum Mörder geworden war – wenn auch aus Notwehr und angesichts von Drummonds donnernder Stimme in seinem Schädel vielleicht nicht einmal gänzlich aus eigenem Betreiben. »Lass uns hier verschwinden. Ich möchte das alles ungern der Polizei erklären müssen.«

Er beugte sich vor, erfasste Robert mit einigen Fäden und holte ihn zu sich aufs Dach zurück. Anschließend kletterten sie rasch in Roberts Wohnung zurück.

»In Ordnung, und was geschieht jetzt?«, wollte sein Freund wissen. »Den Bösewicht haben wir ja offenbar erledigt.«

»Ich fürchte, es war nur ein Scherge und nicht einmal ein besonders starker«, widersprach Jonathan. »Ich wünschte mir, du würdest ein paar Tage verreisen. Irgendwo fern von London untertauchen, während ich und meine Spießgesellen, wie du sie nennst, die Lage hier zu entschärfen versuchen. Ich muss unterdessen nach Elisabeth schauen. Crandon nannte ihren Namen.

Also steht vielleicht just in diesem Augenblick ein anderer von Wellingtons Anhängern bei ihr vor der Tür.«

»Wellington ist der Oberschurke?«, stellte Robert klar.

Jonathan nickte. »So kann man ihn wohl nennen. Du musst ihn dir ein wenig wie Robur den Eroberer von Jules Verne vorstellen – ein Mann, der glaubt, eine Vision von einer besseren Welt zu haben, im Grunde aber nichts weiter ist als ein machtversessener Tyrann.«

»Ich lese keine Abenteuerromane, aber ich denke, ich kenne diesen Schlag von Menschen.« Tatendurstig klatschte Robert in die Hände. »Also gut. Dann stürmen wir los, um die Maid in Not zu retten. Und erzähl mir jetzt nicht wieder, das wäre nicht meine Sache und außerdem zu gefährlich. Ob du es willst oder nicht: Ich stecke nun schon mittendrin in deinem Abenteuer, und was wäre ich für ein Mann, wenn ich davor zurückschrecken würde, einem machtversessenen Tyrannen das Handwerk zu legen. Wir Briten dienen nur einer Herrscherin, und das ist Queen Victoria, Gott schütze sie. Ganz abgesehen davon …« Er blickte Jonathan ernst an. »Du schuldest mir noch etwas für den Vorfall mit dem Wagen, und diese Schuld ist mit dem hier noch nicht einmal ansatzweise abgegolten. Wo ist das Auto eigentlich?«

»Ich erzähle es dir, während wir zum Hyde Park fahren, wenn es recht ist«, antwortete Jonathan. »Und du sollst auch auf deine anderen Fragen Antworten bekommen.«

»Prächtig«, verkündete Robert, während er Hut und Mantel anzog. »Gehen wir.«

Als sie mit ihrer Kutsche eine knappe halbe Stunde später in die Straße am Hyde Park einbogen, in der Elisabeth Holbrook mit ihren Eltern lebte, war Robert über die Geschehnisse der letzten Tage halbwegs im Bilde. Jonathan hatte die Regeln des Ordens des Silbernen Kreises, die Welt der Magie geheim zu halten, in den Wind geschlagen, und seinem Freund in groben Sätzen umrissen, was er wusste. Er hatte das Gefühl, dass er ihm das schuldig war. Natürlich hatte er ihm auch das Schicksal des Panhard-Levassor gebeichtet, wobei er beteuert hatte, dass der Wagen zwar beschädigt, aber sicher zu reparieren sei. Darüber, was das kosten würde, wollte lieber keiner von ihnen beiden nachdenken.

Robert nahm die verrückten Dinge, die Jonathan ihm zu berichten wusste, erstaunlich gelassen hin. Anfangs riss er noch die Augen auf und schüttelte ungläubig den Kopf. Irgendwann aber schien er zu dem Schluss zu kommen, dass es wohl am besten war, alles, was er zuvor als unmöglich abgetan hatte, fortan durchaus als möglich anzusehen. »Ich muss sagen, ich beneide dich ein wenig, mein Freund«, stellte er fest, als Jonathan geendet hatte. »Die Gaben, die dir die Magie verleiht, sind beeindruckend.«

»Nun ja, noch bereiten sie mir mehr Ärger als Freude«, meinte dieser. »Ich habe mich mit Greenhough überworfen, ich hätte dich beinahe verloren, und eine glückliche Verbindung mit Elisabeth ist auch unwahrscheinlicher als jemals zuvor.«

»Aber du hast all diese Opfer im Dienste einer größeren Sache gebracht«, sagte Robert. »Das respektiere ich, nein, mehr noch: Du nötigst mir Bewunderung ab, und das, mein Freund, hätte ich vor ein paar Tagen noch nicht gedacht. Damals war es deine größte Fähigkeit, Anekdoten über Geister in der Drury Lane oder Schatzgräber in Ägypten zu erzählen – und das, mit Verlaub, nicht mal besonders spannend. Nun jagst du auf einmal kreuz und quer durch London, bekämpfst verrückte Zauberer und rettest junge hübsche Frauen von dahinrasenden Zügen.«

»Eigentlich habe ich nur die Motorkutsche gefahren«, schränkte Jonathan leise ein.

»Unsinn, Jon. Du bist ein Held. Dein Leben ist auf einmal so spannend wie das eines Geheimagenten seiner Majestät.« Robert schlug Jonathan begeistert auf die Schulter. »Ich bin froh, dass du mich eingeweiht hast. Vielleicht erlerne ich im Laufe der Zeit ja auch den einen oder anderen Trick. Und wenn noch eine aufregende Dame für mich übrig bleibt, bin ich auch nicht traurig.«

»Was ist denn mit der jungen Miss Harker?«, fragte Jonathan erstaunt. »Ich dachte, du und sie …«

Robert verzog das Gesicht. »Ja, eigentlich schon. Aber ich habe ein ungutes Gefühl in dieser Angelegenheit. Greenhough hat so ein paar Zweideutigkeiten fallen lassen, als wäre es weder in seinem Sinne noch in dem von Sarahs Eltern, dass wir unsere Beziehung weiter vertiefen. Ich bin mir nach wie vor im Unklaren darüber, wie ich mit diesem Wissen umgehen soll. Der romantische Teil in mir begehrt selbstverständlich auf und schmiedet Pläne, Sarah aus dem Haus ihrer Eltern zu entführen, um mit ihr in der Ferne ein gemeinsames Glück zu finden. Der vernünftige Teil, und dieser überwiegt derzeit, würde ungern wegen einer Liebelei den Brotberuf und jedes gesellschaftliche Renommee verlieren.« Der Freund blickte Jonathan mit schiefem Grinsen an. »Nun, zumindest über Letzteres brauche ich mir wohl nach der Geschichte mit Mister Simms' Wagen keine Gedanken mehr zu machen.«

»Warten wir es erst einmal ab«, sagte Jonathan. »Vielleicht renkt sich auch alles wieder ein.« Er warf einen Blick aus dem Kabinenfenster. »Wir sind beinahe da.«

Robert klopfte an die Fensterklappe zum Kutscher. »Halten Sie hier bitte an!«, rief er, und an Jonathan gewandt, fuhr er fort: »Wir wollen doch nicht alle auf unsere Anwesenheit aufmerksam machen.«

Die Kutsche kam zum Stehen, und sie stiegen auf der den Häusern abgewandten Seite aus. Nachdem Jonathan die Fahrt bezahlt hatte, schlugen sie sich ins Gebüsch, um sich im Schutz der hohen Bäume, die am Rand des Hyde Parks wuchsen, dem Anwesen der Holbrooks zu nähern. Zu dieser Nachmittagszeit waren zahllose Spaziergänger im Park unterwegs, sodass sich niemand über die beiden Männer wunderte, die im Schatten der Kastanienbäume dahinliefen.

Als sie das Anwesen der Holbrooks erreichten, sahen sie schon, dass dort irgendetwas nicht stimmte. Eine Kutsche parkte vor der Haustür, und zwei Uniformierte unterhielten sich vor der Tür. An der rechten Seite des Hauses befand sich ein Erker, der von einem Balkon im ersten Stock überdacht war. Die Tür zu dem Balkon stand offen, und auch dort hatten sich Männer versammelt. Einer von ihnen war Elisabeths Cousin aus Frankreich, Lieutenant François Delacroix, mit dem Holmes sich im Savoy-Hotel angelegt hatte.

Jonathans Herz machte einen Satz in der Brust. »Oh nein, wir kommen zu spät!«

»So sieht es wirklich aus«, knurrte Robert. »Was machen wir jetzt? Leider können wir den Schuft in meinem Hof nicht mehr befragen, wo er und seine Kameraden ihr Versteck haben. Dann hätten wir eine Spur, der wir folgen könnten, um Elisabeth zu befreien.«

Die Worte seines Freundes brachten Jonathan auf einen Gedanken. »Ich kenne eine Möglichkeit, jemanden anhand seiner persönlichen Habe aufzuspüren. Es gibt ein Ritual, das Holmes und Randolph mir mal zeigten.«

Robert hob anerkennend die Augenbrauen. »Nicht schlecht, mein Freund, aber wie willst du an das Tagebuch oder den Sommerhut deiner Angebeteten kommen? Wir können unmöglich an die Tür klopfen und darum bitten. Denn wenn du den Gentlemen vom Yard von deinen Magiern erzählst, werden sie dich schnurstracks in eine Anstalt für Nervenkranke einweisen.«

»Mal ganz abgesehen davon, dass es eigentlich einen Kodex gibt, der es verbietet, Nichtmagiern Einblicke in die Welt der Magie zu erlauben«, bemerkte Jonathan mit einem Seitenblick. »Also bitte erzähl nicht jedem, dass ich für dich eine Ausnahme gemacht habe.«

»Ich kann schweigen wie ein Grab. Aber das löst unseren Missstand nicht.« Nachdenklich strich Robert sich über den Schnurrbart. »Sag, Jon, kannst du dich mit deiner Magie nicht vielleicht auch unsichtbar machen?«

Jonathan hätte sich innerlich am liebsten dafür geohrfeigt, dass er nicht selbst darauf gekommen war. Er wusste, dass Drummond die Fähigkeit, sich vor den Augen Normalsterblicher zu verbergen, besessen hatte, und er horchte in sich hinein, ob er auch dazu imstande war. »Ich glaube schon. Warte einen Moment.« In die Wahrsicht hinübergleitend, begann Jonathan, an den Fäden seiner Aura zu ziehen und diese so zu bändigen, dass sie nicht in die Augen anderer fielen. Einige Minuten lang mühte er sich damit ab, aber irgendwie schien er die Technik nicht richtig zu beherrschen, denn immer wieder züngelten die Fäden auseinander. Er schaute Robert an. »Ich nehme an, dass ich nicht unsichtbar bin, oder?«

Der Freund schüttelte den Kopf. »Du hast ein- oder zweimal kurz geflackert, sodass ich schon dachte, nun wäre es so weit, aber dann kehrte dein Körper immer wieder zurück.«

Mit einem Seufzen ließ Jonathan die Schultern sinken. »Von diesem Plan können wir also Abschied nehmen.« Er dachte kurz nach. »So wie es aussieht, müssen wir uns gewöhnlicherer Methoden bedienen.«

»Das heißt, wir benötigen eine Ablenkung, während wir in das Haus einbrechen, Elisabeths Zimmer aufsuchen und dort ihre Sachen stehlen?«

Jonathan nickte. »Da es mir leichter fällt, den ersten Stock zu erreichen, schlage ich vor, dass du diese Ablenkung übernimmst.«

»Ich?«, wiederholte Robert. »Wie stellst du dir das vor?«

»Ganz einfach«, sagte Jonathan. »Du gehst zum Haus der Holbrooks und gibst vor, Elisabeth sprechen zu wollen. Solltest du befragt werden, behauptest du, dass es in deiner Absicht gelegen hätte, dich mit ihr über deine Sorgen hinsichtlich deiner Beziehung zu ihrer Freundin Sarah Harker zu unterhalten.«

»Genau das habe ich mir schon immer gewünscht: mein Seelenleben einem Inspektor von Scotland Yard darzulegen«, murmelte Robert.

»Du wolltest an meinen Abenteuern teilhaben«, erinnerte Jonathan ihn.

Abwehrend hob sein Freund die Hände. »Schon gut, schon gut. Ich mache es. Lass dich nur nicht erwischen.«

Jonathan bedachte ihn mit einem schiefen Grinsen. »Ich gebe mir Mühe.«

Sie trennten sich. Während Robert den Hyde Park in Richtung Süden hinabschlenderte, um irgendwann kehrtzumachen und sich von dort die Straße entlangschlendernd dem Anwesen der Holbrooks zu nähern, schlug Jonathan einen weiten Bogen, damit er auf die Rückseite des Hauses kam. Schließlich wollte er nicht von den Spaziergängern im Hyde Park gesehen werden, während er sich an einem Fadenbündel die Hauswand hinaufzog.

Über die Park Street ging er von hinten auf das noble Anwesen der Holbrooks zu, das nur eines von vielen ausgesprochen schönen und geräumigen Häusern in dieser Gegend darstellte, in der die Reichen und der Adel Tür an Tür lebten. Mehr denn je wurde Jonathan klar, auf wessen Hauses Tochter sein Auge da gefallen war. Elisabeth mochte auf dem Empfang ihm gegenüber Gewogenheit zum Ausdruck gebracht haben – wohlgemerkt, bevor er sich vor der versammelten Gesellschaft in eine Prügelei hatte verwickeln lassen, über die tags darauf sogar im *Daily Telegraph* berichtet worden war. Doch selbst wenn das nicht geschehen wäre, so wurde ihm klar, mochten seine Bemühungen um ihre Hand ein ferner, unerfüllbarer Traum sein.

Er erinnerte sich an das Gespräch, das er mit seinem Chefredakteur Norman Greenhough über die Romanze zwischen Robert und Sarah geführt hatte. Greenhough hatte Jonathans Freund mit seinem forschen, mitunter impertinenten Auftreten als ungünstigen Einfluss auf die junge Sarah bezeichnet und Jonathan regelrecht bedrängt, Robert alle romantischen Absichten auszureden. So wurde in gehobenen Kreisen hinter dem Rücken anderer das Urteil über sie gesprochen, und es war durchaus wahrscheinlich, dass auch Jonathan mittlerweile dieses Urteil getroffen hatte. Denn Greenhough hatte Jonathan zwar noch als einen würdigen Mann an Sarahs – oder eben Elisabeths –

Seite bezeichnet, dessen Bodenständigkeit und strebsamer Ernst ihn weit bringen würden. Aber Jonathan argwöhnte, dass das schon damals nichts weiter als nette, leere Worte gewesen waren. Mittlerweile dachte sein ehemaliger Chefredakteur jedenfalls mit Sicherheit ganz anders über ihn – und es stand ebenfalls außer Zweifel, dass er diese Gedanken auch dem Abgeordneten Holbrook zu passender Gelegenheit mitgeteilt hatte.

Ich gehöre nicht in diese Welt, in der Ansehen alles ist und Wahrhaftigkeit wenig bis gar nichts zählt, dachte Jonathan, und der Gedanke überraschte ihn. Noch vor wenigen Tagen hätte er solche Überlegungen vehement von sich gewiesen. Doch seine Berührung mit der Magie, die nicht nur wie mit einer Axt alle Haltetaue zu seinem früheren Leben durchschlagen, sondern ihm auch einen neuen Blickwinkel auf sein Leben und sein Lebensumfeld beschert hatte, ließ ihn klarer denn je sehen, dass er den Pfad, dem er bislang hatte folgen wollen, dringend überdenken musste. *Aber nicht hier und nicht jetzt*, ermahnte Jonathan sich.

Sein Blick glitt zu dem Balkon, auf dem Delacroix vorhin mit den Männern vom Yard gestanden hatte. Er war leer. Offensichtlich war es Robert tatsächlich gelungen, die Aufmerksamkeit der anwesenden Polizisten auf sich zu lenken. Vielleicht gab es aber auch einfach nichts mehr dort oben zu besprechen. Jonathan wusste nicht, wo genau in der Villa Elisabeths Zimmer lag, aber mit etwas Glück befand es sich nicht weit von besagtem Balkon entfernt. Schließlich schien auch der letzte Einbrecher auf diesem Weg ins Haus gelangt zu sein – ansonsten wäre dieser Platz für die Ordnungshüter nicht von solchem Interesse gewesen.

Jonathan warf einen Blick nach rechts und links. Die Park Street erwies sich als erfreulich unbelebt. Genau genommen war das nicht so ungewöhnlich, denn es gab hier keine Straßenkinder, keine fliegenden Händler und keinen normalen Verkehr, sodass der größte Trubel herrschte, wenn die Anwohner abends mit ihren prunkvollen Gespannen zu Gesellschaften aufbrachen und nachts von ihnen heimkehrten. Für beides war es noch zu früh.

Mit einer raschen Bewegung schleuderte er ein Fadenbündel ins Geäst eines nahen Baumes und schwang sich daran über die Mauer des holbrookschen Anwesens. Geduckt eilte er durch den Garten bis zum Haus. Er presste sich mit dem Rücken an die helle Fassade und achtete darauf, dass man ihn durch keines der hohen, weiß gestrichenen Fenster sehen konnte.

Jonathan hob den Kopf und nahm den Balkon über dem kleinen Erker ins Visier. Dieser besaß eine feste steinerne Balustrade, auf der kleine Zierbäume standen. Aufgrund des fensterreichen Erkers war es beinahe unmöglich, unbemerkt nach oben zu gelangen. Jonathan konnte also nur darauf hoffen, dass sich keiner in dem Raum dahinter aufhielt. Zu sehen war niemand, weder mit gewöhnlichen Augen, noch mit erweiterten magischen Sinnen, aber das wollte angesichts seines schlechten Blickwinkels nicht viel heißen.

Ich muss es einfach wagen, dachte er, warf ein dehnbares Fadenbündel hoch in die Luft und ließ sich daran zu dem Balkon hinaufziehen. Seine Finger bekamen die Balustrade zu fassen; schnell zog er sich hinauf und schwang sich darüber hinweg. *Ich muss noch mehr Sport treiben*, dachte er mit klopfendem Herzen. *Das Leben als Magier ist anstrengender, als ich es mir vorgestellt hätte.*

Kriechend bewegte er sich zur Hauswand hinüber und lugte durch die Balkontür ins Innere. Niemand hielt sich in dem Raum dahinter auf. Außerdem schien er – Jonathan konnte sein Glück kaum fassen – der Einrichtung nach einer jungen Frau zu gehören. Das konnte nur Elisabeth sein, denn soweit er wusste, hatte sie keine Schwestern.

Behutsam drückte Jonathan die Klinke herunter und öffnete die Tür. Dann huschte er nach drinnen. Das von einer Blumentapete gezierte Zimmer wurde von einem großen Himmelbett an der linken Wand und einem nicht minder großen Schrank an der rechten beherrscht. Direkt links neben der Balkontür befand sich ein kleiner Sekretär, vor dem ein Stuhl stand, und in der hinteren linken Ecke gab es einen Schminktisch mit einem Hocker. Auf einem Hutständer hingen mehrere hübsche Hauben und Hüte, und einige Topfpflanzen verliehen dem Zimmer etwas Grün.

Rasch ließ Jonathan seinen Blick durch den Raum gleiten, um nach einem geeigneten Gegenstand für das Aufspürritual Ausschau zu halten. Es fanden sich keinerlei Hinweise auf einen Kampf in dem Zimmer, aber das musste nichts bedeuten. Ein geübter Magieanwender konnte sein Opfer außer Gefecht setzen, bevor es überhaupt Gelegenheit zur Gegenwehr bekam.

Er entschied sich für den unscheinbarsten der Hüte, denn er nahm an, dass Elisabeth die aufwendigeren Gegenstücke nur zu besonderen Gelegenheiten trug und diese ihn nur hierher zu dem Hutständer zurückgeführt hätten. Anschließend begab er sich zu dem Kleiderschrank hinüber. Zur Sicherheit wollte er noch irgendeine Bluse oder einen Unterrock mitnehmen. Obwohl er sich dabei einredete, dass dies notwendig sei und nur Elisabeths Bestem diente, trieb es ihm die Schamesröte ins Gesicht, die Wäsche der jungen Frau zu durchwühlen. *Oje! Wenn jetzt jemand kommt und fragt …*

»Was machen Sie denn hier?«

Die Stimme passte so gut zu seinem Gedankengang, dass er erst nach zwei Sekunden bemerkte, dass sie nicht in seinem Kopf, sondern in seinem Rücken erklungen war. Blitzschnell fuhr er herum und sah sich keinem anderen als François Delacroix gegenüber. Der Lieutenant stand im Türrahmen und wirkte halb überrascht, halb empört. Der Mund unter dem feinen Schnurrbart war ein schmaler Strich, und in seinen Augen lag ein misstrauisch forschender Ausdruck.

Jonathans Gedanken rasten. Er konnte dem Mann nicht die Wahrheit sagen. Ihm wollte auf die Schnelle aber auch keine geeignete Lüge einfallen. Und ihm war klar, dass Delacroix den Eindruck gewinnen musste, Jonathan sei ein von Liebeskummer oder irgendwelchen niederen Gelüsten getriebener Einbrecher, der sich an der Wäsche der Frau vergriff, die dem französischen Offizier vom Abgeordneten Holbrook versprochen worden war.

Im Grunde gab es darauf nur eine passende Antwort.

Jonathan ließ den Hut fallen, stopfte sich das Leibchen, das er gerade in der Hand hielt, in die Jackentasche und stürzte auf die Balkontür zu.

»Halt!«, schrie Delacroix. »Lustmolch, elender!«

»Es ist nicht so, wie Sie denken«, rief Jonathan über die Schulter zurück, während er auf den Balkon stürmte und die Balustrade ergriff, um darüber hinwegzusetzen. »Ich will nur helfen.«

»Niemand will Ihre Hilfe.« Der Offizier warf sich nach vorne, packte Jonathan Schulter und riss ihn herum. »Bleiben Sie Elisabeth fern«, knurrte er mit blitzenden Augen. »Sie machen sie nur unglücklich.«

»Das ist nicht wahr!«, widersprach Jonathan, der sich wider besseres Wissen in einen Streit verwickeln ließ, statt die Flucht fortzusetzen. »*Sie* machen sie unglücklich. Sie liebt Sie nicht und will nicht Ihre Frau werden. Das hat sie mir auf dem Empfang im Savoy-Hotel selbst gesagt.«

»Schweigen Sie! Elisabeth wird mir gehören.«

»Sie gehört niemandem – im Augenblick schon gar nicht, denn sie wurde entführt und muss gerettet werden!« In dem Moment, da er die Worte aussprach, erkannte Jonathan, dass er einen Fehler begangen hatte.

Delacroix packte ihn am Kragen. »Woher wissen Sie von der Entführung? Los, reden Sie!«

»Für derartige Dinge habe ich jetzt keine Zeit«, presste Jonathan hervor, legte dem französischen Offizier die Hände auf die uniformierte Brust und stieß ihn magisch verstärkt von sich. Delacroix wurde nach hinten geworfen und prallte krachend gegen die halb geöffnete Balkontür. Glas splitterte und regnete um ihn herum zu Boden.

Einen Herzschlag lang starrte Delacroix Jonathan ungläubig an. Dann wandte er den Kopf und schrie ins Hausinnere: »Alarm! Ein Eindringling befindet sich im Haus!«

Jonathan fluchte unterdrückt, warf sich herum und schwang

sich über die Balustrade. Er verband ein kurzes Fadenbündel mit dem Steingeländer und sprang anschließend in den Garten hinab. Unglücklicherweise hatte er sich in der Hast verrechnet. Der Faden war zu lang, und er kam härter als gedacht am Boden auf. Die Wucht des Aufpralls zwang ihn dazu, sich fallen zu lassen und abzurollen. Einen Moment lang drehte sich alles um ihn. Taumelnd kam er wieder auf die Beine und wollte seine Flucht fortsetzen. Da erklang eine Stimme über ihm.

»Halt! Keine Bewegung, oder ich schieße!«

Jonathan schaute nach oben und sah einen Mann in einem grauen Anzug und gleichfarbigen Mantel, der mit einem Revolver auf ihn zielte. Delacroix und ein blau uniformierter Polizist flankierten ihn.

Gleichzeitig wurden Schritte laut, und zwei weitere Polizisten sowie ein stämmiger Inspektor mit buschigem Schnurrbart und Melone auf dem Kopf kamen ums Haus herum angerannt. Auch der Inspektor hatte eine Waffe in der Hand.

Mit raschem Blick maß Jonathan die Entfernung bis zur Mauer. Der Weg war zu weit und zu ungeschützt, das Risiko, von der Kugel eines übereifrigen Polizeibeamten in den Rücken getroffen zu werden, zu groß.

Mit grimmiger Miene legte auch der Inspektor seinen Revolver auf Jonathan an. »Ergeben Sie sich, Sir! Das Spiel ist aus.«

KAPITEL 24:
DER FRANZOSE SCHLÄGT ZU

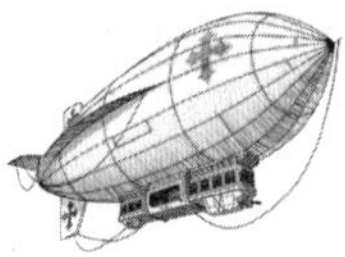

»Kutscher nimmt Rache! James E. Thorp, ein Motorwagenbesitzer, wurde heute in St. Louis von Ira Stansbury angeschossen. Stansbury fuhr mit seiner Kutsche die Straße entlang, als Thorp sich mit seinem Wagen näherte und hupte. Stansbury weigerte sich, Platz zu machen. Thorp rammte die Kutsche und drängte sie von der Straße. Daraufhin stoppte Stansbury, zog einen Revolver unter dem Sitz hervor und schoss den Wagenbesitzer in den Oberschenkel. Bei seiner Festnahme sagte Stansbury, er habe genauso viel Recht, auf einer Straße zu fahren, wie irgendein Automobil.«

– *New York Times, 23. April 1897*

23. April 1897, 17:58 Uhr GMT
England, fünf Meilen östlich und 4000 Fuß oberhalb von London

Mit majestätischer Langsamkeit schob sich die *Gladius Dei* durch den von schweren grauen Wolken verhangenen Himmel über London. Von Stein hatte die Motoren drosseln lassen, und so glitt das Luftschiff beinahe antriebslos durch ein Meer aus Grau.

»Ich liebe England. Selbst an guten Tagen ist hier schlechtes Wetter«, verkündete der Hauptmann, der, die Hände in die Hüften gestemmt, breitbeinig auf der Kommandobrücke stand und durch das Frontfenster in die trübe Suppe hinausblickte, die sie von allen Seiten umgab.

»Reizend«, sagte Lionida. Sie hielt sich am Kartentisch im hinteren Teil des Raumes auf und wartete, dass der Militär sie absetzte. Eigentlich war sie davon ausgegangen, dass das Luftschiff irgendwo außerhalb der Stadt landen würde, um sie unbemerkt von Bord gehen zu lassen. Doch von Stein hatte darauf beharrt, sie bis ins Herz der britischen Hauptstadt zu bringen.

»Aber warum?«, hatte sie gefragt.

»Weil wir es können«, war seine selbstzufriedene Antwort gewesen.

Nun hatten sie ihr Ziel erreicht. Sehen konnte man zwar wenig, doch ihren Navigationsinstrumenten zufolge mussten sie sich in etwa auf Höhe des Westminster-Palastes befinden. Lionida konnte sich beim besten Willen nicht vorstellen, wie der Deutsche das riesige Luftschiff unbemerkt so nah an den Boden bringen wollte, dass sie auszusteigen vermochte. Aber von Stein lächelte nur, als sie diesen Zweifel in Worte fasste. »Sie werden sehen, Signora, dass die *Gladius Dei* auch für diesen Fall ausgestattet ist.« Er warf einen prüfenden Blick in einen Messingkasten, an dessen oberem Ende ein Okular wie von einem Fernglas befestigt war. Anschließend nickte er zufrieden. »Hier dürfte es gehen …«

»Ich steige aus?«, fragte die Magieragentin.

Der Offizier wandte sich zu ihr um. »Ja. Holen Sie alles, was Sie brauchen. Wir treffen uns am Eingang zum Salon.«

»Das wird nicht nötig sein. Ich bin bereits reisefertig, seit wir uns London genähert haben«, sagte Lionida.

»Umso besser. Dann folgen Sie mir, Signora Diodato.« Von Stein wechselte ins Deutsche und erteilte seinen Steuerleuten ein paar kurze Befehle. Danach führte er Lionida von der Brücke und durch den Hauptgang zum Heck der Gondel. Unterwegs liefen sie Scarcatore über den Weg.

»Schließen Sie sich mir an?«, wollte Lionida wissen.

Der Gelehrte schüttelte den Kopf. »Meine Aufgabe liegt nicht in London«, erwiderte er.

»Das ist bedauerlich. Ihre Gaben wären sicher hilfreich gewesen.«

Scarcatores Mundwinkel umspielte ein Lächeln. »Das ist sehr freundlich von Ihnen, dass Sie das sagen. Ein anderes Mal vielleicht.«

»Also schön«, sagte Lionida. »Ich zwinge niemanden, mit mir einen Abend zu verbringen. Ich werde die Themse von Ihnen grüßen.« Sie warf ihm unter ihrem Hut einen schelmischen Blick zu, den Scarcatore jedoch überging. Manchmal vermisste die Magieragentin wirklich Pietro Araldo. Er wusste einen kleinen Flirt hier und da wenigstens zu schätzen. Ihrem gegenwärtigen Begleiter schien jedes Verständnis dafür abzugehen.

Sie passierten die Gästekabinen und danach die Geschützstände der *Gladius Dei*, bevor sie eine große Kammer erreichten, die bis in den Rumpf des Luftschiffes selbst hineinreichte. An den Wänden reihten sich Gestelle mit massiv wirkenden Metallzylindern, die abgerundete Spitzen und kleine Stabilisierungsflossen am hinteren Ende aufwiesen. *Bomben*, erkannte Lionida, und sie schauderte unwillkürlich. An Laufschienen angebrachte Kettengeschirre hingen von der Decke, die zweifellos dazu dienten, die tödlichen Sprengkörper zu der großen Luke zu bewegen, die in den Boden eingelassen war und von zwei Männern der Besatzung soeben geöffnet wurde.

In der Mitte des Raumes befand sich ein kurioses Gefährt. Es handelte sich um einen mit grauem Stoff bespannten Drahtkorb, der die Form eines liegenden Hühnereis hatte und an einem Stahlseil unter der Decke hing. Das Stahlseil führte über einen Flaschenzug zu einer Kurbel an der rechten Wand.

Von Stein hob die Hand und deutete auf das Ei. »Ich präsentiere Ihnen unseren Spähkorb«, erklärte er stolz. »Meine eigene Erfindung! Er erlaubt es uns, mit der *Gladius Dei* in den Wolken zu bleiben, während wir Sie zweihundert Meter in die Tiefe ablassen, damit Sie aussteigen können.«

Entgeistert blickte Lionida das fragile Gefährt an. »Nur damit ich Sie richtig verstehe, Herr Hauptmann. Wir befinden uns mehr als zweihundert Meter über dem Boden, und ich soll in dieses ... Ding ... steigen?«

Von Stein nickte eifrig.

»Na wunderbar«, murmelte die Magieragentin, bevor sie zuschaute, wie die beiden Männer vor ihnen den Spähkorb mit der Kurbel herabließen, damit sie bequem einsteigen konnte. An der Oberseite besaß der Korb eine Öffnung, und Lionida konnte sehen, dass ein mit braunem Leder bezogener Sitz im Inneren des alles in allem etwa hüfthohen Spähgefährts festgeschraubt war.

Einer der Luftschiffer reichte Lionida die schwielige Hand und half ihr, in den Korb zu steigen. Lionida wünschte sich, die Etikette würde sie nicht zwingen, einen langen Rock zu tragen, aber sie konnte sich unmöglich in Radfahrerhosen durch die Innenstadt Londons bewegen. Sie würde alle Blicke auf sich ziehen. Außerdem ließ sich in ausladender Kleidung einiges an Ausrüstung verstecken, und ohne diese hätte sie ungern das Luftschiff verlassen.

Ohne ihr inneres Unbehagen zu offenbaren und den Männern dadurch Grund zur Schadenfreude zu geben, setzte sich die Magieragentin in den Spähkorb. Sie streckte die Beine in den ovalen Bug des Gefährts, richtete ihren Rock und nickte von Stein zu. »Ich bin bereit.«

»Hervorragend«, sagte der Offizier, dann schlug er sich mit der flachen Hand auf den Oberschenkel. »Dabei fällt mir ein, dass ich noch etwas für Sie habe.« Er griff in die Tasche seiner Uniformhose und beförderte ein schmales metallenes Kästchen zutage, das bis auf einen kleinen Schalter schmucklos war.

»Was ist das?«, fragte Lionida, als sie es entgegennahm und betrachtete.

»Ein Kurzstreckensender«, erwiderte ihr Gegenüber. »Wir werden Ihre Bewegungen am Boden natürlich verfolgen, so gut es uns möglich ist, ohne das Wolkenfeld verlassen zu müssen. Sollten Sie allerdings dringend Hilfe benötigen, legen Sie diesen Hebel um. Dann werden wir tun, was nötig ist, um Sie aus der Gefahrensituation herauszuholen. Und wie Sie wissen, stehen uns einige Möglichkeiten zu Gebote.«

»Ihre Sorge um mein Wohlbefinden ist rührend«, sagte Lionida mit einem warmen Lächeln.

»Ich sorge mich stets um die mir zum Schutz Befohlenen, insbesondere wenn es sich um Damen handelt«, erklärte von Stein galant und deutete eine Verbeugung an.

»Nun, wollen wir hoffen, dass ich den Sender nicht brauchen werde. Dennoch danke ich Ihnen.« Sie zog eine Braue hoch und blickte von Stein auffordernd an. »Können wir?«

Der Offizier gab seinen Männern ein Zeichen, und die beiden Luftschiffer hievten den Spähkorb ein wenig vom Boden hoch, um ihn über die Luke zu manövrieren. Anschließend fingen sie an zu kurbeln, und das fragile Gerät sank langsam in die Tiefe.

Kalte, feuchte Luft umfing Lionida. Sie biss die Zähne zusammen und schlang die Arme fröstelnd um den Oberkörper. Über ihr in der Luft hing die gewaltige Masse des Luftschiffes, ein Anblick, der ihr fast noch unangenehmer war als das Wissen, dass nur ein dünnes Drahtgeflecht und eine Bahn Stoff zwischen ihr und sehr viel Leere lagen.

Ein Blick über den Rand des Spähkorbs zeigte ihr, dass sie sich dem unteren Ende der Wolkendecke näherte. Der Dunst nahm ab, und sie vermochte erste Lichter der Häuser tief unter ihr zu erkennen. *Hätten wir noch ein paar Stunden gewartet, wäre vermutlich die ganze Stadt im Nebel versunken und ich hätte mit dem Spähkorb direkt auf dem Picadilly Circus aufsetzen können*, dachte Lionida. Aber Zeit war ein kostbares Gut, denn mit jeder verstreichenden Stunde mochten die Dinge hier in England höchst unerfreuliche Wendungen nehmen.

Die Magieragentin beugte sich noch ein wenig vor und versuchte sich zu orientieren. Sie stellte fest, dass die Navigationsinstrumente des Luftschiffes erstaunlich genau waren. Unter ihr und etwas zur Linken lag das prunkvoll am Ufer der Themse aufragende Parlamentsgebäude von London, dessen berühmter Uhrturm die Glocke Big Ben beherbergte, die Stimme Britanniens, wie man sie gemeinhin nannte. Während der Spähkorb gemächlich tiefer sank, erklang auf einmal eine aus vier Glockenschlägen bestehende Tonfolge – das Zeichen zur Viertelstunde.

Näher und näher kam der Uhrturm, und Lionida wurde klar, dass sie nicht ohne Grund über dem Westminster-Palast haltgemacht hatten. Offensichtlich gedachte von Stein, sie auf der Spitze des Turms abzusetzen. »Sie sind wirklich ein Spaßvogel«, murmelte die Magieragentin. Es war keinesfalls unmöglich, von dort ungesehen zur Straße hinabzugelangen, aber es gab sicher einfachere Wege nach London hinein.

Ihre Befürchtung bestätigte sich, als der Spähkorb in unmittelbarer Nähe der gusseisernen Dachspitze mit einem Ruck zum Stehen kam. Lionida musterte das schwarze Metall, das von goldenen Zierelementen geschmückt wurde, und schätzte die Entfernung und den besten Ansatzpunkt ab. Noch immer trennten sie beinahe hundert Meter vom Boden, und ein Sprung in dieser Höhe behagte ihr nicht wirklich.

Aber ihr blieb keine Zeit zum Zaudern. Ungeachtet des über der Stadt liegenden Dunstes und der hereinbrechenden Dunkelheit saß sie hier gewissermaßen auf dem Präsentierteller. Dass es sicher kaum einen Ort in London gab, an dem die Einwohner häufiger zum Himmel schauten, als hier, hatte ihr Gastgeber in seiner Begeisterung für sein technisches Spielzeug offenbar vollkommen vergessen. Daher erhob sich Lionida, stellte sich breitbeinig in den Korb und wechselte in die Wahrsicht. Mit einem letzten Blick versicherte sie sich ihres Ziels.

Dann schoss sie ein Fadenbündel auf das Dach des Turms ab und sprang.

Rasend schnell kam das Dach näher. Kurz vor dem Aufprall warf sie sich herum und feuerte ein zweites Fadenbündel auf den Spähkorb ab. Es gab einen Ruck, und sie hing zwischen den beiden Fäden in der Luft. Elegant ließ sie sich abwärts sinken und erreichte ein schmales Sims direkt unter der Dachspitze, das von einem halbhohen Geländer eingefasst war.

Dort ging Lionida in die Hocke und atmete tief ein und aus. Die erste Hürde war genommen. Aber noch war es nicht vorbei.

Mit einigen raschen Bewegungen hüllte sie sich in einen Unsichtbarkeitszauber. Anschließend befestigte sie ein Fadenbündel an dem Geländer, schwang sich darüber und lief an dem Bündel wie an einem Halteseil entlang rückwärts zwischen kleinen Fenstergauben hindurch die untere Hälfte des dunklen Turmdachs hinunter, um sich anschließend an einem weiteren Faden auf einen umlaufenden Balkon direkt oberhalb der riesigen Zifferblätter hinabzulassen.

Sie umrundete den Balkon, bis sie die nach Süden zeigende Seite des Uhrturms erreicht hatte und sich unter ihr die Dächer des Westminster-Palastes erstreckten. Es ging ihr nicht darum, sich vor den Blicken neugieriger Fußgänger auf der Westminster Bridge oder am Themseufer zu verbergen – der Unsichtbarkeitszauber schützte sie diesbezüglich zuverlässig. Doch dadurch verkürzte sich der Weg, den sie an der senkrechten Wand des Turms zurücklegen musste, und auch wenn Lionida nicht zum ersten Mal an einer Hausfassade hing, war es ihr lieber, keine sechzig Meter oder mehr am Stück zurücklegen zu müssen.

Unter Zuhilfenahme mehrerer Fadenbündel seilte die Magieragentin sich auf das von Türmchen und floralem Zierrat reich geschmückte Dach des Westminster-Palastes ab. Dort angekommen suchte sie sich eine geschützte Wandstelle zwischen den hohen gotischen Fenstern und überwand auch noch die letzten Meter bis zum Erdboden.

Unten sank sie erschöpft und erleichtert gegen die helle Kalksteinfassade. Dort verharrte sie einige Minuten, bis sich ihr hämmernder Herzschlag wieder beruhigt hatte. Schließlich stieß sie sich von der Mauer ab, huschte hinter ein Gebüsch, ließ ihre Tarnung fallen, und kurz darauf spazierte sie – eine hübsche dunkelhaarige Frau in einem hochgeschlossenen grauschwarzen Kostüm – die Bridge Street hinab, und keiner der Vorbeilaufenden ahnte, dass eine soeben vom Himmel Gefallene unter ihnen weilte.

23. April 1897, 19:30 Uhr GMT
England, London, Soho Street

Elisabeth Holbrook saß gefesselt auf einem Sessel mit Löwenfüßen und fürchtete sich.

Ihr Tag hatte so schön begonnen. Sie hatte sich mit Sarah getroffen, und die beiden hatten einen Spaziergang durch Kensington Gardens unternommen, um anschließend gemeinsam zu Mittag zu essen. Sie hatten über Männer gesprochen und die Sorgen, die man mit ihnen hatte. So hatte Sarah erzählt, dass ihr Vater sie am nächsten Wochenende auf einem Ball mit einem jungen Earl aus East Sussex bekannt machen wolle und sie nun nicht wisse, ob sie sich darauf freuen dürfe, da sie doch Mister Pennington auch gern habe. Elisabeth hatte ihrer Freundin daraufhin gebeichtet, dass sie ebenfalls zwischen zwei Männern stehe, die sie allerdings im Gegensatz zu Sarahs Verehrern beide gerade unglücklich machten. Trotz des ernsten Themas hatten die beiden Frauen viel gelacht und waren am Ende zu dem Schluss gekommen, dass es überhaupt noch viel zu früh sei, über Dinge wie eine Vermählung nachzudenken.

Als Elisabeth nach Hause zurückgekehrt war, hatte der Albtraum begonnen. Sie hatte gerade an ihrem Schreibpult gesessen und darüber nachgedacht, ob sie Jonathan einen zweiten Brief schreiben sollte, da er ihre erste Antwort auf sein Entschuldigungsschreiben wohl entweder nicht erhalten oder aus verletzten Gefühlen fortgeworfen hatte, als plötzlich ein maskierter Mann wie aus dem Nichts in ihrem Zimmer aufgetaucht war. Bevor sie auch nur hatte schreien können, hatte er ihr ein feuchtes, süßlich riechendes Tuch vor den Mund gehalten, und gleich darauf war sie ohnmächtig geworden.

Als sie an besagten Sessel gefesselt aufgewacht war, hatte sie sich in diesem Sündenpfuhl von einer Wohnung wiedergefunden. In der Mitte des Zimmers, in dem sie gefangen gehalten wurde, standen drei mit Samt bezogene Diwane um einen Tisch mit einer Wasserpfeife herum. Illustrationen spärlich bekleideter Damen, deren schierer Anblick Elisabeth die Schamesröte ins Gesicht trieben, hingen in Gold gerahmt an den Wänden, so als handele es sich um wertvolle Gemälde. Und auf einer Kommode grinste sie eine Fruchtbarkeitsstatue an, die afrikanischen Ursprungs sein musste und deren unmöglich üppiger Körper eine Beleidigung für das Auge jeder züchtigen Dame darstellte. Schwere rote Brokatgardinen vor den Fenstern hielten diese stummen Zeugnisse eines lasterhaften Lebens vor den neugierigen Blicken der Nachbarn fern.

Eine Gruppe von Männern befand sich mit ihr im Raum, wobei zwei von ihnen ihr bereits begehrliche Blicke zugeworfen hatten. Einer hatte sogar versucht, sich ihr unsittlich zu nähern, aber er war von einem gepflegt wirkenden Mann mit strengem Gesicht und durchdringendem Blick, der in steifer, sein Missfallen über diese Lage ziemlich deutlich zum Ausdruck bringender Haltung auf einem der Diwane saß, barsch zurückgerufen und getadelt worden. »Verzeihen Sie Mister Whitbys schlechtes Benehmen, meine Dame«, hatte er sich anschließend entschuldigt. »Wir sind keine Barbaren, auch wenn die Umstände Ihnen ein anderes Gefühl geben möchten. Aber verzagen Sie nicht: Ihr Aufenthalt in unserer Obhut wird nur von kurzer Dauer sein. Sie werden schon sehen. Bald können Sie wieder nach Hause.« Diese Worte hatten Elisabeth zumindest ein wenig Mut gemacht. Sie betete, dass der Mann, der offenkundig der Anführer der Gruppe war, seine Gefolgsleute auch weiterhin so gut im Zaum hatte.

Noch mehr Unbehagen als die beiden Lüstlinge bereitete der jungen Frau allerdings die vermummte Gestalt, die sich auf dem Diwan ihr direkt gegenüber niedergelassen hatte. Der Mann – dass es ein Mann war, hatte sie an seiner Stimme erkannt – trug einen langen Mantel mit hohem Kragen, der seine untere Gesichtshälfte verdeckte. Seine Augen verschwanden hinter dunkel glänzenden, undurchsichtigen Sehgläsern, und auf dem Kopf trug er einen Hut mit ausladender Krempe. Seine behandschuhten Hände hielten einen Morgenmantel umfasst und zogen daran, als nähe er mit unsichtbarem Faden an dem Kleidungsstück herum. Jeder andere Mann hätte Elisabeth mit diesen komisch wirkenden Gesten vermutlich ein Kichern entlockt. Aber der Fremde hatte sie gleich nach ihrem Aufwachen nur einmal kurz durch seine schwarzen Gläser, die an die leeren Augenhöhlen eines Totenschädels gemahnten, angestarrt. Seitdem schauderte es sie, wann immer ihr verstohlener Blick auf ihn fiel.

»Ich habe es geschafft«, sagte der Mann in diesem Moment. Er stand auf, hob den Morgenmantel hoch und hielt ihn vor sich in die Luft wie eine Wünschelrute.

»Tatsächlich, der Mantel zeigt nun in eine andere Richtung – direkt nach Westen«, murmelte einer der Männer, der einen walisischen Akzent hatte.

Der Mann mit den Sehgläsern und dem Hut nickte. »Gehen wir. Je schneller wir Kentham finden, desto besser.«

»Jonathan?«, entfuhr es Elisabeth. »Was wollen Sie von Jonathan?«

»Das soll nicht Ihre Sorge sein«, erwiderte der Vermummte.

»Wollen wir nicht noch auf Crandon warten? Er müsste jeden Moment mit diesem anderen Kerl auftauchen«, sagte der Lüstling Whitby.

»Er kommt nicht mehr«, gab der Vermummte zurück.

»Woher wollen Sie das wissen?«, fragte der Waliser.

Der Mann drehte den Kopf und starrte Whitby unverwandt an. »Wenn alles gut gegangen wäre, hätte er sich schon vor zwei Stunden zu uns gesellt.«

Der Waliser blinzelte. »So einfach geht das bei Ihnen? Jemand arbeitet nicht ganz nach Plan, und er wird abgeschrieben?«

»Ja. Wir haben keine Zeit, einen Tölpel zu suchen, dem es nicht einmal gelingt, einen gewöhnlichen Mann zu entführen. Aber wenn Sie möchten, gehen Sie ihn suchen. Ich brauche Ihre Hilfe nicht.« Der Vermummte wandte ihm den Rücken zu. Das Gespräch schien für ihn erledigt zu sein.

Der Waliser blickte zu dem Mann, der angesichts der Worte des Vermummten vielleicht doch nicht der Anführer war.

Dieser schüttelte den Kopf. »Er hat recht, Mister ap Llywelyn. Wir haben im Augenblick wichtigere Dinge zu tun …« Er stockte.

»Was ist los?«, wollte ap Llywelyn wissen.

Der Mann griff in seine Jackentasche und zog einen eiförmigen Gegenstand hervor, der in dumpfem glutrotem Licht pulsierte. »Jemand hat die Falle ausgelöst, die ich zurückgelassen habe, als wir das Ordenshauptquartier räumten«, erklärte er.

»Vielleicht ein Schnüffler vom Yard?«, mutmaßte Whitby.

Sein Gegenüber schüttelte den Kopf. »Nein, die Falle reagiert nur auf …« Er hielt inne und warf Elisabeth einen raschen Seitenblick zu. »… unsereins. Sie wissen schon.«

»Unerheblich«, sagte der Vermummte. »Unser Ziel ist klar. Wir sollen Kentham ergreifen.«

»Das ist nicht unerheblich«, widersprach der Mann. »Kentham ist uns sicher, nun, da Sie seine Schutzvorkehrungen durchbrochen haben. Diese Person hier …« Er hob den leuchtenden Gegenstand hoch. »… wird nur eine endliche Zeitspanne vor Ort sein. Wir müssen jetzt zuschlagen. Uns wurde, wie Sie sicher wissen, auch befohlen, uns um die übrigen Unruhestifter zu kümmern.«

»Ich werde dafür bezahlt, Kentham festzusetzen. Genau das

werde ich tun«, erklärte der Vermummte in einem Tonfall, der keine weiteren Diskussionen zuließ.

Das Gesicht des anderen verfinsterte sich. Elisabeth hatte das dumpfe Gefühl, einem unausgesprochenen Machtkampf beizuwohnen. »Gut, dann teilen wir uns«, sagte der Mann nach einem kurzen Moment des gegenseitigen Anstarrens. »Sie und Whitby kümmern sich um Kentham. Ist er allein, schlagen Sie zu. Ist er in Begleitung, unterbreiten Sie ihm ein Angebot, das er nicht ausschlagen kann. Ap Llywelyn, Llawgoch und ich fahren unterdessen los und finden heraus, wer sich in unserem früheren Wohnzimmer herumtreibt.«

»Tun Sie, was Sie nicht lassen können«, knurrte der Vermummte, bevor er sich an Whitby wandte. »Kommen Sie. Holen Sie Ihre Waffe, dann brechen wir auf.«

»Was geschieht mit ihr?«, fragte dieser und deutete auf Elisabeth.

Der Vermummte richtete sein Augenmerk auf die junge Frau und starrte sie zwei Herzschläge lang schweigend an. Danach begab er sich mit raschen Schritten zur Kommode mit der afrikanischen Fruchtbarkeitsstatue, zog die Schublade auf und holte einen Lappen und ein kleines Fläschchen hervor. »Wir schalten sie aus«, sagte er. Er öffnete den Verschluss und tränkte den Lappen mit der darin enthaltenen Flüssigkeit. Anschließend kam er drohend auf Elisabeth zu.

»Nein!«, rief sie und wand sich in ihren Fesseln. »Bitte nicht!« Ihr Blick richtete sich flehend auf den Mann, der ihr schon vorher beigestanden hatte.

»Keine Angst«, sagte dieser. »Es ist nur ein Schlafmittel. Ihnen wird nichts geschehen.«

Der Vermummte packte ihr Gesicht mit seiner behandschuhten Linken und zwang Elisabeth, ihn anzublicken. Ihr von Furcht verzerrtes bleiches Gesicht spiegelte sich in seinen dunklen Sehgläsern. Ohne ein Wort hob er den Lappen und presste ihn ihr auf Mund und Nase. Erneut konnte Elisabeth den süßlichen Geruch wahrnehmen. Schwindel erfasste sie. Es dauerte nur einen Moment, bis es Nacht um sie wurde.

23. April 1897, 19:55 Uhr GMT
England, London, Polizeiwache an der Marylebone Lane

Jonathan konnte es einfach nicht glauben. Zum dritten Mal binnen achtundvierzig Stunden saß er in einem Keller fest. Diesmal handelte es sich um den Keller der kleinen Polizeiwache an der Marylebone Lane unweit des Hyde Parks, in dem vier kleine, mit stabilen Gittertüren verschlossene Zellen für Untersuchungshäftlinge untergebracht waren. Dorthin waren Robert und er als »Verdächtige im Fall der Entführung von Elisabeth Holbrook«, wie sich der Inspektor ausgedrückt hatte, gebracht worden.

Auf der Fahrt hatte Jonathan Robert zu verstehen gegeben, nichts von dem zu verraten, was er ihm vorher über die Welt der Magie erzählt hatte. Beim sich anschließenden Verhör hatten die beiden dann zwar glaubhaft zu beteuern vermocht, Freunde von Elisabeth zu sein, die mit ihrem Verschwinden nichts zu tun hatten. Aber hinsichtlich ihrer Anwesenheit im Haus der Holbrooks hatten sie sich derart in Widersprüche verstrickt, dass die Polizeibeamten entschieden hatten, sie über Nacht hierzubehalten – auch wenn sie keine stichhaltigen Beweise dafür besaßen, dass die beiden jungen Männer sich ein größeres Verbrechen hatten zuschulden kommen lassen als den Raub eines Unterkleids aus dem Zimmer der Entführten. Selbiges hatten sie ihnen natürlich abgenommen und dem Vater der rechtmäßigen Besitzerin zurückgegeben.

»Das dürfen Sie nicht. Ich brauche es, um Elisabeth zu finden!«, hatte Jonathan protestiert.

»Überlassen Sie das ruhig Scotland Yard, Sir«, hatte der Inspektor ihn zurechtgewiesen. Danach waren sie in den Keller gebracht und eingesperrt worden.

Seitdem saßen sie schweigend nebeneinander. Jonathan

machte sich Vorwürfe, weil er nicht nur darin versagt hatte, Elisabeth zu helfen, sondern weil er darüber hinaus Kendra, Cutler und die anderen Magier enttäuscht hatte. Robert dagegen war schlichtweg verstimmt, dass das große Abenteuer, das er sich erhofft hatte, so rasch zu einem unrühmlichen Ende gefunden hatte. Darüber hinaus warf er Jonathan vor, dass dieser sich so leicht hatte erwischen lassen, und er hatte ihm, als die Zellentür krachend hinter ihnen ins Schloss fiel, geschworen, den Rest des Tages nicht mehr mit ihm zu sprechen.

Trotzdem war er es, der das Schweigen schließlich zuerst brach.

»*Höre, Jonathan*«, begann er nach etwa zwei Stunden unvermittelt auf Altgriechisch. »*Kannst du uns nicht mit deinen Gaben befreien?*«

»*Altgriechisch?*«, fragte Jonathan milde belustigt.

»*Dann versteht uns niemand*«, gab Robert grinsend zurück.

Sie beide hatten die Sprache seit ihren Studientagen nicht mehr gesprochen. Damals in Cambridge hatten sie sich einen Spaß daraus gemacht, in Pubs zu gehen, die nicht zu den Stammkneipen der Studenten gehörten, und sich in Altgriechisch laut über die Anwesenden zu unterhalten – wohl wissend, dass die meisten Arbeiter sie nicht verstanden. Dabei waren sie das eine oder andere Mal unangenehm von der Erkenntnis überrascht worden, wer in einer Stadt des Wissens wie Cambridge alles über eine altphilologische Ausbildung verfügte. In dieser Polizeiwache mussten sie sich diesbezüglich allerdings sicher keine Gedanken machen.

»*Wohl wahr*«, pflichtete Jonathan seinem Freund daher bei. »*Doch nein, ich kann uns nicht helfen. Das Fenster ist zu klein. Ich kann vielleicht die …*« Er stockte und blickte Robert fragend an: »Gitterstäbe?«

Dieser dachte kurz nach und schüttelte den Kopf. »Ich muss passen.«

»*… lösen, aber wir können nicht hinausklettern.*«

»*Kannst du die Tür öffnen?*«, fragte sein Freund.

Jonathan verzog das Gesicht. »*Ich weiß, dass andere Magier Türen öffnen können. Aber ich kann das nicht.*«

»*Hast du es versucht?*«

»*Nein.*«

»*Versuche es.*« Robert machte eine auffordernde Geste.

»*Du willst wirklich fliehen?*«, fragte Jonathan zweifelnd. »*Das ruft bloß noch mehr Ärger hervor.*«

Sein Freund schnaubte belustigt. »*Viel mehr Ärger können wir uns kaum einhandeln. Und müssen wir nicht die Welt retten und Elisabeth befreien? Das können wir nicht, wenn wir hilflos im Gefängnis sitzen.*«

Jonathan atmete tief ein und wieder aus. »Du hast recht«, sagte er. »*Ich versuche es.*«

Er ließ die Wahrsicht seine normalen Sinne überlagern und trat vor die Zellentür. Glücklicherweise war er nicht gezwungen, blind zu arbeiten, wie es die Männer im Keller der Unteren Guildhall gewesen waren. Die Polizisten vertrauten auf die Festigkeit ihrer Gitterstäbe und das Unvermögen ihrer zeitweiligen Häftlinge, ein gut verarbeitetes, aber im Grunde völlig gewöhnliches Schloss mit bloßen Fingern zu knacken. Natürlich rechneten sie nicht damit, dass jemandem die Mittel der Fadenmagie zu Gebote standen.

Behutsam bildete Jonathan einige filigrane Spürfäden aus, die er in das Schloss gleiten ließ, um sich ein Bild von dessen Funktionsweise zu machen. Er ertastete den Schlüsselkanal und den Sperrriegel, was ihm alles andere als leicht fiel, denn er hatte sich noch nie zuvor mit dem Innenleben eines Türschlosses befasst. Schließlich glaubte er allerdings, verstanden zu haben, welche Elemente man wie bewegen musste, um das Schloss zu öffnen. Wie ein Einbrecher, der seine Werkzeuge ansetzte, legte Jonathan seine zwei Zeigefinger an das Schloss und ließ stärkere Fäden den Spürfäden nachfolgen, um den Sperrriegel zu drehen.

Ein leises Schaben war zu hören, dann klickte es, und als Jonathan die Gitterstäbe mit der Hand ergriff und dagegendrückte, schwang die Zellentür leicht auf.

»Großartig, alter Knabe«, lobte Robert leise und klopfte ihm auf die Schulter. »Die erste Hürde wäre genommen.«

Jonathan grinste ihn zufrieden an, drehte sich erneut zum Kellergang um – und schrak zusammen, als er plötzlich die Fadenaura eines Mannes vor sich sah.

Keine Angst, raunte eine Stimme in seinem Kopf, die, wie er rasch erkannte, McKellen gehörte. *Ich bin hier, um Sie zu befreien. Aber wie ich sehe, komme ich ein wenig zu spät.*

»Was hast du?«, fragte Robert.

Ein rascher Wechsel in die Normalsicht zeigte Jonathan, dass niemand auf dem Gang zu sehen war.

Sagen Sie nichts. Dieser Mann ist keiner von uns. Er darf nichts über die Magie erfahren, schärfte McKellen ihm ein.

Jonathan warf einen kurzen Blick zu seinem Freund hinüber. »Es ist … äh … warte einen Moment. Ich dachte, ich höre jemanden kommen.« *Heimlichkeit ist nicht vonnöten. Robert ist mein bester Freund. Er weiß alles.*

Was heißt das? McKellen klang rechtschaffen verärgert.

Er wurde von einem von Wellingtons Männern angegriffen. Ich erkläre es später.

McKellen vermittelte ein Gefühl des Missfallens. *Darüber werden wir noch zu sprechen haben. Und nicht nur über dies. Doch jetzt beeilen Sie sich! Kendra lenkt die Polizisten ab, aber ich weiß nicht, wie lange ihr das gelingen wird. Ich kann Sie auf die Schnelle nicht unsichtbar machen, aber ich vermag Ihre Schritte zu dämpfen. Seien Sie trotzdem vorsichtig. Ich erwarte Sie draußen gegenüber der Polizeiwache.*

Ich danke Ihnen, ließ Jonathan ihn wissen.

»Ich höre nichts«, sagte Robert leise, der unterdessen neben Jonathan an die Tür getreten war und gelauscht hatte. Er erschauerte kurz und blickte auf seine Beine. »Gibt es hier Ratten?«

»Wie kommst du jetzt darauf?«, wollte Jonathan wissen.

»Mir war, als hätte irgendetwas meine Knöchel gestreift.«

»Ich sehe keine Ratte.« Jonathan klopfte dem Freund auf den Arm. »Das hast du dir sicher nur eingebildet. Nun komm schon. Wir wollen unser Glück nicht über Gebühr beanspruchen.«

Lautloser, als es ihnen unter gewöhnlichen Umständen jemals möglich gewesen wäre, schlichen sie den Kellergang hinunter bis zur Treppe nach oben. Außer ihnen befand sich bloß noch ein weiterer Insasse in den Zellen, ein alter Stadtstreicher, der so betrunken war, dass er ihre Flucht überhaupt nicht wahrnahm.

Über die Treppe erreichten sie das Erdgeschoss der Polizeiwache. Auch dort war der Korridor menschenleer, allerdings vernahmen sie einige Stimmen aus dem Eingangsbereich. Geduckt schlichen sie nach vorne und spähten um die Ecke.

»Ich bin Ihnen ja so dankbar, dass Sie sich um meinen gestohlenen Koffer kümmern werden. Mir fehlen regelrecht die Worte. Die Polizei von London hat einen solch großartigen Ruf, und wie ich sehe, ist dieser vollkommen gerechtfertigt.« Kendra McKellen stand neben dem Schreibtisch des einen der beiden anwesenden Wachhabenden und lenkte mit Leichtigkeit die Blicke der Männer vom Empfangstresen und der Eingangstür ab. Ihr frisch gekämmtes rotes Haar schimmerte prachtvoll im Licht der Gaslampen, und auf ihrem Gesicht lag eine unwiderstehlich arglose Mädchenhaftigkeit, der sich gewiss kein Mann mit einem Funken Schutzinstinkt im Leibe entziehen konnte.

Jonathan wechselte in die Wahrsicht und klopfte ihr mit einem Faden wie mit einem Finger einige Male leicht auf die Wange. Ihr Blick huschte kurz in Richtung Korridor und kreuzte den seinen.

Während die beiden Polizisten ihr noch einmal versicherten, dass sie alles Menschenmögliche unternehmen würden, um Kendra ihr gestohlenes Hab und Gut wiederzubeschaffen, und sie sich knicksend und unter überschwänglichen Dankesworten von ihnen verabschiedete, huschten Jonathan und Robert geduckt unterhalb der Tresenkante vorbei, öffneten die Eingangstür und glitten nach draußen. Noch im Eingangsbereich richteten sie sich auf, um nicht wie zwei Diebe, sondern wie gewöhnliche unbescholtene Bürger die Steinstufen zur Straße hinunterzusteigen. Anschließend orientierten sie sich kurz und wandten sich nach rechts, um raschen Schrittes die Wigmore Street, die neben der Polizeiwache die Marylebone Lane kreuzte, zu überqueren und in die Gasse auf der gegenüberliegenden Seite einzutauchen, in der McKellen stand und ihnen zuwinkte.

»Das wäre geschafft«, begrüßte er sie. »Nun warten wir nur noch auf Kendra, und danach verschwinden wir. In der Nachbarstraße wartet eine Kutsche.«

»Wer ist der Gentleman?«, fragte Robert Jonathan.

»Das ist Mister McKellen. Er gehört zu uns«, erwiderte Jonathan. »Genau wie seine Tochter Kendra.« Er deutete auf die junge Frau, die soeben die Polizeiwache verließ, ihr Kapuzencape zusammenzog und mit gespielt einfältigem Gesichtsausdruck die Straße überquerte.

»Das war leicht«, bekannte sie erfreut, als sie sich ihnen in der Gasse anschloss. Gleich darauf verfinsterte sich ihre Miene, und ihre grünbraunen Augen funkelten Jonathan wütend an. »Aber was haben Sie sich dabei gedacht? Sie wollten vorsichtig sein und nach drei Stunden zurückkehren! Stattdessen landen Sie im Gefängnis, und wir müssen kommen und Sie retten.«

»Ich für meinen Teil hätte Sie darin versauern lassen, Sie leichtsinniger Bursche«, fügte Kendras Großvater hinzu, während er die Führung übernahm und die Gasse hinunterlief. »Aber Kendra verriet mir, dass Sie Dunholms Ring tragen. Und wie sich gezeigt hat, brauche ich ihn für das, was ich tun muss.«

»Es tut mir leid«, sagte Jonathan, der sich ihm zusammen mit den anderen anschloss. »Aber es ist ja noch mal alles gut gegangen.«

»Abgesehen davon waren wir beide auf dem besten Wege, uns selbst zu helfen – um für Mister Kentham mal ein gutes Wort einzulegen«, mischte Robert sich ein. »Wenn ich mich übrigens vorstellen darf: Mein Name ist Robert Pennington. Jonathan und ich kennen uns noch aus Studientagen.«

»Freut mich«, brummte McKellen. »Wie ich hörte, sind Sie über unsereins im Bilde?«

»Wenn Sie damit die Magierbewegung meinen, dann ja«, gab Robert zurück. »Wie es scheint, sind Ihre Feinde neuerdings auch die meinen. Daher habe ich Jonathan meine Hilfe angeboten.«

»Er hat insistiert«, verbesserte Jonathan.

»Richtig: Ich habe insistiert. Und dies aus gutem Grund«, bestätigte Robert und warf Jonathan einen vielsagenden Seitenblick zu.

»Schön. Dann kommen Sie einstweilen mit uns. Wir reden über alles Weitere später«, entschied Kendras Großvater.

»Alle auf einen Streich«, murmelte der Franzose, der vom Dach eines benachbarten Wohngebäudes die vier Gestalten in der Gasse durch das Zielfernrohr seiner Girandoni-Windbüchse beobachtete. »Mister Kentham, die McKellens, und wenn ich raten dürfte, würde ich den Nichtmagier für unseren verloren gegangenen Mister Pennington halten.«

»Was machen wir jetzt?«, fragte Whitby, der neben ihm auf dem Dachsims kauerte und Jonathans Morgenmantel in der Linken hielt.

»Ich kann sie nicht in der Gasse angreifen. Es gibt zu viel Deckung. Folgen wir ihnen.« Der Attentäter nahm die Windbüchse hoch und erhob sich. In der hereinbrechenden Dunkelheit rannten sie über die Dächer der Häuser, zogen sich mithilfe von Fadenbündeln an höheren Häusern hinauf und sprangen auf der anderen Seite magisch gesichert wieder hinunter. Auf diese Weise gelang es ihnen, ihre Opfer zu überholen, und sie erreichten als Erste die schmale Querstraße, die rechts von der Marylebone Lane abzweigte und an deren fernem Ende eine zweispännige Kutsche etwas zu auffällig an der nördlichen Häuserfassade parkte, um dort von ungefähr zu stehen.

Whitby kniff die Augen zusammen. »He, dort sitzen zwei Magier auf dem Kutschbock. Es sind Reynolds und Boyd, wenn mich nicht alles täuscht.«

»Boyd?«, wiederholte der Franzose. Er kniete sich hin und hob erneut die Windbüchse, um einen Blick durch das Zielfernrohr zu werfen. »Sie sind also der Mann, der mich aufzuhalten versuchte«, murmelte er, während er das vom Schein einer nahen Straßenlaterne erhellte, von Falten durchzogene Gesicht des Mannes betrachtete.

Seine Lippen pressten sich zu einem schmalen Strich zusammen. Es ärgerte ihn, dass der eigensinnige Carlyle und seine zwei Gefolgsleute nicht bei ihnen waren. Ihnen beiden würde es äußerst schwerfallen, sich mit gleich fünf Magiern zu messen. Zwei von ihnen – Kentham und die junge McKellen – mochten ungeübt sein, aber Reynolds und Boyd waren offensichtlich keine harmlosen Gelehrten, und der alte McKellen strahlte eine Kraft aus, die den Magierjäger regelrecht verblüffte. Er schien stärker denn je aus dem Kampf auf dem Zug zwischen Birmingham und London hervorgegangen zu sein. Nichtsdestoweniger bot sich ihm hier eine seltene Gelegenheit, und im Grunde war es ihm ganz lieb, dass er den von Wellington gestellten Auftrag erledigte, während dieser aufgeblasene Leiter für äußere Angelegenheiten seinen persönlichen Geschäften nachging. Dieser Verlauf der Dinge mochte sich bei späteren Vertragsverhandlungen als nützlich erweisen.

»Wie lauten Ihre Befehle?«, wollte Whitby wissen.

Der Franzose legte seinen Finger an den Abzug des Gewehrs. »Wir schlagen zu.«

»Wie haben Sie mich eigentlich so schnell gefunden?«, wollte Jonathan von McKellen wissen, als sie aus der Gasse in die nächste Querstraße, die Bentick Street, hinaustraten.

»Das haben Sie Ihrem neuen Vertrauten zu verdanken«, gab der alte Mann zurück. »Als wir nach Beendigung meines Rituals in das Versteck unter dem *Old Man's* zurückkehrten und Sie dort nicht vorfanden, war der kleine Bursche bereits alles andere als erfreut. Und je länger Sie nicht auftauchten, desto unruhiger wurde er. Schließlich entschlossen Kendra und ich uns, Sie suchen zu gehen. Zwei der Ordensmagier, Boyd und Reynolds, erboten sich, uns sicherheitshalber zu begleiten. Wir folgten Ruperts Nase durch die Straßen von London zunächst zu einem Mietshaus, in dessen Hinterhof helle Aufregung herrschte, weil man einen toten Mann gefunden hatte.«

»Crandon«, murmelte Jonathan.

»Ich dachte mir, dass Sie ihn kennen. Anschließend ging es weiter zu einem Anwesen in der Nachbarschaft des Hyde Park. Zu guter Letzt endeten wir hier, und als klar war, dass Sie sich offensichtlich in Schwierigkeiten mit der Polizei gebracht hatten, machten wir uns daran, einen Fluchtplan zu schmieden. Dort drüben ist übrigens unsere Kutsche. Rupert wartet drinnen auf Sie.« Kendras Großvater deutete nach rechts auf einen Zweispänner wenige Schritt die Straße hinab. Boyd saß auf dem Kutschbock und hielt die Zügel in der Hand. Reynolds stand neben der Kabine und spähte die Straße hinunter. Als die beiden Männer Jonathan und die anderen näher kommen sahen, hoben sie grüßend die Hand.

Der Angriff erfolgte so unvermittelt, dass zunächst keiner der Anwesenden wusste, wie ihm geschah. Das scharfe Zischen verdrängter Luft erklang. Gleich darauf zuckte Boyd zusammen und gab ein gurgelndes Geräusch von sich. Ein roter Fleck blühte auf seiner Stirn auf, wie ein hinduistisches Tilaka, doch statt Segen brachte es den Tod. Boyd verdrehte die Augen, sackte zur Seite und fiel schwer vom Kutschbock auf die Straße.

Eine Schrecksekunde lang starrten alle nur ungläubig auf den leblosen Magier. Dann brach Chaos aus. Kendra schrie auf. Reynolds brüllte: »In Deckung!«, ging neben der Kutsche in die Hocke und versuchte hektisch herauszufinden, von wo der Schuss gekommen war. Robert warf sich zu Boden und rollte unter ihr

Gefährt. Und Jonathan fuhr herum, während er in die Wahrsicht überging, in der Hoffnung, ihren Gegner auszumachen.

Ein weiterer Schuss pfiff durch die Luft und erwischte Reynolds an der Schulter. Der Magier fluchte, als er feststellte, dass er sich noch immer auf dem Präsentierteller befand. Er wirbelte um die eigene Achse und wollte um die Kutsche herumrennen. Ein zweiter Treffer zwischen die Schultern ließ ihn taumeln und mit dem Gesicht vornüber auf die Straßen stürzen.

»Dort drüben auf dem Dach!«, rief Jonathan. Er deutete auf eine Gestalt, die unweit der Gasse, die sie soeben verlassen hatten, im Schutz einer Gaube auf dem Dach eines viergeschossigen Hauses kauerte. Eine Kugel verfehlte ihn so knapp, dass er den Luftzug an seiner Wange verspürte, und erinnerte ihn daran, dass auch er verwundbar war. Instinktiv schleuderte er ein Fadenbündel in Richtung des Angreifers. Gleichzeitig wandte er sich ab und rannte zur Rückseite der Kutsche, wo bereits Kendra und ihr Großvater Deckung gesucht hatten. Er sah McKellen an. »Es ist der Franzose, nicht wahr? Dieser Attentäter?«

Kendras Großvater nickte grimmig. »Ich fürchte, ja.«

»Die Straßenlaterne«, rief Robert von seinem Versteck unter der Kutsche. »Wir müssen sie löschen. Im Schutz der Dunkelheit kann er uns nicht treffen.«

»Das hilft nichts«, gab Jonathan zurück. »Er kann unsere Magie sehen.«

»Aber sie mag uns auf andere Weise nützlich sein«, knurrte McKellen. Der Magier hob die Hände und zog sie mit aller Kraft an die Brust. Neben ihnen wurde die schlanke gusseiserne Säule der Straßenbeleuchtung aus dem Kopfsteinpflaster gerissen; gleich darauf schwebte sie zwischen den Häusern empor. Kendras Großvater packte sie mit kraftvollen Fadenbündeln, versetzte sie mit weit ausholenden Gesten in Rotation und schleuderte sie einen Moment später mit wuchtiger Geste ihrem Angreifer entgegen.

Der hob zwar abwehrend die Hand, wurde aber, wie Jonathan

sah, dennoch nach hinten geworfen, als die Laterne krachend in die Gaube schlug und diese zertrümmerte.

Keine Sekunde später wurde der hintere Teil der Kutsche erschüttert, als von einem näher gelegenen Dach urplötzlich ein weiterer magischer Angriff erfolgte. Jonathan, Kendra und ihr Großvater duckten sich und huschten auf die der Hausfassade abgewandte Seite der Kutschkabine. Ein Blick zurück enthüllte, dass ein weiterer Magier dort hinter einem Schornstein aufgetaucht war.

Ein zweiter Schlag traf die Kutsche etwas weiter vorne. Diesmal erreichte der unbekannte Magier sein Ziel. Die Pferde scheuten, bäumten sich in ihrem Geschirr auf und ergriffen mitsamt der Kutsche die Flucht.

»He!«, rief Robert, als seine Deckung davonrollte und ihn auf der Straße liegend zurückließ. »Warte!« Er sprang auf und sprintete los.

»Kendra, halte die Kutsche auf!«, befahl Kendras Großvater gehetzt. »Kentham, kümmern Sie sich um diesen zweiten Magier. Ich schalte den Schützen aus.«

Ohne ein Wort rannte Kendra hinter Robert und der Kutsche her. Jonathan floh unterdessen in einen Hauseingang und duckte sich hinter eine knapp hüfthohe Mauer, über der sich ein gusseiserner Zaun erhob. Er nahm ihren zweiten Angreifer ins Visier, sammelte all die heiß durch seinen Körper pulsierende Magie und schoss brüllend zwei armdicke Fadenbündel in dessen Richtung ab. In letzter Sekunde wirbelte sein Gegner zur Seite und verschwand erneut hinter dem Schornstein.

Allerdings hatte er – genau wie Jonathan übrigens auch – die Kraft des Angriffs deutlich unterschätzt. Es gab ein Krachen und Poltern, als die Fadenbündel Kanonenkugeln gleich in den gemauerten Kamin einschlugen und dessen Spitze regelrecht pulverisierten. Ziegelsteine wurden in alle Richtungen weggesprengt, und ein schmerzerfülltes Aufschreien verschaffte Jonathan die Genugtuung, den anderen doch noch erwischt zu haben.

McKellen hob unterdessen die Arme, und ein angestrengter Ausdruck trat auf seine Züge. Erneut zischte es, und Jonathan zuckte zusammen, als neben ihm eine Kugel singend von den Eisengittern des Zauns abprallte.

Einen Herzschlag später gab es ein Rumpeln und Krachen, und unvermittelt explodierte die Dachkante an der Stelle, wo sich der Heckenschütze befand, als wäre eine Fassladung mit Schwarzpulver in dem Stockwerk darunter hochgegangen. Jonathans Blick zuckte zu der Stelle, und er hoffte, einen fallenden Körper zu sehen. Doch in den Turbulenzen des Fadenwerks war nichts zu erkennen. »Haben Sie ihn erwischt?«, fragte er.

»Nein.« McKellen sank keuchend in sich zusammen und stützte sich auf dem Zaun ab. »Aber er ist fort. Ich sah ihn fliehen. Was ist mit Ihrem Gegner.«

»Entweder tot oder auch geflohen«, gab Jonathan mit einem Blick zu dem zertrümmerten Schornstein zurück. Er stand auf und gesellte sich zu dem alten Mann. »Gütiger Himmel, Sie bluten!«, entfuhr es ihm, als er den rötlichen Fleck auf dem Hemd des Magiers sah.

McKellen blickte an sich hinab und seufzte schwer. »Schon wieder. Dieser Attentäter ist beharrlicher als ein Schwarm Schmeißfliegen. Aber wir hätten damit rechnen müssen, dass er wieder auftaucht. Männer wie er sterben nicht so leicht.«

Vom anderen Ende der Straße kehrte die Kutsche zu ihnen zurück. Robert hielt die Zügel in der Hand, Kendra saß neben ihm auf dem Kutschbock. »Wir haben sie noch erwischt«, verkündete Jonathans Freund zufrieden. »Und wie ich sehe, ist auch hier die Schlacht geschlagen.«

»Die Schlacht ja, aber der Krieg ist noch nicht vorbei. Der Franzose und sein Helfershelfer sind wahrscheinlich entkommen«, sagte Jonathan. Er trat zu Reynolds, um seinen Puls zu prüfen und schüttelte den Kopf. »Und Boyd und Reynolds sind tot.«

»Lassen wir die auch liegen wie diesen Crandon?«, fragte Robert.

»Nein, wir heben sie in die Kutsche und bringen sie zum *Old Man's*«, entschied Jonathan. »Und wir sollten uns beeilen. Dieser Zwischenfall ist nicht unbemerkt geblieben.« Er deutete auf einige Fenster, die soeben von neugierigen Anwohnern geöffnet wurden, die nachschauen wollten, was da auf der Straße los war.

Während Jonathan und Robert rasch die beiden Toten im Gepäckbereich der Kutsche verstauten, sprang auch Kendra vom Kutschbock und eilte zu ihrem Großvater. »Du wurdest verletzt!«

»Ja, aber es ist nicht schlimm«, beruhigte McKellen sie. Wie um seine Worte zu beweisen, versuchte er, aus eigener Kraft in die Kutsche einzusteigen. Doch auf einmal wankte er, und Kendra sprang hinzu, um ihn zu stützen. Er schenkte ihr ein dankbares, wenngleich leicht gequält wirkendes Lächeln.

Robert warf dem alten Mann einen Blick zu. »Lassen Sie mich mal sehen«, sagte er. »Ich habe einige Erfahrung mit Schusswunden. Ich war zwei Jahre in Afrika.«

»Nicht jetzt«, widersprach McKellen. »Wir müssen los.«

Jonathans Freund nickte. »Steig du mit den McKellens in die Kutsche, Jon. Ich übernehme die Zügel.«

»Einverstanden. Bring uns nach St. Pauls. Von dort zeige ich dir den Weg.«

Kendra half ihrem Großvater in die Kutschkabine und folgte ihm anschließend. Jonathan stieg als Letzter ein, während sein Freund bereits die Zügel knallen ließ. Im Inneren wurde er von Rupert, der noch immer in der Umhängetasche saß, mit einem quäkenden Husten freudig begrüßt.

Während der Fahrt wollte Kendra die Jacke und das Hemd ihres Großvaters öffnen, um sich die Wunde anzusehen, aber auch sie wehrte der alte Magier ab. »Lass mich, Kendra, meine Liebe. Du kannst mir ohnehin nicht helfen.«

»Na gut, dann bringen wir dich zu einem Arzt«, sagte Kendra.

»Nein. Kein Arzt. Das ist wirklich nicht nötig. Ich werde schon überleben, bis sich mein Schicksal erfüllt.«

Diese Wortwahl ließ Jonathan aufmerken. »Was meinen Sie damit?«

McKellen richtete sich ein wenig auf. Der Blick seiner glitzernden Augen wirkte ungetrübt, obwohl er Schmerzen zu leiden schien. »Ich habe während des Rituals erfahren, was für uns zu tun ist«, erklärte er. »Eine Frage ist hierzu jedoch von entscheidender Bedeutung: Ist es wirklich Dunholms Ring, den Sie tragen, Mister Kentham?«

Jonathan nickte ernst. »Ja … ja, ich habe ihn. Sehen Sie hier.« Er hob die linke Hand mit dem Siegelring.

Mit erleichtertem Seufzen sank Kendras Großvater in die Polster. »Gut. Das ist sehr gut. Somit besitzen wir alles, was wir brauchen. Wir können London verlassen.«

»Was soll das heißen?«, erkundigte Jonathan sich irritiert. »Wohin reisen wir?«

»Wir müssen nach Stonehenge«, erwiderte McKellen.

»Stonehenge?«, entfuhr es Jonathan. Elisabeth kam ihm in den Sinn, die sich noch immer in den Händen ihrer Entführer befand. »Ich kann nicht nach Stonehenge! Ich muss die Frau retten, die von den Anhängern Wellingtons und dem Franzosen geraubt wurde; Elisabeth Holbrook, sie waren bei ihrem Haus.« Er sah Kendras Großvater eindringlich an.

Dessen Miene verfinsterte sich. »Mister Kentham, Sie scheinen Ihre Rolle in diesem Konflikt zu verkennen. Sie tragen Albert Dunholms Ring! Das macht Sie, ob Sie es nun wollen oder nicht, zu dem Mann, von dem alles Kommende abhängt. Ihre Ritterlichkeit in allen Ehren, aber Sie haben eine größere Verpflichtung!«

»Erzählen Sie mir nichts von einer größeren Verpflichtung? Welche größere Verpflichtung kann ein Mann haben, als einer in Not geratenen Frau zu helfen?«

»Tausende Frauen davor zu bewahren, in Not zu geraten!«, erwiderte Kendras Großvater mit Nachdruck. »Denn Tausende Frauen – und Männer und Kinder – werden ein furchtbares Schicksal erleiden, wenn wir die Wahre Quelle der Magie nicht verschließen. Ich habe es Ihnen schon einmal gesagt, und ich sage es erneut: Sie müssen mir vertrauen. Wir müssen diesen Kampf auf meine Weise führen. Ansonsten wird Schreckliches geschehen.«

Jonathan schüttelte verzweifelt den Kopf. »Aber wir sprechen hier von Elisabeth. Sie ist nicht irgendeine Frau in meinem Leben.«

McKellens Miene wurde etwas weicher, und er legte Jonathan tröstend eine Hand auf den Arm. »Ich kann mir vorstellen, wie schwer das alles für Sie ist, glauben Sie mir. Aber Sie müssen stark sein, nicht für mich, sondern für alle Elisabeths auf dieser Welt. Helfen Sie mir, die Quelle zu verschließen! Danach, das schwöre ich Ihnen bei allem, was mir heilig ist, helfe ich Ihnen, die Frau Ihres Herzens zu befreien.«

Mit einem schweren Seufzer schloss Jonathan die Augen. McKellen hatte recht. Tief in seinem Inneren wusste er, dass McKellen recht hatte. Aber das machte es ihm nicht leichter. Er hatte Holmes und Randolph im Stich gelassen. Und nun verlangte der alte Mann von ihm, Elisabeth aufzugeben – wenn auch nur einstweilen. Der Grund mochte edelmütig sein: die Menschheit vor der Magie zu bewahren. Trotzdem fühlte es sich an wie ein Verrat. »In Ordnung«, presste er zwischen zusammengebissenen Zähnen hervor. »Reisen wir nach Stonehenge.« Er öffnete die Augen. »Und was geschieht dann? Was haben Sie vor, Mister McKellen?«

Kendras Großvater nickte leicht. »Ich werde Sie in alles einweihen – wenn es so weit ist. Bis dahin kann ich nur sagen: Danke, Mister Kentham. Danke, dass Sie mir helfen. Albert Dunholm wäre stolz auf Sie.« Er hob die Hand an die verletzte Brust, lehnte den Kopf gegen die Wand der Kutschkabine und schloss die Augen. »Und jetzt muss ich ruhen, um meine Kräfte zu schonen. Es liegt noch einiges vor uns.«

Jonathan beugte sich etwas vor. »Eine Frage hätte ich noch: Was geschieht mit Cutler und den anderen?«

McKellen seufzte leise. »Sie können zu diesem Kampf nichts mehr beitragen«, erklärte er, ohne die Augen aufzumachen. »Hoffen wir, dass sie klug genug sind, sich versteckt zu halten, bis es vorbei ist – auf die eine oder andere Weise.«

Schweigend sah Jonathan zu Kendra hinüber.

Auf ihrer Miene lag tiefes Mitgefühl, als sie seinen Blick erwiderte. Sie ergriff seine Hand und drückte sie kurz.

»Also schön«, sagte Jonathan mit einem Nicken. »Wir bringen die Toten zum *Old Man's*, sagen Cutler und den anderen, sie sollen im Untergrund bleiben, und danach verlassen wir London.« Er öffnete das kleine Fenster zum Kutschbock, um Robert von ihrem Plan zu unterrichten.

KAPITEL 25:
DER WETTLAUF BEGINNT

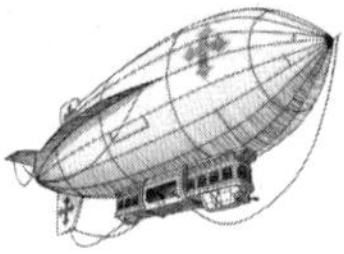

»Stockholm. Ein ungewöhnlicher Fund hält schwedische Biologen in Atem. Im Djurgården, wo derzeit die Aufbauarbeiten für die Stockholmer Ausstellung 1897 stattfinden, entdeckte ein Parkwächter einen Busch mit lumineszierenden Blütenblättern. Die Blüten ähneln denen von Orchideen, geben jedoch im Dunkeln ein deutlich sichtbares Leuchten von sich. ›Es ist fantastisch. Etwas Derartiges ist mir noch nicht begegnet‹, sagte Gustav Lindhagen von der Königlich Schwedischen Akademie der Wissenschaften.«

– The Daily Telegraph, 23. April 1897

23. April 1897, 20:04 Uhr GMT
England, London, geheime Hallen des Ordens des Silbernen Kreises

Wir sind zu spät gekommen, dachte Lionida voller Enttäuschung, während sie lautlos und unsichtbar wie eine verlorene Seele durch die leeren Gewölbe und Gänge schritt, die den Informationen des Officiums zufolge einst die Untere Guildhall, das Hauptquartier des *Order of the Silver Circle* gewesen war. Ihr Blick glitt über die nackten Felswände und den blanken Boden, huschte durch dunkel gähnende Türöffnungen und durchmaß leere Räume.

Die Ordnungshüter Londons hatten Markierungen an mehreren Stellen angebracht, die sie als bedeutsam für das Lösen des Rätsels erachteten, das sich hier mitten im Herzen ihres Wirkungsbereichs unvermittelt aufgetan hatte. Aber sie bezweifelte, dass sie jemals dahinterkommen würden, was an diesem Ort jahrhundertelang geschehen war.

Sie selbst beschäftigte unterdessen vor allem die Frage, was in Gottes Namen in den letzten Tagen hier vorgefallen war. Die Nachricht ihres Spions in den Reihen des *Silver Circle* hatte Informationen über eine Verschiebung der Kräfteverhältnisse innerhalb des Ordens durch die Machtergreifung Lordmagier Wellingtons sowie über dessen Entdeckung der Wahren Quelle der Magie enthalten. Nichts hatte allerdings darauf hingewiesen, dass die Untere Guildhall bei Lionidas Ankunft einfach nicht mehr da sein könnte. Denn es waren nicht nur ihre Bewohner und die Einrichtung verschwunden; vielmehr hatte sich einfach alles irgendwie in Luft aufgelöst: Türen, Säulen, Wandvertäfelungen und Marmorfliesen. Es war gespenstisch.

In den Randbereichen des Ordenshauptquartiers, in Abstellkammern und Lagerräumen entdeckte sie einige Reste von Mobiliar, die allerdings nur noch mehr Fragen aufwarfen. Während manche der Regale und Kisten noch vollständig erhalten waren, wiesen andere unübersehbare Spuren eines Zerfalls auf, der nichts mit Alter oder schlechter Lagerung zu tun hatte. Die Magieragentin hob eine behandschuhte Hand und fuhr mit dem Zeigefinger über die Kante eines Regalbrettes, das zur Hälfte einfach fort war und das an seinen Rändern wie geschmolzen wirkte, eine Eigenschaft, die sie bei Holz so noch nie gesehen hatte. Vorsichtig nahm sie einige Proben und steckte sie in die lederne Tasche, die sie unter ihrem Rock am linken Oberschenkel trug.

Diese Eigentümlichkeit blieb hingegen der einzige Hinweis darauf, dass etwas ganz und gar Unnatürliches den gegenwärtigen

Zustand der Unteren Guildhall herbeigeführt hatte. Nachdem sie einige weitere Minuten die kahlen Räumlichkeiten durchstreift hatte, entschied sie, diesem Ort den Rücken zu kehren. »Was immer passiert ist, hier finde ich keine Antworten«, murmelte sie zu sich selbst. »Also bleibt mir nur, die Anhänger Dunholms zu suchen. Vielleicht wissen sie mehr.«

Sie verließ die Untere Guildhall durch den Westeingang, der sich unweit der Kirche St. Mary Aldermanbury befand, und ging einige Schritte die Straße hinunter, um zu überlegen, wie sie nun weiter vorgehen sollte. Sie hatte keinerlei Anhaltspunkte dafür, wo sich die Widerständler gegenwärtig aufhielten. Aber immerhin kannte sie ein paar Namen und eine Handvoll Orte, die von den Magiern des *Silver Circle* mehr oder minder regelmäßig besucht wurden. Hier würde sie mit ihren Nachforschungen beginnen.

In diesem Moment wurde sie unvermittelt von einer in jeder Hinsicht vollkommen unscheinbar wirkenden Frau angesprochen. Sie musste um die vierzig sein, hatte ein blasses, leicht fülliges Gesicht und trug ein Kleid, das bei aller dezenten Eleganz so schlicht und farblos wirkte, dass es nur eine Frau tragen konnte, die entweder seit Jahren unter der Haube war oder sich damit abgefunden hatte, dass die Männer sich nicht für sie interessierten. »Der Herr ist mein Hirte«, sagte sie, und ein leichter Hoffnungsschimmer glänzte in ihren braunen Augen.

Lionida neigte in einer Geste gelinder Überraschung den Kopf. »Sein Wille geschehe, wie im Himmel, also auch auf Erden«, erwiderte sie auf Englisch.

»Amen«, vervollständigte die Frau die vereinbarte Losung, bevor sie näher trat und Lionidas Hand ergriff. »Ich bin so froh, dass Sie da sind. Ich heiße Potts.«

»Mein Name ist Francesca, Francesca Buitoni.« Es war nicht nötig, dass die Frau ihren richtigen Namen kannte, und der junge Fähnrich an Bord der *Gladius Dei* hatte sicher nichts dagegen, wenn sie sich seinen Namen auslieh.

»Freut mich, Sie kennenzulernen«, sagte Potts.

Lionida deutete ein Nicken an. »Die Freude ist ganz meinerseits. Sie sind also unsere Spionin hier in London.« Es war halb eine Frage, halb eine Feststellung. »Ich hatte in meiner Nachricht doch geschrieben, Sie sollten mich an der Waterloo Bridge treffen.« Die Magieragentin hatte die Botschaft direkt nach ihrem Eintreffen in einem Versteck unweit der St. Pauls Cathedral hinterlegt, auch wenn sie nicht gewusst hatte, ob die Mitarbeiterin des Officiums in der Lage sein würde, sie abzuholen.

»Sie schrieben aber auch, dass Sie vorher die Guildhall aufsuchen würden. Und ich musste Sie so schnell wie möglich sehen, daher habe ich mein Glück hier versucht«, verteidigte sich Potts, wobei sich ihre Wangen röteten.

»Ich verstehe«, sagte Lionida und bemühte sich um eine beruhigende Ausstrahlung. Die Magieragentin kannte die Frau nicht. Sie vermochte nicht zu sagen, ob Potts Nerven aufgrund der jüngsten Ereignisse einfach blank lagen oder ob die Neuigkeiten, die sie weiterzugeben hatte, wirklich so dringend waren, dass sie keinerlei Aufschub duldeten. So oder so war Potts nun hier, also konnten Sie auch reden. »Kommen Sie, Misses Potts.«

»Miss.«

»Verzeihung. Miss Potts.« Also gab es keine Männer in ihrem Leben. Lionida unterdrückte einen Anflug von Mitleid, als sie eine einladende Geste machte. »Gehen wir ein Stück. Dann können wir uns unterhalten.«

Sie wandten sich nach Süden, in Richtung Themse. Niemand achtete auf die Dame aus gutem Hause, die mit ihrer offensichtlich bürgerlichen Freundin den Aldermanbury hinunterspazierte.

»Können Sie mir sagen, was mit der Unteren Guildhall geschehen ist?«, fragte Lionida. »Das Ordenshauptquartier ist vollkommen verlassen.«

»Es kam zu einem Kampf zwischen Dunholms und Wellingtons Anhängern. Dabei wurde der Standort der Guildhall verraten. Wir mussten sie verlassen. Wie es heißt, nahm Lordmagier

Wellington es persönlich auf sich, alle Spuren zu beseitigen.« Potts warf Lionida einen unsicheren Seitenblick zu. »Er verfügt über unvorstellbare Kräfte.«

Lionida antwortete mit einem süffisanten Lächeln. »Oh, ich vermag mir eine beachtliche Menge an Dingen vorzustellen.« Innerlich jedoch ermahnte sie sich, mit Scarcatore darüber zu sprechen. Der Gelehrte wusste sicher besser als sie, welche Kräfte Potts genau meinen konnte. »Wo sind Wellington und seine Gefolgsleute jetzt?«

»Sie begaben sich nach Creek's Mouth und bestiegen dort ein furchteinflößendes Gefährt, eine Mischung aus einem Tauchschiff und einem Wal. Das war gestern Nacht. Ihr Ziel ist die Wahre Quelle.«

»Wellington hat London gestern Nacht verlassen?«, wiederholte Lionida beunruhigt, während sie in die Cresham Street, die südlich der Guildhall verlief, einbogen. »Das ist nicht gut. Wieso sind Sie nicht bei ihm geblieben? Nun haben wir niemanden mehr, der unser Auge und Ohr sein kann.«

»Ich wäre Ihnen nicht von Nutzen gewesen«, sagte Potts. »Der Funktelegraf, der mir zur Verfügung gestellt wurde, als ich zur Dienerin des Heiligen Vaters wurde, ist zu unhandlich, um ihn mit auf Reisen zu nehmen. Ich hätte die Verbindung zu Ihnen verloren.« Die Frau lächelte scheu. »Aber es ist nicht alles verloren.«

»Erklären Sie das.«

»Ich habe Lordmagier Wellington beim Packen seiner Unterlagen geholfen. Und während er damit beschäftigt war, sich um die letzten Unruhestifter zu kümmern, vermochte ich einen heimlichen Blick in eine Kiste mit Seekarten zu werfen. Ich kenne die Koordinaten der Wahren Quelle.«

Erstaunt blieb Lionida stehen und musterte die unscheinbare Frau ihr gegenüber mit neuem Respekt. »Das haben Sie hervorragend gemacht, Miss Potts. Das verkürzt unseren Aufenthalt hier in London erheblich.«

»Miss Potts … Was machen Sie denn hier?«, rief in diesem Augenblick eine Männerstimme in ihrem Rücken.

Die Frau warf einen Blick über die Schulter und zuckte leicht zusammen. »Carlyle«, flüsterte sie.

»Freund oder Feind?«, fragte Lionida leise, ohne sich umzudrehen, während ihre rechte Hand an ihr Dekolleté glitt und ihre Brille mit den gelb getönten Gläsern hervorzog.

»Wellingtons zweiter Mann«, gab Potts zurück.

Hinter ihnen erklangen die Schritte dreier Männer auf dem Kopfsteinpflaster, die sich entschlossen näherten.

»Ganz ruhig«, schärfte Lionida Potts ein. Es war zwar bereits Abend, und die Straßen um die Guildhall leerten sich, aber Lionida bezweifelte, dass Wellingtons Anhänger es wagen würden, sie in aller Öffentlichkeit anzugreifen. Also hieß es zunächst einmal, gute Miene zum bösen Spiel zu machen und herauszufinden, was dieser Carlyle wollte und was er wusste. »Wie heißen Sie mit Vornamen?«

»Äh … Emma«, stammelte Potts.

»Gut. Ich bin Francesca, eine Freundin aus Mailand. Denken Sie daran.« Sie setzte die Brille auf, zauberte ein argloses Lächeln auf ihre Züge und wandte sich dann den Neuankömmlingen zu, um sie in Augenschein zu nehmen. Dass sie hierbei in die Wahrsicht wechselte, blieb hinter den Brillengläsern verborgen.

Carlyle war stärker, als ihr lieb war. Seine Fadenaura stand vollständig unter seiner Kontrolle, und die Magie, die ihm zu Gebote stand, war der ihren mehr als ebenbürtig. Die beiden anderen Männer schienen eher fürs Grobe zuständig zu sein. Die Magie in ihren kräftigen Arbeiterkörpern war deutlich schwächer ausgeprägt, ihre Fadenbeherrschung bestenfalls mäßig.

»Miss Potts, wollen Sie mir nicht antworten?«, fragte Carlyle eisig. »Sie sollten an Bord der *Nautilus* sein, wie alle anderen auch. Stattdessen treffe ich Sie vor der Guildhall mit dieser Dame hier an. Was hat das zu bedeuten?«

»Ich … äh …«

Das würde nicht klappen, das wusste Lionida bereits, als ihre Begleiterin den Mund aufmachte. *Also wird es wohl an mir liegen. Oder ich bitte von Stein, sich nützlich zu machen. Er muss mich ohnehin wieder abholen.* Ihre rechte Hand lag bereits auf dem kleinen metallenen Kästchen in ihrer Rocktasche, das der deutsche Offizier ihr gegeben hatte, um im Notfall seine Hilfe anzufordern. »Emma! Wer sind denn diese schmucken Gentlemen? Möchtest du sie mir nicht vorstellen?«, rief sie in einem Tonfall übertriebenen Entzückens, während sie heimlich den Hebel betätigte. Sie hoffte, dass das genügte, und nahm die Hand aus der verborgenen Tasche. Gleichzeitig wechselte sie in die Normalsicht zurück. Für das, was sie vorhatte, bedurfte es genauen Augenmaßes.

»Sparen Sie sich diese Spielchen, wer immer Sie sein mögen, Miss«, wehrte Carlyle ab. Sein streng wirkendes Gesicht war kalt und finster wie eine Dezembernacht über der Campagna, und in seinen auffällig schwarzen Augen glitzerte es misstrauisch. »Ich möchte Sie beide bitten, uns ohne viel Aufheben zu begleiten. Mister ap Llywelyn, Mister Llawgoch.«

Seine beiden walisischen Begleiter setzten sich mit grimmigen Mienen in Bewegung und kreisten Potts und Lionida ein. Ganz offensichtlich wollten sie jede Flucht vereiteln.

Allerdings war Lionida an Flucht überhaupt nicht interessiert.

Die Magieragentin warf rasche Blicke die Cresham Street hinauf und hinunter. Von einem sich entfernenden Fuhrwerk und einem Nachtwächter abgesehen, der in gut hundert Schritt Entfernung Laternen anzündete, war keine Menschenseele zu sehen. Zwar brannte in zahlreichen Häusern Licht hinter den Fenstern, aber niemand streckte den Kopf hinaus. Es würde keine Zeugen geben.

»Ach, ich bitte Sie, mein Herr. Wir haben doch nichts getan«, säuselte sie und näherte sich dabei dem einen der beiden Männer. «Keine falsche Bewegung«, knurrte der Waliser und zog mit der rechten Hand unvermittelt einen Revolver aus der Jackentasche. Doch mit etwas Derartigem hatte Lionida gerechnet.

Auf einmal ging alles blitzschnell.

Mit einem raschen Schritt nach vorne unterlief Lionida die Waffe, packte seinen Arm mit der Rechten und drückte ihn nach außen. Gleichzeitig wirbelte sie in einer Dreivierteldrehung herum und direkt in seine Arme, während ihr linker Ellbogen hochkam und mit Wucht gegen seine linke Schläfe knallte. Ein gewöhnlicher Frauenarm hätte den Waliser wahrscheinlich nicht gefällt, doch Lionida trug Lederschoner mit Stahlnieten unter den weit ausgestellten Ärmeln ihres Kleides, die sich mit dumpfem Geräusch in den Kopf ihres Widersachers rammten.

Noch bevor der Waliser hinter ihr zu Boden sackte, lag ihr Zeigefinger auf dem seinen am Abzug des Revolvers und feuerte einen Schuss aus nächster Nähe in die Brust seines Kameraden ab. Im nächsten Moment ließ Lionida von dem Mann ab, duckte sich und wirbelte in entgegengesetzter Richtung einmal um die eigene Achse, wobei sie den Schwung der Bewegung ausnutzte, um durch die Schlitze ihres keineswegs vollständig geschlossenen Rocks zu greifen und ihre eigene Waffe, eine Spezialanfertigung des Österreichers Luger, zu ziehen.

Doch sie kam nicht dazu, die Pistole auf Carlyle zu richten, denn ein Fadenbündel schlug sie ihr aus der Hand. Ein zweites traf sie an die Brust und warf sie drei Schritte zurück. Lionida prallte auf das Kopfsteinpflaster, rollte sich ab und sprang sofort wieder auf die Beine.

Sie hob ihrerseits die Hände, aber bevor sie Carlyle angreifen konnte, riss dieser magisch verstärkt Potts zu sich, presste sie mit dem linken Arm an seinen Körper und ließ aus dem rechten Ärmel ein Messer in die Hand springen, das er ihr an die Kehle hielt. »Keine Bewegung, oder sie ist tot!«, knurrte er.

Lionida hielt inne und starrte ihn aus blitzenden Augen an.

Ein finsteres Lächeln umspielte Carlyles Mundwinkel. »Sie sind gut, das muss man Ihnen lassen. Aber nicht gut genug.«

»Geben Sie auf, Carlyle! Sie können nicht gewinnen«, warnte sie ihn.

»Seltsam. Diese Worte lagen mir auch auf den Lippen«, erwiderte er spöttisch. »Und mir scheint, als hätte ich gegenwärtig eindeutig die Oberhand.«

In diesem Moment entstand eine kurze Verwirbelung in den Wolken über ihnen, ein Strahl flirrender Luft jagte zu Boden und traf Carlyle direkt am Kopf. Das Messer entfiel seiner kraftlosen Hand, seine Arme sackten herab, und der Magier brach bewusstlos zusammen.

»Sie irren«, informierte Lionida ihn kühl.

»Was …?«, entfuhr es Potts ungläubig.

In die Wolken kam Bewegung; sie teilten sich, und der riesenhafte bronzefarbene Rumpf der *Gladius Dei* tauchte direkt über den Häusern der Cresham Street auf. Innerhalb der Stadt wirkte das Luftschiff noch viel größer als in seinem Versteck in den Alpen. Fast drei Häuserblocks weit überspannte es die Straße, ein Koloss wie aus mythischen Zeiten.

»Heilige Mutter Gottes«, hauchte die englische Magierin, als sie den Blick zum Himmel hob und zu begreifen versuchte, was sie da sah.

Im Rumpf der *Gladius Dei* öffnete sich die Lionida bereits bekannte Luke, und ein halbes Dutzend deutscher Soldaten seilte sich an dicken Tauen zu ihnen herab.

»Zur Stelle, wie befohlen«, meldete der Anführer und salutierte unnötigerweise vor Lionida.

»Die deutsche Pünktlichkeit lässt nichts zu wünschen übrig«, bedankte sich die Magieragentin mit einem angedeuteten Knicks. »Und einen Glückwunsch an Ihre Geschützmannschaft. Das war wirklich ein meisterhafter Treffer.«

»Signore Scarcatore war auch sehr angetan von der Wirkung des Fadenbeschleunigers«, gab der Mann zurück. »Aber wir sollten keine Zeit verlieren, Signora Diodato.«

»Diodato?«, echote Potts.

»Eine Vorsichtsmaßnahme. Ich bitte um Verzeihung«, erwiderte Lionida mit einem Seitenblick, bevor sie sich wieder an den

Soldaten wandte und auf die ausgeschalteten Magier deutete. »Wir nehmen alle drei mit. Wir wollen schließlich keine Spuren hinterlassen.«

»Jawohl, Signora Diodato«, bestätigte der Soldat und gab seinen Kameraden rasche Befehle auf Deutsch.

Im Nu waren die zwei toten Waliser und der bewusstlose Carlyle verschnürt und mit Haken an Seilen befestigt, die aus dem Bauch der *Gladius Dei* herabfielen.

Der Soldat trat erneut auf Lionida zu und bot ihr Arm und Stiefel an. »Wenn ich bitten dürfte, Signora.«

»Aber gerne«, erwiderte Lionida mit einem Lächeln, stellte sich auf die Stiefelspitze und ließ zu, dass sein kräftiger Arm sie umschlang, um sie festzuhalten. »Kommen Sie, Emma«, rief sie ihrer Begleiterin aufmunternd zu, die mit weit aufgerissenen Augen das Spektakel verfolgt hatte. »Wir sind hier fertig. Wir müssen Wellington zur Wahren Quelle folgen, wenn wir ihn aufhalten wollen. Das möchten Sie doch sicher nicht verpassen.«

Potts schluckte und blickte den Soldaten an, der sich zu ihr gesellt hatte und ihr ebenfalls seinen Arm bot. Ein Lächeln breitete sich auf ihrem blassen Gesicht aus. »Nein, da haben Sie recht, Francesca.«

»Lionida«, sagte die Magieragentin, während das gewaltige Luftschiff in die dunkle Abendluft aufstieg und sie beide mit sich zog. »Mein richtiger Name ist Lionida.«

23. April 1897, 23:48 Uhr GMT
England, Sunningdale, 25 Meilen westlich von London

Es war tiefe Nacht, als Kendra, ihr Großvater, Jonathan und sein Freund Robert Pennington mit der Kutsche den Ort Sunningdale, fünfundzwanzig Meilen westlich von London, erreichten. Um die Pferde – und nicht zuletzt die Kutscheninsassen, allen voran den verletzten Magier – zu schonen, entschieden sie, einige Stunden in einer Herberge hier zu verbringen, bevor sie am nächsten Tag den längeren Teil ihrer Reise antraten.

Wie geplant hatten sie die toten Magier Boyd und Reynolds im Anschluss an ihren Zusammenstoß mit dem Franzosen an der Marylebone Lane zum *Old Man's* gebracht. Über den Hintereingang hatten sie die beiden bei Cutler und den Übrigen abgeliefert und diesen dann mitgeteilt, dass sie London zu verlassen beabsichtigten. Keiner der Anwesenden schien darüber besonders traurig gewesen zu sein, denn mittlerweile hatte auch der Letzte erkannt, dass Kendra, ihr Großvater und Jonathan auf eine Weise in den Konflikt mit Wellington verstrickt waren, die einen schnell das Leben kosten mochte, wenn man zu lange in ihrer Nähe blieb und nicht furchtbar aufpasste. Einzig Cutler hatte für einen Moment den Eindruck erweckt, als würde er mit sich ringen, aber Jonathan hatte ihn gebeten, auf die anderen achtzugeben und sie in Sicherheit zu bringen. »Sie werden in London dringender gebraucht als an unserer Seite.«

Unter zahlreichen gegenseitigen guten Wünschen waren die Magier auseinandergegangen, und die drei Männer und Kendra hatten sich im Eiltempo auf den Weg gemacht. In der Gegend des Westminster-Palastes hatte Nevermore sich zu ihnen gesellt und war auch bei ihnen geblieben, als sie London hinter sich ließen und in südwestlicher Richtung aufs Land hinausfuhren. Offenbar glaubte der Rabe, dass ihnen, wo immer auch ihr Ziel lag, früher oder später Randolph Brown begegnen würde, eine Hoffnung, die nach Kendras Meinung auch Jonathan zu hegen schien, der den Raben freudig willkommen geheißen hatte.

Wäre es nach ihrem Großvater gegangen, das wusste Kendra, wären sie ohne Unterbrechung die ganze Nacht durchgefahren. Aber Pennington, der während ihrer dreistündigen Fahrt von London nach Sunningdale zweimal nach ihm geschaut hatte, ohne dass Giles ihm erlaubt hätte, ihn anzufassen, bestand darauf, eine Rast einzulegen. »Die Wunde muss behandelt werden, ansonsten wird sie sich entzünden, oder es kommt zu einer Blutvergiftung, und das ist eine wirklich hässliche Angelegenheit«, hatte er erklärt. »Zudem sind wir meiner Ansicht nach mittlerweile weit genug von London entfernt, um für ein paar Stunden vor Verfolgung sicher zu sein.« Jonathan, der die Kutsche kurz darauf auf einer Anhöhe hatte anhalten lassen, um aufs Dach zu steigen und in die Richtung, aus der sie gekommen waren, zurückzuschauen, hatte sich dieser Meinung angeschlossen.

So machten sie in Sunningdale Station, einer kleinen Gemeinde in Berkshire, die nur aus zwei Kirchen und einigen von Bäumen umgebenen Häusern zu bestehen schien. Als sie sich der einzigen auffindbaren Herberge, einem Gasthaus mit dem klangvollen Namen *The Royal Oakenshield* näherten, befürchtete Kendra bereits, dass ihre vierköpfige Gruppe am nächsten Tag das alleinige Gesprächsthema der Dörfler darstellen würde. Doch der Wirt, der sich ihnen als Morstan vorstellte, erwies sich als erstaunlich pragmatisch. Obschon es beinahe Mitternacht war und sie mit einem verletzten alten Mann auf seiner Schwelle auftauchten, nahm er ohne viele Fragen ihr Geld. Als er kurz darauf erfuhr, dass Pennington in Afrika gekämpft hatte, gab er sich als Veteran des Zweiten Anglo-Afghanischen Krieges von 1878 zu erkennen, und im Nu war das Eis zwischen ihnen gebrochen.

»Ich brauche ein Zimmer, in dem ich Mister McKellen die Kugel herausnehmen kann«, sagte Jonathans Freund. »Heißes Wasser, Verbandszeug und starker Alkohol wären auch nötig.«

»Keine Sorge, Sie sollen alles bekommen, Kamerad«, versicherte der Wirt ihm und verschwand in der Küche.

»Mister Pennington, ich lasse Sie den Eingriff vornehmen«, sagte Giles. »Aber ich habe eine Bedingung: Niemand außer Ihnen darf im Raum sein, wenn Sie die Kugel entfernen.«

»Es wäre leichter, wenn mir jemand zur Hand gehen würde«, erwiderte Pennington.

»Niemand, sage ich«, beharrte Kendras Großvater.

Jonathans Freund nickte. »In Ordnung. Wie Sie wünschen.«

Nachdem Morstan die gewünschten Dinge gebracht hatte,

verschwand Pennington mit Kendras Großvater in einem Hinterzimmer und machte sich ans Werk. Unterdessen stellte ihnen der Wirt noch ein kleines Nachtmahl auf einen der Tische und ging danach vor die Tür, um die Pferde abzuspannen und zu versorgen. Kendra und Jonathan blieben allein im Schankraum der Herberge zurück, in dem sich ansonsten kein einziger Gast aufhielt – offenbar ging man in Sunningdale früh zu Bett.

In erschöpftem Schweigen nahmen sie einen Happen zu sich. Anschließend blieb ihnen nichts weiter zu tun, als darauf zu warten, dass Jonathans Freund zurückkehrte. Irgendwann schien die anhaltende Stille Jonathan unangenehm zu werden, denn er räusperte sich und lächelte Kendra aufmunternd zu. »Machen Sie sich keine Sorgen. Ihr Großvater wird wieder gesund.«

Bei aller Aufrichtigkeit wirkte sein freundlicher Trost ein wenig erzwungen. Kendra war klar, dass ihn selbst die Sorge um diese Elisabeth plagte, wahrscheinlich seine Verlobte, auch wenn er das so nicht gesagt hatte. Umso dankbarer war sie ihm, dass er trotzdem am Schicksal ihres Großvaters Anteil nahm, der doch an Jonathans gegenwärtiger Gefühlslage nicht ganz unschuldig war. Daher verdiente er es auch, dass sie ihn, statt eine unverbindliche Antwort zu geben, in ihre wahren Zweifel einweihte. »Ich weiß nicht recht«, sagte sie. »Seit er das Ritual beendet hat, ist er irgendwie noch seltsamer als zu Beginn unserer Reise. Es ist, als hätte er etwas erfahren, das er so nicht erwartet hat. Und ich glaube, dass es nichts Gutes war.«

»Ihr Großvater ist ein Mann voller Geheimnisse.«

Kendra nickte. »Das war er schon immer. Ich weiß nicht, welcher Schwur ihm dieses Leben aufgebürdet hat, aber ich wünschte, er würde nicht versuchen, die ganze Last allein zu tragen.« Ihr Blick richtete sich auf die Rückwand des Schankraums, aber in Wirklichkeit reichte er weit darüber hinaus. »Am Ufer des Loch Lomond vor einigen Nächten glaubte ich, endlich zu ihm durchgedrungen zu sein. Er fing an, mir von sich und von der Magie zu erzählen. Und er versprach, mich alles zu lehren, was er weiß. Dann überschlugen sich plötzlich die Ereignisse, und wir haben kaum mehr als ein paar Sätze gesprochen. Und nun habe ich auf einmal das seltsame Gefühl, dass mir die Zeit davonläuft.« Ihre Augen richteten sich wieder auf Jonathan, und gegen ihren Willen spürte sie Tränen darin aufsteigen. Es mochte Erschöpfung sein, der Preis all der letzten Tage, die voller Tod und Entbehrung und Qualen gewesen waren. Aber vielleicht steckte auch eine Vorahnung kommender Ereignisse dahinter, die sie noch nicht genau zu benennen vermochte.

Jonathan erhob sich, umrundete den Tisch und setzte sich an ihre Seite. Er legte ihr den Arm um die Schulter, und sie lehnte ihren Kopf an die seine. »Alles wird gut. Irgendwie werden wir dafür sorgen.« *Und was immer auch geschieht, ich werde dich beschützen.*

»Was?«, fragte Kendra und blickte überrascht auf.

Jonathan blinzelte verwirrt. »Bitte um Verzeihung?«

»Was haben Sie gesagt?«

»Ich … äh … ich sagte, alles wird gut.« Er räusperte sich. »Zumindest hoffe ich das.«

»Nein, Sie …« Kendra brach ab, als sie erkannte, dass es erneut geschehen war. Sie hatte zufällig die Gedanken eines anderen aufgefangen – Jonathans Gedanken. Sie spürte, wie ihr das Blut ins Gesicht stieg, als sie sich vergegenwärtigte, was sie da eben gehört hatte. Rasch löste sie sich aus Jonathans Arm und stand auf. »Ach, schon gut. Ich bin wohl müde. Ich denke, ich werde noch einmal nach meinem Großvater sehen und mich danach zu Bett begeben. Bitte entschuldigen Sie mich.«

Auch Jonathan erhob sich. »Ich hoffe, ich habe nichts Falsches gesagt.«

Kendra schenkte ihm ein beruhigendes Lächeln. »Nein, ganz und gar nicht. Es ist wirklich so, wie ich sagte. Ich bin müde. Es war ein anstrengender Tag. Gute Nacht.«

Er nickte. »Gute Nacht, Kendra.«

Kendra durchquerte den Schankraum und ließ sich von dem

soeben zurückkehrenden Wirt das Hinterzimmer zeigen, in dem sich ihr Großvater und Pennington befanden. Zaghaft klopfte sie an die Tür. »Ich bin es, Kendra. Darf ich hereinkommen?«

»Einen Augenblick«, vernahm sie die Stimme von Jonathans Freund. Es dauerte eine knappe Minute, dann öffnete er die Tür. Sich die Hände noch mit einem Handtuch abtrocknend, machte er eine einladende Geste. »Treten Sie ein. Ich bin gerade fertig geworden.«

»Danke schön«, sagte Kendra und folgte der Einladung. Ihr Großvater lag auf dem einzigen Bett des Raumes, neben dem ein Tisch mit einer Schüssel voll Wasser, blutigen Tüchern und noch einigen anderen Utensilien aus Morstans Besitz stand. Hemd und Weste waren bereits wieder zugeknöpft, und sein Gesicht hatte etwas an Farbe gewonnen. »Wie geht es dir?«, fragte Kendra.

»Besser als zuvor, das muss ich zugeben«, antwortete Giles.

»Ich lasse Sie zwei dann mal allein und werde zusehen, ob Jonathan mir noch ein wenig von unserem Abendessen übrig gelassen hat«, verkündete Pennington von der Tür aus, warf das Handtuch auf den Tisch und machte sich auf den Weg in den Schankraum.

Kendras Großvater vollführte eine beiläufige Bewegung mit der linken Hand, und die Tür schloss sich. »Ich bin froh, dass du gekommen bist«, sagte er, und ein Lächeln erschien auf seinem bärtigen Gesicht.

»Aber das versteht sich doch von selbst. Ich hätte niemals schlafen können, ohne mich zu versichern, dass alles gut gegangen ist«, antwortete Kendra. Sie setzte sich auf die Bettkante und ergriff seine faltige Hand. »Geht es dir wirklich besser?«

»Aber ja, meine Liebe. Dieser Mister Pennington ist ein erstaunlicher Mann: Reporter, Soldat, Rennfahrer, Arzt. Er hat seine Sache gut gemacht. Abgesehen davon bringt mich so eine kleine Kugel nicht um.«

»Es freut mich, dass er dir helfen konnte.« Kendra drückte seine Hand.

Ihr Großvater lachte leise und tätschelte die ihre. Er richtete sich ein wenig im Bett auf und deutete auf seinen Koffer, den er selbstverständlich aus dem Keller des *Old Man's* mitgenommen hatte und der nun neben der Tür an der Wand stand. »Kendra, ich möchte dir etwas geben. Öffne meinen Koffer. Es liegt ganz oben auf meinen Kleidern.«

Von milder Neugierde ergriffen, stand Kendra auf, ging zu dem Gepäckstück hinüber und klappte es auf. Wie angekündigt gab es vor allem Kleidung zum Wechseln darin, außerdem drei Bücher, wovon eines nach einem handgeschriebenen Notizbuch ihres Großvaters aussah. Obenauf lag ein in Stoff eingeschlagener Gegenstand. »Meinst du dies hier?«, fragte Kendra und hob das Bündel in die Höhe.

»Ganz richtig«, antwortete ihr Großvater. »Öffne es.«

Sie kam der Aufforderung nach und enthüllte ein etwa unterarmlanges, trichterförmiges Instrument aus Messing, das an einer Seite zwei Ösen aufwies, durch die man ein Band fädeln konnte. Es erinnerte Kendra an ein Signalhorn der Fischer, die vom Loch Leven aus in Richtung Meer ausfuhren. Allerdings war seine angelaufene Oberfläche von Runen übersät, die sie bezweifeln ließen, dass es sich hierbei um ein einfaches Instrument für den täglichen Gebrauch handelte.

»Was ist das?«, fragte sie.

»Nun, ein Horn – ganz offensichtlich«, gab Giles mit einem Schmunzeln zurück. Dann wurde seine Miene ernst. »Um die Wahre Quelle der Magie zu erreichen, benötigen wir ein Schiff; es muss schnell sein und seine Mannschaft furchtlos. Mit diesem Horn kann man ein solches Schiff rufen. Dabei ist es einerlei, ob du an einem flachen Sandstrand oder auf einer hohen Klippe stehst. Blase nur dreimal kräftig in das Horn, und ein Schiff wird kommen. Es mag eine Stunde dauern oder einen Tag, aber es wird kommen.« Er schwieg kurz, bevor er fortfuhr. »Ich möchte, dass du das Horn an dich nimmst.«

»Warum? Es war doch bislang auch sicher in deinem Koffer

verwahrt«, wandte Kendra ein, während sie zum Bett zurückkehrte und sich erneut zu ihm setzte.

»Ich würde mich besser fühlen, wenn ich wüsste, dass du es bei dir trägst. Es befinden sich schon genug andere wertvolle Dinge in meinem Koffer. Ich möchte zumindest einen Teil davon dir anvertrauen.«

Kendra nickte langsam. Auch wenn sie das Gefühl hatte, dass ihr Großvater nur die halbe Wahrheit sagte, ergaben seine Worte einen gewissen Sinn. Und im Grunde sollte sie es auch als Ehre und ein Zeichen seines Vertrauens in sie betrachten, dass er ihr das Horn überließ. »Ich danke dir. Ich verspreche, gut darauf aufzupassen, bis wir es brauchen.«

»Sehr gut, mein Kind«, sagte Giles und schloss für einen Moment die Augen. Als er sie wieder öffnete, war das magische Funkeln und Glitzern, das seit seinem Erwachen im Keller des *Old Man's* darin geleuchtet hatte, beinahe verschwunden, und seine Augen hatten wieder das klare Blau angenommen, das ihr so vertraut war. Mit einem Ausdruck rauer Zärtlichkeit blickte er sie an. »Kendra, ganz gleich, was morgen geschieht … Ich möchte, dass du weißt, dass ich dich sehr liebe.«

Kendra spürte einen leichten Stich in ihrer Brust. »Wieso sagst du das, Großvater? Was wird morgen geschehen?« Sie sah ihn eindringlich an. »Sprich mit mir. Lass mich nicht im Ungewissen. Was hast du bei dem Ritual erfahren? Und was hat es mit Stonehenge auf sich?«

»Du wirst morgen alles erfahren, Kendra. Gedulde dich noch ein paar Stunden.« Er legte seinen Kopf auf die Kissen zurück. »Nun lass mich bitte allein. Ich möchte noch ein wenig schlafen, bevor wir wieder aufbrechen.«

Das ungute Gefühl, das Kendra im Schankraum Jonathan gegenüber zur Sprache gebracht hatte, war durch die Worte ihres Großvaters eher stärker als schwächer geworden. Dennoch bedrängte sie ihn nicht weiter, sondern nickte ergeben. Sie wusste, dass es keinen Sinn hatte, in dieser Nacht auf Antworten zu bestehen. Sie drückte noch einmal Giles' Hand, bevor sie, das Horn in der Linken, aufstand, um den Raum zu verlassen. »Ich liebe dich auch, Großvater.«

24. April 1897, 0:05 Uhr GMT
Atlantik, etwa 450 Seemeilen südwestlich von England

Randolph dämmerte im Halbschlaf vor sich hin, als er plötzlich Watsons Stimme in seinem Kopf vernahm. *Es ist so weit*, sagte die Geisterkatze nur.

Dem Kutscher blieb kaum die Zeit, den Kopf zu heben und die Augen zu öffnen, da kam auf einmal Bewegung in die grauen Fleischlappen, die ihn bis jetzt festgehalten hatten. Mit einem feuchten Schmatzen zogen sie sich seitlich zurück, und Randolph stürzte mit einem überraschten Aufschrei auf den Lippen vornüber auf den Gitterboden. »Aua!«, brummte er, rieb sich die gehörnte Stirn und zog die in den Nacken gerutschte Schiebermütze wieder ins Gesicht. Danach stemmte er sich ächzend in die Höhe und schüttelte seinen Kutschermantel aus.

Neben ihm kam Holmes, zerzaust und derangiert, wie nach einer durchzechten Nacht, unsicher wieder auf die Beine. Ihn hatte ihre Befreiung offenbar kein bisschen weniger unvorbereitet getroffen als Randolph. »Sehr komisch, Miss Esperson«, beschwerte er sich, während er sich den Ellbogen des linken Arms rieb. »Aber trotzdem vielen Dank.«

»Kann sie uns hören?«, fragte Randolph.

»Nein, aber da sie nun offensichtlich zurückgekehrt ist – zumindest deute ich unsere plötzliche Freilassung so –, werde ich mich ihr nun wohl erneut stellen, und sei es nur, um herauszufinden, wohin wir uns jetzt wenden sollen«, verkündete Holmes.

Randolph runzelte die Stirn. »Sie klingen dabei so gequält. Haben Sie irgendeine gemeinsame Vergangenheit?«

»Das ist die mildeste Form, es auszudrücken«, erwiderte sein

Gegenüber. »Behalten Sie die Tür im Auge. Ich bin gleich wieder bei Ihnen.«

Ich halte draußen auf dem Gang Wache, erklärte Watson und spazierte durch die Wand.

Während Randolph die Hände in die Manteltaschen vergrub und sich dem Eingang zuwandte, der erstaunlicherweise noch aus einer vollständig normalen, wenn auch eingewachsenen Eisentür bestand, zog sich Holmes in die Wahrsicht zurück, um mit ihrer Retterin Verbindung aufzunehmen. Im Allgemeinen interessierte es den Kutscher nicht, welcher Art die Frauenbekanntschaften seines exzentrischen Freundes waren. In diesem Fall hoffte er allerdings, sie würde ihm nicht kurz vor dem Ziel einen Strich durch die Rechnung machen.

»In Ordnung«, meldete sich Holmes wenige Augenblicke später wieder zu Wort. »Wir müssen zum Heck der Nautilus. Dort soll es ein Beiboot geben, mit dem wir flüchten können.«

»Ertrinken wir nicht, wenn wir das Tauchboot verlassen?«, fragte Randolph.

Holmes schüttelte den Kopf. »Glücklicherweise scheint es niemanden zu kümmern, ob die *Nautilus* sich unter dem Meer oder an der Wasseroberfläche fortbewegt, solange sie sich nur ihrem Ziel nähert. Melissa … ich meine, Miss Esperson hat das Schiff sanft dazu verleitet aufzutauchen. Das heißt, wir können gefahrlos aussteigen.«

»Na, dann hoffe ich bloß, dass wir nicht Wellington oder Hyde-White über den Weg laufen. Das wäre ausgesprochen ärgerlich«, brummte der Kutscher.

»Wie es scheint, befinden sich die beiden im Salon, der weiter vorne im Bug liegt. Und ein Großteil der übrigen Magier schläft. Wenn wir uns also nicht vollkommen ungeschickt anstellen, dürften wir halbwegs sicher sein.«

»Wenn Sie es sagen, wird's schon schiefgehen …«

Randolph trat an die Tür und horchte. Kein Laut war auf der anderen Seite zu vernehmen. Er öffnete sie einen Spalt, wechselte in die Wahrsicht und schickte einige Spürfäden in beide Richtungen des Gangs, der sich im Licht schummriger Lampen erstreckte. Niemand schien sich dort aufzuhalten.

Rasch woben die beiden Männer Fäden um ihre Füße – oder in Randolphs Fall vielmehr Hufe, denn seit er sich auf der Flucht durch die Guildhall seiner klobigen Arbeiterschuhe entledigt hatte, ging er sozusagen barfuß. Danach schlichen sie geduckt aus ihrer Zelle.

Unschlüssig blickte Randolph von links nach rechts. Der Gang sah zu beiden Seiten gleich aus. Mehrere geschlossene Türen waren in die grauen Wände eingelassen, und nach einigen Schritten mündete der Weg in einen Quergang. »Wo ist bei diesem Gefährt vorne und wo hinten?«, raunte der Kutscher.

Wie auf ihr Stichwort hin tauchte der sacht schimmernde Körper Watsons aus der Wand neben ihnen auf. Die Geisterkatze schaute kurz zu ihnen hoch, bevor sie in einen leichten Trab, den Gang zur Linken hinunter, verfiel. *Wenn die Gentlemen mir folgen möchten*, vernahm Randolph die samtene Stimme von Holmes' Vertrauter.

»Gutes Tier«, lobte Randolph mit einem Grinsen.

Lautlos huschten sie an den Türen vorbei Richtung Quergang. Dort wandte Watson sich nach rechts, und drei Schritte später, als der Gang eine Kurve beschrieb, wieder nach links. Während sich rechter Hand, also dort, wo Randolph die Außenhaut des Tauchboots vermutete, mehrere Türen in der Wand befanden, war die Wand zur Linken völlig glatt. Irgendein größerer Raum musste sich dahinter befinden, vielleicht ein Lager oder etwas Ähnliches.

»Sagen Sie, Holmes, sollten wir nicht versuchen, die anderen Magier zu befreien? Grigori und Wilkins und die übrigen?«, flüsterte Randolph, der plötzlich ein schlechtes Gewissen bekam, weil sie bislang nur an sich selbst gedacht hatten.

»Und dann?«, raunte Holmes zurück. »Was sollten wir mit ihnen anstellen? Weder mit ihnen noch ohne sie können wir die *Nautilus* erobern. Und in das Rettungsboot passen nicht alle hinein.«

»Hm«, brummte der Kutscher unzufrieden. »Ich überlasse sie ungern Wellington.«

»Unsere besten Aussichten, sie zu befreien, bestehen leider darin, erst einmal selbst freizukommen«, erklärte Holmes, womit er natürlich recht hatte. »Und nun still, sonst ist es mit unserer Freiheit schneller vorbei, als uns lieb sein könnte.«

Schweigend schlichen sie weiter. Der Gang knickte erneut links ab, bevor sie abermals nach drei Schritten eine Abzweigung erreichten, die weiter in Richtung Heck führte. Direkt gegenüber befand sich die Tür zu dem größeren Raum, den sie soeben passiert hatten.

Sie hatten ihren Weg zum hinteren Ende des Tauchboots gerade wieder aufgenommen, als irgendwo vor ihnen plötzlich Schritte laut wurden.

»Oh, verflixt, rasch zurück, zurück!«, drängte Holmes Randolph und schob diesen in den Quergang, den sie eben verlassen hatten.

»Links oder rechts?«, fragte der Kutscher leise.

»Weder noch«, raunte Holmes, machte eine hastige Fingerbewegung, und die Tür in den größeren Raum direkt vor ihnen öffnete sich. »Schnell, hinein!« Er packte Randolph am Ärmel und zerrte ihn mit sich durch den Türrahmen. Danach zog er mit einer knappen Geste die Tür auf magische Weise wieder zu. Watson schlüpfte keinen Herzschlag später hindurch.

Während draußen die Schritte lauter wurden und sich dann nach links wieder entfernten, drehten sich die beiden Männer um und nahmen den Raum in Augenschein. Er schien sich über die Hälfte des soeben zurückgelegten Weges zu erstrecken und besaß eine Tür, die in eine hintere Kammer führte. Einst mochte er das Arbeitszimmer des ursprünglichen Besitzers dieses Tauchboots gewesen sein. Ein Bücherregal mit kostbar wirkenden Folianten, die unter dem Einfluss der Magie jedoch zu einem einzigen, fast zwei Schritt langem Buch verschmolzen zu sein schienen, ragte zur Rechten auf. Ein Kartentisch, auf dem eine Karte des Atlantiks und allerlei nautische Instrumente lagen, befand sich zur Linken. Im hinteren Teil des Raums stand ein großer Schreibtisch aus Mahagoni, der zuvor sicher blank poliert gewesen war, nun aber eine braungraue, schorfige Borke entwickelt hatte und im Schein der gelblichen Raumbeleuchtung erste grüne Triebe erkennen ließ. Auf dem Schreibtisch stapelten sich Schriftrollen und Bücher, die den Titeln nach magischen Inhalts sein mussten, und auf dem Boden neben dem Möbelstück stand eine offene Truhe, in die weitere Bücher offenbar in großer Hast gepackt worden waren.

»Oha, wo sind wir denn jetzt gelandet?«, entfuhr es Holmes.

Randolph machte einige vorsichtige Schritte in den Raum hinein und schaute sich dabei weiterhin um. »Sieht mir aus wie das Arbeitszimmer von Wellington«, brummte er mit einigem Unbehagen. Er drehte sich nach seinen Begleitern um. »Wir sollten schnellstmöglich wieder von hier verschwinden. Watson, kannst du nachschauen, ob die Luft rein ist?«

Sie ist es, behauptete die Geisterkatze, ohne auch nur eine Pfote gerührt zu haben.

»Nein, warten Sie, warten Sie!« Holmes hob abwehrend eine Hand, und sein Blick huschte aufmerksam über Möbelstücke. »Wo ein geistvoller Mann wirkt, gibt es sicher auch irgendwo geistvolle Getränke.«

Der Kutscher blinzelte ungläubig. »Sie machen wohl Witze! Sie denken jetzt an Schnaps?«

»Eigentlich hoffe ich eher auf einen torfigen Whiskey«, verbesserte der Magier ihn. In seinen Augen lag ein unübersehbar gieriges Funkeln. »Kommen Sie, Randolph, ich brauche jetzt einen kleinen Schluck. Den brauche ich schon seit Tagen. Und bieten Sie mir jetzt nicht Ihren Flachmann an. Es lässt sich zweifelsohne Besseres in diesen vier Wänden finden.« Erwartungsfroh trat er auf das Schrankregal zu.

Fassungslos schüttelte Randolph den Kopf. »Schön, dann bleiben Sie hier und saufen. Ich verschwinde von diesem Kahn, solange ich noch die Zeit dazu ha…« Er hielt inne, als sein Blick auf einige Unterlagen fiel, die auf dem Schreibtisch lagen. »Was ist das denn?«, murmelte der Kutscher und trat näher. Mit finsterem Blick neigte er den Kopf und besah sich die ausgebreiteten Papiere. »Holmes, das müssen Sie sich anschauen«, sagte er zu dem Magier, der sich unterdessen an einem verschlossenen Fach im unteren Teil des Bücherregals zu schaffen machte.

»Einen Augenblick, mein lieber Randolph, ich glaube, ich habe gefunden, wonach ich gesucht habe«, verkündete dieser, während er das Fach öffnete. Ein freudiges Glucksen drang aus seiner Kehle, als er die Bar dahinter entdeckte. Seine Hand glitt über die dort aufbewahrten Flaschen und wählte dann eine aus, in der eine goldgelbe Flüssigkeit schwappte.

»Jetzt, Holmes!« Randolph legte genug Nachdruck in seine Stimme, um Holmes dazu zu bringen, sich von der Bar abzuwenden. Die Flasche noch in der Hand, kam er zu ihm hinüber.

»Was haben Sie denn?«, fragte er.

»Schauen Sie sich diese Papiere mal an.«

Mit nicht mehr als milder Neugierde beugte Holmes sich vor und richtete sein Augenmerk auf die Unterlagen. »Das sind Ritualvorbereitungen, wenn ich mich nicht irre.«

»Das sehe ich genauso«, knurrte Randolph

Holmes runzelte die Stirn und kniff unwillkürlich die Augen leicht zusammen. »Das … äh … sieht wirklich eigenwillig aus …« Gedankenverloren stellte Holmes die Whiskeyflasche neben sich auf den Tisch. Er umrundete den Schreibtisch und setzte sich auf den dahinterstehenden Stuhl, um die vor ihm liegenden Zeichnungen, Berechnungen und Fadenwebmuster einer eingehenderen Betrachtung zu unterziehen. Aus seinem Gesicht wich alles Blut. »Bei allen Heiligen, das ist Wahnsinn …«, murmelte er. Er hob den Kopf, und sein Blick kreuzte den von Randolph. »Wellington hat vollends den Verstand verloren.«

»Erzählen Sie mir etwas, das ich noch nicht weiß«, brummte Randolph düster.

Mit einem Ruck erhob sich Holmes und rieb sich nervös die Hände. »Wir müssen dieses Boot anhalten«, befand er. »Es darf sein Ziel nicht erreichen.«

Randolph schnaubte belustigt. »Sie sind mir ein Spaßvogel, Holmes. Wie sollen wir das anstellen, solange Wellington und Hyde-White an Bord sind? Gegen die beiden können wir nicht gewinnen. Ganz zu schweigen davon, dass ich nicht einmal wüsste, wie man ein lebendes Schiff sabotiert.«

Holmes verzog die Miene. »Hm … ja, Sie haben recht. Alleine werden wir schwerlich etwas erreichen. Wir brauchen Hilfe. Das heißt, wir müssen uns Hilfe beschaffen. Und das wiederum bedeutet, wir müssen hier raus, und zwar so schnell es geht …«

»Das sage ich doch schon die ganze Zeit.«

»… und dann müssen wir etwas tun, was mir zutiefst zuwider ist.«

»Und das wäre?«, wollte Randolph wissen.

»Wir müssen den *Conseil des Magiciens* unterrichten und ihn um Beistand bitten«, sagte Holmes.

»Die Franzosen?«

Sein Begleiter zuckte resigniert mit den Schultern. »Der Silberne Kreis ist im Augenblick nicht stark genug, Wellington die Stirn zu bieten. Mir gefällt es weiß Gott auch nicht, aber es gibt Dinge, die schlimmer sind als Franzosen. Diese Pläne Wellingtons hier …« Er klopfte mit dem Finger auf die Unterlagen. »… gehören dazu.«

»Ihnen ist aber auch klar, dass wir den Rat vermutlich nicht erreichen werden, bevor die *Nautilus* bei der Wahren Quelle ankommt. Wir befinden uns, wenn wir dieses Boot verlassen, mitten auf dem Meer«, gab Randolph zu bedenken.

»Wir können noch nicht so weit von der Küste entfernt sein«, widersprach Holmes. »Wir sind doch erst einen Tag unterwegs, wenn überhaupt. Und wie schnell wird so ein Tauchboot sein …

Wenn es zehn Knoten erreicht, wäre ich überrascht. Dann befänden wir uns jetzt im Ärmelkanal irgendwo südlich von Portsmouth. Dort sind so viele Schiffe unterwegs, dass uns spätestens im Morgengrauen, wenn die Fischer hinausfahren, jemand auflesen wird. Und wenn wir Glück haben, ist es sogar ein französischer Fischer.«

»Also schön«, knurrte der Kutscher. »Zumindest haben wir jetzt so etwas wie einen Plan. Sehen wir zu, dass wir ihn in die Tat umsetzen. Sollen wir die Ritualpläne mitnehmen?« Er deutete auf die Papiere.

»Nein, das wäre viel zu auffällig. Wellington darf nicht wissen, dass wir sie gesehen haben, sonst ändert er seine Pläne womöglich, und wir können uns nicht mehr darauf vorbereiten.«

»Gut. Dann los!«

Vorsichtig schlichen sie wieder aus dem Raum hinaus und auf den Gang zurück. Keine Menschenseele war zu sehen, und nichts war zu hören, sodass sie auf leisen Sohlen ihren Weg zum Heck fortsetzten. Es dauerte nicht mehr lange, da erreichten sie ein schweres Schott, hinter dem, wie ihnen ein Blick durch das in Kopfhöhe angebrachte Bullauge bestätigte, eine metallene Treppe lag. Diese führte durch einen fleischigen, schlauchartigen Gang, der an seinem Ende, dort, wo früher die Luke nach draußen gewesen sein mochte, eine Art Schließmuskel aufwies. Mit angewidertem Gesicht stieß Holmes, der vorausging, das graue Fleisch an, und der Muskel öffnete sich.

Kalte Luft und der unverkennbare Geruch von Tang und Salzwasser schlugen ihnen entgegen. Es war vollkommen finster draußen. Kein Mond und keine Sterne waren am Himmel zu sehen. Nur die fahl leuchtenden Augen der *Nautilus* am Bug erhellten die dunklen Wellen. Der Antrieb des Schiffes, irgendwo unter ihnen, gab ein dumpfes Stampfen von sich, kaum zu hören über dem Rauschen des Windes.

»Oh Himmel«, murmelte Holmes vor ihm. »Habe ich erwähnt, dass ich offene Gewässer überhaupt nicht leiden kann?«

»Nein, und jetzt ist mit Sicherheit der völlig falsche Zeitpunkt, es zu tun«, gab Randolph zurück. »Dort ist das Beiboot. Kommen Sie.«

Vorsichtig arbeiteten sich die beiden Männer die letzten Schritte über den gepanzerten und von stählernen Dornen übersäten Rücken der *Nautilus* bis zu dem Beiboot, das am Heck befestigt war und Platz für vielleicht sechs Leute bot. Im Gegensatz zur *Nautilus* bestand es nach wie vor überwiegend aus vernietetem Metall. Allerdings war es von einem fein verästelten Netzwerk aus Hautschläuchen überzogen, die irgendwie an Adern erinnerten, und die Sitzbänke fühlten sich seltsam weich an, wie das Innenleben einer Muschel.

»Denken Sie nicht darüber nach«, riet Randolph Holmes. »Setzen Sie sich einfach nur hin.«

Während der Magier es sich auf der hinteren Sitzbank bequem machte und Watson sich zu ihm gesellte, versuchte Randolph die an eine Nabelschnur erinnernde Leine zu lösen, musste allerdings feststellen, dass sie mit der Außenhaut der *Nautilus* verwachsen war. »Tut mir leid, aber es geht nicht anders«, brummte er, als er die Leine durchriss und das Boot mit einem der zwei neben den Sitzbänken liegenden Riemen abstieß.

Kaum hatte das Beiboot sich von der *Nautilus* gelöst, als es auch schon zurückfiel. Schaukelnd trieb es auf den Wellen dahin, während das Tauchboot mit Wellington und seinen Jüngern rasch in der Dunkelheit entschwand. Einen Moment noch sahen sie die Lichtkegel seiner Scheinwerferaugen, dann wurde es, bis auf den tröstlichen Schimmer der Geisterkatze, dunkel um die beiden Männer.

Sie waren entkommen – und schwammen alleine irgendwo auf dem Meer. Kein Stern stand am Himmel, und kein Licht eines Leuchtturms wies auf eine nahe Küstenlinie hin. Es war, als hätten sie sich mit nicht mehr als einer Nussschale auf eine Reise mitten ins Nichts aufgemacht.

»Oh verflixt!«, rief Holmes unvermittelt.

»Was ist los?«, fragte Randolph alarmiert.

»Wissen Sie, was mir gerade einfällt?«

»Nein, was denn?«

Der Magier seufzte und verzog das Gesicht. »Ich habe die Whiskeyflasche auf Wellingtons Schreibtisch vergessen. Und noch viel schlimmer: Ich habe keinen Schluck daraus getrunken …«

KAPITEL 26:

GEGEN DIE ZEIT

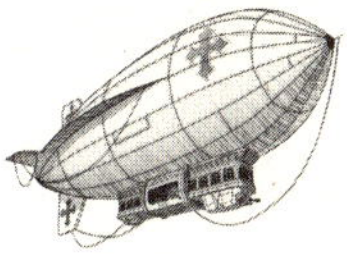

»Die Queen in Nizza. Am gestrigen Morgen fuhr die Queen in Begleitung der Prinzessin Viktoria von Schleswig-Holstein nach La Tourelle. Um drei Uhr am Nachmittag empfing Ihre Majestät Mgr. Chapon, den Bischof von Nizza, und Señor Gambart, den spanischen Konsul. Um Viertel nach vier fuhren Ihre Majestät und Prinzessin Beatrice von Battenberg, begleitet von der Countess of Lytton, nach Falicon, wo sie den Tee einnahmen, bevor sie gegen Viertel nach sechs zurückkehrten.«

– London Times, 24. April 1897

24. April 1897, 9:12 Uhr GMT
England, Sunningdale, 25 Meilen westlich von London

Nach einer ereignislosen Nacht und einem gemeinsam eingenommenen Frühstück setzten Jonathan, Robert, Kendra und ihr Großvater ihre Reise nach Stonehenge fort. Stundenlang fuhr ihre Kutsche durch die englische Landschaft, an Wiesen und Feldern vorbei, durch Waldstücke und kleine Dörfer. Sie passierten Farnborough, Basingstoke und Andover, während die Sonne am leicht bewölkten Himmel in ihrem Rücken aufstieg, über sie hinwegwanderte und sich weit vor ihnen wieder dem westlichen Horizont entgegenneigte.

Beinahe zehn Stunden später, am frühen Abend, näherten sie sich über eine Kutschenstraße einem weiten, flachen, von Gras bewachsenen Hügel. Inmitten der grünen Landschaft erhob sich eine Kultstätte aus mehreren kreisförmig angeordneten Megalithen, die von einem weitläufigen Graben umgeben waren. Die im Laufe der Jahrtausende verwitterten Felsbrocken des äußeren Kreises erinnerten an ein Säulenrund, das teilweise noch von schweren Decksteinen überbrückt war und einen kleineren, inneren Kreis aus weiteren Steinen umgab, der in nordöstlicher Richtung offen war, sodass diese Formation genau genommen eher einem Hufeisen glich.

»Da wären wir«, sagte Jonathan, der den Nachmittag über mit Robert gemeinsam auf dem Kutschbock verbracht hatte. »Das berühmte Stonehenge.«

»Ich weiß nicht, was daran so außergewöhnlich sein soll«, brummte sein Freund, als er die Kutsche am Fuße des Hügels zum Stehen brachte. »Es ist ein Haufen alter Steine.«

»Von Merlin selbst aus Irland mithilfe der Magie hierher gebracht«, verkündete Jonathan feierlich.

»Ist das dein Ernst?«, fragte Robert.

»Gott bewahre! Merlin ist nur eine Sagengestalt«, erwiderte Jonathan grinsend.

Robert warf ihm einen gespielt missbilligenden Blick zu. »Sehr komisch, alter Knabe. Seit ich all diese Geschichten über Magie und Magier gehört habe, halte ich nichts mehr für ausgeschlossen, das weißt du doch.«

»Ja, du hast recht. Verzeih. Und vermutlich wird McKellen mich gleich bloßstellen, indem er erklärt, dass es Merlin doch gab und er Stonehenge wirklich erbaut hat.«

»Selbstverständlich gab es Merlin«, ließ McKellen verlauten, als er die Tür zur Kutschkabine aufstieß und herauskletterte.

»Aber eigentlich war sein Name Myrddin, und er war ein walisischer Magier, der im späten sechsten Jahrhundert lebte. Und, nein, er war nicht für den Bau von Stonehenge verantwortlich. Diese Kultstätte ist einige Tausend Jahre älter.«

»Das Wissen dieses Mannes dürfte selbst unseren alten Geschichtsprofessor in Cambridge in Erstaunen versetzen«, meinte Robert kopfschüttelnd, als er vom Kutschbock stieg.

Jonathan sprang ebenfalls herunter und hielt Kendra die Tür auf, die mit Rupert auf dem Arm ins Freie kam. »Sie vernachlässigen ihn«, stellte die junge Frau mit vorwurfsvoller Miene fest. »Hoffentlich behandeln Sie Ihre Kinder irgendwann besser.«

Verlegen streckte Jonathan die Arme aus. »Na schön, geben Sie ihn her.«

Der Minialligator fing in Kendras Armen an zu zappeln, und als sie ihn losließ, sprang er regelrecht auf Jonathan zu und verbiss sich in dessen Mantelstoff. Er legte den Kopf zur Seite, wobei seine scharfen Zähne den grauen Stoff seines Ärmels in Mitleidenschaft zogen, und blickte Jonathan aus einem geschlitzten Auge zufrieden an.

»Hervorragend«, murmelte dieser. »Ich liebe den kleinen Burschen.« Er tätschelte Rupert den schuppigen Kopf.

Kendras Großvater hatte unterdessen seinen Koffer hervorgezerrt und geöffnet und war nun damit beschäftigt, seine Kleider im Kofferraum der Kutsche unterzubringen.

»Was machen Sie da?«, fragte Jonathan ihn.

»Ich bereite mich auf das Ritual vor, das hier in einigen Stunden stattfinden wird«, erwiderte der alte Magier keuchend.

»Noch ein Ritual?«

»In der Tat, aber dieses hier ist bedeutend wichtiger als das letzte.« Er hielt kurz inne und dachte über seine Worte nach. »Nein, eigentlich stimmt das nicht, denn das letzte Ritual war gewissermaßen eine Vorbereitung auf dieses hier.«

»Verzeihen Sie, wenn ich Ihnen nicht ganz folgen kann«, sagte Jonathan.

»Sie werden in Kürze alles verstehen«, versprach McKellen ihm. Er warf einen Blick auf seine Taschenuhr. »Noch haben wir hingegen ein paar Stunden Zeit. Unsere Zusammenkunft findet erst um Mitternacht statt.«

»Wir erwarten noch weitere Gäste?«, mischte Robert sich ein.

»Acht an der Zahl, um genau zu sein«, gab Kendras Großvater zurück.

»Ich nehme an, es handelt sich dabei auch um Magier.«

»Sie vermuten richtig, Mister Pennington.«

»Und sie stammen nicht aus London.«

McKellen blickte ihn an und lächelte. »Oh nein! Sie kommen von viel weiter entfernten Orten.« Mehr wollte er nicht verraten.

Die nächsten Stunden verbrachten sie mit Warten. Kendras Großvater hatte seinen Koffer bis auf ein dünnes Buch geleert und sich anschließend auf einen der umgestürzten Steine der Kultstätte gesetzt, um den Sonnenuntergang zu betrachten. Er schien vollständig in Gedanken versunken, sodass keiner der anderen ihn stören wollte. Jonathan, Robert und Kendra hatten unterdessen die Pferde abgespannt und ließen sie grasen. Sie selbst aßen einen Teil des in Sunningdale erworbenen Proviants. Danach saßen sie einfach schweigend beisammen und schauten Nevermore zu, der von Steinblock zu Steinblock sprang und nach Insekten oder Würmern Ausschau hielt.

Es wurde Nacht. Mit einem letzten Aufglühen versank die Sonne am westlichen Horizont, und ein prächtiger Sternenhimmel wurde über ihnen sichtbar. Ein halber Mond hing bleich zwischen einigen wenigen zerfaserten Wolken, und sein Licht erhellte die Kultstätte auf dem Hügel.

McKellen hatte sich die ganze Zeit nicht von seinem Sitzplatz wegbewegt. Schließlich jedoch erhob er sich und ergriff seinen leeren Koffer. Er wirkte wie ein Mann, der auf eine sehr seltsame Reise zu gehen beabsichtigt. »Es ist so weit«, sagte er, als er auf Jonathan, Robert und Kendra zutrat. »Wenn Sie mir bitte folgen würden, Mister Kentham. Sie als der Träger von Dunholms Ring werden an dem Ritual teilhaben.«

Jonathan stand auf und klopfte sich die Hose ab. »Ich freue mich, dass Sie mich davon in Kenntnis setzen, bevor das Ritual begonnen hat«, erwiderte er angesichts der bisherigen Geheimniskrämerei von Kendras Großvater mit leichtem Sarkasmus in der Stimme.

McKellen ging nicht darauf ein.

»Was ist mit uns?«, wollte Kendra wissen.

»Ihr solltet hierbleiben. Das Ritual ist gefährlich, und der Ort, den wir dafür aufsuchen müssen, noch gefährlicher.«

»Oh nein!«, widersprach die junge Frau mit Nachdruck. »Ich bin mit dir von A'Charnaich bis hierher gereist. Du wirst mich jetzt nicht aussperren wie einen Hund, der das Pub nicht betreten darf.«

»Und ich hege auch nicht die geringste Absicht zurückzubleiben«, erklärte Robert bestimmt. »Hätte Jonathan nicht meinen Wagen gestohlen und damit, ganz nebenbei bemerkt, wahrscheinlich meine Laufbahn als Journalist beim *Strand Magazine* ruiniert, wäre niemand von uns jetzt hier!«

McKellen schaute von einem zum anderen, dann seufzte er tief. »Na schön. Aber haltet euch genau an meine Anweisungen, ansonsten werdet ihr ein Schicksal erleiden, dass ihr bis in alle Ewigkeit bereuen könntet.« Ohne ein weiteres Wort der Erklärung wandte er sich um und schritt auf die Kultstätte zu.

»Ich wüsste gerne, welche Art von Gefahr von einem Haufen Steine ausgehen soll«, flüsterte Robert Jonathan zu.

Dieser zuckte mit den Schultern. Auf ihn machten die verwitterten Megalithen auch keinen sonderlich unheilvollen Eindruck, aber wenn Magie im Spiel war, musste das gar nichts heißen.

»Der Fehler liegt in Ihrer Annahme, wir würden das Ritual zwischen diesen Steinen durchführen«, sagte McKellen. »Dem ist nicht so.« Er führte sie in die Mitte der Kultstätte, in der, vom Mondlicht beschienen, ein schwerer Steinquader lag, der in vorchristlichen Zeiten ein Altar gewesen sein mochte. »Helfen Sie mir, Jonathan. Und du auch, Kendra«, bat er. »Wir müssen den Stein zur Seite ziehen.«

Jonathan wechselte in die Wahrsicht über und stellte erstaunt fest, dass die ganze Umgebung regelrecht vor Magie zu glühen schien. Die Steine schimmerten aus ihrem Inneren heraus, und aus dem Boden drangen überall winzige Lichtstrahlen wie durch eine löchrige Decke. Die Kultstätte war unzweifelhaft machtvoll.

Gemeinsam mit Kendra und ihrem Großvater schoss er dicke Fadenbündel auf den Altarstein ab, und mit vereinten Kräften gelang es ihnen, den massiven Quader einen Schritt nach links zu zerren. Robert sprang ihnen mit hochgekrempelten Ärmeln zur Seite, aber Jonathan glaubte nicht, dass die Bemühungen seines Freundes viel bewirkten.

Unter dem Stein kam ein Loch im Boden zum Vorschein. Ein gelb flackernder Schein, wie von einem unterirdischen Feuer, drang daraus hervor – zumindest in der Wahrsicht.

Jonathan fiel in die Normalsicht zurück und konnte in der zurückkehrenden Dunkelheit gerade so eine steinerne Treppe ausmachen, die steil in die Tiefe führte.

»Kommt«, sagte McKellen und begann die Stufen hinunterzusteigen.

»Brauchen wir nicht eine Laterne? Es ist ziemlich dunkel dort drinnen?«, wandte Jonathan ein.

»Es wird heller«, war die rätselhafte Antwort des alten Mannes.

Achselzuckend ging Jonathan ihm nach, Kendra folgte und Robert bildete den Abschluss.

Vom Eingang her drang ein klägliches Quäken an seine Ohren. Jonathan hielt inne und verdrehte die Augen. »Rupert! Entschuldigt mich kurz.« Er drängte sich an Kendra und seinem Freund vorbei, und schon sah er den Minialligator, der am oberen Ende der Steinstufen saß, obwohl er ihn eigentlich bei Nevermore in der Kutsche zurückgelassen hatte. »Du kannst nicht mitkommen. Das ist zu gefährlich.« Noch während er die Worte aussprach, merkte er, wie lahm sie klangen. Er hatte keine Ahnung, ob dort unten wirklich Gefahr drohte. Tatsache war, dass er den Minialligator nicht hatte mitnehmen wollen. Ein Anflug von schlechtem Gewissen meldete sich in ihm. »Ach, verdammt, komm her!«, lud er die Echse ein, auf seinen Arm zu klettern.

»Alles in Ordnung?«, erkundigte Robert sich mit einem vielsagenden Grinsen, als Jonathan zu den beiden zurückkehrte.

»Er hat sogar seine Tasche mitgebracht«, knurrte Jonathan und hielt zum Beweis die Umhängetasche hoch, die der Minialligator apportiert hatte, als sei er ein Hund. Das Glucksen seines Freundes im Ohr, nahm Jonathan den Abstieg in die Tiefe wieder auf.

McKellen sollte recht behalten. Es dauerte nicht lange, da wurde es vor ihnen plötzlich heller. Es war ein seltsam vielfarbiges Licht, wie von einem facettierten Kristall, der gegen die Sonne gehalten und dabei hin und her gedreht wurde.

Mit einem Mal endeten die Stufen, und sie erreichten eine Höhle, die ein gutes Dutzend Schritt durchmaß und von kunstvoller Hand so behauen worden war, dass sie einen antiken Tempel nachbildete. Dicke Säulen zogen sich vom Boden bis zur gewölbten Decke, die sich ungefähr zehn Schritt über ihnen spannte. In der Mitte des Raumes lag eine große kreisrunde Steinplatte, in die jemand eine Art Pentagramm, umgeben von allerlei magischen Symbolen, gemeißelt hatte.

All das nahmen Jonathan, Robert und Kendra jedoch nur beiläufig wahr, denn all ihre Aufmerksamkeit wurde von dem unfassbaren Ausblick eingenommen, der sich ihnen jenseits der Säulen bot. Der unterirdische Ritualplatz war auf drei von vier Seiten offen, und jenseits des beruhigend festen Gesteins tobte das Chaos.

Es schien keinen Himmel und keine Erde zu geben, kein Oben und kein Unten, nur einen endlosen Abgrund, der sich in alle Richtungen erstreckte. Wolkenmassive von unvorstellbarer Ausdehnung füllten die Leere. Ein diffus bläuliches, rötliches und gelbliches Licht drang aus ihren Tiefen, als verhüllten sie dampfende Sonnen. Dabei waren sie in ständiger Bewegung begriffen, türmten sich in einer Geschwindigkeit, als habe die Zeit an diesem Ort keine Bedeutung, zu riesigen Gebirgen auf und fielen wieder in sich zusammen, während sie, von unsichtbaren und allem Anschein nach gegenläufigen Winden getrieben, in weitläufigen Dunstbänken dahinzogen. Meilenlange, vielfarbige Blitze zuckten mit metallischem Krachen und Klirren zwischen den Wolkenformationen umher, und ein ferner Donner erschütterte die ganze Sphäre wie der Widerhall einstürzender Himmelsgewölbe.

»Mein Gott«, murmelte Jonathan und legte erschüttert die Hand an den Mund. »Ist es das, was ich denke?«

»Ja«, sagte McKellen, der seinen Koffer neben dem Steinkreis abgestellt hatte und mit geistesabwesendem Nicken in das Toben der Elemente blickte. »Das ist die Sphäre der Magie. Und wenn ich Ihnen einen Rat geben darf: Wechseln Sie nicht in die Wahrsicht, während Sie in dieses Schauspiel blicken. Es könnte sie überwältigen.«

»Aber wie können wir hier stehen, ohne von der Magie verschlungen zu werden?«, fragte Jonathan, während er mit unsicheren Schritten an die Seite des alten Magiers trat. »Was ist das für ein Ort?«

»Das hier ist die einzige beständige Magiespalte Englands«, verkündete Kendras Großvater. »Und wir können nur deshalb hier stehen, weil kundige Fadenmagier vor langer Zeit ein Schutznetz um diesen Ritualplatz gewoben haben, das ihn vor direkten Magieschlägen schützt. Gelegentlich muss man das Netz erneuern …« Er trat an eine der Säulen, aus der ein Stück Stein herausgesprengt worden war und an der eine ölig schillernde Flüssigkeit hinunterlief. »… aber solange es existiert, besteht keine wirkliche Gefahr. Außer der einen, an den Säulen vorbeizutreten und ins Nichts zu fallen.« Er hob den herausgeschlagenen Stein vom Boden auf, wog ihn kurz in der Hand und schleuderte ihn dann nach draußen. Kreiselnd verschwand er im Dunst.

»Was, wenn Sie mir die Frage erlauben, ist eine Magiespalte?«, meldete Robert sich zu Wort.

»Das, Mister Pennington, ist nicht ganz leicht zu erklären«, antwortete Kendras Großvater, während er seinen Koffer öffnete und das Büchlein hervorholte. »Um es in Worte zu fassen, die auch Ihnen verständlich sein dürften: Es existieren zwei Welten – unsere Welt und die Sphäre der Magie, die Sie dort draußen sehen. Zwischen beiden Welten hängt ein Vorhang, undurchdringlich einerseits und doch hauchzart an anderer Stelle. Dieser Vorhang schlägt Wellen, Sie kennen das sicher aus dem Theater. Und manchmal entstehen dabei Risse im Stoff, Öffnungen, die einen Übertritt von einer Welt in die andere ermöglichen.«

Jonathan runzelte die Stirn. »Aber dies hier ist etwas vollkommen anderes als die Magiequelle in der Kanalisation von London.« Er durchforschte sein Gehirn nach Erinnerungen Drummonds zu dieser Frage, aber er fand keine. Entweder hatte Holmes dieses Wissen nicht mit übertragen, oder der schottische Leiter der Magieabwehr hatte sich nie um Magietheorie bemüht.

»Das ist richtig, Mister Kentham. Hierbei handelt es sich um genau das gegenteilige Phänomen. Es ist so: Entsteht ein Riss in einem Wellenberg, ist der Druck der Sphäre der Magie stärker als der, den unsere Welt ausübt, und die chaotischen Energien sprudeln in unsere Welt. Dies ist die Magiequelle, von der Sie sprachen. Entsteht der Riss aber in einem Wellental, ist der Druck unserer Welt größer. Es tritt keine Magie aus, aber man vermag wie durch ein Fenster in die Sphäre der Magie zu blicken. Und es besteht die Möglichkeit, dass Dinge aus unserer Welt durch dieses Fenster hindurchfallen. Daher die Bezeichnung Magiespalte.«

»Das ist aber eine verdammt große Spalte«, stellte Robert fest.

»Keineswegs. Sie ist nicht größer als diese Ritualstätte.« McKellen schloss mit einer Geste den Tempel um sie herum ein. »Allerdings ist die Sphäre der Magie, die dahinterliegt, unendlich. Das heißt, sobald man die Magiespalte durchschritten hat, existieren keine Grenzen mehr.«

»Wie sieht so eine Magiespalte aus?«, wollte Kendra wissen.

»Man kann ihre Grenze mit gewöhnlichen Sinnen nicht wahrnehmen. Sie ist wie ein offenes Fenster. Und genau genommen verläuft sie ziemlich exakt durch die Stelle, an der wir stehen.« Er lächelte, als Jonathan, Robert und Kendra sich beunruhigt umblickten, ohne allerdings einen handfesten Hinweis auf die Existenz besagter Magiespalte zu erhalten. »In der Wahrsicht wird sie natürlich durch das Schimmern starker Magie sichtbar«, fügte er hinzu. »Und nun muss ich die Ankunft meiner alten Freunde vorbereiten.« Mit bedeutungsvollem Blick hob er das Büchlein in seiner Hand.

»Eine Frage noch«, bat Jonathan. »Ich weiß nicht viel über Magiequellen und Magiespalten, aber sind diese Spalten nicht furchtbar gefährlich? Wenn mich meine Erinnerung nicht täuscht, handelt es sich dabei – im Gegensatz zu Magiequellen – um höchst unstete Phänomene, die nicht nur völlig unvorhersehbar aufreißen, sondern auch jederzeit zusammenbrechen können.«

»Augenblick mal, soll das heißen, dieses Fenster kann jeden Augenblick zuschlagen und wir stehen dann auf ewig hier draußen im Unwetter?«, wollte Robert wissen, der sicherheitshalber zwei Schritte zurück gemacht hatte.

»Im Grunde könnte das geschehen, aber die Wahrscheinlichkeit ist außerordentlich gering«, beruhigte McKellen ihn. »Wie ich schon sagte, handelt es sich hierbei um eine beständige Magiespalte. Niemand vermag zu sagen, weshalb, aber sie besteht bereits seit Tausenden von Jahren unter Stonehenge. Viele glauben, dass sie älter als die Kultstätte selbst ist und dass wir den Magiern jener Zeit diesen Tempel zu verdanken haben. Irgendwann haben sie die Spalte dann mit dem Altarstein verschlossen, denn die Gefahr, die von ihr ausging, war ihnen zu groß. Doch ihr magischer Lockruf blieb all die Jahrtausende bestehen, und so bauten die Menschen die Stätte namens Stonehenge und nutzten sie für kultische Handlungen – bis heute.«

»Alles schön und gut – aber was genau machen wir nun eigentlich hier?«, wollte Robert wissen.

»Wir nutzen die Sphäre der Magie als gewaltigen Verstärker, um eine Verbindung zwischen dieser Magiespalte und sechs anderen auf der ganzen Welt herzustellen. Auf diese Weise werden Jonathan und ich acht weiteren Magiern begegnen, die ich während meines Rituals in der Kanalisation zusammengerufen habe.«

»Das klang im Keller des *Old Man's* aber irgendwie anders«, warf Jonathan ein.

»Ja, das stimmt. Ich habe den Ordensmagiern nicht die ganze Wahrheit gesagt. Ich durfte es nicht. Der Zirkel, dem ich angehöre, ist geheim.«

»Sie meinen: noch geheimer als alle anderen Magierorden.«

Kendras Großvater schmunzelte. »So kann man es sagen. Und nun lassen Sie uns bitte beginnen. Uns läuft die Zeit davon.«

»Was können wir tun?«, wollte Kendra wissen.

»Gar nichts, meine Liebe. Bitte stell dich mit Mister Pennington außerhalb des Kreises an die Wand. Von dort könnt ihr zuschauen. Aber beachtet das eine: Unter keinen Umständen dürft ihr den Kreis betreten, sobald das Ritual begonnen hat. Es wird sich ein Tunnel durch die Magie öffnen, der es Mister Kentham und mir ermöglicht, zugleich an diesem Ort und an einem anderen zu sein. Wer die Grenze zu diesem Tunnel nach seiner Öffnung zu durchschreiten versucht, kann davon getötet werden.«

Robert räusperte sich und zog Kendra mit einer Hand in Richtung rückwärtiger Felswand. »Das wollen wir doch lieber nicht erleben.«

McKellen wies unterdessen auf eine bestimmte Spitze des Pentagramms. »Da Sie, Mister Kentham, während dieses Rituals den Platz von Albert Dunholm einnehmen, möchte ich Sie bitten, sich dorthin zu stellen.«

»Komm, Rupert, nun musst du wieder zu Kendra«, sagte Jonathan zu dem Minialligator, bevor er der jungen Frau die Tasche reichte. Anschließend stieg er auf die kreisförmige Steinplatte und begab sich an seinen Platz. Obwohl er in Drummonds Erinnerungen einige kleinere Rituale fand, spürte er, dass dieser Moment selbst für einen Magier ein außergewöhnliches Erlebnis war. Sie standen im Begriff, nicht allein Fäden, sondern die Magie selbst zu manipulieren, ein Unterfangen, dessen Gelingen selbst Drummond für unmöglich gehalten hätte. Bei allem, was er bislang über den ehemaligen Ersten Lordmagier Dunholm, dessen Erbe ihm unfreiwillig anvertraut worden war, in Erfahrung hatte bringen können, erkannte er nun, wie wenig er eigentlich über ihn gewusst hatte. Dieser Mann war noch viel mehr gewesen als nur ein älterer britischer Gentleman, der einem Orden von Magiern vorstand. Jonathan argwöhnte, dass er in diesem Moment an der Schwelle stand zu erfahren, welches große Geheimnis Dunholm die ganze Zeit gehütet hatte.

McKellen schlug das Büchlein auf und blätterte darin zu einer bestimmten Seite. Dann wechselte er offenkundig und ungeachtet seiner Warnung in die Wahrsicht, denn während er das Buch vor sich in der Luft schweben ließ, fingen seine Hände an, komplizierte Muster in die Luft zu zeichnen. Jonathan fühlte sich versucht, ebenfalls die Wahrsicht herbeizurufen, doch er wollte lieber kein unnötiges Risiko eingehen.

Der alte Magier begann auf Gälisch zu murmeln. Das hatte er schon während des Rituals in der Kanalisation gemacht. Es schien ihm zu helfen, sich auf die komplizierten Webvorgänge, die er im Fadenwerk vornahm, zu konzentrieren.

Eine Weile lang geschah nichts, das Jonathan außerhalb der Wahrsicht bemerkt hätte. Die Veränderung trat schließlich so schleichend ein, dass sie ihm erst auffiel, als sie schon weit fortgeschritten war. Überall um sie herum verloren die Dinge ihre Farbe; Formen wurden unscharf und verzerrten sich, Töne nahmen einen immer dumpferen Klang an, bis sie schließlich ganz verstummten. Ein eigentümliches Rauschen, wie von herabstürzendem Wasser, setzte ein, und es wurde von einem Flirren in der Luft begleitet, das an einen nur halb stofflichen Wasserfall erinnerte und das sie kreisförmig umschloss.

Jonathan warf einen Blick über die Schulter und sah, dass der kleine Tempel, in dem sie sich eben noch befunden hatten, auf einmal wie ein Ort erschien, den man durch die tunnelartige Optik eines Fernrohrs betrachtete. Alles – Robert, Kendra, die Wand, die Umhängetasche mit Rupert – war noch nah und gut zu erkennen, wenn man einmal davon absah, dass es vollkommen ohne Farben war und wie hinter einem Wasservorhang liegend wirkte. Zugleich erweckte das Bild aber auch den Eindruck, in großer Ferne zu liegen.

»Wo sind wir?«, fragte Jonathan mit spürbarem Unbehagen.

»Wir stehen noch immer in dem Tempel«, erwiderte McKellen, ohne seine Arbeit zu unterbrechen. »Und zugleich sind wir in der Wildnis der nordamerikanischen Prärie, in der Savanne Afrikas, auf einer Bergspitze in Grönland und in einer Pyramide in Mittelamerika. Doch im Grunde befinden wir uns alle in einer Art schützender Kammer mitten in der Sphäre der Magie.«

Er hatte die Worte kaum ausgesprochen, als sich auf einmal weitere Fenster vor ihnen öffneten, Fenster zu Orten, die zugleich nah und doch unglaublich weit weg waren. Jonathan glaubte, wogendes Präriegras zu erkennen, einen riesigen, uralten Baum, die gemauerten Wände eines Bauwerks aus einer früheren Epoche.

Aus den Fenstern traten acht Gestalten hervor, die unterschiedlicher nicht hätten sein können und aus allen Winkeln der Erde zu kommen schienen. Unter ihnen war ein Mann in einfacher Kleidung und mit einem kreisrunden Hut auf dem Kopf, der unverkennbar indianische Züge hatte, eine alte Frau, die, dunkelhäutig und halb nackt, mit zahlreichen Knochen und Amuletten behängt war, ein Geschöpf, dessen Geschlecht nicht zu bestimmen war, denn es trug dicke Felle am Leib und sein Gesicht war von einer federgeschmückten Holzmaske verhüllt, sowie ein Mann in einem antiquierten Gehrock, der seine Augen hinter einem grauen Tuch verbarg und einen eineinhalb Schritt langen Stab in der Hand hielt, dessen geschnitzter Kopf an den Schädel eines Drachen erinnerte. Alle acht nahmen ihren Platz an den Spitzen und den Kreuzungspunkten des Pentagramms ein, wobei sie McKellen und Jonathan schweigend zunickten.

Kendras Großvater richtete seinen Blick auf Jonathan. »Dies, Mister Kentham, ist der Kreis der Wächter der Wahren Quelle. Es wäre gegenwärtig zu viel des Guten, Ihnen jedes einzelne Mitglied vorzustellen, daher genügt es zu wissen, dass jede und jeder Anwesende – genau wie Albert Dunholm und ich und wie unsere Vorgänger und wie Generationen von Wächtern vor jenen – bei seinem Leben geschworen hat, die Wahre Quelle der Magie zu beschützen, ihr Geheimnis zu wahren und ihren Missbrauch zu verhindern.«

Jonathan schluckte und ließ verunsichert seinen Blick über die fremden Magier gleiten. Eine Enthüllung wie diese wurde einem nicht alle Tage zuteil, und er wusste nicht, was er sagen sollte. »Ich … ich fühle mich geehrt, und hoffe, den Erwartungen, die Dunholm in mich gesetzt hat, gerecht zu werden.«

Der Mann mit den verhüllten Augen gluckste leise. »McKellen, Sie alter Zauberer, immer noch so theatralisch wie vor zwanzig Jahren. Der arme Bursche muss doch völlig verängstigt sein.« Dem Akzent nach klang er wie ein Amerikaner. Er machte einen Schritt nach vorne und streckte die Hand aus. »Man nennt mich Questing – meistens. Seien Sie willkommen in unserer Runde alter Magier, die zu viele Geheimnisse kennen und zu viel Besorgnis in der Brust tragen, dass ihr Jungen unsere schöne alte Ordnung auf den Kopf stellen könntet.«

»Äh … ich danke Ihnen«, stammelte Jonathan, den das Verhalten des Magiers noch mehr verwirrte als die Eröffnung McKellens zuvor. Er wollte die Hand ergreifen, doch seine Rechte fuhr widerstandslos durch die des anderen.

»Oh, ich vergaß, wir sind ja nicht wirklich hier«, sagte dieser mit einem entschuldigenden Lächeln.

»Unsere Zeit an diesem Ort verrinnt«, ermahnte die dunkelhäutige Frau sie. »Wir sollten beginnen.«

Ein paar der Übrigen nickten.

»Was geschieht jetzt?«, fragte Jonathan.

»Wie ich Ihnen bereits in London erzählte, versiegelte vor Tausenden von Jahren ein Bund von Weisen und Gelehrten aus der ganzen Welt die Wahre Quelle der Magie, um der Menschheit den Pfad in eine Zukunft zu bahnen. Um den Schutz der Quelle zu gewährleisten, teilte sich diese erste Generation der Wächter. Die eine Hälfte blieb auf der Insel, um diese gegen Feinde zu verteidigen. Die andere nahm das Wissen um die Quelle und ihr Siegel mit sich in die Welt hinaus und verbarg es an einsamen Orten. Leider wurde es nicht gut genug verborgen. Der Magier Wellington fand mehr davon, als er hätte finden dürfen, und es gelang ihm, nicht nur die Wahre Quelle zu öffnen, sondern auch die Nachfahren der einstigen Wächter, die das Verstreichen der Jahrtausende dem Wahn und Vergessen hatte anheimfallen lassen, zu unterwerfen und für seine Zwecke zu missbrauchen.«

»Die Fischmenschen«, murmelte Jonathan.

»Richtig«, sagte McKellen mit einem Nicken. »Unsere Aufgabe nun ist es, ein zweites Siegel zu schaffen, ein Artefakt, das imstande ist, die erneut sprudelnde Quelle wieder zu schließen. Wellingtons Macht muss gebrochen, sein Wissen vernichtet werden – sonst wird die Magie einmal mehr über die Erde herrschen.«

»Und das will ja wirklich niemand von uns«, warf Questing mit leichter Ironie ein.

»Wer wird das Artefakt zur Wahren Quelle bringen, nachdem wir es erschaffen haben?«, fragte der indianische Schamane in getragenem Tonfall.

Die Anwesenden wechselten stumme Blicke, dann richteten sich aller Augen auf Jonathan.

»Ich?«, fragte dieser ungläubig.

»Schauen Sie uns an«, sagte McKellen. »Wir sind alt. Es mag

uns die Weisheit gegeben sein, gegen Wellington anzutreten, aber uns fehlt die Kraft der Jugend für eine solche Aufgabe. Sie sind die beste Wahl.«

»Aber ich kann mit dem Artefakt doch gar nicht umgehen. Ist Erfahrung hier denn nicht viel wichtiger?«, wandte Jonathan ein.

»Mitnichten«, widersprach Kendras Großvater. »Sie müssen das neue Siegel nur zur Insel der Wahren Quelle bringen und es dort in den Abgrund werfen. Der Rest liegt in der Hand der Magie selbst. Außerdem tragen Sie den Schlüssel.«

»Den Schlüssel?«

Der alte Magier deutete auf Jonathans Hand. »Dunholms Ring. Er ist der letzte Bestandteil des Artefakts, der es vollendet und seine Kraft bündelt. Ohne ihn ist es nur eine Kugel von enormer magischer Stärke. Mit ihm ist es ein Quellschloss.«

Mit großen Augen starrte Jonathan auf das Kleinod. Das also hatte Dunholm gemeint, als er in der Gasse liegend von dem Schlüssel gesprochen hatte. *Kein Wunder, dass ich seine Worte nicht verstanden habe*, dachte er. *Ich kann nur froh sein, dass ich ihn nicht verloren habe.*

Das können Sie in der Tat, vernahm er McKellens Stimme in seinem Kopf. *Es ist zwar nicht unmöglich, einen neuen Schlüssel anzufertigen, aber es steckt die Arbeit vieler Jahrzehnte darin. Und nun geben Sie sich einen Ruck, mein Junge. Wir brauchen Sie.*

Jonathan warf Kendras Großvater einen Seitenblick zu und sah, dass dieser ihn aufmunternd anlächelte. Er räusperte sich, holte tief Luft und nickte. »Einverstanden, ich mache es.«

»So wollen wir zur Tat schreiten«, sagte McKellen.

Die Magier hoben die Hände und richteten sie auf die Mitte des Pentagramms. Jonathan tat es ihnen gleich. Einige der Anwesenden schlossen die Augen, andere fingen an, in ihrer Muttersprache zu murmeln. Jonathan spürte, wie ein Kribbeln seine Fingerspitzen ergriff, als die Wächter ihn in ihren magischen Kreis einschlossen, und mit einem Mal entstand ein schmaler Streifen aus weiß glitzerndem Licht am Boden zwischen ihnen.

Der Streifen wuchs rasch in die Höhe, bis er übermannshoch war. Eine Wolke winziger Funken umwirbelte ihn kreisförmig wie ein Zyklon. Der indianische Schamane zog eine geschnitzte Statuette aus seiner Jackentasche und hielt sie in das Licht. Sie ging darin auf, und das Licht dehnte sich um einige Fingerbreit, wobei es gleichzeitig an Intensität gewann. Als Nächstes griff Questing in den Ausschnitt seines Hemdes und zog ein kreisförmiges Bronzeamulett hervor, das einen fünfstrahligen Stern zeigte. Auch dieses wurde dem Licht preisgegeben. Der Funkenflug verstärkte sich, und ein elektrisches Summen und Knistern wurde hörbar.

Als die Reihe an McKellen war, dem letzten Magier, bevor Jonathan Dunholms Ring der Lichtsäule übergeben würde, trat dieser einen Schritt vor. Die Säule hatte mittlerweile einen Durchmesser von mehr als zwei Fuß und stand summend und wirbelnd wie ein gewaltiger Schwarm von Bienen in ihrer Mitte. McKellen legte seine Jacke ab und begann sein Hemd aufzuknöpfen.

»Was machen Sie da?«, fragte Jonathan.

»Es gab einen Unfall, mein Junge«, sagte Kendras Großvater, und in seiner Stimme schwang Bedauern mit. »Ich trug das Amulett, das mein Beitrag zur Erschaffung des Quellschlosses sein sollte, auf der Brust, als der Zug, auf dem wir gegen den Attentäter und seine Schergen kämpften, während des magischen Gewitters vom Blitz getroffen wurde. Ich wurde von einem Arm des Blitzes erwischt. Und dabei geschah dies.« Er ließ das Hemd fallen und drehte sich zu Jonathan um.

Dessen Augen weiteten sich. Ein faustgroßes Silberamulett, das von filigranen Runen übersät war, lag mitten in McKellens Brust. Es schien vollständig damit verschmolzen. Nahtlos ging die helle, faltige Haut des alten Magiers in silbrig glänzendes Metall über. Daneben war die genähte Wunde zu sehen, wo Robert die Kugel des Franzosen entfernt hatte. Deshalb also hatte niemand sonst ihm helfen dürfen. Er hatte das Amulett, wahrscheinlich vor allem vor seiner Enkelin, verbergen wollen. »Ich kann es nicht herausnehmen«, sagte Kendras Großvater. »Ich habe es versucht. Es gibt nur eine Möglichkeit.« Sein Blick wanderte zu der Säule aus Licht.

»Sie wollen sich opfern?«, erkannte Jonathan.

»Ich muss es. Ohne das Amulett können wir das Quellschloss nicht vollenden.«

»Können wir keinen anderen magischen Gegenstand verwenden?«

»Nein, wir besitzen nichts von vergleichbarer Stärke.«

»Sie reißen eine Lücke in unseren Kreis«, ließ der indianische Schamane vernehmen.

»Ich bin mir dessen bewusst, Wovoka«, erwiderte McKellen. »Ich hoffe, dass meine Enkelin meinen Platz einnehmen kann.«

»Kendra?«, entfuhr es Jonathan. »Weiß sie schon davon?«

Der alte Magier schüttelte den Kopf. »Ich konnte es ihr nicht sagen. Sie hätte versucht, mich aufzuhalten. Es hätte diesen Schritt nur noch schwerer gemacht.«

»Aber wie soll Kendra Ihren Platz einnehmen, wenn Sie sie überhaupt nicht vorbereitet haben?«

Kendras Großvater griff in seine Tasche und holte das Büchlein hervor. »Geben Sie ihr das. Es enthält alles, was Sie wissen muss. Ich habe es in den Jahren der Einsamkeit in den Highlands eigenhändig verfasst – für den Fall, dass ein Tag wie dieser eintreten würde. Ich habe tagelang darüber nachgedacht, ob ich es Kendra geben und sie zu meiner Nachfolgerin ernennen soll. Nun bin ich mir sicher, dass es die richtige Entscheidung ist.« Er reichte Jonathan das Buch.

»Sie sind ein tapferer Mann, Giles McKellen«, sagte die dunkelhäutige Frau. »Ihr Opfer wird niemals vergessen werden. Und Ihre Enkelin wird in unserem Kreis willkommen sein.«

»Ich danke Ihnen allen«, erwiderte der alte Magier und nickte zum Abschied in die Runde, bevor er sich noch einmal Jonathan zuwandte. »Bitte, grüßen Sie Kendra ganz herzlich von mir«, sagte er. »Und sagen Sie ihr, dass es mir leidtut.«

»Tun Sie es selbst«, gab Jonathan zurück. Sein Blick huschte zu dem Fenster in ihrem Rücken, durch das er Kendra und Robert sehen konnte, die wie gebannt dem Geschehen zu folgen schienen. »Sie können sich noch verabschieden. Kendra kann sie zwar nicht hören, aber sie kann Sie sehen.«

Der alte Magier schüttelte den Kopf. In seinen Augen schimmerte es feucht. »Wenn ich mich jetzt umdrehe, schaffe ich es vielleicht nicht mehr, das Opfer zu bringen. Leben Sie wohl, Jonathan. Schließen Sie die Wahre Quelle. Und verzeihen Sie mir, dass ich Ihnen bei der Suche nach Ihrer Elisabeth nicht helfen werde.« Mit diesen Worten straffte er sich und trat in das gleißende Licht.

»Großvater!«, rief Kendra, als Giles McKellen sich hinter dem Vorhang aus flirrender Luft straffte und zwei entschlossene Schritte auf die Lichtsäule zu machte. Mit Entsetzen musste sie zusehen, wie ihr Großvater – genau wie Jonathan und die acht Fremden eine aller Farben beraubte, seltsam unwirkliche Gestalt – in das Licht trat und im nächsten Moment darin aufging. »Nein!« Ihr Schrei war ohrenbetäubend, doch er verhallte ungehört im endlosen Chaos der sie umgebenden Magie. Ein gewaltiger Blitz zuckte, und grollend riss ein Mahlstrom aus glühenden Wolken am Himmel zur Linken auf.

»Großvater. Warum hast du das getan? Warum hast du das nur getan …?« Kendra spürte, wie ihre Beine ihr den Dienst versagten, und sank zu Boden. Ihr Blick trübte sich, als ihr Tränen der fassungslosen Trauer in die Augen schossen, und ihr Körper erschauerte, während hemmungsloses Schluchzen aus ihrer Kehle drang.

»Miss McKellen, es tut mir so leid.« Sie sah nicht, wie Jonathans Freund sich neben sie auf den Steinboden kniete, aber sie spürte seine starken Arme, als er sie tröstend an sich zog. Bebend schmiegte sie sich an seine Brust, ohne sie wirklich wahrzunehmen. Doch die Nähe gab ihr Halt und Kraft, während ihre Gedanken durcheinanderwirbelten wie totes Herbstlaub im kalten Novemberwind.

Er war fort. Ihr Großvater war von ihr gegangen. Das letzte bisschen Familie, das sie noch gehabt hatte. Und er hatte sich nicht einmal richtig von ihr verabschiedet. *Doch das hat er*, erkannte sie plötzlich. Am Abend zuvor, im Hinterzimmer der Herberge in Sunningdale hatte Giles McKellen ihr Lebewohl gesagt. Irgendwie hatte sie geahnt, dass etwas Derartiges passieren würde. Sein eigentümliches Benehmen hatte ihn verraten, ebenso wie seine seltsamen Worte. Aber Kendra hatte es nicht wahrhaben wollen.

»Nun, wenn das kein Ort ist, der einen Mann Demut vor der Erhabenheit der Magie lehrt …« Die Stimme des Mannes, die vom Eingang der Ritualstätte zu ihnen drang, war rau und düster.

Alarmiert fuhr Kendra aus den Armen von Jonathans Freund und wirbelte herum, und auch Pennington erhob sich. Sein Gesicht wurde zu einer grimmigen Maske, und seine Fäuste ballten sich. Rupert gab ein wütendes Zischen von sich.

Keine fünf Schritt hinter ihnen stand der Franzose. Sein langer Mantel wies Risse und dunkle Flecken wie von Blut auf, Spuren des Kampfes, den sie in den Straßen von London ausgetragen hatten. Aber er wirkte mitnichten schwer verletzt oder gar besiegt. Das düstere Licht der Magie spiegelte sich auf den Gläsern seiner dunklen Brille wider und verlieh seinem Gesicht die Fratzenhaftigkeit eines Dämons. In der Rechten hielt er ein Stück Stoff, das er nun fallen ließ. Die behandschuhte Linke hatte er erhoben, und neben ihm in der Luft schwebte eine junge Frau in einem hellen Kleid, deren langes kastanienbraunes Haar in wirren Strähnen an ihrem Hals und den schmalen Schultern klebte. Sie schien, wahrscheinlich durch ein Fadennetz, zur völligen Regungslosigkeit verdammt. Ihr blasses, von Todesangst gezeichnetes Gesicht war tränenüberströmt.

»Elisabeth!«, rief Jonathans Freund. »Was haben Sie ihr angetan, Sie Hund? Lassen Sie sie sofort frei!«

»Mit Vergnügen«, sagte der Magierjäger. Er streckte die Rechte aus und deutete auf Jonathan. »Sobald er mir Dunholms Ring gibt.«

»Wie haben Sie uns gefunden?«, wollte Kendra wissen.

»Mister Kenthams Morgenmantel war so freundlich, mir den Weg zu seinem Besitzer zu weisen«, erwiderte der Magierjäger und deutete auf den am Boden liegenden Stoff, den Kendra nun als zerfetztes Kleidungsstück erkannte. Ihre Augen weiteten sich, und ihr Gegenüber lachte leise. »Glaubten Sie wirklich, Sie könnten mir entkommen? Niemand entkommt mir. Diese Lektion haben schon ganz andere lernen müssen. Aber ich bin nicht zum Plaudern hier. Mein Auftrag lautet, den Ring zu holen.« Der Franzose trat einen Schritt näher an den Steinkreis heran und hob die Stimme. »Hören Sie, Kentham? Ich will den Ring! Ansonsten wird Ihrer teuren Freundin etwas zustoßen!«

»Er kann Sie nicht hören, und Sie können ihn auch nicht erreichen, das sehen Sie doch!«, rief Kendra, die Verzweiflung in sich aufkeimen spürte. Sie wusste nicht, was sie alleine – denn von Jonathans unmagischem Freund war keine nennenswerte Hilfe zu erwarten – gegen den Franzosen ausrichten sollte.

»Das wird sich zeigen«, knurrte der Attentäter, zog aus einer Mantelfalte einen schlanken Wurfdolch hervor und schleuderte ihn kraftvoll auf Jonathans Rücken zu.

Jonathan hob die linke Hand und nahm den breiten silbernen Siegelring zwischen Daumen und Zeigefinger der Rechten. Langsam zog er Dunholms Ring vom Finger. Er glitt so leicht über die Haut, als wäre es niemals anders gewesen. Irgendwie schien der Ring zu spüren, dass er seinen Bestimmungsort erreicht hatte, und er hatte die Fadenverbindung zu seinem Träger gelöst.

Jonathan holte tief Luft und blickte auf die Lichtsäule. Sie hatte sich an den Enden zusammengezogen, und in ihrem Zentrum hatte sich eine kopfgroße Kugel gebildet, das summende Herz des Ganzen, das Quellschloss, dem, wie Jonathan wusste, nur noch das letzte Stück fehlte, um es zu vollenden.

Er streckte den Arm aus, um den Ring ins Licht zu halten, als ihn plötzlich irgendein Gegenstand in den Rücken traf und klappernd zu Boden fiel. Verwirrt hielt er inne und blickte an sich hinunter. Es handelte sich um irgendein Stück Metall, das zur völligen Unkenntlichkeit zerschmolzen war. »Was war das denn?«, wunderte er sich und warf einen Blick zurück in die Höhle, in der Kendra und Robert auf ihn warteten. Was er dort sah, ließ ihm den Atem stocken.

»Warum zögern Sie?«, fragte der Indianer, den McKellen Wovoka genannt hatte.

»Dort …«, stammelte Jonathan und deutete auf das ferne, nahe Bild der Ritualstätte. »Dort ist Elisabeth. In der Gewalt des Franzosen.«

»Ha, sehen Sie, ich kann ihn sehr wohl erreichen«, stellte der Magierjäger triumphierend fest, als sich das flackernde, farblose Abbild Jonathans verwirrt umdrehte und sie anstarrte. Erschrecken zeichnete sich auf Jonathans Miene ab.

Kendras Gedanken rasten. Sie musste irgendetwas unternehmen, aber sie wusste nicht, was Sie tun konnte, ohne dabei ihr eigenes Leben zu verlieren.

Der Franzose streckte die rechte Hand aus. »Ich will den Ring, Mister Kentham! Geben Sie ihn mir.« Er deutete auf das Kleinod, das Jonathan noch immer in den Händen hielt, und machte eine auffordernde Geste. Als Jonathan zögerte, fuhr eine unterarmlange Klinge aus dem rechten Ärmel seines Mantels, und der Franzose hielt sie an den Hals seines wehrlosen Opfers.

»Nein!«, schrie Kendra, riss die Arme hoch und wollte zwei Fadenbündel auf den Attentäter abfeuern. Sie musste einfach etwas tun, um ihn aufzuhalten.

Aber der Franzose war schneller. Sein rechter Arm zuckte herum, und ein hämmernder Schlag traf Kendra an der Brust. Sie flog nach hinten und gegen die Wand. Ihr Kopf prallte schmerzhaft gegen das kalte Gestein, und einen Moment lang sah sie nur Sterne. Rupert zischte aufgebracht, war aber mittlerweile zu schlau, um blindwütig einen viel zu starken Gegner anzugreifen.

»Und Sie, versuchen Sie es nicht einmal!«, warnte der Attentäter Pennington, der ebenfalls in ohnmächtiger Wut die Fäuste gehoben hatte.

Der Arm mit der Klinge legte sich wieder an Elisabeths Kehle, und der Franzose schob sie vor sich her auf den Steinkreis zu. »Schauen Sie ihr in die Augen, Mister Kentham! Sie wird sterben, wenn Sie mir den Ring nicht geben. Glauben Sie nicht, dass das eine leere Drohung ist. Es ist mein Auftrag, den Ring zu beschaffen, und genau das werde ich tun, koste es, was es wolle. Haben Sie mich verstanden?« Er drückte die Spitze des Messers in den Hals der jungen Frau.

»Gott steh mir bei, er wird sie töten«, flüsterte Jonathan, das verzerrte Bild des Franzosen und seiner hilflosen Angebeteten vor Augen. »Ich muss ihm den Ring geben.«

»Wenn Sie dies tun, Mister Kentham, waren all unsere Mühen umsonst«, sagte Wovoka. »Dann wird Mister McKellen sein Leben für nichts geopfert haben. Dann wird Wellington den Sieg davontragen. Dann wird die Welt sich verdunkeln, und Tränen werden in Strömen vom Himmel fließen und eine Erde benetzen, die nicht mehr die unsere ist.«

»Warum kleiden Sie es nicht in einfache Worte, Wovoka?«, brummte Questing. »Ein neues Zeitalter der Magie wird anbrechen, und das wird uns ganz schön den Tag verderben.«

Jonathan schüttelte verzweifelt den Kopf. »Aber ich kann sie doch nicht sterben lassen. Nicht Elisabeth.«

»Wir alle sind dem Tod geweiht, wenn die Quelle nicht geschlossen wird«, sagte die alte Afrikanerin. »Doch wenn die Ahnen es so wollen, werden wir uns in unser Schicksal fügen.«

Der Ring in Jonathans Hand zitterte, als er ihn langsam in die

Höhe hob. Er musste sich entscheiden, zwischen dem sicheren Tod von Elisabeth und dem möglichen Tod von Tausenden. *Wie kann ich ihr Richter sein?*, fragte er sich gequält. *Wie kann ich entscheiden, wer lebt und wer stirbt?* Er zögerte, zauderte, haderte mit sich selbst.

Und auf einmal war es zu spät.

»Lieben Sie diese Frau, oder lieben Sie sie nicht?«, brüllte der Franzose. »Warum zögern Sie so lange?« Sein Blick huschte zu Kendra hinüber, die noch immer benommen an der Wand lehnte. »Vielleicht braucht es eines anderen Druckmittels, eines stärkeren Druckmittels? Das können Sie haben!«

Mit einer raschen Bewegung löste er seinen Arm von Elisabeth, wirbelte sie in der Luft herum und rammte ihr die Unterarmklinge bis zum Heft in die Brust, nur um sie gleich darauf wieder herauszureißen. Blut spritzte ihm entgegen und besudelte seinen Mantel.

»Elisabeth!«, schrie Jonathan entsetzt und streckte den Arm nach der jungen Frau aus, um sie zu berühren, doch im nächsten Moment wurde er von einer Hand gepackt, die ihn zurückriss.

»Tun Sie es nicht!«, zischte Questing, plötzlich unmittelbar neben ihm stehend. »Sie sterben, wenn Sie die Barriere des Tunnels durchbrechen, bevor wir ihn ordentlich aufgelöst haben.«

»Ich dachte, Sie können mich nicht berühren«, sagte Jonathan verwirrt.

Ein schmerzliches Lächeln huschte über das Gesicht des blinden Mannes mit dem Drachenkopfstab. »Das kann ich auch eigentlich nicht«, gestand er, bevor er unvermittelt von einer gewaltigen Kraft nach hinten gerissen wurde, das Flirren durchbrach und einfach verschwand.

Von ihren unsichtbaren Fesseln befreit, brach Elisabeth mit einem Seufzen auf dem Tempelboden zusammen. Gleichzeitig hob der Franzose die Hand, und die Luft zwischen ihm und Kendra flirrte. Robert hatte noch nicht viel Ahnung von Magie, aber er hatte bereits verstanden, was ein Fadenbündel war. Zweifellos beabsichtigte der gemeine Mörder, die rothaarige Enkelin McKellens zu sich zu ziehen und als nächste Geisel zu nehmen. Dem musste er ein Ende setzen!

Mit einem wilden Aufschrei rannte er los und warf sich zwischen Kendra und den Franzosen. Das Fadenbündel wurde abgelenkt, packte ihn statt der jungen Frau und riss ihn auf den Attentäter zu. Dieser reagierte blitzschnell und richtete seine Unterarmklinge auf Robert.

Aber mit welcher Art von Angriff der Franzose auch immer gerechnet hatte, mit diesem sicher nicht. *Für Elisabeth!*, dachte Robert grimmig, als er zuließ, dass die Klinge tief in seinen Bauch fuhr. Ein heißer Schmerz durchzuckte ihn, er vermochte Robert allerdings nicht zu stoppen.

Für Jonathan!

Robert umklammerte den Franzosen, zog ihn an sich und rammte ihm die Stirn ins Gesicht. Die Benommenheit des Attentäters ausnutzend, trieb er ihn unerbittlich auf den Abgrund hinter der Säulenfassade des Tempels zu. Mahlende, dumpf glühende Wolken lagen dahinter, und Donnergrollen begrüßte ihn.

Für die Menschheit, verdammt noch mal!

Der Franzose erkannte, was Robert vorhatte, fuhr eine zweite Klinge aus dem anderen Ärmel aus und rammte sie ihm in den Rücken. Der Schmerz war schlimmer, als jeder Kugeltreffer und jeder Messerstich, den er im Krieg erlitten hatte. Dennoch ließ Jonathans Freund den Attentäter nicht los.

Ein letztes Mal sammelte er all seine Kraft, stieß sich ab und warf sich, zusammen mit dem Franzosen durch die weit aufklaffende Öffnung ins dahinterliegende Chaos. Seine Finger lösten sich von dem Feind, ein vielfarbiger Blitz zuckte ihnen entgegen, sengende Hitze tobte durch seinen Körper, und dann war alles weiß. Ein Ruck durchfuhr ihn, und Robert war, als schwebe seine Seele dem Himmel entgegen.

Mit wortlosem Entsetzen verfolgte Jonathan das grauenhafte Geschehen, das sich vor seinen Augen abspielte, scheinbar zum Greifen nah und doch unerreichbar weit entfernt. Er sah, wie Elisabeth leblos zu Boden sank, sah, wie der Franzose nach Kendra griff und wie Robert, sein tapferer, verrückter Freund sich dazwischenwarf und tödliche Streiche akzeptierte, um den Magierjäger, den Mörder von Dunholm, Boyd, Reynolds, Elisabeth und vermutlich vielen anderen Opfern, über den Rand der Höhle zu treiben und ins Chaos zu stürzen.

Die beiden Männer verschwanden aus Jonathans Blickfeld, aber Jonathan brauchte es nicht zu sehen, um sich ihr Schicksal ausmalen zu können. Umso überraschter war er, als Kendra urplötzlich vorsprang und die Arme ausstreckte. Ihr Gesicht verzerrte sich vor Anstrengung, und für einen Moment vermochte Jonathan auch sie nicht mehr zu sehen.

Als sie sich zurück in den hinteren Bereich der Höhle schleppte, glaubte er seinen Augen nicht trauen zu können. Sie zog Robert hinter sich her, der kraftlos in ihren Armen hing. Sie ließ ihn zu Boden sinken, riss seine Jacke zur Seite und dann sein Hemd auf. Als sie den Kopf hob, lag ein Ausdruck fiebriger Freude und Erleichterung auf ihrer Miene.

»Er lebt …«, murmelte Jonathan. »Wie ist das möglich?«

»Die Wege der Magie sind unergründlich, Mister Kentham«, sagte Wovoka. »Genau das macht sie so wunderbar – und so gefährlich.« Der Indianer deutete auf die summende Lichtsäule in ihrer Mitte. »Beenden Sie nun, weswegen wir alle gekommen sind.«

Jonathan blinzelte und hielt den Ring ein letztes Mal vor sich in die Luft. Helle Lichtreflexe spielten auf dem silbernen Metall des Kleinods. Es war vorbei. Das Schicksal – oder welche Macht auch immer – hatte die Entscheidung getroffen. Sein Weg war nun klar. Und er führte zur Wahren Quelle der Magie. Mit entschlossener Miene streckte er den Arm aus und berührte mit dem Ring die gleißende Kugel des Quellschlosses.

24. April 1897, 12:41 Uhr GMT (etwa zwölf Stunden früher)
Atlantik, etwa 450 Seemeilen südwestlich von England

Irgendwo draußen auf dem Atlantik schwamm ein winziges Boot. Darin saßen eine Katze und zwei Männer, und der eine war auf den anderen nicht sonderlich gut zu sprechen. Der Himmel über ihnen war strahlend blau und das Meer so ruhig, dass sich das Boot kaum bewegte.

»Wir können noch nicht so weit von der Küste entfernt sein«, knurrte Randolph, Holmes' Worte nachäffend, die dieser vor ihrer Flucht von der *Nautilus* vorgebracht hatte. »Wie schnell wird so ein Tauchboot sein … Wenn es zehn Knoten erreicht, wäre ich überrascht. Dann befänden wir uns jetzt im Ärmelkanal irgendwo südlich von Portsmouth.« Er schnaubte gereizt. »Ich sehe keine Küste, Holmes, von Portsmouth ganz zu schweigen.«

»Das sagten Sie bereits, Randolph, und zwar ungefähr ein Dutzend Mal«, gab Holmes steif zurück.

»Und ich werde auch nicht müde, es noch ein Dutzend Mal zu sagen, um Ihnen klarzumachen, dass wir uns diesmal ganz schön verrechnet haben – buchstäblich.«

»Was hätten wir Ihrer Meinung nach tun sollen? An Bord der *Nautilus* bleiben und abwarten, bis wir die Wahre Quelle erreichen und dort in einem irrwitzigen Ritual geopfert werden? Ohne Ihnen zu nahe treten zu wollen, aber da verende ich lieber hier draußen auf dem Meer.« Der Magier verschränkte trotzig die Arme. »Nicht wahr, Watson?« Er blickte auf die Geisterkatze hinunter, die auf seinen Oberschenkeln lag und als Einzige an Bord wirkte, als sei sie vollkommen zufrieden damit, sich einfach die Sonne auf den entstofflichten Pelz scheinen zu lassen und abzuwarten.

Selbstverständlich, mein Lieber, erwiderte die Katze. *Es gibt allerdings noch ein drittes mögliches Ende dieser Geschichte.*

»Und welches wäre das?«, erkundigte sich Randolph.

Die Geisterkatze schenkte ihm einen trägen Blick aus halb geschlossenen Lidern. *Wir werden gerettet.*

»Ha, das wäre auch in meinem Sinne«, gab der Kutscher zurück. »Aber wir treiben jetzt schon mindestens einen halben Tag auf See und haben noch kein einziges Schiff gesichtet. Mit Verlaub, aber ich glaube ehrlich gesagt nicht mehr an Holmes' französischen Fischer.«

Die Katze schaute ihn mit einer Seelenruhe an, die angesichts des Umstands, dass sie im Grunde eine ruhelose Seele war, nachgerade paradox wirkte. *Ich spreche nicht von der Möglichkeit, gerettet zu werden, ich spreche von einer Tatsache*, verbesserte sie ihn.

»Ist das so? Warte einen Moment!« Randolph beschirmte seine Augen mit einer Hand und blickte sich einmal im Kreis um. Bis zum Horizont war weit und breit kein Schiff zu entdecken. »Also, ich sehe nichts.«

Ich sehe auch nichts, stimmte Watson ihm zu. *Aber ich höre etwas. Ein Brummen. Und es nähert sich.*

Holmes legte eine Hand ans linke Ohr und lauschte. »Ich will verdammt sein«, murmelte er. »Ich höre es auch. Es kommt von irgendwo dort drüben, von Nordosten.«

Randolph senkte den Kopf und horchte angestrengt. Um sie herum plätscherten die Wellen des Ozeans. Ein leichter Windhauch strich um ihr Boot.

Und dann, ganz schwach, vernahm er es auf einmal auch. »Tatsächlich. Da ist etwas.« Er runzelte die Stirn. »Es klingt wie ein großes Insekt.«

Ihm gegenüber gab Holmes ein ersticktes Japsen von sich. Er hatte sich auf seiner Sitzbank umgedreht und blickte angestrengt in die Richtung, aus der sich das Geräusch näherte.

»Alles in Ordnung?«, erkundigte Randolph sich.

»Äh … Ich weiß nicht.«

»Wie meinen Sie das?«

Holmes drehte sich zu ihm um. Er war etwas blass um die Nase. »Werfen Sie einen Blick in die Wahrsicht. Wenn das ein Insekt ist, ist es wirklich enorm groß.«

Randolph hob den Blick – und erstarrte. »Nicht nötig«, murmelte er tonlos. »Es wird gerade auch für normale Sinne sichtbar.«

Keine fünfzig Schritt entfernt und vielleicht zwanzig Schritt über ihnen tauchte auf einmal Stück für Stück, als durchquere es ein unsichtbares Portal zu einer anderen Welt, ein riesenhaftes Fluggefährt auf. Es hatte die Form eines lang gestreckten Ovals und war so gewaltig, dass es selbst die imposanten Fünfmastschoner, die im Royal Victoria Dock im Osten von London ankerten, in den Schatten stellte. Die bronzefarbene Außenhülle glänzte im Sonnenlicht wie poliertes Metall, und ein riesiges Kreuz prangte darauf. Im vorderen Drittel des Kolosses hing eine waffenstarrende Gondel, und mehrere Propeller, deren Geräusch sie vernommen hatten, trieben das unglaubliche Gefährt an.

Es gab ein knackendes Geräusch, dann wehte auf einmal eine blecherne Männerstimme aus einer Art Sprachrohr zu ihnen herüber. Die Stimme rief sie auf Englisch an, hatte aber einen unüberhörbaren Akzent. »Unbekannte Magier in dem Beiboot voraus. Hier spricht der Kommandant des Luftschiffes *Gladius Dei*. Bereiten Sie sich darauf vor, an Bord genommen zu werden. Leisten Sie keinen Widerstand, und es wird Ihnen nichts geschehen.«

»Gütiger Himmel«, murmelte Holmes. »Das ist übel. Übler als die Franzosen …«

Randolph hob fragend die Augenbrauen.

Sein Gegenüber verzog mit sichtlichem Widerwillen das Gesicht. »Es sind die Deutschen.«

25. April 1897, 8:05 Uhr GMT
England, Anvil Point, etwa zehn Meilen südwestlich von Bournemouth

Über den Klippen von Anvil Point ging die Sonne auf.

Jonathan, Robert und Kendra standen an der Abbruchkante und blickten hinaus aufs Meer. McKellens Koffer stand neben ihnen. Nevermore hockte darauf. Und aus Jonathans Umhängetasche lugte Ruperts kleine, runzlige Krokodilschnauze.

Tief unter ihnen war das Rauschen der Wellen zu hören, die an den fast weißen Fels brandeten. Das hohe Gras flüsterte in der salzigen Brise, die sie umwehte. Und von irgendwoher hoch über ihnen drang der helle Ruf eines Greifvogels an ihre Ohren. Ansonsten war es vollkommen still.

Nach dem Ende des Rituals war Jonathan mit dem leise summenden und zu kristallener Härte verdichteten Quellschloss zu seinen Freunden zurückgekehrt. Robert hatte wie durch ein Wunder überlebt, und wie schon im Falle von Kendras Großvater, den die Berührung eines magischen Blitzes von einer tödlichen Schussverletzung geheilt hatte, schien auch er, von zerfetzter Kleidung und einem gehörigen Schrecken abgesehen, unversehrt.

Elisabeth dagegen war tot, brutal ermordet von einem Mann, dem Geld offenbar stets wichtiger gewesen war als die Leben anderer. Sie hatten den Körper der jungen Frau der Magie übergeben, denn Jonathan hatte nicht gewollt, dass er dort liegen blieb, und sie hatten ihn auch nicht mitnehmen können.

Nachdem sie das Quellschloss in dem leeren Koffer von Kendras Großvater verstaut hatten, in dem es erstaunlicherweise wie von unsichtbarer Hand gehalten schwebte, hatten Jonathan, Robert und Kendra die Magiespalte unterhalb von Stonehenge so schnell wie möglich verlassen.

Draußen zwischen den Steinen der Kultstätte hatte sie ein erregt krächzender Nevermore empfangen. Grund seiner Aufregung war ein Falke gewesen, der sich auf einem der Megalithen niedergelassen hatte, ohne sich von den Drohgebärden des ihm durchaus ebenbürtigen Kolkraben einschüchtern zu lassen. »Ich wette, er gehört zum Franzosen«, hatte Jonathan gesagt.

»Und wenn schon. Der Bursche ist Geschichte«, hatte Robert geknurrt und den Vogel mit einigen lauten Rufen und kräftigem Händeklatschen kurzerhand verjagt.

Mit vereinten Kräften war es ihnen gelungen, den Altarstein wieder an seinen Platz zu rücken. Danach hatten sie die Pferde vor die Kutsche gespannt, waren eingestiegen und losgeprescht, als sei der Teufel persönlich hinter ihnen her. Sie wollten fort, nur fort von diesem verfluchten Ort, der Kendras Großvater und Jonathans Angebeteter den Tod gebracht hatte. Und während Jonathan und Kendra in schweigender Trauer vereint in der Kutschkabine saßen, hatte Robert sie mit grimmiger Miene durch die Nacht gefahren.

Irgendwann war Kendra, das Buch, das Jonathan ihr von ihrem Großvater übergeben hatte, fest umklammernd, eingeschlafen, und Jonathan hatte sich zu seinem Freund gesellt. Ihr Ziel war die Küste gewesen, denn jetzt, da sie das Artefakt besaßen, das die Wahre Quelle verschließen sollte, galt es als Nächstes, ein Schiff zu finden, das sie nach Atlantis bringen konnte. Wie genau sie dort hinfinden sollten, wusste noch keiner von ihnen, aber Jonathan ging davon aus, dass sie in McKellens Notizbuch alle Antworten finden würden, die sie benötigten.

Als der Morgen graute, hatten sie, Bournemouth und Poole umgehend, die Südküste Englands erreicht. An einem kleinen weißen Leuchtturm unweit des Küstendorfes Swanage hatten sie ihre Kutsche abgestellt und waren eine Weile nach Westen die Klippen entlangspaziert, bis man sie vom Leuchtturm aus nicht mehr sehen konnte. Jetzt standen sie dort schweigend beisammen, ließen sich den Wind um die Nasen wehen und schauten aufs Wasser, das sich zu ihren Füßen erstreckte.

»Diese Stelle erscheint mir ein wenig felsig, um mit einem Schiff anzulegen«, sagte Jonathan nach einer Weile.

»Großvater sagte, es sei vollkommen gleichgültig, wo ich das Horn blase«, entgegnete Kendra, die das Messinginstrument bereits aus ihrer Tasche geholt hatte und in den Händen hielt.

»Vielleicht handelt es sich ja um ein Flugschiff«, merkte Robert an. Als ihn die beiden anderen zweifelnd anblickten, hob er abwehrend die Hände. »Das ist nicht so abwegig, wie es klingt. Seit einigen Jahren wird in Europa eifrig daran gearbeitet – zugegeben mit mäßigem Erfolg.«

»Wir werden es sehen«, sagte Kendra. Sie hob das Signalhorn an die Lippen, holte tief Luft und stieß kräftig hinein. Ein heller, klarer Ton drang daraus hervor und wehte in die frische Morgenluft hinaus. Die junge Frau wiederholte das Ganze ein zweites und ein drittes Mal. Danach ließ sie das Horn sinken und schaute die Männer unsicher an. »Mehr kann ich nicht tun, auch wenn es mir wenig erscheint.«

Jonathan strich sich mit der Hand übers Kinn. »Unter gewöhnlichen Umständen würde ich sagen: Ich kann mir nicht vorstellen, dass der Klang dieses Horns weiter als fünf Meilen reicht – wenn überhaupt. Da die Umstände aber alles andere als gewöhnlich sind, sollten wir den Worten Ihres Großvaters wohl Glauben schenken und davon ausgehen, dass der Kapitän des Schiffes, von dem er sprach, uns gehört hat.«

»Dann heißt es jetzt also warten, wie mir scheint«, sagte Robert, hob den Kopf ins Sonnenlicht und schloss genüsslich die Augen. Seine Rechte glitt wie von selbst in seine Jackentasche und zog eine getönte Brille hervor, die er mit geübter Bewegung aufsetzte.

In Jonathans Magengrube machte sich ein ungutes Gefühl breit. »Wo hast du denn diese Brille her, Robert?«, fragte er.

Sein Freund wandte ihm langsam den Kopf zu. Seine Augen verschwanden vollständig hinter den dunklen Gläsern. Ein hauchfeines Muster aus Rissen überzog sie, Spuren eines Kampfes. Einen irritierenden Augenblick lang hatte Jonathan das Gefühl, einen anderen Mann vor sich zu haben. Gleich darauf verzogen sich Roberts Lippen zu einem Grinsen, und der Moment war vorüber. »Sie hatte sich in der Knopfleiste meiner Jacke verfangen. Ich muss sie dem Franzosen bei unserem Sturz ins Nichts von der Nase gerissen haben«, erklärte er. »Ich dachte, ich behalte sie als Trophäe. Findest du sie nicht schick?«

»Ich finde sie grauenvoll. Mich überkommt das kalte Schaudern, wenn ich dich so sehe. Wirf sie weg!«

Achselzuckend nahm Robert die Brille wieder ab. »Wenn du es sagst, alter Knabe, sollte ich es wohl tun. Und genau genommen ist sie ja auch kaputt.« Mit einem knappen Ruck seines Handgelenks schleuderte er die Brille über den Klippenrand. Sie fiel in die Tiefe und verschwand.

In der Ferne war erneut der helle Jagdruf des Greifvogels zu hören.

»Was glauben Sie, wann unser Schiff kommt?«, fragte Kendra.

Jonathan richtete seinen Blick wieder hinaus aufs Meer, das glitzernd und schier endlos vor ihnen lag, und seufzte. »Ich habe nicht den blassesten Schimmer.«

»Ob wir trotzdem noch rechtzeitig die Wahre Quelle der Magie erreichen, um sie zu verschließen, bevor Wellington etwas Furchtbares geschehen lässt?«, fragte Kendra sich, während ihre Augen denen von Jonathan folgten.

»Na, das wollen wir doch hoffen«, ließ Robert vernehmen. »Nach all dem, was wir dafür geopfert haben.«

Nevermore schlug krächzend mit den Flügeln, und Rupert gab ein quäkendes Husten von sich.

»Es wird ein Wettlauf, fürchte ich«, murmelte Jonathan. »Ein Wettlauf gegen die Zeit.«

Fortsetzung folgt …

DANKSAGUNG

Eltern mehrerer Kinder und Autoren mehrerer Bücher wissen es: Manch eine Geburt fällt leichter, manch eine schwerer. »Magierdämmerung 2 – Gegen die Zeit« wird mir immer als schwerere Geburt in Erinnerung bleiben. Die Gründe dafür sind vielfältig; einer war sicher der, dass das Buch in meinen Augen zunächst keinen richtigen Anfang und kein Ende hatte, sondern in jeder Hinsicht ein Mittelteil war – und so etwas stört mich normalerweise (wenn auch eigentlich grundlos, denn ich hatte immer geplant, die »Magierdämmerung« als fortlaufende Geschichte in drei Bänden zu erzählen). Dass mir mein jüngster Spross letzten Endes doch ans Herz gewachsen ist, liegt unbestreitbar auch an den anhaltend aufmunternden Worten der feinen Ladies and Gentlemen, die mich mit Rat und Tat auf meiner Reise ins London des ausgehenden 19. Jahrhunderts begleitet haben – und noch immer begleiten.

Vielen von ihnen habe ich bereits am Ende des ersten Bands gedankt. Diese Dankbarkeit empfinde ich nach wie vor, vielleicht sogar noch stärker, denn anhaltende Unterstützung ist letztlich die wertvollste Unterstützung. Daher erhebe ich erneut mein Glas auf Andrea Bottlinger, Olivia Just, Yvonne Staller und Christian Humberg (diesmal wird den Damen, dem Gebot der Höflichkeit entsprechend, der Vortritt überlassen), Testleser und Freunde, die sich in unglaublich kurzer Zeit durch das Manuskript gearbeitet und es mit ihren kritischen Fragen und Anmerkungen verbessert haben. Meine Mutter Marianne Perplies beriet mich bei Bibelungewissheiten. Und für sachdienliche Antworten auf so eigenwillige Fragen wie »Mit wie viel Dynamit sprenge ich ein

Haus?« oder »Wie weit spritzt das Blut eigentlich, wenn einem ein Vampir in die Halsschlagader beißt?« danke ich den Experten Stephan Schäfer und Rasmus Schulte-Ladbeck.

Auf herstellungstechnischer Seite gebührt meinen Agentinnen Natalja Schmidt und Julia Abrahams, meinem Lektor Rainer Michael Rahn sowie Alexandra Panz und den üblichen freundlichen Geburtshelfern bei Egmont-LYX mein Dank, denn ohne sie hätte »der Kleine hier« nicht das Licht der Welt erblickt. Und schon beinahe traditionell zum Schluss rufe ich ein Dankeschön ins weite Rund der Leserschaft hinaus; eure zahlreichen, netten Gratulationswünsche zur Geburt des »älteren Brüderchens« im letzten Herbst habe ich mit viel Freude zur Kenntnis genommen. (So, und jetzt Schluss mit dieser Metapher, bevor sie überreizt wird!)

DRAMATIS PERSONAE

Jonathan Kentham, ein Journalist des *Strand Magazine*
Robert Pennington, sein Freund
Elisabeth Holbrook, Jonathans Angebetete
Sarah Harker, deren Freundin
Misses Fincher, Jonathans Vermieterin
James Thomas Holbrook, Elisabeths Vater
Lieutenant François Delacroix, Elisabeths Cousin zweiten Grades

Albert Dunholm, Erster Lordmagier des Ordens des Silbernen Kreises (verstorben)
Cutler, dessen Sekretär und Freund
Randolph Brown, Dunholms Protegé und Kutscher
Nevermore, sein Rabe
Jupiter Holmes, ein exzentrischer Magier
Watson, seine Geisterkatze
Joseph, Holmes' Butler

Giles McKellen, ein schottischer Magier
Kendra McKellen, seine Enkelin

Lionida Diodato, eine Magieragentin des Vatikans
Giuseppe, Lionidas Diener
Monsignore Donatello Castafiori, der Leiter der Magieabwehr des Vatikans
Pietro Araldo, ein Mitarbeiter der Magieabwehr
Kaplan Bigotto, ein Mitarbeiter der Magieabwehr

Emilio Scarcatore, ein Gelehrter und Deflector der Magieabwehr
Hauptmann Friedrich Wilhelm von Stein, Kommandant der *Gladius Dei*
Fähnrich Buitoni, ein junger Luftschiffer
Bordkaplan Tremore, ein Geistlicher

Victor Mordred Wellington, Erster Lordmagier des Ordens des Silbernen Kreises
Duncan Hyde-White, sein Adlatus
Melissa Esperson, Wellingtons ehemalige Gespielin
John Grayson Carlyle, der Leiter für äußere Angelegenheiten
Mary-Ann McGowan, eine intrigante Magierin
Timothy Crandon, ein Magispector des Ordens
Emma Potts, Lord Cheltenhams ehemalige Sekretärin
Miss Hollingworth, eine dreiäugige Magierin
Gruffydd ap Llywelyn, ein Anhänger Wellingtons
Llew Llawgoch, ein Anhänger Wellingtons
Whitby, ein Anhänger Wellingtons
Lawrence, ein Anhänger Wellingtons
Atkinson, ein Anhänger Wellingtons
der Earl of Greyford, ein Anhänger Wellingtons

Lord Cheltenham, der Stellvertretende Erste Lordmagier (verstorben)
Thomas Crowley, der Oberste Archivar und Geheimnisträger des Ordens (verstorben)
Angus Drummond, der Leiter der Magieabwehr
Reynolds, einer von Drummonds Männern
Wilkins, einer von Drummonds Männern
Arthur Sedgewick, ein Magispector des Ordens
Grigori, ein russischer Magier und Kutscher des Ordens
Doktor Westinghouse, der Arzt des Ordens
Theodore Winterbottom, ein Magietheoretiker des Ordens
Misses Blackwood, eine Archivarin des Ordens

Ashbrook, ein Magier mit Echsengesicht
Professor Filby, ein Magier und Erfinder
Peabody, ein Anwalt des Ordens
Richardson, sein Kompagnon
Marjorie Morland, eine Seherin
Miss Spellman, eine Magierin
Boyd, ein Magier
Charles Harold Porter, ein junger Magier

Norman Greenhough, Chefredakteur des *Strand Magazine*
Josephine Atkinson, seine Sekretärin
Penny Newman, Mitarbeiterin des *Strand Magazine*

Der Franzose, ein Magierjäger
Richelieu, sein Falke
Old Man, der Wirt des Pubs *Old Man's*
Rupert, ein Minialligator
Oliver, ein gewitzter Straßenjunge

Gesa Schwartz

Grim

Das Siegel des Feuers

Roman

Die Welt der Pariser Gargoyles!

Der Pariser Gargoyle Grim ist ein Schattenflügler. Seine Aufgabe ist es, das steinerne Gesetz zu wahren, dass niemals ein Mensch von der Existenz seines Volkes erfahren darf. Doch eines Tages begegnet Grim der jungen Sterblichen Mia, die über eine besondere Gabe verfügt: Sie ist eine Seherin des Möglichen. Mia gerät in den Besitz eines rätselhaften Pergaments, kurz darauf wird sie von Anderwesen verfolgt. Gemeinsam beschließen Grim und Mia, das Geheimnis des Pergaments zu ergründen.

Überall im Handel erhältlich und unter www.egmont-lyx.de

688 Seiten, gebunden mit Schutzumschlag
€ 19,95 [D]
ISBN 978-3-8025-8303-2

www.egmont-lyx.de

EGMONT LYX
Verlagsgesellschaften

Wolfgang Hohlbein
Der Schwarze Tod
Roman

DER NEUE HOHLBEIN

Andrej kann es noch immer nicht fassen: Sein Sohn Marius lebt! Von Schuldgefühlen gequält sucht er nach dem Totgeglaubten und findet Marius in den Fängen eines mysteriösen Arztes in Venedig. Etwas Böses scheint von dem Jungen Besitz ergriffen zu haben, doch als Andrej ihn aus dem Spital befreien will, geschieht etwas, das er nie für möglich gehalten hätte: Andrejs treuer Freund Abu Dun wendet sich gegen ihn …

Wolfgang Hohlbein
Der Schwarze Tod
592 Seiten,
gebunden mit Schutzumschlag
Format: 14,8 x 22,0 cm
€ 19,95
ISBN 978-3-8025-8395-7

www.egmont-lyx.de

EGMONT LYX
Verlagsgesellschaften